Marion Zimmer Bradley

DER SOHN DES VERRÄTERS

Marion Zimmer Bradley

DER SOHN DES VERRÄTERS

Ein Darkover-Roman

Aus dem Amerikanischen
von Fred Kinzel

Knaur

Dieses Buch erschien unter dem Originaltitel *Traitor's Son* 1999
bei DAW Books, New York

Der Verlag dankt Olaf Keith für die Unterstützung
bei der Vorbereitung dieses Buchs

Eine chronologische Liste aller Darkover-Romane und -Lesebücher
finden Sie am Ende dieses Buchs

Besuchen Sie uns im Internet:
www.droemer.de
www.knaur-fantasy.de

Redaktion: Angela Troni
Umschlaggestaltung: ZERO Werbeagentur, München
Umschlaggestaltung: Romas Kukalis
Agentur Thomas Schlück, Garbsen
Satz: Ventura Publisher im Verlag
Druck und Bindung: Clausen & Bosse, Leck
Printed in Germany
ISBN 3-426-66033-4

2 4 5 3 1

Für Susan M. Shwartz,
Kennerin, Chronistin und Freundin

Prolog

Herm Aldaran schreckte jäh aus dem Schlaf, sein Herz schlug heftig, und sein Oberkörper war schweißgebadet. Er rang keuchend nach Luft und strampelte mühsam die Bettdecke zur Seite; seine Schläfen pochten. Dann setzte er sich auf, blinzelte in das schwache Licht, das aus dem Gemeinschaftsraum der kleinen Wohnung kam, und schluckte schwer. Sein Mund war völlig ausgetrocknet, und er verspürte einen Geschmack wie nach Eisenspänen, und seine Füße fühlten sich fremd an, als gehörten sie nicht zu ihm. Sein Nachtgewand war um die breite Brust herum zwar völlig durchnässt, aber der Ärmel war teilweise noch trocken, sodass er sich das Gesicht damit abwischen konnte. Als Herm aufstand, begann sich das Zimmer um ihn zu drehen, und er hätte sich beinahe wieder hingesetzt.

Schließlich hörte er auf zu zittern, und sein Herzschlag verlangsamte sich zu einem normaleren Rhythmus. Er blickte auf Katherine, die seit mehr als zehn Jahren seine Frau war; seine Unruhe hatte sie noch nicht geweckt. Im Dämmerlicht sah Herm, wie sich ihr dunkles Haar über das Kissen ausbreitete, er konnte auch die Wölbung ihrer Stirn und die Linie ihres Mundes unter der kräftigen Nase erkennen. Zum wiederholten Male fragte er sich, wie eine so schöne Frau einen unscheinbaren Kerl wie ihn hatte heiraten können. Es war ihm ein Rätsel, aber gewiss lag es nicht an seinem Reichtum – er war nicht reich – oder an der zweifelhaften Ehre, dass er der Senator von Cottman IV war, wie die Terranische Föderation seinen Heimatplaneten Darkover bezeichnete. Er musterte seine Gattin, ließ die Gedanken ein wenig schweifen und spürte, wie eine relative Ruhe über ihn kam.

Herm wusste, er würde so bald nicht wieder einschlafen

können, deshalb stand er auf und schlich so leise und vorsichtig wie möglich aus dem Schlafzimmer, um Katherine nicht zu stören. Er spähte hinter die dünne Trennwand zwischen ihrem Schlafbereich und dem ihrer beiden Kinder und stellte fest, dass sie ebenfalls noch schliefen. Dann tappte er über die schäbigen Fliesen in die kleine Nahrungszubereitungszone und öffnete den Kühlschrank. Die Saftkaraffe war kalt, als er sie berührte, und er hatte das Verlangen, sie sich direkt an den Mund zu setzen. Erst als er sie in der Hand hielt, bemerkte er, dass er noch immer leicht zitterte. Er zwang sich, ein Glas zu suchen, und goss etwas von der gelben Flüssigkeit hinein. Dann trank er das Glas auf einen Zug halb leer und spülte mit dem säuerlichen Aroma des Saftes den hässlichen Geschmack von seiner Zunge. Die kalte Flüssigkeit traf seinen Magen wie ein Faustschlag, und für einen Augenblick hatte er das Gefühl, Säure geschluckt zu haben. Dann war diese fürchterliche Empfindung vorbei, auch wenn sein Magen noch eine kleine Weile protestierte. Er wusste, es war nur Einbildung, aber er vermeinte zu spüren, wie der Zucker im Saft in seinen Blutkreislauf eindrang. Während er tief ein- und ausatmete, zitterte er am ganzen Leib, abgekühlt nun, nachdem er kurz zuvor noch vor Hitze geglüht hatte.

Herm sank auf einen der Hocker an der langen Theke, die als Essplatz diente, stellte das Glas ab, bevor er es fallen ließ, und zwang sich, den Kopf frei zu bekommen. Ein Gefühl, dass etwas ganz und gar nicht stimmte, zerrte an seinen Nerven wie die dissonanten Töne einer klassischen Industriesymphonie. Dieser Musikstil hatte während seiner ersten Jahre in der gesetzgebenden Abgeordnetenkammer der Föderation eine Wiederbelebung erfahren, und man hatte ihn in einige Konzerte geschleift. Sehr zu seinem Verdruss war ihm die Musik im Gedächtnis geblieben, denn er hielt sie eigentlich gar nicht für Musik, sondern eher für Lärm, und einen ausgesprochen unangenehmen dazu. Er hasste sie, so wie er den Hocker hasste, den kleinen Raum, in dem er saß, und die Beengtheit des Quartiers, das man ihm als dem Senator Darkovers bei der Föderation zugewiesen hatte.

Als Lew Alton noch Senator gewesen war, hatte er über ein etwas größeres Quartier verfügt und außerdem über ein Haus auf Thetis. Aber diese Zeiten waren vorbei, und so gut wie kein Mitglied der gesetzgebenden Körperschaft besaß einen Wohnsitz auf anderen Planeten, es sei denn, es hatte ihn geerbt. Das Finanzministerium hatte vor einigen Jahren strikte Reisebeschränkungen erlassen, welche die Bewegungsfreiheit der Gesandten einengten. Sie durften alle fünf terranischen Jahre zu Wahlen auf ihre Heimatwelten reisen, Herm war jedoch nie nach Darkover zurückgekehrt. Er war nicht gewählt, sondern vor dreiundzwanzig Jahren von Regis Hastur ernannt worden, einem Mann, dem er nie persönlich begegnet war. Acht Jahre lang hatte er in der Abgeordnetenkammer gewirkt, und als Lew Alton den Senatorensitz räumte, hatte er dessen Platz eingenommen.

Die vom Finanzministerium veranlassten politischen Kursänderungen und zahlreiche andere diktatorische Bestimmungen hatten die Legislative im Lauf der Jahre endgültig zu Gefangenen der Launen von Premier Sandra Nagy und ihren Busenfreunden von den Expansionisten gemacht. Trotz ihres Namens waren die Expansionisten ein Haufen knauseriger Autokraten, und Jahr für Jahr war es zu weiteren Einschränkungen gekommen, von denen nur die privilegiertesten Mitglieder der Partei ausgenommen waren. Wie Herm einmal zu seiner Frau sagte, als er einigermaßen sicher annahm, dass keine Abhörgeräte in der Nähe waren: »Die Expansionisten behaupten, die Mittel der Föderation seien begrenzt – und samt und sonders das rechtmäßige Eigentum ihrer Partei!« Sie hatte nicht einmal gelacht.

Die Drei-Zimmer-Wohnung war ein besseres Zuhause, als es die meisten gewöhnlichen Terraner besaßen, aber Herm war auf Burg Aldaran aufgewachsen, wo ihn steinerne Mauern umgaben und große, prasselnde Feuerstellen ihre duftgeschwängerte, rußige und heiße Luft verströmten. Seltsam, dass er sie nach mehr als zwei Jahrzehnten noch immer vermisste. Aber in der geruchlosen, stickigen Atmosphäre der Wohnung, die wegen der zentralen Regulierung des Gebäudes das ganze Jahr über warm war, kam er sich noch immer wie ein gefangenes Tier vor. Acht Milliarden Menschen lebten auf dem Planten, und jedes Jahr wurden es mehr. Er sehnte sich sehr nach Weite, nach langen Reihen von Koniferen und dem Geruch des Bergbalsams, nach dem Schrei der Falken in den Hellers und dem leuchtenden, rostbraunen Gefieder der Vögel am Himmel, der von einer roten Sonne beschienen wurde.

Es war nicht einfach nur eine Sehnsucht nach glitzernden, jungfräulichen Schneeflächen, die ihn umtrieb. Vielmehr blieb ihm auch nach zwei Jahrzehnten noch ein Unbehagen mit seiner Lage – er fühlte sich fremd. Herm hatte sich nach einer Schalldusche nie völlig sauber gefühlt, auch wenn sie alle abgestorbenen Hautpartikel und Öle von seinem Körper entfernte. Wie alles andere auch, war das Wasser rationiert und mit Steuern belegt, und er verspürte ein tiefes Verlangen danach, sich in einer Wanne voll dampfendem, nach Lavendelöl duftendem Wasser zu aalen. Ein festes Baumwollhandtuch aus den Trockenstädten zum Abreiben und ein Gewand aus gefilzter Wolle zum Überziehen vervollständigten seine Träumereien. Nicht diese klamme Synthetik auf der Haut ...

Das Herz tat ihm weh, wenn er an all diese Dinge dachte, und er wunderte sich über sich selbst. Fast sein halbes Leben hatte er nicht auf Darkover verbracht, und er fand, er sollte sich inzwischen daran gewöhnt haben. Aber sein Heimweh war eher immer schlimmer geworden. Er dachte einen Augenblick daran, wie er als junger Mann – ein Bauerntrampel nach den Maßstäben der Föderation – hier angekommen war, um seine Welt in der niedrigeren der beiden Kammern zu vertreten. Die riesigen Gebäude hatten ihn eingeschüchtert, die Bienenstöcke und Wolkenkratzer, die Allgegenwart einer Technologie, die man sich auf seiner fernen Welt nicht einmal vorstellen konnte. Obwohl er mit verschiedenen Terranern aufgewachsen war, die auf Burg Aldaran ein und aus gingen, und obwohl seine Mutter Terra als ihren Geburtsplaneten bezeichnete, hatte er schnell gemerkt, wie unglaublich wenig er wusste. An seine Mutter erinnerte er sich kaum, denn sie war gestorben, als er drei war. Aber mit Sicherheit hatte sie ihm nie etwas erzählt, das ihn auf die Realität vorbereitet hätte, die ihn in seinem ersten Jahr in der Abgeordnetenkammer einholte. Sie hatte ihm einen merkwürdigen, für Darkover untypischen Namen vermacht – einen altertümlichen und selbst nach terranischen Maßstäben ungewöhnlichen, wie er inzwischen wusste –, eine Neigung zur Kahlheit und darüber hinaus nur undeutliche, bruchstückhafte Erinnerungen. Alle drei Ehefrauen von *Dom* Damon Aldaran waren verstorben – sein Vater hatte tragisches Pech gehabt.

Zu Herms Glück war Lew Alton da gewesen, um ihm durch jene ersten Jahre zu helfen. Er hatte fast auf Anhieb gelernt, mit der Technologie umzugehen, per Computer an Informationen zu gelangen und mit Leuten zu kommunizieren. Noch wichtiger war, dass Lew ihn dazu angehalten hatte, die Literatur und Philosophie von hundert Planeten sowie die komplizierte Geschichte der Föderation zu studieren. Zunächst war ihm der Zweck dieser Anstrengungen nicht recht klar gewesen, und er hatte die Texte nur gelesen, um dem Älteren eine Freude zu machen. Doch allmählich hatte er begriffen, wie wenig gebildet er für die Aufgabe war, für die man ihn ausgewählt hatte. Nach großen Anlaufschwierigkeiten hatte er schließlich die Denkweise der Föderation verstanden, ihr Wurzeln in uralten Ideen, die auf Darkover nie Fuß gefasst hatten – darunter einige sehr gute Ideen.

Aber er wusste, dass man nun im Begriff stand, diese Ideale aufzugeben, und dass die Föderation auf eine Ära der militärischen Dominanz und Unterdrückung zusteuerte. Das war in der menschlichen Geschichte auch schon früher passiert, aber er wünschte, es würde nicht gerade zu seinen Lebzeiten eintreten. Und er konnte nicht offen darüber sprechen, wie es bei seiner Ankunft von Darkover noch möglich gewesen war. Wie jede andere Person auf dem Planeten war er ständiger Überwachung ausgesetzt, und er konnte nichts dagegen ausrichten, denn es galt als schweres Vergehen, die Augen und Ohren der Spitzel außer Betrieb zu setzen. Er fragte sich, was die Durchschnittsbürger darüber dachten und ob sie überhaupt dachten. Wahrscheinlich nicht, hypnotisiert von Medienberieselung und Videodramen, wie sie waren.

Aber Herm wusste, dass die Lage schlecht war und immer schlimmer wurde. Mittel in Billionenhöhe wurden alljährlich für neue Technologien ausgegeben. Gleichzeitig wandte man extrem wenig für die einfachen Leute auf, deren tägliches Leben immer härter wurde. Er hatte sich bemüht, dieses Phänomen zu verstehen, aber es ergab immer noch keinen Sinn für ihn, und wie die meisten seiner Kollegen in der Kammer war er buchstäblich machtlos dagegen.

Aber das waren morbide Gedanken. Daran waren wohl die Anstrengungen der letzten Zeit schuld. Regis Hastur hatte Herms ursprünglichen Platz in der Abgeordnetenkammer nach seinem Ausscheiden nicht wieder besetzt, und so war Herm seit sechzehn Jahren keinem gebürtigen Darkovaner mehr begegnet. Das machte ihm selten zu schaffen, aber nun war er so müde, dass es ihm wie eine schwere Last erschien.

Neuerdings war Schlaf ein seltenes Vergnügen geworden,

da die Versammlungen, sowohl die öffentlichen wie die nichtöffentlichen, in beiden Kammern der Legislative bis weit in die Nacht dauerten – oder was man auf diesem fürchterlichen Planeten unter Nacht verstand. Herm hätte jede einzelne von Zandrus eisigen Höllen vorgezogen. Der Senat, in dem er nun seit nahezu sechzehn Jahren schuftete, war ein Hornissennest, in das die Expansionisten gestochen hatten, und in der Abgeordnetenkammer war es kaum besser. Aber er war auch schon früher mit politischen Krisen fertig geworden, ohne dass er mitten in der Nacht aufwachte und das Gefühl hatte, das Herz müsse ihm jeden Moment aus dem Leib springen.

Sosehr Herm es hasste, in der Föderation zu leben, sosehr genoss er im Grunde den ständigen Aufruhr des Politikerdaseins. Jedenfalls hatte er ihn bis vor wenigen Monaten genossen, bis die Partei der Expansionisten schließlich eine hauchdünne Mehrheit in beiden Häusern erreichte und eine Politik zu machen begann, die er ablehnte. Sie hatten für alle Mitgliedsplaneten der Föderation neue Steuern erlassen, um eine Flotte von schweren Kampfschiffen zu bauen, obwohl es gar keinen Feind gab, gegen den man sich verteidigen musste. Ein paar Welten hatten protestiert und sogar zu rebellieren versucht; dorthin hatte man Kampftruppen gesandt, um »die Ordnung aufrechtzuerhalten«. Das war kein Spiel mehr, in dem Herm mit seinem natürlichen Talent für Wortgefechte und seiner Listigkeit brillieren konnte, die immer seine Hauptstützen gewesen waren. Es war zu einem täglichen Albtraum geworden, aus dem er nie mehr zu erwachen drohte.

In jüngster Zeit hatten die sich überstürzenden Ereignisse selbst einige der gemäßigteren Senatoren in der expansionistischen Partei aufgeschreckt. Mit bemerkenswertem Mut, wie Herm fand, hatten diese Männer und Frauen bei einem umstrittenen Verteidigungsgesetz gegen die eigene Mehrheit gestimmt, es wirksam vereitelt und Senat wie Kammer in eine verfahrene Situation gebracht. Es hatte Druck gegeben, Überredungsversuche, doch alles ohne Erfolg. Abgesehen von endlosen Konferenzen und langatmigen Reden war seit fast sechs Wochen keine richtige Arbeit mehr erledigt worden, und es sah auch nicht so aus, als sollte sich das in naher Zukunft ändern. Die Führer der Expansionisten wurden zunehmend verzweifelter, und das einzig Gute an dem ganzen Durcheinander war, dass seither keine neuen Steuern erlassen wurden. Doch auf lange Sicht war von einem lahm gelegten Parlament kein Nutzen zu erwarten. Eine handlungsunfähige Regierung konnte unbeabsichtigt mehr Schaden anrichten, als Gutes tun.

Herm versuchte die düstere Stimmung abzuschütteln, die seine Gedanken trübte, und fand sich bei der Erinnerung an eine der letzten Unterhaltungen mit Lew Alton wieder, bevor dieser sein Amt aufgegeben hatte und nach Darkover zurückgekehrt war. Der Glückliche. Lew musste jetzt nicht auf einem armseligen Hocker balancieren und versuchen aus einer Hysterie schlau zu werden, die in den letzten zehn Jahren immer größer geworden war. Was hatte er damals gesagt? Ach ja: »Es könnte eine Zeit kommen, Hermes, in der die Föderation kollektiv den Verstand verliert, und falls das tatsächlich eintritt, weiß ich im Grunde nicht, was ich dir raten soll. Aber wenn es so weit ist, wirst du es in deinem Innersten spüren. Und dann musst du dich entscheiden, ob du bleiben und kämpfen willst oder ob du vor dem ganzen Tumult fliehst. Und glaub mir, dein Verstand wird dir eine eindeutige Antwort geben. Verlass dich auf deinen Instinkt, junger Mann.«

Guter Rat und immer noch brauchbar. Aber die Dinge hatten sich seit Lew Altons Zeit als Senator von Darkover geändert. Damals war Herm noch nicht verheiratet gewesen – was für eine einzigartige Dummheit, eine Witwe von Renney mit einem kleinen Sohn namens Amaury zu heiraten! Aber er war hoffnungslos verliebt gewesen. Inzwischen hatten sie auch ein eigenes Kind, ihre Tochter Terése, ein fröhliches Mädchen von fast zehn Jahren. Die Familie war das Licht in seinem Leben, und Herm wusste, dass er ohne den Halt durch Kate und die Kinder noch viel unglücklicher wäre. Allerdings war ihm auch klar, dass er die Angelegenheit nicht gründlich durchdacht hatte, als er seine Frau kennen lernte, sich unsterblich verliebte und sie einen Monat später heiratete. Zweifellos hatte er nicht die Probleme bedacht, die sich ergeben, wenn ein halb-darkovanisches Kind ein Alter erreicht, in dem die Schwellenkrankheit auftritt und das *Laran* einsetzt. Und er hatte Katherine nie von den angeborenen paranormalen Gaben seines Volkes erzählt, auch wenn er es sich immer vorgenommen hatte ... eines Tages. Irgendwie war nie der passende Moment dafür gekommen. Und wie sollte er es ihr auch beibringen? »Ach, übrigens, Kate, was ich dir schon immer sagen wollte – ich kann die Gedanken anderer Leute lesen.«

Herm schauderte, wenn er sich die Szene vorstellte, die darauf unweigerlich folgen würde. Nein, er hatte ihr die Wahrheit nicht gesagt, ganz der alte Schlaumeier. Er hatte einfach weitergemacht mit seinen politischen Tricksereien, hatte Darkover vor räuberischen Elementen in der Föderation bewahrt und die Sache vor sich hergeschoben. Reue und Schuldbewusstsein brandeten in ihm auf, und in seinem Magen schienen wütende Insekten zu rumoren.

Nach dem Tod seiner Mutter war er ein in sich gekehrtes Kind gewesen und zu einem heimlichtuerischen Erwachsenen herangewachsen, eine Lebensweise, die ihm während seiner Jahre in der Föderation zustatten kam. Sogar die Wände hatten hier Augen und Ohren, selbst in diesem armseligen Ersatz für eine Küche, der so genannten NZ-Zone. Zwei Arbeitsflächen, eine winzige Spüle, ein Kühlkasten und ein Heizfeld waren kein Vergleich zu einem geräumigen Steinsaal mit einem bienenkorbförmigen Ofen in einer Ecke, ein, zwei großen

Kaminen und einem langen Tisch, an dem die Dienerschaft sitzen, essen und schwatzen konnte. Die alte Köchin auf Burg Aldaran, die inzwischen vermutlich tot war, hatte eine wundervolle Art, Schwimmvögel mit Gemüse zuzubereiten; das Wasser lief ihm im Mund zusammen, wenn er nur daran dachte. Er hatte kein frisches Fleisch mehr gekostet, seit er vor neun Jahren mit Katherine auf Renney gewesen war. Proteine aus der Retorte hatten kein Aroma, auch wenn sie seinen Körper nährten.

Er verbannte die angenehme Vorstellung an das feiste Geflügel, aus dem Fett und rosa Saft tropften, aus seinem Kopf und versuchte sich auf sein abruptes Aufwachen zu konzentrieren. Was hatte ihn nur aus der dringend benötigten Ruhe geschreckt? Er hatte keine Erinnerung an einen Traum, es musste also etwas anderes gewesen sein. Obwohl es warm im Raum war, zitterte Herm noch immer am ganzen Leib, und er sah, wie sich auf seinen Unterarmen eine Gänsehaut bildete. Er hatte nicht geträumt. Nein, ziemlich sicher machte sich gerade seine Aldaran-Gabe bemerkbar und ermöglichte ihm einen Blick in die Zukunft, auf den er wahrscheinlich gern verzichten würde, sobald ihm wieder einfiel, worum es ging. Sein *Laran* war bescheiden, es reichte gerade, um gelegentlich einen Gedanken der Männer und Frauen aufzuschnappen, mit denen er tagtäglich zu tun hatte, und er achtete sorgsam darauf, diesen Vorteil weder zur Schau zu stellen noch zu missbrauchen. Er verließ sich weit mehr auf seine natürliche Schläue als auf seine telepathischen Fähigkeiten – eine zuverlässigere Gabe und moralisch weniger zweifelhaft.

Außerdem war er Diplomat und kein Spion, und nur weil die Föderation jeden seiner Schritte überwachte, musste er es ihr nicht gleichtun. Er fragte sich allerdings, was die unsichtbaren Zuhörer wohl von seinen Liebesbegegnungen mit Kate hielten. Wahrscheinlich nichts, da sie Nacht für Nacht Millionen solcher Ereignisse aufzeichnen mussten. Dennoch vermisste er die echte Ungestörtheit schmerzlich, umso mehr, als er überzeugt war, auch in diesem Augenblick beobachtet zu werden. Er konnte immer wieder aufs Neue darüber staunen, was Menschen im Namen der Ordnung alles anstellten.

Nun musste ihm nur noch einfallen, was ihn geweckt hatte, dann konnte wieder schlafen gehen. Irgendetwas war mit Sicherheit im Busch, aber dieses Gefühl verfolgte ihn seit Wochen. Er hatte gelegentlich die Gedanken seiner Abgeordnetenkollegen aufgefangen – sie waren zutiefst beunruhigt. Das beschränkte sich nicht allein auf die Opposition, denn er hatte auch bei einer ganzen Reihe von expansionistischen Senatoren bemerkt, wie sie sich im Geiste krümmten, wobei ihre Gedanken die Worte aus ihrem Mund Lügen straften. Da er nicht über ein ausgeprägtes *Laran* verfügte, das seinem Vorgänger einen großen Vorteil verschafft hatte, behalf sich Herm mit Fetzen ungeschützter Gedanken, und was er zu hören bekam, war meistens eher banal und ichbezogen als nützlich.

In den Fluren und Konferenzzimmern des Senatsgebäudes machte sich in diesen Tagen Angst breit, und Herm hatte beobachtet, wie sich langjährige Verbündete nun misstrauisch beäugten. Man fürchtete sich aus gutem Grund. Opposition gegen die Pläne der Expansionisten war gefährlich, und so mancher Senator hatte in den letzten Jahren einen unerklärlichen Unfall erlitten oder war von einer plötzlichen Krankheit heimgesucht worden. Vertrauen und die Fähigkeit zu vernünftigen Kompromissen, die Grundpfeiler einer repräsentativen Regierung, waren so gut wie verschwunden, an ihre Stelle waren Vorsicht und Paranoia getreten, die Herm frösteln ließen, wenn er sie in den ungeschützten Gedanken seiner Kollegen wahrnahm. Durch diese Umstände erschien das Handeln von Leuten wie der Senatorin Ilmurit ungemein tapfer. Sie hatte zusammen mit sieben anderen Gemäßigten die Seiten gewechselt und damit die knappe Mehrheit zunichte gemacht, welche die Expansionisten unter so gewaltigen Anstrengungen und mit nicht geringer Hinterlist gewonnen hatten.

Seine Augen brannten heftig, und seine Muskeln zuckten. Es war zum Verrücktwerden, zumal er wusste, dass er normalerweise nicht aus irgendeinem nichtigen Anlass eine Vision hatte. So selten sich sein *Laran* auch manifestierte, es war stets wichtig. Zweimal in seiner Zeit als Senator von Darkover hatte es ihm schon geholfen, politische Fallen und Verrat zu umgehen.

Er schloss die Augen, wobei spürte, wie die Erschöpfung an ihm zehrte, und versuchte sich die Warnung ins Gedächtnis zu rufen, die ihn geweckt hatte. Sie war unklar, eine Ansammlung von Stimmen, Schmerzensrufen und Worten, die er kaum verstand. Er musste sich einige Minuten angestrengt konzentrieren, bis ihm klar wurde, dass es sich nicht um eine Sache handelte, sondern um zwei ineinander verwobene Ereignisse, so dass sich das eine schwer vom andern unterscheiden ließ.

Zwei Frauen? Ja, richtig. Wer waren sie? Keine der beiden war seine Kate, und die Stimmen gehörten auch keiner der Senatorinnen und weiblichen Abgeordneten, die er kannte. Dann hörte er die äußerst vertraute Stimme von Sandra Nagy heraus, der gegenwärtigen Premierministerin der Föderation. Er hatte sie nicht gleich zuordnen können, weil er an ihren meistens angenehmen Alt gewöhnt war, mit dem sie die in alle Winkel der Terranischen Föderation übertragenen Reden hielt, in denen sie neue Steuern erklärte oder den Einsatz von Kampftruppen gegen Zivilisten.

Herm begriff plötzlich, dass er keine Vision gehabt hatte und auch keinen Traum, sondern die Erfahrung der Hell*hörigkeit*, der seltensten Manifestation der Aldaran-Gabe. Er hatte in die Zukunft gehört – wenn er sich doch nur an die verdammten Worte erinnern könnte! Heftig massierte er sich die Stirn und versuchte mit reiner Willenskraft sein Gedächtnis dazu zu bewegen, dass es ein wenig Klarheit und Sinn in seine Gedanken brachte. Konzentriere dich auf Nagy, befahl er sich, und lass die anderen Geräusche beiseite.

»Ich kann nicht zulassen, dass die Arbeit der föderalen Regierung noch länger stillsteht«, vernahm Herm schließlich. *»Da die Opposition offenkundig entschlossen ist, die Legislative zur Geißel ihrer unerklärlichen und egoistischen Ziele zu machen, habe ich keine andere Wahl, als sowohl den Senat wie auch die Abgeordnetenkammer aufzulösen, und zwar so lange, bis Neuwahlen abgehalten und die Ordnung wiederhergestellt werden können.«*

Einen Augenblick lang war Herm wie betäubt. Wann sollte das passieren? Die Aldaran-Gabe war nie sehr genau und hatte selten so nützliche Details wie Datum und Uhrzeit zu bieten. Er zweifelte jedoch nicht an dem, was er vorausgehört hatte, und konnte nur überlegen, was es für Darkover bedeuten würde.

Völlig überraschend kam es nicht, denn nach der Verfassung der Föderation bestand diese Möglichkeit eigentlich immer. Seit mehr als hundert Jahren, seit die Terraner nach Darkover gekommen waren, hatte kein Premier mehr die Regierung aufgelöst, aber Herm hatte von solchen Ereignissen gelesen. Was er wusste, war nicht ermutigend. Sehr oft handelte es sich um einen ersten Schritt in Richtung Tyrannei, Unterdrückung und Leid. Mit ihrer Überwachung noch des bescheidensten Zuhauses war die Regierung schon ein gutes Stück auf diesem Weg gegangen. Und das alles im Namen der Sicherheit. Die Angst vor einer Rebellion war allgegenwärtig, und sie war im letzten Jahrzehnt ständig gewachsen, bis sie alles überschattete. Selbst die vernünftigen Männer und Frauen unter den Senatoren schienen sich angesteckt zu haben.

Was die Mitglieder der expansionistischen Partei anging, ließen sie sich die imaginären Erwiderungen solcher Revolten wie einen guten Wein schmecken und berauschten sich an Rachevisionen. Manchmal glaubte Herm, sie genossen ihre Fieberträume einer galaktischen Apokalypse.

Lew Alton hatte seinerzeit Recht gehabt – die Föderation ging langsam, aber sicher zu Grunde. Erstaunlich war nur, dass es so lange gedauert hatte. Aber was sollte er jetzt tun? Und was war mit der anderen, nicht so deutlichen Stimme, der unbekannten Frau, die in seinem Geist gerufen hatte?

Flieh!

Das einzelne Wort schallte wie eine gewaltige Glocke in seinem Kopf und übertönte für einen Moment alle anderen Überlegungen. Hermes-Gabriel Aldaran hatte Angst, und er schämte sich nicht, es sich einzugestehen. Halb erhob er sich von dem unbequemen Hocker, um sogleich wieder niederzusinken. Fremde Augen beobachteten ihn, und auch wenn es Tage oder gar Wochen dauern konnte, bis menschliche Augen die Aufzeichnung dieses besonderen Augenblicks betrachteten, musste er aufpassen, dass sein Verhalten keine Aufmerksamkeit erregte. Er musste an Kate und die Kinder denken.

Er rief sich die erinnerten Worte noch einmal ins Gedächtnis, und seine Frustration wuchs. Wann würde Nagy diese niederschmetternde Ankündigung machen? Was nützte ihm sein Vorherwissen, wenn er keinerlei Hinweise darauf hatte, ob die vorausgesehenen Ereignisse morgen oder in der nächsten Woche eintreten würden! Herm zwang sich, die augenblickliche Situation so ruhig und objektiv wie möglich zu betrachten. In einer Hand voll Welten brodelte es am Rande eines Aufstands, und wenn die Premierministerin die gesetzgebende Körperschaft auflöste, würde mindestens eine der Welten dies als Vorwand benutzen, um einen Bruch mit der Föderation zu versuchen. Für ihn war das klar, aber er konnte sich nicht sicher sein, ob Nagy es ebenfalls durchschaute. Ihr Beraterstab bestand fast ausschließlich aus den extremeren Stimmen in der Partei, aus Leuten, die allen Ernstes glaubten, sie verstünden es besser, das Leben auf den einzelnen Planeten der Föderation zu regeln, als die Bewohner selbst.

Und welche Bedeutung hätte die Auflösung der Legislative für die Gouverneure, Könige und anderen Regierungsorgane auf den Mitgliedsplaneten? Ohne eine Vertretung würden sie ihrer Stimme vollkommen verlustig gehen. Würde Nagy die Verfassung außer Kraft setzen und das Kriegsrecht einführen? Herm rieb sich nachdenklich den kurzen Bart. Nein, so weit würde sie nicht gehen – jedenfalls nicht sofort. Stattdessen würden sie und ihre Kumpane warten, bis irgendein Planet rebellierte, und das als Vorwand benutzen, den Notstand auszurufen. Das war der logische Verlauf.

Hatte man bereits Truppen zu jenen Planeten geschickt, die für gefährlich oder potenziell abtrünnig gehalten wurden? Herm wusste es nicht, und er konnte sich unmöglich Zugang zu Dateien mit jenen Informationen verschaffen, ohne augenblicklich Verdacht zu erregen. Er sollte aber vorsichtshalber davon ausgehen, dass Teile der Flotte an Ort und Stelle oder auf dem Weg waren. War nicht von Manövern im Sektor Castor die Rede gewesen? Er kratzte sich am Kopf und zermarterte sein müdes Hirn. Doch, Castor war richtig. Dort gab es zwei Welten, auf die er sich konzentrieren würde, wenn er ein Stratege der Expansionisten und auf Streit aus wäre.

Herm gab sich für den Augenblick zufrieden mit den theoretischen Überlegungen, die er ohne echte Informationen angestellt hatte, und versuchte seine eigene Lage zu analysieren. Wo stand er? Er war der unabhängige Senator eines geschützten Planeten und stellte für niemanden eine offene Gefahr dar. Er hatte sorgsam eine nicht bedrohlich wirkende Persönlichkeit kultiviert und war damit all die Jahre gut gefahren.

Aber Herm war mit den Grundzügen des expansionistischen Denkens ausreichend vertraut, um zu wissen, dass sie jeden als ihren Feind betrachteten, der nicht ihr Verbündeter war. Er hatte erlebt, wie einige seiner Freunde im Senat durch Skandale zu Fall gebracht wurden, von denen er wusste, dass sie frei erfunden waren, und er hatte nicht vor, abzuwarten, ob er das jüngste Opfer werden sollte. Das war zwar unwahrscheinlich, weil Darkover kein bedeutender Planet war. Aber zum Schutz seiner Familie war Vorsorge gewiss nicht verkehrt. Denn war der Senat erst einmal aufgelöst, genossen er und seine Lieben nicht länger die Immunität seines Amtes. Dann konnte man ihn verhaften, wenn nicht noch schlimmer. Wenn er doch nur nicht so müde wäre und klar denken könnte. Stattdessen hatte er einfach nur Angst und kämpfte gegen den Impuls zu fliehen an.

Herm beschloss, dass er herausfinden musste, wann Sandra Nagy ihre politische Bombe nun tatsächlich platzen lassen wollte, bevor er irgendetwas unternahm. Er stand von dem Hocker auf und tappte zu seinem Haushaltsterminal. Zumindest würde diese Handlung den Spionen in den Wänden nicht ungewöhnlich erscheinen. Herm hatte nämlich die Angewohnheit, sich mehrmals täglich in die Nachrichtenzufuhr einzuklinken, selbst nachts, wenn er, so wie jetzt, nicht schlafen konnte. Tatsächlich war es so typisch für ihn, dass es einen Verdacht eher zerstreuen konnte als erregen.

Er presste die Hand auf die Glasoberfläche des ComLink und wartete. Sekundenlang passierte nichts, und sein Herz begann ein wenig schneller zu schlagen. Er befürchtete, er könne schon zu spät dran sein, die Ereignisse seien ihm bereits entglitten, man würde ihm den Zugang verweigern, und bald klopfe ein Schlägertrupp der Expansionisten an seine Tür. Doch dann tadelte er sich im Stillen. Das System war seit Wochen so langsam, schuld daran waren Stromausfälle, die gelegentlich den halben Kontinent stundenlang in Dunkelheit tauchten.

Alles auf dem Planeten, von den Wahlen bis zur Essensbestellung, war von diesen elektronischen Verbindungen abhängig. Aber in ihrer Kurzsichtigkeit hatten die Expansionisten die Mittel für Verbesserungen gestrichen, und nun begann das System zusammenzubrechen. Es war symptomatisch für alles, was schief lief in der Föderation. Die Infrastruktur zerfiel, und niemand brachte ein Gesetz durch, mit dem sich etwas dagegen unternehmen ließ. Die Bevölkerungszahl stieg weiter an, aber die Dienste zur Versorgung der Menschen wurden zunehmend schlechter, weil die benötigten Mittel für Waffen, den Bau von Kriegsschiffen und die Ausbildung von Truppen ausgegeben wurden. Es war Irrsinn, und Herm war nicht der Einzige, dem dies bewusst war. Unglücklicherweise wollte aber niemand auf seine oder andere Stimmen hören, die darauf hinwiesen, es sei untragbar, Geld für Verteidigung statt für grundlegende Bedürfnisse zu verwenden.

Er dachte an seine geschichtlichen Studien. So widerstrebend er sie auch begonnen hatte, inzwischen waren sie fast zu einer Obsession geworden. Seine Begeisterung für Geschichte war eine der wenigen Freuden, die er außer seiner Familie hatte, eine Flucht aus der bedrückenden Gegenwart, die er durchlebte. Aus irgendeinem Grund musste er an die Geschichte eines großen Reiches denken, das kurz vor dem Zeitalter der Raumfahrt auf Terra existiert hatte, eines Landes, das den größten Teil dessen abdeckte, was man damals Asien und Europa nannte. Ein halbes Jahrhundert lang hatte es sich der Vorbereitung auf einen Krieg gewidmet, der nie ausbrach, und schließlich war es in lauter Einzelteile zerbrochen, Bankrott gegangen an seiner eigenen Furcht. Vielleicht würde die Bewegung der Expansionisten denselben Verlauf nehmen. Der Gedanke war ein schwacher Trost.

Schließlich sprang das Terminal mit einem Blinken an. Rasch überflog er die jüngsten Nachrichten und hielt nach Hinweisen Ausschau, die ihm verraten konnten, wie viel Zeit ihm noch blieb. Er überging Berichte über Lebensmittelknappheiten, einen weiteren Tumult um Wasser auf den indonesischen Inseln, die Ankunft des Gouverneurs von Tau Ceti III zu einem Staatsbesuch und verschiedene andere Schlagzeilen. Da, eine knappe Meldung, am Ende der neuesten Nachrichten. Die Premierministerin hatte für drei Tage später eine wichtige Rede vor beiden Häusern angekündigt. So viel Zeit blieb ihm also, um möglichst weit zu kommen. Nicht viel, aber genug. Er hatte tief im Innern das Gefühl, das Richtige zu tun, genau wie Lew es prophezeit hatte. Und schlau, wie er war, hatte er sich immer einen Fluchtweg offen gehalten.

Im ersten Augenblick konnte er einzig daran denken, dass er endlich nach Darkover heimkehren würde – und zwar unverzüglich. Eine Woge der Erleichterung ließ ihn in den blinkenden Schirm grinsen. Aber aller Wahrscheinlichkeit nach würde er nicht hierher zurückkommen, und das schuf eine Reihe neuer Probleme. Er musste Katherine und die Kinder mitnehmen. Das war weiter nicht schwierig, außer dass Kate Fragen stellen würde, warum sie ihr Zuhause verließen. Und er konnte ihr schlecht die Wahrheit sagen, denn das würde die Überwacher in den Wänden auf den Plan rufen.

Hermes seufzte. Das Leben als Junggeselle war sehr viel einfacher gewesen, aber auch weniger befriedigend. Kate war eine intelligente Frau; sie würde ihm einfach trauen müssen, weil sie wusste, dass er nur ihr Bestes im Sinn hatte. Einen Moment lang machte er sich sinnlos Sorgen, weil er die Kinder aus ihrer gewohnten Umgebung reißen würde, dann verbannte er den Gedanken. Sie waren noch jung und anpassungsfähig, und Schaden von ihnen abzuwenden war wichtiger als alle anderen Überlegungen. Später, wenn sie außer Reichweite der Dauerüberwachung waren, würde er ihnen alles erklären. Darauf freute er sich nicht gerade. Kate würde ihm das Fell über die Ohren ziehen, weil er nicht früher einen Weg gefunden hatte, ihr alles zu erzählen, und wahrscheinlich hatte er es nicht besser verdient.

Während er leise vor sich hin brummte, rief er ein Programm im ComLink auf, das Jahre zuvor dort angelegt worden war. Auf dem Schirm erschien eine Nachricht mit allen korrekten Codes, in der er aufgefordert wurde, unverzüglich nach Darkover zurückzukehren. Er unterdrückte ein Grinsen, weil er wusste, dass es sich nur um ein raffiniertes Betrugsmanöver handelte, und hoffte, die Informationsschnüffler hatten es nicht entdeckt. Die Nachricht sah jedenfalls ganz offiziell aus, und wenn niemand sie genauer prüfte, sollte sie ihm ermöglichen, sich und seine Familie außer Gefahr zu bringen.

Herm starrte auf den Bildschirm und bemühte sich, überrascht auszusehen, er kratzte sich verärgert am Kopf und murmelte vor sich hin. Dann rief er ein anderes Programm auf, wobei er seine Freude nur mit Mühe verhehlen konnte. Es gab wieder eine Verzögerung, und seine Achsenhöhlen wurden feucht vor Schweiß. Dann fand er wie von Zauberhand ein freies Ticket für eine Reise durch den Raum der Föderation, völlig korrekt auf das erste abgehende Schiff gebucht. Es erlaubte ihm, dank seiner privilegierten Stellung die erste verfügbare Kabine erster Klasse auf einem großen Raumkreuzer in Anspruch zu nehmen.

Die Benutzung dieses Hintertürchens verschaffte ihm ein grimmiges Vergnügen. Heutzutage, bei all den Beschränkungen durch die Expansionisten, dauerte es manchmal Monate, eine Überfahrt zu buchen, wenn man keine Freunde an der richtigen Stelle sitzen hatte. Aber als Senator konnte er immer noch seinen Rang ausspielen, auch wenn er damit höchstwahrscheinlich die Reisepläne eines völlig Fremden durcheinander brachte. Er beruhigte sein Gewissen jedoch mit der Überlegung, dass er vermutlich einem Parteigänger der Expansionisten Unannehmlichkeiten bereitete, denn diese Leute zählten zu den wenigen, denen überhaupt noch Reisen gestattet wurden.

Das Programm rief ein Verzeichnis ab, und der Computer gab ein schwaches, nicht unangenehmes Geräusch von sich, während er arbeitete. Nach mehreren Minuten öffnete sich ein Fenster, ein Reiseplan mit einer Umsteigemöglichkeit auf Vainwal. Das System akzeptierte seine Daten ohne Rückfrage, und er ließ die Buchung vornehmen. Sie hatten sechs Stunden Zeit, um zu packen und zum Raumhafen zu fahren. Das war nicht lange, und er betete darum, dass Katherine nicht allzu sehr widersprach.

Erschöpft von der Anstrengung, ließ er die Schultern ein wenig sinken. Sobald er sich entspannt hatte, kehrten die Stimmen aus dem Traum zurück, und Herm fiel ein, dass er noch nicht über die zweite nachgedacht hatte, die unbekannte, leisere Stimme. Frustriert bemühte er sich, sie noch einmal zu hören. Er zwang sich, ein paarmal tief Luft zu holen und ein wenig Geduld aufzubringen, obwohl es ihn vor allem nach Taten verlangte. Schließlich hatte er erst das halbe Rätsel entschlüsselt, und die zweite Stimme war wahrscheinlich ebenso wichtig wie die erste. Er durfte nicht übereilt handeln. Aber es war schwer. Seit jeher fiel es ihm nicht leicht, sich zu konzentrieren, vor allem, wenn er müde war. Er schloss die Augen, ballte die Fäuste und versuchte mit Willenskraft, die schwachen, weit entfernten Worte zurückzuholen. Zunächst kam nichts, doch dann tanzte eine Flut von Bildern vor seinem geistigen Auge vorbei. Er sah mehrere Blätter Papier mit ordentlichen Zeilen darauf, und dann fiel ein Tintenglas um und ergoss sich über die Seiten. *Regis ist etwas zugestoßen!*

Die Worte ließen ihn zittern. Herm zwang sich, eine Minute

lang sitzen zu bleiben und sich zu beruhigen, so gut es ging. Vielleicht enthielt seine gefälschte Nachricht von Darkover mehr Wahrheit, als er gedacht hatte. Er hatte noch immer keine Ahnung, wessen Stimme da über unermessliche Lichtjahre durch Raum und Zeit drang, um ihn im Traum zu finden und zu wecken, damit er handelte. Er fröstelte bis ins Mark, und kalter Schweiß bedeckte seine Brust.

Vorübergehend schien ihn Trägheit zu lähmen, seine Gedanken drehten sich in nutzlosen Spekulationen im Kreis. Dann befahl er sich aufzustehen, auch wenn seine Beine ihm nicht recht gehorchen wollten, und den Gemeinschaftsraum zu durchqueren. Er goss sich noch ein halbes Glas Saft ein, dann stellte er den Behälter in die Kühlbox zurück. Das leere Glas räumte er in den Sterilisator, bevor er tief Luft holte und sich darauf vorbereitete, Katherine zu wecken. Er würde sie antreiben müssen, durfte ihr keine Zeit lassen, nachzudenken und Fragen zu stellen – oder er musste sie und die Kinder im Stich lassen, und das war unvorstellbar. Wenn er doch nur nicht so müde gewesen wäre!

1

Marguerida Alton-Hastur saß an ihrem Schreibtisch und sah aus dem Fenster. Sie war unruhig, hätte jedoch keinen Grund dafür nennen können. Ein prächtiger, frühherbstlicher Himmel mit verschiedenen interessanten Wolkengebilden füllte die schmale Öffnung. Sie fand, dass eines an ein Kamel erinnerte, ein Tier, das auf Darkover nie existiert hatte und jetzt nur noch in einigen Wildreservaten lebte. Marguerida dachte daran, wie viel Spaß sie immer gehabt hatten, als die Kinder noch klein waren und zu bestimmen versuchten, wonach die Wolken aussahen. Einmal hatten mehrere Wolken in ihren Augen wie ein Schwarm Delfine ausgesehen, die in den Meeren von Thetis herumtollten, dem Planeten, auf dem sie aufgewachsen war. Sie hatte damals weder ihre plötzliche Tränenflut erklären können noch die Natur ihrer Fantasiebilder. Ihre Kinder hatten das Meer nie gesehen und erst recht nicht darin gebadet, sie konnten ihr schmerzliches Verlangen nach warmen Ozeanen und milden Seewinden nicht nachvollziehen. Komisch – sie hatte seit einer Ewigkeit nicht an jenen Tag gedacht. Sie wurde wohl langsam alt und fing an, in Erinnerungen zu schwelgen.

Inzwischen waren die Kinder alle viel zu groß für Wolkengucken, selbst Yllana, die Jüngste mit ihren elf Jahren, und Marguerida vermisste das harmlose Spiel sehr. Letzten Mittsommer war Domenic, ihr Ältester, zum designierten Erben seines Vaters ernannt worden, trotz der lautstarken Proteste von Javanne Hastur, ihrer schwierigen Schwiegermutter. Kaum zu glauben, wie schnell die Zeit vergangen war. Nicht mehr lange, und sie könnte selbst Schwiegermutter werden, und dann Großmutter! Hoffentlich würde sie ihrer noch unbekannten Schwiegertochter mehr Sympathie entgegenbringen als Javanne ihr, und hoffentlich würde sie freundlicher oder wenigstens höflicher zu ihr sein. *Aber noch nicht so bald,* flüsterte sie vor sich hin. Auch wenn das Elterndasein durchaus nicht immer leicht gewesen war, sie hatte es nicht eilig damit, dass ihre Kinder sie verließen.

Sie sah sich in dem kleinen Arbeitszimmer um, das sie sich in ihrer Suite auf Burg Comyn eingerichtet hatte. Das Feuer im Kamin loderte, und der behagliche Raum duftete nach brennendem Balsamholz. Die verkleideten Wände reflektierten das zuckende Licht des Feuers, und die Farben im Muster des Teppichs auf dem Steinboden erfreuten ihr Auge. Der Geschmack des Herbstes drang selbst durch die dicken Mauern von Burg Comyn, ein frischer Geruch, der ihren Geist stets belebte. Es hatte lange gedauert, bis sie sich an das Wetter auf Darkover gewöhnt hatte, denn auf Thetis war der Sommer mehr oder weniger endlos gewesen. Aber inzwischen freute sie sich richtig auf den Wechsel der Jahreszeiten und die Feste, die ihn unterstrichen.

Aus dem angrenzenden Raum hörte sie das fröhliche Klimpern eines Klaviers; dort gab Ida Davidson Yllana ihre Musikstunden. Marguerida lächelte bei dem Klang. Es handelte sich um kein E-Piano, wie es Ida gespielt hatte, als Marguerida während ihrer Universitätszeit bei ihr wohnte. Ein solches Instrument war auf Darkover verboten, da es die fortgeschrittene Technik der Föderation benutzte. Stattdessen handelte es sich bei diesem hier um eine anständige Imitation der noblen Vorfahren jenes Instruments, es war gänzlich aus einheimischem Holz und den raren Metallen Darkovers gefertigt, nach Entwürfen, die Marguerida unter großen Schwierigkeiten aus den Archiven der Universität erhalten hatte. Vorher hatte kein Tasteninstrument dieser Art auf Darkover existiert, aber nun, nach allen Mühen beim Bau des ersten, gab es sechs Stück davon in Thendara. Einige Mitglieder der Musikergilde schrieben spezielle Musik dafür. Yllana spielte jedoch keine dieser heimischen Kompositionen, sondern eine der Klieg-Variationen aus dem vierundzwanzigsten Jahrhundert – methodisch streng, strukturiert und eine echte Herausforderung für zehn kleine Finger.

Wie ihr ein rascher mentaler Überblick über Burg Comyn zeigte, gab es absolut nichts, was die Heiterkeit des Augenblicks stören konnte. Ihr *Laran,* eine Quelle des bitteren Zorns, als sie es an sich entdeckte, hatte durchaus seine nützlichen Seiten offenbart; eine davon war die Fähigkeit, ihre Umgebung abzusuchen. Vielleicht war sie völlig grundlos so nervös. Es war ein schwieriges Jahr gewesen, mit einem Sommer, der so heiß gewesen war wie schon lange nicht. Die Bauern hatten sich wegen einer Dürre Sorgen gemacht, und die Waldbrandgefahr in den Bergen war sehr groß gewesen. Auch Störungen anderer Art hatte es gegeben – einige kleinere Unruhen auf den Märkten von Thendara und Berichte von einem Aufstand in Shainsa in den Trockenstädten. Aber schließlich war vom Westen Regen gekommen, die milden, an zwanzig Grad heranreichenden Temperaturen waren vergangen, und es waren keine größeren Brände ausgebrochen.

Sie musste sich nun wirklich an die Arbeit machen! Mit dieser Verträumtheit vergeudete sie nur Zeit, und die war im Augenblick sehr kostbar. Marguerida blickte auf den Stapel Papiere vor sich. Es waren Personalbögen, bedeckt mit Noten und begleitenden Texten. Nach fast zwei Jahrzehnten des Zweifelns und Zögerns hatte sie schließlich ihrer großen, geheimen Leidenschaft nachgegeben und eine Oper geschrieben. Es hatte all ihren Mut und viel gutes Zureden von Ida gekostet, damit sie überhaupt anfing. Aber nachdem sie einmal begonnen hatte, konnte sie fast nicht mehr aufhören. Mikhail Hastur, ihr geliebter Gefährte und Ehemann seit nahezu sechzehn Jahren, hatte sich schon beschwert, dass ihre Tätigkeit als Komponistin ein größerer Rivale war, als es ein Mann aus Fleisch und Blut je sein könnte, und Marguerida wusste, er meinte es nur halb im Scherz.

Das Komponieren an sich war ihr ziemlich leicht gefallen, aber die Zeit – Ruhe und Frieden – dafür zu finden, war schwierig gewesen. Als Ehefrau des designierten Erben von Regis Hastur und Mutter von drei Kindern hatte sie viele Pflichten. Etwas widerstrebend hatte Marguerida auch einen Teil der Haushaltsführung von Burg Comyn aus der Hand von Lady Linnea Storn-Lanart, der Gemahlin Regis', übernommen. Sie hatte in den Jahren ihrer Ehe mit Mikhail Hastur vieles getan, was sie sich nicht hätte träumen lassen, als sie noch jung war und eine akademische Karriere anstrebte. An vorderster Stelle hierbei stand, dass sie unter Anleitung der Bewahrerin Istvana Ridenow gelernt hatte, wie sie mit ihren einzigartigen und potenziell gefährlichen *Laran*-Gaben umgehen musste. Ihre Freundin und Vertraute war gleich nach der Hochzeit von Neskaya nach Thendara gekommen, um sie und Mikhail mit auszubilden und zu unterrichten. Istvana war elf Jahre lang in der Stadt geblieben, und es waren wundervolle Jahre für Marguerida gewesen. Doch nun war Istvana wieder in ihrem eigenen Turm und folgte ihrer eigenen Berufung, und Marguerida fiel es immer noch schwer, sie nicht zu vermissen.

Sie blickte kurz auf die vergangenen Jahre zurück und kam zu dem Schluss, dass sie deren Herausforderungen gar nicht so übel gemeistert hatte. Oft hatte sie in der einen Hand alte Lesetexte in Darkovers rundem Alphabet gehalten und mit der anderen ein Kind an ihrer Brust gewiegt. Sie hatte gelernt, Sitzungen des Rats der Comyn ohne ihre furchteinflößenden Wutausbrüche durchzuhalten, selbst in Gegenwart ihrer Schwiegermutter, Javanne Hastur, die ein dauerhafter Stachel in ihrem Fleisch blieb. Die Schattenmatrix, die in ihre linke

Hand eingebrannt war, jenes Ding, das sie aus einem Turm in der Oberwelt gerissen hatte, blieb ein gewisses Rätsel, aber sie hatte Wege gefunden, es zu beherrschen, sodass sie sich nicht mehr vor ihr fürchtete. Die Matrix überstieg nach wie vor das beträchtliche Wissen, das die *Leroni* Darkovers im Laufe der Jahrhunderte angehäuft hatten, ein Ding, das wirklich und unwirklich zugleich war. Marguerida konnte damit heilen, aber genauso gut töten, und beide Extreme in den Griff zu bekommen, war sehr schwer gewesen. Es waren anstrengende Jahre gewesen, aber sie hatte Dinge zu Wege gebracht, die sie sich nie hätte träumen lassen, und das verschaffte ihr ein tiefes Gefühl der Befriedigung.

Während jener Jahre des Lernens und der Mutterschaft war ihr jedoch keine Zeit für die Musik geblieben, die einst ihr Leben bestimmt hatte und immer noch ihre beherrschende Leidenschaft war. Stattdessen hatte sie ihre beachtlichen Energien in weniger persönliche Aktivitäten gelenkt. Mit Hilfe des Gildenhauses von Thendara, dem Zentrum der Entsagenden in der Stadt, hatte sie eine kleine Druckerei und mehrere Schulen für die Kinder von Händlern und Handwerkern gegründet. Und sie hatte der Musikergilde geholfen, die Erlaubnis zum Bau eines neuen Aufführungssaales zu bekommen, der wesentlich größer war als alle bisherigen und die Erhaltung der vorzüglichen Musiktradition Darkovers in jeder erdenklichen Weise unterstützte.

Marguerida hatte die Projekte allerdings weder selbstlos noch leichtfertig ausgewählt. Als sie vor über sechzehn Jahren auf ihren Geburtsplaneten zurückkehrte, war dort alles, was mit der Terranischen Föderation zu tun hatte, groß in Mode gewesen, ein Zustand, der nicht nur die konservativeren Herrscher einiger Domänen beunruhigte, sondern auch die Handwerker und Händler. Sie befürchteten, ihre Lebensart könnte in einer Flut terranischer Technologie untergehen, und hatten sich sogar mit der Bitte an Regis Hastur gewandt, den Rat der Comyn wieder einzurichten, der zwei Jahrzehnte zuvor aufgelöst worden war. Ihre Forderung war in der Geschichte Darkovers ohne Beispiel, und Regis hatte sich ihre Argumente angehört und den Rat tatsächlich wieder eingesetzt. Damit blieb Darkover auf einem Kurs, der die Mehrzahl seiner Bewohner zufrieden stellte.

Doch eine völlige Rückkehr zu Prä-Föderations-Tagen war unmöglich, auch wenn einige Mitglieder im Rat ernsthaft anderer Meinung waren. Javanne, zum Beispiel, schien besessen von der Vorstellung, alle Leute müssten nur tun, was sie wollte, und sich richtig anstrengen, dann würde der Glanz früherer Zeiten irgendwie neu erstrahlen, und die Föderation würde sie nicht länger beunruhigen. *Dom* Francisco Ridenow, das Oberhaupt der Domäne Ridenow, war nicht viel besser.

Marguerida verstand beides, die merkwürdige Sehnsucht ihrer Schwiegermutter nach einer Zeit, die sie eigentlich gar nicht gekannt hatte – denn die Terraner waren vierzig Jahre vor Javannes Geburt nach Darkover gekommen –, und ihre beinahe atavistische Angst vor Veränderung. Die junge Frau begriff auch, dass es für eine Umkehr viel zu spät war und dass Darkover vermehrtes Wissen und nicht analphabetische Unwissenheit brauchte, wenn es gedeihen wollte. Die Föderation würde nicht abziehen, nur weil Javanne Hastur es wünschte; es schien allerdings unmöglich, der Frau diesen Umstand begreiflich zu machen.

Die Weltraummanie, die noch eine Generation zuvor die jungen Menschen beherrscht hatte, war jedoch wieder abgeklungen, und die große Masse der Leute war zu ihren normalen Beschäftigungen zurückgekehrt – mit einem stillen Seufzer der Erleichterung, wie Marguerida wusste. Die Zahl junger Männer und Frauen, welche die komplizierte Technologie der Föderation erlernen wollten, war ebenfalls zurückgegangen.

Es gab zwar immer ein Aufgebot junger Leute, die unbedingt eine Beschäftigung im Hauptquartier der Föderation anstrebten, aber dabei handelte es sich überwiegend um Abkömmlinge von Föderationsleuten, die Darkovaner geheiratet hatten.

Dafür war die Föderation selbst verantwortlich. Die politische Körperschaft, die Marguerida aus ihrer Universitätszeit kannte, gab es nicht mehr, an ihre Stelle war ein Gewirr von bürokratischen Gremien getreten, die alle eifersüchtig über ihre Privilegien wachten und nicht gewillt waren, Neuankömmlinge in ihren Reihen aufzunehmen. Diese Neuorganisation hatte vor zwölf Jahren stattgefunden und ihnen Lyle Belfontaine als Stützpunktleiter im Hauptquartier beschert. Marguerida hatte ihn nie persönlich kennen gelernt, ihr Vater hingegen schon, und der hatte ihr einen ziemlich armseligen Eindruck von dem Mann vermittelt. Belfontaine hatte keinen Zweifel daran gelassen, dass er die Darkovaner für rückständig und unbrauchbar hielt. Die organisatorische Verschiebung in der Föderation hatte ihn zum mächtigsten Terraner auf dem Planeten gemacht und selbst über dem Planetarischen Verwalter angesiedelt, der zwar seinen Posten behielt, aber in wesentlichen Dingen nichts mehr zu sagen hatte. Belfontaine hatte das alte John-Reade-Waisenhaus aus Verärgerung über eine Entscheidung von Regis geschlossen und das Medizinische Zentrum außer für die Angestellten der Föderation gleich ebenfalls dichtgemacht.

Die meisten dieser Ereignisse hatten sich bis vor kurzem unbemerkt von Marguerida abgespielt. Sie war viel zu sehr mit der Erziehung ihrer drei Kinder und den Studien mit Istvana beschäftigt gewesen. Beide Tätigkeiten hatten sie auf unerwartete Art befriedigt, größere Angelegenheiten hatte sie mit Freuden ihrem Vater, Regis oder Mikhail überlassen. Zusammen mit ihren anderen, öffentlicheren Aktivitäten hatte es ihr gereicht. Doch nun, da sie herausgefunden hatte, dass sie mit ebendieser Hand, die ihr Fluch und ihr Segen war, auch Musik komponieren konnte, hatte sie einen Quell der Freude entdeckt, den ihr nichts anderes bieten konnte.

Sie hatte nie an der Verwaltung von Burg Comyn teilhaben wollen, aber Lady Linnea überzeugte sie schließlich, dass sie keine andere Wahl hatte. Eines unbestimmten Tages, wenn Regis Hastur sich zur Ruhe setzte oder seine Gemahlin zu alt dafür war, würde ihr diese Aufgabe ohnehin zufallen. Die Vorstellung behielt etwas Unwirkliches für Marguerida, als könnte sie den Gedanken an das unvermeidliche Ende der beiden nicht ertragen.

Sie hatte ihre neuen Pflichten in Angriff gekommen wie alles andere in ihrem Leben auch – indem sie möglichst vieles in möglichst kurzer Zeit lernte. Es war von Nutzen gewesen, dass sie ihren längst verstorbenen Mentor Ivor Davidson zehn Jahre lang als Assistentin auf seinen Reisen in die hintersten Winkel der Föderation begleitet hatte, wo sie nach einheimischen Musiktraditionen forschten. Darüber hinaus genoss Marguerida den Vorteil, Burg Comyn auf eine Weise zu kennen wie niemand sonst. In ihr Gedächtnis waren uralte Erinnerungen an das Gebäude eingebrannt, ein Überbleibsel von der Überschattung durch die seit langem tote Bewahrerin Ashara Alton. Diese uralten Erinnerungen waren als immer wiederkehrende Albträume der Fluch ihrer Kindheit und Jugend gewesen. Erst die Rückkehr auf ihren Geburtsplaneten hatte sie von der Qual durch unerklärliche Gedanken und Bilder befreit, obwohl damit für eine Weile mehr Schwierigkeiten verbunden waren, als sie sich vorstellen konnte. Beinahe wäre sie am Einsetzen der Schwellenkrankheit im Erwachsenenalter gestorben – eine Erfahrung, die sie gnädigerweise fast schon vergessen hatte.

Ashara war beim Bau von Burg Comyn dabei gewesen, und nach ihrem Tod war ihr Schatten im mittlerweile zerstörten

Alten Turm an einer Seite der Burg gegenwärtig geblieben. So gab es also vergessene Seitenwege, Räume und Durchgänge, die Marguerida ebenso vertraut waren wie die Linien ihrer Hand. Dieses Wissen war beunruhigend, und sie musste es sorgfältig verbergen, denn es machte die Dienerschaft nervös. Der Umgang mit dem Personal war eine echte Herausforderung gewesen, da Marguerida mehr daran gewöhnt war, Dinge selbst zu erledigen, als sie zu befehlen. Und die Verwaltung von Burg Comyn war ein wesentlich größeres Unterfangen, als Reisepapiere und Gepäck in Ordnung zu halten. In vielerlei Hinsicht war das Gebäude wie eine autarke Stadt, mit eigener Brauerei, Bäckerei und selbst einer kleinen Weberei. Es war ständig mit Vorräten wie für eine Belagerung versorgt, und zu Margueridas Aufgaben hatte es gehört, das Haus gegen alle erdenklichen Notlagen zu wappnen.

Auch wenn Marguerida vor zweiundvierzig Jahren auf Darkover zur Welt gekommen war, hatte sie ihr halbes Leben auf anderen Planeten verbracht, und ein Teil von ihr fühlte sich immer noch als Eindringling. Ihr Vater sagte, ihm gehe es oft genauso, und es tröstete sie, dieses Gefühl der Fremdheit mit ihm zu teilen. Während ihrer gesamten Universitätszeit war sie von *ihm* entfremdet gewesen, aber als sie sich bald nach ihrer Rückkehr nach Darkover wieder begegnet waren, hatte sie ihn verändert vorgefunden. Nun konnte sie sich ein Leben ohne ihn nicht mehr vorstellen – seinen ironischen Humor, seine tiefen Einsichten und, vor allem, seine gleich bleibende Zuneigung zu ihr, Mikhail und allen seinen Enkeln. Er war nicht mehr der betrunkene, gepeinigte Mann, der nachts tobte, und selbst der Tod seiner Frau Diotima Ridenow vor zehn Jahren hatte ihn erstaunlicherweise nicht wieder in diesen früheren Zustand gebracht.

Doch trotz der verständnisvollen Gegenwart ihres Vaters war Margueridas Gefühl des Fremdseins nie ganz verschwunden. Unter anderem war das die Folge ihrer schwierigen Beziehung zu Javanne Hastur. Mikhails Mutter hatte sie nie ganz als Familienmitglied akzeptiert, auch wenn sein Vater, *Dom* Gabriel, den Widerstand schließlich aufgab und sie mit aufrichtiger Zuneigung willkommen hieß. Javanne hatte es stets verstanden, Marguerida das Gefühl zu vermitteln, etwas stimme nicht mit ihr und mit Domenic, ihrem Ältesten, den sie unter so ungewöhnlichen Umständen empfangen hatte – nämlich während der Rückreise durch die Zeit aus dem Zeitalter des Chaos. Möglicherweise hatte ihre Schwiegermutter sogar Recht, was Domenic anging, obwohl sich Marguerida eher die Zunge abgebissen hätte, als das zuzugeben. Er war ein seltsamer Bursche, der älter wirkte, als er war, zurückhaltend und distanziert. Aber der Unterschied reichte noch tiefer, und Marguerida wusste es. Ihr ältestes Kind hatte einen leicht unheimlichen Zug an sich, eine gewisse Stille, die den Eindruck erweckte, als lauschte er auf eine ferne Stimme. Und vielleicht tat er es tatsächlich, oder er war, wie *Dom* Danilo Syrtis-Ardais einmal halb im Scherz gemeint hatte, die Reinkarnation von Varzil Ridenow. Das wollte Marguerida nicht hoffen, denn nach ihrem einzigen Zusammentreffen mit dem längst toten *Laranzu* verspürte sie nicht das geringste Verlangen, ihm in anderer Form noch einmal zu begegnen, am allerwenigsten in der ihres Sohnes.

Sie versuchte zu akzeptieren und damit fertig zu werden, dass ihre Schwiegermutter sie nicht mochte. Immerhin war diese Regis' ältere Schwester und gehörte zur Familie. Ein wenig tröstete sie die Tatsache, dass Javanne Gisela Aldaran, die inzwischen die Frau von Mikhails älterem Bruder Rafael war, sogar noch unhöflicher behandelte. Das war so ziemlich das Einzige, was sie und ihre Schwägerin gemeinsam hatten, denn Marguerida hatte sich nie mit ihr anfreunden können, und deren ständige Anwesenheit auf Burg Comyn konnte mitunter eine echte Prüfung sein. Sie hatte sich redlich Mühe gegeben, sich mit ihrer Schwägerin zu versöhnen, hatte an Giselas Ahnenforschung in den Domänenfamilien Interesse gezeigt und auch am Schachspiel. Einmal zu Mittwinter war es ihr sogar gelungen, ein dreidimensionales Schachspiel als Geschenk für Gisela zu besorgen, die daraufhin vorübergehend auftaute.

Doch ansonsten blieb Gisela eine reservierte und störende Erscheinung auf Burg Comyn, die bereits genügend eigenwillige Persönlichkeiten beherbergte. Teilweise konnte Marguerida Giselas Melancholie und schwelende Wut verstehen. Die Frau hatte bereits als junges Mädchen ein Auge auf Mikhail geworfen und ihr Ziel nicht erreicht. Das war schon schlimm genug. Obendrein wohnten sie und Rafael aber auch noch in der Burg und bekamen Mikhail und Marguerida fast täglich zu Gesicht. Gisela war eine Art Edelgeisel, damit sich die Domäne Aldaran anständig benahm. Regis hatte *Dom* Damon Aldaran nie ganz getraut, und so anstrengend es auch war, Gisela ständig um sich zu haben, besaß er damit einen Hebel, den Alten in Schach zu halten. Es gelang Marguerida, ihrer schwierigen Verwandten deren schlechte Laune großteils zu vergeben, sie erkannte schließlich die Intelligenz und den Ehrgeiz darin und hätte sie nur so alle zehn Tage am liebsten erwürgt.

Mit ihrer Schwiegermutter verhielt es sich dagegen ganz anders, und obwohl Javanne nicht sehr häufig in der Burg weilte, entfachte der Gedanke an sie jedes Mal Margueridas Wut. Javanne war vernarrt in Rhodri und Yllana, die jüngeren Sprösslinge von Marguerida und Mikhail, Domenic hingegen behandelte sie, als wäre er Luft oder, schlimmer noch, als würde er schlecht riechen. Und dabei war er so ein guter Junge, so ernst und nachdenklich, ganz anders als Rhodri, der nichts als Unfug im Sinn hatte. Yllana war noch nicht voll ausgereift, aber sie war einigermaßen intelligent, geschickt mit den Händen, scharfzüngig wie ihre Mutter und vorsichtig wie Mikhail.

Grimmig schob Marguerida diese ablenkenden Gedanken beiseite. Es war an der Zeit, dass sie mit einer Reinschrift des gesamten Manuskripts begann. Diese Aufgabe hätte sie zwar auch an ein Mitglied der Musikergilde vergeben können, aber sie wollte es selbst tun. Ihre übliche Morgenarbeit hatte sie rasch erledigen können – den Speiseplan für das Abendessen, mit Gerichten, die Regis' mittlerweile sensiblen Magen nicht in Aufruhr versetzten, das Eindringen von Mäusen in einen der Mehlbehälter im Küchenbereich und mehrere andere Kleinigkeiten. Es war ein ganz normaler Tag, voller belangloser Probleme.

Die Kinder waren für den Augenblick beschäftigt, obwohl immer die Gefahr bestand, dass Alanna Alar, ihre schwierige Pflegetochter, sie störte. Domenic, ihr heimlicher Liebling, leistete seinen Wachdienst, und Rhodri schrubbte eine Mauer, die er vor ein paar Tagen mit Kreide und Farbe verziert hatte. Es war eigentlich ein hübsches Wandbild, und es tat ihr Leid, dass sie ihm befehlen musste, es zu entfernen, aber sie konnte ihrem anstrengenden Zweitältesten nun einmal nicht gestatten, gewohnheitsmäßig Wände zu verunstalteten. Es war schlimm genug, dass er sich an stibitzten Torten aus der Küche überfraß und offenbar Anstalten machte, Diebstahl als seine Vollzeitbeschäftigung anzusehen. Marguerida überlegte, ob sich ein Teil dieser kolossalen Energie nicht in künstlerische Bahnen lenken ließe, wozu Rhodri durchaus talentiert zu sein schien. Aber der Gedanke war müßig, denn in wenigen Monaten würde er zu seiner ersten Ausbildung nach Arilinn gehen, und danach warteten die Kadetten auf ihn. Sein Leben war bereits verplant, sofern das bei der unsicheren Lage der Dinge überhaupt möglich war.

Margueridas Jahre auf Darkover waren nicht störungsfrei

verlaufen, und daran war größtenteils die Terranische Föderation schuld gewesen. In den beiden vergangenen Dekaden hatte die Föderation den Druck auf den Planeten erhöht, seinen geschützten Status aufzugeben und Vollmitglied zu werden. Das hätte bedeutet, Steuern in die Kassen der zunehmend räuberischen Terraner zu zahlen, und es hätte außerdem drastische Änderungen in der Art und Weise, wie Darkover regiert wurde, zur Folge gehabt. Wenn ein Planet Teil der Föderation wurde, unterwarf er sich ihr und verlor im Wesentlichen die Autonomie über seine eigenen Ressourcen und seine Regierungsform. Aus diesem Grund hatte Lew energisch davon abgeraten, den geschützten Status aufzugeben, eine Entscheidung, die ihn zum Verbündeten von Javanne machte. Es hatte Javanne nicht sonderlich gefreut, dass Lew ihre Meinung teilte, da ihre noch aus der Jugendzeit stammende Abneigung gegen ihn sich mittlerweile zu etwas verhärtet hatte, das fanatischem Hass nahe kam, aber wenigstens fanden ihre erbitterten Auseinandersetzungen im Rat der Comyn damit ein Ende. Die »Debatten« bei den Ratssitzungen waren häufig emotional aufgeheizt und von Rachsucht geprägt und ließen bei Marguerida ein tiefes Verlangen nach Ruhe und Frieden entstehen. Doch wie ihr Lew ruhig darlegte, konnte es keinen Frieden auf Darkover geben, denn es wäre unnatürlich gewesen, wenn alle einer Meinung wären.

Anstatt mit ihrer Arbeit zu beginnen, wanderten Margueridas Gedanken zu den Problemen, welche die Föderation Darkover unaufhörlich bereitete. Es war wirklich sehr ärgerlich, dass sie sich nicht konzentrieren konnte. Dann hielt sie inne, sah stirnrunzelnd auf die Notenzeilen und schließlich zum Kaminfeuer. Sie war im Laufe ihrer Studien mit Istvana Ridenow äußerst diszipliniert geworden, und es war ungewöhnlich, dass ihre Gedanken so abschweiften. Vielleicht gab es doch einen Grund für ihre innere Unruhe.

Marguerida war hinsichtlich der sich verschlechternden Beziehungen zwischen Darkover und der Föderation stets auf dem Laufenden, auch wenn sie versuchte, möglichst im Hintergrund zu bleiben. Javanne missfiel an ihr unter anderem, dass Marguerida aufgrund ihrer Position die Ansichten ihres Mannes, ihres Vaters und einiger anderer auf Burg Comyn beeinflussen konnte. Javanne ging davon aus, dass sich ihre Schwiegertochter einmischte, denn das würde sie selbst schließlich auch tun, wenn sie die Gelegenheit dazu bekäme. Um diesem Misstrauen entgegenzuwirken, hatte Marguerida nach Kräften versucht, sich als richtige darkovanische Frau zu geben, die sich nur für häusliche Dinge und nicht für Staatsangelegenheiten interessierte. Wie sie bereitwillig zugab, war ihr das nicht sehr gut gelungen. Sie war viel zu energisch, um während der Ratssitzungen einfach nur still zu sitzen, auch wenn sie sich das jedes Mal wieder gelobte.

Es war wirklich komisch. Sie und Javanne waren sehr ähnlich veranlagt, und während Marguerida den Vorteil einer in der Föderation erworbenen Bildung besaß, kannte dafür ihre Schwiegermutter Darkover wie ihre Westentasche. So waren sie in fast allen Dingen uneins, und das oft auf schmerzliche Weise. Javanne konnte einfach nicht begreifen, dass man sich mit der Föderation auseinander setzen musste; sie ließ sich weder wegwünschen noch fortschicken.

Selbst wenn die beiden einer Meinung waren, so wie damals, als der Stützpunktleiter einige Medienschirme in den Gasthäusern der Handelsstadt installierte und Regis sie wieder abbauen ließ, weil sie das Abkommen mit der Föderation verletzten, geschah dies widerwillig und auf unfreundliche Art. Als Marguerida nun an diesen Zwischenfall dachte, regte sich etwas in ihr, und sie fragte sich, ob Belfontaine etwa einen weiteren Eingriff in die darkovanische Lebensart plante. Sie besaß keinerlei Informationen, die einen solchen Verdacht nahe gelegt hätten, aber manchmal schien ihr Unterbewusstsein schlauer zu sein als ihr wacher Geist.

Natürlich hatte es diese seltsamen Vorfälle im letzten Sommer gegeben. Ein kleiner Tumult auf dem Pferdemarkt, und alle möglichen Gerüchte, die vorbeigezogen waren wie die Wolken am Himmel. Es war ein Sommerfieber gewesen, und die normalerweise friedliche Bevölkerung der Stadt hatte sich für kurze Zeit hässlich und böse gezeigt. Aber warum sollte sie das gerade jetzt beunruhigen, da sie ein paar ungestörte Stunden zum Arbeiten hatte? Sie fühlte einen Schauder des Unbehagens, nicht zum ersten Mal, seit sie sich an den Schreibtisch gesetzt hatte, wie ihr nun klar wurde.

Irgendetwas beunruhigte Marguerida, und es war nicht die Föderation, nicht ihre Kinder oder Mikhail oder sonst etwas, das sie eindeutig bestimmen konnte. Sie verspürte einen leichten Anflug von Kopfschmerz und ein komisches Gefühl im Magen, fast als wäre sie wieder schwanger. Da sie wusste, dass dies nicht der Fall war, konnte sie sich ihr Unwohlsein nicht erklären, es sei denn, sie wurde ernsthaft krank. Schnell verwarf sie den Gedanken und wandte sich wieder ihrer Arbeit auf dem Schreibtisch zu.

Sie musste sich wirklich zusammennehmen und konzentrieren. Marguerida hatte sich selbst einen Termin gesetzt, den sie einhalten musste. In drei Wochen hatte Regis Geburtstag, und es war Brauch geworden, zu diesem Anlass für musikalische Abendunterhaltung zu sorgen. An diesem Tag sollte, als Geschenk für ihn, die Premiere ihrer Oper sein, deren Thema die Sage von Hastur und Cassilda war, den legendären Ahnen seines Hauses. Zum Glück gehörte es zu den ganz normalen Vorbereitungen auf das Ereignis, dass eine wachsende Zahl von Musikern in die Burg kam. Ein noch größeres Glück war es, dass die Sänger und Instrumentalisten Marguerida als ein inoffizielles Mitglied ihrer Gilde betrachteten. Bisher konnte das ganze Projekt vor Regis geheim gehalten werden, auch wenn sie überzeugt war, dass er etwas ahnte. In einer Burg, welche die verschiedensten Telepathen beherbergte, war es zwar schwierig, aber dennoch nicht unmöglich, eine Überraschung zu planen.

Marguerida schloss die Augen und lehnte sich in ihrem Sessel zurück. Erneut ließ sie die Alton-Gabe ihre Fühler ausstrecken und nach der Quelle ihres Unbehagens suchen. Diese besondere Eigenschaft ihrer Gabe hatte sie vor Jahren entdeckt, in einem längst zerstörten Turm in der fernen Vergangenheit, als sich ihr Leben für immer verändert hatte. Alles schien in Ordnung zu sein, also beschloss sie, dass sie sich einfach nur töricht benahm. Sie zuckte mit den Achseln, öffnete die Augen und griff zur Schreibfeder.

Nachdem sie die Feder ins Tintenfass getaucht hatte, begann sie die erste Seite abzuschreiben. Die darkovanische Notenschrift unterschied sich von der, die sie an der Universität gelernt hatte, aber nach all der Zeit war sie ihr vertraut und ging ihr leicht von der Hand. O ja, es war richtig gewesen, es selbst zu tun – hier gab es eine Stelle, wo unklar war, was sie gemeint hatte. Kein Wunder, nachdem sie das Original ein halbes Dutzend Mal umgearbeitet hatte. Sie summte die Noten, vokalisierte leise eine Strophe und nahm die notwendigen Korrekturen vor.

Nach einer halben Stunde hatte Marguerida vier Seiten sauber abgeschrieben, als ein rötlicher Sonnenstrahl durch das schmale Fenster fiel, den Schreibtisch erhellte und sie blinzeln ließ. Sie stand auf, um das blendende Licht auszusperren, aber statt den Vorhang zuzuziehen, blieb sie einen Moment stehen und sah hinaus. Ihr elfenbeinfarbenes Wollkleid schmiegte sich in bequemen Falten um ihren noch immer schlanken Körper, und die Schürze, die sie angelegt hatte, um Tintenflecke zu vermeiden, saß straff auf ihrer Taille. Eine frische Brise ließ die Fähnchen auf dem gegenüberliegenden Dach flattern, und der Geruch des Herbstes war allgegenwärtig. Unter anderen Umständen wäre sie jetzt draußen, auf einem Ausritt mit ihrem Pferdeknecht und zwei Wächtern. Sie würde sich zwar über die Eskorte ärgern, aber dennoch die frische Luft genießen. Dorilys, ihre geliebte Stute, war inzwischen achtzehn Jahre alt und schon schwach, deshalb ritt sie eins ihrer Fohlen, eine lebhafte, zinngraue Stute mit einem weißen Stern auf der Brust, die auf den Namen Dyania hörte. Es fiel schwer, einen so schönen Tag im Haus zu verbringen; mit gewaltigem Widerwillen wandte sie sich ihrem Schreibtisch zu.

Yllana hatte aufgehört zu spielen, und es war sehr still, als Marguerida sich wieder setzte. Erneut flammte Unbehagen in ihr auf, das sie aber zu ignorieren versuchte. Vielleicht war sie nur wegen der Oper nervös. Eigentlich war es ja mehr ein Oratorium, da es weder Kulissen noch Kostüme geben würde. Beides hätte sich Marguerida sehr gewünscht und dazu eine öffentliche Aufführung des Werks im neu erbauten Musiksaal am anderen Ende Thendaras. Aber in ihrer Position war das vermutlich keine sehr gute Idee. Javanne Hastur und einige andere eher konservative Angehörige der Domänen würden es wahrscheinlich für unschicklich halten, dass sie ein Stück komponierte, das öffentlich aufgeführt werden sollte, als wäre sie eine gewöhnliche Musikerin und nicht die Frau Mikhail Hasturs. Gegen die Feindseligkeit von Javanne war sie machtlos, sie konnte die Frau höchstens überleben, wie sie hoffte. Doch das würde womöglich noch eine Weile dauern, die Hasturs waren für ihre Langlebigkeit berühmt. Erst in einigen Jahrzehnten würde Mikhail der Herrscher ihrer Welt werden, wenn es überhaupt dazu kam. So wie die Dinge im Augenblick standen, war er Regis' rechte Hand, Lew Alton war seine linke, und Danilo Syrtis-Ardais hielt ihm wie immer den Rücken frei.

Marguerida war es recht so, denn wenn Mikhail erst an der Macht war, würde ihr Leben noch eingeschränkter werden, als es bereits war. Zum Glück nahm sie an, dass sie bis dahin eine ältere Dame sein würde, der es hoffentlich nicht mehr viel ausmachte, regelrecht eine Gefangene auf Burg Comyn zu sein. Noch machte es ihr allerdings sehr viel aus. Manchmal hätte sie am liebsten geschrien. Und gelegentlich ging sie tatsächlich mitten in der Nacht in einen der rückwärtigen Höfe und heulte die Monde an, nur damit ihr leichter wurde, und um einmal ganz allein, ohne die Wächter, Diener und all die zänkischen Persönlichkeiten zu sein, von denen die Burg voll war.

Sie nahm die Arbeit wieder auf und fand eine sehr schwierige Passage, die ihre volle Aufmerksamkeit erforderte. Vielleicht wäre es gar keine schlechte Idee, die Sache auf eine andere Gelegenheit zu verschieben – auf nächstes Jahr gar. Marguerida nahm einen neuen Bogen und sichtete die verschiedenen Stimmen darauf, fand heraus, wo das Problem lag, und tüftelte daran herum, bis sie zufrieden war. Wie hatte sie nur so plump sein können? Sie fragte sich, ob Korniel, der vorzügliche Opernkomponist des letzten Jahrhunderts auf Renney, auch solche Probleme gehabt hatte. Sehr wahrscheinlich. *Die Flut von Ys*, sein bekanntestes Werk, war Margueridas Maßstab für eine herausragende Leistung, und sie wusste, dass sie wahrscheinlich nie etwas so Großartiges und Bewegendes zu Stande bringen würde. Immerhin war manches von dem, was sie in Fortführung der umfangreichen Balladentradition über Hastur und Cassilda geschaffen hatte, gar nicht so übel. Sie hatte den Text geringfügig erweitert – hoffentlich nicht so sehr, dass sie die Empfindungen ihres Publikums verletzte – und einige fremde Elemente aus Quellen eingeführt, die sie im Norden gesammelt hatte. Erald, der Sohn Meister Everards, des verstorbenen früheren Hauptes der Musikergilde, war dabei sehr hilfreich gewesen. Er hielt sich nicht oft in Thendara auf, da er beim Fahrenden Volk lebte, den umherziehenden Gauklern Darkovers, aber wenn er in der Gegend weilte, kam er jedes Mal zur Burg und unterhielt sich mit ihr. Ein seltsamer Mann, aber sie betrachtete ihn als einen Freund.

Ja, dieser Refrain, den sie eingeführt hatte, war wirklich gut. Oder aber ihre Augen füllten sich aus einem anderen Grund mit Tränen. Marguerida legte die Feder beiseite, hob die linke Hand mit dem nun von Tintenflecken beschmutzten Seidenhandschuh und wischte den feuchten Film weg. Es war wirklich albern, von seiner eigenen Schöpfung so gerührt zu sein. Andererseits, wenn das Werk ihr selbst die Tränen in die Augen trieb, würde die Wirkung auf ihr Publikum vermutlich die gleiche sein. So ermuntert, ging sie mit frischer Begeisterung wieder an die Abschrift.

Doch mitten zwischen zwei Strophen trat plötzlich eine Veränderung ein. Im einen Augenblick war Marguerida noch tief in ihre Papiere versunken, und im nächsten fuhr eine Kälte in ihren Körper, die ihre Hand heftig zittern ließ. Die Feder spritzte, machte mehrere Kleckse und glitt ihr aus den Fingern. Über dem linken Auge spürte sie einen scharfen und schmerzhaften Stich, der so schnell wieder verging, dass sie fast glaubte, sie hätte ihn sich nur eingebildet. Sie blinzelte mehrmals, und der zunächst verschwommene Raum wurde wieder klar.

Für einen Moment saß sie einfach nur da, zu überrascht, um denken zu können. Es hatte sich wie eine Art Anfall angefühlt, aber sie hatte seit Jahren keinen mehr gehabt. Erst nach einer Weile begriff Marguerida, dass das, was sie gerade erlebt hatte, nicht ihr widerfahren war, sondern jemand anderem. Ihr erster Gedanke galt Mikhail und den Kindern. Ihr vorheriges Unbehagen musste eine jener unangenehmen Heimsuchungen durch die Aldaran-Gabe gewesen sein, ein Blick in die Zukunft. Diese hatte sie nicht häufig, und sie schienen sich immer um Ereignisse zu drehen, die ihr Leben unmittelbar betrafen.

Dann, ohne dass sie genau begriff, warum sie es wusste, war Marguerida plötzlich klar, was nicht stimmte. Sie stand abrupt auf und stieß gegen den Schreibtisch, sodass das Tintenfass umfiel. Dunkle Flüssigkeit ergoss sich über die Schreibunterlage, die eben kopierten Seiten und ihr Gewand, aber sie nahm kaum Notiz davon.

Mikhail! Die Alton-Gabe ertönte aus ihrem Geist und ließ alle Telepathen in dem großen Gebäude aufhorchen.

Was gibt es?

Regis ist etwas zugestoßen!

2

Ein kalter Windstoß schlug Katherine Aldaran ins Gesicht und ließ sie nach Luft schnappen. Es war ein Schock nach der Heizungswärme im Gebäude des Raumhafens. Die Angst, die Katherine umklammert hielt, seit Herm sie mitten in der Nacht geweckt und ihr befohlen hatte, für Darkover zu packen, schien ihren Würgegriff für einen Augenblick zu lösen; an ihre Stelle trat nun Zorn. Sie würde nie vergessen, wie er in jener schrecklichen Nacht im Halbdunkel des Schlafzimmers ausgesehen hatte, wie sich seine Pupillen selbst bei der ungenügenden Beleuchtung noch zusammengezogen hatten. Der verzweifelte Ausdruck auf seinem für gewöhnlich ruhigen, vertrauten Gesicht hatte sie so sehr erschreckt, dass sie nicht einmal Fragen stellte, sondern einfach tat, was er verlangte.

Sie hatte die Angst in der winzigen Kabine auf dem Schiff ausgehalten und beim Umsteigen auf Vainwal. Katherine schluckte schwer und öffnete den Mund, um endlich eine Erklärung zu verlangen, aber der eisige Wind entriss ihr die Worte und löste ihren Dutt auf. Sie sah, dass der Gepäckträger, den man ihnen zugeteilt hatte, direkt hinter ihr war, und zwang sich, die Fragen nicht zu stellen, die ihr auf der Zunge lagen. Stattdessen fluchte sie heftig in ihrer Renney-Mundart, machte ihrer Angst und Wut in farbigen Ausdrücken Luft, ohne sich darum zu kümmern, ob ihr Sohn ein paar Schimpfwörter aufschnappte. »Du hättest mich vorwarnen können, dass wir hier in einen Sturm kommen!« Ihre Worte klangen matt im Vergleich mit denen, die sie gern losgeworden wäre.

Herm sah zu, wie Katherine ihr langes schwarzes Haar bändigte und die Strähnen wie Peitschenschnüre aus dem erschöpften Gesicht zog. Sie besaß ein lebhaftes Temperament, seine Kate, und dass man sie mitten in der Nacht aus ihrem

Bett zerrte und dann ohne vernünftige Erklärung durch die halbe Galaxis verfrachtete, hatte ihre Selbstbeherrschung bis zum Äußersten strapaziert. Er hatte die Fragen, die in ihr aufstiegen, ein paar Mal aufgefangen – nach telepathischen Maßstäben hatte sie praktisch geschrien – und wusste, was es ihr abverlangt hatte, sie zurückzuhalten. Nur Kates Einsicht, dass ihr Diplomatengatte nicht offen sprechen würde, solange die Föderation mithörte, hatte ihn bislang vor einem zermürbenden Kreuzverhör bewahrt. Stattdessen war er mit kaltem Schweigen gestraft worden, was seiner Meinung nach noch schlimmer war.

Aber Herm musste unwillkürlich lachen, auch wenn er wusste, dass er sie damit noch wütender machte, als er den wunderbaren, reinen Herbstgeruch wahrnahm, der von Westen kam. Er konnte nicht anders. Die beißende Kälte strich ihm über die Wangen, erfrischend und vertraut, aber es lag noch keine Spur von Schnee in ihr. Er hatte vergessen, wie es sich anfühlte, und erst in diesem Augenblick wurde ihm bewusst, dass Heimweh sein täglicher Begleiter gewesen war. Seit mehr als zwanzig Jahren war er nicht zu Hause gewesen, und das war zu lange.

Nun legte er den Arm um Kates schlanke Taille und zog sie an sich. Er spürte die Wärme ihres Körpers und roch den schwachen chemischen Duft des Lufterfrischers aus dem Raumschiff. Sie wehrte sich gegen seine Berührung, und er ließ sie widerstrebend los.

»Ein Sturm? Davon kann keine Rede sein, Kate. Das ist nur eine frische Brise.« Er schnupperte kennerhaft und sprach unbefangener, als ihm zu Mute war. »Aber ich wäre überrascht, wenn es nicht vor Einbruch der Nacht noch regnen würde.«

Amaury, der das dunkle Haar und die blasse Haut seiner Mutter hatte, sah seinen Stiefvater skeptisch an, während sich Terése zitternd an sein Bein lehnte. Herm beugte sich vor und hob die Kleine in die Höhe, auch wenn sie dafür schon ziemlich groß war. Sie war ein hübsches Ding, mit dem roten Haar und den grünen Augen, die in der Aldaransippe so verbreitet waren. Tatsächlich sah Terése seiner Schwester Gisela sehr ähnlich, als diese im selben Alter war. »Ist es hier immer so kalt, Papa?« Vertrauensvoll schmiegte sie sich an seine Schulter. Sie hatte noch nie Schnee gesehen, und in dem künstlichen Klima, in dem sie ihr bisheriges Leben verbracht hatten, fiel nie Regen.

»Nein, Kleines. Das ist noch gar nichts im Vergleich zum Winter. Aber bald werden wir in einer warmen Kutsche sitzen – vorausgesetzt, Lew hat die Nachricht erhalten, die ich ihm von Vainwal geschickt habe – und dann in einem hübschen, warmen Haus.« Er zeigte über die spitzen Dächer Thendaras. »Siehst du das große Gebäude dort oben auf dem Berg? Dorthin fahren wir, glaube ich.« Er hatte den riesigen Bau noch nie gesehen, aber das musste Burg Comyn sein.

Selbst aus der Ferne wirkte sie gewaltig. Das Weiß des Mauerwerks leuchtete in der Nachmittagssonne, und Herm konnte Wimpel und Flaggen auf den Türmen und Vorsprüngen flattern sehen. Auf einer Seite stand eine dunkle Ruine, als wäre ein Teil des Gebäudes vom Blitz getroffen und nicht wieder repariert worden. Ohne dass er es sich erklären konnte, ließ ihn der Anblick plötzlich vor Unbehagen frösteln.

»Das ist kein Haus«, protestierte Amaury.

»Nein, es ist eine Burg.«

»Ist das die Burg, in der du aufgewachsen bist, Vater?« Amaury hatte vor einigen Monaten aufgehört, ihn Papa zu nennen, und die förmlichere Anrede übernommen. Er war jetzt fast dreizehn und benahm sich genauso, wie Herm es in seinem Alter getan hatte, als er auch Wege suchte, sich von seinen Eltern zu lösen und eine eigenständige Person zu werden.

»Nein. Burg Aldaran ist weit weg, droben in den Hellers,

das sind sehr, sehr große Berge, und man kann sie von hier nicht einmal sehen. Kommt. Bald sind wir in der Burg, dort bekommen wir ein schönes heißes Bad und Essen, das nicht aus einem Automaten stammt.« Er winkte dem Gepäckträger, den ihm der Zolloffizier zugeteilt hatte, da er offenbar immer noch Senator war. Der Mann, ein Zivilangestellter der Föderation, hatte ihre wenigen Habseligkeiten auf einen Wagen gestapelt.

Sie hatten so vieles zurückgelassen! Herm hatte versprochen, alles nachschicken zu lassen, aber er wusste, dass es wahrscheinlich nicht dazu kommen würde. Man würde alles beschlagnahmen, was sie nicht mitgenommen hatten. Er staunte noch immer, dass er Katherine ohne den geringsten Streit von Terra weggebracht hatte, nur mit den Dingen im Gepäck, die wirklich kostbar oder unersetzbar waren. Sie hatte ihn nicht einmal ausgefragt, als hätte sie seine Entschlossenheit gespürt. »Man hat mich nach Darkover zurückgerufen, Liebes«, hatte er verkündet. »Ich muss sofort aufbrechen, und ich will dich und die Kinder nicht hier lassen.« Das hatte genügt, damit sie sich in Bewegung setzte und zu packen begann. Er wusste, wie verängstigt sie sein musste, anders als die Kinder, die das Ganze anscheinend als ein großes Abenteuer ansahen. Wirklich unglaublich, seine Kate.

Die Bescheidenheit ihres Heims hatte verhindert, dass sie allzu viel Besitz ansammelten, aber ihr Gepäck war immer noch beachtlich. Da waren Kates Ölfarben und Pinsel, ihre Skizzenblöcke und Kreiden, Amaurys Sammlung von rennischen Kriegerfiguren und zwei von Teréses zerfledderten Stoffpuppen, dazu eine große Menge Kleidung, die für das Klima auf Darkover völlig ungeeignet war. Die grässlichen Synthetiksachen, die sie in den stets warmen Räumen Terras trugen, boten keinen Schutz gegen den beißenden Wind. Weiter hatten sie Hologramme von Katherines riesiger Familie auf

Renney dabei und sogar Herms Sammlung von Miniaturkeramik, winzige Schüsseln und Vasen, nicht länger als sein Daumen. Es war dumm gewesen, sie mitzunehmen, aber er hatte die lieb gewonnenen Objekte einfach nicht zurücklassen können. Abgesehen davon waren einige der Stücke tatsächlich sehr wertvoll, und er sah nicht ein, dass sie entweder in einem Lager verschimmeln oder zum Nutzen der Föderation versteigert werden sollten.

Nicht eingepackt hatten sie dagegen sämtliche technischen Spielereien der Föderation – weder Kommunikatoren noch Computer, Rekorder oder Sendegeräte. All das war nach darkovanischem Gesetz verboten, und ihre einzige illegale Fracht bestand aus einer kleinen Schachtel »Lumens«, von selbst leuchtenden Punkten, die auf jeder Oberfläche hafteten. Herm las gerne im Bett, und mit Hilfe der Lumens konnte er es tun, ohne seine Frau zu stören. Er dachte kurz darüber nach, wie die Kinder wohl reagieren würden, wenn sie schließlich erkannten, wie sehr sich Darkover von ihrer gewohnten Umgebung unterschied. In ihrem gesamten jungen Leben hatte stets eine Berührung mit dem Finger genügt, damit sie Zugang zu enormen Datenmengen hatten oder zu umfassenden Berichten von den Planeten der ausgedehnten Föderation. Herm war sich nicht sicher, ob ihm selbst ohne Medien noch wohl sein würde. Achselzuckend ließ er den Gedanken fallen.

Katherine war es inzwischen gelungen, ihr Haar zu einem Knoten am Hinterkopf zu drehen. Die Geschicklichkeit ihrer Finger erstaunte ihn immer wieder. Zum Glück war der Kragen ihres terranischen Gewands hochgeschlossen, sodass sie nicht unzüchtig erscheinen würde. Nachdem er so viele Jahre lang Frauen mit tief ausgeschnittenen Kleidern gesehen hatte, die ihren Nacken in einer Weise entblößten, die ihn bei seiner Ankunft in der Föderation schockierte, hatte er diese Besonderheit der darkovanischen Kleidersitten fast schon vergessen. Mit einem leichten Erschrecken fragte sich Herm, ob er sich wieder an Dinge anpassen konnte, die er nicht mehr für wichtig hielt – wie eben das Bedecken des Nackens für Frauen oder das Tragen eines Schwerts für Männer. War er noch ausreichend Darkovaner, um hier leben zu können?

Sie trotteten über das Rollfeld in Richtung des Torbogens, der den Raumhafen von dem Teil Thendaras trennte, den man die Handelsstadt nannte. Es war nicht weit, aber sie waren alle gründlich durchgefroren, als sie dort ankamen. Herm nickte den schwarz gekleideten terranischen Wachmännern träge zu und zückte seine Papiere und Dokumente, ohne sich das geringste Zögern anmerken zu lassen.

Herm hatte Katherine und die Kinder gezwungen, während des größten Teils der öden Reise in der kleinen Kabine zu bleiben. Sie wagten sich nur nach draußen, um im Speisesaal der ersten Klasse ihre Mahlzeiten einzunehmen. Trotz des großspurigen Namens handelte es sich nur um eine enge Kombüse mit im Boden verankerten Plastiktischen, Wegwerftellern und -besteck sowie einer äußerst beschränkten Auswahl in den Essensautomaten. Die Speisen waren praktisch geschmacklos, wenngleich wahrscheinlich nahrhaft gewesen, und Herm gestattete sich die Vorfreude auf richtige darkovanische Küche.

Als sie vor neun Jahren nach Renney gereist waren, um Terése ihrer Urgroßmutter vorzustellen, hatte auf den Schiffen noch so etwas wie Komfort existiert. Aber diesmal hatten sich bereits die Sparmaßnahmen bemerkbar gemacht, die jetzt überall gang und gäbe waren. Sie schienen Hermes symptomatisch für alles zu sein, was in der Föderation im Argen lag, und er war gewaltig erleichtert gewesen, als er vor einer halben Stunde den gewundenen Korridor hinabstieg, die zweite und dritte Klasse durchquerte und aus dem Schiff in das Gebäude des Raumhafens wechselte.

Die anderen Passagiere in der ersten Klasse waren argwöhnische, unfreundliche Bürokraten und Geschäftsleute gewesen. Im Essbereich hatte nicht das Stimmengewirr zivilisierter Konversation geherrscht wie auf ihrer früheren Reise, sondern nur das ständige Dröhnen eines Medienkanals, der uninteressante Nachrichten verbreitete, und das Klicken kleiner Computer-Touchboards der anderen Passagiere. Herm hatte mehr aus Gewohnheit zugehört als aus einem anderen Grund und gehofft, einen Hinweis aufzuschnappen, was jenseits der Leere, in der sie unterwegs waren, vor sich ging. Nichts hatte vermuten lassen, dass weltenbewegende Dinge geschahen, und er hatte sich schon gefragt, ob er etwa einen dummen und kostspieligen Fehler gemacht hatte. Aber am dritten Tag der langweiligen Reise schnappte er eine Information auf, die seine Nerven vibrieren ließ: Es war zu einer plötzlichen und scheinbar unerklärlichen Verkaufswelle an der Intersystem gekommen, einer der großen interplanetarischen Börsen.

Merkwürdig, dachte er. Als er noch ein Junge war und auf Burg Aldaran herumtobte, hatte er nie von einer Börse gehört, selbst der brave Terraner seines Vaters hatte eine solche Institution nie erwähnt. Doch wie er später entdeckte, stellten diese Handelsplätze einen unheimlichen Seismografen kommender Ereignisse dar, fast als könnten Geldanlagen in die Zukunft sehen, bevor es ihre Besitzer konnten. Herm hätte ein sehr reicher Mann werden können, wenn er seine Gabe mit dem Gefühl kombiniert hätte, das ihn beim Beobachten der Kursfluktuationen überkam. Stattdessen hatte er sein Verständnis dieser Dinge im Lauf der Jahre verfeinert, bis er eine Menge nützlicher Informationen aus einer scheinbar so irrelevanten Sache wie einer plötzlichen Veränderung bei Galliumoptionen oder der Missernte auf einem kleineren Planeten ziehen konnte.

Während er die Information über die kristalline Oberfläche

des Monitors ziehen sah, spürte er genau, welche Störung des Handels die Ankündigung der Premierministerin zur Folge haben würde. Niemand, nicht einmal ihre expansionistischen Berater, konnte das wirtschaftliche Chaos vorhersagen, das sie auslösen würden. Er war überzeugt, dass jemand, der Bescheid wusste, in der Hoffnung auf ein schnelles Vermögen geplaudert hatte, und sein Broker hatte etwas in Gang gesetzt, dessen Schockwelle man in der ganzen Föderation spüren würde. Es konnte Monate, wenn nicht Jahre dauern, bis man das ganze Ausmaß erkannte. Was Herm anging, war das gut so, denn wenn die Terraner in einer ökonomischen Krise steckten, würden sie eine Weile keine Zeit haben, sich mit Darkover zu befassen.

Seine schlimmsten Befürchtungen waren nicht eingetreten – er war nicht verhaftet worden. Aber er hatte während der Reise kaum geschlafen, ständig auf ein Unheil kündendes Läuten an der Kabinentür gehorcht. Kate war in ihrer Angst und Wut sehr still gewesen, und die Kinder hatten sie anfänglich nachgeahmt. Dann war es ihnen langweilig geworden, und sie hatten begonnen, ihm Fragen über Darkover zu stellen. Die trübe Zeit war dadurch schneller vergangen, und es hatte sogar sein gesteigertes Wahrnehmungsvermögen ein wenig besänftigt. Bei ihrer Ankunft auf Vainwal hatten Terése und Amaury Münzen für die vielen Glücksspielautomaten erbettelt, die überall im Raumhafen herumstanden. Vainwal war berühmt für sein Glückspiel und andere Freizeitvergnügen, und er hatte den beiden Kindern so viel Geld gegeben, dass sie beschäftigt waren, während er die Nachricht von seiner bevorstehenden Ankunft nach Darkover schickte. Er war sehr erleichtert gewesen, als er seine kleine Familie auf ein anderes Raumschiff und damit auf den letzten Abschnitt ihrer Reise geführt hatte.

Herm blieb angespannt, bis seine Papiere geprüft waren. Er

befand sich immer noch auf dem Hoheitsgebiet der Föderation und war deren Gesetzen unterworfen, nicht denen Darkovers. Zwar hatte er sich in seinen Amtsjahren nicht allzu viele Feinde gemacht, aber er wusste ganz genau, dass man ihn, solange er auf dem Boden der Föderation weilte, immer noch verhaften, zum Staatsfeind erklären und auf einen der Strafplaneten schaffen konnte, wo er dann ohne Verfahren und von allen vergessen schuften durfte, bis er starb. Es war mehr als einem seiner Kollegen so ergangen, daher nahm er die Reichweite des expansionistischen Arms auf jeden Fall ernst.

Der Wind frischte jäh auf, als er die Grenzlinie zwischen der Föderation und Darkover überquerte, sodass sein Allwettermantel wild an seinen Körper schlug. Er blieb stehen, um das nutzlose Kleidungsstück nach unten zu zerren, und stellte Terése auf dem Kopfsteinpflaster ab. Dabei merkte er, wie die Anspannung nachließ, die sein Leben in den letzten Monaten geprägt hatte. Egal, was jetzt noch geschah, er hatte seine Familie an den sichersten Ort gebracht, den er sich denken konnte, und wenn er in diesem Augenblick starb, würde man für sie sorgen. Sein Bruder Robert Aldaran würde sich darum kümmern, dass sie zu essen und ein Dach über dem Kopf bekamen, und niemand würde sie mit Gefängnis oder Tod bedrohen. Zu spät bemerkte er, dass es ein Fehler gewesen war, sich zu entspannen, denn nun senkte sich augenblicklich das ganze Gewicht seiner Erschöpfung auf seine breiten Schultern. Mit Mühe gelang es ihm, sich aufrecht zu halten.

Herm bemerkte eine große Kutsche, die auf dem Platz hinter dem Torbogen auf sie zu warten schien. Vier Pferde stampften mit den Hufen, ihre Mähnen und Schweife flatterten im Wind. Der terranische Gepäckträger hielt seinen Wagen an, lud zügig ihr Gepäck ab und schlurfte durch den Torbogen zurück, als machte es ihn nervös, wenn er sich am Rand der Handelsstadt aufhielt. Er wartete nicht einmal auf ein

Trinkgeld, was Herm ganz recht war, denn er hatte kaum noch Bares in der Tasche. Dann ging die Tür der Kutsche auf, und ein Mann, den Herm noch nie zuvor gesehen hatte, stieg aus. Er war etwa in Herms Alter, untersetzt und mit fröhlichem Gesichtsausdruck, sein Haar war braun, und seine blauen Augen funkelten.

»Senator? Ich bin Rafael Lanart-Hastur. Lew Alton bat mich, Sie abzuholen. Er kann im Augenblick nicht weg.« Das Funkeln in seinen Augen verblasste ein wenig; offensichtlich bekümmerte ihn etwas, das er nicht aussprechen wollte. Er warf einen raschen Blick auf die terranischen Wachleute, die gut drei Meter entfernt standen. Herm erriet, dass sie nicht hören sollten, was er sagte, obwohl er darkovanisch sprach.

»Dann lernen wir uns also endlich kennen! Kate, das ist mein Schwager, der Mann meiner Schwester Gisela.« Seine Stimme klang übertrieben herzlich und völlig unaufrichtig in seinen Ohren.

»Von mir aus kann er der König von Ys sein, Hauptsache wir kommen endlich aus dieser Kälte heraus!« Sie fauchte ihre Worte in *Casta,* das sie von Herm gelernt hatte, dann schenkte sie Rafael Hastur ein strahlendes Lächeln, von dem ihr Mann immer dachte, es könnte die Welt in Brand setzen.

»Aber natürlich!« Falls Rafael überrascht war, dass sie die Sprache beherrschte, ließ er es sich nicht anmerken, sondern bot ihr höflich den Arm an, ohne auf weitere Vorstellungen zu warten. Er half Katherine in die Kutsche, die Kinder krabbelten hinter ihr hinein. Der Kutscher lud bereits ihr Gepäck auf das Dach des Gefährts, und auch Herm suchte im Wageninnern Zuflucht vor dem Wind. Trotz ihrer Größe war die Kutsche mit fünf Personen ziemlich voll.

Helm und Rafael nahmen auf einer Bank mit dem Rücken zum Kutscher Platz, Katherine und die Kinder drängten sich auf der anderen zusammen. Rafael hob eine große Wolldecke vom Sitz neben ihm auf, entfaltete sie und reichte sie vorsichtig hinüber. Amaury nahm sie entgegen und breitete sie über ihre Beine, wobei er besonders eifrig seine Mutter einpackte, während das Rumpeln der Gepäckstücke, die auf das Dach getürmt wurden, kein Ende zu nehmen schien. Als es endlich vorbei war, hörte man, wie der Kutscher den Bock bestieg. Das Gefährt schaukelte, als die Pferde wendeten, und Herm sah durch das Fenster ein großes, heruntergekommenes Gebäude auf einer Seite des Platzes. Über dem Türsturz waren die Worte »John-Reade-Waisenheim« eingemeißelt, die Fenster hatte man mit Brettern verschlagen, und es sah traurig und leer aus.

Teréses Augen wurden groß vor Staunen, als sie die Kutsche untersuchte. Sie kannte solche Fortbewegungsmittel nur aus ihren Geschichtstexten, und es gefiel ihr offensichtlich. Die Kutsche war aus dunklem Holz gebaut, und auf dem Boden stand eine kleine Kohlenpfanne, die einen Geruch nach Rauch und ein wenig Wärme verströmte. Herm verfolgte, wie Terése die Hand ausstreckte und über das glatte Holz strich, dann zeigte sie ihr geheimes Lächeln. Wenigstens eine von ihnen hatte Spaß an der Sache.

Katherine holte tief Luft, zog ihren Allwettermantel fester um sich und schob die Hände unter die Decke. Dann sah sie ihren Mann und ihren Schwager an. »Findest du nicht, es wäre langsam an der Zeit, mir zu sagen, was verdammt noch mal eigentlich los ist, Hermes?« Sie war zu Terranisch zurückgekehrt, ihre tiefe Stimme klang ruhig. Dennoch erkannte Herm die Gefahrenzeichen. Seine Frau war nie Furcht erregender, als wenn sie vernünftig wirkte. »In dieser Kutsche gibt es doch sicher keine Abhörgeräte.«

»Ja, das sollte ich wohl. Du warst wirklich sehr geduldig mit mir.«

»Ich bin nicht dumm«, fauchte sie, und ihre Wangen röteten sich auf sehr anziehende Weise. »Du weckst mich mitten in der Nacht, mit einem Blick, als ... als wären die Teufelskatzen von Ardyn hinter dir her.« Sie stockte und schauderte am ganzen Leib. »Dann befiehlst du mir zu packen, wir würden abreisen, weil man dich nach Darkover zurückgerufen hat. Wie hat man dich gerufen? Und wann?«

Hermes bemerkte, dass ihn die Kinder aus großen und neugierigen Augen musterten, und er spürte die leichte Erheiterung Rafaels neben ihm. *Jedenfalls hat er keine furchtsame Frau geheiratet,* kam der sarkastische Gedanke.

»Auf dem Schiff konnte ich dir die Wahrheit wohl schlecht sagen, Katherine.«

»Aber jetzt kannst du es!« Sie kämpfte gegen ihre Angst an, die sie, so gut es ging, mit Wut tarnte.

»Ich hatte Grund zu der Annahme, dass die Premierministerin im Begriff stand, den Senat und die Kammer aufzulösen, und ich hielt es für keine gute Idee, abzuwarten, bis es tatsächlich so weit ist.« Er sprach in seinem vernünftigsten Ton, aber er merkte, dass Katherine sich nicht damit zufrieden gab – sie hatte ihren Zorn zu lange unterdrückt.

Rafael räusperte sich. »Es ist schon so weit – wir haben es gerade vor ein paar Stunden erfahren, nachdem wir von eurer Ankunft hörten. Alle Mitglieder des Senats und des Abgeordnetenhauses wurden verhaftet, glaube ich, darunter auch einige, die geschützte Planeten vertreten. Ich habe keine Informationen, was mit ihnen geschehen wird. Lew hatte nur wenige Minuten Zeit, mich zu unterrichten. Für mich hörte sich alles ziemlich verrückt an.«

»Was!«, brauste Katherine auf, ihre grauen Augen funkelten im düsteren Licht der Kutsche. »Wissen Sie das genau?« Renney, ihre Heimatwelt, war ein geschützter Planet wie Darkover, und eine Base von ihr war Gesandte. Herm bedauerte, dass er Cara, die er mochte, nicht mehr hatte warnen können.

»So genau wie eben möglich, da ich es von Lew erfahren

habe, und der hat es von Ethan MacDoevid, der im Hauptquartier arbeitet – das heißt, ich habe es nur aus dritter Hand. Ich wünschte, Rafe Scott wäre noch im HQ, der könnte im Moment eine große Hilfe sein.« Rafael Hastur zuckte die Achseln. *Rafe ist ein hervorragender Telepath und hätte sehr nützlich sein können.*

»Dann wundert es mich, dass ich nicht verhaftet wurde, auch wenn Darkover geschützt ist.« Herm stellte die Frage, von der er wusste, dass sie auch Katherine beschäftigte.

»Wir haben noch ein paar Sympathisanten im Hauptquartier sitzen, und Bestechung ist immer noch möglich«, antwortete Rafael knapp. Er wirkte jetzt irgendwie verhalten, und sein freundliches Gesicht sah düster und traurig aus. *Regis hat sich eine verdammt unpassende Zeit für seinen Schlaganfall ausgesucht! Und ich weiß nicht, wie lange wir es noch geheim halten können.*

Herm hörte den Gedanken und fuhr zusammen. *Regis ist etwas zugestoßen!* Die Worte klangen in seiner Erinnerung. Dann hatte seine Vorahnung also gestimmt. Aber wessen Stimme hatte er über die Lichtjahre zwischen Darkover und Terra hinweg gehört? Seltsam. Tiefe Trauer um diesen Mann erfasste ihn, dem er persönlich nie begegnet war. Ein Schlaganfall – also war er zumindest nicht tot. Aber nach den aufgewühlten Gedanken seines Schwagers zu urteilen, rechnete man offenbar nicht mit einer Genesung. Das konnte doch nicht sein. Er konnte sich Darkover nicht ohne den weißhaarigen Monarchen vorstellen. Und Rafael wollte eindeutig nicht darüber sprechen.

Rafael räusperte sich wieder und fuhr fort. »Ich bin nicht mit allen Einzelheiten vertraut – Onkel Lew war ziemlich verschlossen.« Er verzog das Gesicht zu einer komischen Grimasse. *Man wird mir wegen Gisela nie völlig vertrauen. Sie haben mich nur deshalb hierher geschickt, weil Herm mein Schwager ist und meine Anwesenheit kein Gerede zur Folge hat. Zur Hölle mit allen Aldarans!* Er zuckte zusammen, als wäre ihm bewusst geworden, dass er seine Gedanken für alle, die hören konnten, praktisch herausschrie. Dann warf er Herm einen hilflosen Blick an. »Er hat mir nur gesagt, ich soll euch abholen und genügend Schmiergeld verteilen, damit man euch unter keinen Umständen verhaftet.«

Sichtlich erschüttert kauerte Katherine an der Wand des Gefährts. »Das ist Wahnsinn. Wieso hast du nicht irgendeine Möglichkeit gesucht, es mir zu sagen? Und woher hast du es gewusst, wenn es sonst niemand wusste?« *Ich weiß, er hätte es mir nicht sagen können. Warum benehme ich mich nur so unvernünftig? Gab es denn wirklich keine Möglichkeit, es anzudeuten ... Nein. Hat er es überhaupt versucht?*

Herm rutschte voll Unbehagen auf seiner Bank umher. Alle seine Lügengespinste würden nun auf ihn zurückfallen, viel eher, als ihm lieb war, wie es schien. Er hätte Katherine schon vor Jahren die Wahrheit sagen sollen, aber der richtige Moment für die Enthüllung war einfach nie gekommen. Das hatte er sich jedenfalls so eingeredet. Er würde lügen müssen – schon wieder. Und er war so müde, dass er es kaum für möglich hielt. »Ich wurde von einer Büroangestellten bei Nagy gewarnt, die ich mir warmgehalten habe«, erklärte er, überrascht, dass seine Stimme nicht im Geringsten zitterte. Es gab tatsächlich eine Angestellte, von der er früher Informationen erhalten hatte, eine hübsche Frau, die gern mit ihm flirtete. Er hatte Katherine nie betrogen, war aber aus politischen Gründen mehr als einmal nur knapp daran vorbeigeschlittert.

»Und das konntest du mir nicht sagen?«

»Nein. Ich durfte dich und die Kinder nicht in Gefahr bringen – es gibt zu viele Abhörgeräte an zu vielen Orten.« Katherine wusste, dass eine ungestörte Privatsphäre in den letzten Jahren so gut wie nicht existiert hatte, und auch, dass ihre

Wohnungen nicht sicher waren, aber sie war nicht in der Stimmung, sich besänftigen zu lassen. Es gab allerdings nicht nur die Sicherheitskräfte, obwohl das die offensichtlichsten Spione waren. Da waren auch noch andere Gruppen, versteckte Banden zwielichtiger Leute, alle namen- und gesichtslos, die ihre eigenen Verdächtigungen gegen den Senator aus Darkover hegten und gegen alle anderen, die ihnen nicht gehörten. Herm hatte Spuren von ihnen in den ungeschützten Gedanken von Angestellten gefunden, die gar keine waren, und ebenso bei seinen Kollegen im Senat. Er fragte sich, ob die Expansionistische Partei wusste, dass es in ihren Reihen Verräter gab, die sich verschworen hatten, um die Macht über die dekadente Föderation an sich zu reißen. Aber das spielte eigentlich keine Rolle mehr. Was ihn anging, konnten sie sich zu Tode verschwören. Bei Aldones, war er müde!

Als Senator hatte Herm einen anderen Weg gewählt als sein Vorgänger Lew Alton und sich schlau als Bonvivant ausgegeben, ein freundlicher Bursche, der gelegentlich käuflich war. Denn Herm besaß nicht Lews Gabe des erzwungenen Rapports, konnte also niemandem seinen Willen aufzwingen, wie es Lew mehr als einmal mit großer Raffinesse und nicht wenig schlechtem Gewissen getan hatte. Aber Lew hatte eben eingesetzt, was er hatte, und den Preis dafür bezahlt. Lews Kräfte hatten einen hohen Preis gefordert, und in den Jahren, in denen Herm ihn erlebt hatte, war er ein schwerer Trinker gewesen. Ob er noch immer einer war?

Anstelle von Gewalt hatte Herm Verschlagenheit eingesetzt. Im Wesentlichen hatte er verhindern können, dass Darkover ein Planet wurde, der Aufmerksamkeit verlangte, der in irgendeiner Weise als Bedrohung erschien. Das war nicht leicht gewesen, denn die Paranoia der Expansionisten grenzte inzwischen an Besessenheit. Überall sahen sie Feinde, und viele von ihnen glaubten aufrichtig, dass geschützte Planeten irgendwelche Dinge ungestraft tun konnten. Sie wussten nie genau zu definieren, um welche »Dinge« es sich dabei handelte, aber das hielt sie nicht von dem Verdacht ab, sie würden irgendwie betrogen.

Herm hatte mit seinen eigenen Talenten gekämpft und so getan, als wäre Darkover nur ein rückständiger Planet, arm an Metallen, die man zum Bau von Schiffen oder Rüstungsgütern brauchen konnte, kaum in der Lage, genügend Nahrung für seine Bewohner zu produzieren. Er zeichnete das Bild einer verarmten Welt, und Darkover war weit weg und immer noch so unbekannt, dass nur wenige genauer nachgefragt hatten. Lew war es während seiner Amtszeit als Senator gelungen, einen großen Teil von Informationen über Darkover entweder zu unterschlagen oder irgendwie als geheim einstufen zu lassen, so dass der Zugang zu ihnen begrenzt war. Und zum Glück hatte Darkover keinerlei strategischen Wert, was sich allerdings schnell ändern konnte. Wer wusste, was die Zukunft bringen mochte, wenn die Föderation zerfiel oder sich in einzelne Fraktionen aufspaltete?

Das eigentliche Problem war der Geisteszustand der Expansionisten selbst. Sie bildeten sich überall Feinde ein, und im letzten Jahrzehnt hatten sie einen Großteil ihrer Energie dem Bau von Kriegs- statt Handelsschiffen und der Vorbereitung auf den Kampf gewidmet. Nur weil die Föderation noch nie einer anderen Raumfahrtmacht begegnet sei, so argumentierten sie, folge daraus nicht, dass es immer so bleiben müsse. Herm wusste, sie irrten sich, die Feinde, die sie fürchteten, waren bereits innerhalb der Föderation am Werk, und es war fast unausweichlich, dass eines Tages der ehrgeizige Gouverneur irgendeines Planeten rebellieren und den Krieg beginnen würde, den sie erwarteten. Das würde gewiss eine sehr unangenehme Überraschung werden, und Herm konnte nur hoffen, dass es am anderen Ende der Galaxis passierte. Darkover konnte es nun wirklich nicht gebrauchen, in einen Konflikt mit dem Ziel der gegenseitigen Vernichtung zu geraten.

Während die Kutsche über Kopfsteinpflasterstraßen ratterte, schaukelte der Wind das Gefährt hin und her. Sie fuhren die breiteren Straßen entlang, und Herm sah die offenen Läden der Geschäfte, verziert mit farbenfrohen Schildern. Sie kamen am Gerberweg vorbei, und der stechende Geruch von kochend heißen Bottichen mit Leder erfüllte die Enge der Kutsche. Terése verzog das Gesicht, sagte aber nichts. Amaury schaute aus dem beschlagenen Fenster, seine blauen Augen leuchteten vor Neugier und Interesse.

Schließlich meldete sich Katherine zu Wort. »Ich bin sicher, du hast das Beste getan, Hermes«, sagte sie, und ihre Stimme klang erschöpft. Bis zu diesem Augenblick war ihm nicht bewusst gewesen, wie viel Katherine das Schweigen während der Reise abverlangt hatte. *Was ist mit meiner Familie? Ich wünschte, wir wären dorthin gereist, statt auf diesen gottverlorenen Planeten – aber warum konnte mich Herm nicht irgendwie warnen? Nein, ich darf ihm keine Vorwürfe machen. Er hat schon immer alles für sich behalten – ich wünschte, es wäre anders. Es ist nicht so, als hätte ich nicht gewusst, dass die Dinge schlecht standen, dass sich die Föderation an ihren Nähten aufzulösen begann. Ich habe nur nicht glauben wollen, wie schlecht es wirklich stand. Ich wollte es nicht wissen, obwohl ich in den Nachrichten ständig Dinge bemerkte, die mich erschreckten. Selbst bei der Rebellion auf Campta und den Unruhen auf Enoch. Und ich wusste nur, was mich die Föderation wissen lassen wollte! Jetzt muss ich das Beste daraus machen. Zumindest hat er mir ein wenig von der Sprache beigebracht, und die Kinder konnten nie unterscheiden, welche Worte von Renney stammen und welche von hier. Es ist so kalt! Was wird aus Nana und den anderen werden, wenn sie Truppen der Föderation im Pfarrhaus unterbringen wollen?*

Sie wird sie wahrscheinlich mit einem Fluch belegen oder ihnen etwas von ihren Zaubertränken ins Essen mischen. Nana mag sehr alt sein, aber ich denke, sie kann sich durchaus noch um sich und meine Schwestern kümmern. Wann kommen wir an? Ich friere und ich bin so müde. Bestimmt geht es mir besser, wenn mir warm ist und ich erst einmal richtig ausgeruht bin.

Herm beugte sich vor und tätschelte Katherines Hand durch die Wolldecke. Sie öffnete die Augen und sah ihn einen langen Moment an, dann ließ sie die Hand unter der Decke hervorgleiten und umfasste sein Handgelenk. Sie spürte die Wärme seiner Haut. »Jetzt dauert es nicht mehr lange«, sagte er ruhig, als hätte er ihre unzusammenhängenden Gedanken gehört. Und vielleicht hatte er sie ja gehört, denn oft schien er zu wissen, was sie dachte, ohne dass sie ein Wort sagte. Nein, das war unmöglich! Er war nur sehr intuitiv. Was immer es war, es machte ihn zu einem guten Liebhaber. Bei ihrem einzigen Besuch auf ihrem Heimatplaneten hatte Nana gemeint, Herm habe das zweite Gesicht, und auch wenn sie das als den Aberglauben der alten Frau abtat, konnte sie nicht leugnen, dass ihr Gatte ein sehr ungewöhnlicher Mann war. Als Terése noch klein war, stand er oft auf, bevor das Kind zu weinen begann, lief zu ihrem Bettchen und hob sie genau in dem Moment an seine breite Schulter, in dem sich der rosa Mund zu einem Wehklagen rundete. Und er schien immer zu wissen, ob die Kleine nass oder hungrig war oder ob sie einfach nur gewiegt werden wollte.

Seit dem Tag, an dem sie sich zum ersten Mal begegneten, an dem er sie antraf, wie sie im Büro von Senator Kendai ein Porträt malte, war Katherine bewusst, dass Hermes Aldaran anders war als alle Männer, die sie kannte und die sie wahrscheinlich jemals kennen lernen würde. Seine Augen schienen alles zu sehen, bis hin zu Details, die sie selbst übersehen hatte. Sie fand ihn charmant und intelligent, aber auch geheimnisvoll, auf eine Weise, die sie nicht benennen konnte. Das hatte ihn fast unwiderstehlich gemacht.

Und nun, nach mehr als zehn Jahren, hatte sie immer noch das Gefühl, nicht sehr viel von ihrem Mann zu wissen. Sie wusste, er hatte mehrere Geschwister, seine Schwester Gisela und seinen Bruder Robert und noch weitere, die *nedestro* waren, was immer das bedeutete. Aber das war so ziemlich alles. Anfänglich hatte er kaum von Darkover gesprochen und wenn, dann von gewaltigen Schneefällen, hohen Bergen und endloser Wildnis. Seine Kindheit war ihr ein ziemliches Rätsel, obwohl er sich sehr für ihre interessierte, und er behielt immer eine gewisse Distanziertheit bei. Das faszinierte und frustrierte sie zugleich, und sie hatte gelernt, nicht mehr von ihm zu fordern, als er bereitwillig gab. Jetzt, da sie erschöpft und dadurch unbarmherzig auf sein Verhalten zurücksah, fühlte sie sich betrogen und unglaublich verloren. Doch dann tadelte sich Katherine für ihr Unglücklichsein und versuchte, das hässliche Gefühl loszulassen.

Gleich nach ihrer Hochzeit hatte Herm begonnen, ihr *Casta* beizubringen, und sie hatten entdeckt, dass es dem Dialekt von Renney ähnelte, beide verwandt mit dem alten Bretonisch. Die Beugungen waren zwar tückisch und verschieden, aber ein großer Teil des Vokabulars war so ähnlich, dass sie es rasch lernte. Sie wiederum hatte ihn im Rennischen unterrichtet, und beides hatte sich zu einem harmonischen Spracheintopf vermischt, den die Kinder lieber benutzten als das farblosere Terranisch.

Aber Katherine hatte nicht erwartet, je nach Darkover zu kommen, und sie stand immer noch unter Schock wegen der plötzlichen Abreise. Eine Erste-Klasse-Kabine auf einem Raumkreuzer war nicht gerade geräumig, und mit der Kutsche hatten sie sich nicht verbessert. Katherine hatte ein klaustrophobisches Gefühl, als würde sie nicht genügend Luft bekommen. Bei jeder Unebenheit in der Straße wurden ihre schmerzenden Glieder durcheinander geschüttelt, und obwohl die Kohlenpfanne im Boden ein wenig Wärme bot, fror sie bis ins Mark. Sie konnte ihren Ärger nur mühsam bezähmen, aber sie wollte vor den Kindern nicht mit Herm streiten, und schon gar nicht, wenn dieser praktisch Fremde zuhörte. Dennoch sehnte sie sich danach, die Stimme zu heben, ihre Wut und ihre Angst hinauszuschreien. Hermes-Gabriel Aldaran konnte von Glück reden, wenn er sie in den nächsten Wochen auch nur küssen durfte.

Herm seufzte, während er seine Frau und seine Kinder betrachtete und sich darüber klar wurde, dass er vielleicht nicht ganz so heimlichtuerisch hätte sein sollen. Das war eine Politik, die er noch bedauern würde, und zwar bald. Aber er hatte Darkover dreiundzwanzig Jahre lang als einen ziemlich primitiven Ort dargestellt, mit wenig Ressourcen, die es auszubeuten lohnte, damit seitens der Neugierigen kein Interesse aufkam. Er wollte nicht erleben, dass man die Hellers abholzte oder darkovanische Nahrungsmittel auf andere Planeten exportierte, um die stetig wachsenden Populationen zu ernähren. Und auf keinen Fall wollte er, dass das Wissen um die Türme Darkovers zu Allgemeingut wurde, wie es vor einer Generation fast geschehen wäre. Die expansionistischen Truppen würden den Planeten im Handumdrehen besetzen und es kaum erwarten können, die darkovanischen Telepathen für ihre Träume von Vorherrschaft einzuspannen.

Die Kutsche hielt an, und die Tür wurde geöffnet. Eine kalte Bö fuhr ins Wageninnere; die Kinder zitterten. Katherine zog sich nur tiefer in ihren glänzenden Allwettermantel zurück und schaute grimmig. Ein Diener wartete in der Livree der Burg, und sie stiegen einer nach dem anderen aus.

Zwei breite Treppen führten aus dem gepflasterten Hof,

und Herm trieb seine Familie rasch nach oben. Hinter ihm luden die Diener das Gepäck ab. Rafael führte die Neuankömmlinge durch eine Tür in eine bescheidene Eingangshalle. An den steinernen Wänden hingen Wandteppiche, und die Fliesen unter ihren Füßen bildeten ein Schachbrettmuster. Es roch nach Holzrauch und feuchter Wolle, und an Haken neben der Tür hing eine Reihe wollener Umhänge. Aber nach der Kälte draußen war es hier wunderbar warm und behaglich.

Sie folgten Rafael eine lange Treppenflucht hinauf zum nächsten Stockwerk, dann einen Korridor entlang und eine weitere Treppe nach oben. Herm spürte das Erstaunen der Kinder über die Treppen, da auf Terra selbst die bescheidensten Bienenstöcke, wo die Armen sich in ihrem Elend drängten, über Aufzüge verfügten. Er war nie auf Burg Comyn gewesen, aber er hatte gehört, dass das Gebäude ein regelrechtes Labyrinth aus Fluren und Treppen war. Die Kinder warfen ihre Mäntel ab und beobachteten die neue Umgebung mit Interesse, Katherine hingegen hatte den Blick beim Gehen starr geradeaus gerichtet, sie hielt den Rücken steif und ihr Gesichtsausdruck war leer wie bei Überlebenden einer ungeheuerlichen Katastrophe.

»Wir haben erst spät von deiner Ankunft erfahren, Herm, deshalb wird euer Quartier wahrscheinlich ein bisschen chaotisch aussehen. Aber das Bettzeug ist bestimmt sauber, auch wenn die Vorhänge leicht von Motten zerfressen sind.«

»Nach den Kabinenkojen der letzten Tage wird es uns wie der reinste Luxus vorkommen, Rafael. Wo hast du uns untergebracht?« Er wollte sich jetzt unterhalten, brauchte sinnlose Geräusche, damit seine innere Anspannung nachließ.

»In der zweiten Storn-Wohnung, die abgesehen von Mittwinter seit einer Ewigkeit nicht benutzt wurde. Die vor Jahren einmal für Lauretta Lanart-Storn ausgebaut wurde. Gisela und ich bewohnen die Aldaran-Suite, und die ist wirklich nicht groß genug für eine zweite Familie.« Er klang, als würde er sich dafür ein wenig schämen, und Herm grinste ihn nur an.

»Wer ist das, Lauretta Lanart-Storn?«, fragte Amaury.

»Sie war die Frau meines Großvaters, obwohl sie keine Blutsverwandte von mir ist«, antwortete Herm.

»Wie geht das?«

»Mein Vater war nicht ihr Sohn, Amaury.«

»Klingt kompliziert.«

Herm lachte leise; er war froh über die Aufmunterung. »Das ist es auch. Darkovanische Stammbäume sind ziemlich schwierig und oft verwirrend, selbst für diejenigen von uns, die sie von klein auf kennen.«

»Wie kommt das, Vater?« Amaury wirkte aufrichtig interessiert, während sie den langen Flur entlanggingen, vorbei an brennenden Lampen und ausgebleichten Wandbehängen.

Herm blickte auf seinen Stiefsohn hinab und fragte sich zum ersten Mal, ob es richtig gewesen war, den Jungen nach Darkover zu bringen. Er war ein sehr empfindsames Kind, mit dem raschen Verstand und der tiefen Intuition seiner Mutter, und wer weiß was von seinem Vater. Die Spannung zwischen seinen Eltern hatte ihm Angst und Sorge bereitet, auch wenn er es ziemlich gut verbarg. Er versuchte, beschwichtigend zu wirken, so wie Herm selbst es vor langer Zeit bei seinem Vater gemacht hatte. Welchen Platz konnte der Junge hier finden? Herm war zu müde, um darüber nachzudenken. »Darkover hat nicht viele Einwohner, daher haben die Familien der einzelnen Domänen wie die Altons oder die Aldarans und die niedrigeren Familien wie die Lanarts und die Storns seit Jahrhunderten untereinander geheiratet. Wenn man weit genug zurückgeht, ist jeder mit jedem verwandt. Rafael hier, zum Beispiel, ist von der Seite seines Vaters ein Lanart, aber ich habe keine Ahnung, wie er mit Lauretta verwandt sein könnte.«

»Genauso wenig wie ich«, warf Rafael ein und grinste

leichthin. »Aber Gisela würde es wissen. Sie kennt sich gut aus in solchen Dingen.«

»Du erstaunst mich, denn das Letzte, was ich meiner Schwester zugetraut hätte, ist Interesse an Ahnenforschung«, antwortete Herm. »Als ich Darkover verließ, war sie noch ein Mädchen, und ihre einzigen Beschäftigungen schienen Jagen, terranische Romane und neue Kleider zu sein, sooft sie Vater welche abbetteln konnte.«

»Das hat sich nicht geändert«, gab Rafael zu, »aber sie ist zu intelligent, um sich derart zu beschränken. Sie arbeitet seit Jahren an einem Buch über Schach, und was ich davon gesehen habe, klingt sehr gut. Und sie dürfte so ziemlich jedes Buch im Burgarchiv gelesen haben.«

»Meine Schwester schreibt Bücher? Ich staune!«

»Sie sagt, es verhindere, dass sie sich langweilt, denn Kinder hüten sei überhaupt nicht nach ihrem Geschmack.«

»Wie viele sind es denn inzwischen? Ich habe den Überblick verloren.«

»Da wären einmal Caleb und Rakhal, ihre Kinder aus erster Ehe, dann unsere Tochter Casilde und unsere Söhne Gabriel und Damon. Rakhal ist in Arilinn und beabsichtigt, dort auch zu bleiben, Casilde wird demnächst dorthin gehen.« *Ich hoffe, sie gibt diese verrückte Idee auf, eine Entsagende zu werden. Ein Jammer, dass Margueridas Freundin Rafaella so attraktiv ist und die Entsagenden so romantisch wirken lässt. Sie wird schon noch klüger werden, denn es kann kein angenehmes Leben sein. Außerdem ist Vater sein viel schwerer, als ich dachte.* »Und die Jungen sind eben Jungen, und ich hab genug zu tun, sie von allzu viel Unfug abzuhalten.«

»Und Caleb?«

Rafael runzelte die Stirn. »Er ist in Nevarsin«, sagte er ein wenig abrupt. Herm verstand seinen Unwillen, darüber zu sprechen, denn Caleb musste mittlerweile über zwanzig sein, und wenn er noch in Nevarsin war, dann beabsichtigte er wahrscheinlich, ein *Cristoforo*-Mönch zu werden. Auch wenn die Söhne der Domänen seit Jahrhunderten von *Cristoforos* erzogen wurden, war es heutzutage selten, dass sich einer dieser sonderbaren Gemeinde im hohen Norden, in der Schneestadt, anschloss, wie sie manchmal genannt wurde.

»Hier wären wir endlich.« Rafael trat vor und öffnete eine Doppeltür. Er stieß beide Flügel auf und winkte sie in einen großen Salon. Im Kamin brannte ein Feuer, der Duft von kürzlich aufgetragenem Bienenwachs stieg von den schweren, hölzernen Stühlen davor auf und strafte Rafaels Andeutung über den Zustand ihrer Unterkunft Lügen. Der dicke Teppich unter ihren Füßen war staubfrei, und die Vorhänge vor dem Fenster sahen relativ neu aus.

Ein hübscher Raum, der für eine Frau möbliert war. Die Wände waren in einem hellen Goldton gehalten, und der Wandteppich stellte eine Gruppe von Damen dar, die sich über einen riesigen Stickrahmen beugten. Es gab kleine, mit dickem Samt gepolsterte Fußschemel und mehrere kleine Tische ebenso wie einen größeren, an dem bequem sechs Leute sitzen konnten. In seiner Mitte stand eine Vase mit Blumen, deren schwacher Duft sich mit dem Geruch des Feuers vermischte.

Katherine sah sich um, ihr Künstlerblick erholte sich nach der Öde der Schiffskabine zusehends. Sie drehte sich einmal um sich selbst und entspannte sich in der Wärme des Raumes, dann schenkte sie Rafael ein strahlendes, wenn auch müdes Lächeln. »Es ist sehr schön hier. Danke. Sie haben keine Vorstellung, wie ... Dieser Raum ist fast so groß wie unser gesamtes Quartier auf Terra. Und Holz, richtige Holzmöbel. Die haben wir auf Renney auch, und ich habe sie wohl vermisst, ohne dass ich es richtig merkte. Ich hoffe, es war nicht zu viel Mühe.«

Rafael zuckte nur die Achseln. »Die Diener haben alles hergerichtet. So, das Hauptschlafzimmer ist durch diese Tür, Bad und Abtritt sind den Flur entlang, zweite Tür rechts. Ihr könnt es nicht verfehlen. Dort findet ihr Bademäntel und Handtücher und alles. Ich lasse euch etwas zu essen bringen, wenn ihr mir sagt, ob ihr Frühstück oder Mittagessen vorzieht. Lew meint, das Essen auf den Schiffen ist bodenlos schlecht, und ihr wollt bestimmt sofort etwas Schmackhaftes.«

»Was ist hinter der anderen Tür?« Terése deutete zu einem geschlossenen Portal am anderen Ende des Raums.

»Da sind die anderen Schlafzimmer, und du kannst dir aussuchen, welches du haben möchtest«, antwortete Rafael. Er hatte offensichtlich viel Erfahrung mit Kindern und trotz seiner eigenen Zweifel auch ein angeborenes Talent für sie.

Teréses Miene hellte sich auf. »Ein eigenes Zimmer? Ich muss es mit niemandem teilen?«

»Du bist alt genug für ein eigenes Zimmer, Terése – was für ein schöner Name.« Rafael warf Herm einen Blick zu, der Bände sprach, und Herm wurde leicht verlegen, auch wenn die beengten Lebensverhältnisse auf Terra ihm keine große Wahl gelassen hatten. Aber Rafael hatte Recht. Seine Tochter war tatsächlich viel zu alt dafür, sich ein Zimmer mit einem ihrer Brüder zu teilen.

Herm beobachtete, wie Katherine den Mantel auszog und sich umsah, wo sie ihn aufhängen konnte. Da erschien eine Dienerin, ein rotbackiges Mädchen, dessen Haar von einer Schmetterlingsspange am Hinterkopf zusammengehalten wurde. Es nahm Katherine den Mantel ab und machte rasch einen Knicks. »Willkommen auf Burg Comyn, *vai Domna. Dom* Aldaran.«

»Danke.«

»Ich bin Rosalys, und ich werde mich um euch kümmern. *Domna* Marguerida hat mich geschickt. Sie sagt, sie bedauert, dass sie nicht selbst kommen kann, um euch zu begrüßen, ebenso wenig wie *Domna* Linnea, und hofft, ihr werdet verzeihen.«

»Selbstverständlich«, antwortete Herm. »Wir verstehen vollkommen.« Er warf Rafael einen raschen Blick zu. *Liegt Regis tatsächlich im Sterben?*

Ja. Es war ein massiver Schlaganfall, und bis jetzt sind die Heiler nicht in der Lage, etwas für ihn zu tun. Selbst Mikhail und Marguerida mit ihren unglaublichen Fähigkeiten konnten ihm nicht helfen, und glaub mir, sie haben es versucht. Mein armer Bruder ist vor Enttäuschung außer sich, und ich kann es ihm nicht verübeln. Er hat all diese Macht und ist doch hilflos.

Dieser letzte Gedanke ergab für Herms müdes Gehirn nicht sofort einen Sinn, deshalb schob er ihn beiseite. *Es besteht wohl keine Möglichkeit, dass das Medizinische Zentrum im Hauptquartier helfen könnte?*

Die? Sie erlauben Darkovanern seit fünf Jahren nicht mehr, ihre Einrichtungen zu benutzen – seit der neue Stützpunktleiter ein paar Medienschirme in einer Kneipe in der Handelsstadt installieren wollte und Regis sie sofort wieder abbauen ließ. Belfontaine rächte sich, indem er das Krankenhaus schloss, außer für das Personal der Föderation. Darunter sind natürlich auch einige Darkovaner, aber ... unter den jetzigen Umständen können wir ihnen wohl kaum trauen, oder?

Nein. Dumm von mir, es überhaupt vorzuschlagen. Sie würden vermutlich die Chance ergreifen, ihn zu erledigen.

Herm bemerkte, dass seine Frau ihn genau beobachtete. Die plötzliche Stille zwischen ihm und Rafael musste ihr seltsam erschienen sein. Er war ohne zu überlegen in die alte Gewohnheit der wortlosen Unterhaltung abgerutscht – das fiel ihm im Moment leichter als Reden! Aber seine Kate war aufmerksam und klug, und im Gegensatz zu ihm selbst hatte sie während der Reise relativ viel geschlafen. Er wusste, sie hatte versucht, im Schlaf dem Schrecken in ihrem Innern zu entrinnen, um die Stimmen des Protests zum Schweigen zu bringen, die in ihr laut wurden. Er räusperte sich, um seinen Kummer zu verschleiern. »Ich denke, so etwas wie ein Mittagessen wäre jetzt richtig – Suppe, Brot, Tee. Wir haben vor der Landung eine Art Frühstück bekommen.«

»Ich kümmere mich darum, *vai Dom*«, antwortete Rosalys rasch. Sie machte wieder einen Knicks, öffnete ihnen die Tür zum Elternschlafzimmer und verließ die Gemächer.

Herm folgte Katherine in das Schlafzimmer, während die Kinder zum anderen Ende der Gemächer gingen. Mit geröteten Wangen und funkelnden Augen fiel sie über ihn her. »Was geht verdammt noch mal hier vor, Hermes! Schau mich bloß nicht so gekränkt an! Du zerrst mich mitten in der Nacht aus dem Bett, weigerst dich, mir etwas zu erklären, außer dass wir sofort nach Darkover aufbrechen müssen, und dann ... du und dieser Mann ... was habt ihr gemacht?«

»Gemacht?« Er sah sie gekränkt an und versuchte unschuldig zu wirken, aber das Herz rutschte ihm irgendwo in die Gegend seines Bauchnabels. Verdammt, was musste die Frau auch so genau aufpassen!

Katherine knirschte hörbar mit den Zähnen. »Erzähl mir einfach alles.«

»Ach, Rafael hat mich nur ... informiert ... dass ...« Er kam sich nicht sehr schlau vor, nur erschöpft und ziemlich dumm.

»Wie? Mit geheimen Handzeichen? Was habt ihr beiden getrieben?!«

Katherines Stimme klang unheimlich wie die seiner alten Kinderschwester auf Burg Aldaran, der Klang einer Autorität, die sich nicht eher zufrieden gab, bevor sie einer Sache auf den Grund gegangen war. Er fühlte sich zum ersten Mal seit Jahrzehnten wieder klein, schwach und hilflos. »Nein, nicht mit Handzeichen.«

Als er nicht fortfuhr, sah sie ihn an und forschte mit ihren durchdringenden Augen in seinem Gesicht. Er blickte zu Boden, auf das Muster des Teppichs und scharrte mit den Füßen. Er musste die Worte herausbringen, bevor er völlig die Nerven verlor, aber er fürchtete den Aufruhr, der mit Sicherheit folgen würde. Wenn die Sache doch nur hätte warten können, bis er ausgeruhter war. »Also, wenn du es unbedingt wissen willst, ich habe mich auf telepathischem Weg mit Rafael unterhalten.« *So viel zu meiner gerühmten Listigkeit,* dachte er *bitter.*

Katherine blieb im ersten Moment stumm »Tele ... Ausgerechnet ... du meinst es ernst, oder?«

»Ja.«

Katherine sank auf der Bettkante nieder und krallte die zitternden Finger in den Vorhang. »Das ist es also. Ich habe mich immer gefragt, wie du mir in allem so zuvorkommen konntest. Ich würde dich am liebsten umbringen, Hermes! Wie konntest du nur all die Jahre meine Gedanken lesen und es mir nicht sagen? Alle meine privaten ...« Er spürte, dass sie ihm nicht wirklich glaubte, dass ihr Verstand nicht wahrhaben wollte, was sie eben gehört hatte. »Ich hätte es doch spüren müssen ...«, flüsterte sie.

»Nein, nein!«, beeilte er sich zu protestieren. »Ich kann nicht nach Belieben in deine Gedanken eindringen, allerdings gibt es einige Leute auf Darkover, die so etwas können. Aber ich schnappe nur ab und zu einen oberflächlichen Gedanken von dir auf. Denk doch an all die Gemälde, bei denen ich dich nicht unterbrochen habe«, flehte er, um ihren Zorn abzulenken.

»Aber warum hast du es mir nie gesagt?« Der Schmerz und der Vorwurf des Betrugs in ihrer Stimme schnitten ihm mitten ins Herz.

»Wenn ich behaupte, dass es aus politischen Gründen war,

bringst du mich um.« Er seufzte und setzte sich neben sie. »Du weißt so gut wie ich, dass die Föderation überall ihre Spitzel hat, und dieses Geheimnis wollte ich unter keinen Umständen mit ihnen teilen.«

»Wieso?« Ihre Stimme war kalt und distanziert.

»Ich wollte nicht in irgendein Labor verschwinden, und das wäre mein Schicksal gewesen, wenn man mich entdeckt hätte.« Er unterdrückte ein Seufzen und überlegte, was er als Nächstes sagen sollte. »Zunächst einmal ist nicht jeder auf Darkover Telepath, tatsächlich tritt diese Gabe nur bei einem kleinen Teil der Bevölkerung auf. Und von denen haben nur wenige große Kräfte, allerdings sind es genügend, um ...«

»Wie viele? Und wie kommt es, dass die Föderation nichts davon weiß?«

»Ich kenne keine genaue Zahl – vielleicht zwei Prozent der Gesamtbevölkerung.« Er rieb sich den kahlen Schädel. »Und was das andere angeht, das ist eine lange Geschichte und keine sehr fröhliche dazu. Einmal, vor Jahren, erklärten wir uns bereit, bei einem so genannten Projekt Telepathie mitzumachen. Gerade noch rechtzeitig merkten wir, dass kein Verlass darauf war, dass die Föderation unsere Talente nicht missbrauchen würde. Es gelang Lew Alton, gewissen einflussreichen Wissenschaftlern einzureden, die Behauptungen seien übertrieben gewesen, es gebe viel weniger Telepathen auf Darkover als angenommen, außerdem handle es sich um eine seltene und unbeständige Fähigkeit, die es kaum weiter zu verfolgen lohne. Dann ließ er die Mittel für das Projekt streichen. Er befürchtete, genau wie ich, als ich seinen Platz einnahm, dass wir uns wie Blaise II als besetzter Planet wiederfinden würden, wenn herauskäme, dass Darkover über eine Population fähiger Telepathen verfügt.«

»Aber ich bin deine Frau! Ich dachte, zwischen uns gibt es

keine Geheimnisse.« *Nein, das stimmt nicht! Ich wusste, es gab Geheimnisse, und ich fürchtete mich davor, zu entdecken, wie sie aussahen. Aber darauf wäre ich nie gekommen ...*

»Es tut mir Leid, Katherine. Ich habe einmal versucht, es dir zu sagen, als wir auf Renney waren, aber ich wusste einfach nicht, wie ich anfangen sollte.« Er hielt inne, ihm war klar, wie armselig das von ihm klang, dem zungenfertigen und schlauen Herm Aldaran. »Ich wünschte, ich hätte mir eine Mätresse gehalten und einen Haufen unehelicher Bälger gezeugt, anstatt dir nichts von dieser Sache zu sagen.« Er seufzte erneut, schwer diesmal, und zwang sich, die ganze Wahrheit zu sagen, weil er befürchtete, er hätte kein zweites Mal den Mut dazu. »Ich hätte es dir bald sagen müssen, weil die Wahrscheinlichkeit hoch ist, dass Terése etwas von meinem *Laran,* meinen paranormalen Fähigkeiten geerbt hat. Ich habe keine Ahnung, welcher Art das sein könnte, ich habe nur das starke ...« Er wollte Katherines Zorn, ihre Aufmerksamkeit von seiner Dummheit weglenken.

»Für eine Mätresse hätte ich dich tatsächlich umgebracht«, unterbrach Katherine ihn, fast als könnte sie es nicht ertragen, die Worte zu hören, die er über ihre Tochter sagen wollte, und als versuchte sie, die Stimmung mit einem harmlosen Scherz aufzuheitern. »Du schwörst, dass du nie absichtlich in meine Gedanken eingedrungen bist?«

»Ich schwöre es, beim Wort eines Aldaran! Ebenso wenig, wie ich dein Tagebuch lesen würde, Liebes. Verstehst du, damit eine Gemeinschaft von Telepathen fortbestehen kann, mussten wir von frühester Jugend an lernen, die Privatsphäre von anderen zu achten. Wir Darkovaner sind ein sehr moralischer Haufen.«

»Du? Moralisch?« Katherine brach in ein schallendes, aber freudloses Gelächter aus. »Du bist der verschlagenste Mensch in der ganzen Föderation, Hermes-Gabriel Aldaran, und du weißt es! Nana hat mir gesagt, dass du etwas verbirgst, aber ich habe ihr nicht geglaubt. Vielmehr, ich wollte ihr nicht glauben.« Sie sah ihn mit einer Mischung aus Kummer und Misstrauen an, bei der sich sein Herz zusammenzog. Dann richtete sie sich auf und reckte das Kinn vor, als wappnete sie sich, das Beste aus der Sache zu machen. »Vermutlich kann ich dir in zehn oder zwanzig Jahren verzeihen – vielleicht aber auch nicht. Telepathen! Das muss das bestgehütete Geheimnis in der ganzen Föderation sein.«

»Ja, wahrscheinlich.«

Sie behielt die steife Haltung vielleicht eine halbe Minute lang bei, dann sank sie kraftlos gegen seine Schulter. Er roch ihre Müdigkeit und den Gestank des Raumschiffs auf ihrer Haut. Ihr Haarknoten löste sich, und er spürte ihr seidenes Haar über seine Hand streichen. »Was noch? Da ist doch noch etwas.«

»Ja. Regis Hastur, der Darkover zwei Generationen lang geführt hat, liegt im Sterben. Jedenfalls behauptet Rafael das, und ich glaube nicht, dass er bei einer so schrecklichen Sache übertreiben würde. Deshalb kann uns seine Gattin, Lady Linnea, nicht willkommen heißen, wie sie es unter anderen Umständen tun würde, und deshalb hat Lew Alton Rafael zu unserer Begrüßung abkommandiert.«

»Hast du gewusst, dass er ...? Was genau hat dich veranlasst, uns aus den Betten zu holen und Hals über Kopf hierher zu bringen?«

»Eine Vision, Liebes, falls man Stimmen so nennen kann. Ich verfüge über das, was wir die Aldaran-Gabe nennen, die gelegentliche Fähigkeit, die Zukunft vorherzusehen, obwohl ich sie in diesem Fall eher vorhergehört als gesehen habe. Ich *wusste* plötzlich, dass die Legislative aufgelöst werden würde, und erkannte welche Auswirkungen das hatte. Also tat ich, was ich für das Beste hielt, nämlich uns alle so weit und so schnell wie möglich vom Territorium der Föderation wegzuschaffen.«

»Dann wusstest du also nicht, dass Regis krank ist?« *Nana wusste, dass er hat das zweite Gesicht hat – aber das ist zu viel ... erst Telepathen und dann auch noch Hellseher. Ich frage mich, was er mir noch verschwiegen hat. Nein, ich will es gar nicht wissen. Nicht jetzt, nicht heute. Ich ertrage keine weiteren Enthüllungen mehr.*

»Ich hatte eine Ahnung, könnte man sagen. Aber obwohl ich gleichzeitig die Empfindung von etwas Schrecklichem in Bezug auf Regis und die Maßnahme von Nagy hatte, verriet mir nichts, wann das sein würde. Regis' Erkrankung hätte Wochen oder Jahre in der Zukunft stattfinden können, sie konnte aber auch bereits passiert sein. Die Aldaran-Gabe ist nicht präzise, und nicht alles, was wir vorhersehen, tritt auch ein. Zum Beispiel kann es sein, dass ich jemanden an einem Unfall beteiligt sehe – einem Luftautoabsturz, vielleicht – aber an dem Tag, an dem es passiert, beschließt der Betreffende, lieber daheim zu bleiben. Was die Auflösung der Legislative angeht, war ich mir meiner Sache ziemlich sicher, denn wir waren seit zwei fast Monaten nicht fähig gewesen, richtig zu arbeiten, alle hielten gewissermaßen den Atem an und warteten auf das Henkersbeil. Ich nehme an, auch manche meiner Kollegen ohne jegliche paranormalen Fähigkeiten haben teilweise kommen sehen, was schließlich eintrat. Ich hatte lediglich den Vorteil, wenn man es so nennen will, dass ich ein bisschen deutlicher vorgewarnt wurde. Es war von meiner Seite vor allem eine Frage des Vertrauens – zu glauben, was ich vorhersah, und danach zu handeln. Das ist im Wesentlichen alles, was ich dir erzählen kann.«

»Wer kommt an die Macht, wenn Regis nicht mehr ist?«

Herm lachte leise. »Mein Schwager Mikhail, der jüngere Bruder von Rafael. Ich habe ihn noch kennen gelernt, kurz bevor ich Darkover verließ, damals war er Anfang zwanzig. Ein tüchtiger Mann.«

»Der jüngere Bruder? Ist das nicht ein bisschen merkwürdig?«

»Doch. Es ist so: Regis hat seinen jüngsten Neffen schon vor langer Zeit zu seinem Erben bestimmt, noch bevor er Lady Linnea geheiratet hat. Mikhail ist der Sohn seiner Schwester, Javanne Hastur. Regis hatte andere Kinder, aber die wurden bereits in der Wiege ermordet, wie viele andere Leute damals, und zwar von den Weltenzerstörern, einer Geheimorganisation der Terraner. Dann heiratete er Linnea, und sie hatten drei Kinder: einen Sohn namens Danilo und zwei Töchter.«

»Aber warum wird Mikhail dann sein Nachfolger?« Katherine ließ sich beinahe unbewusst ablenken. Hauptsache, sie dachte an etwas anderes als an Telepathen. Das war ihr für den Augenblick zu viel. Und sie musste immer weiterreden, damit sie nicht zum Nachdenken kam.

»Das ist eine komplizierte Angelegenheit, aber im Wesentlichen hat Danilo Hastur auf die direkte Thronfolge verzichtet, um durch seine Heirat mit Miralys Elhalyn zum Erben der Domäne Elhalyn zu werden. Die Elhalyn stellen seit Beginn der überlieferten Geschichte die Könige Darkovers, aber die eigentliche Regierungsgewalt blieb immer in den Händen der Familie Hastur. Die beiden Familien sind verwandt, und Regis' Mutter war Alanna Elhalyn ... Deine Augen werden glasig.«

»Ja? Das wundert mich nicht, in meinem Kopf geht es zu wie in einem Bienenstock. Ich bin unglaublich müde, Herm! Ich habe geschlafen und geschlafen, weil ich wusste, du würdest mir nicht sagen, was los ist, und es hat mir solche Angst gemacht. Wenn ich wach war, hätte ich dich jedes Mal erwürgen können! Und trotzdem fühle ich mich so ausgelaugt. Und ich habe Angst. Was wird aus uns werden?«

»Nun, als Erstes werden wir etwas zu essen bekommen,

richtiges Essen, und dann werden wir in einem richtigen Bett schlafen.«

»Du weißt, was ich meine!«

»Ja. Ich glaube, wir werden auf absehbare Zeit hier auf Darkover bleiben, Liebes. Es tut mir Leid, dass ich dich nicht nach deiner Meinung fragen konnte, aber ich musste mich rasch entscheiden, sonst hätte ich riskiert, als Staatsfeind in einem Gefängnis der Föderation zu landen. Und misstrauisch, wie die Terraner in letzter Zeit waren, hätte man dich und die Kinder wahrscheinlich mit mir eingesperrt.«

Katherine nickte. »Ja, bei meinen Kontakten zu den Separatisten dürftest du Recht haben. Aber was wird mit Renney geschehen?«

»Ich habe keine Ahnung. Ich denke, dass die geschützten Planeten sich selbst überlassen sind oder es bald sein werden. Nach meiner Vermutung – und es ist wirklich nur eine Vermutung – wird die Föderation damit drohen, ihre Präsenz aufzugeben, ihre geliebten technischen Errungenschaften abzuziehen, in der Annahme, die geschützten Welten werden dann gezwungen sein, sich ihrem Willen zu beugen und ihnen das zu geben, was sie am meisten wünschen, nämlich die totale Vorherrschaft über alle Planeten. Ich kann nur raten, ob sie eine solche Drohung tatsächlich wahr machen, und ehrlich gesagt, bin ich zu müde, um mir darüber den Kopf zu zerbrechen.«

»Das alles zeichnet sich doch bestimmt schon lange ab.«

»Ja. Die Föderation sieht schon seit Jahren Gespenster, noch bevor ich Lews Posten als Senator übernommen habe. Sie haben nach einer Art Konflikt gesucht, um all die Plünderungen zu rechtfertigen, die sie in den letzten beiden Generationen begangen haben. Sie haben sich auf einen Krieg vorbereitet, und es gibt niemanden außer ihnen selbst, gegen den sie kämpfen könnten. Also haben sie beschlossen, dass die

Kolonien der Feind oder der potenzielle Feind sind und dass sie gewaltsam auf Linie gebracht werden müssen.«

»So wie bei der Besetzung des Sonnensystems Enki?« Ihre Stimme klang leise und müde.

»Das ist ein Beispiel von vielen. Jetzt aber genug davon. Lass uns jetzt essen und ein Bad nehmen, damit wir den Gestank vom Schiff loswerden. Danach fühlst du dich viel besser, das verspreche ich dir. Darkover mag in manchen Dingen ein wenig rückständig sein, aber was Komfort und Sauberkeit angeht, sind wir die zivilisierteste Welt der gesamten Galaxis.«

Gisela Aldaran-Lanarts Füße ruhten auf einem gepolsterten Schemel vor ihrem Sitzplatz, auf ihren Knien lag eine weiche Wolldecke. Sie starrte auf die gläsernen Scheiben des Schachspiels, das ihr Marguerida vor drei Jahren zu Mittwinter geschenkt hatte, aber sie war so vertraut mit dem Brett, dass sie es gar nicht mehr richtig wahrnahm. Es war wunderschön, mit von Meisterhand geschnitzten Spielsteinen, so dass die Furchen und Faltenwürfe das Licht einfingen und die Figuren beinahe lebendig wirkten. Das waren sie jedoch nicht, vielmehr waren sie eingeschlossen in Stein, und Gisela fühlte sich häufig wie eine von ihnen.

Wenn sie einsam war, nahm sie oft die Figuren zur Hand, strich über die Falten, spürte den Knochen und das Holz, aus denen sie geschnitzt waren. Gisela hatte Plastiken immer gemocht, und als sie noch klein war, hatte sie dies und jenes aus Feuerholz geschnitzt, bis ihr Kindermädchen erklärte, das sei eine schmutzige Gewohnheit, und sie zwang, damit aufzuhören. Gisela hatte immer geglaubt, die Gestalten existierten bereits im Holz und warteten nur darauf, befreit zu werden. So wie sie selbst sich danach sehnte, aus diesem Gefängnis von Palast freizukommen.

Nur wenige Menschen auf Burg Comyn verstanden sich auf

dieses komplexe Schachspiel und konnten eine Partie mit ihr wagen: Lew Alton, Marguerida, Danilo Syrtis-Ardais und Donal Alar, der Neffe ihres Mannes und Friedensmann von Mikhail Hastur. Ihrer Schwägerin ging sie möglichst aus dem Weg, obwohl es immer noch gefahrloser war, ihr über den acht durchsichtigen Ebenen des Spiels zu begegnen als in den Fluren der Burg. Lew Alton war ein guter Gegner, aber sein Spiel war unberechenbar, und Danilo war viel zu geschickt, sodass Giselas Spielweise ihn enttäuschte. Damit blieb noch Donal, dem seine Pflichten wenig Zeit ließen, aber er versuchte sie so oft wie möglich herauszufordern. Sie waren ebenbürtige Gegner, und Gisela genoss ihre Begegnungen beinahe – sosehr sie sich eben gestattete, etwas zu genießen.

Alles war so furchtbar öde! Sie hatte das Schachspiel und die alten Ahnentafeln satt, und sie hatte es satt, nichts weiter als eine kleine Figur in den wechselnden Machtspielen auf der Burg zu sein. Sie müsste eigentlich Königin sein und wäre es vielleicht auch geworden, ohne Marguerida. Aber dieser Gedanke war schon ganz abgenutzt, so oft hatte sie ihn bemüht, und sie ließ ihn wieder fallen.

Wenn sie sich doch nur aus dieser Niedergeschlagenheit befreien könnte, die seit Jahren von ihr Besitz ergriffen hatte, seit der Geburt ihres letzten Kindes. Gisela hatte Heiler aufgesucht, scheußlich schmeckende Sude getrunken und Tiefenmassagen erduldet – alles umsonst. Sie hatte kein Interesse an der Art öffentlicher Bemühungen, denen sich Marguerida hingab, und hielt diese nur für einen Dreh ihrer Rivalin, mit dem sie zeigte, was für eine großherzige Dame sie war. Das Schlimmste war, dass es ihr nach fünfzehn Jahren in Thendara und beinahe täglichem Kontakt mit ihrer Schwägerin noch nicht einmal gelang, sie zu hassen. Abneigung war da, natürlich – eine gemeine und kleinliche Empfindung, für die sie sich lediglich hässlich und schmutzig vorkam. Wenn Marguerida doch nur so herrschsüchtig und schwierig wäre wie Javanne Hastur, und nicht so verdammt anständig. Wie ärgerlich!

Etwas wie ein Kichern stieg in ihre Kehle, und ihre trübe Stimmung begann aufzubrechen. Für einen Moment versuchte sie sich daran festzuhalten, in ihren düsteren Freuden zu verweilen, aber sie war ihrer überdrüssig und ihre Trübsal entfloh, wohin auch immer solche Dinge gehen. Sie brauchte eine Aufgabe, eine richtige Aufgabe, nicht diese blassen Intrigen, die sie auf Geheiß ihres Vaters in den ersten zehn Jahren in der Stadt gesponnen hatte. Sie hatten ihr nichts eingebracht, außer dem Misstrauen von Regis Hastur und, als Folge davon, den Ausschluss ihres Mannes von jedweder tatsächlichen Macht. Rafael hatte sich nie beschwert, nie etwas gesagt, aber sie wusste, es gärte in ihm, und sie hatte ihn tief verletzt.

Dabei hatte sie das gewiss nicht gewollt. Auch wenn sie in ihrer Jugend völlig in Mikhail Hastur vernarrt gewesen war, wusste sie nun, dass es weiter nichts gewesen war, eine mädchenhafte Zuneigung, verbunden mit dem noch stärkeren Wunsch nach Macht. Nach ihrer gnädigerweise kurzen Ehe mit ihrem ersten Mann, der die Güte hatte, sich beim Jagen den Hals zu brechen, bevor sie Mittel und Wege fand, ihn zu ermorden, hatte sie sich geschworen, sich nie wieder zur Schachfigur ihres Vaters machen zu lassen. Und der beste Weg dazu schien ihr damals eine Heirat mit Mikhail zu sein, durch die sie zur Gattin des designierten Erben wurde. Was für eine Närrin sie doch war!

Nichts stellte sie zufrieden, und sie wusste, das lag an ihrem eigenen Charakter und an nichts anderem. Jahre bitterer Nabelschau hatten Narben auf ihrer Seele hinterlassen, obwohl sie sich heftig bemühte, ihrer Existenz einen Sinn zu verleihen. Da waren die Kinder, aber sie hatte nie vermocht, mehr als ein gespieltes Interesse für sie aufzubringen. Und da war

Rafael, die einzige Konstante in ihrem Leben. Seltsam eigentlich, wie sie ihren Mann mit der Zeit zu schätzen gelernt hatte, obwohl seine Nachsicht und sein stummes Erdulden sie mit den Zähnen knirschen ließen. Wenn er sie doch nur manchmal anschreien würde. Sie wünschte, er würde ihr Manieren beibringen, und wusste, er würde es nie tun. Das war seine Charakterschwäche, so wie Missgunst die ihre war.

Gisela hörte ihn kommen, bevor er den Raum betrat, diesen besonderen Schritt, den sie überall erkannt hätte. Dann war er neben ihr, seine Kleidung roch nach der frischen Luft außerhalb der Burg, nach Holzkohlenfeuer und der warmen Ausdünstung von Pferden. Er hatte Herm vom Raumhafen abgeholt und kam eben zurück. Er beugte sich zu ihr herab und küsste sie auf die Stirn.

»Und, geht es meinem Bruder gut?« Sie zwang sich zu ein wenig Interesse, wenngleich sie sich wie durch eine dicke Watteschicht zurück in die Gegenwart schleppen musste.

»Ja, allerdings ist er sehr müde. Seine Frau und die Kinder sehen aus, als kämen sie aus einer von Zandrus Höllen.«

»Es ist schwer, sich Herm vermählt vorzustellen. Wie ist sie?«

»Na ja, ich kenne sie jetzt seit einer Stunde, und die meiste Zeit hat sie ihm mächtig Zunder gegeben, weil er sie nach Darkover geschleift hat.« Er lachte leise. »Sie ist sehr hübsch – dunkles Haar, helle Haut und ein nettes Lächeln. Auch klug, glaube ich, und nicht leicht unterzukriegen. Mir hat sie gefallen.«

»Wieso?« Der Dämon der Missgunst streckte seine Klauen aus, eifersüchtig auf alles und jeden.

»Ähm ... ich kann es nicht genau erklären. Sie ist müde und durcheinander – sie heißt übrigens Katherine – aber sie hat Haltung bewahrt. Ich habe die Fragen gehört, die sie ihm stellte, warum er sie und die Kinder weggebracht hat, und ihr ist so gut wie nichts entgangen, obwohl er sich alle Mühe gegeben hat, sich aus der Sache herauszuwinden.«

»Wenigstens das hat sich nicht geändert. Hermes ... schwindelt gerne. Ich sollte wohl hinübergehen und sie begrüßen, oder?«

»Wenn du dich dazu aufraffen kannst.« Sie hörte die leise Kritik aus seinen Worten und zuckte zusammen – manchmal dachte sie, es wäre ihr fast lieber, wenn er sie schlagen würde. »Morgen reicht allerdings auch noch.«

»Ja, dann morgen.« Hübsch und klug – Gisela hasste die Frau praktisch jetzt schon.

3

Mikhail Hastur stand langsam auf und streckte sich. Seine Wirbelsäule knackte hörbar in der Stille des Krankenzimmers, und Lady Linnea, die auf der anderen Seite des Bettes saß, blickte auf; sie sah abgespannt und erschöpft aus. Mikhail hatte seit Stunden völlig still dagesessen und sich auf die reglose Gestalt auf dem Bett konzentriert. Seine rechte Hand mit der großen Matrix in Form eines Ringes, die er von Varzil dem Guten bekommen hatte, schmerzte von der Energie, die er durch sie hindurchgetrieben hatte.

Wie so oft, seit er im Besitz der Matrix war, hatte er sich eingebildet, Varzils ruhige Stimme zu hören, die durch die Zeit drang, um ihn zu beraten. Er konnte nie entscheiden, ob es nur an seiner eigenen Fantasie lag oder ob der längst verstorbene *Laranzu* tatsächlich durch die Matrix, die einst ihm gehört hatte, aus der Oberwelt zu ihm sprach. Nach fünfzehn Jahren spielte es keine Rolle mehr für Mikhail. Dennoch blieb es störend, die Worte im Kopf zu hören. Diesmal vermittelten sie weder Trost noch Ermutigung, sondern nur die sichere Erkenntnis, dass Regis Hastur im Sterben lag und dass Mikhail nichts tun konnte, um es zu verhindern. Er haderte mit der Grausamkeit des Schicksals, gern hätte er um den geliebten Mentor geweint, der nie mehr zu ihm sprechen würde, aber er war einfach zu müde.

Die Brust des Mannes unter der Bettdecke hob und senkte sich noch, aber er atmete nun sehr flach, und Mikhail spürte, dass Regis' Ende bevorstand. Er hätte viel dafür gegeben, wenn sein Onkel die Augen geöffnet und das vertaute Funkeln unter den Lidern hervorgeleuchtet hätte. Er wünschte, Regis würde sich aufsetzen und nach einer Chervinekeule und einem Fass Wein verlangen. Wenn Mikhail dieses Wunder zu

Stande gebracht hätte, Lady Linnea hätte das Fleisch zweifellos mit ihren eigenen kleinen Händen aufgetragen.

Diese törichte Vision verschaffte Mikhail einen Moment der Erleichterung, bevor ihm der Kummer erneut den Hals zuschnürte. Die Luft im Raum, die schwer nach glimmenden Kräutern und Kerzenwachs roch, ließ ihn plötzlich beinahe würgen. Er schluckte krampfhaft und fuhr sich mit den Fingern der linken Hand durch das lockige Haar. Dann starrte er düster auf seine Rechte, auf den Ring, und ballte sie zur Faust. Es war zum Verrücktwerden. Er hatte die letzten fünfzehn Jahre größtenteils damit verbracht, die Kunst des Heilens zu erlernen, möglichst viel über die Matrix herauszufinden, die er von Varzil dem Guten bekommen hatte, und dabei große Fertigkeiten entwickelt. Aber was war das alles wert, wenn es nicht ausreichte, seinen Onkel zu retten?

Hatte er wirklich alles versucht? Mikhail zermarterte sich noch einmal das Gehirn, die Vergeblichkeit dieses Tuns vermischte sich mit seiner Müdigkeit. Ja, er hatte alles versucht, genau wie Marguerida, die ihre eigenen Talente in der Heilkunst besaß. Sie hatte außerdem sämtliche fähigen Heiler Thendaras hinzugezogen und zwei aus Arilinn. Der Körper war noch am Leben, aber Regis war kaum mehr in ihm.

Mikhail wollte es nicht hinnehmen, er tobte innerlich wie ein Kind mit seinen dreiundvierzig Jahren. Er hatte Regis sein ganzes Leben lang gekannt und stellte plötzlich fest, dass er sich Darkover nicht ohne ihn vorstellen konnte. Seit Jahrzehnten bereitete er sich darauf vor, seinem Onkel nachzufolgen, aber er hatte nicht damit gerechnet, dass es so unerwartet, so früh geschehen würde. Die alten Zweifel nagten wieder an ihm, Ängste, die er längst überwunden glaubte. Er war noch nicht bereit, Darkover zu führen!

Das Rascheln von Stoff hinter ihm ließ ihn den Kopf wenden. Marguerida betrat die Kammer, sie trug ein Tablett mit mehreren Bechern darauf. Trotz allem, was sie im Lauf der Jahre gelernt hatte, tat sie hin und wieder die Arbeit einer Dienerin. Unter ihren goldenen Augen waren dunkle Ringe und neben dem sonst meist lächelnden Mund hatten sich tiefe Falten eingegraben. Ihr schönes rotes Haar klebte schlaff am Schädel, von den Locken war kaum mehr etwas zu sehen. Wortlos reichte sie Mikhail einen Becher, und er roch den erfrischenden Duft von Bergminze und das unverkennbare Aroma des Honigs aus Hali. Ihre Blicke begegneten sich kurz, in Margueridas lag eine Frage, auf die Mikhail antwortete. *Keine Veränderung.*

Lady Linnea sah von dem Körper des Mannes auf, der mehr als drei Jahrzehnte ihr geliebter Gefährte gewesen war. Sie ließ die Schultern sinken und rieb sich die Augen, als würden sie brennen. Ihre Augen hatten die Farbe von Glockenblumen, ein helles Blau, und sie waren so jugendlich wie zu Mikhails Knabenzeit. Aber es lag keine Hoffnung darin, nur ein tiefer Kummer, der ihm das Herz zerriss.

Marguerida ging mit dem Tablett zu ihr hinüber, und Linnea nahm sich schweigend einen Becher Tee. Dann ging sie zu Danilo Syrtis-Ardais, der am geschnitzten Kopfende des Bettes im Halbdunkel stand, und bot ihm ebenfalls einen an. Mikhail beobachtete, wie die sechsfingrige Hand des Friedensmannes seines Onkels in den Henkel des Bechers glitt, und er bemerkte die Erschöpfung und Verzweiflung in dem vertrauten Gesicht.

Marguerida stellte das Tablett auf einen kleinen Tisch und kam an seine Seite. »Dani ist gerade eingetroffen«, flüsterte sie. »Er wird jeden Moment hier sein.«

»Gut. Ich glaube, Regis wartet auf ihn. Du siehst furchtbar aus, *Caria.*«

»Wahrscheinlich – aber hast du in letzter Zeit einmal in den Spiegel geschaut? Ich habe Vater endlich dazu gebracht, dass er sich eine Weile hinlegt. Ach ja – Herm Aldaran ist in Thendara eingetroffen, mit Frau und Kindern. Rafael hat sie abgeholt und in seine Gemächer gebracht.«

»Was? Wieso?« Die Welt war für Mikhail vor vier Tagen stehen geblieben, und er hatte nahezu vergessen, dass außerhalb dieses Raums noch etwas existierte.

Er bekam jedoch keine Antwort auf seine ungläubige Frage, denn in diesem Augenblick betrat Danilo Hastur, Regis' Sohn, das Zimmer. Er trug ein braunes Übergewand und eine schwere Hose, und er roch nach Schweiß und Pferd, ein gesunder Geruch gegen die stickige Luft in der Kammer. Er war nun ein kräftiger Mann von dreißig Jahren, nicht mehr der schlanke Junge, an den sich Mikhail so liebevoll erinnerte. Er lebte mit seiner Frau und den Kindern auf der Domäne Elhalyn, die sich von der Westseite des Sees von Hali bis zum Meer von Dalereuth erstreckte, und man sah ihm an, dass er einen langen und harten Ritt nach Thendara hinter sich hatte.

Linnea ließ beim Anblick ihres Sohnes den Becher aus den gefühllosen Händen fallen, sodass sich der Tee über ihr zerknittertes Gewand ergoss. Ihre blauen Augen füllten sich mit Tränen. Dani umarmte sie zärtlich, als fürchtete er, sie könnte in seinem Griff zerbrechen, und küsste sie sanft auf die Wange. Sie hielten sich einen Augenblick fest, ihr Kopf ruhte an seiner Schulter. Dann ließ er sie los und trat ans Bett.

Dani Hastur stand neben dem Krankenlager und sah auf die reglose Gestalt seines Vaters unter den Laken. Dann setzte er sich, nahm Regis' Hand in die seine und streichelte sie leicht. Der Kranke rührte sich nicht. Nur das kaum merkliche Heben und Senken der Brust zeugte davon, dass er noch lebte.

»Vater.« Danis Stimme versagte bei dem Wort. »Ich bin es, Dani.«

Die Stille im Raum wurde nur durch Danis keuchenden Atem und das Schluchzen von Lady Linnea gestört. Mikhail beobachtete die Szene und spürte eine leichte Veränderung bei dem Mann im Bett. Einen kurzen Moment zog sich ihm das Herz in der Hoffnung zusammen, Regis würde aufwachen und zu seinem Sohn sprechen. Doch stattdessen sah er nur ein schwaches Beben über die Gestalt im Bett laufen, und wusste, er hatte vergeblich gehofft. Regis-Rafael Felix Alar Hastur y Elhalyn lebte nicht mehr.

In diesem Augenblick erfasste Mikhail eine seltsame Empfindung, ein warmer Hauch auf seinem Gesicht und ein Kribbeln in der rechten Hand. Er sah auf die schimmernde Matrix an seinem Finger hinab und beobachtete erstaunt, wie sie hell aufleuchtete und kleine Blitze in die Düsternis der Kammer sandte. Das hatte der Stein noch nie zuvor getan, und er tat es mit einer Heftigkeit, die schmerzte.

Mikhail wandte den Blick ab, unfähig, länger hinzusehen. Dann schaute er wieder zum Bett, seine Augen brannten. In den Vorhängen hinter dem Kopfteil flackerte etwas, ein Spiel aus Licht und Schatten. Für einen Moment glaubte er in den Falten des Stoffs zwei Frauen zu sehen, eine hell, die andere dunkel. Sie schienen durchsichtig zu sein, und er hätte es für eine optische Täuschung halten können, hätte er das helle Gesicht nicht schon einmal irgendwo gesehen, und zwar an einem anderen Ort, in einer anderen Zeit. Er sog vor Überraschung scharf die Luft ein, und die Vision verschwand. Sein Herz schlug heftig, und das Blut rauschte durch seine Adern, dass ihm schwindlig wurde. Die blonde Frau war Evanda, die Frühlingsgöttin, und die andere musste Avarra, die Dunkle Göttin, sein. Trotz der Trauer, die sich seiner bemächtigte, stieg auch eine andere Empfindung in ihm auf: die einer jenseitigen Ruhe.

Neben ihm weinte Marguerida lautlos, die Tränen liefen ihr über die bleichen Wangen. Mikhail legte den Arm um sie und zog sie sanft an seine Brust, wobei er sich gestattete, für einen kurzen Moment alles auf einmal zu fühlen. Er konnte noch nicht recht glauben, dass es vorbei war. Irgendwie hatte er in der Tiefe seines Herzens mit einem Wunder gerechnet, und nun war er erfüllt von einem großen Gefühl der Leere und des Versagens, weil es nicht eingetreten war. Was für ein Narr er doch war.

Danilo Syrtis-Ardais verließ seinen Platz im Schatten des Bettvorhangs. Der Friedensmann stellte seinen Becher ab und beugte sich über den Leichnam im Bett. Er umfasste das Handgelenk seines Freundes und hielt es fest, sein hageres Gesicht spiegelte zugleich Wachsamkeit und Resignation wider. Nach einer Minute löste er Danis Hand von der seines Vaters und faltete Regis' Arme sorgfältig über der Brust. Danilo blickte in das leblose Gesicht des Mannes, der mehr als vierzig Jahre sein Gefährte gewesen war. Er berührte leicht die Stirn und strich über das weiße Haar, sein Blick war unendlich zärtlich. Dann beugte er sich hinab und küsste die bleiche Wange seines Herrn, bevor er sich vor Schmerz bebend abwandte.

Dani Hastur sah seinen Vater lange an, ein sehnsüchtiger Ausdruck stand in seinem Gesicht. Eine Weile blieb er wie betäubt auf dem Bett sitzen, dann endlich hob er das Laken vorsichtig an und zog es über Regis Hasturs friedvolles Gesicht. Er erhob sich mit zitternden Knien, dann beherrschte er sich. Er schloss Lady Linnea wieder in die Arme, und sie schien in seinem Griff zusammenzubrechen, als trügen ihre Beine sie zuletzt nicht mehr. Sie legte den Kopf an seine Schulter und weinte hemmungslos.

Die Einzelheiten der Szene blieben noch einige Sekunden deutlich vor Mikhails Augen stehen, bevor sie zu verschwimmen begannen, als regnete es. Er erkannte, dass die Tränen, die er zurückgehalten hatte, so lange er um das Leben seines Onkels kämpfte, sich nicht länger unterdrücken ließen. Überwältigt von der Macht seiner Gefühle drehte er sich abrupt um und verließ den Raum.

Mikhail saß in dem schäbigen Arbeitszimmer seines Onkels hinter dem großen Schreibtisch, an dem Regis oft seinen Regierungsaufgaben nachgegangen war, starrte in den Kamin und weinte. Der Teppich war ziemlich abgenutzt, aber Regis hatte sich geweigert, ihn ersetzen zu lassen oder sonst etwas an dem Raum zu verändern. Die Diener durften nur fegen und Staub wischen. Es war ein merkwürdiges Gefühl, an die gutmütigen Streitereien zwischen seinem Onkel und Linnea über den Zustand des Zimmers zu denken – der Disput war stets fröhlich und liebevoll gewesen.

Er war vor Stunden hierher gekommen, unfähig zu schlafen, zu denken, zu arbeiten, die Pflicht, das Leben fliehend. Es brannte kein Feuer im Kamin, deshalb war der Raum kalt, und die Luft war abgestanden. Er hatte eine Flasche Feuerwein auf dem Schreibtisch stehen und daneben einen Becher. Der Pegel in der Weinflasche war um einiges gesunken, seit er hier saß, aber das hatte seinen lähmenden Schmerz nicht eine Spur gemindert. Er war nicht einmal betrunken. So groß war die Macht von Varzils Matrix, dass er seine Sinne nicht betäuben konnte, wie sehr er es auch versuchte.

Undeutlich fühlte Mikhail das alltägliche Treiben auf Burg Comyn um sich herum. Nicht einmal der Tod Regis Hasturs hatte das gleichmäßige Funktionieren des riesigen Gebäudekomplexes ganz zum Erliegen bringen können. Er wusste, dass Donal Alar, sein junger Friedensmann und Neffe, vor der Tür des Arbeitszimmers stand, um ihm Ungestörtheit zu garantieren, obwohl der arme Donal sicherlich zum Umfallen müde war. Es war Margueridas Idee gewesen, den jungen Mann in Pflege zu nehmen, und er war inzwischen froh darüber. Donal und seine Schwester Alanna dem ängstlichen Griff von Ariel Lanart-Alar zu entreißen, war nicht leicht gewesen, aber Mikhail war überzeugt, dass es die beiden sehr wahrscheinlich vor dem Verrücktwerden bewahrte. Ariel war seit Alannas Geburt nicht mehr die Gleiche, was Mikhail zutiefst betrübte.

Irgendwo wusste er, dass Marguerida ihr Bestes tat, um alle Vorkehrungen zu treffen, die nun nötig waren. Es würde eine Begräbnisfeier geben müssen, aber erst wenn alle Oberhäupter der einzelnen Domänen eingetroffen waren, und das würde wenigstens einige Tage dauern. Seine Eltern weilten noch in Armida, obwohl ihm klar war, dass er Javanne sofort hätte benachrichtigen sollen, als Regis erkrankte. Aber Lady Linnea, sonst die Sanftmütigkeit in Person, war diesmal unnachgiebig geblieben. »Ich kann es gerade ertragen, ihn in diesem Zustand zu sehen, Mikhail. Aber ich werde diese Frau nicht auf Burg Comyn dulden, solange es nicht sein muss.« Unter den gegebenen Umständen hatte er sich ihren Wünschen gebeugt. Und mit einem leichten Schuldgefühl hatte er Linnea Recht gegeben. Seine Mutter war zu keiner Zeit einfach, und es wäre unerträglich gewesen, sie jetzt um sich zu haben.

Seine Gedanken wanderten zu Marguerida. Er wusste, sie war ebenso müde wie er selbst, und dennoch nahm sie die Mühen der Begräbnisvorbereitungen auf sich. Ein solches Ereignis hatte es seit Jahrzehnten nicht gegeben, und auch wenn ihr der *Coridom* von Burg Comyn sicher nach besten Kräften helfen würde, so war der Mann doch sehr alt und wahrscheinlich derart gramgebeugt, dass man ihn kaum gebrauchen konnte. Mikhail hätte es vorgezogen, Marguerida läge mit einem warmen Ziegel an den Füßen im Bett, aber wahrscheinlich lief sie herum und erledigte die Dinge, die er selbst hätte tun sollen. Er überlegte, um welche Aufgaben es sich handeln könnte, aber immer wieder überkamen ihn Kummer und Verzweiflung. *Er war nicht bereit!*

Draußen war es dunkel, und sein Magen knurrte. Wie lange hatte er nichts gegessen? Mikhail erinnerte sich nicht, und obwohl sein Körper Nahrung brauchte, verspürte er keinen Appetit. Seine Augen waren geschwollen vom Weinen und Mangel an Schlaf, und die Schultermuskeln waren hart vor Anspannung. Die Kerzen brannten nicht, und er brachte nicht die Energie auf, sich zu erheben und sie anzuzünden.

Das Licht vom Flur warf einen hellen Streifen auf den Boden, als die Tür des Arbeitszimmers aufging und Lew Alton eintrat. Mikhail starrte seinen Schwiegervater sprachlos an, verärgert über die Störung und einen Moment lang wütend, weil Donal jemandem den Zutritt zu seinem Heiligtum gestattet hatte, auch wenn es sich um jemand Besonderen handelte. Doch dann kam ihm zu Bewusstsein, dass dieses Zimmer mit dem ramponierten Schreibtisch und dem abgetretenen Teppich nicht sein Privatbereich war, sondern der von Regis. Der Raum war noch so erfüllt von der Gegenwart seines Onkels, dass es wehtat. Es schien ihm, als wäre das alles, was ihm von Regis geblieben war, und er war noch nicht bereit, es mit einem anderen zu teilen. Donal folgte Lew ins Zimmer, weil er selbst diesen höchst vertrauenswürdigen Ratgeber nicht mit seinem Herrn allein lassen wollte, und schloss die Tür. Dann lehnte er sich an den Türpfosten, verschränkte die Arme und bemühte sich, unsichtbar zu werden.

Lew sagte nichts, sondern nahm einen Feueranzünder und kniete sich vor den kalten Kamin. Es blitzte kurz auf, dann flackerte das Zündmaterial, das darin lag. Mikhail beobachtete, wie die Flammen an den Scheiten züngelten, sie umschlangen und mit Licht und Farbe auffraßen. Er sah, wie Lew einen brennenden Span aus dem Feuer nahm und die Kerzen anzuzünden begann. Der tröstliche Duft von heißem Wachs und brennendem Holz erfüllte den Raum.

Lew goss sich einen Becher Wein ein und nahm gegenüber

von Mikhail am Schreibtisch Platz. Sein Haar war vollständig ergraut, und die Narben in seinem Gesicht waren kaum zu sehen, weil sie völlig in den Falten und Furchen verschwanden. Er war ein wettergegerbter Mann mit rauer, trockener Haut, und an diesem Abend sah er so alt aus, wie er war. Mikhail bemerkte die Röte um die Augen seines Schwiegervaters und wusste, er hatte geweint.

»Marguerida hat mich geschickt«, begann Lew, nachdem er seinen Becher halb ausgetrunken hatte.

»Bist du gekommen, um mir zu sagen, dass ich meine Trauer beiseite schieben und an meine Pflicht gegenüber Darkover denken muss?«, fuhr ihn Mikhail an, selbst überrascht von seiner Heftigkeit. Er spürte, wie er vor Verlegenheit rot wurde. Donal regte sich an seinem Platz an der Tür und sah ihn merkwürdig an.

»Keineswegs! Von mir aus kannst du noch eine Woche im Dunkeln sitzen – ich hoffe allerdings, du tust es nicht. Aber deine Abwesenheit bereitet uns Sorge.«

Mikhail zog den Kopf ein. »Ich könnte es einfach nicht ertragen, ihn aufgebahrt zu sehen – noch nicht. Ich stehe noch unter Schock.«

»Dafür ist später noch genügend Zeit, Mikhail. Bis alle eingetroffen sind, bis die Bahre gebaut und aufgestellt ist, wird fast die ganze Woche vergehen. Und ich verstehe dich sehr gut. Als Dio schließlich starb, habe ich viele Tage gebraucht, bis ich es wirklich fassen konnte, und das obwohl ich es lange vorher wusste, obwohl Marguerida sie mir für noch einmal fünf Jahre zurückgegeben hatte. Es gab Zeiten, da verfluchte ich meine eigene Tochter dafür, denn auf diese Weise musste ich Dio zweimal verlieren. Dadurch hatte ich Zeit, mich darauf vorzubereiten – nur, ich tat nichts dergleichen! Ich glaube, irgendetwas in uns verleugnet den Tod. Wir reden uns ein, dass er sich irgendwie umgehen oder verschieben lässt, dass uns all diejenigen überleben, die wir lieben, damit wir den Verlust nicht erleiden oder uns vielleicht auch nicht eingestehen müssen, dass unsere Lieben sterblich sind. Als mein Vater auf Vainwal starb, war ich völlig fassungslos und wütend. Und so nahe, wie du Regis standest, ist es für dich wahrscheinlich fast so, als wäre dein Vater gestorben.«

Mikhail hörte die Worte, aber sie schienen nicht in seinen Verstand zu dringen. Er fühlte nur eine riesige, nicht enden wollende Betäubung. Nach einigen Augenblicken des Nachdenkens jedoch kam ihm zu Bewusstsein, dass Regis tatsächlich wie ein Vater für ihn gewesen war und nicht nur ein Onkel. Eine Zeit lang hatte ihn das von *Dom* Gabriel, seinem richtigen Vater, entfremdet. Und jetzt erkannte er wie nie zuvor, dass auch der Alte einmal sterben und er einen weiteren Verlust erleiden würde. Und den von Lew, der ihm gegenübersaß und Feuerwein trank. Mikhail war Margueridas Vater in den letzten fünfzehn Jahren so nahe gekommen, dass er ihm ebenso teuer war wie Regis oder *Dom* Gabriel.

Gleichzeitig war da noch etwas, das ihn beunruhigte. Er versuchte sich die unstete Regung, die ihn quälte, bewusst zu machen. Es war Schuldgefühl, entschied er schließlich, doch warum er sich schuldig fühlen sollte, konnte er nicht auf Anhieb sagen. Hatte er auch wirklich alles unternommen? Gab es noch etwas, das er hätte tun können, um Regis' Leben zu verlängern?

Mikhail sah auf seine rechte Hand hinab, die nun wieder in einem Handschuh aus feinstem Leder steckte, da er keine Heiltätigkeit mehr verrichtete. Die große, glitzernde Matrix, die auf seinem Finger saß, war verborgen, aber er spürte stets ihre Gegenwart. Sie war so mächtig, dass es Momente gegeben hatte, in denen er sie am liebsten weggeworfen hätte, um diese Bürde los zu sein. Sie hatte ihn zur mächtigsten Person auf Darkover gemacht, zu mächtig für das Wohlergehen mancher

Domänenherren wie Francisco Ridenow und sicherlich auch zu mächtig für den Seelenfrieden seiner Mutter Javanne. Darüber hinaus hatte sie ihn fünfzehn Jahre lang fast zu einem Gefangenen auf Burg Comyn gemacht, umgeben von Wächtern und Beobachtern, stets gewahr, dass alles, was er tat, verfolgt und beurteilt wurde. Man respektierte ihn, doch man fürchtete ihn auch, selbst sein Onkel, den er so geliebt hatte.

Und nun? Er würde Regis nachfolgen. Hatte er sich auf diesen Augenblick nicht sein ganzes Leben lang vorbereitet? Warum fühlte es sich nur so falsch, so leer und beängstigend an? Er war nicht mehr der Junge, der einmal davon geträumt hatte, Darkover zu regieren, aber auch nicht der Mann, der dieses Ziel für eine Weile aufgegeben hatte. Er war ein anderer, und Mikhail fragte sich, ob er sich überhaupt kannte. Er wollte nicht länger darüber nachdenken. Er war zu müde für Selbsterforschung, und er hegte den Verdacht, dass er ohnehin einem bloßen Schwelgen in Selbstmitleid näher war.

Er zwang sich, nicht länger bei dem schmerzlichen Verlustgefühl zu verweilen, und suchte nach einem Gesprächsthema. Schließlich sagte er: »Marguerida hat mir erzählt, dass Herm Aldaran eingetroffen ist. Was ist passiert?«

»Ach, das.« Lew lächelte grimmig und langte nach der Weinflasche auf dem Schreibtisch. Sie war fast leer, und er goss die letzten Tropfen in seinen Becher. »Herm und seine Familie, um genau zu sein. Ich erfuhr erst Stunden vor seiner Ankunft, dass er unterwegs ist, und es schien mir nicht so wichtig, als müsste ich es dir sofort mitteilen. Du hattest genug am Hals, Mikhail. Wie es aussieht, wurde die gesamte Legislative auf Anordnung der Premierministerin aufgelöst, bis Neuwahlen abgehalten werden können. Meine Vermutung geht dahin, dass es keinen Kongress der Föderation mehr geben wird – nie mehr – oder wenn, dann wird man ihn mit Leuten besetzen, die ganz auf der Linie der Expansionisten sind.

Angesichts der Geistesverfassung der Expansionisten war dieser Coup fast unvermeidlich, und ich befürchte, aus den Überresten der Föderation wird eine Militärdiktatur oder gar Schlimmeres hervorgehen.«

Mikhails Gehirn war zu übermüdet, um vollständig zu begreifen, was Lew da sagte, deshalb konzentrierte er sich auf das, was er verstand. »Wahlen? Die Hälfte der Welten in der Föderation kann mit Demokratie nicht mehr anfangen als ein Esel mit Tanzschuhen.« Es war eine Wohltat für Mikhail, seine verbliebene Energie in Ungläubigkeit und Sorge über diese neue Entwicklung fließen lassen zu können, obwohl ihm vollkommen klar war, dass die Sache unabsehbare Folgen für Darkover haben würde. Aber mit diesen Befürchtungen würde er sich beschäftigen, wenn er wieder klarer denken konnte.

»Richtig, Mikhail. Viele der Senatoren und Abgeordneten wurden – so wie ich – von Königen, Gouverneuren und Oligarchen ernannt. Und diese ererbten oder durch Ernennung erlangten Positionen sind den Expansionisten schon lange ein Dorn im Auge, und nun haben sie ihn fürs Erste offenbar herausgerissen. Ich denke, die Handlung der Premierministerin war unüberlegt und dürfte Folgen haben, die sie später bereuen wird. Sandra Nagy ist nicht klar, dass sie den Fuchs im Hühnerstall losgelassen hat, aber genauso verhält es sich. Wahrscheinlich glaubt sie, die Partei im Griff zu haben, und wenn sie merkt, dass dem nicht so ist, wird es viel zu spät sein.« Solange Mikhail ihn kannte, sagte Lew schon alle möglichen grässlichen Dinge für die Föderation voraus, und er schien eine grimmige Befriedigung aus den derzeitigen Ereignissen zu ziehen.

»Dann muss sie ein Dummkopf sein. Denkt sie denn ernsthaft, Welten wie Darkover werden sich diesem durchsichtigen Plan fügen?«

»Da ich in die jüngsten Gedanken von Sandra Nagy nicht eingeweiht bin, kann ich dazu nichts sagen, Mik. Ich kannte sie vor Jahren, als sie in den Handelsausschuss berufen wurde. Sie ist schlau und politisch äußerst geschickt, hat aber wenig bis gar kein moralisches Empfinden. Ich mochte sie nicht, hatte aber einen gewissen Respekt vor ihrer Gerissenheit. Es macht mich traurig, dass meine schlimmsten Befürchtungen über die Föderation anscheinend bald wahr werden, aber ich stelle fest, dass es mich weniger entmutigt, als ich dachte.«

»Was bedeutet das für Darkover?« Mikhail interessierte sich nicht sonderlich dafür, was aus der Föderation wurde. Sie blieb eine abstrakte Anhäufung von Orten, die er nie gesehen oder von denen er in vielen Fällen nicht einmal gehört hatte. Egal, wie viel Lew und Marguerida ihm darüber erzählten, es blieb mehr Vorstellung als Wirklichkeit für ihn. Zudem hatte er nach dem Erhalt der großen Matrix erkannt, dass es ihm nie möglich sein würde, auf andere Welten zu reisen, wie er es sich gewünscht hatte, als er noch jünger war. Und obwohl Mikhail interessiert und sogar neugierig blieb, hatte er feststellen müssen, dass es ihn schmerzte, über weit entfernte Planeten zu sprechen, die er nie zu Gesicht bekommen würde. Er war neidisch, weil Marguerida so ausgedehnte Reisen unternommen hatte, und manchmal nahm er sie seiner Frau sogar ein wenig übel, gerade so viel, dass er sich für dieses Gefühl heftig schämte.

Lew schüttelte den Kopf. »Das weiß ich wirklich nicht. Möglicherweise bilden sich die Terraner ein, sie könnten uns in die Knie zwingen, indem sie ihre technischen Errungenschaften entfernen, den Raumhafen schließen und sich zurückziehen.«

»Das ist doch lächerlich! Wir hatten nie Verwendung für ihre Technik. Wahrscheinlich wäre es ein Segen für uns, wenn sie abzögen.« Lew ließ ein raues Lachen hören, ein leises

Brummen, so als würde ein Bär zu lachen versuchen. »Politische Körperschaften sind selten logisch, Mikhail.«

»Wie können sie dann funktionieren?«

Lew blickte nachdenklich drein. »Sie speisen sich aus Idealen und Machtkämpfen – oft entstehen politische Bewegungen aus Idealen, verkommen aber zu Machtgerangel, Größenwahn und der Auflösung genau jener Wunschbilder, der die betreffende Bewegung ihre Entstehung verdankt. In diesem Fall, glaube ich, besteht das Ideal darin, dass in der Föderation alle gleich sein werden und dass es möglich ist, einen Konsens auf dem Verfügungsweg zu erlangen. Die Expansionisten glauben, das ließe sich erreichen, wenn alle ihrem expansionistischen Weg zustimmen. Und da sie sich einer starken Opposition gegenübersehen, versuchen sie, ihre Leitbilder den Leuten mit Gewalt einzutrichtern.«

Mikhail runzelte die Stirn. Ihm war ganz dumpf im Kopf, aber er war froh um die Ablenkung, die es ihm bot, sich auf dieses sperrige Problem konzentrieren zu können, egal wie schlecht es ihm gelang. »Ich bin mir nicht sicher, ob ich dich richtig verstehe. Willst du etwa sagen, diese Leute glauben, sie könnten ganze Planeten zwingen, ihre Bräuche aufzugeben und so zu werden wie Terra? Das ist das Lächerlichste, was ich seit langem gehört habe.«

»Ich weiß, es klingt unmöglich. Aber ich glaube, du hast keine Ahnung, wie stark die Wirkung von Propaganda auf die breite Masse sein kann, denn Darkover hat keinerlei Erfahrung mit einem pausenlosen Nachrichtenfluss, der nur das verkündet, was die Bürger nach dem Willen ihrer Regierung wissen sollen. Aber es ist in der menschlichen Geschichte immer wieder geschehen, wie ein ständig wiederkehrender Albtraum.«

»Erzähl mir davon.« Mikhail sah, wie Donal hinter seinem Schwiegervater Haltung annahm, und wusste, sein Friedensmann hörte aufmerksam zu. Er empfand einen Anflug von Freude, die noch größer wurde, weil sie völlig unerwartet kam. Donal hatte sich klugerweise Danilo Syrtis-Ardais zum Vorbild genommen und bereits erkannt, dass seine Aufgabe weit mehr umfasste, als nur Leib und Leben von Mikhail Hastur zu schützen. Im Laufe der Zeit und durch Erfahrung würde Donal gewiss zu einem klugen Berater werden. Zu Mikhails Erstaunen tröstete ihn dieser Gedanke mehr, als er für möglich gehalten hätte.

Lew Alton ließ eine Art Knurren hören, ein vertrautes Vorspiel, bevor er zu Erklärungen ansetzte. Seltsamerweise beruhigten die Gewöhnlichkeit dieses Geräuschs und die Erwartung der folgenden Rede Mikhails strapazierte Nerven. Wenigstens das war gleich geblieben. »Als Erstes verkündet jemand, der an der Macht ist, alles würde rapide den Bach runtergehen, und schuld daran sei irgendeine Gruppe, ein Stamm oder eine Oppositionspartei. Die Sitten würden verfallen oder Eltern ihre Kinder nicht anständig erziehen. Sie behaupten, die Antwort liege in einer Reform, alle müssten sich gemäß einem Ideal verhalten, das zu ihren Vorstellungen von einer guten Gesellschaft passt. Sie verlangen absolute Konformität, und jeder, der sich nicht fügt, wird als potenzieller Feind betrachtet, wenn nicht sogar als regelrechter Verräter. Das ist zu unseren Lebzeiten so passiert, zum Beispiel vor dreißig Jahren auf Benda V.«

»Von diesem Planeten habe ich noch nie etwas gehört.« Die Föderation hatte mehrere hundert Mitglieder, und Mikhail hatte sich nur mit zwanzig oder dreißig davon ausführlich beschäftigt. Doch obwohl er für jemanden, der Darkover nie verlassen hatte, ziemlich gut informiert war, kam er sich jedes Mal schrecklich unwissend vor, wenn die Sprache auf einen Planeten kam, den er nicht kannte. Das war reichlich kindisch, denn es gab unglaublich viele Planeten in der Föderation, und selbst weit gereiste Leute wie Marguerida und Lew wussten nicht über alle Bescheid.

»Das überrascht mich nicht, denn es ist eine ziemlich abgelegene Welt. Soweit ich mich erinnere, ist Folgendes passiert: Der orthodoxe Hohepriester verkündete, er habe ein Vision von Gott gehabt, und der einzige Weg, den Planeten vor äußerster Zerstörung zu bewahren, bestehe in einem heiligen Krieg gegen die Mitglieder der Kirche von Elan, den Rivalen der Orthodoxen, die auf Benda sehr einflussreich geworden waren. Man beschuldigte sie aller möglichen Taten, vom Vergiften des Getreides bis zur Ermordung der orthodoxen Säuglinge, deren Blut sie angeblich tranken. Und da die Orthodoxen die Medien kontrollierten, endete das Ganze in einem planetenweiten Blutbad. Rund sechzig Millionen Leute wurden in einem Zeitraum von drei Monaten ermordet – Männer, Frauen, Kinder.«

Mikhail war bestürzt. »Aber hat die Föderation denn nicht eingegriffen? Ich dachte, so etwas erwartet man in solchen Situationen von ihr?«

»Ja, ich weiß. Mit den Steuern, die man von den Planeten der Föderation eintreibt, wird angeblich die Raumwaffe unterhalten, die genau solche Ereignisse verhindern soll. Die wirkliche Funktion der Truppe besteht jedoch darin, die terranischen Kassen zu füllen, dafür zu sorgen, dass der Handel nicht gestört wird, die Steuern bezahlt werden und alle Mittel weiterhin nach Terra fließen. Sie haben nicht eingegriffen, weil man entschied, es handle sich um eine planetarische Angelegenheit und keine der Föderation. Und so ist Benda seit drei Jahrzehnten soviel ich weiß ein Gottesstaat, wo jeder jeden beschnüffelt und wo man hingerichtet werden kann, wenn man während der Messe rülpst. Diese Messen nehmen meines Wissens täglich mindestens vier Stunden in Anspruch. Ich brauche wohl nicht zu erwähnen, dass daraus große wirtschaftliche Not entstanden ist, denn wenn man den ganzen Tag nicht aus der Kirche kommt, kann man schließlich seine Felder nicht bestellen und seine Waren nicht verkaufen. Zudem hat der Verlust all jener armen Leute, die der Kirche von Elan angehörten, die Sache auch nicht besser gemacht, denn das waren produktive Mitglieder der Gesellschaft.«

»Sechzig Millionen? Das ist dreimal mehr als die gesamte Bevölkerung Darkovers!« Mikhail sah Lew fassungslos an, er konnte nicht glauben, was er da eben gehört hatte. »Und niemand hat versucht, sich zu wehren?«

»Jeder, der es riskiert hat, war so gut wie tot, Mikhail.« Er seufzte wieder, als er die ungläubige Miene Mikhails bemerkte. »Ich weiß, du kannst diese Dinge nicht recht begreifen, weil sie deine Erfahrung übersteigen. Darkover ist eine ganz besondere Welt, und es gehört zum Klügsten, was Regis getan hat, dass er uns aus der Föderation heraushielt, vom Status als geschützter Planet einmal abgesehen.«

»Als ich noch jünger war, dachte ich immer, er tut es, um Leute wie meine Mutter zufrieden oder wenigstens ruhig zu stellen!« Mikhail erlaubte sich ein leises Kichern über den lächerlichen Gedanken, Regis könnte eine so bedeutsame Entscheidung treffen, nur um Javanne Hastur zu besänftigen. Sie gab nie Ruhe, und bald würde sie auf Burg Comyn kommen und ihm das Leben schwer machen. Er hatte im Augenblick nicht das Gefühl, ihren Intrigen und Wutausbrüchen gewachsen zu sein.

Lew nickte, als verstünde er genau, was Mikhail dachte. »Er war der Ansicht, es könnte uns teuer zu stehen kommen, und die darkovanische Kultur würde nicht überleben, wenn wir uns die Werte der Terraner vollständig zu Eigen machten. Die schlichte Wahrheit ist, dass wir die Föderation nicht brauchen. Was meinst du, würde wohl geschehen, wenn die Präsenz der Föderation hier zu Ende ginge, Mik?«

»So weit ich sehe, würden dann keine Raumkreuzer mehr hier landen, und das Krankenhaus im Hauptquartier würde schließen. Die Terraner würden uns keine Miete mehr für den Raumhafen bezahlen. Wobei sie es in den letzten Jahren mit ihren Zahlungen sowieso nicht allzu genau genommen haben.« Nach kurzem Nachdenken fügte er an: »Und Marguerida könnte keinen Kaffee mehr zu astronomischen Preisen besorgen, um sich hin und wieder eine Freude zu machen. Ein Jammer, dass es uns nie gelungen ist, die Pflanze auf Darkover zu kultivieren.« Mikhail hatte sich nie etwas aus Kaffee gemacht, aber er wusste, seine Frau liebte das seltsame, bittere Zeug. »Nichts davon kommt mir direkt welterschütternd vor.«

Lew lachte. »Das ist eine ziemlich gute Einschätzung der Auswirkungen, da die Föderation die Raumfluglinien kontrolliert. Es gibt zwar eine Reihe von interplanetarischen Handelsgesellschaften, aber für interstellare Flüge braucht man die Technologie der Raumkreuzer, und die haben nur die Terraner und hüten sie eifersüchtig. Was das andere betrifft, so läuft der Mietvertrag demnächst aus, und Belfontaine hat mit allen möglichen Tricks versucht, Regis zu Zugeständnissen zu bewegen. Aber das gehört nun mal zu seinem Job.«

Mikhail dachte amüsiert an die Ausreden, die für die verspäteten Zahlungen vorgebracht worden waren. »Regis hat mir von einem Vorschlag Belfontaines erzählt, was den neuen Mietvertrag angeht. Und zwar sollte Darkover die Föderation dafür bezahlen, dass sie hier einen Stützpunkt unterhält, und nicht die Föderation uns. Er fand es zum Schreien.« Es tat weh, sich daran zu erinnern, aber es berührte ihn gleichzeitig. Und es ließ ihn an Regis' Lächeln denken – sein Lächeln hatte immer zu seinen größten Aktivposten gehört.

»Das stimmt allerdings, und ich werde nie Belfontaines Gesichtsausdruck vergessen, als ich das Vergnügen hatte, ihm mitzuteilen, die Antwort sei ein definitives Nein. Aber welche wirtschaftlichen Folgen hätte der Abzug der Terraner für uns, Mikhail?«

»Keine sehr großen, glaube ich. Die Handelsstadt würde sicherlich einiges an Geschäft einbüßen, und die Freudenhäuser wären nicht gerade glücklich. Lady Marilla könnte ihre Keramik nicht mehr exportieren, aber die Domänen Aillard und Ardais würden auch so überleben. Wir haben eigentlich nicht viel Handel entwickelt, oder? Deshalb wollen uns die Terraner wahrscheinlich als Mitglied statt als geschützten Planeten, denn dann können sie ihre Produkte hier vermarkten. Wir produzieren nicht genügend Nahrungsmittel, um sie exportieren zu können, und wir besitzen nicht genügend Metalle zum Bau von Schiffen und anderen Dingen. Marguerida meint, der Sand oben in den Trockenstädten sei für technische Produkte auf Silikonbasis verwendbar, aber irgendwie kann ich mir keine Fabrik in Shainsa vorstellen. Wenn ich das Verfahren richtig verstehe, würde man außerdem eine Menge Wasser brauchen, und davon gibt es in dieser Region nicht eben reichlich.«

»Nein, und das ist eines der Hauptprobleme, wenn man terranische Methoden übernimmt – die ökologischen Auswirkungen wären enorm, und sie wären verheerend. Du hast nie eine industrialisierte Welt gesehen, ich schon. Die Luft ist voll Rauch und schlechten Gerüchen, und die Leute leben im Elend. Wir haben keine Slums auf Darkover – du weißt nicht einmal, was das ist, hab ich Recht? Glaub mir, Mik, die ärmste Familie auf Darkover lebt besser als viele Leute auf fortgeschrittenen Planeten. Wir sind eine unbedeutende Welt, und dafür sollten wir dankbar sein, denn wenn wir mehr erkennbare Ressourcen hätten, wären wir auch interessanter für Eindringlinge. Man würde unser Holz fällen und an Orte exportieren, von denen wir nie gehört haben, und unsere Ernten nehmen, um Leute auf anderen Planeten zu ernähren, und wenn das Land unsere Bevölkerung nicht mehr unterhält, weil die Flüsse voller Schlick sind, würden sie uns entweder aufgeben oder zwingen, ungeheure Preise für Nahrungsmittel von anderen Planeten zu bezahlen.«

»Du meinst, so etwas ist schon passiert?«

»Auf jeden Fall. Ich weiß von wenigstens zwei Planeten, die durch die Gier der Gesellschaften, denen sie gehörten, fast vernichtet wurden, dann ließ man sie mit einem ruinierten Ökosystem zurück, und die Bevölkerung hatte kaum noch genug zu essen. Und seit ich nicht mehr im Senat bin, sind wahrscheinlich noch einige hinzugekommen.«

»Das kann ich kaum glauben. Wieso? Ich meine, das kommt mir sehr kurzsichtig vor.«

»Genau. Die Föderation wurde durch Expansion am Laufen gehalten, indem man immer neue Planeten suchte, die man ausbeuten konnte. Das war die Politik der letzten hundert Jahre, zehn Jahre hin oder her. Aber in den letzten fünfzig wurde nur noch eine Hand voll bewohnbarer Welten entdeckt – der Rest waren Planeten, auf denen der Aufbau einer neuen Kolonie entweder untragbar teuer wäre oder die so unattraktiv sind, dass man nur Leute dort ansiedeln kann, wenn man sie hinverfrachtet und zwingt, dort zu leben, was ebenfalls ziemlich kostspielig ist. Die grundlegende Idee besagt aber, dass keine Zurückhaltung nötig ist. Das ist das Fundament der expansionistischen Philosophie, nach der unbegrenztes Wachstum nicht nur möglich, sondern auch wünschenswert ist. Sie bleiben blind gegenüber den Tatsachen, nämlich dass immer weniger bewohnbare Planeten in dieser Gegend des Weltraums zur Verfügung stehen. Und weil die Welten, die sie ausbeuten, immer weiter entfernt vom Zentrum der Föderation liegen, wird es zunehmend schwieriger, sie zu regieren, deshalb erfordert es mehr und mehr Mittel, den Kontakt mit ihnen zu halten, und immer längere Reisen mit immer höheren Kosten, um die Rohstoffe nach Terra zu schaffen. Deshalb wollen sie, dass die Mitgliedswelten alles abliefern, was sie haben, und dafür auch noch Steuern zahlen. Die Heimatwelt und ein paar andere Planeten sind zu Schmarotzern bei der restlichen Föderation geworden.«

»Sie zahlen Steuern, wenn sie ihre Lebensmittel nach Terra schicken?« Mikhail wusste, er war müde, aber er war sich nicht sicher, ob er seinen Schwiegervater richtig verstanden hatte.

»Ja.«

»Aber das ist doch Wahnsinn, Lew. Warum sollte irgendwer dafür bezahlen, dass man sein Getreide woandershin schickt?«

»Indem man der Bevölkerung mit Hilfe der Medien weismacht, dass sie einen Nutzen daraus zieht, wenn sie Steuern zahlt und gleichzeitig hungert.«

»Aber welcher Nutzen ...?«

»Man redet den Leuten ein, dass sie durch die Steuern, die sie für den Unterhalt der Raumwaffe zahlen, vor einem imaginären Feind geschützt sind – Aliens, die ohne Frage am Himmel auftauchen werden, um sie zu erobern. Sie sehen nicht, dass der wahre Feind mittlerweile die Föderation selbst ist. Es gibt inzwischen Waffen, die einen Planeten binnen Stunden in flüssige Schlacke verwandeln können, Dinge, die für die Verteidigung gegen diese Phantomrasse entwickelt wurden, aber tatsächlich dafür eingesetzt werden, die Mitgliedswelten auf Kurs zu halten. Das Einzige, was verhindert, dass die ganze Situation in völliges Chaos ausufert, sind die enormen Kosten solcher Dinge – es kostet einen hübschen Batzen, eine Flotte von Schiffen loszuschicken, damit sie einen Planeten zerstört, ganz zu schweigen davon, dass es ein politisches Armutszeugnis darstellt. Es ist sehr schwer, etwas so Monumentales aus den Nachrichten herauszuhalten, und es macht die anderen Welten eher nervös statt gehorsamer. Die Föderation ist zu einer Art Schulhoftyrann geworden, der die kleineren Kinder verprügelt, nur weil er es kann. Und bis jetzt hat die Existenz des Senats und der Abgeordnetenkammer solchen hirnlosen Unternehmungen Beschränkungen auferlegt.«

»Glaubst du, dass dann Elitetruppen der Föderation Thendara besetzen?« Mikhail sagte es halb im Spaß.

»Ich hoffe, nicht. Und eigentlich erwarte ich keinen solchen Anschlag, es sei denn, jemand kommt zu dem Schluss, dass Darkover strategische Bedeutung hat. Nein, die größte Gefahr besteht darin, dass die Föderation zerbricht und dass sich Splittergruppen mit jeweils eigenen Ambitionen nach Macht und Vorherrschaft bilden. Ein planetarischer Gouverneur oder irgendein Provinzkönig mit ein paar erbeuteten Schlachtschiffen könnte ernsthaft zum Problem werden. Oder – noch schlimmer – ein Admiral der Truppe entschließt sich zur Meuterei und zieht los, um seinen eigenen Profit zu machen.« Lew Altons Miene hatte sich verdüstert.

»Wissen die Terraner das?«

»Manche von ihnen sicherlich. Es gibt Leute in der Föderation, die im Lauf der Jahre wahrscheinlich ebenso darüber nachgedacht haben wie ich. Das ist Problem ist jedoch, dass diese Leute keine Macht haben und keine Politik machen. Es ist wahrscheinlich der Albtraum des Generalstabs, dass es einem Planeten gelingen könnte, genügend Waffen in die Hand zu bekommen, um die Sicherheit Terras zu bedrohen. In den letzten fünfzehn Jahren gab es ein paar Aufstände, Planeten, auf denen das Volk rebellierte oder wo der Gouverneur auf eigene Faust handelte. Sie wurden gewaltsam niedergeschlagen, jedoch noch mit so viel Zurückhaltung, dass die Dinge nicht völlig aus dem Ruder liefen. Auch hier war es wieder dem Senat zu verdanken, dass es nicht so weit kam, er hat die Regierungschefin und den Generalstab davon abgehalten, auf zu vielen Welten einen offenen Krieg zu beginnen. Aber ich glaube, du solltest mit Herm reden, denn der hat neuere Informationen als ich.«

»Ja, muss ich wohl. Ich fühle mich einfach noch nicht bereit. Alle Leute erzählen mir seit Jahren, wie mächtig ich bin, weil ich diesen verfluchten Ring besitze«, sagte Mikhail und ballte die Finger im Handschuh zur Faust. »Aber ich fühle mich nicht mächtig. Ich habe weder Regis' Charme noch seine Schläue und auch nicht seine Erfahrung, obwohl ich mich bemüht habe, möglichst viel von ihm zu lernen.«

»Du wirst deine Sache sehr gut machen, Mikhail. Regis war davon überzeugt, und ich bin es auch.«

»Ich bin froh, dass ich dich als Berater habe, Lew, und Herm ebenfalls. Und vor allem bin ich froh, dass ich nicht über die Aldaran-Gabe verfüge, denn ich glaube, wenn ich in die Zukunft sehen könnte, hätte ich zu viel Angst, um überhaupt noch etwas zu tun. Ich würde gewiss viel geben, wenn ich ein wenig von meiner jugendlichen Sicherheit hätte, anstatt dieser vielen Zweifel.«

»Wenn du keine Zweifel hättest, Mikhail, wäre ich sehr besorgt.«

»Das ist selbst für deine Verhältnisse eine komische Aussage.« Lew war auf ganz Burg Comyn berüchtigt dafür, dass er die empörendsten Ansichten äußerte, als wären es die größten Gemeinplätze.

»Ein Mann, der sich seiner absolut sicher ist, ist viel gefährlicher als einer, der Zweifel hegt. Robert Kadarin war so ein Mann und der alte Dyan Ardais ebenfalls. Sie haben einen hohen Preis für ihren Stolz gezahlt und diese Welt dabei fast zu Grunde gerichtet. Du bist ein besonnener Mensch, und das ist genau das, was wir im Augenblick brauchen.«

»Danke für dein Vertrauen. Es bedeutet mir sehr viel, gerade jetzt.« Er war zu müde, um weiter über die Zukunft nachzudenken. Sie war zu bedeutend und sehr Furcht erregend. Er musste das Thema wechseln, über belanglosere Dinge reden. »Du sagst, Herm hat seine Familie mitgebracht? Hast du sie schon getroffen? Hat man sie auch anständig versorgt?«

»Ich habe auf dem Weg zu dir kurz vorbeigeschaut und sie begrüßt. Da ich das Gefühl hatte, ich sollte die Burg nicht verlassen, habe ich sie von Rafael abholen lassen, und ich glaube, er war froh, weil er auf diese Weise den Klauen Giselas eine Weile entrinnen konnte. Herms Frau, Katherine, ist sehr hübsch, sie stammt von Renney, hat pechschwarzes Haar und ein kräftiges Kinn. Sie hat einen Sohn namens Amaury aus ihrer ersten Ehe – sie ist verwitwet – und sie und Herm haben auch noch eine Tochter, Terése. Ein hübsches Mädchen, und sie sieht Marguerida als Kind so ähnlich, dass es mir einen Stich ins Herz versetzte. Sie sind alle erschöpft, und ich vermute, Katherine und die Kinder sind einigermaßen verängstigt von der Aussicht, den Rest ihres Lebens im Exil auf Darkover zu verbringen. Herm dagegen ist anscheinend froh, wieder daheim zu sein – und ich verstehe sehr gut, wieso!«

»Renney? Wieso kommt mir dieser Planet so bekannt vor?«

»Weil Korniel, einer von Margueridas Lieblingskomponisten, vor langer Zeit dort zur Welt kam. Es ist ebenfalls ein geschützter Planet und hat schon zahlreiche Aufstände und Rebellionen erlebt. Es gibt dort eine starke Bewegung der so genannten Separatisten, die von Zeit zu Zeit Ärger machten, als ich noch im Senat war. Renney wurde vor mehreren hundert Jahren von Kolonisten aus Avalon, Neukaledonien und einigen anderen Plätzen besiedelt, und damit ist mein Wissen über den Planeten auch schon erschöpft, außer dass er sehr schön sein soll.«

»Ich muss sie willkommen heißen.« Regis hätte bestimmt gewollt, dass er sie begrüßte. Abgesehen davon hatte er Herm seit Jahren nicht gesehen und wollte sich mit dem alten Knaben neu bekannt machen. Aber angewidert musste Mikhail feststellen, dass er beim besten Willen nicht einmal diese kleine Höflichkeitsgeste in Angriff nehmen konnte.

Lew schüttelte den Kopf. »Was du jetzt brauchst, ist ein Bad, ein wenig Schlaf und vielleicht eine anständige Mahlzeit. Marguerida hat die Aldarans mit allem versorgen lassen, und sie plant für morgen Abend ein Essen für sie. Bis dahin hast du nichts weiter zu tun, als dich auszuruhen. Burg Comyn wird ganz gut ein, zwei Tage ohne dich auskommen. Die Welt ist mit Regis' Tod nicht stehen geblieben.«

»Mag sein, aber warum fühlt es sich dann so an?«

Beide Männer hatten Tränen in den Augen, als sie sich erhoben. Lew blies die Kerzen aus und dämpfte das Feuer. Dann standen sie noch eine Weile Schulter an Schulter, vereint in dem Wunsch, ihre Welt durch die schweren Zeiten zu führen, die vor ihnen lagen. Schließlich öffnete Donal die Tür, und sie verließen den Raum.

4

Lyle Belfontaine, der Stützpunktleiter im Hauptquartier auf Cottman IV, lehnte sich in dem harten und unbequemen Sessel zurück und blickte durch das große Fenster nach Westen in Richtung der Nachmittagssonne, die sich fast ganz hinter einigen wässrigen Wolken versteckte. Es würde bald regnen, oder vielleicht fiel auch ein wenig Schnee. Von seinem Büro aus konnte er all die schmucklosen, viereckigen Gebäude sehen, aus denen der Komplex des Hauptquartiers bestand – den Stromgenerator, die Kaserne, das Krankenhaus und alles Übrige. Es war in seinen Augen eine gute Aussicht, denn er sah nichts von der einheimischen »Stadt« Thendara selbst. Das war ihm sehr recht. Er verabscheute die Stadt und ihre Bewohner, und ganz besonders verabscheute er Regis Hastur und all die anderen aufsässigen Oberhäupter der Domänen. Nichts, was er in all den Jahren seiner Verbannung auf diesem gottverlassenen Planeten getan hatte, hatte eine erkennbare Wirkung auf sie gehabt, und er hasste es, nicht wahrgenommen zu werden.

Nach einigen Minuten fruchtlosen Grübelns drehte sich Belfontaine um und nahm das dünne Fax zur Hand, das auf seiner ansonsten leeren Schreibunterlage lag. Er las es noch einmal, äußerst bestürzt und ungläubig. Unglücklich rutschte er auf seinem Stuhl hin und her, der für einen wesentlich größeren Mann gedacht und am Boden festgeschraubt war. Schon mehrmals hatte er einen neuen angefordert, aber nie war einer gekommen. Der Stuhl schien ihm symptomatisch für alles zu sein, was seiner Ansicht nach zurzeit in der Föderation schief lief – zu unbeweglich und die falsche Größe.

Er verzog unzufrieden das Gesicht, und die Narbe, die er von der katastrophalen Geschichte auf Lein III übrig behalten hatte, juckte auf Stirn und Wange. Belfontaine hätte sie entfernen lassen können, aber er hatte sich entschieden, es nicht zu tun. Sie ließ ihn seiner Meinung nach gefährlich und Respekt heischend aussehen. Und sie war eine Mahnung daran, wie er bei der Föderation in Ungnade gefallen war, an seine Versetzung auf diesen rückständigen Planeten mit seinem erbärmlichen Klima und an sein vollständiges Scheitern hinsichtlich der Pläne, die ihm vor seiner Ankunft hier vorgeschwebt waren. Er war entschlossen gewesen, zu tun, was vorher niemandem gelungen war – Cottman IV der Föderation auf dem Silberteller zu präsentieren. Aber bislang hatte er keinen Erfolg gehabt, nicht einmal ansatzweise. Wenn er doch nur nicht gezwungen wäre, durch Untergebene zu handeln und mit dummen, widerspenstigen Leuten wie Lew Alton zu arbeiten. Wenigstens war er Captain Rafe Scott losgeworden, hatte ihn zum Abdanken gezwungen. Sollte er doch seine Bergsteigerexpeditionen in den Hellers machen – hoffentlich brach er sich dabei den Hals oder erfror. Tatsächlich wäre es eine große Freude für ihn, wenn die ganze Bevölkerung zu Eiszapfen gefröre. Der Planet war bestenfalls unbedeutend, aber wenn es keine Einheimischen gäbe, könnte man ihn kolonialisieren und Belfontaine zumindest zum Generalgouverneur ernennen.

Doch nun war alles zunichte gemacht, worauf er gehofft hatte! Das gesamte Personal der Föderation hatte Befehl zum Abzug von Cottman, innerhalb von nur dreißig Tagen. Er schüttelte den Kopf und fuhr sich nervös durchs ergrauende Haar, dann knüllte er das Fax zusammen und warf es in Richtung Müllschlucker. Es flog zu kurz und landete auf dem Boden. Dort lag die zerknitterte Nachricht dann und verhöhnte ihn. Seine Chance auf Wiedergutmachung, auf neue Gunst, sie schwand dahin, und das alles wegen Premierministerin Nagy und ihrem rücksichtslosen Ehrgeiz! Vielleicht handelte es sich um einen Irrtum. Das war nicht der richtige Zeitpunkt für einen Rückzug der Föderation!

Er brauchte nur ein weiteres Jahr – höchstens zwei –, und der Titel des Generalgouverneurs wäre ihm gewiss. Es war natürlich nicht so, dass er damit am Ziel gewesen wäre. Gouverneur eines Planeten wie Cottman IV zu sein, stellte seinen Ehrgeiz nicht zufrieden, aber es wäre immerhin ein Anfang gewesen. Er war überzeugt, es hätte sich als Sprungbrett zu einer besseren Position nutzen lassen, auf einem Planeten, auf dem er wirklich Macht und Einfluss ausüben konnte. Cottman dagegen war der wertloseste Felsbrocken, den er je gesehen hatte.

Mann, wie er diesen Planeten hasste! Manchmal träumte er davon, ein Angriffsgeschwader einfliegen und diese Welt zu einem Klumpen radioaktiver Magma schießen zu lassen, die in der Leere des Alls vor sich hin dampfte. Das schien ihm das passende Schicksal für einen so verdammt kalten Ort zu sein, wo die dreckigen Eingeborenen die Hölle für einen Gefrierschrank hielten. Es war nur eine Fantasie, eine sinnlose dazu, aber der Gedanke verhinderte, dass er den Verstand verlor. Oder wenn das nicht ging, sehnte Belfontaine zumindest eine Eingreiftruppe herbei. Er hatte sich größte Mühe gegeben, eine Lage zu schaffen, die einen entsprechenden Befehl gerechtfertigt hätte, damit man ihm wenigstens ein paar Regimenter Elitesoldaten zur Verfügung stellte, um »die Ordnung wiederherzustellen«. Das hatte auf anderen Welten sehr gut funktioniert, selbst bei Mitgliedern der Föderation. Aber der verdammte geschützte Status Cottmans band ihm die Hände, und solange er nicht nachweisen konnte, dass der Raumhafen in Gefahr war oder das Hauptquartier von Feinden belagert wurde, hatte es keinen Sinn, um Hilfe zu ersuchen. Alles, was er bekam, waren schablonenhafte Ablehnungsbescheide eines Angestellten auf Alpha, der ihm mitteilte, dass es die gegenwärtigen wirtschaftlichen Probleme unmöglich machten, seinen Forderungen nachzukommen. Er bezweifelte, dass überhaupt jemand, der etwas zu sagen hatte, die Berichte zu sehen bekam, mit denen er sich so viel Mühe gab.

Er war nur von unfähigen Leuten umgeben! Er verfügte ja über Agenten – zugegeben, nicht viele, und nicht eben die besten, die der Sicherheitsdienst zu bieten hatte –, und er hatte sie mit dem Auftrag losgeschickt, genau den Ärger zu machen, der ihm die erwünschten Machtmittel in die Hände gespielt hätte. Sie hatten ihn enttäuscht, denn die Aufstände, die er hatte anzetteln können, hörten fast genauso schnell wieder auf, wie sie begannen, und Regis Hastur hatte sich nie um Hilfe an ihn gewandt. Er hatte stets seine eigene Garde eingesetzt und die Ordnung auf eine Weise aufrechterhalten, die ihm Belfontaines widerwilligen Respekt einbrachte oder vielmehr eingebracht hätte, wenn er den Burschen nicht so abgrundtief hassen würde. Er war Hastur nie begegnet und kannte ihn nur über den unheimlichen Danilo Syrtis-Ardais oder diesen verdammten Lew Alton, den sie zu etwas ernannt hatten, was einer Art Außenminister entsprach, nur dass man solche Titel auf Cottman IV nicht benutzte. Belfontaine verabscheute den hoch gewachsenen, einarmigen Mann und vermied es wenn möglich, ihn zu treffen. Er hatte etwas Unheimliches, fast Unnatürliches an sich, das Belfontaine nervös machte. Alton war eine Wand, die er nie hatte durchdringen können.

Einmal mehr spielte er mit dem Gedanken, einen falschen Bericht zu schicken. Seine persönliche Sekretärin war dumm und folgsam – für diese Eigenschaften hatte er sie schließlich eingestellt – und würde seine Befehle nicht in Frage stellen. Sie würde die Nachricht vermutlich nicht einmal lesen, sondern nur den Code eintippen. Belfontaine schauderte leicht. Genau ein solches Verhalten hatte ihm die Versetzung auf Cottman eingebracht, und dazu eine Degradierung vom Generalleutnant zum Colonel und einen schwarzen Fleck auf seiner Weste. Seine Bestrafung war diese rückständige, eiskalte Hölle, wo die Bevölkerung nie Nachrichten sah und sich, wenn überhaupt, nur durch Mundpropaganda beeinflussen ließ. Und Cottman hatte sich als erstaunlich resistent gegen die Gerüchte erwiesen, die seine Agenten zu streuen versuchten – fast als hätten die Leute gewusst, dass sie falsch waren.

Belfontaines einziger Versuch, die Technologiebeschränkungen offen zu umgehen, war komplett fehlgeschlagen. Er hatte Medienschirme in einigen Gasthäusern der Handelsstadt installieren lassen – obwohl er damit mehrere Abkommen unmittelbar verletzte –, und man hatte sie binnen eines Tages wieder abgebaut. Es war ein kostspieliger Fehler gewesen, und er war überzeugt, dass dieser Alton dahinter steckte. Wenn er doch nur direkten Zugang zu Regis Hastur hätte, bestimmt könnte er den Mann von den Vorteilen der Medienschirme überzeugen. Das würde leicht zu einer Elektrifizierung von Thendara führen und der Föderation eine Möglichkeit bieten, die Beachtung der Leute zu erlangen. Aber trotz vieler Anfragen hatte man Belfontaine nie auf Burg Comyn eingeladen, und was seinen Kontakt mit Hastur anging, hätte dieser ebenso gut eine reine Phantomgestalt sein können. In einem Anfall von Bosheit hatte er den Zugang zum Medizinischen Zentrum auf das Personal der Föderation beschränkt, weil er dachte, die Einheimischen würden der Annehmlichkeiten dieser Einrichtung nur sehr ungern verlustig gehen. Er hatte auch das John-Reade-Waisenheim geschlossen. Aber beide Maßnahmen hatten nichts genützt. Die Leute waren so dumm, dass sie sich nichts aus dem terranischen Gesundheitsstandard machten, und um ihre verlassenen Kinder kümmerten sie sich selbst! Sie verzichteten sogar auf Leben verlängernde Behandlungen – bis auf diesen alten Trottel oben in den Hellers, diesen Damon Aldaran –, sondern wurden einfach alt und starben!

Das und vieles andere kränkte ihn. Er beabsichtigte, mindestens hundertfünfzig Jahre zu leben – wenn möglich länger. Teufel, er würde seine Seele für die Unsterblichkeit verkaufen, wenn er noch an Seelen, Götter oder dieses ganze Gewäsch glauben würde. Aber wenn er keinen Weg fand, Cottman in der gesetzten Frist in die Hand zu bekommen, ein Mittel, die Regierung, so wie sie jetzt war, zu destabilisieren, würde er sich auf dem nächsten Hinterwäldlerplaneten wiederfinden und sich niemals die erforderlichen Medikamente leisten können. Er ging auf die sechzig zu, hatte dreißig Jahre Dienst in verschiedenen Zweigen der Föderation hinter sich und würde die Behandlung bald brauchen. Aber der Preis war in den letzten zehn Jahren gewaltig gestiegen, was er merkwürdig fand. Da er aus einer Unternehmerfamilie stammte, besaß er ein Grundverständnis von Ökonomie und wusste, dass die LV-Medikamente eigentlich mit der Zeit billiger werden müssten statt teurer. Irgendwer machte eindeutig einen Riesenprofit bei der Sache. Aber Belfontaine Industries hatte nichts mit pharmazeutischen Produkten zu tun, deshalb konnte er nur wütend spekulieren.

In einem ungeheuerlichen Vorstellungsgespräch mit seinem Vater war ihm gesagt worden, dass es ihm an der nötigen Geistesverfassung für das riesige Imperium von Belfontaine Industries mangelte. Andernfalls säße er jetzt nicht auf Cottman IV, sondern würde irgendeinem Planeten die geschmolzenen Eingeweide entreißen, wie sein Bruder Gustav, der das Rohmaterial für die Raumkreuzer und Schlachtschiffe produzierte, welche die Föderation so fleißig baute.

Nie würde er den Tag vergessen, an dem ihm sein Vater mitteilte, dass es bei BI keinen Platz für ihn gab, dass die firmeninternen Psychotests ermittelt hatten, er sei ungeeignet für eine Position im Unternehmen. Wenigstens hatte man ihm nicht die unaussprechliche Beleidigung einer Fabrikleitung angetan. Er erinnerte sich lebhaft, wie er vor dem riesigen Schreibtisch gestanden hatte, hinter dem sein Vater thronte, und auf die Mitteilung wartete, man werde ihn als Abgeordneten eines der vielen Planeten, die der Gesellschaft gehörten, in die Legislative der Föderation schicken. Das war die übliche Laufbahn für alle, die nicht in das Unternehmen eintraten.

Aber offenbar war er auch dafür nicht geeignet. Er spürte immer noch den Schock über die Worte seines Vaters, das Kribbeln auf der Haut und das Schrumpfen seiner Hoden. »Wir können nichts für dich tun, Lyle. Und wir werden dich keinesfalls durchfüttern – in dieser Familie gibt es keine Tunichtgute. Ich denke, die einzige Möglichkeit für dich ist der Dienst in der Föderation – logischerweise nicht im militärischen Bereich, da gibt es zu viele potenzielle Interessenkonflikte, die für die Gesellschaft peinlich sein könnten. Und Belfontaine Industries kommt natürlich an erster Stelle, ich weiß, du verstehst das. Aber *irgendeinen* Posten wirst du schon finden. Das ist alles – ich habe in dreißig Sekunden eine Holo-Konferenz.«

Wie betäubt hatte er seine Entlassung ohne ein Wort des Widerspruchs hingenommen und war aus dem Büro gegangen. Dienst in der Föderation! Das war etwas für Leute, die woanders keinen Erfolg haben konnten – die *unfähig* waren! Man hatte ihn dazu erzogen, den Dienst zu verachten, und nun befahl man ihm, sich dafür zu bewerben. Er hätte gern kehrtgemacht und Augustine Belfontaines glatte, medizinisch jung gehaltene Gesichtszüge zu Brei geschlagen. Aber sein Vater war groß und stark, im Gegensatz zu Lyle. Er hatte den Mann nie wieder gesehen und versucht, seine seelischen Wunden mit Intrigen zu lindern; sie sollten noch alle bereuen, dass sie ihn so schlecht behandelt hatten.

Seltsamerweise war ihm der Dienst eigentlich ganz gut bekommen, nachdem er die ursprüngliche Kränkung einmal überwunden hatte. Er entdeckte, dass er ein gewisses Geschick für Verwaltungsarbeit besaß – da konnte man sehen, was diese Psychotests wert waren. Er hatte sich rasch nach oben gearbeitet, bis er diesen dummen Fehler auf Lein III machte. Er hätte nie versuchen dürfen, einen planetarischen Herrscher zu stürzen, vor allem nicht mit Hilfe von Sprengstoff, der sich bis zu seinem Büro zurückverfolgen ließ. Und die falschen Berichte, die er an Alpha geschickt hatte, waren als ebensolche entlarvt worden. Er hatte noch Glück gehabt, dass er Cottman IV zugesprochen bekam. Bei weniger guten Beziehungen hätte er auch als Leiter einer Strafkolonie enden können – oder schlimmstenfalls gar als Insasse von einer.

Inzwischen war er klüger, und er wusste, was er bei seinem Hintergrundwissen in Sachen Informationstechnologie und Propaganda mit nur einem Medienschirm und der richtigen Sorte Unterhaltung auf Cottman hätte bewerkstelligen können. Mit Sicherheit hätte er die Bewohner Thendaras in weniger als einem Monat so weit in Rage gebracht, dass sie die Burg mit Mistgabeln und Knüppeln gestürmt hätten. Nach dem Zwischenfall auf Lein III war er in den Sicherheitszweig der Föderation gewechselt, der Außenposten wie diesen verwaltete, und stellte fest, dass es ihm dort sehr gefiel. Gut, er hatte nie eine Waffe benutzt, auch wenn er sich gelegentlich ausmalte, was er mit einem Flammenwerfer alles anstellen könnte. Liebend gern hätte er seinen Vater abgefackelt, der mit über neunzig noch immer Belfontaine Industries leitete, Lew Alton und noch ein paar andere Leute. Aber er verabscheute Soldaten fast ebenso sehr wie erbliche Herrscher vom Schlage eines Regis Hastur. Sie waren nur Verfügungsmasse, wie die Arbeiter in den Fabriken seines Vaters. In den seltenen Augenblicken der Selbstprüfung wurde ihm bewusst, dass in dieser Haltung ein Fehler steckte, und gelegentlich fragte er sich, ob die Psychotests der Firma diesen Makel aufgedeckt hatten und ob ihm deshalb sein rechtmäßiger Platz im Unternehmen verweigert worden war.

Aber es war nicht seine Schuld! Leute wie Lew Alton, die ihre eigene Macht bewahren wollten, verhinderten doch, dass die Föderation ihr Schicksal erfüllte, nämlich alle Planeten mit eiserner Hand zu regieren. So war es nun einmal vorgesehen. Aber nein, stattdessen behaupteten sie hartnäckig, sie seien mit ihren eigenen Sitten und Gebräuchen rundum zufrieden, und sahen nicht ein, dass sie das Unvermeidliche nur hinausschoben. Wie sollte ein kleiner, rückständiger Planet es auf Dauer mit den Terranern aufnehmen? Und er, Lyle Belfontaine, wollte der Mann sein, der Cottmans geschützten Status zertrümmerte und sie in die Föderation brachte, wo ihre rechtmäßigen Herren sie dann schon Folgsamkeit lehren würden!

Es ärgerte ihn zutiefst, dass sie bislang widerstehen konnten, denn es traf ihn in seinen wenigen aufrichtigen Überzeugungen. Dies waren einfache Dinge – Pflichtgefühl, Treue und Gehorsam –, und darüber hinaus wusste Belfontaine nur, dass es die Bestimmung der Föderation war, das Leben von mehreren Billionen Menschen auf hunderten von Planeten vollständig zu beherrschen. Alles darunter war nicht akzeptabel und regelrecht undenkbar. Die Föderation war die beste Struktur, damit alles glatt und effizient lief, was für ihn bedeutete, dass die großen Gesellschaften wie Belfontaine Industries tun konnten, was sie wollten, um zu überleben und einen Profit aufzuweisen. Das hatte man ihm so beigebracht, seit er denken konnte, und nichts hatte diese Überzeugung je wieder aus seinem Kopf vertrieben.

Ihm war klar, dass dies manchmal Schmerz und Leid verursachte. Aber im Großen und Ganzen gesehen, spielte es für ihn keine Rolle, ob ein paar Millionen rückständige, dumme Menschen hungerten, wenn man dafür jene Billionen auf den besser entwickelten und aufgeklärteren Planeten ernähren konnte. Schließlich waren Menschen ein disponibler Rohstoff. Natürlich nicht Leute wie er, die dazu auf der Welt waren, wichtige Entscheidungen zu fällen und die Zukunft zu gestalten. Die Bauern, Kaufleute und Soldaten, die namenlose Masse – auf die kam es nicht an. Selbst lokale Größen wie Regis Hastur waren Verfügungsmasse. Wenn er diesen eingebildeten Wicht doch nur loswerden könnte, den Rest der Bande würde er dann wahrscheinlich mühelos erledigen.

Lyle seufzte. So angenehm die Vorstellung auch war, einen Sprengsatz unter Burg Comyn zu legen und sie in tausend Stücke zu sprengen, er würde es lieber bleiben lassen. Selbst in ihrem gegenwärtigen Zustand der Auflösung herrschte noch so viel Ordnung in der Föderation, dass man Fragen stellen und einen Untersuchungsausschuss einrichten würde, wenn so etwas passierte. Und das hätte höchstwahrscheinlich neue Ungnade zur Folge. Es wäre unmöglich, die Sache den Einheimischen selbst anzuhängen – dazu waren sie technisch nicht in der Lage. Niemand würde glauben, dass ein Eingeborener ins Hauptquartier gelangt war, eine scharfe Ladung und einen Zeitzünder gestohlen und sich das Wissen angeeignet hatte, wie man beides richtig benutzt. Ein paar von ihnen könnten es vielleicht, wie Rafe Scott, der bis zu seinem Abschied jahrzehntelang im HQ ein und aus gegangen war, aber nicht einmal Lyle konnte sich vorstellen, warum irgendwer Scott so etwas zutrauen sollte. Nein, diese Methode hatte er schon einmal versucht und seine Lektion gelernt. Es musste einen anderen Weg geben. Er war ihm nur noch nicht eingefallen.

Die Türglocke schellte leise, und Lyle blickte verärgert über die Störung auf. »Herein«, sagte barsch.

Ein großer, breitschultriger Mann in glänzender Lederkluft

stand im Eingang. Er trat mit jener natürlichen Eleganz ein, um die ihn Belfontaine beneidete, und die gut eins achtzig große Gestalt des Mannes erinnerte ihn unfehlbar jedes Mal daran, wie klein er selbst war. Es war Miles Granfell, sein Nachrichtensekundant und sein Hauptagent, wenn es darum ging, Zwietracht auf Cottman zu säen. Er war fähig und durchtrieben, aber fast ein wenig zu ehrgeizig, und Lyle traute ihm nicht ganz über den Weg. Dennoch gelang es ihm, um des lieben Scheins willen strahlend zu lächeln.

»Und, was gibt es?« Granfell hielt nicht viel von Plaudereien und Höflichkeiten, ein Zug, den Belfontaine an ihm schätzte. Es war pure Zeitverschwendung, jemanden nach seinem Befinden zu fragen. Und höchstwahrscheinlich kannte Granfell den Inhalt des zerknüllten Dienstschreibens bereits, stellte sich aber aus Gründen unwissend, die nur er selbst kannte.

»Falls wir Hastur nicht überreden können, als Vollmitglied in die Föderation zu kommen, haben wir dreißig Tage, um von hier abzuziehen.«

»Lohnt es einen Versuch?«

»Ich glaube nicht, aber ich werde Lew Alton für morgen oder übermorgen zu mir kommen lassen und einen letzten Anlauf unternehmen. Ich wünschte, ich käme direkt an Hastur heran, aber das scheint nicht möglich zu sein. Und da die Föderation wegen anderer Probleme lahm gelegt ist, können wir im Moment nicht mit großer Unterstützung rechnen.«

»Lahm gelegt?«

»Es scheint, die Auflösung der Legislative ist nicht gut aufgenommen worden, und einige Mitgliedswelten lassen Anzeichen von Rebellion erkennen. Die ganze Sache war schlecht geplant, und ich muss mich leider fragen, ob Premierministerin Nagy weiß, was sie da tut. Das kommt davon, wenn man einer Frau die Verantwortung überträgt! Frauen sind viel zu emotional für das Regierungsgeschäft.«

Granfeli nickte. »Wenn wir es doch nur geschafft hätten, einen neuen Mietvertrag für das Gelände des Raumhafens zu bekommen, bevor die Sache passiert ist. Unsere Position hier wäre dann viel besser.«

»Wir haben es aber nicht geschafft. Und diese Eiskugel lohnt sowieso kaum die Mühe. Sie haben nie richtig Handel mit der Föderation getrieben, und Hasturs Widerstand gegen unsere Technologie war nicht gerade hilfreich. Wenn ein anderer ihren Rat kontrollieren würde – jemand, der mehr auf der Linie der Föderation liegt –, dann hätten wir vielleicht eine Chance. Aber so nicht.« Damon Aldaran, dieser Narr, hatte eine Menge vager Versprechungen gemacht, aber bisher nichts davon einlösen können, und nun würde er keine Gelegenheit mehr dazu haben. Belfontaine hatte dem alten Säufer ohnehin nie recht geglaubt.

»Das Problem ist nicht, dass diese Dummköpfe gegen die Föderation sind, Belfontaine, sondern dass sie so stur für Cottman sind. Von vereinzelten Leuten mal abgesehen, scheren sie sich einen Dreck um andere Planeten, und selbst die scheinen diesen hier noch zu lieben. Ich bin seit zehn Jahren hier, und ich habe nie verstanden, was so großartig hieran sein soll. Es ist höllisch kalt, und die Leute sind rückständig – die meisten können nicht einmal lesen! Meiner Ansicht nach lohnt es wirklich kaum die Mühe, außer dass es ein schlechtes Beispiel abgibt, wenn man einem bewohnten Planeten erlaubt, sich der Kontrolle der Föderation zu entziehen.«

Belfontaine lachte. »Cottman wird wohl kaum anfangen, Raumkreuzer zu bauen und uns herauszufordern – dazu fehlen ihnen die Ressourcen. Aber ich hasse es, mich zurückzuziehen. Das hat etwas von Scheitern, und das hasse ich.«

»Sie sagten etwas von Rebellionen auf ein paar anderen Welten?«

»Dazu ist es nicht gekommen – noch nicht. Und offen gestanden, ich kriege nicht viel aus der Zentrale heraus.« Komisch, wie die Sprache seiner Unternehmerfamilie noch immer in ihm steckte. »Aber ich glaube, es besteht die sehr reelle Chance, dass einige Admirale das Ganze als Gelegenheit sehen, sich selbst an die Macht zu bringen, sich jetzt, in dieser Übergangszeit, der Föderation zu widersetzen. Und wie ich herausfinden konnte, gibt es gewaltige Unruhen auf einigen Welten mit liberaler Vertretung. Die werden natürlich bald niedergeschlagen sein, aber es ist trotzdem beunruhigend. Könnte sein, dass wir nirgendwo hinkönnen, wenn wir von hier weggehen.«

»Oder noch schlimmer – vielleicht kommen wir gar nicht erst weg. Haben Sie daran einmal gedacht?«

»Wie meinen Sie das, Miles?« Er betrachtete den Mann argwöhnisch und fragte sich, ob Granfell mehr wusste als er. War es denkbar, dass Granfell seine eigenen Informationsquellen innerhalb des Hauptquartiers hatte oder, noch schlimmer, einen Außenkontakt, von dem Belfontaine nichts wusste?

»Wenn die Sicherheitskräfte der Föderation damit beschäftigt sind, überall Aufstände und Unruhen niederzuschlagen, dann sind sie womöglich nicht in der Lage, Schiffe zu schicken, um uns auszufliegen. Wir könnten jahrelang hier auf uns allein gestellt sein.« Granfell sprach so unaufgeregt, als wäre ihm der Gedanke schon lange vertraut.

Belfontaine starrte ihn entgeistert an. An dieses Szenario hatte er nicht einmal gedacht. Und es war durchaus nicht unmöglich. In letzter Zeit hatte die Föderation die Bereitschaft gezeigt, sich von einigen unbedeutenden Planeten zurückzuziehen, wenn sie sich anderweitig nicht durchsetzen konnte. Die Vorstellung, auf Cottman zu bleiben, war widerlich, und die andere war noch schlimmer. Es konnte durchaus passieren, dass er geopfert wurde – so undenkbar das war! Es musste eine Möglichkeit geben, die ganze Geschichte zu seinem Vorteil zu wenden.

Was würde er tun, wenn die Föderation sie zurückließ? Er kannte die Antwort, bevor der Gedanke richtig Gestalt angenommen hatte. Er würde die herrschenden Familien Cottmans im Handumdrehen ausschalten und sich zum Gouverneur ernennen. Ohne die Angst vor einem Untersuchungsausschuss konnte er tun und lassen, was er wollte. Die Vorstellung war so verlockend, dass er einen Moment lang fast wünschte, man würde sie im Stich lassen. Cottman war zwar kein erstrebenswerter Gewinn, aber das konnte er aushalten – wenn er erst einmal die Macht besaß, alles nach seinen Wünschen zu regeln.

Als Granfell ihn komisch ansah, zwang sich Belfontaine zu einer besorgten Miene, wohl wissend, dass ihn seine Gier manchmal verriet. »Ich bezweifle, dass es dazu kommen wird.«

»Wussten Sie, dass Hermes Aldaran zurück ist? Er kam irgendwann gestern durch den Zoll.«

»Ja, ich habe davon gehört. Welche Rolle spielt das?«

»Finden Sie es nicht ein bisschen merkwürdig, dass er ausgerechnet jetzt heimkehrt? Ich meine, er hat Terra vor Nagys Ankündigung verlassen.«

Belfontaine zuckte die Achseln. »Wahrscheinlich hat er einfach Glück gehabt. Wenn er jetzt durch den Raumhafen käme, könnten wir ihn verhaften. Aber dafür ist es nun zu spät. Und der Raumhafen bleibt bis zu unserer Abreise geschlossen, das war's also.« Eine Idee begann in seinem Hinterkopf zu keimen, aber Granfells Worte verscheuchten sie wieder.

»Falls wir abreisen *können.* Ich würde mich im Augenblick nicht allzu sehr auf die Föderation verlassen. Ich war während der Evakuierung auf Comus, und ich denke nicht gerade gern daran zurück. Vergessen Sie nicht, Lyle, dass Sie und ich ersetzbar sind, es sei denn, uns fällt etwas ein, wie wir die Lage wenden können.«

Lyle starrte ihn mit offenem Mund an. Miles mochte sich ja für ersetzbar halten, aber doch nicht er! Dann gewann er seine Fassung wieder. »Haben Sie etwas Bestimmtes im Sinn oder nur den Wunsch, dass Ihnen etwas einfällt?«

»Noch nicht, aber ich habe mich in den Straßen umgehört, und meine Agenten ebenfalls. Irgendwas tut sich. Verdammt. Wissen Sie was, ich glaube, Burg Comyn ist der einzige Regierungssitz in der Galaxis, in dem wir nicht unsere Augen und Ohren haben. Wir haben alles versucht, aber die Leute sind entweder zu blöd, sich schmieren zu lassen, oder zu loyal gegenüber den Comyn. Ich versuche, noch mehr herauszufinden. Immerhin bleibt uns noch ein ganzer Monat, und in dieser Zeit kann viel passieren.«

»Ein Jammer, dass wir sie nicht einfach ...«

»Ich weiß. Aber auf dem ganzen verfluchten Planeten gibt es nicht mehr als dreihundert Soldaten, und die reichen selbst mit unserer überlegenen Bewaffnung nicht.«

»Stimmt. Vielleicht sehe ich zu, ob ich irgendwo Verstärkung herbekomme.« Er wusste, das war eine vergebliche Hoffnung.

»Tun Sie das, und ich versuche inzwischen, mit Vancof Kontakt aufzunehmen. Schade, dass unsere Bemühungen, einen Aufstand anzuzetteln, so spektakulär gescheitert sind, was?«

»Es ist schwer, Leute unglücklich zu machen, die glauben, dass sie zufrieden sind. Und ehrlich gesagt, sind diese Leute einfach zu ignorant, um zu begreifen, wie viel besser sie mit guter Technologie dran wären. Ich dachte, ich zwinge sie in die Knie, wenn ich ihnen das Medizinische Zentrum sperre, aber es hat nicht funktioniert. Sie wissen einfach nicht genug, um sich etwas daraus zu machen.«

»Unglaublich, was? Die Hälfte von ihnen sind Analphabeten und haben noch nie ein Video gesehen, aber sie schauen auf uns herab, als wären wir ... Barbaren oder so.«

»Arrogante Schweinehunde! Ich will sie zu Fall bringen!« Er verlor plötzlich die Beherrschung, seine Faust sauste krachend auf den Schreibtisch, sodass beide Männer erschraken. »Sie wissen nicht, was gut für sie ist!«

»Wie wahr«, entgegnete Granfell nachsichtig, als fände er den Ausbruch seines Vorgesetzten lustig. »Aber ich bin nicht bereit, mit den Männern, die ich zur Verfügung habe, einen Sturm auf Burg Comyn zu wagen, bevor ich nicht alle anderen Möglichkeiten ausgeschöpft habe. Ich werde noch einen weiteren Versuch machen, jemanden in die Burg einzuschleusen – allerdings habe ich nicht viel Hoffnung, dass es gelingt. Der Bau scheint einbruchsicher zu sein. Manchmal glaube ich, das alte Gerücht, dass es auf Cottman Gedankenleser gibt, enthält mehr Wahrheit, als wir dachten.«

Belfontaine starrte Granfell sekundenlang an. Wie kam sein Stellvertreter auf die Idee, er hätte das Recht, die Burg zu stürmen? Verfolgte er seine eigenen Ziele, oder wollte er sich Belfontaines Autorität anmaßen? Nein, er sprach wohl nur ganz allgemein. Es sei denn, er hatte einen eigenen Plan. Das war ein beunruhigender Gedanke, viel schlimmer als eingebildete Telepathen oder Zauberer.

Er schüttelte den Kopf, während er ein Schaudern unterdrückte. »Das kann nicht sein. Das Telepathie-Projekt war ein totaler Fehlschlag und reine Geldverschwendung. Klar, da laufen ein paar Mutanten herum, aber darüber muss man sich keine Sorgen machen. Ich glaube, dass sie für ein primitives Volk nur einen hervorragenden Sicherheitsdienst haben.« Er lächelte düster, weil er wusste, wie wütend Granfell darüber war, dass es ihm nie gelang, in die Burg einzudringen. Trotzdem konnte er nicht darüber hinweggehen, dass Miles geredet hatte, als würde er die Soldaten befehligen und nicht Belfontaine. Er würde in den nächsten Wochen ein Auge auf ihn haben müssen – der Mann war einfach zu ehrgeizig und zu schlau.

»Wir werden sehen. Dirck Vancof war bis jetzt so gut wie unbrauchbar, aber vielleicht beschafft er uns die nötigen Informationen ja doch noch. Wir sprechen uns später wieder.«

Nachdem Granfell gegangen war, saß Lyle an seinem Schreibtisch, starrte auf die leere Unterlage und spürte ein Rumoren in den Eingeweiden. Die Idee von zuvor kehrte nach einigen Minuten zurück, und er wälzte sie in Gedanken hin und her. Hermes Aldaran konnte nun als Feind der Föderation angesehen werden. Ließ sich das als Vorwand nutzen, um Hastur zu einer Dummheit zu verleiten, die den Einsatz einer Sondereinheit rechtfertigte?

Unglücklicherweise kannte Lew Alton das Föderationsrecht so gut wie er selbst, aber es konnte nicht schaden, wenn er Aldarans Auslieferung verlangte, oder? Er würde vielleicht den alten Lord Aldaran gegen sich aufbringen, aber der hatte sich bereits als nutzloser Verbündeter erwiesen. Robert, sein älterer Sohn, war keine Spur besser. Ein schwerfälliger Bursche ohne einen Funken Fantasie. Dann gab es noch die Schwester, die auf Burg Comyn lebte, aber sie war nicht annähernd so nützlich, wie er zunächst gehofft hatte. Abgesehen davon konnte man Frauen ohnehin nicht trauen. Aber es gab bestimmt einen Weg, die Hasturs zu stürzen – er musste ihn nur finden!

5

Als Mikhail Marguerida und die Kinder am nächsten Abend in den kleinen Speisesaal begleitete, stellte er angenehm überrascht fest, dass er sich beinahe wieder wie ein Mensch fühlte. Er trug einen Schmerz in sich, der nicht körperlicher Natur war und den er als Trauer erkannte. Er hatte ihn vor langer Zeit schon einmal erfahren, als sein Neffe Domenic Alar gestorben war, und später wieder bei Emun Elhalyn und bei Emuns Mutter Priscilla. Vor zehn Jahren hatte er ihn erneut gespürt, beim Tod von Diotima Ridenow, Lews Frau. Weder Ruhe noch Essen konnten diesen Schmerz vertreiben, das vermochte nur die Zeit. Und Regis hätte gewollt, dass Mikhail weitermachte und dafür sorgte, dass alles reibungslos funktionierte. Er wünschte nur, das wäre einfacher.

Gleichzeitig freute er sich darauf, Hermes Aldaran nach so vielen Jahren wieder zu sehen und seine Frau und die Kinder kennen zu lernen. Es war richtig von Lew gewesen, dass er Mikhail am Vortag ins Bett geschickt und darauf bestanden hatte, dass er sich eine Weile zurückzog, aber der junge Mann hatte trotzdem ein schlechtes Gewissen, weil er nicht in die Storn-Suite gegangen war, um die Aldarans persönlich zu begrüßen. Er hatte die ganze Zeit niemanden außer seiner Frau und den Kindern zu Gesicht bekommen, und schon das war ihm schwer genug gefallen.

Domenic, sein Erstgeborener und Erbe, schien tief berührt und irgendwie zornig zu sein. Das war verwirrend, aber Mikhail hatte im Augenblick nicht die Energie, sich damit zu beschäftigen. Er wusste, dass er seinem Jungen lieber keine Fragen stellte. Domenic war ein stilles Kind gewesen, und er war nun ein äußerst zurückhaltender junger Mann. Rhodri, sein zweiter Sohn, ließ sich nicht davon abbringen, wahrhaft fürchterliche Scherze zu machen, als könnte er die allgemeine Düsternis nicht ertragen, die sich über Burg Comyn gelegt hatte. Es war ihm gelungen, alle Leute zu verärgern, seine Schwester Yllana, seine Pflegeschwester Alanna und selbst Ida Davidson, die sich normalerweise vom Benehmen Heranwachsender in keiner Weise erschüttern ließ. Sogar Marguerida, die Rhodris Mätzchen sonst lustig fand, war kurz davor, wie sie sagte, den Dreizehnjährigen nach Nevarsin zu schicken, wo die *Cristoforo*-Mönche ihm Manieren beibringen würden. Rhodri grinste nur, nicht im Geringsten eingeschüchtert von dieser Drohung, wie ihm auch sonst kaum etwas Angst machte. Es war ein Jammer, dass er noch nicht alt genug für die Kadettengarde war, denn selbst Mikhail musste einräumen, dass es seinem Zweitältesten arg an Disziplin mangelte.

Alanna Alar befand sich bereits im Speisesaal. Ihr kastanienbraunes Haar glänzte wie pures Kupfer, ihren grünen Augen entging nichts. Sie war ein unruhiger Säugling und ein nervöses Kind gewesen und war nun zu einer wachen und ruhelosen Jugendlichen erblüht. Mikhail lächelte ihr quer durch den Raum zu, und zu seiner Freude lächelte sie zurück. Mikhail mochte seine Nichte sehr, aber er musste zugeben, dass er sie auch ziemlich unheimlich fand. Erleichtert stellte er nun fest, dass sie guter Laune war. Yllana war vollkommen untröstlich über Regis' Tod gewesen, Alanna hingegen gab sich fast schon gleichgültig, was durchaus seltsam war, da sie ihrem Großonkel sehr nahe gestanden hatte. Mikhail nahm an, der Schock hatte sie betäubt, und sobald dieser nachließ, würde sie ihre gegenwärtige Ruhe mit einer doppelten Portion der Hysterie wettmachen, für die sie auf Burg Comyn wohl bekannt war. Es stand für ihn so gut wie außer Frage, dass sie etwas von der psychischen Labilität geerbt hatte, die so manchem Elhalyn zum Verhängnis wurde, und er konnte nur dankbar sein, dass sie lediglich nervös und reizbar zu sein schien und nicht eindeutig verrückt, wie es einige ihrer Verwandten gewesen waren. Vielleicht gab es sich sogar mit der Zeit. Mikhail hoffte es, denn er mochte das Mädchen wirklich sehr.

Sie war eine außerordentlich schöne junge Frau und sich dessen auch bewusst. Soeben hatte sie den ersten Teil ihrer Ausbildung in Arilinn abgeschlossen, wo man ihr starkes und bemerkenswertes *Laran* hoffentlich so schulen würde, dass es sich beherrschen ließ. Sie war bereits telekinetisch veranlagt und besaß die Gabe einer Feuerstarterin, eine potenziell tödliche Kombination und so selten, dass sie schwer zu begrenzen war. Außerdem hatte sie ein hitziges Temperament, was sie äußerst gefährlich machte. Mikhail sorgte sich mehr um seine Nichte als um seine eigenen Kinder, denn ihre lebhafte Veranlagung erinnerte ihn zu sehr an einige Elhalynkinder, vor allem an Vincent. Sie hatte einiges vom Egoismus des inzwischen Verstorbenen, wenngleich nichts von seinen tyrannischen Neigungen.

Mikhail sah, dass Domenic Alanna zulächelte; wie immer lebte er auf, wenn seine schwierige Base und Pflegeschwester in der Nähe war. Die beiden waren acht Monate auseinander, und Alanna wohnte seit ihrem fünften Lebensjahr auf Burg Comyn. Sie waren fast wie Zwillinge und hatten die unheimliche Fähigkeit, einander entweder aufzuheitern oder in trübe Stimmungen zu versetzen, die niemand sonst verstand. An diesem Abend schien sich Alanna trotz der allgemeinen Atmosphäre von Trauer von ihrer besten Seite zu zeigen. Mikhail dankte den Göttern für diese Gunst und wandte sich zum Eingang des Speisesaals um.

Herm und seine Familie betraten soeben den Raum, und Mikhail verbannte alle anderen Gedanken aus seinem Kopf.

Hinter ihm nahm Donal Haltung an, er war mit jeder Faser auf der Hut und musterte die Neuankömmlinge prüfend und sehr feindselig, viel zu misstrauisch für einen so jungen Mann. Mikhail unterdrückte einen Seufzer, denn wie er selbst hatte Donal nie eine echte Kindheit gehabt. Er wusste, er hatte aus seiner Sicht die richtige Entscheidung getroffen, als er seinen jungen Verwandten zum Friedensmann machte, aber er war sich nicht sicher, ob es auch die beste Wahl für Donal bedeutete.

Mikhail musterte Hermes Aldaran und versuchte das Aussehen des Mannes vor ihm mit der Erinnerung an eine viel jüngere Person in Einklang zu bringen, die er vor mehr als zwanzig Jahren flüchtig kennen gelernt hatte. Herm hatte nun wesentlich weniger Haare auf dem Kopf und einen Bauchansatz, der von wenig körperlicher Aktivität zeugte. Um die Augen zogen sich interessante Falten, und der im krausen Bart beinahe versteckte Mund war üppig und wie zum Lachen geschaffen. Jetzt stand allerdings keine Fröhlichkeit in seinem Gesicht, sondern nur eine gewisse Anspannung, als wäre er sich nicht sicher, ob er hier willkommen war.

An seiner Seite war eine sehr attraktive Frau, mit schwarzem Haar und, wie Lew schon erwähnt hatte, einem kantigen und energischen Kinn. Zwei Kinder standen neben ihr. Der Junge, der wie etwa dreizehn aussah, hatte graue Augen, die sofort interessiert und bewundernd zu Alanna hinüberwanderten. Das Mädchen, es mochte neun oder zehn Jahre alt sein, wirkte ein wenig schüchtern in Gegenwart so vieler Fremder. Lew hatte Recht – die Kleine sah wie eine Aldaran aus und hätte leicht für eine Tochter Margueridas oder Giselas gehalten werden können.

Sie alle waren nach der Mode der Föderation gekleidet, was Mikhail überspannt und exotisch vorkam. Terése, das Mädchen, trug einen kurzen Rock aus irgendeinem glänzenden

Stoff, und ihre noch staksigen Beine steckten in gewobenen Strümpfen mit einem lebhaften Muster. Ihre Mutter trug ein eng sitzendes Kleid aus dunkelrotem Samt, das tief ausgeschnitten war und den Busen betonte. Der Rock des Kleides war vorn knielang, fiel nach hinten zu Bodenlänge ab und ließ anmutige Waden und Füße in glänzenden Schuhen sehen. Ihr offenbar langes schwarzes Haar war kunstvoll geflochten und zu einem Knoten aufgesteckt, der züchtig den Nacken verdeckte. Lange metallene Ohrringe baumelten links und rechts von ihrem schlanken Hals. Herm und der Junge trugen Jacken, die an der Taille abrupt endeten, darunter gestärkte Hemden und enge Hosen, die Mikhail ziemlich unbequem vorkamen. Alles in allem war es ein grotesker Aufzug, und er musste sich sehr zusammennehmen, um nicht auf Katherines Beine zu starren.

Katherine sah Marguerida an, dann Alanna und Yllana. Ihr Gesicht verdüsterte sich einen Moment lang bestürzt, und als Mikhail Gisela und seinen Bruder Rafael hinter den Aldarans hereinkommen sah, wurde ihm klar, dass seine stets boshafte Schwägerin wieder einen ihrer üblen Streiche gespielt hatte. Wahrscheinlich hatte sie Katherine zu dieser Bekleidung geraten. Doch schon bemerkte er, wie die Frau ihre Fassung wiedergewann und sich in dem hübschen, aber unpassenden Kleid kerzengerade aufrichtete. Sie war seit mehr als zehn Jahren die Frau eines Senators und kam wahrscheinlich in Situationen zurecht, die sich Mikhail nicht einmal vorstellen konnte.

Du meine Güte – sie ist schwer verstimmt, Mik.

Kaum zu übersehen, Caria.

Gisela hat angeboten, sich um Katherine zu kümmern, und ich bin davon ausgegangen, sie werde ihr schon sagen, welche Kleidung angemessen sei. Ich war so müde, dass ich nicht mehr richtig denken konnte! Ich weiß, dir ist es egal, aber wir Frauen nehmen solche Dinge sehr ernst. Verdammt!!

Mein optimistischer Liebling! Nach all den Jahren solltest du wissen, dass man Gisela nicht trauen kann. Katherine hat sehr hübsche Beine, findest du nicht?

Müsste ich eifersüchtig sein?

Niemals, Liebste, niemals.

Herm räusperte sich. »Guten Tag, Mikhail. Es ist lange her, nicht wahr? Ich möchte dir meine Frau vorstellen, Katherine Korniel Aldaran, und unsere Kinder Amaury und Terése.«

»Willkommen auf Burg Comyn. Ich wünschte, bei eurer Ankunft wäre es ein bisschen weniger hektisch zugegangen, und ich entschuldige mich, weil ich euch nicht früher begrüßt habe. Ehrlich gesagt, hat man mich ins Bett geschickt, wenn auch zum Glück nicht ohne Abendessen.« Mikhail bemühte sich, freundlich zu sein, um die allgemeine Verlegenheit zu überspielen.

»Korniel? Sind Sie zufällig mit dem Komponisten gleichen Namens verwandt?«, fragte Marguerida.

»Er war mein Großonkel«, antwortete Katherine.

Marguerida unterdrückte ein lebhaftes Interesse, das ihre Augen funkeln ließ. Sie streckte beide Hände, die wie immer in Handschuhen steckten, zum Gruß aus. »Wo bleiben meine Manieren! Wie geht es euch nach der langen Reise?« Sie hielt inne und wartete auf eine Antwort von Hermes, und als keine kam, fuhr sie fort: »*Domna* Katherine, das ist Mikhail Hastur, mein Mann, und das sind meine Kinder Domenic, Rhodri und Yllana. Yllana wie wär's, wenn du Terése nimmst und ihr einen Becher Beerensaft besorgst. Oder verdünnten Wein, wenn Sie erlauben, Katherine.«

»Ich glaube, ein bisschen verdünnter Wein kann nicht schaden – aber nicht zu viel, Terése«, antwortete Katherine in einem tiefen Alt und mit vor Anspannung belegter Stimme.

Bei einem Blick über Katherines Schulter hinweg las Mikhail eine leichte Enttäuschung in Giselas Gesicht. Sie war jetzt rundlicher denn als junges Mädchen, im Gegensatz zu Marguerida hatten die Schwangerschaften sie um die Taille zunehmen lassen, und ihr Gesicht hatte einiges von seinem früheren Liebreiz verloren. Mikhail musterte sie streng, und sie machte ihm die Freude, leicht zu erröten. Katherine bemerkte seinen Gesichtsausdruck und riss überrascht die Augen auf; offenbar dachte sie, sein zorniger Blick gälte ihr. Doch dann wandte sie rasch den Kopf, bemerkte Giselas Erröten und drehte sich mit einem strahlenden Lächeln wieder zu Mikhail um.

Yllanas hellblaue Augen glitzerten, und sie lächelte dem fremden Mädchen rasch zu. Terése grinste erleichtert zurück, offensichtlich froh, dem Machtbereich ihrer Eltern entfliehen zu können und gleichaltrige Gesellschaft zu haben. Die beiden Mädchen schlüpften davon, als würden sie sich schon tagelang kennen, und Mikhail spürte, dass Yllana ebenfalls froh war, außer Hörweite aller Erwachsenen zu sein.

Rhodri verbeugte sich sittsam vor Katherine, seine Augen funkelten vor Übermut. »Komm, Amaury – die Erwachsenen brauchen uns nicht um sich herum. Domenic und ich beantworten gern deine Fragen, und ich wette, du hast jede Menge davon.«

Amaury sah seine Eltern an, dann begann er Rhodri in Richtung Kamin zu folgen. »Ich habe bereits eine Frage – wer ist das Mädchen dort drüben, das uns beobachtet?«, hörte ihn Mikhail fragen.

»Ach, das ist nur Alanna«, gab Rhodri zurück. »Sie ist unsere Base und Pflegeschwester.« Dann war er außer Hörweite, und Mikhail warf einen Blick über die Schulter auf seine Pflegetochter. Sie hätte neben ihm stehen sollen, damit er sie vorstellen konnte. Die Kinder machten es eben auf ihre Weise. Mikhail drehte sich wieder zu Katherine und Herm um. Einen Moment lang herrschte betretenes Schweigen.

»Habt ihr euch denn schon ein wenig von der Reise erholt?«, erkundigte sich Mikhail.

»Wir haben den versäumten Schlaf nachgeholt und richtiges Essen genossen.« Katherine sprach mühelos *Casta,* aber ihr Akzent war ungewohnt. Sie rundete die Vokale mehr als üblich, und die Sprache klang ungewöhnlich musikalisch aus ihrem Mund. »Wir möchten unser Beileid zum Tod Ihres Onkels ausdrücken, *Dom* Mikhail.«

»Danke, *Domna.* Es war ein großer Schock und ein schrecklicher Verlust für uns alle.« Er hielt inne, weil er spürte, dass diese förmliche Entgegnung ein wenig kalt wirkte. »Ich kann es noch gar nicht richtig fassen. Es kommt mir vor wie ein Albtraum, aus dem ich einfach nicht aufwachen kann.«

»Aber natürlich! Wenn ich Gisela recht verstanden habe, gab es keine Warnung, kein Anzeichen einer Krankheit oder sonst etwas.«

»Nichts dergleichen«, antwortete er, bewegt von ihrem sofortigem Verständnis.

»Das macht alles nur umso schwerer.«

Darauf senkte sich ein lastendes Schweigen auf die vier, als fielen keinem die rechten Worte ein. Zuletzt sprang Marguerida in die Bresche. »Es tut mir Leid, dass ich euch bei eurer Ankunft nicht begrüßen konnte, aber hier geht alles drunter und drüber. Ich freue mich aufrichtig, dass ihr bei uns seid, und hoffe, Darkover gefällt euch.« Sie hielt inne, und der Anflug eines Lächelns umspielte ihren Mund. »Kann sein, dass es ein Weilchen dauert, bis Sie sich eingewöhnt haben«, fuhr sie fort. In diesem Moment erschien ein Diener mit einem Tablett Weinbecher. Sie nahm einen und bot ihn Katherine an, die sie forschend ansah, als vermutete sie eine versteckte Botschaft in Margueridas letzten Worten. Donal nahm einen Becher und reichte ihn Mikhail. Herm bediente sich selbst, er sah inzwischen weniger verkrampft aus. »Ich weiß noch, welche

Schwierigkeiten ich selbst hatte, als ich vor sechzehn Jahren hierher zurückkam«, fügte Marguerida lächelnd an und schüttelte gleichzeitig den Kopf über die lebhaften Erinnerungen.

Gisela und Rafael traten vor, und Mikhail schloss aus dem verdrießlichen Gesicht seiner Schwägerin, dass sein Bruder ihr gerade eine telepathische Standpauke hielt, über die sie alles andere als erfreut war. Er empfand bohrendes Schuldbewusstsein, dass Rafael diese schwierige Frau am Hals hatte, aber er wusste, sein ausgeglichener älterer Bruder mochte sie wirklich. Zugleich war er aufrichtig froh, dass man ihn nicht an Gisela gefesselt hatte, denn er war überzeugt, er hätte sie längst erwürgt. Er konnte die Geduld seines Bruders nur stillschweigend bewundern und widerstand dem Drang, ein kleines bisschen zu lauschen.

»Herm hat versucht, mir alles zu erklären«, sagte Katherine gerade zu Marguerida, »und Gisela ebenfalls, aber ich fühle mich immer noch sehr orientierungslos.« Sie musterte Herm streng, dann strafte sie Gisela mit einem Blick, aus dem offene Feindseligkeit sprach. Mikhail konnte nur ahnen, welchen Unsinn ihr seine Schwägerin weisgemacht hatte, und bewunderte Katherines sichere Selbstbeherrschung. »Mein Mann hatte jahrelang Geheimnisse vor mir, die ich jetzt gerade erst entdecke.« Sie schwankte nervös und fuhr sich mit der freien Hand über die Stirn, als hätte sie vor etwas Angst.

»Ich habe versucht, sie zu beruhigen, dass ihre Gedanken sicher sind, aber Katherine ist eine sehr eigensinnige Frau«, bemerkte Herm trocken. »In ein paar Jahrzehnten wird sie mir wahrscheinlich vergeben.«

Marguerida nickte und lachte leise. »Wenn Sie Glück haben, *Dom* Hermes. Vertrauen Sie mir, *Domna*, niemand wird in Ihre Privatsphäre eindringen.« *Sie fürchtet sich sehr, Mik, aber ich muss sagen, sie verbirgt es sehr gut.*

»Würde ich es denn bemerken, falls jemand eindringt?«,

fragte Katherine freimütig. Mikhail fühlte, wie ihr Herz ein wenig schneller schlug; seine Zuneigung zu der Frau wuchs.

»Nein«, gab Marguerida ruhig zu. »Und ich kann Ihre obersten Gedanken hören, wenn ich mich auf Ihre Person konzentriere. Dennoch machen Sie sich grundlos Sorgen. Die Darkovaner sind in diesen Dingen äußerst gewissenhaft.«

»Das müssen sie wohl, sonst wären hier wahrscheinlich alle verrückt.« Katherine seufzte und trank mit einer nervösen Geste ihren halben Becher leer. »Wenn ich wieder arbeiten kann, geht es mir sicher besser.«

»Arbeiten?« Mikhail sah sie an und bemerkte, wie der Wein ihr Unbehagen langsam vertrieb.

»Katherine ist eine ausgezeichnete Malerin und hat einen großen Teil ihrer Kleidung zurückgelassen, damit sie Farben und Pinsel mitnehmen konnte.« Herm lächelte seine Frau liebevoll an. »Ich habe sie kennen gelernt, als sie gerade ein Porträt malte.« *Zur Hölle mit Gisela, weil sie uns hereingelegt hat – ich hätte wissen müssen, dass sie etwas im Schilde führt. Mir ist es egal, wie ich angezogen bin, aber ich glaube, Kate wird meiner Schwester bei der ersten Gelegenheit die Augen ausstechen. Fast hätte ich vergessen, wie grundlos boshaft Gisela sein kann.*

»Eine Künstlerin, das ist ja wundervoll. Dann müssen wir Ihnen aber auch einen Raum zur Verfügung stellen, in dem Sie arbeiten können«, sagte Marguerida mit Nachdruck. »Mal überlegen. Ach ja, im zweiten Stock gibt es einen hübschen Raum mit anständigem Nordlicht. Er ist sehr ruhig, Sie werden also ungestört sein. Brauchen Sie eine Staffelei? Ich nehme an, wegen der Beschränkungen beim Gepäck werden Sie keine mitgebracht haben.«

»Nein, da haben Sie Recht.« Katherine sah Marguerida erleichtert an. »Herm sagte mir nicht, worum es geht – er konnte es wohl auch nicht riskieren. Er befahl mir nur zu packen, und dann waren wir am Raumhafen, bevor ich wusste, wie mir geschieht. Nur gut, dass ich meinem Mann vertraue, denn andernfalls wären wir jetzt nicht hier. Aber es war sehr ... beunruhigend.«

»Das glaube ich gern«, erwiderte Marguerida teilnahmsvoll. Besser als jeder andere im Saal wusste sie, was es hieß, mitten in der Nacht ohne Erklärung aus dem Bett gerissen zu werden. Ihre Erinnerungen an die Sharra-Rebellion waren zwar verschwommen, denn sie war damals noch ein Kind gewesen, aber auch nach so vielen Jahren hatten sie noch etwas Verstörendes.

Entschlossen schob sie diese Gedanken beiseite und konzentrierte sich darauf, Katherines Unbehagen zu zerstreuen. »Wir müssen sofort eine Staffelei für Sie bauen lassen. Die Zimmerleute in der Burg schaffen das wahrscheinlich an einem Tag, wobei sie sich allerdings beklagen werden, dass man sie gehetzt habe und dass es keine gute Arbeit sei, weil das Holz nicht von der richtigen Sorte sei, und dann werden sie herumstehen und düster vor sich hin murmeln. Wahrscheinlich werden sie Ihnen erklären, es wäre besser gewesen, Eiche zu nehmen, sie hätten aber nur Kiefer zur Verfügung gehabt.«

Endlich lachte Katherine. »Das kenne ich. Handwerker sind immer solche Perfektionisten. Leinwände kann ich hier wohl nicht bekommen, oder?«

»Wir haben zwar Leinwand, aber nicht von der Qualität, wie man sie für Gemälde braucht, nur für Überdachungen und Zelte. Kommen Sie denn auch mit Holz zurecht? Davon gibt es genug, und unsere Maler hier arbeiten alle auf Holztafeln.«

»Vielleicht kann Meister Gilhooly welche zur Verfügung stellen«, schlug Mikhail vor. »Er ist der Vorsteher der Malergilde, zugegebenermaßen eine sehr kleine Gemeinde. Aber wahrscheinlich können sie Ihnen Holztafeln und alles andere besorgen, auch Pigmente.«

»Das wäre wunderbar. Meine Vorräte sind begrenzt, und es sieht nicht so aus, als könnte ich Nachschub besorgen, wenn sie erschöpft sind. Ich muss zugeben, ich bin sehr verwöhnt, da ich mich bisher nur an den Computer setzen und bestellen musste, und alles, was ich brauchte, wurde binnen Stunden geliefert.« *Nicht zu glauben, dass ich hier stehe und mit diesen wildfremden Leuten über Malerfarben rede, als gäbe es nichts Wichtigeres. Warum trägt Mikhail im Haus einen Handschuh – ist seine Hand vielleicht vernarbt oder so? Und Marguerida trägt auch welche, Gisela hingegen nicht. Es ist nicht kalt hier, aber vielleicht hat sie Kreislaufprobleme. Werde ich diese Leute je verstehen? Es ist alles zu verwirrend. Ich wünschte, ich wäre woanders!*

»Es gibt keine Computer hier, das ist verbotene Technologie und nur den Leuten im Hauptquartier erlaubt«, erklärte Mikhail. »Und es gibt auf Darkover nichts, was einem Lager für Künstlerbedarf gleichen würde. Die Gilde mahlt und mischt sich ihre Farben selbst, und die Bürstenmacher besorgen die Werkzeuge. Ich glaube, die Holzarbeitergilde ist für die Tafeln zuständig. Und damit wäre mein Wissen über die Angelegenheit so ziemlich erschöpft.«

»Dann haben Sie die Malergilde also nie persönlich besucht?« Katherine schien zuerst von seinem Wissen überrascht zu sein, dann von seiner Unkenntnis.

»Nein.« Mikhail zuckte die Achseln. Wie Regis vor ihm, war er seit Jahren buchstäblich ein Gefangener auf Burg Comyn gewesen. Die einzigen Ausnahmen waren ein paar Reisen nach Arilinn gewesen und eine nach Armida vor zehn Jahren. Jetzt würde er noch mehr auf die Burg beschränkt sein, eine Aussicht, die ihn nicht gerade freute. »Ich würde überhaupt nichts wissen, wenn ich nicht ein sehr neugieriger Junge gewesen wäre und aufgeschnappt hätte, was ich nur konnte. Ich weiß, wer an der Spitze der Gilde steht, weil es zu meinen Pflichten gehört, es zu wissen, aber ich bin Meister Gilhooly nie persönlich begegnet. Ich habe seinen Vorgänger vor langer Zeit einmal kennen gelernt, als ich wegen eines Porträts von Lady Linnea bei ihm war. Ich habe ihm viele Fragen gestellt, aber die Antworten darauf sind längst aus meinem Gedächtnis gelöscht.« Mikhail schüttelte den Kopf und lachte leise.

»Ich denke, wir sollten jetzt zu Tisch gehen, Mikhail. Führst du bitte *Domna* Katherine an ihren Platz?« *Und sei weiter nett zu ihr,* Cario. *Es funktioniert. Sie wird schon ein bisschen lockerer, was ihrer Verdauung gut tun dürfte.*

Das fällt mir gewiss nicht schwer. Ich mag sie. Du auch?

O ja. Und ich muss meine ganze Beherrschung aufbieten, um sie nicht auf der Stelle über Amedi Korniel auszufragen. Seine offizielle Biografie ist ziemlich trocken, und wahrscheinlich ist sie ihm nie begegnet, aber vielleicht kennt sie ein paar Familiengeschichten über ihn. Jedenfalls haben sie und ich damit eine Basis für weitere Gespräche.

Schön, dich so begeistert zu erleben, Liebste. Die letzten Tage waren sehr schwer für dich.

Für uns beide, Mikhail.

Mikhail bot Katherine den Arm, und sie fasste ihn vorsichtig, wobei sie sich des jungen Mannes hinter ihnen deutlich bewusst war, der sie misstrauisch beobachtete. Wer war er, und warum hatte ihn niemand vorgestellt? Katherine ließ sich an den Tisch führen, während ihr Mann sich elegant an Margueridas Seite gesellte, als handelte es sich hier nur um ein weiteres Staatsbankett, wie die beiden sie hunderte Male besucht hatten.

Die Stuhlbeine kratzten leise über den Boden, während sich alle niederließen. Mikhail sah, wie Domenic Alanna einen Platz anbot, während Rhodri Terése behilflich war. Amaury half auf ein Stickwort der Jungen hin Yllana und setzte sich dann zwischen sie und Alanna, wobei er die Alar-Tochter erneut bewundernd ansah. Mikhail setzte Katherine zu seiner Rechten auf den Ehrenplatz, während Marguerida das Gleiche mit Hermes tat.

Gisela steuerte zielsicher auf den Platz zu Mikhails Linken zu, aber genau in diesem Augenblick erschien Lew Alton mit Ida Davidson am Arm, der Witwe von Margueridas Mentor. Er setzte Ida neben Herm, dann schob er Gisela unauffällig einen Platz weiter, was ihm einen bitterbösen Blick einbrachte. Hinter ihnen kam noch Danilo Syrtis-Ardais und nahm den freien Platz auf Giselas anderer Seite ein. Sie sah zwar nicht so aus, als würde es ihr gefallen, zwischen den beiden Männern eingezwängt zu sein, aber sie zuckte nur die Achseln, offenbar entschlossen, das Beste daraus zu machen. Mikhail beobachtete, wie sie mit ihren grünen Augen rasche Blicke auf die andere Tischseite warf, wo Rafael links von Marguerida Platz nahm, die Kinder an seiner Seite.

Die Diener gingen umher und füllten die Becher, dann wurde die Suppe aufgetragen. Von den Kindern einmal abgesehen, wurde wenig gesprochen am Tisch. Rhodri erzählte Herms Tochter von seinem Pferd, und sie machte große Augen. Pferde waren in weiten Teilen der Föderation so gut wie ausgestorben, und das Mädchen hatte zweifellos nur im Tierpark welche gesehen.

Lew warf Mikhail einen raschen Blick zu; er sah besorgt aus.

Was gibt es, Lew?

Ich habe gerade eine höchst interessante Nachricht von Belfontaine erhalten – natürlich an Regis adressiert. Bisher konnte ich verhindern, dass die Nachricht von seinem Tod ins Hauptquartier gelangt, aber lange kann ich sie ihnen wohl nicht mehr vorenthalten.

Wozu die Mühe, sie finden es früher oder später ja doch heraus?

Weil ich nicht will, dass sie uns für verwundbar halten, Mikhail. Die Föderation hat Ereignisse wie Regis' Tod in der Vergangenheit häufig zu dem Versuch genutzt, ihre eigenen Interessen durchzusetzen. Ich bin vor allem froh, dass Dani hier ist und nicht auf Burg Elhalyn. Und Gareth Elhalyn ist vor einer Stunde eingetroffen, er ist also ebenfalls in Sicherheit.

Ich verstehe dich nicht.

Es ist nicht ausgeschlossen, dass sie versuchten könnten, ihn zu entführen und an die Macht zu bringen. Sie haben solche Dinge auf anderen Planeten des Öfteren getan. Ich glaube zwar, dass die Lage in der Föderation gegenwärtig zu chaotisch ist, als dass jemand einen solchen Plan wagen würde, aber je früher Domna *Miralys und ihre Tochter hier sind, desto lieber ist es mir. Gareth verbringt den Abend bei seinem Vater und Lady Linnea. Wahrscheinlich sehe ich Gespenster und traue Belfontaine mehr Fantasie zu, als er verdient.*

Was stand denn nun in der Nachricht?

Es war eher eine Forderung – er verlangt, dass ich ihm Herm aushändige, als angeblichen Feind der Föderation. Er machte ein paar versteckte Drohungen, was passieren würde, wenn wir es nicht tun, aber da ich weiß, dass die Föderation Darkover in unmittelbarer Zukunft verlässt, glaube ich nicht, dass er sie wahr machen kann.

Sie ziehen ab? Hat Belfontaine das gesagt?

Wohl kaum. Das habe ich gerade vor zehn Minuten aus einer Mitteilung von Ethan MacDoevid erfahren – unser Geheimdienst ist immer noch besser als der von Belfontaine! Anscheinend hat er die Information Belfontaines persönlicher Sekretärin entlockt, unmittelbar, bevor er für immer aus dem Hauptquartier gewiesen wurde. Er sagt, er komme morgen vorbei und erzähle mir alles, was er aufschnappen konnte. Ich preise den Tag, an dem Marguerida ihn zu Rafe Scott ge-

schickt hat, denn er hat sich als unschätzbar erwiesen, seit Rafe seinen Abschied nehmen musste, auch wenn er kein Laran *besitzt und nicht auf diese Weise lauschen konnte. Aber das heißt auch, dass wir jetzt tatsächlich niemanden mehr im Hauptquartier sitzen haben, und uns alle Informationen auf die skrupellose Tour besorgen müssen.* In der letzten Bemerkung lag eine Art Belustigung, und Mikhail wusste, was sein Schwiegervater damit meinte.

Mikhail bemerkte, dass Katherine ihn aufmerksam beobachtete und offenbar ahnte, dass etwas gesprochen wurde, das sie nicht hören konnte. Ihr anfängliches Unbehagen hatte sich wieder eingestellt, und Mikhail verfluchte sich lautlos, weil er so unaufmerksam gewesen war. Katherine war eine intelligente Frau und konnte auch eine Spionin der Föderation sein. Nein, jetzt war er übervorsichtig. Sie war nur eine Frau in einer ungewohnten Umgebung, die man ohne Vorwarnung aus ihrem normalen Leben gerissen und mitten in eine politische Krise geworfen hatte.

»Lew hat erwähnt, dass Sie von Renney kommen, *Domna* Katherine. Ich muss gestehen, ich weiß nichts von dem Planeten, außer dass Ihr Vorfahre, dieser Komponist, von dort stammt. Er zählt zu den Lieblingsmusikern meiner Frau, und sie kann es kaum erwarten, Sie nach ihm auszufragen, aber das hat Zeit. Erzählen Sie mir doch bitte ein wenig von Ihrer Heimatwelt.«

Katherine legte den Löffel neben die leere Suppenschale und sah erleichtert aus, weil man sie nach einem so unverfänglichen Thema fragte. »Nun, da gibt es nicht viel zu erzählen. Es ist ein kleiner Planet, am Rande des Sektors Pollux. Wir sind Milch- und Ackerbauern und Seefahrer, ganz wie unsere Vorfahren, als sie noch auf Terra lebten. Wir sprechen eine Sprache, die der Ihrigen sehr ähnelt – ich war erstaunt, als Herm mir die Ähnlichkeiten zeigte. Dort habe ich gewohnt, bis ich sechzehn war, dann erhielt ich ein Stipendium für die Akademie der Schönen Künste auf Coronis. Ich habe bei Donaldo dePaul Malerei studiert und dann meinen ersten Mann, Amaurys Vater, kennen gelernt. Er kam bei einem Unfall ums Leben, als Amaury noch ein Säugling war, und zwei Jahre später traf ich dann Herm. Bis vor wenigen Tagen verlief mein Leben seitdem äußerst ereignislos.«

»Es tut mir Leid, dass Sie nicht unter glücklicheren Umständen nach Darkover gekommen sind, *Domna.«*

»Als ich Herm heiratete, gelobte ich, in guten wie in schlechten Tagen bei ihm zu sein, aber ich muss zugeben, ich habe nicht damit gerechnet, dass man mich mitten in der Nacht aus dem Bett zerren und ans andere Ende der Föderation verfrachten würde, weit weg von allem, was ich kenne, und mit sehr geringer Aussicht, Renney je wiederzusehen.« Die Trauer in ihrer Stimme war nun ebenso wenig zu überhören wie der besorgte Unterton. »Außer meinen Kindern und meiner Base Cara, die in der Abgeordnetenkammer saß, lebt noch meine ganze Familie dort, denn unsere Welt bringt in der Regel sehr viele Reisende hervor. Wir haben alles, was wir brauchen, auf Renney, oder zumindest fast alles. Als ich wegging, schüttelte meine Nana nur den Kopf und meinte, ich würde diesen Tag hoffentlich nicht einmal bereuen. Ich kann mir vorstellen, was sie jetzt sagen würde.«

»Ich hoffe, Sie werden Renney nicht zu sehr vermissen, und wir können beide nur beten, dass die Dinge nicht völlig außer Kontrolle geraten.«

Sie schüttelte den Kopf, und der Haarknoten in ihrem Nacken verrutschte, sodass Mikhail einen Blick auf die weiche Haut erhaschte. »Ich habe eine Unterhaltung zwischen Lew Alton und Herm mitgehört, und die beiden klangen nicht sehr fröhlich. Ich kann kaum glauben, dass die Premierministerin die Legislative aufgelöst hat. Das kommt mir so ... extrem vor.

Und wenn man berücksichtigt, dass ich die Frau eines Politikers bin, ist es mir erstaunlich gut gelungen, relativ unwissend zu bleiben. Sich den Kopf über politische Auseinandersetzungen zu zerbrechen, verträgt sich nämlich nicht mit meiner Arbeit.« Sie wirkte leicht verlegen bei diesem Eingeständnis und starrte den inzwischen leeren Becher vor ihr an, als bräuchte sie einen Fixpunkt. Sofort begann ein Diener nachzuschenken.

Domenic, der neben Katherine saß, meldete sich erstmals zu Wort. »Die Auflösung der Legislative war Irrsinn, *Domna.*« Ein verwirrter Ausdruck trat in seine Miene, als wäre er von seinem eigenen Ausbruch überrascht. Er sah seinen Vater an und entspannte sich, als er keine Missbilligung in dessen Gesicht las.

Mikhail betrachtete seinen Ältesten, den geheimnisvollsten seiner Sprösslinge, mit großer Zuneigung. Er wusste nicht, ob es daran lag, dass der Junge in der fernen Vergangenheit empfangen wurde, oder daran, dass er mehrere Wochen im Schoß seiner Mutter verbrachte, während sie und Mikhail in den nebligen Wassern des Sees von Hali wateten, aber Domenic war wesentlich reifer, als sein Alter vermuten ließ, und außerdem unnahbar. Nein, eigentlich nicht unnahbar, es fiel ihm nur schwer, erwachsen zu werden. Manchmal war er unglaublich schüchtern, und dann wieder nahm er kein Blatt vor den Mund, wenngleich er nie die Kühnheit seines Bruders Rhodri an den Tag legte.

Istvana Ridenow, die ihn als Erste geprüft hatte, behauptete, er besitze ein einzigartiges *Laran*, eines, das sie nicht zu ihrer Zufriedenheit bestimmen konnte. Er verfügte natürlich über die Alton-Gabe des erzwungenen Rapports, sie war genauso ausgeprägt wie bei seiner Mutter, aber da war noch etwas anderes. Mikhail fragte sich gelegentlich, ob Domenic vielleicht die lebende Matrix der Hasturs besaß, aber Istvana meinte, das sei es nicht. Was immer es war, es entwickelte sich auf eigene Weise, langsam und fast schmerzlich. Er zeigte eine Scheu in Gegenwart anderer Leute mit Ausnahme seiner Base Alanna, die ihn zu einem stillen und reservierten Jungen machte.

Katherine sah Domenic interessiert an. »Dem stimme ich zu, aber ich würde gern deine Gedanken dazu hören.« *Was rede ich denn da? Ich kann seine Gedanken gar nicht hören, weil ich keine Telepathin bin, aber er hört wahrscheinlich meine, auch wenn Marguerida meinte ... zur Hölle mit Herm, weil er mich nicht vorgewarnt hat! Und was ist mit Terése? Wird mein kleines Mädchen einmal eine Hellseherin oder eine andere Art Hexe, so wie Urgroßmutter Lila angeblich eine war? Bei Nanas Geschichten über sie bekam ich jedes Mal eine Gänsehaut, und jetzt bin ich hier auf einem Planeten, wo manche Leute die Fähigkeit besitzen, in meine Gedanken einzudringen, wann immer sie wollen, und ich kann nicht feststellen, wer es kann und wer nicht. Auch wenn ich nichts zu verbergen habe, das ist untragbar! Diese Gisela würde ich ja schon gern wissen lassen, was ich denke, aber wahrscheinlich hat sie gerade so viel Skrupel, dass sie nicht schnüffelt, wenn ich von Herzen wünschte, sie tue es! Ich muss wirklich versuchen, logischer zu denken – in einer Sekunde fühle ich mich nackt in diesem Raum, und in der nächsten erwarte ich, dass diese komischen Leute meine Gedanken hören. Was dieser Mann neben Gisela wohl gerade sagt? Was es auch sei, sie sieht nicht sehr glücklich darüber aus – geschieht ihr recht, dieser Schlange! Sie hat uns absichtlich in Verlegenheit bringen wollen!*

Domenic dachte wortlos über ihre Frage nach, als suchte er nach der besten Annäherung an das Thema. Zurzeit wirkte er oft mürrisch, bevor er ohne Grund plötzlich beißende Bemerkungen von sich gab, die seine Eltern überraschten. Mikhail erinnerte sich an seine eigene Jugend und wusste, das war normal. Immerhin überlegte er, bevor er sprach, anders als Rhodri, der stets sofort sagte, was ihm in den Sinn kam, ohne an die Folgen zu denken. Mikhail liebte beide, aber er wusste, dass er Rhodri ein klein wenig bevorzugte, weil Domenic gar so undurchsichtig und distanziert war.

»Ich habe Großvater Lew zugehört. Und nachgedacht. Es scheint mir, die Terraner sind gesprungen, bevor sie geschaut haben.« Domenic runzelte die Stirn, bevor er fortfuhr. »Großvater sagt, seine Fehler kamen hauptsächlich davon, dass er handelte, bevor er überlegt hatte, was passieren könnte, und dass die Föderation genau das jetzt auch getan hat.« Er sah über den Tisch hinweg zu Lew, um festzustellen, ob er etwas Unglückliches gesagt hatte, aber Lew löffelte nur schweigend seine Suppe.

»Bist du nicht ein bisschen zu jung, um dir den Kopf über Politik und ihre Folgen zu zerbrechen?« Katherine wirkte belustigt und gleichzeitig aufrichtig interessiert. Sie fühlte sich eindeutig wohl in Gesellschaft des Jungen. Mikhail merkte, dass Domenic anfing, auf ihre Freundlichkeit anzusprechen, die übliche Zurückhaltung abzulegen und sich sogar zu amüsieren.

»Ich bin fünfzehn, und ich habe mein ganzes Leben lang über Politik nachgedacht, jedenfalls kommt es mir so vor.« Er schenkte Katherine ein bezauberndes Lächeln, was er selten tat, dann fuhr er sich mit den Fingern durchs Haar, wobei er unbewusst seinen Vater imitierte. Domenics Haar war ein bisschen zu lang, es berührte den Kragen seines grünen Übergewands, weil er den Barbier hasste. »Sehen Sie, bei unseren langen Wintern, wenn der Schnee monatelang bis zu den Fensterbrettern reicht, sind wir alle begeisterte Intriganten hier. Fragen Sie nur gelegentlich Tante Gisela, dann bekommen Sie was zu hören.« Er warf der Angesprochenen über den

Tisch hinweg einen Blick zu, in dem zu Mikhails Überraschung so etwas wie echte Bosheit lag.

»Tante?« Katherine schaute einen Moment lang verwirrt. »Ja, natürlich. Weißt du was, dann sind wir ja auch verschwägert. Daran habe ich noch gar nicht gedacht. Ich habe eine Menge Schwestern, und Nichten und Neffen zuhauf, aber es ist mir nie so recht in den Sinn gekommen, dass ich auch auf Darkover unmittelbare Verwandte haben würde.« Sie wandte anmutig den Kopf und musterte Gisela von oben bis unten, wobei es ihr gelang, wortlos auszudrücken, dass ihre neue Schwägerin nichts als ein Mädchen vom Lande war und eine Art Dreingabe bei dem ganzen Handel. Mikhail tupfte sich mit der Serviette den Mund ab, um sein breites Grinsen zu verbergen, während Gisela vor Wut kochte. Dann drehte sich Katherine wieder zu Mikhail um, und ihre dunklen Augen funkelten anziehend, als hätte sie eine Rechnung beglichen und wäre nun sehr zufrieden mit sich. »Ich glaube, Amaury und ich sind die einzigen Personen am Tisch, die nicht irgendwie mit Ihnen blutsverwandt sind, hab ich Recht?«

Mikhail nickte. Sie war tatsächlich so gescheit, wie Lew angedeutet hatte. »Beinahe. Die ältere Frau neben Herm ist keine gebürtige Darkovanerin, sondern die Witwe von Margueridas musikalischem Mentor. Aber alle anderen sind Verwandte, das stimmt. Donal hier«, fuhr er fort und deutete über die Schulter, »ist sowohl mein Neffe als auch mein Friedensmann, und Alanna ist seine Schwester. Man kann behaupten, die meisten Versammlungen der Domänen sind Familientreffen, damit liegt man nicht weit daneben.« Das Thema schien keine Gefahren zu bergen, und er beschloss, es weiterzuverfolgen, damit Katherine nicht an ihre Ängste dachte. »Seit der Ankunft der Terraner vor mehr als einem Jahrhundert, gab es natürlich auch Ehen zwischen ihnen und uns. Lews Mutter Elaine, zum Beispiel, war eine Tochter von

Mariel Aldaran und einem Terraner namens Wade Montray. Lews erste Frau Marjorie war mütterlicherseits ebenfalls eine Aldaran, und ihr Vater war Zeb Scott, ein Terraner. Damit ist meine Marguerida durch ihre Großmutter eine Base Ihres Mannes.«

Katherine runzelte die Stirn. »Aber keine Aldaran durch die erste Frau ihres Vaters, wenn ich recht verstehe.«

Sie begriff schnell! »Nein – Margueridas Mutter war Marjories Halbschwester Thyra.«

»Mutter spricht nicht gern über sie«, mischte sich Domenic sehr leise ein. Die Reste seiner Schüchternheit verschwanden in Katherines warmer Anteilnahme. »Sie war ein sehr seltsamer Mensch, und böse dazu.«

»Danke für den Tipp – wie ich sehe, könnte man leicht einen Fehler machen und etwas Beleidigendes zu ihr sagen. Jetzt verstehe ich endlich, warum sie und Gisela sich so ähnlich sehen – sie sind nicht nur Schwägerinnen, sondern auch Basen. Ich hielt die Verwandtschaftsverhältnisse auf Renney schon für verwickelt, aber ehrlich gesagt, glaube ich inzwischen, Darkover schlägt uns noch.«

»Vater wurde beinahe gezwungen, Gisela zu heiraten, aber er ist stattdessen weggelaufen«, sagte Domenic, dem der Wein die Zunge gelöst hatte. In seinen Augen funkelte etwas von der Schalkhaftigkeit seines Bruders. Er wusste, dass dieses Thema Mikhail immer noch zusammenzucken ließ. Dann sah er Katherine grinsend an. »Vater und Mutter sind mitten in der Nacht weggerannt und wurden getraut von ...«

»Domenic!«

»Ach komm, Vater, sie wird die Geschichte sowieso von irgendwem hören. Du willst doch sicher nicht, dass die Diener sie ihr erzählen, oder?«

»*Domna* Katherine will gewiss nicht mit Ereignissen aus der Vergangenheit gelangweilt werden.«

Domenic lachte laut auf, sodass ihn alle für einen Moment ansahen. »Aus der Vergangenheit! Ein guter Witz, Vater.«

Mikhail hätte seinen Erstgeborenen erwürgen können. Noch war Katherine nicht ganz wohl in ihrer Gesellschaft, und die Geschichte über eine Reise in Darkovers ferne Vergangenheit, in das Zeitalter des Chaos, würde ihr Unbehagen sicherlich nur steigern. Es genügte ihr vorläufig zweifellos zu akzeptieren, dass es hier Telepathen gab. Gleichzeitig erkannte er, dass Domenic Recht hatte. Wenn sie die Geschichte nicht von ihm erfuhr, dann aus einer anderen Quelle und wahrscheinlich mit Einzelheiten ausgeschmückt, die eher Fantasie als Wahrheit waren. Er konnte sich gut Giselas Version ihrer Abenteuer vorstellen.

Fragend sah Katherine vom Sohn zum Vater. Sie war wirklich eine gut aussehende Frau. »Jetzt bin ich aber sehr gespannt. Mein Nana sagte immer, ich sei so neugierig wie ein ganzer Sack Katzen. Und ehrlich gesagt, höre ich alles lieber als die Torheiten der Föderation. Dieses Thema habe ich gründlich satt.«

Ein Diener räumte ihre Suppenschale ab und ersetzte sie durch einen Teller mit gegrilltem Fisch. Mikhail hatte seine Portion bereits erhalten und griff nach seiner Gabel. Er spießte einen Bissen Fisch auf, der leicht mit Kräutern gewürzt war.

Als er hinuntergeschluckt und ein wenig Wein getrunken hatte, begann er: »Domenic meint, dass Marguerida und ich in die Vergangenheit gezogen wurden – etwa siebenhundert Jahre zurück. Dort hat uns ein alter *Laranzu* namens Varzil der Gute verheiratet, der von der Domäne Ridenow stammte. Es kommt selbst mir alles reichlich fantastisch vor, und ich war dabei!« Dann verfluchte er sich für seine unbeholfene Wortwahl und merkte, wie müde er immer noch war.

Katherine würgte, und Domenic versetzte ihr ein paar feste

Klapse zwischen die nackten Schulterblätter. Sie rang nach Luft, ihre Augen traten hervor. Dann kam sie wieder zu Atem, trank den neu gefüllten Becher mit wenigen Schlucken aus und sah Mikhail an. »Sie meinen es ernst, hab ich Recht?«

»Ja, aber ich erwarte nicht, dass Sie mir glauben, wenn selbst meine eigene Mutter sehr an der Wahrheit der Geschichte zweifelt. Ich kann nur sagen, ich war dabei und weiß, was passiert ist. Sie müssen mir nicht glauben.« Er schaute auf das schwere *Di-Catenas*-Armband an seinem Handgelenk, das für einen anderen Mann gefertigt worden war, dessen Name eine Abwandlung von Mikhail war, dann sah er die Tafel hinab zu seiner Frau und dachte an jene seltsame, magische Zeit.

»Sie sind durch die Zeit gereist?« Katherine war erstaunt und ungläubig, aber die Neugier gewann die Oberhand.

»Ja.«

»Wie war es?«

Ihre Frage verblüffte Mikhail; eine solche Reaktion hatte er nicht erwartet. »Es war sehr unbequem.«

Katherine begann zu lachen. In ihren Augenwinkeln bildeten sich Tränen, die ihr kurz darauf über die Wangen rollten. Sie tupfte sie mit der Ecke ihrer Serviette ab. Schließlich hatte sie sich wieder unter Kontrolle und wandte sich an Domenic. »Ist er immer so kurz angebunden?«

»Meistens, außer wenn er Rhodri eine Standpauke hält.« Domenic sah seinen Vater liebevoll an, was den Worten größtenteils ihre Schärfe nahm. Aber nicht ganz. Mikhail erinnerte sich nämlich noch lebhaft an den Tag, an dem Dani Hastur ihm erzählte, dass sein Vater anscheinend nie Zeit hatte, mit ihm zu reden. Ging es Domenic etwa genauso? Mikhail hatte sich geschworen, ein guter Vater zu sein und seine Kinder nicht auf diese Weise zu vernachlässigen. Nun fühlte er sich als Versager.

Schon gut, Vater. Du hörst mehr zu, als du redest, das ist alles. Und du machst dir zu viele Sorgen.

Danke, Domenic. Du weißt, dass du immer zu mir kommen kannst, oder?

Ja, aber ich habe nicht viel zu sagen.

Bist du glücklich, mein Sohn?

Nein, aber daran kannst du nichts ändern. Und ich möchte nicht darüber sprechen, weder jetzt noch ein andermal.

Wie du meinst. Bedrückt wandte sich Mikhail wieder seinem Essen zu. Dann fiel ihm ein, wie kompliziert er selbst mit fünfzehn gewesen war. Er zwang sich, die Angelegenheit entspannt zu sehen, wahrscheinlich handelte es sich nur um die normalen Probleme, die das Erwachsenwerden so mit sich brachte und die sich mit der Zeit von allein lösten. Welcher Teenager war schon glücklich? Wahrscheinlich kein Einziger.

Mikhail blickte von seinem Teller auf und bemerkte, dass Marguerida ihn vom anderen Tischende her ansah. Sie schenkte ihm ein wundervolles Lächeln, eines von der Art, das ihn stets zu trösten und ermutigen vermochte, dann wandte sie ihre Aufmerksamkeit wieder Herm Aldaran zu. Der tiefe Schmerz über den plötzlichen Tod seines Onkels und die Wirklichkeit dessen, dass er jetzt der wahre Herrscher Darkovers war, schienen bei ihrem Blick ein wenig nachzulassen. Mit Marguerida an seiner Seite konnte er allem ins Auge sehen, egal wie unmöglich es zunächst aussah. Er war beruhigt und erlaubte sich, an nichts Besonderes zu denken, während sein Sohn und Katherine sich weiter unterhielten.

Vom anderen Tischende her beobachtete Marguerida Sohn und Ehemann und seufzte leise. Sie fragte sich, was Katherines Heiterkeitsausbruch wohl verursacht haben mochte. Die Frau kam ihr sehr ernsthaft vor, aber sie wirkte jetzt nicht mehr ganz so zornig, und darüber war Marguerida froh.

»Ich weiß nicht, was Mikhail gesagt hat, aber es tut gut,

Kate wieder so lachen zu hören. Ich dachte schon ... na, egal.« Herm lächelte Marguerida an.

»Sie muss außer sich sein.«

»Wissen Sie, diesen Ausdruck habe ich nie verstanden. Wie kann jemand außer sich sein? Aber Sie haben Recht, sie war sehr beunruhigt, was ich ihr nicht verübeln kann. Als ich sie kennen lernte, war sie eine junge Witwe und sehr traurig. Nach allem, was ich weiß, war Amaurys Vater ein sehr netter Mensch, und sein Tod war ein schwerer Schlag für sie. Ich habe mir oft gewünscht, ich hätte ihn gekannt, obwohl ich Katherine nicht hätte heiraten können, wenn er noch leben würde, und das wäre unerträglich für mich!« Er lachte in sich hinein. »Womöglich hätte ich ihn zu einem Duell oder etwas ähnlich Lächerlichem herausfordern müssen.«

»Sie kommen mir gar nicht vor wie ein Mann, der heiratet«, bemerkte Marguerida.

»Da haben Sie Recht, auch wenn ich nicht weiß, wie Sie das nach so kurzer Bekanntschaft feststellen konnten. Ich war recht zufrieden mit meinem Junggesellendasein, bis mir Katherine über den Weg lief, und dann konnte ich an nichts anderes mehr denken, als sie so schnell wie möglich zu heiraten, bevor sie mir ein anderer wegschnappt.«

»Gab es denn andere Bewerber?«

»Nein, überhaupt nicht, aber ich habe mir ständig vorgestellt, dass ganze Horden von ihnen in den Ecken der Ballsäle und Salons lauerten. Sie ist so wunderschön, dass ich einfach nicht anders konnte. Und mir ist immer noch rätselhaft, warum sie mich geheiratet hat. Ich weiß, ich bin kein gut aussehender Mann.« Er deutete auf seine spiegelnde Glatze. »Was ich je an gutem Aussehen hatte, hat Robert bei einem Faustkampf ruiniert, als wir junge Burschen waren.« Er rieb sich die Nase, die erkennbar mindestens einmal gebrochen war.

»Robert bei einem Faustkampf? Das ist aber eine bemerkenswerte Vorstellung. Er schien mir immer die Gutmütigkeit in Person zu sein.«

»Das ist er auch, aber ich habe es als Junge oft darauf angelegt. Nicht unähnlich Ihrem Rhodri, wie mir scheint. Aber sagen Sie, wie kamen Sie zu dem Schluss, ich sei nicht der Typ Mann, der heiratet? Meine Neugier will befriedigt sein.«

»Gisela hat vor langer Zeit einmal angedeutet, Sie seien ein überzeugter Junggeselle. Tatsächlich wusste ich bis zu Ihrer Ankunft gar nicht, dass Sie verheiratet sind, ganz zu schweigen davon, dass Sie auch schon Kinder haben. Irgendwie haben Sie es in den Nachrichten an meinen Vater oder den seltenen Briefen an Ihre Schwester nie erwähnt. Weshalb haben Sie es so geheim gehalten? Sollte Ihr Vater nicht erfahren, dass er eine weitere Enkelin hat?«

Herm knurrte. »Mein Vater und ich haben uns nicht sehr gut verstanden, *Domna* Marguerida, und ich habe den Posten in der Abgeordnetenkammer unter anderem deshalb angenommen, weil ich ihm entfliehen wollte. Und weil es die Chance meines Lebens war. Schon als Junge wollte ich zu den Sternen reisen, ich war besessen von den Geschichten der Raumfahrer, die man sich bei uns zu Hause erzählte. Ich selbst wollte allerdings nie Raumpilot werden – bei der Vorstellung, lange Zeit in einem Schiff eingepfercht zu sein, haben sich mir die Haare gesträubt. Abgesehen davon habe ich kein Talent für Mathematik und andere Fächer, die man dafür braucht. Und bis zu meiner Ernennung durch Onkel Regis schien das die einzige Möglichkeit zu sein, Darkover zu verlassen. Also habe ich meine Chance ergriffen, und offen gestanden war mein Vater ziemlich wütend auf mich.«

»Aber wieso?«

»Vermutlich, weil er Regis nie gemocht hat, aber ich kann es nicht mit Bestimmtheit sagen. Ich weiß nur, er hat einen seiner Wutanfälle bekommen und betrunken herumgetobt, dass die Diener schleunigst in Deckung gingen. Dazu hat er mich mit einer Reihe von Namen bedacht, die ich in der Anwesenheit von Damen nicht wiedergeben kann.«

Marguerida grinste. »Es dürfte Ihnen kaum gelingen, mich zu schockieren. Mikhail könnte Ihnen bestätigen, dass meine Ausdrucksweise gelegentlich einen Fuhrknecht rot werden ließe. Aber ich weiß Ihre Zurückhaltung zu schätzen, da ich keinen Wert darauf lege, dass Rhodri noch mehr Kraftausdrücke lernt, als er ohnehin schon kennt. Lassen Sie sich von seinem angenehmen Auftreten nicht täuschen – er hat nichts als Unfug im Kopf.« Sie sah ihren rothaarigen Sohn liebevoll an, und der errötete heftig.

»Alle Jungs in dem Alter sind so, selbst Amaury.«

Marguerida schüttelte den Kopf. »Nicht mein Domenic. Er war immer ein äußerst angenehmes Kind, so sehr, dass ich mir inzwischen Sorgen um ihn mache. Ich weiß, es klingt idiotisch, aber ich habe mir schon oft gewünscht, er würde irgendwelche Dummheiten anstellen. Er ist manchmal einfach zu gut.«

»Reden Sie bloß keine Probleme herbei, *Domna*. Das ist eine gefährliche Sache.«

»Ich weiß. Aber manchmal kann ich nicht anders.« Sie sah Lew Alton zärtlich an. »Schließlich bin ich das Kind meines Vaters.«

Zu ihrer Freude lachte Hermes Aldaran gellend, sodass ihn alle Leute am Tisch anstarrten. »Zum Ärger bestimmt. Ja, das kenne ich sehr gut«, gluckste er.

6

Domenic stand auf seinem Posten vor der Kaserne der Garde und blickte auf das Mauerwerk der Gebäude, die auf der gegenüberliegenden Seite der schmalen Straße lagen. Ein stetiger Strom Fußgänger zog an ihm vorbei, die vertrauten Gesichter einheimischer Kaufleute und Haushälterinnen, die fröhlich im milden Herbstwetter ihrer Wege gingen. Ganz schwach nahm er den Geruch von Holzfeuer wahr, den ein frischer, aber nicht unangenehmer Wind zu ihm herübertrug. Er kam aus der Richtung der Küche auf Burg Comyn, sodass sich der Duft von gebratenem Geflügel und gebackenem Brot in den Rauch mischte. Normalerweise lief Domenic dabei das Wasser im Mund zusammen, aber heute hatte er keinen Appetit.

Er rührte sich und stampfte mit den Füßen, an denen er leicht fror, weil er seit mehr als einer Stunde im Schatten stillstand. Dann wackelte er in seinen Stiefeln mit den Zehen, um die Blutzirkulation wieder in Gang zu bringen. Das Problem, das ihn im Schlaf gequält hatte, kam ihm wieder in den Sinn, und er biss sich auf die Unterlippe, während er nach einer Antwort darauf suchte. Düster starrte er zu der massiven weißen Burg zu seiner Rechten und fluchte unbewusst, was seinen Kameraden veranlasste, ihn neugierig anzusehen.

»Ist irgendwas, *vai Dom?*«

»Nein, Kendrick. Ich hab nicht gut geschlafen und fühle mich furchtbar, das ist alles.«

»In deinem Alter müsstest du eigentlich schlafen wie ein Holzstock, egal was kommt, mein Junge. Und wenn die Welt untergeht.«

»Wenn du das sagst.« Domenic zuckte mit den Achseln und wandte sich ab. Er hatte das Haar straff nach hinten gekämmt und mit einem kleinen Riemen zusammengebunden, da Francisco Ridenow, der Kommandant der Garde, langes Haar nicht billigte. Es war so straff, dass Domenic Kopfschmerzen davon bekam.

Er wünschte, er würde sämtliche Aspekte seines Problems kennen, aber er brachte nicht alle Fäden zusammen, und das machte die Sache umso quälender. Zum Teil, so viel war ihm klar, hing es mit Regis' plötzlichem Tod zusammen, denn der hatte alles verändert. Domenic war tieftraurig, aber nicht allein das störte seinen Seelenfrieden. Es war hauptsächlich das Gefühl, dass er nie die Gelegenheit haben würde, etwas zu tun, das ihm nicht durch Brauch oder Erbe bereits vorgezeichnet war. Komisch, früher hatte das keinen Unterschied gemacht. Und er konnte nicht einmal sagen, was er eigentlich genau tun wollte, außer nicht Domenic Gabriel-Lewis Alton-Hastur zu sein. Rhodri war der Glücklichere von ihnen beiden, denn der durfte tun und lassen, was er wollte.

Wieder scharrte er mit den Füßen und sah auf die Pflastersteine hinab, während er das Chaos in seinen Gedanken zu ordnen versuchte. Er hatte am Vorabend mehr Wein getrunken, als er gewöhnt war. Das lag am angenehmen Einfluss von Katherine Aldaran, der interessantesten Frau, die er abgesehen von seiner Mutter je kennen gelernt hatte. Und tapfer war sie dazu, denn er hatte ihr angemerkt, dass sie in der Gesellschaft von Telepathen schreckliche Ängste ausstand, dennoch hatte sie es fertig gebracht, nicht die Beherrschung zu verlieren. Ihre ruhige Standhaftigkeit hatte dazu geführt, dass er sich im Vergleich zu ihr ein wenig feige vorkam. War es das, was ihn beunruhigte, und lag vielleicht eine Spur Wahrheit darin? War er womöglich ein Feigling?

In wenigen Augenblicken wuchs der Gedanke in seinem Kopf von einem Kieselstein zu einem Felsblock. Er fragte sich, ob er tapfer genug war, gut genug, um eines Tages das Erbe der Domäne Hastur anzutreten. Als Regis noch gelebt hatte, war die Aussicht, später einmal zu regieren, in weiter Ferne gelegen. Und wie er sich eingestehen musste, strebte er nicht sehr ehrgeizig nach dem Platz, den das Schicksal für ihn ausersehen hatte. Er war davon ausgegangen, dass Regis mindestens noch zwanzig Jahre leben würde; bis dahin wäre er selbst Vater gewesen, und sein Sohn hätte zum Erben ernannt werden und die Regentschaft antreten können. Wie seltsam, dass er sich diese Fantasie nie vorher eingestanden hatte – dass er nie ernsthaft geglaubt hatte, die Aufgabe, Darkover zu regieren, könnte tatsächlich einmal ihm zufallen.

Er wusste, was Regis gesagt hätte – wenn ihm sein Leben nicht passte, hätte er sich nur andere Eltern aussuchen müssen. Das hatte er mehr als einmal gehört, aber jetzt brachte ihn dieser Satz nicht mehr zum Lächeln. Er wusste mit Sicherheit nur, dass er das Gefühl hatte, als würden die Mauern um ihn herum immer näher rücken, als wäre er ein Tier in einer Falle, bereit, sich die Pfote abzubeißen, um zu entkommen. Man würde ihn beobachten, noch mehr, als es bereits der Fall war, und dieser Gedanke erschien ihm unerträglich. War er nicht sein ganzes Leben lang nahezu ein Gefangener auf Burg Comyn gewesen? Das hatte ihn bisher nicht gestört – warum also verspürte er nun diesen seltsamen Wunsch wegzulaufen, einfach die Straße entlangzuspazieren, in diese Stadt, die er kaum kannte, obwohl er sein ganzes Leben dort gewohnt hatte, und dann weiter, bis er den Wall um die Welt erreichte? Er überlegte kurz, ob sein Vater diese Regelung eventuell ändern würde – die Hasturs hatten sich nicht immer so eingemauert, wie es Regis getan hatte –, aber er kam zu dem Schluss, dass dies sehr unwahrscheinlich war.

Es gab Gefahren auf Darkover, dessen war er sich sehr wohl bewusst. Terranische Agenten trieben sich herum, wenngleich nur wenige und offenbar keine Meister ihres Fachs, wenn man nach dem Schlamassel urteilte, den sie beim Versuch, Unruhe in der Stadt zu schüren, angerichtet hatten. Es gab Tiere wie Wildkatzen und Banshees – allerdings würde er nie erfahren, wie die aussahen, wenn er immer auf Burg Comyn blieb. Und es gab Leute im Rat der Comyn, die ihm schaden würden, wenn sie konnten. Seiner eigenen Großmutter Javanne entschlüpfte gelegentlich die Bemerkung, sie sähe ihn lieber tot. Aber das war nur die Torheit einer unglücklichen alten Frau, und er war sich ziemlich sicher, sie würde niemals versuchen, ihm tatsächlich etwas zu Leide zu tun.

Domenic schauderte. Sie würde bald eintreffen, um an der öffentlichen Totenfeier teilzunehmen, und dann den Trauerzug für Regis Hastur auf dem Weg zur *Rhu Fead* begleiten. Domenic war noch nie an diesem Ort gewesen, der einen schaurigen Ruf hatte, aber dort wurden die Leichname der darkovanischen Herrscher zur letzten Ruhe gebettet. Und zweifellos würde Javanne wieder die außergewöhnlichen Umstände seiner Zeugung zur Sprache bringen und behaupten, sein Status sei eher *nedestro* als der eines legitimen Kindes. Wären seine Eltern doch nur auf die normale Art und Weise verheiratet worden anstatt von Varzil dem Guten in der fernen Vergangenheit. Obwohl mehrere *Leroni*, darunter seine Tante Liriel, die Wahrheit der von Mikhail und Marguerida berichteten Erlebnisse bezeugt hatten, gab es immer noch Leute, die den beiden nicht glauben wollten. Und obwohl er es nicht gerne zugab, nicht einmal vor sich selbst, fragte er sich manchmal, ob seine Großmutter nicht etwa doch Recht hatte. Nicht dass es noch eine Rolle spielte, jetzt, nachdem sein Vater ihn zum designierten Erben erklärt hatte, aber der Zweifel und das Misstrauen hinsichtlich seiner Empfängnis verletzten ihn mehr, als er sich eingestehen wollte.

Seine Mutter meinte, wenn sich Javanne etwas in den Kopf gesetzt hatte, konnte es höchstens noch ein Blitz von Aldones erschüttern, und damit war so ziemlich alles gesagt. Doch seine Großmutter zettelte bestimmt Ärger im Rat an. Er hatte zu Mittsommer das erste Mal an einer Versammlung dieser Körperschaft teilgenommen, unmittelbar nach seinem fünfzehnten Geburtstag, und er war erstaunt gewesen, wie viel dort geschrien wurde. Irgendwie hatte er sich eine Ratssitzung immer steif und langweilig vorgestellt, stattdessen war sie eine Abfolge von Streitereien über die verschiedensten Themen gewesen, vom Zustand der Türme bis zum Status der Gilden in Thendara.

Anschließend hatte er seinen Vater gefragt, ob es immer so zuginge im Rat.

Mikhail hatte wehmütig gelächelt und den Kopf geschüttelt. »Das war eine einigermaßen ordentliche Sitzung, Domenic.«

»Dann erlebe ich hoffentlich nie eine unordentliche. Ich dachte, *Dom* Francisco Ridenow würde Onkel Regis jeden Moment eins auf die Nase geben.«

Zum Teil hatte sich die Auseinandersetzung um den Mietvertrag für den Raumhafen gedreht, der in zwei Jahren auslief. Regis und Großvater Lew hatten sich dafür ausgesprochen, ihn für eine höhere Gebühr zu verlängern, und *Dom* Francisco war dagegen gewesen. Domenic verstand, warum – die Föderation hatte es versäumt, die Miete für zwei der letzten fünf Jahre zu bezahlen. Da sich Darkover eine weitgehende wirtschaftliche Unabhängigkeit von der Föderation bewahrt hatte, brauchten sie das Geld nicht unbedingt, aber es ging ums Prinzip. Die Föderation ihrerseits hatte vorgeschlagen, dass man ihr den Raumhafen unbegrenzt und pachtfrei überlassen solle, da sie ihn »entwickelt« habe. Niemand erwog diese Idee auch nur für eine Sekunde – das war während der gesamten Sitzung so ziemlich der einzige Punkt, über den man sich völlig einig war.

Wer konnte schon wissen, was nun geschah, da die Föderation ihre Legislative aufgelöst hatte. Vielleicht zogen sie ab, was Leuten wie Domenics Großmutter oder *Dom* Francisco Ridenow gefallen würde. Ihm selbst war das eine so egal wie das andere, denn die wenigen Terraner, die er kennen gelernt hatte, hatten ihn weder durch Freundlichkeit noch durch besondere Klugheit beeindruckt. Ida Davidson zählte er dabei nicht mit, sie war wie eine Tante für ihn und hatte ihm sogar beigebracht, wie man eine anständige Melodie hielt. Er dachte betrübt an den »Berater«, den man Regis vor ein paar Jahren untergeschoben hatte, ein trockener, bürokratischer Mensch, der unzählige Fragen gestellt und nie eine Antwort gegeben hatte. Domenic wusste immer noch nicht genau, wieso sein Onkel und sein Großvater den Mann überhaupt in die Burg gelassen hatten. Es schien eine dieser Erwachsenengeschichten zu sein, irgendein Plan, dessen Sinn er nicht recht begreifen konnte. Und wo er, als er noch jünger war, jede Menge Fragen gestellt hätte, brachte er nun die meiste Zeit keinen Ton heraus.

Seine Gedanken schweiften zu Lyle Belfontaine, weg von dem Schreckgespenst Javanne und vor allem, wie er sich eingestand, von dem kleinen Gareth Elhalyn, Danilos Sohn. Die beiden hatten sich im letzten Jahr in Arilinn getroffen, und er mochte den Jungen nicht, ein Gefühl, das auf Gegenseitigkeit beruhte, wie er sehr wohl wusste. Etwas in der Art, wie Gareth ihn ansah, so von der Seite, ließ ihn förmlich zusammenzucken. Außerdem tat er vornehm und erwartete, dass man sich ihm fügte, was bei seinen Mitschülern im Turm nicht gut ankam. Es war besser, an Belfontaine zu denken, denn es schien Domenic nicht richtig, seine Großmutter und seinen Vetter so sehr zu verabscheuen, wie er es tat.

Lew hatte Domenic zu einer seiner Besprechungen mit ins Hauptquartier genommen; er gab ihn als Pagen aus und trug ihm auf, alles genau zu beobachten. Es hatte Spaß gemacht, so zu tun, als wäre man ein Niemand, und die zufälligen Gedanken der Terraner in den Fluren und Büros aufzuschnappen. Allerdings war es nicht sehr interessant gewesen, denn das meiste von dem, was er auffing, war ihm unverständlich. Aber der Stützpunktleiter war auf eine abschreckende Art faszinierend gewesen, wie er versucht hatte, Lews Einverständnis zu einem Besuch in der Burg und einem Treffen mit Regis Hastur zu erhalten. Er beobachtete, wie sein Großvater der strittigen Frage auswich und so geschickt das Thema wechselte, dass Belfontaine kaum merkte, wie er vom Ziel abgelenkt wurde. Es war nach Domenics Dafürhalten eine gute Lektion in Diplomatie, aber das Auftreten des Standortkommandeurs hatte ihm den Eindruck vermittelt, dass der Mann ein gefährlicher Narr und dass alle Terraner gleichermaßen unverantwortlich und heimtückisch waren.

Er hatte sich mehr für die Apparate interessiert, die überall vor sich hin blinkten und summten, während sie Blätter hauchdünnen Papiers ausstießen, das in weniger als einem Tag zu Asche zerfiel, wie Lew ihm verriet. Bis Domenic die Relais in Arilinn zu Gesicht bekam, hatte er nie etwas Ähnliches gesehen, und er war gegen seinen Willen beeindruckt. Das Einzige, was er an fortschrittlicher Technik kannte, war das mittlerweile uralte Aufzeichnungsgerät seiner Mutter, das nur noch als Staubfänger diente, da sie die Batterien nicht mehr bekam, mit denen es betrieben wurde.

Es schien ihm sinnlos, über Belfontaine nachzudenken, und er ließ seine Gedanken in eine andere Richtung wandern. Es gab so viele Dinge, die er nicht verstand, und Fragen, die er kaum formulieren konnte, geschweige denn, dass er jemanden fand, der sie ihm beantwortet hätte. Alle waren so beschäftigt und erwarteten, dass er sich um sich selbst kümmerte, nun, da er mündig war. In Wahrheit fürchtete er sich ein wenig vor den Dingen in seinem Kopf, vor den Gedanken und Erinnerungen, die darin wohnten.

Es gab Zeiten, da glaubte er sich zu erinnern, wie er empfangen wurde, obwohl er genau wusste, dass dies unmöglich war, und er fragte sich im Stillen, ob er vielleicht ein bisschen verrückt war. Aber er wurde das Gefühl nicht los, dass er Dinge wusste, die er nicht wissen *konnte,* und nicht einmal ein so kluger Mensch wie Istvana Ridenow vermochte ihm die Fragen zu beantworten, die ihn vor etwa fünf Jahren zu quälen begonnen hatten. Er vermisste die alte *Leronis,* die ihn einer Prüfung unterzogen hatte, bevor er nach Arilinn gegangen und sie selbst nach Neskaya zurückgekehrt war. Manchmal wünschte er sich, er könnte dorthin reisen und bei ihr studieren, aber er wusste, man würde ihn nie so weit von Thendara weglassen.

Großvater Lew bezeichnete die Art, wie Regis die letzten Jahre seines Lebens verbracht hatte, als »Belagerungsmentalität« und äußerte sich in Domenics Gegenwart häufig bedauernd darüber. Er wusste, verantwortlich dafür war die Folge von Ereignissen, die lange vor seiner Geburt stattgefunden hatten, als die Weltenzerstörer Darkover zu vernichten versuchten. Mit zunehmendem Alter war Regis immer ängstlicher geworden, als würde die Vergangenheit die Gegenwart langsam auffressen und seinen Seelenfrieden zerstören.

Lew räumte die Notwendigkeit ein, die herrschende Familie zu schützen und auf Distanz zu den Terranern zu halten, dennoch schien er zu glauben, es müsse eine weniger restriktive Möglichkeit geben, das Sicherheitsproblem zu handhaben. Domenic konnte sich nicht vorstellen, dass er kommen und gehen durfte, wie es ihm gefiel, er wagte nicht einmal, den Vorschlag zu machen. Noch war er nur ein Junge, lediglich dem Gesetz nach ein Mann, aber kein vollwertiger Erwachsener. Er würde nie Abenteuer erleben oder mehr von Darkover sehen, als er bereits kannte. Das war ein äußerst niederschmetternder Gedanke, und er beschloss, sich lieber zusammenzunehmen, sonst rief er noch seine Mutter auf den Plan, die ihn irgendein widerliches Gebräu trinken ließ.

Er war überzeugt, dass es kein Heilmittel gab für seine Gefühle, außer der Zeit, wie seine Mutter oft betonte. Er war traurig über Regis' Tod, und das war normal. Der Gedanke, dass diese Empfindung völlig in Ordnung war, beruhigte ihn, denn in letzter Zeit war er heftig zwischen Hochgefühl und Depression hin und her geschwankt, und das ohne jeglichen Grund. Aber Alannas Stimmung schwankte genauso, vielleicht war es also wirklich nur das Alter und nichts Ernsteres.

Natürlich bereitete ihm seine Base und Pflegeschwester große Sorgen. Die beiden standen sich sehr nahe, nachdem sie die letzten zehn Jahre zusammen aufgewachsen waren, und er kannte sie wahrscheinlich besser als irgendwer sonst. Der Gedanke an Alannas Wutausbrüche beruhigte ihn nicht gerade hinsichtlich seiner eigenen geistigen Stabilität, und er musste ständig an die Geschichten über den Elhalyn Zweig der Familie denken, die er im Laufe der Jahre gehört hatte. Die Elhalyns galten als sehr sonderbar, und vielleicht hatte Urgroßmutter Alanna Elhalyn irgendein komisches Gen über ihre Tochter weitervererbt, das nun bei ihm und seiner Pflegeschwester zum Vorschein kam.

An Javanne Hastur zu denken, war hingegen keine gute Idee, denn dabei fühlte er sich stets absolut fürchterlich. Soweit er sich erinnerte, hatte sie ihn nie berührt, geschweige denn umarmt, wie sie es bei Rhodri und Yllana tat. Marguerida behauptete stets, das sei Javannes Problem und nicht seines, aber er musste zugeben, dass es wehtat. Die bevorstehende Ankunft seiner Großmutter auf Burg Comyn und die bereits schmerzende Anwesenheit von Gareth Elhalyn führten dazu, dass es ihm mit jeder Sekunde schlechter ging. Wenn sie ihn doch nur nicht so hassen würden!

Javanne Hastur schien allerdings vieles zu hassen, manchmal sogar ihren eigenen Sohn. Damit befand er sich zumindest in guter Gesellschaft! Er würde ihren Besuch überstehen wie alle anderen zuvor, indem er ihr möglichst aus dem Weg ging. Sollte sie doch ihren Wirbel um Rhodri veranstalten. Er war nicht eifersüchtig auf seinen kleinen Bruder ... oder?

Diese ganze Ängstlichkeit war vermutlich nur dem großen Umbruch in seinem Leben zuzuschreiben und dass er fünfzehn war und sich seiner selbst nicht sicher. Onkel Rafael hatte ihm vor einiger Zeit auf nette Art erklärt, dass er ein völlig normaler Jugendlicher sei, was ihn sehr getröstet hatte. Er würde sicher aus der Sache herauswachsen, so wie er angefangen hatte, alle paar Monate aus seiner Kleidung herauszuwachsen, auch wenn er immer noch zu klein war für sein Alter. Aber sein Onkel kannte die Gestalt nicht, die sein *Laran* anzunehmen schien – niemand kannte sie, außer einigen *Leroni* in Arilinn, und die waren völlig verwirrt deswegen. Und niemand wusste, wie es seit seiner Rückkehr nach Thendara gewachsen war! Gewachsen und so merkwürdig verändert, dass er die halbe Zeit überzeugt war, er würde verrückt werden. Er konnte den Planeten in Wirklichkeit nicht *hören*, oder? Nein, das war bestimmt unmöglich oder das Resultat von übersteigerter Fantasie. Menschen konnten nicht den Bewegungen der Erde lauschen oder die weit entfernte Brandung des Meeres von Dalereuth an der Küste hören. Wenn sich die Gelegenheit bot, würde er vielleicht Lew danach fragen. Aber wahrscheinlich eher nicht. Sein Großvater war ziemlich beschäftigt, und er konnte das Thema unmöglich ansprechen, ohne die Angst um seine geistige Gesundheit offen zu legen.

Das Rattern von Wagenrädern riss Domenic abrupt aus seinen grüblerischen Gedanken. Er blickte die enge Straße entlang, die an diesem Eingang der Kaserne vorbeiführte. Er kannte den Zeitplan aller Lieferungen auswendig, und momentan wurde keine erwartet. Wie sein Wachkamerad spähte er gespannt ins Halbdunkel.

»Was ist da los?« Kendrick war ein Berufsgardist, ein kräftiger Mann Anfang dreißig und einer von Domenics Lieblingskollegen. Nichts schien ihn je aus der Ruhe zu bringen, und mit ihm Wache zu stehen, war außerordentlich angenehm, beinahe erholsam. Domenic folgte dem Blick des Älteren mit den Augen.

Nun sah er, was Kendrick störte. Es war ein von Maultieren gezogener Wagen, mit einer bemalten Tafel hinter dem farbenfroh gekleideten Kutscher auf dem Sitz. Fahrendes Volk! Was in aller Welt trieben die jetzt in Thendara? Die durften doch nur zu Mittsommer und Mittwinter in die Stadt. In der warmen Jahreszeit zogen sie umher und zeigten ihre Kunst in kleinen Dörfern und den unbedeutenderen Städten. Von Mittwinter abgesehen wusste Domenic nicht, wo sie überwinterten. Seine Mutter, die in vielen Dingen neugierig war, hatte lange Zeit versucht, echte Informationen über dieses Volk zu sammeln, aber es war ihr nicht gelungen. Das wenige, was sie wusste, hatte sie größtenteils von Erald, dem Sohn des vormaligen Zunftmeisters der Musikergilde. Domenic musste ihr unbedingt erzählen, dass er sie gesehen hatte.

Trotzdem durften die Gaukler genau in dieser Straße wirklich nicht fahren, nicht einmal zu Zeiten, da sie in Thendara willkommen waren. Der einzige Verkehr, der hier gestattet war, betraf Leute, die in der Burg zu tun hatten, Kutscher, die Vorräte brachten, oder Mitglieder der Handwerksgilden. Deshalb war der Vorfall interessant und außer der Reihe, und Domenic spürte, wie seine trübselige Stimmung langsam von

Neugier vertrieben wurde. Er hatte während seiner Zeit in Arilinn zweimal Fahrendes Volk gesehen, sie hatten ein paar ziemlich skandalöse Lieder dargeboten und ein Stück, das er als recht lustig in Erinnerung hatte, obwohl es unter anderem aber auch seinen Großonkel Regis veralberte. Wirklich gefallen hatten ihm die Seiltänzerin, ein hübsches Mädchen in einem knappen Kostüm, und der Jongleur, der Gedichte aufsagte, während er immer mehr Bälle in die Luft warf. Niemand sagte dem Fahrenden Volk, was sie tun sollten. Wie es wohl war, so ohne jegliche Pflichten zu sein?

Im Gegensatz zu allen anderen Leuten, die er kannte, schienen sie nirgendwo hinzugehören. Sie hatten kein ständiges Zuhause, und die Organisation ihrer jeweiligen Trupps war ihm ein Rätsel. Sie gehörten keiner Gilde an und folgten keiner Autorität, nicht einmal den Herren der Domänen, und solange sie keines der wenigen Gesetze brachen, die auf sie Anwendung fanden, konnten sie tun und lassen, was sie wollten. Das übte eine wunderbare Anziehungskraft auf ihn aus. Einen Moment lang überlegte Domenic, wie es wohl wäre, wenn man die Freiheit hätte, überall hinfahren zu können, wann immer man wollte. Dann entschied er, dass es wahrscheinlich vor allem kalt, feucht und anstrengend war.

Er spähte in den Schatten der Burgmauern und versuchte, weitere Einzelheiten zu erkennen. Der Wagen war inzwischen so weit die Straße heraufgekommen, dass er die mit Figuren bemalten Seitenwände sehen konnte. Sie zeigten Marionetten, deren Fäden durch eine Goldpatina hervorgehoben waren, um den oberen Rand lief eine Blumengirlande. Eine Seitenwand war heruntergelassen, und Domenic bemerkte ein Mädchen, das sich lachend herauslehnte. Es war rothaarig und sommersprossig und schien etwa in seinem Alter zu sein. Es winkte ihm zum Gruß, während Kendrick vom Kaserneneingang vortrat.

»Na, was soll das denn hier werden, guter Mann?«, fragte er den Kutscher. Der Wachmann machte Domenic ein Zeichen, im Halbdunkel zu bleiben, was dieser auch tat, obwohl er gern einen besseren Blick gehabt hätte. Er spürte keine Gefahr von dem dürren Mann ausgehen, aber er wusste, dass er dem älteren Gardisten lieber gehorchte.

Der Mann zuckte nur die Achseln und sah Kendrick griesgrämig an. Er war klein, und sein schmales Gesicht zierte eine auffällige Adlernase. »Uns ist ein Rad gebrochen, und wir mussten in der Stellmachergasse vorbeifahren, um es reparieren zu lassen. Es schien mir die Sache nicht wert, um die Stadt herumzufahren, damit wir wieder auf den Rest unserer Truppe treffen.«

»Ihr dürft zu dieser Jahreszeit nicht in Thendara sein! Und diese Straße hier ist für Leute wie euch sowieso gesperrt.« Kendrick klang empört, aber Domenic vermutete, er genoss insgeheim die Unterbrechung des ziemlich langweiligen Wachdienstes auf diesem Posten.

»Wir stören doch niemanden«, protestierte der Kutscher. »Ihr Arschkriecher von Comyn-Dienern seid doch alle gleich. Kommandiert uns bloß herum, weil ihr nie was Richtiges zu tun habt!«

Das waren rüde Worte, und die Haltung des Kutschers drückte aus, dass er Streit suchte. Aber da war noch etwas. Domenic fing einen Anflug von Angst bei dem Mann auf, und ein paar wirre Oberflächengedanken, die ihm seltsam vorkamen. Er brauchte einen Moment, bis ihm klar wurde, dass der Mann nicht in *Casta* oder *Cahuenga* dachte, sondern in einer Mischung aus beidem mit einem guten Teil Terranisch darin. Irgendwie komisch, aber wahrscheinlich stammte er aus den Ländereien der Aldaran, wo einige Terraner lebten. Vielleicht hatte er auch einen terranischen Vater. Oder er war aus einem bestimmten Grund diesen Weg gefahren. Was, wenn er ein

Spion oder so etwas war? Domenic lachte leise über sich selbst. Die Idee war lächerlich – nur weil die obersten Gedanken des Mannes wirr waren, musste man ihn nicht irgendwelchen Unrechts verdächtigen. Er sah schon Gespenster.

»Das reicht jetzt. Fahrt weiter, oder ich lass euch ...«

»Macht euch bloß nicht in die Hosen«, höhnte der Kutscher. »Wir fahren doch nur hinauf bis zur Alten Nordstraße, wo wir unsere Leute wieder treffen.«

»Hör auf, den Mann zu provozieren, Dirck«, rief das Mädchen hinter ihm. »Ich hab dir doch gleich gesagt, wir hätten die andere Straße nehmen sollen!«

»Und ich hab dir gesagt, das ist zu weit. Pass auf, was du sagst, Kind, sonst versohle ich dir den Hintern.«

»Ach, und wer hilft dir dabei? Dir lauf ich allemal davon, selbst mit zehn Unterröcken noch.« Sie lachte den Kutscher aus und lächelte Domenic zu, wobei ihre graugrünen Augen schalkhaft leuchteten. Domenic lächelte zurück und fragte sich, wer sie wohl war und wie sie zum Fahrenden Volk kam. Außerdem wunderte er sich über ihr flammend rotes Haar, das bei der Bevölkerung Darkovers sehr häufig ein Zeichen von *Laran* war. Er hatte noch nie gehört, dass Leute vom Fahrenden Volk zu Prüfungen oder gar zur Ausbildung in einen Turm gekommen waren.

Ihr Haar war faszinierend. Es war sehr lockig, wie das von Domenics Mutter, aber drahtig, während Margueridas Haar fein wie das eines Kleinkinds war. Wie eine flammende Aura umrahmte es das Gesicht des Mädchens, obwohl es am Hinterkopf von einer hölzernen Schmetterlingsspange in Zaum gehalten wurde. Domenic fand sie sehr hübsch, allerdings auf eine merkwürdige Art. Sie sah herb aus, nicht lieblich wie seine Base Alanna oder seine Schwester. Und ihre Züge waren in keiner Weise bemerkenswert – eine leichte Himmelfahrtsnase, strahlende Augen und ein üppiger Mund. Sie schien nichts

Ernsthaftes an sich zu haben, und Domenic kam zu dem Schluss, dass er sie deshalb so hübsch fand. Sie sah aus, als würde sie das Leben einfach nur interessant finden und sich, anders als Alanna, nie groß Sorgen machen.

Er seufzte. Jedes Mal, wenn er an Alanna dachte, zog sich sein Magen zusammen und das Herz tat ihm weh. Er hegte Gefühle für seine Pflegeschwester, die vermutlich ebenso töricht wie unangebracht waren. Es war ihm egal, dass fast alle Leute sie für ein schwieriges Kind ansahen und dass seine Eltern manchmal schier über ihr Mündel verzweifelten. Sie war kühn, während er sich für furchtsam hielt, und bereit Dinge zu äußern, die zu sagen ihm der Mut fehlte. Darüber hinaus war er fast ihr einziger Freund auf der Welt, denn Alannas plötzliche Stimmungsschwankungen hatten selbst seine Mutter bis zu einem gewissen Grad von ihr entfremdet. Würden sich seine Gefühle für sie mit der Zeit legen? Hoffentlich, denn heiraten konnte er sie nicht. Sie waren zu eng durch Blutsbande verknüpft.

»Meinst du, du kannst die Burg auch wirklich verteidigen?«, sprach ihn das Mädchen im Wagen nun keck an, während er immer noch im Halbdunkel stand. »Du siehst ein bisschen klein aus für einen Gardisten.«

»Na, na, jetzt werd' aber mal nicht frech zu höhergestellten Herrschaften, Kleine«, brummte Kendrick und trat einen Schritt auf den Wagen zu.

Sie schüttelte den Kopf, dass ihr Lockenhaar nur so flog, während ein Sonnenstrahl, der in die Straße fiel, es glänzen ließ. Kurz blitzte ein feuriger Strahlenkranz um ihr Gesicht herum auf. »Irgend so ein überzüchteter Comyn-Sprössling ist für mich doch keine Herrschaft, Wachmann.«

Kendrick ließ tief in der Kehle eine Art Knurren hören, aber er war sich offenbar darüber im Klaren, dass er einen Wortwechsel mit dem Mädchen nicht gewinnen konnte. Sie würde ihm niemals auch nur die geringste Achtung erweisen. »Jetzt aber ab mit euch!«

Als der Kutscher die Zügel auf die Hinterbacken seiner Maultiere klatschen ließ und das Gespann sich wieder in Bewegung setzte, fing Domenic ein Gefühl der Frustration von dem Mann auf. Er sah sich voller Unbehagen zu dem Mädchen um, das sich noch immer aus dem Wagen lehnte, und murmelte etwas vor sich hin. *Verfluchtes Frauenzimmer!* Der Gedanke kam sehr deutlich herüber, und Domenic lächelte. Obwohl er wusste, dass er es nicht sollte, bewunderte er ihr rüdes Benehmen. Er wünschte, er hätte den Mut, zu jedermann so grob zu sein, anstatt immer nur zu tun, was man von ihm erwartete. Für einen Moment amüsierte er sich über die Vorstellung einer Begegnung zwischen diesem Mädchen und Javanne Hastur und versuchte sich auszumalen, was die Kleine wohl sagen würde.

»Wenn du zur alten Gerberwiese beim Nordtor kommen magst, dort geben wir heute Abend eine Vorstellung!«, rief das Mädchen in seine herrliche Träumerei hinein, während der Wagen davonfuhr. »Du hast ja nicht die ganze Zeit Dienst, oder?«

Domenic schüttelte den Kopf, er war plötzlich sprachlos und kam sich wie ein Tölpel vor. Die merkwürdigsten Eindrücke überfielen ihn, und im Kopf spürte er ein Pochen, ein störendes Gefühl. Ihn durchfuhr das Verlangen, die Alton-Gabe anzuwenden und in die Gedanken des Mädchens einzudringen, wenn auch nur für eine Sekunde – nur um ihren Namen herauszufinden. Oder wollte er mehr wissen? Das Mädchen war so anders als alle, die er kannte, dass er sich kurz zu ihm hingezogen fühlte.

Die Rothaarige winkte ihm keck zu, und der Wunsch, eine Dummheit zu begehen, verblasste. Erleichtert holte er tief Luft. Sein heimlicher Wunsch, unerwartete Dinge zu tun, ging doch nicht so weit, dass er sich mit einer Göre aus dem Fahrenden Volk einlassen wollte. Mochte das bei einem anderen noch hinnehmbar sein, so kam es bei ihm als dem Erben seines Vaters keinesfalls in Frage. Was für ein Skandal!

Wer er wohl ist?

»Wem rufst du da, Illona?« Das Mädchen drehte sich um und sah in das düstere Wageninnere, wo eine ältere Frau auf einer Pritsche lag.

»Ach, nur einem von der Wache, Tante Loret.«

»Halt dich bloß fern von denen, Mädchen. Und benimm dich nicht so dreist, wenn du nicht willst, dass man dich mit einer Hure verwechselt.«

»Ja, Tantchen.«

Flüchtig fing Domenic die Neugier des Mädchens auf und freute sich unwillkürlich. Dann kehrte seine düstere Stimmung zurück, als wäre sie verärgert, weil man sie nicht beachtete. Was bei Zandrus kältester Hölle war nur los mit ihm? Seit Wochen fühlte er sich erbärmlich, schon vor Regis' Tod. Er war unruhig und, was noch schlimmer war, zutiefst zornig. Die meiste Zeit war er wütend auf alles und jeden, hielt aber seine Gefühle eisern unter Verschluss, was ihn erschöpfte und noch mehr in Rage brachte. Warum konnte er das Leben nicht so leicht nehmen wie sein Bruder Rhodri? Er war zu ernst und zu langweilig. Gut, eigentlich nicht langweilig. Er machte nur niemals Dummheiten, und sehr zu seinem Abscheu stellte er fest, dass er gern welche machen würde.

Wenn er doch nur mit jemandem sprechen könnte, bei dem er nicht befürchten musste, sich nackt und schutzlos zu fühlen. Sein Vater hatte ihn wiederholt gefragt, ob er reden wolle. Obwohl Mikhail so beschäftigt war, bemühte er sich immer, für ein Gespräch zur Verfügung zu stehen, aber Domenic wusste, das kam für ihn nicht in Frage. Wie könnte Mikhail den stummen Aufruhr verstehen, der in seinem Innern schwelte und seine Seele zerrüttete? Er wusste, sein Vater würde zuhören, weil er es stets getan hatte, aber er war sich auch sicher, dass Mikhail sehr betrübt wäre, wenn er hörte, wie unglücklich sein ältester Sohn war. Bestimmt war es ihm selbst nie so ergangen! Und es spielte keine Rolle, wie unglücklich er war, er war trotzdem der Erbe und hatte *Verpflichtungen.* Ein widerliches Wort! Er musste seine unklaren Sehnsüchte beiseite schieben und sich am Riemen reißen. Er durfte seinen Vater nicht mit seinen kindischen Problemen belasten – schon gar nicht in diesen Tagen!

Das Wissen um jene Pflichten war eine schwere Bürde. Und solange er atmete, würde er sie nie mehr loswerden. Das machte alles nur noch schlimmer. Er war allein, ein Gefangener seines Erbes ... und sein besonderes *Laran,* das anscheinend niemand einordnen konnte und das bei einer ganzen Reihe von Leuten Unbehagen auslöste, machte die Sache nur umso misslicher. Selbst Lew Alton, den Domenic anbetete, konnte ihm nicht helfen. Abgesehen davon, wie sollte jemand, der so alt war wie sein Großvater, auch nur ansatzweise verstehen, was ihn quälte? Er konnte sich seine Gefühle selbst kaum erklären, wie könnte er sie da einem anderen vermitteln?

Nach der Wachablösung war Domenic zutiefst niedergeschlagen. Er riss sich den Lederriemen aus dem Haar, verließ seinen Posten und kehrte zur Burg zurück, wo er die lange Treppe vom Eingang zu den oberen Stockwerken hinaufstieg. Er hätte eigentlich hungrig sein müssen, aber er war es nicht. Am liebsten hätte er sich in einem Wandschrank verkrochen und die ganze Welt mitsamt dem bedrückenden Gefühl seiner Verpflichtungen ausgeschlossen. Er hatte schlicht kein Recht, so unglücklich zu sein, aber er konnte nichts dagegen tun.

Als sich Domenic den Gemächern seiner Familie näherte, hörte er einen schrillen Schrei und dann, dass etwas zu Bruch ging. Alanna hatte wohl einen ihrer Anfälle. Und außer ihm konnte sie niemand beruhigen. Zur Abwechslung hatte er jedoch keine Lust, den Friedensstifter zu spielen, nicht einmal für seine geliebte Alanna. Er wollte nur allein gelassen werden in der vergeblichen Hoffnung, eine Lösung für den inneren Aufruhr zu finden, der ihn Tag und Nacht plagte.

Dann packte ihn eine plötzliche Heiterkeit. Alanna und er gaben wirklich das ideale Paar ab – sie war selten guter Stimmung, und er tat ständig so, als wäre er es. Domenic beneidete seine Base um das Ventil ihrer Wutausbrüche. Ihre Mutter Ariel hatte sie als kleines Kind fürchterlich verzogen und dann widerwillig in die Obhut ihres Bruders gegeben, als das Mädchen völlig unkontrollierbar wurde. Selbst den Ausbildern in Arilinn war es nicht gelungen, sie über gewisse Grundlagen hinaus zu erziehen.

Als Domenic eintrat, stand Alanna mit finsterem Blick in der Mitte des Salons. Zu ihren Füßen lag eine zerbrochene Teekanne, und auf dem Teppich zeichnete sich ein Fleck der vergossenen Flüssigkeit ab. Sie hatte die Hände zu Fäusten geballt und die Schultern unter der feinen Leinenbluse hochgezogen. Sie strotzte förmlich vor Energie, die aus jeder Pore ihres schlanken Körpers zu strahlen schien. Es war für Domenic ein allzu vertrauter und zunehmend häufiger Anblick.

»Versuchst du etwa, im Alleingang Lady Marillas Keramikfabrik am Leben zu halten, Alanna? Das ist die vierte Teekanne, die du in diesem Monat kaputtgemacht hast.« Er sah auf die Scherben zu ihren Füßen. »Noch dazu eine von meinen Lieblingskannen.« Vielleicht konnte er sie aufheitern und gleichzeitig seine eigene Laune verbessern.

»Die sechste, genau genommen.« Ihre schöne Stimme klang heiser vor Anspannung. »Es ist besser, Tonsachen zu zerschlagen als Menschen, oder?«

»Wenn du schon unbedingt etwas zerstören musst, dann

sind unschuldige Tassen und Kannen wohl wirklich das Beste, *Breda.* Aber um des Teppichs willen könntest du wenigstens warten, bis das Gefäß leer ist. Was ist denn nun schon wieder?« Er redete vergnügt, um sie zu besserer Laune zu verleiten, aber sein Geduldsfaden war dünn und fransig, und er wünschte, er wäre woanders – egal wo!

»Ich ersticke! Alle schleichen auf Zehenspitzen herum und tun so ernst und feierlich. Ich kriege Kopfweh davon.« Sie sprach sehr dramatisch, aber es stand außer Frage, dass sie aufrichtig litt. Alanna hatte viel von der ängstlichen Veranlagung ihrer Mutter geerbt, was zusammen mit ihrem sprunghaften Temperament eine unheilvolle Mischung ergab. Domenic fand es sehr schade, dass sie nicht Schauspielerin werden konnte, doch dann fragte er sich, wie er überhaupt auf diesen bemerkenswerten Gedanken kam. Töchtern von Domänenherren und selbst denen aus geringeren Familien wie den Alars stand es nicht frei, sich der Gilde der Schauspieler oder irgendeiner anderen anzuschließen.

Alanna hatte sich schon früher darüber beklagt, und niemand, nicht einmal Domenics Mutter, die eine erfahrene Heilerin war, hatte die Quelle für das Unbehagen des Mädchens entdecken können. Dennoch war es sehr real, daran bestand kein Zweifel. »Vielleicht sollten wir ein ganzes Gros Geschirr bestellen, das du zerschmeißen kannst, *Chiya.*«

»Ich habe das Gefühl, ich platze gleich. Peng! In tausend Stücke!«

»Das sehe ich.« Das Gefühl war ihm nicht unbekannt, denn er empfand es oft selbst, wenngleich nicht so stark wie seine Pflegeschwester. Vielleicht würde es ihm gut tun, wenn er ebenfalls ein paar Tassen zerbräche, als Ventil für den Aufruhr in seinem Inneren. Doch nein, ihm würde es nichts helfen. Was Domenic in Wirklichkeit brechen wollte, waren die Regeln, und das traute er sich nicht.

»Hat dich etwas Bestimmtes gereizt, Alanna, oder war es nur die allgemein stille und ernste Atmosphäre?«

Das Mädchen öffnete endlich die Fäuste und zuckte mit den Achseln. »Ich habe Klavier gespielt, und ich schien zwei linke Hände zu haben, und das hat mich rasend gemacht. Aber das ist nicht alles. Ich fühle mich, als würde ich ... zerspringen. Als gäbe es mich zweimal oder vielleicht noch öfter. Und jede Alanna will etwas anderes.« Nach diesem Eingeständnis senkte sie den Kopf und begann leise zu weinen.

Domenic legte einen Arm um sie und bettete ihren stolzen Kopf an seine Brust. Sie fühlte sich warm an in seiner Umarmung, aber sie roch nach Wut, ein unverwechselbarer und ziemlich unangenehmer Geruch. Alanna war angespannt, als könnte sie sich nur mit unbändiger Willenskraft beherrschen. Selbst als sie weinte, ließ die Spannung nicht nach.

Domenics Mutter kam herein, sie sah sehr müde aus. Sie blieb stehen, und als sie die beiden ansah, schien ein leichter Schatten über ihre Züge zu huschen. Er war fast im gleichen Augenblick wieder verschwunden, aber Domenic hegte den Verdacht, dass Marguerida etwas von seinen Gefühlen für seine Pflegeschwester ahnte und darüber besorgt war.

Kein Grund zur Aufregung, Mutter.

Ich kann nicht anders. Du bist mein Erstgeborener. Da war tief in ihr noch etwas, was sie störte, aber er hatte keine Ahnung, was es sein mochte.

Ich meine, du brauchst dir keine Sorgen zu machen, dass meine Gefühle für Alanna mit mir durchgehen könnten.

Nein, dafür bist du viel zu diszipliniert – obwohl die Versuchung furchtbar sein muss. Manchmal wünschte ich mir fast, du wärst ein bisschen weniger zurückhaltend, Domenic.

Wie meinst du das? Soll ich etwa mehr so werden wie Rhodri?

Bloß nicht! Mehr als einen solchen Bengel ertrage ich nicht. Ich will nur, dass du du selbst bist. Und ich werde das Gefühl nicht recht los, dass du dich zu sehr kontrollierst – du bist einfach unnormal brav!

Soll ich etwa anfangen, die Dienstmädchen zu verführen oder mit den Wächtern dem Wein zusprechen?

Lieber nicht. Das würde Gerede geben, und das können wir nicht brauchen. Aber ich wünschte, du würdest nur einmal über die Stränge schlagen. Du überraschst mich nie, und ich wollte so sehr, du würdest es tun.

Ich muss eine große Enttäuschung sein, so langweilig und nüchtern, wie ich bin.

Aber du bist doch keine Enttäuschung, mein Sohn! Ich habe wohl zu viel von meinem Vater in mir und bin eine bekehrte Rebellin. Willst du denn nicht manchmal etwas Ungeheuerliches tun?

Oft. Aber ich kenne meine Pflichten. Domenic spürte, wie sich Alanna an seiner Schulter regte, und war froh über die Ablenkung. Er wollte nicht, dass seine Mutter entdeckte, wie sehr er sich über seine Pflichten ärgerte. Sie hatte genug am Hals, jetzt mit Regis Hasturs Tod und Alannas meist unmöglichem Benehmen. Sie beschwerte sich nie, aber er wusste, dass sie sich in ihren Verpflichtungen aufrieb. Und sosehr sie ihn, seine Geschwister und seinen Vater auch liebte, sie hätte gern mehr von ihrer Energie dem Komponieren gewidmet und weniger dem Dasein als Ehefrau und Mutter.

Marguerida hatte ihn oder seine Geschwister nie vernachlässigt, nicht zu reden davon, dass sie auch noch Donal und Alanna in Pflege genommen hatte. Sie hatte geduldig zugehört, wenn er mit seinen kleinen Erfolgen prahlte – der Ausbildung seiner geliebten Falken oder dem Überspringen einer Hürde mit seinem Pferd. Marguerida hatte bei ihm gewacht, wenn ihn ein Fieberanfall schüttelte, und sich geweigert, einen Diener die feuchten Tücher auf seine Stirn drücken zu lassen. Er wurde geliebt – sehr sogar – und er wusste es.

Gleichzeitig wusste Domenic aber auch, dass seine Mutter oft zwischen persönlichen Zielen und Pflichten hin- und hergerissen war. Sie nahm nicht gern an Sitzungen des Rats teil, wo sie sich Streitgespräche anhören und zerzauste Federn glätten musste. Sie hasste es, überallhin in einer Kutsche fahren zu müssen, anstatt zu Fuß durch Thendara zu schlendern, und sei es in Begleitung, wie sie es vor Domenics Geburt getan hatte. Er wusste, dass sie manchmal mitten in der Nacht in einen der Innenhöfe der Burg ging und auf den Pflastersteinen hin und her lief, um die Anspannung zu lösen, die sich in dem goldenen Käfig aufbaute, in dem sie lebte.

Es war nun fünfunddreißig Jahre her, seit die Weltenzerstörer Darkover heimgesucht und Kinder in ihren Wiegen ermordet hatten. Seit dieser Zeit war den Familien der Domänen nichts derart Bedrohliches mehr widerfahren, aber eine grundsätzliche Wachsamkeit, eine argwöhnische Vorsicht hatte im Laufe der Zeit von Regis Besitz ergriffen. Sie waren kampfbereit, auch wenn sich noch kein Feind gezeigt hatte. Immerhin, falls einiges von dem zutraf, was Domenic bei seinen Eltern und Großvater Lew mitbekommen hatte, würden sie möglicherweise noch sehr froh über ihren Verfolgungswahn sein. Was ihn selbst anging, war das einzige Problem dabei, dass er sich nicht frei bewegen durfte, wie es sein Vater als junger Mann gekonnt hatte. Zurzeit ärgerte ihn das zunehmend, und beinahe teilte er Alannas Gefühl, keine Luft mehr zu bekommen.

Er unterdrückte den aufkeimenden Wunsch, fortzugehen. Es war sinnlos, daran zu denken. Auf absehbare Zeit würde er auf Burg Comyn festsitzen, damit musste er sich einfach abfinden. Und er durfte sich auch nicht über seine Gefangenschaft beschweren oder Rhodri um dessen relative Freiheit beneiden. Er spürte den bitteren Geschmack von Galle im Mund.

Alanna richtete sich auf und stieß sich von ihm weg; er konnte ihre Qual nachfühlen. Sie musterte die Schweinerei auf dem Boden, und ihr bewegliches Gesicht wurde steif und ausdruckslos. »Ich gehe ein Bad nehmen.«

»Das dürfte dich beruhigen«, bemerkte Marguerida friedlich.

Alannas Gesicht wurde zu einer Maske kaum unterdrückter Wut. »Nichts kann mich beruhigen, nichts außer ... mir fällt nicht einmal etwas ein. Ich hasse alles hier!« Dann drehte sie sich um und stürmte hinaus.

»Sosehr ich dieses Kind liebe, es gibt Zeiten, da verzweifle ich an ihr. Ich sage mir, das sind nur die Amok laufenden Hormone einer Jugendlichen, aber, ehrlich gesagt, glaube ich es keine Sekunde. Ich kann mir nicht vorstellen, wie Alanna in einer Ehe zur Ruhe kommen sollte – allein der Gedanke ist zu fantastisch –, und sie gehört trotz ihrer Gaben auch nicht in einen Turm. Für ein Mädchen wie Alanna gibt es keinen Platz auf Darkover.« Marguerida runzelte die Stirn und ließ die Schultern hängen. »Und ich wüsste auch nicht, wo sonst.«

Ein Mädchen wie Alanna. Das hörte sich aus dem Mund seiner Mutter sonderbar an, und nicht zum ersten Mal fragte sich Domenic, ob Marguerida etwas über seine Pflegeschwester wusste, das ihm nicht bekannt war. Er hätte seine Mutter sehr gern getröstet, aber ihm fiel nichts ein, das helfen könnte. Er war froh, dass sie, anders als viele Frauen in der Burg, eine Heirat und Kinder nicht für die Lösung von Alannas Problemen hielt. Und das Leben in einem Turm würde seine nervöse Base vollends in den Wahnsinn treiben. Zu ihrer Zeit in Arilinn wäre es beinahe so weit gekommen. Sie schien wirklich nirgendwo hinzugehören. »Vielleicht wächst sie ja noch heraus ... was immer es ist. Und ich auch.«

»Du schon, davon bin ich überzeugt. Aber bei Alanna liegt die Sache anders. Mein Gefühl sagt mir, dass ihre Talente mit zunehmendem Alter immer schwieriger zu handhaben sein werden.« Marguerida seufzte leise. »Vor langer Zeit, als ich gerade nach Darkover gekommen war, hatte ich ein Erlebnis mit der Aldaran-Gabe. Deine Tante Ariel war mit Alanna schwanger, und es war der Tag, an dem dein Vetter Domenic bei diesem schrecklichen Kutschenunfall verletzt wurde. Es war einer der schlimmsten Tage meines Lebens, und ich habe immer versucht, mir einzureden, dass die Vision, die ich damals hatte, vor allem das Resultat meiner eigenen angespannten Gemütslage war. Aber ich weiß noch, dass ich damals dachte, sie sollte Deirdre heißen, nicht Alanna.«

»Wieso?« Dann wusste sie also tatsächlich etwas, das sie ihm bisher verschwiegen hatte. Domenic begriff, dass seine Mutter von den Anforderungen der vergangenen Tage erschöpft war und daher ihre Deckung ein wenig sinken ließ, doch er fühlte sich komisch, während er wartete. Schließlich entschied er, dass Marguerida ihn als Erwachsenen ansprach und nicht als ein Kind, und er war sich nicht ganz sicher, ob er dafür bereit war.

»Weil es so viel wie ›Unruhestifterin‹ bedeutet. Es war eine plötzliche Idee von mir, und ich habe nie jemandem davon erzählt. Ich *wusste,* dass Alanna schwierig sein würde, noch bevor sie zur Welt kam. Und mir war nie wohl bei dem Gedanken. Weißt du denn, was sie diesmal in Rage versetzt hat?«

»Sie sagte, sie sei dem Ersticken nahe, aber sie hat mir auch erzählt, dass sie sich fühle, als wären ... zwei Personen in ihr, die sich bekämpfen. Wenn ich es nicht besser wüsste, würde ich annehmen, dass sie überschattet wurde, Mutter.«

Marguerida schauderte. »Wenn ich diesen Ausdruck nie mehr höre, wird mir wohler sein, mein Sohn. Aber du hast

Recht – sie wurde nicht überschattet. Das würde ich wissen, glaube ich … hoffe ich.«

»Es tut mir Leid, dass Alanna und ich euch so viel Ärger machen. Du siehst sehr müde aus, Mutter. Kopfschmerzen?«

»Nur ein bisschen. Und du machst keinen Ärger, Domenic, niemals. Aber der Wunsch, mich mit einem feuchten Lavendelumschlag auf der Stirn ins Bett zu legen, ist sehr verlockend. Die Vorbereitungen für Regis' Begräbnis sind absolut anstrengend, und Lady Linnea ist so traurig, dass es mir fast das Herz bricht. Ich glaube, ohne Danilo Syrtis-Ardais würde ich völlig zusammenbrechen.« Sie lachte leise.

»Sagst du mir bitte, was so komisch ist?« Er wollte diese außergewöhnliche Unterhaltung noch nicht zu Ende gehen lassen.

»Ich musste nur eben daran denken, dass ich vor Angst fast ohnmächtig wurde, als ich Danilo zum allerersten Mal erblickte. Ich war noch keine Woche auf Darkover und wusste nichts von Katalysator-Telepathie oder dergleichen. Ich spürte nur, dass er eine Gefahr für mich war, ein unerklärlicher Feind. Die Alton-Gabe begann sich zu manifestieren, und ich tat alles, was in meiner Macht stand, um sie zu leugnen – ich sagte mir, dass ich mir Dinge einbilde oder verrückt werde oder beides. Ich wollte nichts mit ihm zu tun haben, und inzwischen wüsste ich nicht, was ich ohne ihn anfangen sollte. Darüber musste ich lachen, das ist alles.«

»Kann ich dir irgendwie helfen, Mutter?«

»Eigentlich nicht. Der Sarg ist bestellt und die Vorhänge ebenfalls. Wir wollten eigentlich die von Danvans Beerdigung nehmen, aber die sind von Motten befallen und hängen in Fetzen. Lauter solche Einzelheiten beschäftigen mich. Das hält mich davon ab, an andere Dinge zu denken, wie Alanna oder die Tatsache, dass dein Vater und meiner sich mit Hermes Aldaran eingeschlossen haben, um irgendeine politische Strategie zurechtzubasteln, ohne die leiseste Ahnung, wozu sich die Föderation entschließen wird. Und deine Großeltern sind gerade aus Armida eingetroffen, deshalb wäre es gut, wenn ich an mehreren Orten gleichzeitig sein könnte.«

»Dafür gibt es kein *Laran«*, entgegnete er freundlich und überging das Frösteln, das ihn bei der Erwähnung seiner Großmutter befiel. Eigentlich konnte sie ihm nicht wirklich etwas anhaben

Marguerida kicherte. »Vielleicht ganz gut so. Kannst du dir das Chaos vorstellen, wenn wir bilokal wären?«

»Ach, ich weiß nicht. Dann könntest du ein Nickerchen machen, während du gleichzeitig an einer Sitzung des Rats teilnimmst.«

»Dafür brauche ich keine besondere Gabe. Ich habe so manches Schläfchen gehalten, wenn es zu langweilig wurde, und bin dann jedes Mal rüde geweckt worden, sobald das Geschrei anfing. Sag, mein Sohn, was hältst du von Katherine Aldaran?«

»Ich mag sie sehr. Ich glaube, sie findet Darkover schwierig, macht aber das Beste daraus.«

»Ich hatte nur einen Augenblick Zeit für sie und musste Gisela als Vertretung schicken, was sehr wahrscheinlich ein Fehler war. Aber die beiden sind Schwägerinnen, deshalb schien es mir nahe liegend. Doch nach dem Unfug mit der Kleidung beim Abendessen gestern reden sie vermutlich nicht einmal mehr miteinander – und das ist nur eines der Probleme, um die ich mich nicht auch noch kümmern kann!« *Gisela soll verdammt sein, weil sie so eine Unruhestifterin ist! Ich wünschte, sie würde endlich erwachsen werden und sich wie eine Frau benehmen und nicht wie eine verzogene Göre!*

»Du machst dir zu viele Sorgen, Mutter. Trink eine Tasse Tee und leg dich ein wenig hin. *Domna* Katherine kann sehr gut auf sich selbst aufpassen. Und Tante Gisela mag generell keine anderen Frauen, schon gar nicht, wenn sie hübsch sind. Sie kann nichts dafür.«

»Du bist sehr klug für dein Alter, Domenic. Ja, ein Nickerchen wäre in Ordnung – wenn es nur keine weiteren Aufregungen gibt.«

Als Marguerida hinausging, kam ein Diener herein und begann, die Unordnung vom Boden wegzuräumen. Domenic setzte sich, aber eine Minute später sprang er schon wieder auf und fing an, hin und her zu laufen. Das gesamte Gewicht von Burg Comyn schien auf seinen Schädel zu drücken, und er versuchte dieses unangenehme Gefühl abzuschütteln.

Was war nur los mit ihm? Er forschte nach der Ursache seiner Bedrückung, und schließlich dämmerte es ihm: Er wollte nicht an der Totenfeier für Regis Hastur teilnehmen. Er konnte den Gedanken nicht einen Augenblick ertragen. Das lag nicht nur an seinem Kummer über den Verlust eines Mannes, der immer für ihn da gewesen war. Die Trauer war echt, aber unter ihr lag eine Quelle kaum bezähmter Wut und Angst, als würden die Mauern über ihm zusammenschlagen.

Seine Gedanken wanderten zu dem rothaarigen Mädchen im Wagen des Fahrenden Volkes. Wie glücklich sie doch war, frei, ohne Aufgaben und Verpflichtungen. Wie wundervoll wäre es, könnte er jederzeit und überallhin reisen, wie es ihm beliebte.

Eine Idee begann Gestalt anzunehmen, ein verruchter und zugleich wundervoller Gedanke. Domenic schüttelte den Kopf über sich selbst. Könnte er sich tatsächlich aus der Burg schleichen und die Vorstellung am Abend ansehen? Er sollte es wirklich nicht tun, aber je mehr er sich die Sache auszureden versuchte, desto verlockender wurde der Gedanke. Natürlich könnte er mit seinem üblichen Aufgebot an Leibwächtern hingehen – das würde man sogar fast akzeptieren. Aber er wollte sich allein aufmachen, ohne Begleitung. Er wollte wenigstens ein Abenteuer erleben, bevor er für immer eingesperrt wurde.

Er lachte in sich hinein. So etwas würde Rhodri tun, aber niemals Domenic. Von wegen, er würde beweisen, dass er nicht so fad war, wie alle dachten, nicht der »brave« Sohn. Gut möglich, dass der Wunsch seiner Mutter in Erfüllung ging und er sie doch einmal überraschte. Jetzt musste er nur noch einen Weg finden, wie er unbemerkt aus der Burg kam. Das Gefühl der Bedrückung verschwand beinahe, als er tief Luft holte und seine Flucht zu planen begann.

7

Die Kutsche ratterte über das Kopfsteinpflaster, und Katherine Aldaran betrachtete ihre Schwägerin, die träge auf der gegenüberliegenden Bank saß, eine Pelzdecke über den Beinen. Gisela stellte sich allmählich als eine recht komplizierte Frau heraus. Erst hatte sie ihr einen gemeinen Streich gespielt, und dann war sie am Morgen – offenbar als Wiedergutmachung – mit einem Arm voller Kleider erschienen und hatte angeboten, Katherine zu Meister Gilhooly, dem Vorstand der Malergilde, zu bringen. Sie hatte sich weder entschuldigt noch auf den vorherigen Abend angespielt; stattdessen schien sie nur daran interessiert zu sein, wie sie helfen konnte.

Sie hatte Katherine in der Handhabung der mehrlagigen Unterröcke unterwiesen, die jede darkovanische Frau tragen sollte. Jeder Rock war in einem geringfügig dunkleren Ton gefärbt, und als Katherine sie zusammen mit einem zarten Unterhemd anlegte, sah das nicht nur sehr hübsch aus, sondern war auch angenehm warm. Ein mit Blättern bestickter Rock und eine passende Jacke vervollständigten ihre Erscheinung. Die Farben passten besser zu einer Rothaarigen als zu Katherines Haarton, aber es war ganz in Ordnung, und als Gisela sie Platz nehmen ließ und ihr das Haar zurechtmachte, das sie mit einer sehr schönen Schmetterlingsspange feststeckte, gefiel Katherine nicht nur der Anblick im Spiegel, sondern sie vergab auch ihrer neuen Schwägerin. Der bohrende Verdacht, Gisela könnte etwas im Schilde führen, ließ nach, wenngleich Katherine es für töricht gehalten hätte, ihre Deckung in Gegenwart dieser offenbar durchtriebenen Frau, deren Pläne sie nicht kannte, völlig sinken zu lassen.

Die Fahrt zur Malergilde war angenehm gewesen. Gisela

hatte sie auf einige interessante Dinge hingewiesen und ihr auch ein wenig von der Geschichte Darkovers erzählt. Sie hatte sich lebhaft und beredt gegeben, gar nicht wie die schüchtern manipulierende Frau, die Katherine am Vortag besucht und ihr den Eindruck vermittelt hatte, das Tragen von Abendkleidung im Stil der Föderation sei die korrekte Aufmachung für das Empfangsbankett. Doch nun schien Gisela müde und nicht ganz auf der Höhe zu sein, als wäre ihr die Rückkehr in die Burg unangenehm.

Katherine überlegte, was sie sagen könnte, sie hätte gern die vorherige Stimmung wiederhergestellt, bei der ihr wesentlich wohler war. Sie nahm entfernt wahr, dass Gisela, genau wie Herm, ein merkwürdig erholsamer Mensch für sie war. Katherine hatte es immer zu schätzen gewusst, dass ihr Mann seine Gefühle so gut verbergen konnte, und offenbar besaß Gisela dieselbe Eigenschaft. Dieses Fehlen emotionaler Bedürfnisse hatte ihre Ehe stets friedlich verlaufen lassen. Es ärgerte sie, dass Herm so viele Geheimnisse vor ihr gehabt hatte, aber das war eine völlig andere Sache, mit der sie auf ihre Weise umgehen würde.

»Danke noch mal, dass du mich begleitet hast. Obwohl mir Herm einiges an *Casta* beigebracht hat, wäre ich ohne dich nie zurechtgekommen. Mein Wortschatz hätte nicht gereicht.«

Gisela lächelte vage und nickte. Dann zupfte sie am Saum ihrer Jacke und setzte sich ein wenig auf. »Selbst wenn er die Ausdrücke kennen würde, was ich sehr bezweifle, hätte er wahrscheinlich nicht daran gedacht, dass es so viele Fachbegriffe für Maler gibt. Und ehrlich gesagt, würde ich sie selbst nicht kennen, wenn ich mich in den letzten zehn Jahren nicht derart gelangweilt hätte, dass ich alles gelesen habe, was ich in die Finger bekam, ob mich das Thema ursprünglich interessierte oder nicht. Eines der Bücher, die ich im Archiv der Burg fand, war eine rund dreihundert Jahre alte Abhandlung ›Über die Malkunst‹. Das Pergament war vergilbt und begann bereits zu zerfallen, ich musste also vorsichtig sein. Und ich glaube nicht, dass außer mir und dem Archivar überhaupt jemand von der Existenz dieser Schrift weiß. Ich habe viele Informationen daraus gezogen, von denen ich nie erwartete, dass ich sie je brauchen würde. Es war ganz lustig, endlich manches davon anwenden zu können.« Sie klang allerdings nicht belustigt, sondern eindeutig unzufrieden. Aber irgendwie beunruhigten Katherine diese Gefühle nicht. Vielleicht war diese Zurückhaltung ein Charakteristikum der Familie. Sie überlegte kurz, ob Herms Bruder, Robert Aldaran, und sein Vater wohl genauso waren.

Katherine versuchte sich ein Leben vorzustellen, das so eingeengt war, wie es das von Gisela zu sein schien, und die Frau tat ihr nicht wenig Leid. »Na, dann kann ich ja froh sein, dass dir langweilig war, denn für mich war es ein Glücksfall. Langweilst du dich denn oft?«

Gisela sah sie an, ihre grünen Augen leuchteten im Licht, das durch die Fenster des Gefährts fiel, und es schien, als suchte sie nach einer versteckten Bedeutung in Katherines Worten. »Ja, meistens.«

Katherine spürte eine plötzliche Anspannung bei ihrer Schwägerin und erkannte, dass sie vorsichtig zu Werke gehen musste. »Das tut mir Leid, aber ich verstehe es nicht. Ich stelle mir ein Leben in der Burg ziemlich ... angenehm vor.«

Als Antwort kam ein bitteres Lachen. »Mag sein, dass es dir gefallen würde, mir hat es nie gefallen.« Gisela runzelte die Stirn und schürzte die Lippen. »Ich bin dort, weil Regis Hastur irgendwie garantiert haben wollte, dass sich mein Vater anständig benimmt, nicht, weil man mich dort haben will oder braucht. Mein einziger Zweck ist der einer Schachfigur, und mehr war ich wohl nie – und das macht mich sehr wütend.«

»Darüber würde ich mich auch ärgern, Gisela, aber ich verstehe es noch immer nicht ganz.«

»Was verstehst du nicht?« Gisela richtete sich auf der Bank auf und verzog das Gesicht zu einer Miene, die Hoffnung und Argwohn zugleich ausdrückte.

Kate fragte sich, was diese offenkundig intelligente Frau wohl so misstrauisch gemacht hatte. »Na ja, warum du glaubst, keinen anderen Zweck als den einer bloßen Schachfigur zu haben, würde ich sagen.«

»Ich bin nicht wie du, Katherine, oder wie Marguerida. Ich habe nichts, was mir so viel bedeutet wie dir die Kunst oder Marguerida die Musik. Als ich gesehen habe, wie du mit Meister Gilhooly geredet hast, wie du aufgeblüht bist, das hat mir ... einen Stich versetzt.« Sie errötete beschämt und seufzte leise. »Ich bin nicht zu solchen Dingen erzogen worden. Niemand hat mich je dazu ermutigt, mir eine Beschäftigung zu suchen – etwas, das mein Leben mit Leidenschaft und Bedeutung erfüllen könnte. Mein Vater hat mich sehr verhätschelt, ich glaubte immer, ich könnte alles haben, was ich wollte. Erst später habe ich begriffen, dass ich nur bekam, was *er* wollte, und das auch nur, wenn ich Glück hatte. Ich bin nur eine Frau, und das zählt auf Darkover nicht viel.«

»Inwiefern hattest du dann kein Glück?«

Gisela betrachtete sie einen Augenblick. »Interessiert dich das wirklich?«

»Natürlich. Warum sollte ich nur so tun?«

»Das würdest du wohl kaum, glaube ich. Du bist eine sehr merkwürdige Frau, Kate. Mir fällt niemand ein, der so ist wie du. Ich weiß einfach nicht, was ich von dir halten soll.«

»Das ist im Grunde ganz einfach. Du musst nur wissen, dass ich auf Renney zur Welt gekommen bin, wo die Frauen die Zügel der Macht in der Hand halten, und ich habe enorme Schwierigkeiten, Darkover zu verstehen. Was du mir auf der

Fahrt zur Malergilde erzählt hast, hat mich einigermaßen beunruhigt, und wenn Herm glaubt, ich verwandle mich in eine Art unterwürfige Hausfrau, die ihm ohne zu fragen alle Wünsche erfüllt, dann soll er es lieber gleich sagen, damit ich ihm ein paar anständige Ohrfeigen verpassen kann. Er wirkt jetzt schon so verändert.«

»Frauen halten die Zügel der Macht in der Hand ... was für eine sonderbare Vorstellung. Hmm. Aber sie gefällt mir. Es klingt sehr verlockend.« Gisela hielt einen Moment inne und schaute nachdenklich. »Ich wette, Herm erzählt dir so manches nicht, wovon du findest, du solltest es wissen. Hab ich Recht?«

»Die Dinge, die mir Herm im Laufe unserer Ehe nicht erzählt hat, sind bereits jetzt sehr zahlreich, und ich bin ziemlich wütend auf ihn.« Sie unterbrach sich, bevor sie noch mehr ausplauderte, selbst überrascht von ihrer Offenheit. Sie kannte Gisela nicht sehr gut und hatte bereits erfahren, dass die Frau sehr bösartig sein konnte und bestenfalls eine unsichere Verbündete war. Aber sie musste mit jemandem reden, und bisher hatte sie außer ihrer neuen Schwägerin niemanden gefunden. »Wir haben bis jetzt eine glückliche Ehe geführt, doch nun fühle ich mich ... betrogen.«

»Arme Katherine.« In den Worten schien echte Anteilnahme zu liegen. »Herm ist ein guter Mann, aber er war immer recht heimlichtuerisch, schon als Kind. Ich glaube, das war seine Art, mit unserem Vater zurechtzukommen, der selbst zu seinen besten Zeiten ein schwieriger Mensch ist.« Sie lachte freudlos. »Und auf Burg Aldaran gibt es keine guten Zeiten! Schon lange vor meiner Geburt haben die anderen Domänen unserer Familie misstraut und sie ausgestoßen. Das hat meinen Vater zur Weißglut getrieben. Dann beschloss Regis Hastur, man dürfe die Aldarans nicht für Dinge bestrafen, die längst Vergangenheit sind, und seine erste versöhnliche Geste war die Berufung von Hermes in die Abgeordnetenkammer. Das war nur eine Kleinigkeit und hat meinen Vater nicht zufrieden gestellt, der ein Machtfaktor sein wollte, mit dem man auf Darkover zu rechnen hatte, anstatt wie ein Falke oben in den Hellers zu sitzen. Er hat wohl erwartet, dass Herms Berufung augenblicklich zu Ergebnissen führt, aber das war natürlich nicht der Fall. Und ich glaube auch nicht, dass Vater den Charakter meines Bruders je verstanden hat.«

»Und wie ist der?« Katherine zeigte sich jetzt äußerst interessiert. Sicher, Gisela hatte Herm seit zwanzig Jahren nicht mehr gesehen und war einige Jahre jünger als ihr Bruder. Aber der erste Teil ihres Ausflugs hatte Katherines Meinung über die Frau beträchtlich gebessert. Darüber hinaus war sie immer neugierig auf die Geschichte ihres Mannes gewesen und enttäuscht, dass er nicht mit ihr darüber sprechen wollte.

»Das ist nicht leicht in Worte zu fassen. Ich würde sagen, er ist ein ziemlicher Einzelgänger. Tatsächlich war ich überrascht zu hören, dass er Frau und Kinder hat – das sah dem Hermes, den ich kannte, so gar nicht ähnlich. Auf Darkover existiert ein Tier namens Aaswolf, es lebt in Rudeln und heult bei Nacht. Aber aus Gründen, die niemand kennt, verlässt eines der Tiere manchmal sein Rudel und geht eigene Wege. Als ich klein war, fand ich immer, dass Herm wie einer von diesen Wölfen ist.«

»Ein einsamer Wolf – ja, das klingt plausibel. Und euer Vater hat das nicht verstanden?«

»Es war ihm unangenehm, weil er Herm nicht nach Belieben herumkommandieren konnte. Aber ich glaube, das war gar nicht das Problem, denn mein Vater ist niemand, der sich selbst beobachten würde, und auf andere achtet er ohnehin nicht sehr. Nein, die Sache lag völlig anders.« Sie holte tief Luft. »Wieder ist es schwer, es genau auszudrücken. Ich glaube, mein Bruder liebt Darkover mehr, als er eine Person aus

Fleisch und Blut je lieben könnte, Kate. Glaub bitte nicht, dass ich das aus böser Absicht behaupte, obwohl ich dir den Gedanken nicht verübeln könnte. Aber ich sage das nicht, um dich zu verletzen – und du hast mich danach gefragt.«

»Nein, ich werfe es dir nicht vor. Es stimmt mit dem überein, was ich von meinem Mann weiß. Keine angenehme Erkenntnis, aber wenigstens habe ich nicht länger das Gefühl, ihn völlig falsch eingeschätzt zu haben. Danke.« Katherine seufzte und ließ ein wenig von ihrer Anspannung abfallen. »Und jetzt erzähl mir bitte deine traurige Geschichte.«

»Die ist eigentlich gar nicht traurig, obwohl sie mir oft so vorkommt, wenn ich in einer meiner düsteren Stimmungen bin. Sie ist nicht einmal besonders interessant. Ich habe mich in Mikhail Hastur verliebt, als er auf Burg Aldaran zu Besuch war. Ich war damals sechzehn, und er war der erste Mensch außerhalb meiner Familie, den ich kennen lernte – von ein paar Terranern abgesehen, die meinem Vater ihre Aufwartung machten. Mein Vater billigte es auf seine Art. Er bestärkte mich in meiner Narretei, und ich war so jung, dass ich dachte, es würde schon irgendetwas dabei herauskommen. Mikhail war der Erbe von Regis, und ihn zu heiraten würde mich zur ranghöchsten Frau auf Darkover machen! Regis wollte die Aldarans ohnehin in die darkovanische Gesellschaft zurückholen, also schien es mir die ideale Lösung zu sein. Ich hatte keine Ahnung, welchen Widerstand eine solche Vorstellung auslösen würde, weil mir mein Vater ein paar äußerst kindische Dinge eingeredet hatte, und ich war zu jung, um die politischen Winkelzüge in dieser Lage zu verstehen. Politik!« Gisela spie das Wort förmlich aus.

»Wie wahr. Und was geschah dann?« Katherine spürte, dass ihre Schwägerin an eine alte und schmerzliche Erfahrung rührte, dass sie sich danach gesehnt hatte, darüber zu sprechen, aber niemanden gehabt hatte, dem sie sich öffnen konnte. Sie erfuhr nicht zum ersten Mal Dinge, die sie eigentlich nichts angingen – die Modelle für ihre Porträts wurden oft ausgesprochen redselig beim Posieren. Und Kate war sich zwar nicht sicher, ob sie Giselas Geheimnisse hören wollte, sah aber nicht, was es schaden sollte, mehr über die Familie ihres Mannes herauszubekommen.

»Absolut nichts! Mikhail reiste ab, Herm wurde Abgeordneter und verließ Darkover. Die Zeit verging, und Mik kam nicht zurück, er schickte auch keine Nachrichten, und mein Vater wurde langsam ungeduldig. In einem seiner Wutanfälle beschloss er, mich an einen alten Trunkenbold zu verheiraten, der bereits zwei Frauen zu Grabe getragen hatte. Er wollte mich loswerden, da ich seine Träume nicht so beflügelt hatte, wie ich es seiner Meinung nach hätte tun sollen. Das waren die vier schlimmsten Jahre meines Lebens.« Sie schauderte am ganzen Körper und überlegte kurz. »Dieser Teil war ziemlich traurig, würde ich sagen.«

Kate nahm den Schmerz in Giselas Worten wahr und fragte sich, ob ihre neue Verwandte wusste, wie überaus tapfer sie war, wenn sie eine solche Prüfung durchgestanden hatte. Sie rutschte auf der harten Bank der Kutsche hin und her und bemühte sich, ihr generelles Unbehagen im Umgang mit fremden Leuten nicht zu viel Einfluss gewinnen zu lassen. »Wenn ich recht verstehe, ist der alte Trunkenbold gestorben. Oder hast du dich von ihm scheiden lassen?«

»Es gibt keine Auflösung von Ehen auf Darkover, zumindest kommt so etwas nicht sehr häufig vor. Nein, er hat sich bei der Jagd das Genick gebrochen, bevor ich einen Weg fand, ihn zu vergiften, und es war gewiss nicht schade um ihn! Da stand ich also, eine junge Witwe mit zwei Kindern, und Regis reformierte damals gerade den Rat der Comyn und lud meinen Vater nach Thendara ein. Ich begleitete ihn, fest entschlossen, Mikhails Interesse neu zu gewinnen, und da war plötzlich

Marguerida, in einer Stellung, die ich für die meine hielt!« Sie zuckte die Schultern, als versuchte sie eine alte Last abzuschütteln.

»Das klingt absolut unglücklich für dich. Wie ging es weiter?« Trotz ihres wachsenden Unbehagens, war Katherine fasziniert und wollte nicht, dass ihre Schwägerin zu reden aufhörte.

»Es gab einen Ball, zu Mittwinter«, begann Gisela, und ihre Stimme klang wie von weit her. »Mein Vater hatte Regis die Zusage abgetrotzt, die Heirat zwischen Mikhail und mir zu verkünden, um den Bruch zwischen den Domänen zu kitten, verstehst du? Ich war in meinem ganzen Leben nicht so nervös wie an diesem Abend, denn ich spürte eine Gefahr, die Gewissheit, dass es nicht so kommen würde, wie ich es mir wünschte. Wir Aldarans haben die Gabe, in die Zukunft sehen zu können. Gabe – meistens ist es eher ein Fluch! Schließlich landeten Marguerida und ich zusammen in einer Nische, wo wir uns zornig anstarrten, und sie erklärte mir, ich hätte mein Herz dem falschen Hastur geschenkt. Bevor ich antworten konnte, hörte jeder im Ballsaal, der über *Laran* verfügte, diese schreckliche, dröhnende Stimme – es war unglaublich! Dann weiß ich nur noch, dass Mik und Marguerida aus dem Saal stürmten, Mikhails Schwester Ariel kam mit Alanna nieder, und die Leute wurden ohnmächtig, schrien und bekamen Anfälle. Mikhail und Marguerida verließen die Burg und ritten zum Turm von Hali, wo es ihnen irgendwie gelang, in die Vergangenheit zu fliehen.«

»Ja, Mikhail hat gestern beim Abendessen davon gesprochen, und erst dachte ich, er wolle mich auf den Arm nehmen. Dann merkte ich aber, dass er es ernst meinte, was noch schwerer zu ertragen war, als wenn er mich nur aufgezogen hätte. War es denn wirklich so?«

»Na ja, irgendwo waren sie – oder irgendwann? Es fällt mir

immer noch schwer, mir das Ganze vorzustellen, und ich habe mir natürlich immer gewünscht, ich wäre dabei gewesen und nicht sie! Als die beiden zurückkehrten, waren für sie mehrere Wochen vergangen, für uns dagegen nur eine Nacht, sie hatten geheiratet und Marguerida war mit Domenic schwanger! Ich kann dir sagen, das war nicht leicht zu glauben, und es gibt einige Leute, wie meine Schwiegermutter, die glauben es tatsächlich noch immer nicht, obwohl die besten *Leroni* auf Darkover den Wahrheitsgehalt dieser Ereignisse bestätigt haben. Javanne wollte genauso wenig wie ich, dass Mik Marguerida heiratet, nur aus anderen Gründen, und sie behauptet nach wie vor, dass die Ehe ungültig ist. Aber das ist größtenteils Gehässigkeit, weil die Vermählung ohne ihre Zustimmung stattfand.«

Gisela hielt inne und rutschte auf ihrem Sitz zurück. »Da saßen wir nun also alle fest und konnten nichts an der Sache ändern. Rafael war damals sehr nett zu mir, obwohl ich es mir durch nichts verdient hatte. Und da wusste ich, dass Marguerida Recht hatte, ich hatte meinen Blick in die Zukunft falsch gedeutet, Rafael war der Mann in meinen Visionen. Ich hatte es eigentlich die ganze Zeit gewusst, aber nicht wahrhaben wollen.«

»Wie hast du es gewusst?«

»Die Aldaran-Gabe, wie gesagt. Ich sah mich mit einem Hastur verheiratet, und ich habe mir eingeredet, dass es nur Mikhail sein könne, weil ich es so wollte. Dabei war mir sehr wohl klar, dass er zwei Brüder hat. Ich tat einfach, als würden Gabriel und Rafael nicht existieren – was für eine dumme Gans ich doch war!« In ihrer Stimme lag so viel Selbsthass, dass sich Kate beinahe krümmte.

Während der Fahrt zur Malergilde hatte Katherine beinahe vergessen, dass die Leute um sie herum besondere »Gaben« besaßen, dass die Frau ihr gegenüber eine Telepathin und vermutlich noch mehr war. Sie hatte Margueridas Versicherungen Glauben geschenkt, dass ihre Gedanken geschützt seien. Als Gisela nun die Aldaran-Gabe erwähnte, kehrten alle Zweifel und Ängste zurück. Sie schluckte heftig und zwang sich, ruhig und beiläufig zu klingen. »Ach ja, die Aldaran-Gabe. Herm hat mir ein wenig davon erzählt, aber ich bin mir nicht sicher, ob ich ihm geglaubt habe.«

Diesmal klang Giselas Lachen echt. »Doch, sie existiert tatsächlich, aber sie auszulegen ist ziemlich riskant. Und ich habe noch nie jemandem davon erzählt – ich weiß gar nicht, warum ich so offen zu dir spreche.« Sie warf Katherine einen Blick zu, aus dem Angst, aber auch tiefes Verlangen sprachen. »Der einzige Mensch, der in vollem Umfang Bescheid weiß, ist wahrscheinlich Marguerida, und sie ist viel zu taktvoll, um es mir vorzuhalten. Manchmal wünschte ich, sie wäre nicht ganz so ... diszipliniert. Oder ich wäre mehr wie sie und weniger wie ich selbst.«

Katherine erwiderte den Blick und versuchte, die nicht ausgesprochene Absicht hineinzulegen, eine gute Freundin zu sein, denn je mehr sie Gisela zuhörte, desto mehr stellte sie fest, wie tapfer und einsam ihre Schwägerin war. »Manchmal ist es leichter, Fremden etwas zu erzählen als Leuten, die man gut kennt.«

»Das ist genau das Problem. Es gibt keine Fremden in meinem Leben – nur Leute, die ich so gut kenne, dass ich schon weiß, was sie sagen werden, bevor sie den Mund aufmachen. Manchmal, wenn sich Rafael räuspert, bevor er mich zum tausendsten Mal fragt, wie es mir heute geht ... da glaube ich, ich muss verrückt werden.«

»Bitte, tu das nicht.«

Gisela lachte leise und ließ die Schultern ein wenig sinken. »Nein, wohl eher nicht. Und wenn, dann wäre ich es schon vor Jahren geworden. Alles in allem war mein Leben nicht so furchtbar, nur eben auch nicht so furchtbar zufriedenstellend. Mein Mann kümmert sich sehr gut um mich. Trotz all der hässlichen Dinge, die ich getan habe.«

»Welche Dinge?«

»Ich habe auf meinen Vater gehört, das war mein erster Fehler, und ich habe einige Dinge getan, die ... undiplomatisch waren. Sie haben niemandem ernsthaft geschadet, außer dass sie Rafael in Verlegenheit gebracht haben und man ihm meinetwegen nicht mehr ganz traut. Er ist ein stolzer Mann, und ich habe ihm in den Augen seines eigenen Bruders Schande bereitet. Es gibt Tage, da würde ich alles geben, um es ungeschehen zu machen. Aber das geht nun mal nicht, und ich muss die Folgen meiner Dummheit ertragen.«

»Was für schreckliche Dinge hast du denn getan?«, fragte Katherine.

»Ich habe vorgeschlagen, dass nicht Mikhail Regis' Erbe werden sollte, wegen seiner Reisen in die Vergangenheit und seiner Heirat mit Marguerida, sondern Rafael an seiner Stelle. Und das habe ich jedem erzählt, der es hören wollte.« Der Schmerz in ihrer Stimme war nicht zu verkennen. »Und das Schlimmste dabei ist, dass mich Rafael nie dafür geschimpft hat, mich nie um Verzeihung dafür bitten ließ, dass ich eine dumme, unreife und intrigante Hexe bin. Fünfzehn Jahre lang hat er immer nur versucht, mich glücklich zu machen, mir dabei zu helfen, mit meinem Platz im Leben zufrieden zu sein, so wie er es mit seinem ist.«

»Hmm ... das war beinahe schon mehr als nur undiplomatisch, Gisela.«

Sie spie ein bitteres Lachen zwischen blutleeren Lippen hervor. »Ich weiß – es grenzte durchaus an Hochverrat, nur dass mich niemand sonderlich ernst nahm. Ich bringe nie etwas zu Ende. Und als ich begriff, wie sehr es Rafael verletzte, hörte ich auf damit und versuchte, mich anständig zu benehmen. Ich habe Schach gelernt und so getan, als wären die Figuren die Bewohner von Burg Comyn, bis es mir langweilig wurde, dann fing ich an, eine Schrift über Schach zu verfassen, um meine freien Stunden zu füllen, und habe mich durch sämtliche Archive gelesen. Ich bin wahrscheinlich die belesenste Frau auf dem ganzen Planeten.« Sie lächelte schwach. »Selbst Marguerida fragt mich manchmal nach alten Büchern, was mich glücklich machen müsste, aber es gibt nichts, was mich richtig glücklich macht.«

»Aber hast du denn nie etwas gefunden, das du wirklich gern getan hast?« Die Worte waren gesprochen, bevor Kate sie zurückhalten konnte. Die Qual in Giselas Stimme und ihr Schmerz erschienen Katherine beinahe unerträglich.

»Nein.«

»Auch nicht, als du ein kleines Mädchen warst?«

Zur Überraschung ihrer Schwägerin errötete Gisela und blickte auf ihre Hände hinab. Sie murmelte etwas in die Falten ihres Mantels.

»Verzeihung, aber das habe ich nicht ganz verstanden«, sagte Kate.

Die Angesprochene hob den Kopf und sah Katherine eine Minute lang direkt an, ohne ein Wort zu sagen. »Da gab es schon etwas.« Sie öffnete und schloss die Hände mit dem zusätzlichen Finger, der in den Familien der Domänen üblich war, wie Katherine von Herm wusste, und der dennoch sehr merkwürdig aussah. »Ich habe gern geschnitzt – eine ganz gewöhnliche Sache. Mein Kindermädchen hat es mir untersagt, weil es schmutzig sei und weil ich mich mit dem Messer schneiden könnte. Ich habe mich so geschämt. Ich habe jahrelang nicht daran gedacht – bis vor ein paar Tagen.« Gisela hörte auf zu reden und sah aus dem Fenster der Kutsche. »Es war der Tag eurer Ankunft, ich habe das fantastische Schachspiel betrachtet, das mir Marguerida zu Mittwinter geschenkt hat, und mir gedacht, was für ein Glück es doch sei, dass die Figuren dem Stein und den Knochen entronnen sind, aus dem sie bestehen. Ich fühlte mich, als wäre ich irgendwie in Stein gefangen ...«

Katherine krümmte sich jetzt nahezu vor Unbehagen. Sie war wütend, dass eine derart intelligente Frau in einer so fürchterlichen Falle saß. Stein, wie wahr. Sie holte scharf Luft und sagte: »Ich finde es schrecklich, dass deine Kinderfrau dich beschämt hat, Gisela, außerdem ist es höchste Zeit, dass du aufhörst, dein Leben von den Erwartungen anderer Leute bestimmen zu lassen. Ich denke, dass du unglaublich tapfer bist. Ich weiß nicht, ob ich es ausgehalten hätte, erst mit einem Trunkenbold verheiratet und dann als Geisel gehalten zu werden!« Das hässliche Wort stand für einen Moment fast sichtbar zwischen ihnen. »Und was die Tatsache betrifft, dass du mehr wie Marguerida sein möchtest und weniger wie du selbst – Unsinn! Wenn überhaupt, solltest du *mehr* du selbst sein!«

Gisela brachte ein unsicheres Lachen hervor. »Ich glaube, wenn ich noch mehr ich selbst wäre, würde mich früher oder später jemand erwürgen.«

»Ich meine nicht dein niedrigstes Ich, sondern deine besten Seiten.« Katherine spürte Ungeduld in sich aufsteigen. Nana hatte immer gemeint, sie würde sich deswegen irgendwann einmal großen Ärger einhandeln, und sie hatte sich ernsthaft bemüht, geduldiger zu werden. Jetzt hatte sie das Gefühl, in all den Jahren nichts gelernt zu haben.

»Meine besten Seiten? Du bist entweder die großherzigste Frau, die je gelebt hat, oder du hast nichts verstanden!«

»Kann sein. Vielleicht bist aber auch du diejenige, die nichts versteht. Ich bin völlig anders erzogen worden als du!«

»Erzähl mir davon, bitte.«

Katherine massierte sich kurz die Stirn und zwang sich,

wieder ruhig zu werden. Sie konnte Giselas Vergangenheit nicht ändern, aber vielleicht fand sie einen Weg, ihrer Schwägerin zu einer besseren Zukunft zu verhelfen. »Auf Renney glauben wir, dass jeder Mensch einen Zweck hat, oder mehr als einen, und dass ein jeder verpflichtet ist, diesen zu entdecken. Wir wenden eine Menge vertrackter Rituale an, um herauszufinden, was einmal aus uns werden soll. Die Vorstellung, dass ein anderer beschließt, was wir aus unserem Leben zu machen haben, ist für mich nur schwer nachvollziehbar.«

»Wie hast du zum Beispiel herausgefunden, dass du Malerin werden solltest?« In Giselas strahlenden grünen Augen lag ein freundliches Lächeln, und Kate zweifelte nicht daran, dass Herms Schwester aufrichtig an der Antwort interessiert war. Die Spannung zwischen den beiden wich zum Teil.

»Ich habe drei Tage lang gefastet, und dann saß ich eine Nacht in einem kalten Wäldchen und wartete. Es war sehr unangenehm, aber es wurde von einem erwartet, also habe ich es getan.« Sie kicherte, nun viel gelöster. »Meine Zehen waren wie Eis, mein Magen knurrte, und stundenlang geschah überhaupt nichts. Ich dachte beinahe schon, alles wäre umsonst gewesen, da ... passierte endlich etwas. Von einem Augenblick auf den anderen fror ich nicht mehr, und mein Kopf war voller Bilder von Menschen und Orten, die ich noch nie zuvor gesehen hatte.« Sie hielt inne und holte tief Luft. »Ich hatte schreckliche Angst und war gleichzeitig unendlich glücklich, das Herz hüpfte in meiner Brust. Ich saß einfach nur da und fühlte diese unglaubliche Sache, schließlich begann es zu dämmern, und das Licht drang durch die Bäume, warf lange Schatten und färbte die Baumstämme golden. Dann sah ich auf meine Hände hinab und entdeckte, dass ich in einer Hand einen Stock hielt und dass der Boden vor mir mit Kritzeleien bedeckt war, die ich gemacht hatte, ohne es zu bemerken, kleine Gestalten und Gebäude. Da wusste ich in meinem tiefsten Innern, was meine Bestimmung war, ich ging nach Hause und erzählte es meiner Nana, nachdem ich eine riesige Schüssel Eintopf gegessen und Magenschmerzen davon bekommen hatte.«

»Deiner Nana?«

»Der Mutter meiner Mutter.«

»Das klingt ja sehr interessant, abgesehen von der Sache mit dem Fasten.« Gisela klopfte sich auf die Taille und seufzte. »Und niemand hat gefragt, ob du dir sicher bist, oder gedacht, du hast das Ganze vielleicht nur erfunden oder so?«

»Die Leute auf Renney glauben, dass Visionen ein Geschenk der Göttin in ihren vielen Erscheinungsformen sind, und an einer zu zweifeln wäre ... unvorstellbar.«

»Ich verstehe. Wie alt warst du, als das passiert ist?«

»Zwölf.«

Gisela seufzte. »Wir haben keine solchen Visionen hier auf Darkover, und ich fürchte, ich bin viel zu alt, um noch damit anzufangen. Aber es klingt wunderbar.«

»Man ist nie zu alt, um mit etwas zu beginnen, Gisela. Hör auf, so zu reden, als wäre dein Leben schon vorüber. Du bist jünger als ich! Ich kenne eure Sitten hier nicht, aber was könnte es schaden, wenn du etwas tust, das dir aufrichtig Freude macht, anstatt nur herumzusitzen und ... dich selbst zu bedauern.«

Gisela zuckte zusammen. »Da haben wir's. Wie bist du nur so klug geworden?«

»Das bin ich gar nicht, aber wenn man seine Tage damit verbringt, Leute zu malen, sie auf Leinwand zu bannen versucht, entdeckt man sehr viel. Die Art, wie sie die Hände falten oder die Lippen schürzen, verrät einem etwas über sie, häufig etwas, das sie selbst lieber nicht wissen wollen.«

»Oh.« Gisela ließ schuldbewusst die Hände unter ihrem Mantel verschwinden, dann zuckte sie die Achseln. »Es ist wohl zu spät, deinem Blick zu entrinnen, hab ich Recht? Welche Erkenntnis hast du über meinen Charakter gewonnen, die ich deiner Ansicht nach lieber nicht wissen möchte?«

»Bist du dir sicher, dass ich darauf antworten soll?«

Gisela dachte kurz darüber nach. »Ich glaube, ja. Mein ganzes Leben lang war ich die Gisela anderer Leute. Ich war das Schoßtier meines Vaters, wenn er mich überhaupt bemerkte, und später seine Schachfigur. Ich war Ehefrau, dann Witwe und wieder Ehefrau – aber nichts davon scheint mit mir zu tun zu haben. Besser kann ich es leider nicht erklären.«

»Du hast es gut erklärt. Ich sehe eine sehr intelligente Frau vor mir, die anderen Leuten im Grunde nicht gefallen will.«

»Du meinst, ich bin egoistisch? Das wusste ich bereits.«

»Nein, denn wenn du wirklich egoistisch wärst, würdest du tun, was du willst, und dir keine Gedanken über die Folgen machen. Stattdessen versuchst du ständig so zu sein, wie es andere von dir erwarten, und das macht dich am Ende zornig. Also bestrafst du dich, indem du gemeine Dinge tust, für die du dich selbst hassen kannst.«

»Au weia!«, fing Gisela an, dann schaute sie nachdenklich drein.

»Tut es dir Leid, dass du gefragt hast?«

»Nein, aber du bist viel zu nahe am Kern der Sache, als dass mir noch wohl dabei wäre. Redest du mit Hermes auch so?«

»Viel zu selten!«

Gisela schüttelte verwundert den Kopf. »Das muss ihn fürchterlich ärgern.«

»Ja. Aber jetzt erzähl mir, warum du Angst hast, Dinge zu tun, die du gern tun würdest.«

»Wenn ich als kleines Mädchen geschnitzt habe, dann habe ich die Zeit völlig vergessen und war ... ganz woanders. Ich habe auf nichts anderes mehr geachtet, als den Gegenstand im Holz zu finden. Und das gehört sich nicht für eine Frau, jedenfalls hat mir das mein Kindermädchen immer wieder eingetrichtert.«

»Warst du versunken? Besessen? Hast du deine Umgebung völlig vergessen?«

Gisela stiegen Tränen in die Augen. »Du weißt, was ich meine?«

»Natürlich, und ich bin mir sicher, Marguerida würde es auch wissen, obwohl ich verstehe, dass du ihr niemals hättest erzählen können, was du mir gerade erzählt hast. Ich kenne zwar Rafael nicht sehr gut, aber ich kann mir nicht vorstellen, dass er etwas dagegen hat, solange du nicht mit Holzsplittern am Nachtgewand ins Bett kommst.«

»Das klingt so einfach, wenn du es sagst.« Gisela stöhnte beinahe.

»Willst du dich denn wirklich den Rest deines Lebens langweilen und ... Unfug machen?«

»Nein!«

»Dann tu, um Birgas willen, was du tun willst.«

»Birga?«

»Die Göttin der Künstler auf Renney.«

»Tun, was ich will ... Ich weiß nicht, ob ich mich traue.«

»Nur wer sich nicht traut, ist wahrhaft verloren. Ich meine, es ist ja nicht so, dass du ein ... Freudenhaus auf Burg Comyn einrichten willst oder so, hab ich Recht?«

»Ein ... Freudenhaus?« Gisela lachte, bis ihr die Tränen kamen. Sie hielt sich die Seiten und wippte hin und her. »Du meine Güte! Was für eine Idee! Ich bin fast versucht, es vorzuschlagen, nur damit ich sehe, was für Gesichter die ... aber das wäre wieder nur neuer Unfug, nicht wahr?«

»Meine Nana sagt immer, es sei sehr ungehörig, die Leute zu schockieren, nur um ihre Aufmerksamkeit zu erlangen, und sie ist eine sehr kluge Frau.« Dann regte sich auch in Katherine ein kleiner boshafter Teufel. »Andererseits würde die

Idee, dass du schnitzen oder bildhauern möchtest, nach so einem Vorschlag natürlich vergleichsweise begrüßenswert aussehen!«

»Allerdings.« Sie schwieg einen Augenblick nachdenklich. »Aber was ist, Katherine, wenn ich nicht gut bin als Schnitzerin?«

»Das spielt keine Rolle. Es kommt nur darauf an, dass du es tust.«

»Aber ich will gut sein!« Sie verzog das Gesicht zu einer Grimasse, als hätte sie ihre eigenen Worte gehört und die Tiefe des Verlangens darin begriffen.

»Natürlich – aber lass bloß deine Absicht nicht von der Angst zu scheitern untergraben. Renney ist ein Planet der Wälder und Meere, und wir benutzen Holz für alles Mögliche. Deshalb hat Schnitzen bei uns eine große Tradition und wir haben eine Menge passender Sprichwörter. Eines lautet: ›Sei ehrlich zum Holz, dann ist das Holz auch ehrlich zu dir.‹«

»Sei ehrlich zum Holz! Wunderschön! Ach, Katherine, ich bin so froh, dass du nach Darkover gekommen bist!«

»Weißt du was, ich fange an, ebenfalls froh zu sein, dass ich hier bin – obwohl ich zugeben muss, dass ich manche eurer Gebräuche ... abstoßend finde. Aber vielleicht würde es dir auf Renney genauso gehen. An einen Säufer vermählt! Ich habe das Gefühl, dass mein Schwiegervater und ich nicht gut miteinander auskommen werden.«

Gisela lächelte ihre Schwägerin liebevoll an. »Damit wirst du in guter Gesellschaft sein, denn kaum jemand kommt mit ihm aus!« Durch das Fenster der Kutsche fiel für einen Moment Licht auf ihre Züge, die grünen Augen leuchteten, und Katherine sah zum ersten Mal, wie Giselas Mund fast völlig seine Härte verlor.

»Möchtest du mir vielleicht für ein Porträt Modell sitzen?« Katherine konnte dem Impuls zu fragen nicht widerstehen, denn das Motiv war wunderschön, und es juckte sie, mit der Arbeit zu beginnen.

»Wirklich? Das würde ich sehr gern tun. Danke, Katherine – für alles!« Giselas Hände strichen über die Pelzdecke auf ihrem Schoß, und ihr Blick wurde leicht wässrig. Sie ließ die Schultern entspannt sinken und grübelte vor sich hin. Dann richtete sie sich auf, beugte sich vor und ergriff Katherines Hände. In ihren grünen Augen standen Tränen. »Du hast mir endlich Hoffnung gegeben.«

8

Herm Aldaran setzte sich auf die Bettkante, beugte sich vor und zog sich die Stiefel aus. Er wackelte genüsslich mit den Zehen, dann legte er sich mit ausgestreckten Armen auf die Tagesdecke. Er sah zu den Bettvorhängen und der Stuckdecke hinauf und genoss die absolute Stille. Katherine war weggefahren, und er wusste nicht, wo die Kinder steckten, aber er war zu ausgelaugt, um sich Sorgen zu machen. Stundenlang hatte er mit Lew Alton, Mikhail und Danilo Syrtis-Ardais zusammengesessen, und der Mund tat ihm weh vom vielen Reden. Er war völlig ausgetrocknet und hätte sich gern einen Krug gutes Bier gegönnt, brachte aber nicht die Energie auf, nach einem Diener zu läuten. Stattdessen schloss er die Augen und versuchte sich zu entspannen.

Alles in allem war er zufrieden. Mikhail Hastur war gereift, er war nicht mehr der grüne Junge, den er vor mehr als zwei Jahrzehnten gekannt hatte, und auf seinen Schultern schien ein kluger Kopf zu sitzen. Regis' Erbe hatte sich seit Jahren auf die Aufgabe vorbereitet, die nun vor ihm lag. Wenn irgendjemand Darkover durch die bevorstehenden Schwierigkeiten führen konnte, dann er. Mikhail hatte Herm aufmerksam zugehört und von Kenntnis zeugende, gescheite Fragen gestellt.

Unglücklicherweise ließ sich nicht genau erraten, was die Föderation als Nächstes tun könnte, obwohl es alle Teilnehmer der Besprechung versucht hatten. Herm hoffte, sie würden Darkover einfach übersehen, bezweifelte jedoch, dass ihnen die Expansionisten derart entgegenkamen. Und Lew Alton hatte alarmierende Dinge über Lyle Belfontaine erzählt, den derzeitigen Stützpunktkommandanten, darunter seine Forderung, Herm als Feind der Föderation auszuliefern, damit er ihn in verhaften könne. Herm versuchte, die ganze Idee von der heiteren Seite zu nehmen, aber die Eingeweide hatten sich ihm vor Angst zusammengezogen, als er davon hörte. Jahrelang hatte er mit dieser Art Schrecken gelebt, und er hatte geglaubt, ihm entronnen zu sein, sobald er die sichere Zuflucht Darkover erreicht hatte. Was für ein Narr er doch gewesen war – die Föderation würde ihn gewiss nicht in Frieden lassen!

In Zeiten wie diesen wünschte er sich, er könnte die Aldaran-Gabe vorsätzlich aktivieren, aber im Gegensatz zu anderen Formen des *Laran* war es beinahe unmöglich, sie ohne den Gebrauch gewisser gefährlicher Substanzen gewaltsam zu stimulieren. Es war durchaus möglich, dass er mehr sah, als ihm lieb war, oder Dinge herausfand, die er gar nicht wissen wollte.

Von wegen nach Hause kommen, um Ruhe und Frieden zu finden! Warum war er überhaupt in die Politik gegangen, und wann würde man ihn endlich daraus entlassen? Er lachte leise in sich hinein, weil er wusste, dass er niemals aufhören konnte, sich einzumischen und zu intrigieren. Es lag ihm im Blut, wie eine seltsame Krankheit, und nach allem, was man hörte, war es möglicherweise sogar genetisch bestimmt. Seine jüngere Schwester Gisela war vom gleichen Schlag, und er fragte sich, was genau sie wohl jetzt wieder im Schilde führte. Er hatte sie nun zweimal gesehen und beide Male deutlich den Eindruck gewonnen, dass sie auf Ärger aus war. Sie legte eine Zurückhaltung an den Tag, der er misstraute, wie er es schon getan hatte, als sie noch Kinder waren. Er kannte diesen Gesichtsausdruck, diese katzenartig verengten grünen Augen, die nichts Gutes verhießen. Und es würde eine Weile dauern, bis er ihr diesen gemeinen Streich mit Katherine am Vorabend verzieh. Er wollte nicht, dass sie die Aldarans blamierte oder ihrem leidgeprüften Ehemann noch mehr Kummer bereitete, als sie es vermutlich schon getan hatte. Gisela gehörte einfach anständig der Hintern versohlt, nur war es leider Jahre zu spät für dieses Heilmittel. Wenn ihr Vater sie doch nur nicht abwechselnd verzogen und vernachlässigt hätte!

Ein leises Rascheln von Stoff ließ ihn die Augen öffnen. Katherine betrat das Schlafzimmer und lächelte ihm zu. Ihre Wangen waren gerötet, und sie roch nach frischer Luft. »Was hast du gemacht?« Er setzte sich auf und betrachtete sie. Sie trug typisch darkovanische Kleidung, grüne Jacke und Hemd über kastanienbraunen Röcken. Die Farben passten nicht ganz zu ihr, aber sie sah gesünder und lebendiger aus als in den Tagen zuvor.

»Gisela und ich waren beim Oberhaupt der Malergilde, Meister Gilhooly.«

»Gisela und ... das überrascht mich. Nach der Geschichte mit der falschen Kleidung gestern Abend habe ich angenommen, du würdest ungefähr einen Monat lang nicht mit ihr reden.«

Katherine lächelte und hob kaum merklich die Schultern. »Sie erschien gleich nach dem Frühstück mit diesen Kleidern hier – aber ohne Entschuldigung. Dann bestellte sie eine Kutsche und fuhr mit mir. Es war eigentlich sehr angenehm, und wir haben über viel Dinge geredet. Ich weiß nicht, was ihren Sinneswandel ausgelöst hat, aber ich vermute stark, es hatte mit dem zu tun, was ihr Tischnachbar beim Abendessen zu ihr gesagt hat.«

»Danilo?«

»Ich weiß nicht. Er kam später hinzu, und irgendwie wurde ich ihm nie vorgestellt.«

»Das war Danilo Syrtis-Ardais, unter anderem Friedensmann des verstorbenen Regis Hastur. Nachdem ich gerade mehrere Stunden in seiner Gesellschaft verbracht habe, kann ich mir gut vorstellen, dass er Gisela den Kopf zurechtgerückt hat.«

»Friedensmann – diesen Ausdruck habe ich nun schon einige Male gehört, aber niemand hat sich die Mühe gemacht, mir zu erklären, was er bedeutet ... wie bei so vielen Dingen, Herm.« Ihre gute Laune schien ein wenig nachzulassen, und sie sah aus, als könnte sich Verdruss breit machen. Er hätte es ihr schwerlich verübeln können.

»Ähm ... das ist nicht ganz leicht zu erklären. Der Friedensmann ist ein persönlicher Bewacher und im Fall von Danilo oder dem jungen Donal Alar auch ein Berater, ständiger Begleiter und Waffenbruder. Als junger Mann war Mikhail Friedensmann für Dyan Ardais, obwohl er damals schon Regis' Erbe war. Es ist wohl eine unserer Methoden, untereinander verbunden zu bleiben. Und es tut mir übrigens Leid, Katherine, wie schlecht sich meine Schwester benommen hat.«

»Sie ist nur ein bisschen eifersüchtig, Herm.« *Und rastlos, genau wie du die meiste Zeit, Liebster.*

»Worauf?« Er setzte sich auf.

»Auf mich. Du bist ihr Bruder, und zwar ihr Lieblingsbruder, wenn ich alles richtig deute.«

»Daran hatte ich noch gar nicht gedacht. Hmm ... stimmt, sie mochte Robert nie, der übrigens ein wunderbarer Mensch ist, aber ein bisschen ... schwerfällig, und unsere anderen Brüder – die *nedestro* sind – haben sich nie besonders um sie gekümmert. Aber ich verstehe immer noch nicht, warum sie eifersüchtig auf dich sein sollte.«

»Das ist typisch weiblich«, antwortete Katherine leichthin. Sie hatte die Fahrt mit Gisela guter Laune beendet, und die wollte sie behalten.

»Aha, eines der Geheimnisse.«

»Ja.«

Herm las in ihrem Gesicht, dass seine Frau nicht mehr dazu sagen wollte, und beschloss, sie nicht zu bedrängen. »Und wie war dein Besuch bei Meister Gilhooly?«

»Angenehm. Er hat mir die Ateliers gezeigt, und wir haben ein wenig gefachsimpelt. Die Unterhaltung hat meinen Wortschatz aufs Äußerste strapaziert, und ohne Giselas Hilfe hätte ich viel größere Schwierigkeiten gehabt. Sie sagt, sie hat ein altes Buch über Malerei gelesen und die Begriffe dort aufgeschnappt. Sie kann sehr charmant sein, wenn sie will.«

»Gisela hat ein Buch über Malerei gelesen? Erstaunlich.«

Katherine warf ihm einen Blick zu, den er gut kannte. Sie begann sich über ihn zu ärgern, und er würde aufpassen müssen, was er sagte. »Sie meinte, sie habe in den letzten fünfzehn Jahren über praktisch alle Themen in den Archiven gelesen, und zwar aus purer Langeweile, soviel ich verstanden habe. Das arme Ding.«

Das kam völlig unerwartet für Herm, und er wusste nicht, was er davon halten sollte. Zwischen den beiden Frauen war bei ihrem Ausflug offenkundig etwas geschehen, und das machte ihm nicht unerhebliche Sorgen, auch wenn er nicht genau sagen konnte, wieso. Immerhin war Katherine nicht zu Schaden gekommen und fand seine Schwester anscheinend interessant. »Das ist das erste Mal seit Tagen, dass ich ein richtiges Sprühen in deinen Augen sehe, Kate. Versprich mir nur, dass du nicht in einer Terpentinwolke zu Tisch kommst oder mit einem Kohlefleck auf deiner hübschen Nase.«

Katherine grinste breit. »Ich werde versuchen, dir keine Schande zu machen, mein Gebieter. Aber denk dran, dass ich nicht zur großen Dame erzogen wurde, nicht mal zu einer mittelgroßen. Ich fühle mich ein bisschen erstickt von all diesen Formalitäten, was meinen Besuch bei Meister Gilhooly umso vergnüglicher machte. Nachdem er sich vom ersten Schreck erholt hatte, dass *Domna* Aldaran – an den Titel habe ich mich noch immer nicht gewöhnt und auch nicht daran, dass man sich vor mir verbeugt und mich behandelt, als wäre ich wichtig –, dass also *Domna* Aldaran sein Unternehmen betritt, noch dazu in Begleitung von Gisela, und nachdem er gemerkt hatte, dass ich eine ernsthafte Künstlerin bin, ist er vollkommen aufgetaut. Er hat aufgehört herumzudienern und begonnen, über wichtige Dinge zu sprechen, für die er eine Leidenschaft hegt.«

»Es ist nun mal eher ungewöhnlich, dass eine Frau aus den Domänen einer anderen Beschäftigung als Kindererziehung nachgeht, es sei denn, sie entscheidet sich, eine *Leronis* zu werden. Oder eine Entsagende«, fügte er an, noch immer verwirrt von der Veränderung seiner Frau. »Ich habe noch nie von einer darkovanischen Frau gehört, die ernsthaft als Künstlerin tätig ist. Unsere mehr künstlerisch veranlagten Frauen begnügen sich meist mit Unmengen überflüssiger Handarbeiten. Lady Marilla Aillard betreibt zwar eine Keramikfabrik in der Domäne Ardais, aber ich glaube nicht, dass sie persönlich an der Töpferscheibe sitzt oder Schüsseln glasiert. Vielleicht tut sie es aber auch. Du kannst sie gerne fragen, wenn sie kommt.«

»Sie kommt zur Beerdigung, nehme ich an.«

»Nicht nur deshalb. Sie hat den Sitz der Aillards im Rat der Comyn inne, der demnächst zusammentreten wird, um Mikhail als Nachfolger von Regis Hastur zu bestätigen. Ihr Sohn, Dyan Ardais, kommt ebenfalls.«

»*Domna* Marilla Aillard und *Dom* Dyan Ardais? Verschiedene Nachnamen? Nur gut, dass ich einige Übung darin habe, in solchen Dingen nicht den Überblick zu verlieren. Gisela sagte, dein Vater und dein Bruder würden ebenfalls erwartet – obwohl ich mich nach allem, was sie erzählt hat, nicht eben darauf freue, deine Eltern kennen zu lernen – oder ist es nur dein Vater? Niemand hat bisher seine Frau erwähnt.«

»Soviel ich weiß, gibt es keine, obwohl er wahrscheinlich eine *Barragana* oder zwei oben auf Burg Aldaran hat. Giselas Mutter ist vor langer Zeit gestorben.«

»Ich verstehe.« Katherine runzelte bei der darkovanischen Bezeichnung für Konkubine die Stirn, dann zuckte sie die Achseln. »Die Kinder scheinen sich gut einzuleben. Rhodri und Amaury sind bereits die dicksten Freunde, und ich glaube, Terése und Yllana werden viel Spaß miteinander haben.«

»Wahrscheinlich werden sie viel Unsinn machen.« Er hatte nach dem Abendessen am Vortag Gefallen an Rhodri Alton-Hastur gefunden und hielt es für günstig, dass sein Stiefsohn einen Spielkameraden im gleichen Alter gefunden hatte. Aber er war sich ziemlich sicher, dass Rhodri ein bisschen lebhafter war, als ihm gut tat, und konnte nur hoffen, dass er Amaury in keine allzu gefährlichen Sachen verwickelte.

»Ist das gut oder schlecht?«

»Weder noch. Wir Darkovaner verwöhnen unsere Kinder sehr, weil wir immer eine hohe Kindersterblichkeitsrate hatten. Ein gewisses Maß an Ungezogenheit wird bei Jungen erwartet. Bei Mädchen allerdings nicht, muss ich zugeben.«

»Es ist mir schon aufgefallen, dass die Einstellung gegenüber Frauen hier ein ganz klein wenig rückständig ist«, antwortete Katherine sehr trocken.

»Wie meinst du das genau?«

»Gisela hat mir auf der Fahrt einen kurzen Abriss der geächteten Rollen für darkovanische Frauen und Töchter gegeben. Es ist so anders als auf Renney, meiner einzigen richtigen Erfahrung mit einem geschützten Planeten.«

»Ich habe noch nie über die Sache nachgedacht, aber da auf Renney praktisch ein Matriarchat herrscht, verstehe ich, dass du es hier seltsam findest. Wir bewachen unsere Frauen streng und schränken sie auf die eine oder andere sonderbare Weise ein. Dafür gibt es allerdings eine ganze Reihe historische Gründe, die wir anscheinend nicht überwunden haben. Ich hoffe, es bedrückt dich nicht allzu sehr, meine Liebe.«

Kate setzte sich zu ihm aufs Bett und lehnte den Kopf an

seine Schulter. »Nur wenn ich gezwungen bin, die ganze Zeit in diesem ... scheußlichen Gebäude zu bleiben! Es befremdet mich sehr, dass ich nicht kommen und gehen kann, wie ich will, und dass überall diese Diener und Wächter herumstehen. Ich gebe zu, dass ich mich ein bisschen eingeengt fühle. Und beobachtet.« Sie brach abrupt ab und rutschte nervös hin und her.

»Wieso das?«

»Du bist damit aufgewachsen, aber mir läuft es ehrlich gesagt immer noch kalt den Rücken hinunter, wenn ich daran denke, dass ich mit einer Bande Telepathen zusammen bin. Man sollte meinen, das würde mich nicht mehr stören, nachdem ich jahrelang mit unsichtbaren Augen gelebt habe, die jeden meiner Schritte beobachteten, aber es stört mich trotzdem. Die Föderation war nicht an meinen Gedanken interessiert, nur an meinen Handlungen. Ich denke ständig, jemand spioniere mich aus, versuche meine Geheimnisse zu entdecken. Ich weiß, ich benehme mich, als würde ich unter Verfolgungswahn leiden, Herm.« *Ich habe mich in Giselas Gegenwart beinah wohl gefühlt, so wie mit dir immer, aber nun ...*

»Das ist es doch gar nicht, was dich wirklich stört, Katherine.«

»Nein.« Sie spannte die Muskeln an, als müsste sie sich wappnen. »Ich komme mir zum ersten Mal im Leben ... behindert vor. Nicht ebenbürtig. Ich wünschte, du hättest mir, bevor wir hierher kamen, von *Laran*, den Gaben und allem anderen erzählt. Und von den Türmen.« Sie stieß sich abrupt von ihm weg, als wollte sie nicht länger von ihm berührt werden. Gisela hatte ihr etwas von diesen Türmen erzählt, und bei dem Gedanken war ihr noch nicht ganz wohl.

»Es stand mir nicht frei, das zu erklären, nicht einmal, als wir auf Renney waren. Ich war immer in Sorge, ich könnte von einem Spionagegerät der Föderation abgehört werden. Und es ist doch nicht so, als hätte ich dir die Wahrheit verschweigen wollen, Kate, ich habe nur nie die richtigen Worte gefunden. Abgesehen davon wirst du viel Zeit haben, dich über die Türme zu unterrichten, und das schon bald.«

»Wieso?«

Er spürte jetzt einen Anflug von Wut und Feindseligkeit. »Terése muss auf *Laran* geprüft werden, und zu diesem Zweck reisen wir zum Turm von Arilinn, der östlich von hier liegt. Ich war selbst noch nie dort, deshalb freue ich mich schon sehr darauf.« Kaum waren die Worte gesprochen, wurde ihm klar, dass er die Lage falsch eingeschätzt hatte.

»Verdammt noch mal, Herm! Hattest du noch vor, es mir zu sagen, oder wolltest du mich einfach eines Morgens wecken und bekannt geben, dass wir jetzt dorthin fahren? Wir reden hier über meine Tochter. Was ist los mit dir?«

»Warum bist du nur so wütend?«

»Weil du dich so selbstherrlich benimmst, dass ich ... dir die Augen auskratzen könnte! Warum muss Terése zu diesem Arilinn fahren?« *Das ist nicht auszuhalten. Kaum bekomme ich ein Bein auf den Boden, wird es mir wieder weggezogen!*

»Das habe ich dir doch gesagt, Kate! Sie besitzt höchstwahrscheinlich *Laran* und muss unbedingt überprüft werden, damit das Wesen ihrer Gaben bestimmt werden kann.«

Katherine verschlug es einen Moment lang die Sprache. »Du meinst, mein kleines Mädchen ...?« *Er hat neulich versucht, es mir mitzuteilen, aber ich wollte nicht zuhören!*

»*Unser* kleines Mädchen, Katherine. Sie ist auch meine Tochter und hat genauso viel von mir geerbt wie von dir.«

»Das halte ich nicht aus!«

»Sei doch vernünftig, Kate. Glaub mir, das Letzte, was wir gebrauchen können, ist eine wilde Telepathin in der Familie. Eine nicht ausgebildete Telepathin stellt eine Gefahr für sich selbst und ihre Umgebung dar. Wenn Terése *Laran* besitzt, muss sie lernen, es richtig zu benutzen.«

»Eine wilde ... das klingt so seltsam.« Plötzlich begann sie zu weinen. *Mein kleines Mädchen, mein Kind! Dieser Planet ist schrecklich, und ich habe solche Angst. Was werden sie mit ihr machen – wie sehen diese Prüfungen aus? Ich muss es verhindern! Terése war noch nie von mir getrennt, sie wird sich fürchten. Und wie wird sie erst sein, wenn sie Gedankenlesen lernt? Ach, könnte ich jetzt doch nur mit Nana reden. Ich kenne nicht einmal diesen Mann hier, und ich werde diese Welt nie verstehen.*

Voller Verzweiflung schlug sie die Hände vors Gesicht und stieß einen Klagelaut aus, den Herm noch nie zuvor von ihr gehört hatte, so schrecklich, dass es ihm das Herz zerriss. Er hätte Katherine gern getröstet, aber er wusste, dass bloße Worte nicht helfen würden. Vielleicht hätte er sie nicht nach Darkover bringen sollen. Er hatte das Problem nicht durchdacht, wie es war, kopfblind zu sein, wie Furcht erregend es für sie sein musste, egal was sie an beruhigendem Zuspruch erhielt. Das Gleiche galt für Amaury. Wie würde sich der Junge fühlen, wenn sich herausstellte, dass seine Schwester eine Telepathin war? Herm hatte seinem Stiefsohn noch nichts erklärt, und er freute sich nicht eben darauf. Mit Beklommenheit wurde ihm klar, dass die sich gerade entwickelnde Freundschaft zwischen Amaury und Rhodri zu Enthüllungen führen könnte, die alles durcheinander brachten. Dabei war er so müde!

Herm schrak innerlich zurück vor den vielen verschiedenen Möglichkeiten, die ihm durch den Kopf wirbelten. Er hatte das Gefühlschaos der Leute immer verabscheut und war zutiefst dankbar, dass er nicht die Ridenow-Gabe der Empathie besaß. Er wusste, dass er Burg Aldaran und Darkover auch verlassen hatte, um dem Strudel dieser Tragödien zu entfliehen, die so sicher kamen wie der Schneefall. Jetzt gab es ihm einen Stich, als er begriff, dass es Kates Zurückhaltung und Beherrschtheit gewesen waren, die ihn an ihr so fasziniert hatten. Sie stellte keine großen Ansprüche an seine Gefühle und hatte selten ihr eigenes, feuriges Temperament gezeigt. Es war unendlich erleichtert gewesen, einen Menschen zu finden, der so sehr von seiner Arbeit in Anspruch genommen wurde wie Kate von ihrer Malerei, dass sie ihn nicht mit kleinlichen Streitereien belästigte.

Irgendwie hatte Herm die Erwartung im Hinterkopf gehabt, dass Katherine ... ja, was eigentlich? Aufhörte, sie selbst zu sein, nicht mehr klug und unabhängig, sondern passiv und gehorsam? Dass sie ihn das Regiment führen ließ? Wie kam er nur darauf? Sie hatte es doch vorher auch nicht getan. Sie würde sich niemals in eine brave darkovanische Ehefrau verwandeln, und er war ein Narr, wenn er das erwartete. Die Sache würde unangenehm werden, das wusste er, und ihm war auch klar, dass er ihr nicht entrinnen konnte. Er wünschte sich weit weg, an einen entlegenen Ort, an dem es keine Probleme zu entwirren gab.

Vergeblich schimpfte sich Herm einen Egoisten und Dummkopf. Warum hatte er es Katherine denn nicht früher erzählt? Wirklich nur aus Angst vor den lauschenden Ohren der Terraner, oder gab es noch andere Gründe? In einem seltenen Moment der Selbstprüfung kam er zu dem Schluss, dass er sich vor Katherines Reaktion geängstigt hatte. Er hatte befürchtet, sie könnte genauso reagieren, wie sie es jetzt tat – mit Wut und Angst. Er hatte nicht Gefahr laufen wollen, sie zu verlieren, und gehofft, die Situation würde sich nie einstellen.

Was für ein Idiot er doch gewesen war. Mit welchen Lügen hätte er denn Teréses Schwellenkrankheit erklären wollen, wenn sie erst eingesetzt hätte? Seine geliebte Tochter hätte sterben können, wenn er nicht nach Darkover zurückgekehrt wäre!

Hermes erkannte, dass er seine Frau tief verletzt hatte mit seinem Ausweichen und Leugnen. Er hätte Terése zu ihrer eigenen Sicherheit in ein paar Jahren ohnehin nach Darkover bringen müssen, aber er hatte sich geweigert, darüber nachzudenken, bis ihn eine Krise dazu zwang. Er hatte alles kläglich verpfuscht.

Herm war erschüttert, als ihm die Ungeheuerlichkeit seiner Torheit endlich vollständig bewusst wurde. Sie strafte das große Vertrauen Lügen, das Herm stets in sich selbst gehabt hatte, in seine angeborne Listigkeit und Klugheit. Beides kam ihm jetzt wertlos vor, die falschen Werkzeuge. »Als zerlegte man den Braten mit dem Löffel«, wie sie in den Hellers sagten. Hier ging es nicht darum, vor den interessierten Augen eines politischen Gegners etwas vorzutäuschen, hier ging es um eine andere Art von Problem, um ein menschliches, mit zahlreichen widerstreitenden Gefühlen. Widerstrebend gestand er sich ein, dass er mit starken Gefühlen nicht besonders gut umgehen konnte. Zu sehr riefen sie ihm die endlosen Spannungen ins Gedächtnis, die er als Kind auf Burg Aldaran erlebt hatte, wo laute Stimmen und Wutausbrüche an der Tagesordnung gewesen waren. Er hatte Darkover nicht nur verlassen, um seinem Heimatplaneten zu dienen, sondern auch um all dem zu entfliehen.

Katherine wischte sich mit dem Ärmel über die Augen und schniefte geräuschvoll. Herm langte in seinen Beutel, holte ein viereckiges Stück Leinen heraus und reichte es ihr. Dieser gewöhnliche Gegenstand – ein »veraltetes« Stofftaschentuch – machte ihm spürbar deutlich, wie anders hier alles war, nicht einmal Papiertaschentücher gab es auf Darkover, es sei denn, im HQ traf eine Lieferung ein. Nichts war hier leicht verfügbar, weder Schnäuztücher noch Menschen. Und darin bestand ein grundlegender Unterschied. Für das terranische Denken war außer Macht so gut wie alles ersetzbar. Im Gegensatz dazu waren Darkovaner die reinsten Hamster, die alles aufhoben und benutzten, bis es völlig verschlissen war.

Herm hatte sich zwar an die Bequemlichkeit des Lebens in der Föderation gewöhnt, aber nie ganz wohl dabei gefühlt. Er fand es überspannt, einen tadellosen Gegenstand wegzuwerfen, nur weil ein neuerer auf dem Markt war. Er zog die weichen Bettlaken aus echtem Leinen solchen aus Papiertuch vor, auf denen er dreiundzwanzig Jahre lang geschlafen hatte, und der schwache Altersgeruch in den Steinen und dem Putz der Wände, die mit dem Holzrauch und den Jahreszeiten von Jahrhunderten gesättigt waren, war ihm lieber als der sterile Geruch einer typischen Wohnung in der Föderation. Es gefiel ihm zu Hause, aber es war nicht Katherines Zuhause, und ihr musste das alles sehr merkwürdig vorkommen. Auf Renney waren die Häuser aus Holz statt aus Stein, und Burgen waren buchstäblich unbekannt. Dagegen konnte er allerdings nichts unternehmen, außer sie mit ihrem Sohn nach Renney zurückkehren zu lassen. Und dieser Gedanke erschien ihm nicht nur unerträglich, es war nach allem, was er bei dem Treffen eben erfahren hatte, wahrscheinlich auch nicht mehr möglich.

Katherine schnäuzte sich mehrmals. »Verzeih mir, Liebster. Aber immer wenn ich glaube, ich hätte mich im Griff, geht wieder alles in die Brüche. Ich kann den Gedanken nicht ertragen, dass Terése weggeht – sie ist doch noch ein Kind. Und ehrlich gesagt, hoffe ich, sie besitzt überhaupt keine Gaben und ist einfach weiter ein ganz normales Mädchen.« Sie zögerte, und Herm sah die Angst und den großen Kummer in ihren wunderschönen Augen. »Natürlich können ganz normale Mädchen hier Gedanken lesen und ... weiß die Göttin, was noch!«

Herm klopfte ihr unbeholfen auf die Schulter. »Kate, ich bin derjenige, der um Verzeihung bitten muss. Ich hätte dir alles vor Jahren erzählen sollen, vor unserer Heirat, würde ich sagen. Ja, das wäre das Klügste gewesen. Oder dich überhaupt nicht zu heiraten. Meine einzige Entschuldigung ist, dass ich mich auf den ersten Blick leidenschaftlich in dich verliebt habe und nicht mehr klar denken konnte. Und später ... da hatte ich einfach zu viel Angst, dich zu verlieren.«

Sie schniefte. »Dann willst du also den Triumph der Hormone und Gefühle über die Vernunft geltend machen?«

»Etwas in der Art.«

»Da du der berechnendste Mensch bist, den ich kenne, sollte ich mich jetzt wohl geschmeichelt fühlen, dass du ein einziges Mal etwas getan hast, nur weil du es wolltest. Nana behauptete immer, du würdest etwas vor mir geheim halten, aber habe ich vielleicht auf sie gehört?« Sie seufzte ungestüm. »Wenigstens werde ich sie nie wieder sehen. So muss ich mir nicht anhören, dass sie's mir gleich gesagt hat. Das ist kein sehr großer Trost, Hermes.«

»Das glaube ich gern. Deine Nana ist eine sehr kluge Frau, und sie hätte mich fast durchschaut.«

»Wie meinst du das?« Katherine klang jetzt nicht mehr ganz so mutlos, wenngleich noch lange nicht so munter wie sonst.

»Ein paarmal ist sie fast zu meinem Geheimnis vorgedrungen, und ich weiß, sie glaubte, ich habe das zweite Gesicht, bei deinem Volk eine alte Tradition. Ich vermute, die Rennianer, die der Bevölkerung von Darkover in vielen Dingen gleichen, etwa was die Sprache angeht, haben eine genetische Veranlagung für das, was wir *Laran* nennen.«

»Wie kommst du denn darauf?«

»Manche Geschichten, die ich bei unserem Besuch über alte Hexen und Zauberer hörte, klangen bemerkenswert nach *Le-*

roni. Es ist nur eine Vermutung, aber keine schlechte, würde ich sagen.«

»Aber Herm, das sind Märchen. Die kannst du doch nicht ernst genommen haben! Meine Ur-Urgroßmutter konnte in Wirklichkeit gar keine Tiere verhexen oder sich in eine weiße Katze verwandeln, wenn der zweite Mond voll war – das ist alles blanker Unsinn.« Katherine hatte beim Sprechen erschrocken die Augen aufgerissen, als würde sie die Welt ihrer Geburt in einem neuen Licht sehen und als wäre ihr nicht ganz wohl dabei.

»Stimmt, was die Katze angeht. Aber es gibt hier auf Darkover ein paar Leute, die mit Tieren in der Art Kontakt aufnehmen können, dass sie ihr Handeln beeinflussen. Und ich glaube, dass Telepathie unter den Menschen verbreiteter sein dürfte, als man allgemein annimmt.«

»Warum hat es dann die Föderation nicht ...?«

»Warum sie es noch nicht entdeckt und ausgebeutet haben, wie sie es mit allem anderen machen? Weil es immateriell ist, denke ich, weil man es nicht in der Hand halten und anfassen kann. Dabei hätten sie es einmal fast getan. Es gab einst eine Sache namens ›Projekt Telepathie‹, damals, als Regis gerade an die Macht gekommen war. Wir hatten unsere Teilnahme daran zugesagt, aber Lew Alton, der damals noch Senator war, fand das Unternehmen zu gefährlich für Darkover und brachte es fertig, dass dieses Projekt ad acta gelegt wurde. Die Terraner sind davon überzeugt, dass die Produkte ihrer materiellen Technologie allem anderen überlegen sind, und sie haben aufgehört, nach Alternativen zu suchen. Lew hat einfach ein paar entscheidenden Leuten eingeredet, dass echte Telepathen rar seien, viel zu wenige, um einen solchen Aufwand zu rechtfertigen, und dass diejenigen, denen die Gabe zuteil würde, normalerweise emotional labil und letzten Endes wertlos seien. Und es stimmt – wenn du das Pech hast, auf einem

Planeten zur Welt zu kommen, auf dem paranormale Kräfte nicht kultiviert werden, dann wirst du am Ende als Telepath ziemlich verrückt.«

»Aber das ist ja furchtbar! Ich meine, wenn es noch andere Leute in der Galaxie gibt, die solche Kräfte besitzen ...? Wie konnte er nur?«

»Mit den größten Schwierigkeiten und vielen schlaflosen Nächten, das kann ich dir versichern. Aber er musste an einen ganzen Planeten denken, Kate – an seine Welt.«

»Ich verstehe. Aber es kommt mir ziemlich egoistisch vor.« Katherine beschloss, sich mit einem Urteil über den interessanten und vielschichtigen Mann zurückzuhalten, den sie am Vorabend kennen gelernt hatte.

»Die Alternative wäre seiner und meiner Ansicht nach gewesen, eine Invasion zu riskieren. Kannst du dir vorstellen, wie verlockend es für gewisse Leute wäre, nach Belieben die Gedanken ihrer Gegner lesen zu können? Sicher, man weiß in der Föderation, dass Telepathie existiert, aber sie haben nicht die geringste Ahnung, was ein Darkovaner mit ausgebildetem *Laran* beständig leisten kann. Wenn die Föderation das wahre Ausmaß der darkovanischen Talente auch nur geahnt hätte, wären ihre Truppen bei uns eingefallen und hätten alle mitgenommen, von denen sie glaubten, sie könnten ihnen nützen.«

»Wie sagte Nana immer – die Regierung ist eine Bestie ohne Gewissen.«

»Hat sie das gesagt?«

»Ja, aber sie sprach von dem Plan, eines der alten Wäldchen zu roden, damals, als ich noch ein kleines Mädchen war. Irgendeine Gesellschaft der Föderation wollte Möbel aus dem Holz machen.« Sie lachte kurz auf. »Nur gut, dass die Gesellschaft nicht ihren Willen bekam.«

»Wieso?«

»Es war ein Wäldchen mit Nachtholz.«

»Du meinst, diese gigantischen Bäume, die wir besichtigt haben? Das ist ausgezeichnetes Holz, und ich verstehe, dass es eine gierige Entwicklungsfirma anlocken kann. Stimmt denn etwas nicht mit Nachtholz?«

»Nein, nein. Es ist wunderbares Holz, sehr hart und haltbar. Aber auf Renney heißt es, dass man verrückt wird, wenn man auf einem Stuhl sitzt, der daraus gemacht ist. Das ist natürlich nur Aberglaube.« *Aber ich würde es dennoch nicht ausprobieren wollen – was für eine dumme Frau ich doch bin.*

»Wofür wurde es dann benutzt?« Herm war froh, dass sich das Gespräch von *Laran* und den anderen Themen wegbewegte, bei denen Katherine nicht wohl war. Er hätte in diesem Augenblick über alles geredet, um sie bei Laune zu halten.

»Speere, als wir noch welche benutzten. Ein Speer aus Nachtholz hat angeblich das Herz eines Feindes vollständig durchbohrt. Und Schilde – zum Schutz gegen die Speere. Aber niemals Stühle und auf gar keinen Fall Kinderkrippen!«

»Du musst unbedingt Marguerida davon erzählen. Mikhail sagt, sie sei eine große Geschichtensammlerin.«

Katherine seufzte und richtete sich gerade auf. »Muss Terése wirklich überprüft werden, Herm? Ist das absolut notwendig?«

Herm zuckte fast zusammen. Er hätte wissen müssen, dass er Katherine nicht lange ablenken konnte. »Ja. Aber es ist nicht schwierig oder schmerzhaft – niemand wird an einen Apparat geschnallt. Und es wäre weitaus gefährlicher, ihre Talente nicht zu kennen.«

»Werde ich bei ihr bleiben dürfen?«

»Das ist etwas ungewöhnlich, aber ich denke, ich könnte es einrichten. Vielleicht wäre es gar keine schlechte Idee, dich und Amaury ebenfalls überprüfen zu lassen, Liebste.« *Womöglich bist du gar nicht so kopfblind, wie du glaubst.*

»Mach dich nicht lächerlich, Hermes! Ich bin absolut keine

Telepathin, und ich will auch keine sein! Allein der Gedanke macht mir Angst!«

»Bist du dir ganz sicher?«

»Was soll das heißen?« Sie starrte ihn wütend und zugleich nicht wenig erschrocken an.

»Mir ist gelegentlich durch den Kopf gegangen, dass manche deiner Porträts doch ... bemerkenswerte Elemente enthalten. Weißt du noch, wie Dame Hester es nicht fassen konnte, welche Blumen du auf ihrem Bild im Hintergrund gemalt hattest?«

»Die muss ich in einem Buch gesehen und deshalb gewusst haben, dass sie von ihrer Welt stammen.«

»Aber woher konntest du wissen, dass es ihre Lieblingsblumen waren?«

»Pures Glück«, beharrte Katherine, klang aber nicht sehr überzeugt. »Ich hatte einfach das Gefühl, dass sie passten ...«

»Es kann Intuition sein, Kate, es könnte aber auch mehr sein. Willst du es nicht herausfinden?«

»Nein. Ich würde es nicht ertragen, wenn sich herausstellte, dass ich meine Modelle all die Jahre ausspioniert habe.« Er wollte doch nur, dass sie sich nicht so behindert fühlte, indem er andeutete, es sei eventuell mehr als bloße Intuition. Wie konnte er es nur wagen! Sie sah ihn vorwurfsvoll an und hätte ihn am liebsten erwürgt. Für einen Augenblick fühlte sie sich beinahe krank. Was für ein abstoßender Gedanke. Und sie würde sich auf keinen Fall von irgendwem testen lassen!

Herm kannte dieses trotzig vorgereckte Kinn und wusste, es wäre Zeitverschwendung, das Thema weiterzuverfolgen. Sollte sie erst einmal eine Weile darüber nachdenken. »Wie du meinst. Ich werde dich nicht zwingen, aber ich hoffe, du änderst deine Meinung noch.«

»Verflucht noch mal, Herm! Ich hasse es, wenn du das tust!«

»Wenn ich was tue?«, entgegnete er und versuchte, unschuldig dreinzublicken, was ihm nicht im Geringsten gelang.

»Wenn du so ruhig und vernünftig wirkst, obwohl du mich in Wahrheit manipulierst und wie auf einem Instrument auf mir spielst.« Sie war zwar noch auf der Hut, aber ihre Angst verlor sich langsam.

»Das tue ich nie, wenn wir beide angezogen sind«, erwiderte er mit heiserer Stimme.

»O nein! Du spielst ja nicht mit Leuten. Aber so leicht bin ich nicht zufrieden zu stellen, dass ...«

Er begann zu lachen, und nach einem Augenblick fiel sie zögernd ein. Aber als er nach den Bändern ihrer Jacke griff, schob sie seine Hand barsch weg. »Du bist nicht halb so unwiderstehlich, wie du glaubst. Und wenn du dich nicht benimmst, lasse ich dich im Salon schlafen.«

»Aber Liebling! Denk bitte an meinen schlimmen Rücken.«

»Mit deinem Rücken ist alles in bester Ordnung!«

»Aber nicht mehr, wenn ich auf diesem unförmigen Möbelstück im Salon zu schlafen versuche!«

»Hermes-Gabriel Aldaran – du bist ein hoffnungsloser Fall!« Sie packte ihn an beiden Ohren und riss unsanft daran. »Was mache ich bloß mit dir?«

»Ich weiß nicht, da du ja nicht in Fiedellaune bist. Willst du mich bessern, Frau?« Er versuchte, streng zu schauen, aber es gelang ihm nicht. Sie war zu hübsch, und es verschlug ihm noch immer jedes Mal den Atem, wenn er ihr in die Augen blickte.

»Nein. Doch.«

»Das ist wenigstens ehrlich. Lass uns vereinbaren, dass ich nicht mehr zu bessern bin und die Moral einer Wildkatze habe. Aber vergiss bitte nicht, dass ich dich liebe, und dass ich dich nicht hierher gebracht hätte, wenn mir eine andere Zuflucht geblieben wäre. Du bist mein Leben, Katherine.«

»Sehr hübsch gesagt und vielleicht sogar wahr.« Sie fuhr ihm mit den Fingerspitzen sanft über die Lippen. »Versprich mir nur, dass du mir immer alles erzählst und mich nie mehr im Dunkeln tappen lässt. Ich glaube nicht, dass ich dir noch ein Geheimnis verzeihen könnte.«

»Ich werde dir all meine Geheimnisse erzählen, Kate, aber nicht die von anderen.«

»Damit kann ich mich abfinden. Und jetzt bin ich am Verhungern! Lass uns ein Mittagessen bestellen, da kannst du mir von deinem Treffen mit Mikhail und Lew Alton erzählen. War eigentlich noch jemand dabei?«

»Danilo Hastur und Danilo Syrtis-Ardais waren da, außerdem Mikhails Friedensmann Donal. Es lief gut.« Herm wusste, er sollte ihr sagen, dass ein Kopfgeld auf ihn ausgesetzt war, aber er brachte es nicht über die Lippen.

»Und?«

»Ich kann dir nichts verheimlichen, oder?« Eben hatte er sein Wort gegeben, und schon stand er im Begriff, es zu brechen. Herm konnte ihr nicht sagen, dass Belfontaine seine Auslieferung verlangte, da es ohnehin ausgeschlossen war, dass Mikhail Hastur einem solchen Begehren je zustimmte. Sie brauchte es nicht zu erfahren! Sie würde sich nur noch mehr Sorgen machen, und das hatte sie nicht verdient, nach allem, was sie ertragen musste. Später, wenn die Krise vorbei war, würde er ihr alles erzählen ...

Katherine sah ihn durchdringend an. »Nicht mehr, Herm. Ich will nicht mehr im Unklaren bleiben, auch wenn mich politische Angelegenheiten im Grunde nichts angehen. Ich muss an mich und die Kinder denken, und eigentlich scheren mich die großen Zusammenhänge keinen Deut. Ich glaube, das ist alles nur ein großes Spiel, das ihr Männer gern spielt und bei dem ihr einander zu beherrschen versucht.«

»Da könntest du Recht haben, obwohl ihr Damen nicht gerade über dem Spiel steht. Ich habe nie verstanden, warum ihr Weibsvolk nicht einfach ruhig auf euren Podesten steht und euch bewundern lasst.« Er entschied, sie lieber abzulenken, und zwar schnell!

Katherines Augen wurden noch schmäler. »Weil wir nicht wollen, dass uns wildfremde Leute unter die Röcke gaffen! Hör endlich auf, mich zu ärgern, und versuch nicht, mich abzulenken. Es funktioniert nicht! Von wegen ›Weibsvolk‹!«

»Daran habe ich gar nicht gedacht.« Er brummte leise und überlegte, wie viel er ihr erzählen sollte. »Die Lage ist kompliziert. Es gibt sehr viele Leute auf Darkover, die von der Föderation nie begeistert waren und wahrscheinlich die Gelegenheit nutzen werden, uns zu einem vollständigen Rückzug zu überreden. Das ist eine sehr konservative Gesellschaft hier – einer der Gründe, warum sich die terranische Technologie auf diesem Planeten nicht ausbreiten konnte. Und zu den mächtigsten Fürsprechern einer Isolationspolitik zählt Mikhails Vater, *Dom* Gabriel Lanart-Alton. Du wirst ihn sehr bald kennen lernen. Und seine Frau, Javanne Hastur, die ältere Schwester von Regis und nach allem, was man so hört, eine Furcht erregende Gegnerin. Soviel ich erfahren habe, ist sie möglicherweise psychisch ein wenig labil. Und aus Gründen, auf die ich nicht näher eingehen will, hat sie sich nie damit abgefunden, dass Mikhail Regis' Nachfolger wird. Am besten, du fragst Marguerida danach, wenn sich die Gelegenheit bietet. Javanne will unbedingt das Königtum der Elhalyn erneuern, obwohl es nie wirkliche Macht besaß. Auch wenn Mikhail ihr Sohn ist, sähe sie es lieber, dass Danilo Hastur die Geschicke Darkovers lenkte, weil sie sich einbildet, er wäre schwach genug, sich von ihr beeinflussen zu lassen. Soweit ich heute feststellen konnte, dürfte sie sich irren. Es stimmt aber, dass Dani nicht zur Führung einer planetarischen Regierung ausgebildet wurde und nie Herrscher sein wollte.«

»Das verstehe ich nicht. Sind Dani und Mikhail denn Rivalen?«

»Sie sehen sich nicht als solche, aber andere Leute würden die Sache liebend gern in diese Richtung aufbauschen. Du musst wissen, das Königtum der Elhalyn war immer weitgehend mit zeremoniellen Aufgaben betraut, die eigentliche Macht hatten immer die Hasturs. Dafür gibt es historisch gesehen gute Gründe, denn die Elhalyn-Line bringt so manchen geistig labilen Vertreter hervor. Dani hat Miralys Elhalyn mit der Absicht geheiratet, ein wenig Gesundheit in die Linie zu züchten – was in deinen Augen wahrscheinlich sehr gefühllos ist. Er hat sich immerhin wirklich in sie verliebt, deshalb ist sein Vorhaben nicht nur schrecklich und berechnend. Aber er hat das Erbe der Domäne Hastur zu Gunsten Mikhails aufgegeben, obwohl er darum hätte kämpfen können und es vielleicht auch bekommen hätte. Er wollte jedoch die Aufgabe, den Planeten zu führen, nicht übernehmen; er ist ein Mann, der um seine Grenzen weiß, und dafür bewundere ich ihn.«

»Dann wurde die Angelegenheit also schon vor langer Zeit beigelegt?«

»Ja, aber nicht zur vollen Zufriedenheit aller – besonders nicht zu Javanne Hasturs. Sie ist mit den Jahren nicht nachgiebiger geworden, wie man hört, und sie hat noch immer ein paar Verbündete im Rat der Comyn. Es wird also wahrscheinlich viel Geschrei und Tumult geben, bis sich der Staub wieder legt.«

»Aber das ist es nicht, was dir Sorgen macht.«

»Nein. Die Darkovaner sind sehr nüchtern denkende Leute, und am Ende werden sie tun, was vernünftig ist. Das eigentliche Problem bleibt die Föderation. Wir hatten hier nie einen Geheimdienst – die ganze Idee ist uns fremd. Stattdessen haben wir uns auf ein paar gut platzierte Leute im terranischen Hauptquartier verlassen und dazu auf Lew Alton, der seit dem Rückzug von Captain Rafe Scott den Finger am Puls der Föderation hat. Nun werden diese Leute aus dem ›aktiven Dienst entlassen‹, was eine nette Formulierung dafür ist, dass sie mit einem kräftigen Tritt in den Hintern rausfliegen, und wir haben niemanden mehr, der ein Auge auf Lyle Belfontaine und seine Handlanger wirft. Ohne ein paar Leute im Hauptquartier sitzen zu haben, wissen wir nicht, was die Föderation im Schilde führt, und sind ausschließlich von den Informationen abhängig, die sie uns zukommen lassen. Lew, der sehr gut zwischen den Zeilen lesen kann, glaubt, dass man uns bald eine Art Ultimatum übergeben wird. Bis jetzt ist es uns gelungen, Regis' Tod vor ihnen geheim zu halten, aber das wird nicht ewig gehen, und sobald sie es erfahren, werden sie wahrscheinlich irgendeinen Schachzug versuchen. Deshalb ist es in unserem Interesse, die Sache schnell zu regeln, aber nichts auf Darkover geschieht je schnell. Mikhail kann keine einseitigen Entscheidungen treffen.«

»Wieso nicht, wenn er doch Regis' Nachfolger ist?« Katherine konzentrierte ihren ganzen Verstand auf seine Ausführungen, und ihre Ängste traten vorübergehend in den Hintergrund.

»Er mag zwar der mächtigste Mann auf dem Planeten sein, aber er muss dem Rat der Comyn Rechenschaft ablegen, und der ist gespalten. Wir hatten noch nie einen Tyrannen auf Darkover, und Mik wird wohl kaum der erste sein wollen.«

»Das leuchtet mir noch nicht ganz ein, Herm. Ich möchte meinen, ein Planet voller Telepathen sollte keine Schwierigkeiten haben, jeden Nachrichtendienst im Nu zu durchdringen.«

»So einfach ist die Sache auch wieder nicht, selbst wenn man ethische Erwägungen beiseite lässt.«

»Wieso nicht?«

»Weil man nicht einfach die Augen schließen und anfangen kann, das Gehirn anderer Leute zu plündern – es sei denn, man verfügt über die Alton-Gabe des erzwungenen Rapports. Räumliche Nähe ist ebenso erforderlich wie eine gewisse Vertrautheit mit dem Geist, den man erforschen will. Wenn man die Person nicht kennt, empfängt man nur einen Haufen Lärm – Streit mit dem Partner, wie dem Betreffenden die letzte Besprechung gefallen hat, wie sehr er seine Arbeit verabscheut oder einfach nur, dass ihn fürchterliche Kopfschmerzen plagen, weil er am Abend vorher zu viel getrunken hat. Und den Besitzern von *Laran* wird sehr früh beigebracht, dass es unverzeihlich ist, andere Leute auszuspionieren.«

»Dann habt ihr also einen Vorteil, aber ihr macht keinen Gebrauch davon! Das ist ein bisschen schwer zu glauben. Die Versuchung muss doch gewaltig sein.«

»Nein, eigentlich nicht. Größtenteils willst du gar nicht wissen, was in den Köpfen von anderen vorgeht, weil es zu trivial oder unappetitlich ist. Wenn jemand mental schreit, kannst du nicht verhindern, dass du es hörst, aber das meiste davon sind Emotionen statt Informationen. Ich will damit sagen, kein Mensch sitzt im Hauptquartier an seinem Schreibtisch, liest die neuesten Befehle und sendet sie dabei in voller Lautstärke als seine Gedanken aus. Stattdessen konzentriert er sich gedanklich darauf, welche Auswirkungen diese Befehle auf seine unmittelbaren Lebensumstände haben werden – etwa wo er als Nächstes stationiert sein wird oder ob er seine darkovanische Gattin und die Kinder mitnehmen kann.«

»Verstehe. Das erleichtert mich, Herm. Es nimmt mir einige meiner Ängste.«

»Gut. Ich sehe schon, du wirst eine Weile brauchen, bis du

überzeugt bist, dass niemand auf dem Flur oder beim Abendessen in deinen Verstand eindringt. Das können ohnehin nur sehr wenige von uns nach Belieben. Marguerida verfügt über die Alton-Gabe, genau wie ihr Vater und ihr Sohn Domenic, aber keiner von ihnen würde dich je verletzen.«

Katherine nickte, anscheinend beruhigt. »Ich mag Domenic, aber er ist zweifellos ein sehr ernster junger Mann. Und Marguerida scheint sehr nett zu sein, auch wenn ich sie bisher kaum zu Gesicht bekommen habe.«

»Im Augenblick ist sie sehr mit den Vorbereitungen für das Begräbnis beschäftigt, aber sie hat vor ihrer Rückkehr nach Darkover zwanzig Jahre lang in der Föderation gelebt, deshalb entdeckt ihr wahrscheinlich einige gemeinsame Interessen. Sie kam als Universitätsmitarbeiterin mit einem Stipendium in Musikwissenschaften hierher, und soviel ich weiß, hat sie noch jahrelang völkerkundliche Arbeiten übermittelt. Und sie kann es kaum erwarten, dich über Amedi Korniel zu löchern, sobald sie einen freien Moment hat.«

»Ich glaube, Mikhail hat gestern Abend beim Essen davon gesprochen. Das ist immerhin etwas, womit ich umgehen kann. Ich kenne eine Reihe skandalöser Geschichten über ihn – er war ein großartiger Musiker, aber eigentlich kein sehr netter Mensch.« Dann wurde ihr bewusst, dass es immer noch Dinge gab, von denen sie keine Kenntnis hatte, und sie lenkte das Gespräch auf das ursprüngliche Thema zurück. »Ist da noch etwas, Herm? Ich habe das Gefühl, dass dich noch etwas anderes beunruhigt.«

»Ja, Liebste. Wie hast du das erraten?«

»Du verknotest immer die Finger, wenn dir nicht wohl ist.«

Herm sah auf seine Hände hinab und stellte fest, dass sie in der Tat ineinander verschlungen waren. Wie kam es, dass er das noch nie bemerkt hatte? »Wie gesagt, haben wir selbst keinen richtigen Geheimdienst, aber wir wissen, dass die Föderation einen hat. Ich meine nicht die entsprechenden Leute im Hauptquartier. Lew hegt den Verdacht, dass eine verdeckte Operation läuft, aber er hat keine Ahnung, wie oder was. Wir sind uns nicht einmal sicher, dass es sich tatsächlich um eine Dienststelle der Föderation handelt.«

»Was könnte es sonst sein?«

Herm lachte auf. »Wenn ich nicht die letzten zwanzig Jahre in der Föderation verbracht hätte, könnte ich nicht einmal den Versuch einer Antwort wagen. Die Liberale Partei, ebenso wie die Expansionisten, die Neu-Republikaner, die Monarchisten und so gut wie jede andere politische Kraft – sie alle beschäftigen diesen oder jenen Spion und versuchen die Geheimnisse der anderen zu erschnüffeln, um sie bloßzustellen. Was glaubst du, wie der Bankenskandal auf Coronis IX in die Medien kam? Den hat kein eifriger Zeitungsreporter aufgedeckt, sondern ein Agent der Neuen Offenbarungsbewegung hat die Sache publik gemacht. Sie lieben es, die Expansionisten in Misskredit zu bringen – das ist praktisch ihre einzige Art von Sport.« Beide kicherten, da die Neue Offenbarungsbewegung für ihren Fundamentalismus und ihre Ablehnung jeder Art von Spiel berühmt war. »Wobei wir Übrigen es natürlich durchaus genossen haben. Was auf Darkover im Gange ist, könnte also alles Mögliche sein – von der Föderation bis zu einer Gruppe, von der ich noch nie gehört habe. Das ist zwar unwahrscheinlich, weil von den verschiedenen Verbindungen keine an Darkover interessiert sein dürfte. Trotzdem beunruhigt mich diese Ungewissheit.«

»Aber warum sollte jemand so etwas tun, Herm? Ich meine, Darkover ist kein sehr bedeutender Planet. Müssten Spione nicht eher an Aldebaran V oder Wolf interessiert sein? Wo es viel Industrie und bedeutende Rohstoffvorkommen gibt?«

»Darkover ist ein sehr geheimnisumwitterter Planet, Kate. Gerade unsere Politik der Informationsbeschränkung, die Lew eingeführt hat und die ich fortgesetzt habe, musste zwangsläufig irgendwo Neugier erregen. Wir haben das Problem zunächst nicht erkannt. Verstehst du – man unternimmt etwas, das in der momentanen Situation geboten erscheint, und zehn oder zwanzig Jahre später zeigen sich plötzlich Auswirkungen, die man niemals vorhergesehen hat. Wir wissen nichts Genaues, aber Lew behauptet, es habe in letzter Zeit Störungen gegeben, die ihn misstrauisch machen. Er hoffte, ich könnte das bestätigen, aber ich musste ihm erklären, dass mir nichts von einer bestimmten Gruppe bekannt sei, die ein Auge auf Darkover geworfen habe. Wir wissen im Grunde also nicht, ob wir ausspioniert werden.«

»Aber ihr haltet es für möglich.«

»Ja, das war unsere vorsichtige Schlussfolgerung, was immer sie uns nützen mag«, stimmte er widerstrebend zu. »Lass uns jetzt essen. All diese Dinge können warten.« Er empfand tiefe Schuld, vermischt mit Erleichterung und Müdigkeit. Er hatte seiner Kate erfolgreich verheimlicht, dass man ihn eventuell verhaften könnte, aber er war nicht froh über sein Täuschungsmanöver. Und er wusste, wenn er es ihr schließlich erzählte, würde der Sturm losbrechen.

Einen Augenblick lang wünschte sich Herm, er wäre nie nach Darkover zurückgekommen. Er fühlte, wie ihn eine fürchterliche Unruhe ergriff, das Verlangen, irgendwo in der Galaxis zu sein, nur nicht hier. Kate war verstimmt. Er hasste das, und er wusste, es würde nicht vergehen, nur weil es ihm Bauchschmerzen bereitete. Es war, wie er gesagt hatte: Er hatte ein Problem gelöst – die Sicherheit seiner kleinen Familie –, ohne sich die Folgen klar vor Augen zu führen. Und es hatte nicht Jahre gedauert, sondern nur Tage, bis er feststellte, dass seine Lösung neue Probleme schuf.

Sicher, er selbst konnte gut mit politischen Spannungen leben und damit umgehen, wie man es von einem schlauen Burschen wie ihm erwarten durfte. Aber es sollten nicht diejenigen darunter leiden, die ihm das Liebste waren im Kosmos – seine Frau und die Kinder. Wie hatte er nur so kurzsichtig sein können und das nicht kommen sehen? Und wie sollte er das Problem lösen? Da knurrte Herms Magen, und er gab erschöpft auf. Er hatte keine andere Wahl gehabt. In absehbarer Zeit würde er sowieso nichts in Ordnung bringen, schon gar nicht mit einem leeren Magen – er konnte also ruhig etwas essen. Wenigstens dabei würde er niemandem wehtun.

9

Domenic verbrachte den restlichen Nachmittag damit, seine Flucht aus der Burg zu planen. Er empfand eine übermütige Freude, die ihm völlig neu war. Trauer und Angst verblassten zu schwachen Schatten, obwohl es schwieriger war, als er sich vorgestellt hatte, einen Weg aus dem riesigen Gebäude zu finden. Überall liefen Diener herum, und die meisten Ausgänge waren streng bewacht. Er würde viel herumschleichen müssen, worin er nicht gerade viel Übung hatte. Doch je mehr er darüber nachdachte, desto verlockender erschien ihm der ganze Plan. Es war wirklich alles sehr sonderbar, und wenn er sich gelegentlich einen kritischen Gedanken erlaubte, fühlte er sich wie von einem boshaften Kobold besessen.

Die Sache hätte sich einfacher gestaltet, wäre für den Abend nicht ein offizielles Bankett geplant gewesen. Aber die Ankunft seiner Großeltern sowie mehrerer anderer Mitglieder des Rats der Comyn erforderte ein solches Mahl, und Domenic wusste, dass man mit seiner Anwesenheit rechnete. Er konnte sich nichts vorstellen, das er weniger gern getan hätte, als einige Stunden mit Javanne zu verbringen, die ihn wütend anstarren, oder – noch schlimmer – so tun würde, als wäre er Luft. Und Gareth Elhalyn dürfte ebenfalls anwesend sein. Was hatte sein Vetter nur an sich, das ihn so beklommen machte? Andererseits würde es sicherlich ein interessantes Abendessen werden, da Herm Aldaran und seine Familie ebenfalls daran teilnahmen, und vielleicht würde das Javanne ablenken, so dass sie ihm nicht allzu viel Beachtung schenkte.

Minutenlang war Domenic nahe daran, seine verrückte Idee fallen zu lassen. Er schwankte zwischen Begeisterung und Verzweiflung, fürchtete sich vor den Folgen und war gleichzeitig wie gebannt. Dann schimpfte er sich einen Feigling. Rhodri würde sich mit so kleinlichen Erwägungen wie Pflicht und gutem Benehmen nicht lange aufhalten. Vielleicht sollte er ihn um Hilfe bitten. Sein Bruder kannte alle Schleichwege und nur selten benutzen Korridore des Gebäudes und nutzte sie oft für seinen eigenen Dummheiten. Aber Domenic verwarf diesen Gedanken. Rhodri würde ihm zwar bestimmt zeigen, wie man entkam, würde aber auch darauf bestehen, mitzukommen. Und was wäre das für ein Abenteuer, wenn er seinen kleinen Bruder mitnahm? Außerdem steckte der ohnehin die meiste Zeit in irgendwelchen Schwierigkeiten, und es würde seinen Eltern gar nicht gefallen, wenn er ihn in noch weitere brachte. Darüber musste Domenic ein wenig lachen, weil er wusste, er machte sich etwas vor. Die nackte Wahrheit war, dass er fliehen wollte, ohne dass es jemand mitbekam, auch – oder gerade – sein Bruder.

Aber wie sollte er um das Abendessen herumkommen? Er zermarterte sich das Gehirn, ohne dass ihm auf Anhieb etwas eingefallen wäre. Als er es schon beinahe aufgeben wollte, kam ihm Ida Davidson zu Hilfe. Die alte Frau gehörte zu seiner Familie, solange er denken konnte, und er fand, sie müsste eigentlich seine Großmutter sein, nicht Javanne. Er konnte sich kaum an Diotima Ridenow erinnern, Lews Frau, die gestorben war, als er etwa fünf Jahre alt war. So hatte Ida den Platz eingenommen, der einer Großmutter gebührte. Sie hatte sich seine kleinen Kümmernisse angehört, ohne dass er sich wie ein Trottel vorkam, hatte ihm Musikunterricht erteilt und ihm das Singen beigebracht, als sich herausstellte, dass er zwei linke Hände für Klavier, Gitarre oder überhaupt jedes Instrument hatte, das komplizierter als eine Trommel war. Seine Eltern waren beide sehr musikalisch, aber er und Rhodri schienen es nicht zu sein. Idas Freundlichkeit und Geduld hatten ihm über sein Gefühl der Unzulänglichkeit hinweggeholfen, und mittlerweile sang er immerhin gut genug, um sich nicht zu blamieren. Nach dem Stimmbruch hatte er einen passablen Tenor entwickelt und sogar Spaß an dem kleinen Quartett, das aus ihm und Rhodri sowie Gabriel und Damon bestand, den beiden jüngeren Kindern seines Onkels Rafael.

»Domenic«, sprach die alte Dame und musterte ihn aus kurzsichtigen Augen. »Geht's dir gut? Du siehst ein bisschen angegriffen aus.«

»Wirklich?« Er dachte kurz über ihre Bemerkung nach und strahlte dann innerlich. »Na ja, ich fühle mich tatsächlich ein bisschen unwohl, weißt du. Irgendwie krank.« Er war keine Spur krank und wusste, sein Aussehen rührte von seinem inneren Kampf her. Ida besaß kein *Laran* und misstraute ihm nie. Warum hatte er daran nicht früher gedacht? Rhodri spielte oft den Kranken, wenn er etwas nicht tun wollte, aber Domenic hatte diesen Trick noch nie benutzt. Ein Teil von ihm fand es fürchterlich, Ida anzuschwindeln, aber ein anderer hüpfte regelrecht vor Freude. Vielleicht war Alanna nicht die Einzige, die das Gefühl hatte, aus zwei Personen zu bestehen.

»Bei all dem Aufruhr hier wundert mich das gar nicht. Jetzt ab ins Bett mit dir. Ein langes Abendessen kannst du in dem Zustand unmöglich über dich ergehen lassen, und wenn du krank wirst, verteilst du nur deine Bazillen an uns alle. Ich lasse dir von einem Diener ein Tablett bringen.«

Domenic rutschte das Herz in die Hose. Der Diener! Das würde alles verderben. »Ich glaube, ich habe keinen Appetit, Ida.« Die Lüge kam ihm von den Lippen, als würde er seit Jahren schwindeln. »Wenn ich Hunger bekomme, läute ich einfach.«

»Kein Hunger?« Sie schüttelte den Kopf. »Dann ist aber wirklich was im Anflug, wenn du nicht einmal Hunger hast. Jetzt ab mit dir. Ich sag deiner Mutter Bescheid.«

Domenic sauste los, zu seinem Zimmer. Er lauschte den Geräuschen in den Gemächern, den Bewegungen der Diener, seiner Eltern und Geschwister. Dann zog er sein Nachthemd an und kroch ins Bett, weil seine Mutter bestimmt noch einmal nach ihm sehen würde, bevor sie zum Abendessen ging. Er konnte seine Aufregung kaum bezähmen und versuchte, sich zu beruhigen.

Marguerida kam wie erwartet, sie trug ein langes blaues Kleid, es war bestickt mit silbernen Blumen, den Farben der Hasturs. Als sie ans Bett trat, konnte er ihr spezielles Parfum riechen, Lavendel gemischt mit Moschus. Sie beugte sich über ihn und fuhr ihm mit dem Handschuh über die Stirn. »Armer Junge. Du fühlst dich nicht heiß an, aber du siehst ziemlich blass aus. Was ist denn los mit dir?«

»Ich habe in letzter Zeit nicht gut geschlafen, und ich glaube, ich bin einfach müde, Mutter.« Er mochte bei Ida mit einer Lüge durchkommen, aber bei Marguerida war es ungleich schwieriger, und er hatte es bisher nicht einmal versucht. So blieb er nahe an der Wahrheit, denn er hörte im Schlaf tatsächlich das Feuer im Herzen der Welt und das Rumpeln tief im Innern Darkovers, oder jedenfalls glaubte er es zu hören. Schlimmer noch, in seinen Träumen versuchte er die See in ihrer endlosen Bewegung anzuhalten und tat andere Dinge, die so unglaublich waren, dass man nicht einmal daran denken mochte. Deshalb mied er den Schlaf so gut es ging und benutzte die Trancezustände, die er in Arilinn gelernt hatte, als Ersatz.

»Du schläfst nicht gut? Das hättest du mir sagen müssen. Soll ich dir einen Schlaftrunk kommen lassen?«

»Ich glaube, ich brauche keinen, und abgesehen davon ist mir beim Aufwachen immer ganz schummrig davon.« Wenn Marguerida einen Trank bestellte und bei ihm stehen blieb, während er ihn schlürfte, dann wäre sein Plan im Eimer.

»Wie du meinst. Ich kann das Zeug selbst nicht ausstehen, obwohl ich in den letzten Tagen mehr davon getrunken habe, als mir lieb ist. Immer wenn ich gerade einnicken will, fällt mir etwas ein, worum ich mich noch hätte kümmern sollen, und ich schrecke im Bett hoch. Was dann meist deinen Vater weckt, und dabei braucht der doch wirklich seine Ruhe.«

»Mir fehlt nichts. Ich denke, ich werde einfach noch eine Weile lesen. Ich habe hier noch irgendwo dieses echt langweilige Buch liegen, das ich vor einem halben Jahr angefangen habe, und das dürfte mich binnen fünf Minuten einschläfern. Spar dir deine Aufregung für unsere Gäste, Mutter. Du hast bestimmt Besseres zu tun, als dir über mich Sorgen zu machen.« Er sah sie drollig an, und sie antwortete mit einem matten Lächeln. Beide wussten, dass er von Javanne Hastur sprach, die nie leicht zu handhaben war und wegen Regis' Tod wahrscheinlich noch schwieriger als sonst sein würde.

»Welches Buch ist es denn?« Domenic wusste, dass Bücher nicht gebräuchlich gewesen waren, als seine Mutter nach Darkover kam. Nur in den Häusern der Domänen gab es welche, und dabei handelte es sich größtenteils um Importe. Eines von Margueridas Projekten war die Förderung der Literatur gewesen, und sie hatte mit ihrer Freundin Rafaella n'ha Liriel, der Entsagenden, die in den ersten Monaten auf Darkover ihre Führerin und Gefährtin gewesen war, ein kleines Verlagsunternehmen gegründet. Die Entsagenden hatten schon Jahre zuvor begonnen, Handzettel und andere einzelne Seiten zu drucken, waren aber nie bis zur Herstellung richtiger Bücher gekommen. Bis Marguerida den Verlag Alton Press gründete, waren die meisten Bücher langsam und gewissenhaft von Hand abgeschrieben und in den Archiven der Burgen oder Türme verwahrt worden.

Inzwischen gab es eine junge Buchbindergilde, die sich von der Gilde der Gerber gelöst hatte, der diese Aufgabe bisher immer zugefallen war, und Auflagen von fünfhundert Exemplaren waren keine Seltenheit mehr. Mit Hilfe des Gildenhauses in Thendara, dem Hauptquartier der Entsagenden, waren zwei kleine Schulen eingerichtet worden, eine in der Nähe des Pferdemarkts, die andere in der Nähnadelstraße, und man ermutigte die Söhne und Töchter der Kaufleute, sie zu besuchen. Es war nur ein kleiner Schritt, aber immerhin ein Anfang. Marguerida hatte einen Band mit Volkssagen zum Gebrauch in den Schulen verfasst, Geschichten, die sie auf ihren Reisen durch Darkover wie auch auf anderen Welten gesammelt hatte, und das Buch erlebte gerade seine fünfte Auflage.

»Ach, dieser Wälzer, den Hiram d'Asturien über die Entwicklung von *Laran* geschrieben hat.«

Marguerida lachte, und es klang wundervoll in Domenics Ohren. Seine Mutter hatte nicht sehr oft gelacht in letzter Zeit, und bis eben hatte er gar nicht gewusst, wie sehr er es vermisste. »Was er zu sagen hat, ist nützlich, aber ich gebe zu, dass sein Stil ziemlich zu wünschen übrig lässt. Absolut einschläfernd. Allerdings wundert es mich ein bisschen, dass du dir das Buch ansiehst. Gibt es dafür einen besonderen Grund?«

»Ich war nur neugierig.« Schon wieder geflunkert, wenn auch nur ein wenig. Er war natürlich neugierig, aber der eigentliche Anlass für die Lektüre war gewesen, dass er Hinweise auf seine einzigartige Veranlagung zu entdecken hoffte, dass er herausfinden wollte, ob schon jemand vor ihm den Planeten gehört hatte. Er konnte mit niemandem darüber reden, nicht einmal mit seiner Mutter, der er immerhin völlig vertraute.

»Gut. Bewahre dir diese Eigenschaft.« Dann küsste sie ihn auf die Stirn und ging, sichtlich zufrieden gestellt.

Domenic wartete ungeduldig, bis es in der Suite still war und er keine Gedanken in der Nähe hören konnte. Dann krabbelte er aus dem Bett, zog das Nachthemd aus und legte seinen ältesten Überrock und eine Flickenhose an, dazu Reitstiefel. Er nahm einen schäbigen alten Mantel, den er besonders mochte und hartnäckig weiter trug, und sah sich in seinem Zimmer um. Er formte mehrere Kissen zu einem Körper und stopfte sie unter die Bettdecke, die er ganz weit nach oben zog. Er betrachtete sein Werk und fand, es würde seinen Zweck erfüllen, bis er zurückkam. Dann löschte er die Kerzen, was den Raum fast in völlige Dunkelheit tauchte. Das Licht des kleinen Kamins reichte kaum bis zum Bett, und es warf ein paar hübsche Schatten, die sein Täuschungsmanöver unterstützten. Domenic war sehr zufrieden mit sich.

Über die Dienertreppe schlich er aus dem Zimmer und wandte sich im rückwärtigen Flur in Richtung der riesigen Küchen. Selbst aus der Ferne hörte er das Klappern der Töpfe und Pfannen, die Anweisungen der Oberköchin an ihre Helfer, die alle mit der Vorbereitung des Mahls beschäftigt waren. Dann hörte er jemanden in seine Richtung kommen und flitzte hinter die erste Tür, die er fand. Sein Herz hämmerte vor Aufregung. Es war sehr dunkel hier drin, und dem Geruch nach war er in der Vorratskammer. Gleich darauf hörte er Schritte an der Tür vorbeigehen und wusste, wer es war. Nur einer der Burschen, die in der Küche die Spieße drehten und dessen Gedanken ganz darauf konzentriert waren, für die Köchin etwas zu holen.

Sobald im Korridor wieder Ruhe eingekehrt war, schlüpfte Domenic aus seinem Versteck und schlich auf Zehenspitzen weiter. Als er an der großen Tür zur Küche vorbeikroch, hörte er die Köchin über einen Helfer fluchen, der sich mit den Törtchen zum Nachtisch dumm angestellt hatte. Das Wasser lief ihm im Mund zusammen. Er hätte etwas essen sollen, bevor er aufbrach. Vielleicht bekam er an einem Essenstand etwas. Er hatte schon öfter an einem gegessen, aber nicht annähernd so oft, wie er es gern getan hätte, denn er fand den Geschmack des Essens von der Straße viel interessanter als den der Gerichte, die in der Burg serviert wurden. Hatte er überhaupt Münzen dabei? Ja, in seinem Gurtbeutel fanden sich ein paar.

Trotz der abendlichen Kühle stand die Tür zu der Gasse, die an der Küche vorbei zur Bäckerei führte, einen Spalt offen. Er huschte hinaus in die Düsternis und wurde mit jeder Sekunde aufgeregter. War das der Grund, warum Rhodri all diese ungezogenen Dinge tat? Was für ein Dummkopf er doch gewesen war, seinem kleinen Bruder allein den ganzen Spaß zu lassen!

Die Wärme, die von der Wand der Bäckerei abstrahlte, war angenehm, und es tat ihm fast Leid, als er an ihr vorüber war. Er schlug die Kapuze seines Mantels hoch und ging ruhig an der Kaserne vorbei, in der die Wachleute wohnten, wobei er darum betete, dass ihm keiner von ihnen begegnete. An den Geräuschen erkannte er, dass die Gardisten, die gerade frei hatten, ihr Abendessen einnahmen. Es war ein freundlicher, ausgelassener Klang, und er dachte daran, wie sehr er es stets genoss, mit ihnen zu essen. Sie zeigten bei Tisch keine Ehrerbietung, sondern behandelten ihn wie jeden anderen jungen Mann: Reich doch mal die Schale, junger Freund.

Schließlich gelangte er in eine schmale Straße und wandte sich nach rechts. Sie war menschenleer, aber die Häuser zu beiden Seiten waren beleuchtet, und gelegentlich hörte er Stimmen. Nach einigen Minuten Fußmarsch lag Burg Comyn hinter ihm, und seine Furcht, entdeckt zu werden, verflüchtigte sich. Die Straße machte einige Kurven, führte dann zu einer größeren Durchfahrt und verlief weiter zu einem kleinen Platz. Dort waren an den Häuserwänden Fackeln angebracht, und auf der gegenüberliegenden Seite des Platzes erblickte Domenic einen Stand, der Essen feilbot.

Zwei stämmige Fuhrleute standen davor und warteten darauf, dass der alte Betreiber des Standes ihnen Taschen aus Fladenbrot servierte, die mit gebratenem Geflügel gefüllt waren. Es roch wunderbar. Domenic war froh, dass er nicht vorher gegessen hatte, denn es erschien ihm abenteuerlicher, sein Nachtmahl auf der Straße einzunehmen.

Im flackernden Licht der Fackeln sah er ganz gewöhnlich aus mit seiner abgetragenen und unscheinbaren Kleidung. Niemand würde je vermuten, wer er war. Nachdem die Fuhrleute bedient worden waren, trat er hungrig schnuppernd vor. Er lauschte dem Gespräch der Männer, die mit vollem Mund redeten. In fröhlichem Tonfall, der ihre Worte Lügen strafte, beschwerten sie sich über das armselige Trinkgeld, das sie für einen Umzug bekommen hatten. Domenic nahm an, dass ihnen das Murren über die Knickrigkeit ihrer Auftraggeber Spaß machte und dass es sich hierbei um ein verbreitetes Gesprächsthema handelte.

Er bat um eine Portion, und der alte Mann schob mehrere Stücke Fleisch von einem schlanken Spieß und ließ sie auf einen knusprigen Fladen Brot fallen, den er um die Füllung herumwickelte, damit das Ganze leichter zu essen war. Domenic holte seine kleinste Münze hervor und gab sie dem Mann. Dann biss er herzhaft in das zusammengerollte Brot. Er schmeckte die Gewürze, in denen man das Geflügel mariniert hatte, und es war köstlich. Warum gab es in der Burg nicht auch so gute Sachen?

Noch immer kauend verließ er den Platz und ging rasch auf der Straße in Richtung Nordtor. Der Abendwind strich ihm kühl übers Gesicht und zerzauste ihm das Haar, aber er bemerkte es kaum. Es machte ihm großen Spaß, einfach nur allein zu sein und den nächtlichen Geräuschen Thendaras zu lauschen. Er beendete sein Mahl, stellte fest, dass sein Gesicht ein wenig fettverschmiert war, und grinste, bevor er sich mit dem Ärmel über die Wangen wischte. Heute Abend einmal keine Servietten und Tücher! Und – noch besser – keine Javanne, die ihm den Appetit verdarb.

Nach einer halben Stunde Fußmarsch sah er Leute vor sich

auf der Straße. Sie strebten dem Tor zu, und er verlangsamte seinen Schritt, um sie nicht einzuholen. Als sie unter einigen Fackeln hindurchliefen, bemerkte er, dass sie terranische Lederkluft trugen, und fragte sich, was sie außerhalb der Handelsstadt trieben. Es war Terranern in ihrer dienstfreien Zeit nicht verboten, sich ins eigentliche Thendara zu wagen, aber selbst Domenic wusste, dass sie es üblicherweise nicht taten. Vielleicht langweilten sich die beiden und hatten gehört, dass das Fahrende Volk eine Vorstellung gab.

Aber ein bisschen seltsam war es schon. Domenic hatte in den letzten Tagen dies und jenes von seinem Vater oder von Großvater Lew aufgeschnappt und den Eindruck gewonnen, es existiere eine Art Befehl der Föderation, der es ihren Leuten verbot, das Hauptquartier zu verlassen. Aber vielleicht hatte er auch etwas falsch verstanden, oder die Terraner hatten es sich anders überlegt. Er wusste nur eines mit absoluter Sicherheit, nämlich dass man allen darkovanischen Angestellten befohlen hatte, sowohl den Raumhafen als auch den Komplex des Hauptquartiers zu verlassen. Er hatte Ethan MacDoevid, den Schützling seiner Mutter aus der Nähnadelstraße, in die Halle kommen sehen, als er zu seinem Wachdienst aufgebrochen war. Sicher war er erschienen, um Großvater Lew etwas Interessantes mitzuteilen.

Domenic kannte die Geschichte, wie Ethan und seine Mutter sich kennen gelernt hatten, sehr gut, denn Marguerida erzählte sie mit Vorliebe. Ethan und sein Vetter Geremy hatten Marguerida am Tag ihrer Rückkehr nach Darkover getroffen, als sie gerade den Raumhafen verließ. Die Jungen hatten sie zum Haus von Meister Everard in der Musikstraße geführt, und unterwegs hatten die drei sich angefreundet. Marguerida konnte ihre ersten Eindrücke sehr lebendig schildern. Ethan, der damals ein wenig jünger war als Domenic heute, hatte ihr seinen sehnsüchtigen Wunsch anvertraut, einen Raumkreuzer zu fliegen, und später half sie mit, ihm eine Ausbildung zum Raumfahrer zu ermöglichen. Er hatte alle notwendigen Fertigkeiten erworben, aber die Gelegenheit, ins All zu fliegen, hatte er dennoch nicht bekommen, da die Föderation ihre Politik geändert hatte und ihre Schiffe nicht mehr mit Personal von geschützten Planeten bemannte.

Nach Rafe Scotts erzwungenem Abschied aus dem Hauptquartier hatte Ethan viele der Aufgaben übernommen, die Scott als Verbindungsoffizier erfüllt hatte. Domenic wusste aus einigen Gesprächen mit Ethan, dass er darüber nicht sonderlich erfreut war, aber er tat seine Arbeit, so gut er konnte. Seine Ernennung hatte verschiedene Ratsmitglieder verärgert, da er nicht aus einer Domänenfamilie stammte, sondern der Sohn eines Kaufmanns war und überdies Margueridas Protegé. Er hatte sich jedoch als gute Wahl erwiesen, und Domenic fragte sich, was er wohl tun würde, wenn die Föderation tatsächlich abzog und man keinen Verbindungsoffizier mehr brauchte. Und selbst wenn sie nicht abzogen, würden sie keine gebürtigen Darkovaner mehr im Hauptquartier dulden. Ethan konnte nach so vielen Jahren wohl kaum in die Schneiderei seines Vaters zurückkehren.

Domenic bemerkte, dass die Männer vor ihm ein gehetztes und nervöses Gebaren an den Tag legten, und das ließ ihn alle Spekulationen über Ethans Zukunft vergessen. Er fand ihr Benehmen sehr interessant und zugleich verwirrend. Im einen Moment schlenderten sie dahin wie zwei Kerle, die sich amüsieren wollten, und im nächsten spähten sie in sämtliche dunkle Nischen, als rechneten sie damit, angegriffen zu werden. Falls sie unerkannt bleiben wollten, hätten sie nicht in ihrer auffälligen Lederkluft kommen dürfen. Typisch terranische Arroganz. Was hatten sie vor? Wenn sie weibliche Gesellschaft suchten, wären sie in der Handelsstadt geblieben. Domenic zuckte die Achseln unter seinem schäbigen Mantel und entschied, dass es nicht wichtig war und lediglich seinem bislang nicht sehr aufregendem Abend ein wenig Würze verlieh.

Er fing an, sich bei der ganzen Geschichte ein bisschen albern vorzukommen. Nur weil seine Mutter gesagt hatte, dass er zu brav sei, musste er sich ja nicht gleich in der Nacht davonstehlen und ein paar Kissen an seiner statt im Bett zurücklassen. Er war versucht, umzukehren und zurückzugehen, bevor seine Abwesenheit entdeckt wurde. Aber das wäre feige, und außerdem tat er ja nichts Schlimmes.

Die ganze Sache ist pure Zeitverschwendung – wir könnten jetzt warm und gemütlich in der Kaserne sitzen, statt uns hier in der verfluchten Kälte herumzutreiben. Vancof wird uns nichts zu sagen haben – das hatte er noch nie. Gott, wie ich diesen Planeten hasse. Aber man wird mich auf keinen besseren Posten versetzen, da ich es nicht geschafft habe, mir hier irgendwie einen Namen zu machen. Belfontaine spinnt, wenn er denkt, er kann hier eine Wende schaffen, bevor wir gehen müssen. Ich bin froh, wenn ich von Cottman wegkomme, je früher desto lieber. Verdammter Hinterwäldlerplanet.

Als Domenic diesen Wirrwarr ungeordneter Gedanken aufschnappte, wäre er fast gestolpert. Cottman? Er musste einen der Männer vor ihm belauscht haben – nur die Terraner nannten Darkover so. Und wer war Vancof? Wollten die Männer außerhalb des Stadttors jemanden treffen? Warum sollten sie das tun? Es ergab überhaupt keinen Sinn.

Der Name klang merkwürdig und war eindeutig nicht darkovanisch. Warum sollten sich diese Männer mit einem anderen Terraner vor der Stadt treffen? Plötzlich nahm die ganze Geschichte eine düsterere Schattierung an. Die Männer suchten nicht nach Unterhaltung, sondern verfolgten ein anderes Ziel. Domenic ging schneller, weil er hoffte, ihr Gespräch weiter belauschen oder noch einen Gedankenfetzen auffangen zu können. Es war nicht so, als würde er spionieren, da er nichts dagegen tun konnte, dass er die obersten Gedanken anderer Leute hörte. Trotzdem war ihm nicht ganz wohl dabei.

Die Männer durchschritten den Bogen des Nordtors, und Domenic folgte ihnen. Vor dem Tor loderten ein halbes Dutzend Feuerstellen, Fackeln brannten in Ständern. Nach den vergleichsweise dunklen Straßen wirkte die Szenerie heller, als sie war. Der Junge sah mehrere bemalte Wagen des Fahrenden Volks an einer Seite der großen Wiese stehen. Auf der anderen Seite gab es Essenstände und Buden, in den allerlei Tand verkauft wurde. Gleich dahinter standen mehrere Gruppen von Maultieren, die mit Seilen angebunden waren, und Wagen, auf den sich Waren türmten. Domenic wunderte sich kurz, warum die Maultiertreiber hier draußen campierten. Wahrscheinlich wollten sie die Kosten für einen Mietstall sparen. Es gab anscheinend so vieles, was er nicht wusste, und er ärgerte sich sehr darüber. Schöne Erziehung, die er genossen hatte!

Bei einem der Wagen war eine Seitenwand heruntergelassen, und auf der Plattform stand ein Jongleur, der furchtlos kleine brennende Fackeln in die Luft warf. Er ließ vier von den Dingern fliegen und sagte gleichzeitig etwas auf. Domenic näherte sich fasziniert diesem Schauspiel. Das rothaarige Mädchen war nirgendwo zu sehen, und die Seitenwand des Puppenwagens war hochgezogen und geschlossen. Vielleicht hatten sie bereits gespielt, und er hatte es verpasst.

Er mischte sich unter die Zuschauer und lauschte den höhnischen Bemerkungen des Jongleurs und den Pfiffen und Rufen des Publikums. Über allem hing der Geruch von billigem Bier und ungewaschener Kleidung. Es war ein derber Menschenhaufen, Männer sowohl als Frauen und sogar ein paar Kinder, die vor Staunen große Augen machten. Aber es war keine aufsässige Menge – die Leute amüsierten sich einfach an einem recht milden Abend. In wenigen Wochen würde es zu kalt für diese Art Unterhaltung sein, und alle nutzten das schöne Wetter und die Gelegenheit zu ein wenig harmlosem Spaß.

Die beiden Männer in der terranischen Lederkluft blieben mehrere Minuten in der Menge stehen, mit dem Rücken zu Domenic. Sie waren kräftig, breitschultrig und muskulös. Einer hatte dunkelbraunes Haar, und der andere war blond, aber davon abgesehen unterschieden sie sich nur wenig. Gelangweilt verfolgten sie die Vorstellung, als würden sie auf etwas oder jemanden warten.

Als Domenic schon beinahe dachte, sie wollten eine der Akrobatinnen oder Tänzerinnen in den knappen Kostümen sehen, über die sich manche Leute in Arilinn empört hatten, machte einer der Männer seinem Partner durch Kopfnicken ein Zeichen. Sie schlichen still davon und verschwanden zwischen zwei abgestellten Wagen. Dabei sahen sie nicht aus, als würden sie die Gesellschaft von Frauen suchen, und soweit Domenic wusste, bot das Fahrende Volk solche Dienste auch nicht an. Bei seiner bodenlosen Unkenntnis des Lebens jenseits der Burgmauern schien natürlich so gut wie alles möglich. Aber wenn sie nur eine Wärmflasche brauchten, hätten sie in den Schenken der Handelsstadt leichter jemanden aufgegabelt.

Für einen kurzen Moment zögerte er, dann konnte er nicht widerstehen. Er musste herausfinden, was die beiden vorhatten. Unbemerkt schlich er durch die Menge und ging zu der Lücke zwischen den beiden Wagen. Dort lehnte er sich gegen eines der Fahrzeuge und beugte sich vor, als müsste er die Schnürsenkel seiner Stiefel neu binden. Der Mantel fiel um ihn herum und verhüllte seine Bewegungen. Zu seiner Erleichterung schien ihm niemand auch nur die geringste Beachtung zu schenken.

In Domenics Ohren rauschte das Blut, und zunächst hörte er nichts als die Geräusche seines Körpers. Warum spionierte er diesen Männern nach? Weil sie nicht dorthin gehörten, wo sie im Augenblick waren, und auch weil er, wie er sich widerwillig eingestand, äußerst neugierig darauf war, was sie hierher geführt hatte. Er vernahm ein Flüstern in terranischer Sprache, gedämpft und vorsichtig. Domenic hatte die Sprache zwar von seiner Mutter und seinem Großvater gelernt, aber zuerst fiel es ihm ein wenig schwer, den Worten zu folgen. Er beugte sich in Richtung des schmalen Durchgangs zwischen den Wagen und lauschte angestrengt. Schließlich konnte er drei männliche Stimmen unterscheiden, die nun nicht mehr flüsterten, sondern nur leise sprachen.

»Du hast seit sechs Tagen keine Nachricht geschickt.« Die Stimme klang barsch und leicht verärgert.

»Wenn ich einen Kurzstrahler hätte, wäre es leichter«, jammerte eine andere Stimme. Domenic fragte sich, was das wohl bedeuten sollte.

»Zu riskant, das weißt du genau. Abgesehen davon funktionieren die verfluchten Dinger die halbe Zeit nicht.«

»Ich war beschäftigt. Und viel hat sich sowieso nicht getan.«

»Beschäftigt?« Die barsche Stimme hörte sich ungläubig an.

»Den Wagen fahren und sich um die Maultiere kümmern, beschäftigt einen Mann nun mal den ganzen Tag! Ich hab ein Rad kaputtgemacht, damit ich nach Thendara hineindurfte, und es ist mir gelungen, quer durch die Stadt zu fahren, aber viel hab ich nicht rausgekriegt. Regis Hastur, der alte Schweinehund, ist tot, aber das wisst ihr ja schon.« Jetzt erkannte Domenic die klagende Stimme: Es war der Kutscher des Wagens, den er am Vormittag gesehen hatte! Wie hatte ihn das Mädchen noch genannt – Dirck?

Domenic hätte fast einen Schreckenslaut ausgestoßen und

die Antwort überhört. »Nein, das wussten wir nicht! Verdammt noch mal, Vancof, du bist völlig unfähig. Wir warten seit Jahren auf eine solche Gelegenheit, und du denkst, das ist nicht wichtig. Schade, dass es gerade jetzt passieren musste, wo wir uns auf den Abzug vorbereiten.«

»Ihr zieht ab? Weißt du das genau?« Vancof wirkte jetzt nicht mehr wie der unerfreuliche Bursche, der so grob zu Kendrick gewesen war, sondern klang nervös, als würde er sich vor den beiden Männern fürchten.

»Natürlich weiß ich das genau! Ich habe es vom Kommandanten, wir ziehen Ende des Monats ab.« *Falls die Föderation uns nicht im Stich lässt!* Der Sprecher klang verärgert und gleichzeitig belustigt. »Aber wenn Hastur tot ist, werden diese Pläne vielleicht geändert. Wie soll es denn jetzt weitergehen?«

Man hörte ein trockenes Husten, dann spuckte jemand aus. »Er wird in ein paar Tagen beerdigt, sein Nachfolger wird dann sein Neffe Mikhail Hastur.«

»Verstehe.« Domenic war sich fast sicher, dass das der Mann war, dessen Gedanken er vorhin gehört hatte, auch wenn er nicht hätte sagen können, woher er das wusste. »Über den wissen wir nicht viel.« Es gab eine nachdenkliche Pause. »Sie bringen ihre Könige doch zu diesem Ding da oben im Norden. Diesem Ru noch was.«

»Ja.« Der Kutscher klang jetzt wachsam und misstrauisch dazu.

»Das eröffnet uns Möglichkeiten, Vancof – echte Möglichkeiten. Vielleicht verdienst du dir den üppigen Lohn doch noch, den wir dir zahlen.«

»Wenn du meinst«, kam die mürrische Antwort. *Ich bin seit drei Monaten nicht bezahlt worden, und was ich kriege, wenn ich es überhaupt kriege, ist nicht gerade üppig. Er hat etwas vor. Verdammt sei er!*

Der andere dachte laut weiter. »Unser Problem war immer,

dass wir nie so richtig in die Burg kommen konnten. Wir haben siebenmal einen Agenten eingesetzt und sind jedes Mal gescheitert. Die Diener lassen sich nicht schmieren und sie reden kaum.« Obwohl er fast flüsterte, klang er noch ausgesprochen verstimmt über diese Tatsache. »Und alle Positionen werden vererbt, wir können also nichts tun. Aber wenn der Kerl außerhalb der Burg ist, müsste es ziemlich leicht sein, ihn kalt zu machen.«

»Ihn kalt ...? Wie?«

»Ach, ein gewöhnlicher Hinterhalt an der Straße, würde ich sagen. Das müsstest du doch schaffen. Such eine günstige Stelle, Vancof, und der Kommandant wird dich für einen prächtigen Burschen halten.« Trotz der gedämpften Stimme war die Verachtung in den Worten unverkennbar.

Man hörte ein Schnauben, dann ein höhnisches und humorloses Lachen. »Du erwartest also, dass ich an hundert Wachmännern vorbeikomme, um einen einzigen Mann zu finden, von dem ich nicht einmal weiß, wie er aussieht?«

»Ich besorge dir Helfer.«

»Hast du den Verstand verloren, Granfell? Glaubst du wirklich, du kannst einfach ...? Du denkst wohl, Mord ist die Antwort auf alles.« *Das ist übel, sehr übel. Damit will ich nichts zu tun haben. Aber Granfell würde mich ohne Zögern abstechen.*

»Wann ist diese Beerdigung?«

»In ein paar Tagen wird es in Thendara eine Art Trauerfeier geben, und dann transportieren sie den Leichnam nach Norden. Es ist lange nicht mehr vorgekommen, aber wenn es stimmt, was ich gehört habe, werden alle Oberhäupter der Domänen den Leichnam zur *Rhu Fead* begleiten.«

»Wirklich? Das wird ja immer besser! Und bleibt sogar noch Zeit für ein paar Vorbereitungen. Sehr gut. Mit ein bisschen Geschick erledigen wir nicht nur diesen Michael, sondern gleich den ganzen Rest dieser ...«

»Du willst wohl einen Trupp Kämpfer an der Straße aufstellen, was?«, höhnte der Kutscher trotz seiner Angst. »Und du meinst, das merkt keiner, hm? Du verstehst Cottman nicht, Granfell, du hast diesen Planeten nie verstanden. Und ich glaube auch nicht, dass dem Kommandanten dein Plan gefällt. Er hat schon mal Ärger gekriegt, und wenn er weiterkommen will, kann er sich keinen mehr leisten.«

Das ist die Gelegenheit, mir selbst einen Namen zu machen, und dabei wird mir dieser Bastard nicht in die Quere kommen. Wir könnten Cottman destabilisieren oder den größten Teil seiner herrschenden Klasse auslöschen, anschließend wird die Föderation einschreiten und die Macht übernehmen. Dann kann ich mir jeden beliebigen Posten aussuchen. Ich werde mindestens drei Dienstgrade überspringen.

Granfell ist nicht bei Verstand! Ich sehe es seinem Gesicht an. Er war schon immer ein bisschen verrückt. Er wird mich noch umbringen mit seinem Ehrgeiz! Er will nur den Kommandanten beeindrucken, aber ich muss sehen, wo ich bleibe. Ein Attentat auf Mikhail Hastur ist vollkommener Blödsinn. Er wird mir allerdings nicht glauben, deshalb tue ich vorläufig lieber so, als wäre ich mit von der Partie.

Domenic war völlig perplex von dem soeben Gehörten, und so begriff er erst nach einer Weile, dass er die Gedanken der beiden Männer in der Lederkluft hörte. Sein Herz pochte jetzt heftig vor Angst und Aufgeregtheit, und er kam sich vor wie angewurzelt.

»Red lieber mit dem Kommandanten, Granfell. Und kommt nicht mehr in diesen Klamotten hierher. Ihr fallt auf wie die Jungfrau bei einer Orgie.« Das war wieder der Kutscher, der noch immer seine Angst bezähmte. Domenic nahm ein Verlangen nach Wein in den Oberflächengedanken des Mannes wahr – nach einer beträchtlichen Menge Wein.

»Du alter Jammerlappen ... du glaubst doch nicht etwa, dass ich in den Fetzen von diesen Barbaren hier herumlaufe.«

»Wie du meinst. Es ist dein Hals.«

Nach diesen Worten fand Domenic, dass er genug gehört hatte, und schlich leise davon. Er mischte sich wieder unter die Zuschauer und versuchte möglichst unauffällig auszusehen. Bald merkte er, dass es ihm geglückt war, denn niemand achtete auch nur im Geringsten auf ihn. Der Jongleur war inzwischen fertig, an seiner Stelle erzählte ein knochendürrer Mann eine lange Geschichte. Das Publikum wirkte nicht sonderlich interessiert, aber noch war es nicht so weit, dass es Buhrufe gegeben hätte. Domenic bemerkte das alles kaum, er dachte fieberhaft nach.

Was sollte er nun tun? Ein Teil von ihm wollte zurück zur Burg laufen und jemandem erzählen, was er gerade gehört hatte. Aber wie sollte er erklären, dass er hier gewesen war? Und würde man ihn überhaupt ernst nehmen? Wahrscheinlich würden sie denken, er habe die ganze Geschichte erfunden, um einer Bestrafung für sein Abenteuer zu entgehen.

Wer würde ihm glauben? Seine Mutter vielleicht, nachdem ihr Zorn verraucht war. Der Junge schauderte beim Gedanken daran. Danilo Syrtis-Ardais würde ebenfalls wissen, dass er nicht spaßte. Anders als sein kleiner Bruder hatte er noch nie gelogen. Aber was konnten sie tun? Sein Vater? Sicher, Mikhail hatte ihm erst am Vorabend versichert, dass er stets bereit sei, seinem Ältesten zuzuhören, aber irgendwie hatte Domenic das Gefühl, er könne nicht einfach in Mikhails Arbeitszimmer spazieren und verkünden, dass es ein Mordkomplott gegen ihn gab. Die Worte würden ihm im Hals stecken bleiben. Er fürchtete sich, seinen Vater ausgerechnet jetzt aus der Fassung zu bringen. Auf Burg Comyn standen die Dinge nicht zum Besten, und der Junge wollte nicht zur Verschlimmerung der gespannten Lage beitragen. Sobald alle Oberhäupter der Domänen eingetroffen waren, würde eine Ratssitzung stattfinden, die seinen Vater als Regis' Nachfolger bestätigte, und danach würde sich die allgemeine Nervosität legen. Man musste kein Ridenow sein, um zu merken, dass diese Sitzung, die laut und erbittert zu werden versprach, seinen Eltern schwer im Magen lag.

Dennoch musste er etwas tun, und zwar rasch. Domenic drehte sich um und wollte losgehen, doch dann hielt er inne. Er dachte wie ein verängstigtes Kind. Bevor er irgendetwas tat, musste er sich selbst in den Griff bekommen. *Ruhig, Domenic, und immer langsam – heute Nacht passiert noch nichts.*

Nachdem er eine Minute lang fieberhaft in verschiedene Richtungen gleichzeitig gedacht hatte, begann er zunächst seine Gefühle von allem anderen zu trennen. Niemand außer ihm wusste, wie Vancof aussah. Und die beiden anderen. Er blickte sich nach den Männern in der Lederkluft um, aber sie schienen verschwunden zu sein. Nein, dort waren sie, auf dem Weg zum Stadttor – und er hatte nicht einmal den geringsten Blick auf ihre Gesichter erhascht! Ein schöner Spion war er. Würde er sie wieder erkennen, an ihren Hinterköpfen, ihrer Haltung und ihrem Gang? Einen Moment lang war er hin- und hergerissen – sollte er sie zurück in die Stadt verfolgen und dann in die Burg gehen, oder sollte er bleiben, wo er war? Schließlich entschied er, dass er die beiden durchaus wieder erkennen würde und dass es wahrscheinlich am besten war, er blieb noch eine Weile hier. Sein erhofftes Abenteuer entwickelte sich in unerwarteter Weise, und schließlich gab es keinen Grund zur Eile.

Wie kam ein Terraner dazu, einen Wagen des Fahrenden Volks zu kutschieren? Domenic wollte jetzt mehr wissen. Vielleicht hätte er noch ein bisschen länger bei den Wagen bleiben und lauschen sollen oder die Alton-Gabe benützen, um den Fremden gewaltsam Informationen zu entreißen ... der Gedanke stieß ihn ab. Mutter hatte Recht – er war einfach zu brav.

Domenic kam zu Bewusstsein, wie viel Angst er hatte und wie allein er sich fühlte. Er wäre gern weggerannt, und gleichzeitig wollte er bleiben. Schließlich musste er alles im Auge behalten. Es war seine Pflicht. Er konnte doch nicht einfach loslaufen ... aber warum eigentlich nicht? Immerhin versuchte er, seinen Vater zu beschützen. Und all die andern. Doch dann wurde ihm klar, dass er das Problem gar nicht an die Erwachsenen weiterreichen, sondern dabei sein wollte – ein Abenteuer erleben. Wenn er jetzt zurückging, würde man ihn bestrafen und vielleicht nicht einmal ernst nehmen.

Wäre er wegen des rothaarigen Mädchens nicht so neugierig gewesen, dann wäre das alles nicht passiert, und das Komplott wäre nicht entdeckt worden. Falls es überhaupt ein Komplott gab, und falls dieser Kommandant – sie meinten höchstwahrscheinlich Belfontaine – Granfells Plan weiterverfolgte. Und wenn Domenic es allen in der Burg erzählte und Glauben fand, säße er in der Falle. Seine Eltern würden ihn mit so vielen Wächtern umgeben, dass er keine Luft mehr bekäme. Er würde wieder zu einem kleinen Jungen werden.

Diesen Gedanken konnte Domenic nicht ertragen. Das hier war sein Abenteuer, und er war entschlossen, es bis zum Ende durchzustehen. Er hatte es gründlich satt, ein Gefangener auf Burg Comyn zu sein, und eine Rückkehr garantierte ihm, dass es so blieb. Andererseits löste es Angst und Zorn bei seinen Eltern aus, wenn er mitten in der Nacht weglief. Dieser Tatsache sah er nicht gern ins Auge, aber es blieb ihm nichts anderes übrig. Das hieß, er musste die Sache jemandem erzählen, der ihn verstand und ihm glaubte, der ihn aber nicht auf der Stelle zurückschleifen würde.

Domenic fiel nur ein Mensch ein, der wissen würde, was zu

tun sei. Lew Alton. Sein Großvater hatte für alles Verständnis. Er würde sicherstellen, dass sich Marguerida und Mikhail keine Sorgen machten, und ihm sagen, wie er weiter vorgehen sollte. Das entschärfte das Abenteuer zwar ein wenig, aber er musste schließlich verantwortungsvoll handeln. Die Entscheidung, Lew zu vertrauen, löste ein Gefühl der Erleichterung in ihm aus.

Domenic überquerte die Wiese in Richtung der Essenstände. Dann kauerte er sich neben eine offene Feuerstelle, zog sich die Kapuze über den Kopf und konzentrierte sich. Er hoffte, einfach nur wie ein müder Junge auszusehen, der sich aufwärmte, denn er wollte vorläufig unsichtbar bleiben. Er schloss die Augen.

Großvater!

Domenic? Was gibt es?

Ich ... ich liege nicht krank im Bett. Ich habe mich nur krank gestellt, damit ich mich wegschleichen konnte und ...

Besuchst wohl die Amüsierbetriebe von Thendara, was? Eine gewisse Belustigung schwang in dem Gedanken mit.

Nein, Großvater. Die Idee, er könne sich davonschleichen, um ein Freudenhaus zu besuchen, empörte Domenic. Er wusste allerdings aus Erzählungen der Wachleute, dass andere Jungen in seinem Alter solche Dinge taten. *Ich bin draußen bei der Wiese am Nordtor – ich wollte mir eine Vorstellung des Fahrenden Volks anschauen. Aber ich habe etwas erfahren ... vor mir auf der Straße gingen zwei Männer in terranischer Kleidung, und sie haben sich hier mit jemandem getroffen, einem Mann namens Vancof. Ich habe ihn heute im Lauf des Tages schon einmal gesehen, er hat einen Wagen des Fahrenden Volks kutschiert. Ich glaube, er ist ein Spion oder ... ein Mörder.*

Ein Spion? Wenn Rhodri mir so ein Märchen auftischte, ich würde ihm nicht glauben, aber du, Domenic! Sprich weiter.

Die Terraner haben einem Jongleur zugesehen, dann sind sie hinter einen Wagen geschlichen. Also bin ich ihnen nachgegangen und habe gelauscht. Ich meine, es kam mir seltsam vor, dass zwei Männer in dieser Uniform, die wie eine Lederkluft aussieht, hierher kommen sollten, um sich das Fahrende Volk anzusehen. Einer heißt Granfell, den Namen von dem anderen weiß ich nicht. Vancof hat ihnen gesagt, dass Regis tot ist – was Granfell anscheinend noch nicht wusste – und dann meinte Granfell, dass er es für eine gute Idee hielte, auf dem Weg zur Rhu Fead *einen Mordanschlag auf Vater zu verüben. Und auf einige andere. Vancof versuchte ihn zu überzeugen, dass dies eine schlechte Idee sei, aber Granfell scheint sehr ehrgeizig zu sein ... und dieser Vancof hält ihn auch für ein bisschen verrückt.*

Langsam, mein Junge. Willst du damit etwa sagen, ein Agent des terranischen Geheimdienstes verkleidet sich als Mitglied des Fahrenden Volks?

Ich glaube schon.

Auf Lew Altons Seite herrschte Schweigen, als müsste er die Information erst verdauen. *Das erklärt verschiedene Dinge, die mir seit Monaten Kopfzerbrechen bereiten. Warum bist du nicht in die Burg zurückgekommen?*

Ich dachte, dass mich niemand ernst nimmt.

Und?

Und ich weiß als Einziger, wie Vancof aussieht. Na ja, bis auf Kendrick vielleicht. Er stand mit mir Wache, als der Wagen heute Vormittag durch die Stadt fuhr. Ich möchte hier bleiben und alles im Auge behalten. Großvater, die wollen alle umbringen, damit sie sich Darkover schnappen können! Vancof hat Granfell gefragt, ob er Truppen an der Straße landen lassen will. Können sie das tatsächlich machen?

Früher hätten sie es nicht gewagt. Aber jetzt – ich traue mir keine Prognose zu.

Wieder herrschte nachdenkliches Schweigen, und Domenic wartete gespannt. Was sollte er tun, wenn ihm Lew befahl, zurückzukommen?

Tja, mein Junge, hört sich an, als hättest du dich in eine sehr merkwürdige Lage gebracht. Und trotz des Risikos gebe ich dir Recht, dass du vorläufig bleiben solltest, wo du bist. Eine Nacht weg von zu Hause wird dich nicht umbringen.

Das hoffe ich! Ich habe Angst, Großvater, aber nicht sehr. Ich meine, der Kutscher hat mich gesehen, aber ich war nur ein junger Mann in einer Gardeuniform, und er war so sehr damit beschäftigt, sich scheußlich zu benehmen, dass er sich wahrscheinlich nicht an mich erinnert. Und ich werde ihm nicht zu nahe kommen. Ich kann alles aus der Ferne beobachten. Oder so tun, als würde ich mich für das Mädchen interessieren, das ich heute Vormittag gesehen habe – es ist sehr hübsch. Ich hätte nichts dagegen, mich für die Kleine zu interessieren! Dieses Eingeständnis überraschte und freute ihn gleichzeitig.

Dann erlebst du also einen interessanten Abend, ja?

Ja, Großvater.

Nun gut. Bevor es Morgen wird, kommt jemand zu dir – du kannst die Sache nicht ganz allein weiterverfolgen.

Wer? Du?

Nein, nicht ich. Lass mich nur machen, Domenic. Und bleib in Sicherheit. Ich möchte deiner Mutter nicht erklären müssen, dass ich ihren Erstgeborenen ...

Ich verspreche dir, dass ich nicht umkommen werde!

Gut.

Bitte, lass nicht zu, dass sie mich nach Hause holen.

Nein, vorläufig nicht. Ich wüsste nicht, in welcher Gefahr du schweben solltest. Und es tut dir gut, wenn du ein paar Erfahrungen außerhalb der Burgmauern sammelst. Ich fand es nie ganz richtig, wie sehr wir uns in den letzten Jahren zu ei-

ner Festungsmentalität drängen ließen, wie ich dir und allen, die es hören wollten, immer wieder erklärt habe. Die Tatsache, dass sich ein terranischer Spion beim Fahrenden Volk aufhält, beweist nur, wie Recht ich hatte. Die perfekte Tarnung – warum bin ich nicht früher darauf gekommen? Und wie viele andere mögen in den letzten dreißig Jahren auf Darkover herumspaziert sein? Überlass alles mir, mein Junge. Ich bin sehr stolz auf dich.

Stolz?

Du hast nie viel Initiative bewiesen, und die ist meiner Ansicht nach eine wertvolle Eigenschaft für einen Herrscher. Diese Geschichte zeigt, dass du mit schwierigen Situationen zurechtkommst.

Ich glaube nicht, dass Mutter deiner Meinung sein wird. Sie wird toben.

Sehr wahrscheinlich – und ein Donnerwetter auf mich niedergehen lassen. Sei vorsichtig, ich nehme später wieder Kontakt mit dir auf.

10

Am Tisch im großen Speisesaal schreckte Lew aus seiner Kommunikation mit Domenic und merkte, dass er die ganze Zeit mit dem Suppenlöffel auf halbem Weg zum Mund innegehalten hatte. Nach der Intensität des Kontakts von Geist zu Geist erschienen ihm die Essensgeräusche und Gespräche an der langen Tafel wie grober Radau, ein Angriff auf seine Sinne. Es war warm im Raum, aber die plötzliche Angst um seinen Enkel ließ ihn frösteln. Er zwang sich, die Angst abzuschütteln und klar und ruhig zu denken. Was für eine unerwartete und unerwünschte Entwicklung.

Lew ging die Botschaften durch, die er soeben von Domenic erhalten hatte, und stellte fest, dass ihn nichts davon wirklich überraschte. Es war ihnen gelungen, Regis' Tod fast drei Tage lang vor dem Hauptquartier der Föderation geheim zu halten, aber es ließ sich nicht vermeiden, dass sie es irgendwann doch erfuhren, und nun war es so weit. Und Belfontaine würde der Versuchung nur schwer widerstehen können, aus dem emotionalen Aufruhr und dem Führungswechsel im Rat der Comyn Profit schlagen zu wollen. Es sei denn, er entschloss sich, bei Granfells Vorhaben nicht mitzumachen. Lew wusste um die unausgesprochene Rivalität zwischen den beiden Männern, auch wenn sie ihnen selbst nicht bewusst war. Ein Lächeln spielte um seinen Mund – manchmal hatte Telepathie echte Vorzüge, auch wenn er selten darüber nachdachte.

Er ließ den Löffel sinken und führte sich die beiden Männer vor Augen. Sie waren misstrauisch und ehrgeizig, aber Granfell war zudem eigensinnig und hatte ein hitziges Temperament. Belfontaine war im Gegensatz dazu beherrscht und nutzte seinen Verstand und seine Schläue bestmöglich aus.

Aber er war frustriert, und das würde ihn sehr wahrscheinlich zu Granfells Plan umschwenken lassen. Eine Stationierung auf Darkover stellte innerhalb der Bürokratie der Föderation eine Sackgasse dar, und falls sich die Föderation bald zurückzog, musste Belfontaine schnell handeln oder seinen Vorgesetzten eine Niederlage eingestehen. Hatte er aus seinem Missgeschick auf Lein III etwas gelernt? Lew bezweifelte es. Männer wie Lyle Belfontaine lernten selten aus ihren Fehlern. Jetzt war er sicher verzweifelt. Und verzweifelte Menschen sind immer gefährlich.

Lew blickte den langen Tisch hinab und stellte fest, dass Gareth Hastur-Elhalyn ihn anstarrte; die strahlend blauen Augen schienen ihn förmlich zu durchbohren. Dani Hasturs Sohn schaute eilig weg, aber nicht bevor Lew einen gierigen Ausdruck auf seinem Gesicht bemerkt hatte. Er erinnerte Lew an den alten Dyan Ardais, und ein plötzliches Unbehagen erfasste ihn. Gareth schien zwar ein braver Bursche zu sein, aber Lew kannte ihn nicht sehr gut. Er musste nervöser sein, als er dachte, wenn er schon gegen ein vierzehnjähriges Kind Misstrauen hegte. Und wieso beobachtete ihn Gisela Aldaran? Eine weitere von ihren Dummheiten war das Letzte, was er jetzt brauchen konnte.

Aber sie lächelte, und Lew konnte sich nicht erinnern, wann er Gisela zuletzt hatte lächeln sehen. In ihrem Blick lag nichts Beunruhigendes, und dann erkannte er, dass sie eigentlich nicht ihn ansah, sondern seine Tischnachbarin, Katherine Aldaran. Wunder über Wunder – Giselas Miene drückte tatsächlich Zuneigung aus, als sie ihre Schwägerin betrachtete.

Kate hatte gerade ihre Suppe ausgelöffelt, sie schaute hoch, fing Giselas Blick auf und lächelte zurück. Ihre angespannte Haltung lockerte sich ein wenig, als sich die Blicke der beiden Frauen trafen. Lew wurde klar, dass sein plötzliches Schweigen Katherine verwirrt haben musste. Sie hatte offenbar verstanden, dass er sein *Laran* benutzte, und wahrscheinlich angenommen, es habe etwas mit ihr zu tun. Dennoch hielt sie ihre Furcht tapfer zurück, und er war erneut beeindruckt. Was hatte er gerade zu ihr gesagt? Er wusste es nicht mehr ...

Er wurde tatsächlich schon zu alt, um gleichzeitig noch eine normale Unterhaltung zu führen, während er auf telepathischem Weg kommunizierte. Diese Erkenntnis löste eine seltsame Zufriedenheit aus – er hatte sehr viel Glück gehabt, dass er ein so hohes Alter erreicht hatte. Es war ihm gelungen, viele seiner Feinde zu überleben, und er hatte sich im Laufe der Zeit ein wenig echte Weisheit erworben. Der beißende Schmerz bestand darin, dass er zugleich auch viele teure Freunde verloren hatte.

Lew aß noch einen Löffel Suppe. Sie war mittlerweile nur noch lauwarm und unappetitlich, daher schob er die Schale weg. Er dachte wieder an Granfell und Belfontaine und rekapitulierte, was er von seinen Besuchen im Hauptquartier über die beiden Männer wusste. Ihre Oberflächengedanken ähnelten sich, sie waren voller Ehrgeiz und zeugten von Machthunger. Lew hatte die Denkweise der beiden nie wirklich verstanden, egal wie vielen Leuten er begegnete, die genauso dachten. Er fragte sich, ob Lyle Belfontaine auch nur die leiseste Ahnung davon hatte, wie sehr sein Untergebener darauf brannte, ihn zu überflügeln. Ließ sich das vielleicht zum Vorteil Darkovers ausnutzen?

Von der anderen Tischseite her fixierte ihn Javanne Hastur mit einem Reptilienblick, ihre ohnehin vorstehenden Augen traten vor Argwohn noch weiter aus den Höhlen. Katherine rutschte nervös auf ihrem Sessel umher, sie glaubte, der Blick sei auf sie gerichtet; Lew hörte das Holz unter ihrem schlanken Körper knarzen. Er erwiderte Javannes Blick mit einem höflichen Lächeln, weil er wusste, dass sie sich darüber gewaltig ärgerte. Es war ein Jammer, dass sie so viele alte Rechnungen zu begleichen hatten. Javanne war eigentlich eine intelligente Frau, deren Kleinlichkeit und Verbohrtheit nur ihrer Frustration und einem Gefühl der Ohnmacht entsprangen.

Lew wandte den Kopf zu Katherine und dachte, wie überaus hübsch sie in dem weißen Wollkleid mit der schwarzen Stickerei aussah, das er seiner Tochter vor Jahren geschenkt hatte. Die Farben standen ihr perfekt, und das Kleid folgte der Wölbung ihrer Brüste auf eine geziemende und dezente Weise, die gerade deshalb umso reizvoller wirkte. Er mochte Katherine und fand, dass Herm Glück gehabt hatte, eine solche Frau zu finden. Dann sah ihn Mikhail vom Tischende her stirnrunzelnd an, und plötzlich traf ihn die ganze Wucht seines leichtfertigen Versprechens an Domenic. Er hätte dem Jungen befehlen sollen, nach Hause zu kommen! Wie sollte er Mik das erklären, von Marguerida ganz zu schweigen?

»Verzeihung, *Domna* Katherine. Mir ist entfallen, wovon wir gerade sprachen – ich musste an etwas anderes denken, und jetzt habe ich völlig den Faden verloren.«

»Was hast du nun schon wieder vor?«, fragte Javanne misstrauisch.

Lew antwortete nicht sogleich, sondern betrachtete erst die Frau, die er seit mehr als sechzig Jahren kannte. Die Zeit hatte es gut mit ihr gemeint, und auch wenn ihr Haar inzwischen fast so weiß war wie das von Regis zuletzt, war ihre Haut immer noch glatt und weich, und sie wirkte jünger, als sie war. Lew überlegte, ob ihre kämpferische Veranlagung sie so jugendlich erhielt – jedenfalls war sie mit den Jahren nicht umgänglicher geworden, und er konnte seinem ältesten Enkel beinahe verzeihen, dass er weggerannt war, um ihr aus dem Weg zu gehen. Sie war schon immer ein eigensinniger und schwieriger Mensch gewesen, ein Tyrann – selbst als kleines Mädchen, aber Lew hatte sie nie für niederträchtig oder böse gehalten. Wie er selbst war sie nur ziemlich dickköpfig, wenn es um ihre eigenen geschätzten Ansichten ging.

»Mutter, hör doch auf, Lew zu quälen, als ob er nur auf der Welt wäre, dich zu ärgern.«

Einen Moment lang schien es, als wollte Javanne einen Wutanfall bekommen und auf ihren jüngsten und am wenigsten geliebten Sohn losgehen. Doch sie beherrschte sich, als ließe die Anwesenheit von Katherine Aldaran sie innehalten. Lew konnte nicht umhin, das Geschick seiner Tochter hinsichtlich der Sitzordnung zu bewundern. Sie hatte Gabriel Lanart-Alton zu ihrer Rechten ans andere Tischende gesetzt, Javanne hingegen rechts von Mikhail, und so das Paar durch die ganze Länge der Tafel voneinander getrennt. Dann hatte sie Lew gegenüber von Javanne platziert, um deren Zorn von Mikhail wegzulenken, und ihm Katherine als Tischdame zugewiesen, um wenigstens einen Anschein von Höflichkeit zu gewährleisten. Marguerida war unter der Anleitung von Dio in deren letzten Lebensjahren von einer eher unbeholfenen jungen Wissenschaftlerin zu einer tüchtigen, sogar meisterhaften diplomatischen Gastgeberin geworden, die selbst unter den schwierigsten Umständen äußerst kultiviert blieb. Lew sah zu seiner Tochter hinüber, und diese schaute, als sie seinen Blick bemerkte, ein wenig verwirrt zurück. Einen Moment lang ließ er sich von der tiefen Liebe zu seinem einzigen Kind gefangen nehmen, dann drehte er sich in Erwartung von Javannes Antwort um.

»Ich bilde mir überhaupt nicht ein, dass Lew nur auf der Welt ist, um mich zu ärgern, auch wenn es häufig den Anschein hat.« Dieses Eingeständnis klang aufrichtig. »Aber er war zu lange von Darkover weg, als dass ich ihm völlig trauen könnte. Ich glaube, er ist der Föderation freundlicher gesinnt, als uns gut tut.« Seit Jahren wiederholte sie diese Klage, und es kümmerte Lew nicht im Geringsten. Darüber hinaus war

Javanne ehrlich erschüttert über den plötzlichen Tod ihres Bruders und über die Tatsache, dass man sie erst gerufen hatte, nachdem er gestorben war. Dass Lady Linnea in diesem Punkt so unnachgiebig gewesen war, wusste Javanne nicht, und Lew hoffte, sie würde es auch nie erfahren. Zweifellos hielt sie es für Lews Schuld, und es war das Beste so. Was sie wirklich brauchte, war ein handfester Streit als Ventil für ihre brodelnden Gefühle.

»Sag, Javanne, wenn du die Wahl hättest, wäre dir ein Feind lieber, den du sehen kannst, oder einer, der unsichtbar ist?«

Sie zwinkerte einmal mit ihren großen Augen, dann sah sie Lew stirnrunzelnd an. »Einer, den ich sehen kann, natürlich. Was soll die Frage?« Ihre Wangen röteten sich, als argwöhnte sie, er versuche sie irgendwie hereinzulegen.

»Sehr klug. Und so lange die Föderation ihre Präsenz auf Darkover aufrechterhält, können wir auch ein Auge auf sie haben. Aber ich fürchte, dein oft geäußerter Wunsch, sie mögen verschwinden, wird demnächst in Erfüllung gehen. Momentan beabsichtigen sie, sich in einem Monat, nach ihrer Rechnung, zurückzuziehen.«

Javanne kniff die Augen zusammen. »Und wann hattet ihr vor, uns diese wunderbare Neuigkeit mitzuteilen?« Sie klang nicht sehr erfreut, sondern schien eher noch argwöhnischer zu sein.

»Bei der Ratssitzung, Mutter, wenn alle anwesend sind und es auf einmal hören, mit sämtlichen Einzelheiten, die wir bislang kennen.«

»Sehr angemessen«, gab sie widerwillig zu. »Ich nehme an, du bist enttäuscht von dieser Entwicklung«, fuhr sie Lew an, weil sie noch immer auf der Suche nach einem Streitthema war.

»Ganz und gar nicht. Der Stützpunktkommandant hat uns

Kopfzerbrechen bereitet, seit er hier ist, und der Planetarische Verwalter ist nichts als eine Marionette und kann ihn in keiner Weise kontrollieren. Die politischen Veränderungen in der Föderation waren alles andere als zu unserem Vorteil. Und Lyle Belfontaine werde ich keine Sekunde vermissen. Aber ich gebe zu, dass mich der geplante Rückzug durchaus beunruhigt.« Er spürte, dass ihm Katherine aufmerksam zuhörte. Ein Diener nahm ihm rasch die leere Suppenschale weg und ersetzte sie durch einen Teller mit Rabbithornfüllung in einer zarten Kruste und einer Portion Karotten als Beilage. Es sah sehr verlockend aus, und Lew hoffte, Javanne würde ihm mit ihren fortgesetzten Nadelstichen nicht den Appetit verderben.

»Beunruhigt?« In Javannes Stimme lag eine Spur Vorsicht, denn auch wenn die beiden in fast allen Fragen, die Darkover betrafen, verschiedener Meinung waren, so hatte sie doch einigen Respekt vor seinem politischen Scharfsinn.

»Jawohl, beunruhigt, Javanne. Sobald sie den Raumhafen verlassen haben, können wir nicht mehr beobachten, was sie treiben.«

»Aber warum sollte das eine Rolle spielen?«

»Du bist doch nicht dumm, Base. Denk nach! Ohne Präsenz auf dem Planeten, ohne eigene Leute, auf die sie Rücksicht nehmen müssen, hält die Föderation doch nichts mehr von dem Versuch ab, Darkover gewaltsam zu erobern.«

Javannes Augen traten gefährlich aus den Höhlen. »Daran hatte ich ... Du willst mir nur Angst machen, Lew Alton!«

»Nein, will ich nicht!« Er hielt inne. Gern hätte er eine echte Auseinandersetzung vermieden, sosehr sich Javanne auch eine wünschen mochte. Bei der Sitzung des Rates würde es noch so viel Geschrei und Unstimmigkeiten geben, dass alle zufrieden sein dürften. Er beschloss, es anders zu versuchen, mal sehen, ob er die Frau ablenken konnte. »Obwohl das vielleicht eine gerechte Rache für die Geistergeschichte wäre, die du mir erzählt hast, als ich zwölf war. Ich hatte danach wochenlang Albträume. Javanne ist eine ausgezeichnete Geschichtenerzählerin«, wandte er sich an Katherine, um sie ins Gespräch zu ziehen, »und kann Ihnen mit einem Minimum an Worten das Blut in den Adern gefrieren lassen.«

Das glaube ich gern. Sie erinnert mich an meine Tante Tansy, die wusste auch immer genau, wie andere Leute ihr Leben am besten führen sollten. »Es gibt viele solche Geschichten auf Renney, aber ich habe nie Gefallen an ihnen gefunden. Als ich fünf oder sechs war, haben wir einen der Geisterwälder an der Küste besucht, und ich habe mich zu Tode gefürchtet«, antwortete Katherine. Sie schenkte ihm ein bemerkenswertes Lächeln, als wüsste sie, was er vorhatte, und Lew dachte einmal mehr, dass Herm ein verdammter Glückspilz war.

»Freut mich, dass du dich noch daran erinnerst«, sagte Javanne leicht eingebildet und sah sehr hübsch aus mit dem Anflug von Röte auf den bleichen Wangen und einem vergnügten Funkeln in den Augen.

»Es hatte gewaltigen Einfluss auf mein Leben«, antwortete Lew trocken.

»Glaubst du wirklich, die Föderation könnte ... eine Invasion auf Darkover versuchen, Lew?« Die Erinnerung an die Geistergeschichte hatte sie so weit milde gestimmt, dass sie sich zivilisiert statt gehässig gab.

»Ich weiß es nicht, aber ich gebe zu, dass ich mir Sorgen mache.«

Javanne starrte ihn an, in ihrem Gesicht spiegelten sich widersprüchliche Regungen. »Du meinst es ernst, oder?«

»Sehr.«

Javanne senkte den Kopf und nahm einen Bissen von ihrem Rabbithorn. Sie kaute und schluckte, trank von ihrem Wein und sah dann wieder Lew an, nachdenklich und nicht mehr so zornig. »Ich glaube, ich habe die Dinge ein wenig falsch eingeschätzt bei meinem Bemühen, die Terraner von ... Verzeih mir, Vetter. Ich erkenne jetzt, dass ich deine Anstrengungen nicht gebührend gewürdigt habe.«

»Es gibt nichts zu verzeihen«, antwortete Lew, verblüfft von der untypischen Entschuldigung. Er achtete nicht auf die leichten Gewissensbisse angesichts dieser Lüge. Es gab sehr viel zu verzeihen, angefangen bei Javannes Zurückweisung von Domenic. Aber er hielt es für klüger, ihre momentan gute Laune auszunutzen, statt alte Rechnungen zu begleichen. Noch ehe der Tisch abgeräumt war, würde sie vermutlich mit *Dom* Francisco Ridenow neue Ränke schmieden, weil sie dem Drang, sich einzumischen, einfach nicht widerstehen konnte. »Wir sind zwar sehr unterschiedlicher Auffassung, aber wir wollen beide das Beste für Darkover.«

Javanne nickte, dann sah sie zu Danilo Hastur hinab, der neben seiner Mutter nahe der Tischmitte saß, ein gutes Stück entfernt von den launischsten Gästen. »So ist es«, antwortete sie schließlich und warf Mikhail einen plötzlichen und lieblosen Blick zu, bevor sie sich wieder ihrem Abendessen widmete.

Ich muss dich nach dem Essen sehen, Mik – es ist wichtig.

O nein! Noch mehr Aufruhr und ungewöhnliche Vorfälle? Bei Aldones, ich wünschte, Regis hätte mich nie zu seinem Erben gemacht! Also gut – in meinem Arbeitszimmer. Wenigstens entkomme ich so meiner Mutter.

Zwei Stunden später saßen Lew Alton und Mikhail Hastur in dem behaglichen und schäbigen Arbeitszimmer, in dem im Laufe der Jahre schon so viele wichtige Dinge entschieden worden waren. Danilo Syrtis-Ardais, Donal Alar und Herm Aldaran waren ebenfalls zugegen. Lew sah Mikhail an und kaute nachdenklich auf der Unterlippe. Sein Schwiegersohn sah erschöpft aus, und er selbst war auch nicht gerade der Munterste. Trotz des ausgezeichneten Essens und der angenehmen Gesellschaft Katherine Aldarans schien das Bankett kein Ende nehmen zu wollen. Er war unruhig gewesen, da er seinen Enkel allein in unsicheren Umständen wusste. Es war zwar unwahrscheinlich, dass Domenic inmitten so vieler Leute etwas zustoßen würde. Dennoch fragte er sich, ob er den Jungen nicht einfach hätte nach Hause befehlen sollen, anstatt ihm eigenmächtig zu erlauben, beim Tor zu bleiben.

Javanna hatte sich von dem Anfall guter Laune erholt und war zu ihrem Konfrontationskurs zurückgekehrt, und er musste all seine Energie aufbieten, um einen Streit mit ihr zu vermeiden. Das hatte ihm die Freude am Essen verdorben, bis ihm einfiel, Katherine nach den Geisterwäldern zu fragen, die sie erwähnt hatte. So hatte das Gespräch weniger tückisches Gelände erreicht, und nach einer Weile gab Javanne den Versuch auf, ihm oder Mikhail Vorwürfe wegen Angelegenheiten zu machen, auf die sie nicht den geringsten Einfluss hatten.

Nach dem Dessert hatte sich Javanne auf Dani Hastur gestürzt. Sie lächelte strahlend und ließ ihren Charme spielen, und Lew schwankte beim Zuschauen zwischen Belustigung und Ärger über die Durchsichtigkeit ihrer Handlungen. Sie hatte sich nie damit abgefunden, dass Dani die Domäne Elhalyn der Domäne Hastur vorgezogen hatte, und sie versuchte nun eindeutig, den Mann in ihre Klauen zu bekommen. Dani war ihren Bemühungen höflich ausgewichen, und Gareth hatte etwas gesagt, das sie lachen und ihm zärtlich das schöne, goldene Haar zerzausen ließ. Lew hatte erneut einen Blick des Jungen aufgefangen, und wieder hatte ein Ausdruck auf seinen hübschen Zügen gelegen, den er nicht deuten konnte. Dani sah abgespannt aus und schien kurz davor, die Geduld zu verlieren, schließlich hatte *Dom* Gabriel eingegriffen und seine nervtötende Frau fast gewaltsam zurück in ihre Gemächer geschleift.

Dieser belanglose Augenblick fiel Lew nun wieder ein. Irgendetwas ging vor sich, etwas, woran er nicht teilhatte, und er wusste, er konnte sich nicht auf das vorliegende Problem konzentrieren, bevor er das Rätsel um Gareth Hastur-Elhalyn zu seiner Zufriedenheit gelöst hatte. Der Junge hatte bei seinen beiden bisherigen Besuchen auf Burg Comyn nie Interesse für Javanne gezeigt. Warum gab er sich also jetzt so viel mit ihr ab – bevor das Mahl begann, war er auch schon an ihrer Seite gewesen!

Lew ließ den Blick über die behagliche Einrichtung von Regis' Arbeitszimmer schweifen und dachte an eine Versammlung, die fünfzehn Jahre früher in diesem Raum stattgefunden hatte. Er erinnerte sich an die Spannung und an die nervöse, ängstliche Stimme von Dani Hastur, als er seinem Vater erklärte, er wolle nicht der Erbe von Hastur sein. Und plötzlich wusste er die Antwort auf das Rätsel. Sein Magen zog sich zusammen. Wie hatten sie nur übersehen können, dass sich Danis Sohn möglicherweise um ein Erbe betrogen fühlte, das ihm andernfalls zugefallen wäre? Das Königtum der Elhalyn war nichts im Vergleich zu der echten Macht, die Regis ausgeübt hatte, und würde es auch nie sein.

Wenn Lew Recht hatte, woran er nicht mehr zweifelte, dann würde Gareth Javanne als seine natürliche Verbündete betrachten. Der Junge war noch nicht offiziell zum Erben von Elhalyn erklärt worden – bis dahin war fast noch ein Jahr Zeit –, und deshalb konnte er durchaus Hoffnung auf eine Umkehr der Vereinbarung hegen, die Regis und Mikhail eingegangen waren. Und Javanne würde die Gelegenheit mit beiden Händen ergreifen. Lew unterdrückte ein Stöhnen.

Was hatte sich Domenic doch für einen fürchterlichen Zeitpunkt ausgesucht für seinen untypischen und wahrscheinlich sehr törichten Streich. Glücklich zum einen, weil er ein Komplott entdeckt hatte – das sich allerdings immer noch als Hirngespinst herausstellen konnte –, aber andererseits unglücklich, weil seine Abwesenheit mit Sicherheit Probleme verursachen würde. Lew wog die Sache in Gedanken noch einmal ab, wobei er verschiedene Szenarien berücksichtigte. Nach einer Weile kam er zu dem Schluss, dass ihm Gareths Gesichtsausdruck ganz und gar nicht gefiel. Vielleicht war Domenic außerhalb der Burg sicherer als in ihr. Augenblicklich war Lew bestürzt von der tödlichen Richtung, die seine Gedanken genommen hatten. Gareth war noch ein Kind! Er musste wirklich müder sein, als er dachte, wenn er auf solche Ideen kam. Andererseits konnte es immer einen Unfall geben, und Vorsicht war die Mutter der Weisheit. Wenn er sich irrte, dann irrte er sich eben, aber falls sein argwöhnischer Verstand auf etwas gestoßen war, worüber er sich zu Recht Sorgen machte, dann musste er vorsichtig in diese Richtung weitergehen.

Unbarmherzig spielte Lew alle Möglichkeiten durch. Falls Domenic etwas zustieße – was Aldones verhindern möchte –, hatte Mikhail immer noch einen zweiten Sohn. Aber auch wenn Rhodri ein prachtvoller Bursche war, das Zeug zum Regieren hatte er nicht, und er konnte sich niemanden vorstellen, nicht einmal Javanne, der ihn als Erben vorschlagen würde. Ohne Domenic wäre Gareth Elhalyn der logische Nachfolger Mikhails, was gewiss den Beifall von Javanne Hastur und verschiedener anderer Mitglieder des Rats finden würde. Plötzlich sah es nach einer ausgesprochen guten Idee aus, dafür zu sorgen, dass Domenic nicht in der Nähe war. Wahrscheinlich sah er Komplotte, wo es gar keine gab, und vorläufig würde er den Mund halten, aber für alle Fälle würde er auch ein Auge auf Gareth haben.

Nachdem Lew diese Angelegenheit in Gedanken geregelt hatte, ging er noch einmal Domenics Bericht durch und vergewisserte sich, dass er nichts Wichtiges vergessen hatte. Je mehr er darüber nachdachte, desto sicherer war er sich, dass Belfontaine handeln würde. Vielleicht würde er nicht genau das tun, was Granfell vorschlug, aber Lew konnte sich mehrere Dinge vorstellen, die der Stützpunktleiter versuchen könnte, darunter eine Besetzung von Burg Comyn. Was genau der kleine Mann unternehmen würde, ließ sich nicht sagen, aber auf keinen Fall konnte er die Gelegenheit verstreichen lassen, seine eigenen Ziele voranzubringen. Es war einfach zu verlockend! Solange sich nichts anderes herausstellte, mussten sie also davon ausgehen, dass dieses Komplott existierte, das Domenic belauscht hatte. Lew spürte, wie eine plötzliche Aufgeregtheit die allgegenwärtige Trauer über Regis' Tod vorübergehend in den Hintergrund rückte. Plötzlich war er froh über den dummen Streich seines Enkels. Selbst wenn nichts passierte, war es eine ausgezeichnete Erfahrung für den Jungen.

Lew hatte Domenic versprochen, er würde die Sache regeln, aber nun, da es so weit war, wusste er nicht, wie er anfangen sollte. Er hatte schon so vieles auf sich genommen, und nicht immer war es eine kluge Wahl gewesen.

Er blickte sich um. Donal Alar stand hinter Mikhail, sein junges Gesicht war ernst. Danilo Syrtis-Ardais sah fürchterlich aus, grau und abgespannt, und nur Herm Aldaran wirkte nicht so, als könnte er jeden Moment umkippen. Die Trauer über den Tod von Regis Hastur hatte von allen ihren Tribut gefordert, aber den härtesten Schlag hatte wahrscheinlich Regis' lebenslanger Gefährte Danilo empfangen.

»Warum wolltest du mit mir reden, Lew?« Mikhail klang müde, seine Stimme war belegt und ein wenig heiser. »Mein Bedarf an Gesprächen ist bis Mittwinter gedeckt, und noch ist kein Ende in Sicht.«

»Ja, ich weiß. Es ist fast so schlimm wie damals, als du aus der Vergangenheit zurückkamst, hab ich Recht?«

»Schlimmer. Damals war ich achtundzwanzig und nicht dreiundvierzig und habe mich schneller erholt.«

»Nun, mein Sohn, ich habe Neuigkeiten.«

»Worum geht es? Ich habe gesehen, dass dich etwas mitten in der Suppe innehalten ließ. Hätte es nicht bis morgen Zeit gehabt?«

»Domenic ist von zu Hause weggelaufen.« Er wollte es Mik eigentlich schonend beibringen, aber es gab einfach keine Möglichkeit, das zu tun.

Mikhail starrte Lew mit offenem Mund an, und Danilo stieß einen leisen Schreckensruf aus. Donal reagierte lediglich mit einem Stirnrunzeln, und Herm sah verwirrt aus.

»Was soll das heißen, Lew?«, fauchte Mikhail und seine Wangen röteten sich. »Domenic liegt mit einer Erkältung oder was weiß ich oben im Bett.«

»Ich fürchte, nein. Er hat sich nur krank gestellt, damit er sich aus der Burg schleichen konnte, um eine Vorstellung des Fahrenden Volks draußen beim Nordtor anzuschauen.«

Mikhail war sichtlich empört, kurz davor, die Beherrschung zu verlieren, und Lew bereute sein spontanes Handeln. »Domenic ist mitten in der Nacht draußen bei den ...«

»Psst, mein Sohn! Nur weil Domenic bisher keinen Unsinn gemacht hat, bestand kein Grund zu der Annahme, dass er es nie tun würde. Er ist nicht in Gefahr. Und er war klug genug, mir zu sagen, was los ist, statt dir oder seiner Mutter. Er wusste, ihr würdet nur wütend werden.« Lew unterdrückte erneut seine eigene Besorgnis darüber, dass sich sein ältester Enkel allein vor den Toren der Stadt herumtrieb. Es war zwar unwahrscheinlich, dass ihn jemand erkannte, da sich Domenic nur bei seinem Wachdienst außerhalb der Burg aufhielt, doch die Möglichkeit bestand immerhin. Aber er war nur einer in der Menge, und wie er Domenic kannte, achtete der Junge wahrscheinlich sorgsam darauf, nicht aufzufallen. Für den Augenblick mussten sie damit zufrieden sein.

Mikhail hielt seine Empörung mit unverkennbarer Mühe zurück. Dann spielte der Anflug eines Lächelns um seinen Mund. Er schüttelte den Kopf und fuhr sich mit der bloßen Hand durch die dichten, immer noch goldenen Locken. »Einfach aus der Burg geschlichen, hm? Er hat sich eine fürchterliche Zeit ausgesucht, für so einen Unfug, aber ich hätte nie gedacht ... Rhodri ja, aber nicht Domenic. Aber wenn er sich bei dir gemeldet hat, wieso hast du dem kleinen Halunken nicht befohlen, wieder hierher zu kommen?«

»Na ja, die Geschichte ist noch nicht zu Ende, und ich fürchte, der Rest ist nicht ganz so harmlos.«

»Du willst doch wohl nicht sagen, dass er entführt wurde, oder so etwas?«, warf Danilo ein.

»Nein, er ist absolut frei, sitzt an einem Feuer und wärmt sich, soviel ich weiß. Nein, die schlechte Nachricht lautet, dass Domenic zufällig auf eine Verschwörung gestoßen ist.«

»Was!« Mikhails teilweise Ruhe war wie weggeblasen. »Verschwörung? Umso mehr Grund, ihn sofort ...«

»Er ist ein Mann, Mikhail, wenn auch ein sehr junger. Und wäre er nicht dort gewesen, hätten wir vielleicht nie geahnt, dass die Terraner einen Anschlag auf den Trauerzug und auf dein Leben planen!« Die Worte sprudelten unvermittelter heraus, als Lew beabsichtigt hatte, und unterbanden alle weiteren Fragen. Stattdessen starrten alle Lew an, als hätte er den Verstand verloren. »Deshalb ist Domenic nicht zurück nach Hause gelaufen – er hielt es für das Beste, wenn er an Ort und Stelle bleibt und alles im Auge behält. Er kennt einen der Verschwörer und kann die anderen beschreiben. Und ich habe ihm versprochen, dass jemand zu ihm hinaus ans Nordtor kommen wird. Die Frage ist nur, wer.«

»Mich töten ...« Mikhail war wie betäubt. »Aber warum?«

»Wie könnte man besser die Macht über Darkover erlangen?«

»Aber ich dachte, die Föderation zieht demnächst ab?«

»Ja, das ist der Stand der Dinge. Aber es sieht so aus, als würde der Geheimdienst der Föderation das Fahrende Volk als Spione benutzen, und ich frage mich, wie lange das wohl schon so geht. Es würde einige Zwischenfälle erklären, die mir in den letzten Jahren Kopfzerbrechen bereitet haben.«

Danilo nickte zustimmend, sein abgespanntes Gesicht hellte sich regelrecht auf, als würde ihn die Neuigkeit momentan von seiner Trauer ablenken. »Das beantwortet allerdings einige Fragen! Das Fahrende Volk! Warum haben wir Dummköpfe nicht früher an sie gedacht?«

»Wieso sollten wir argwöhnen, dass eine Truppe von Unterhaltungskünstlern etwas anderes ist, als sie zu sein vorgibt? Wahrscheinlich sind die meisten von ihnen tatsächlich nur Schauspieler und Jongleure und sonst nichts.«

»Was genau ist denn nun passiert?«, mischte sich Mikhail verärgert ein. »Fang bitte von vorn an, bevor ich völlig den Verstand verliere!«

»Ja, natürlich.« Sorgfältig ordnete Lew seine Gedanken. »Anscheinend hat Domenic heute Morgen, als er Dienst hatte, einen Wagen des Fahrenden Volks an der Burg vorbeikommen sehen – ich weiß, ich weiß, sie haben um diese Jahreszeit nichts in Thendara verloren. Da war ein Mädchen, und ...«

»Sieh an, ein Mädchen!«, rief Donal aus und grinste. »Wurde auch langsam Zeit.«

»Vielleicht.« Lew warf dem jungen Friedensmann einen raschen Blick zu, froh, dass der Einwurf ein wenig die Spannung im Raum löste. »Jedenfalls hat es ihm anscheinend erzählt, dass am Abend eine Vorstellung beim Nordtor stattfinden würde, und Domenic beschloss zum Spaß, hinzugehen – und wohl auch, um Javanne aus dem Weg zu gehen, denke ich. Er bemerkte zwei Männer in terranischer Kleidung, die sein Interesse weckten. Als die beiden die Vorstellung verließen, wurde er neugierig und schlich ihnen nach, um herauszufinden, was sie vorhatten – ziemlich mutig von ihm. Der Spion, der einen der Wagen kutschiert, und die beiden Männer hatten eine Unterhaltung, in deren Verlauf der Kutscher ihnen erzählte, dass Regis nicht mehr lebt.« Lew hielt inne und legte sich die Worte sorgsam zurecht.

»Diese Nachricht genügte Granfell ...«, begann er.

»Granfell – das überrascht mich nicht!« Danilo schaute grimmig. »Ich hatte zwar nicht so oft mit ihm Kontakt wie du, Lew, aber ich habe ihn schon immer für durchtrieben und ehrgeizig gehalten.«

»Das ist er auch, und opportunistisch dazu, wie es aussieht. Er weiß, dass wir unsere toten Führer zur *Rhu Fead* bringen, und er hat wohl erkannt, dass das eine günstige Gelegenheit für ein Massaker an den Familien der Domänen wäre, da die meisten von uns den Trauerzug begleiten werden.« Lew hielt inne, um eine Reaktion abzuwarten, aber alle schienen zu bestürzt zu sein, um sprechen zu können. »Offenbar handelt es sich um eine spontane Idee, und noch hat er nicht die Zustimmung von Lyle Belfontaine. Aber so, wie ich unseren Stützpunktkommandanten einschätze, kann ich mir nur schwer vorstellen, dass er diese vielleicht letzte Chance verstreichen lässt, Darkover in die Föderation zu bringen, statt in einem Monat geschlagen abzuziehen. Im Augenblick ist das Ganze nur ein Vorhaben, noch kein richtiger Plan, aber Domenic hatte den Eindruck, dass es Granfell ernst war mit seinen Absichten.«

»Was weiß der Junge schon von Spionen und Intrigen. Er muss sofort zurückkommen!«

»Moment mal, Mikhail«, begann Danilo ruhig. »Als du so alt warst wie Domenic, hattest du bereits in den Kilghards an der

Feuerfront gekämpft, an mindestens einer Wildkatzenjagd teilgenommen und jede Menge anderer gefährlicher Dinge getan. Ich glaube, es ist gut für Domenic, wenn er mit diesem gewagten Unternehmen fortfährt, denn wie Lew habe ich es eigentlich nie gutgeheißen, dass Regis uns hartnäckig alle in der Burg einschloss, wo wir uns gegenseitig auf die Nerven gingen und uns ständig nach Attentätern umdrehten. Natürlich darf er nicht allein gelassen werden, aber ich sehe keinen Nutzen darin, ihn hierher zurückzubeordern und so zu tun, als wäre er unfähig, eine Nacht lang auf sich selbst aufzupassen. Die einzige Frage ist, wer ihm am besten nachgeht. Ich glaube nicht, dass es hilfreich wäre, wenn sich sein Fehlen herumsprechen würde, aber ich glaube, er ...«

Donal, der sehr selbstbewusst aussah, unterbrach ihn. »*Dom* Danilo hat Recht. Domenic braucht die Erfahrung, und er ist wirklich sehr gescheit.«

Mikhail drehte sich um und sah seinen Friedensmann mit gequälter Miene an. Dann wandte er sich wieder Lew zu, und sein Gesichtsausdruck änderte sich. »Mag sein, aber es gefällt mir nicht.« *Da ist noch etwas, Lew, hab ich Recht? Du hältst doch etwas zurück.*

Ja. Es ist nur ein Verdacht, aber ich glaube wirklich, dass Domenic für die nächsten Tage außerhalb der Burg sicherer ist als in ihr.

Was! Du glaubst doch nicht etwa, dass meine Mutter ...

Nein, es ist etwas anderes, Mikhail. Aber es wäre gegenüber beiden eine nette Geste, deinen Sohn vor Javannes Zorn zu verschonen, meinst du nicht?

In Zandrus Hölle mit dir, alter Herr! Nun gut. Lass mich ruhig noch ein bisschen länger im Dunkeln tappen. Ich vertraue dir.

Glaub mir, Mikhail, ich sage dir, ob ich Recht habe, sobald ich es weiß.

Wenigstens muss ich meiner Mutter jetzt nicht ins Gesicht sehen, als könnte sie einen ...

Mord ist nicht Javannes Art, mein Sohn, aber es werden andere anwesend sein, die vielleicht nicht so wählerisch sind.

Dom *Damon?*

Er ist einer davon, und Dom *Francisco Ridenow ist ein anderer.*

So ist es also – ich hoffe, du übertreibst deine Wachsamkeit.

Das hoffe ich auch – aber behalte Donal im Rücken!

»Ich gehe«, sagte Herm sehr leise und veränderte seine Haltung. Auf seinem Gesicht lag ein unergründlicher Ausdruck.

»Du?« Danilo sah ihn fragend an.

»Ja. Mein Gesicht ist nicht sehr bekannt, und es wäre nicht das erste Mal, dass ich ein kleines Täuschungsmanöver aufziehe, Danilo. Und außerdem: Wenn ich nicht in der Burg bin, dann könnt ihr mich nicht an Belfontaine ausliefern.« Er grinste schief und sah fröhlich und leicht bedrückt zugleich aus. »Ich weiß natürlich, dass ihr das niemals tun würdet, aber so könnt ihr dem Kerl mitteilen, ich bin nicht da und er soll in eine von Zandrus Höllen fahren. Das würdest du doch gern tun, Mikhail, oder?«

»Lieber, als du dir vorstellen kannst.«

»Aber Herm«, fing Danilo an, »du warst so lange von Darkover weg. Meinst du nicht, dass ich oder jemand ...«

»Entschuldige bitte, aber du bist viel zu bekannt, Danilo. Irgendwer würde dich mit Sicherheit erkennen. Das Gleiche gilt für Lew und so ziemlich jeden andern, dem man die Sache anvertrauen könnte. Ich dagegen habe meine Visage aus den Medien herausgehalten, deshalb ist die Anzahl der Leute, die mich kennen könnten, selbst in der Föderation sehr klein, und auf Darkover bin ich ein Niemand. Selbst Gisela hat mich kaum wieder erkannt! Abgesehen davon ist niemand auf Darkover vertrauter mit den Intrigen der Föderation.«

»Das ist natürlich nicht ganz falsch gedacht«, räumte Danilo widerwillig ein. »Wenn du dich aufmachst und herausfindest, was vor sich geht ...« Er brach ab, aber seine Augen waren lebhafter als noch vor wenigen Minuten.

»Zandru soll die Terraner und ihre schmutzigen Pläne zu sich holen!« Mikhails Gesicht war weiß vor Zorn. »Was wäre aus uns geworden, wenn Domenic dieses Komplott nicht entdeckt hätte?« Er vergrub das Gesicht in den Händen und bebte am ganzen Körper. Dann richtete er sich langsam auf. Er war bleich, seine Wut verflogen; nur Verzweiflung und Resignation blieben zurück. »Am liebsten würde ich diese Männer suchen und verhaften lassen – und genau das darf ich nicht tun. Warum musste Regis verdammt noch mal sterben!«

»Genau meine Meinung«, sagte Lew trocken. Er wusste, das Schlimmste war überstanden, auch wenn er sich nicht gerade darauf freute, seiner Tochter alles zu erklären. »Herm ist der richtige Mann für die Sache. Mit seiner Kenntnis der Föderation, seiner angeborenen Listigkeit und mit Domenics Verstand sollten wir in der Lage sein, jedes Unheil zu vermeiden. Und vielleicht geschieht ja auch gar nichts. Es ist immer noch möglich, dass Belfontaine keinen Untersuchungsausschuss riskieren will oder dass sie keine Zeit haben, einen Hinterhalt an der Straße zu errichten. Aber ich würde nicht davon ausgehen, und das solltest du auch nicht tun.«

»Also gut. Du gehst da raus, Herm, lässt dir von Domenic alles erzählen, und dann ...«

Danilo räusperte sich leise, und alle sahen ihn an. »Ich denke mir gerade, dass es vielleicht am besten wäre, wenn Domenic bei Herm bleibt – ein Mann mit einem Jungen fällt weniger auf als ein Mann allein. Und wir sollten nicht vergessen, dass Domenic die Alton-Gabe besitzt. Die ist unter diesen Umständen sehr hilfreich.«

»Aber die Gefahr–«

»Die ist äußerst gering, Mikhail«, erwiderte Danilo ruhig, als hätte er bereits alle Möglichkeiten abgeschätzt und für annehmbar befunden. »Domenic hat doch schon bewiesen, dass er geschickt genug ist, unbemerkt aus der Burg zu kommen, und klug genug, mit Lew Kontakt aufzunehmen, als er mit einer Situation konfrontiert wurde, die er allein nicht bewältigen konnte. Bei Hermes ist er gut aufgehoben, und gemeinsam können die beiden herausfinden, ob wir uns wegen dieses Komplotts Sorgen machen müssen. Ich bin mir sicher, Herm wird nicht zulassen, dass Domenic Schaden nimmt.«

»Die Sache gefällt mir nicht! Aber du hast wahrscheinlich Recht.« Mikhail verzog das Gesicht. »Bleibt mir nur noch die erfreuliche Aufgabe, es Marguerida beizubringen. Und jetzt verschwindet, bevor ich es mir anders überlege!« Er stöhnte dramatisch, bevor er ein gespenstisches Kichern ausstieß. Er schüttelte den Kopf. »Die Ironie dabei ist, dass ich mich unter anderen Umständen über Domenics Streich totlachen würde.«

»Das geht uns allen so, mein Sohn«, antwortete Lew.

Herm blieb noch einen Moment sitzen, den Kopf gesenkt, als wäre er tief in Gedanken versunken. Dann stand er auf und nickte. »Ich werde auf den Jungen aufpassen, als wäre er mein eigener.«

11

Als Herm in seine Gemächer kam, fand er Katherine auf einem Diwan im Salon sitzend vor. Sie hatte einen Block auf den Knien und zeichnete. Das weiße Kleid vom Abendessen hatte sie durch ein unförmiges und häufig getragenes Kleidungsstück in einem Braunton ersetzt, der ihr nicht stand. Ihr langes Haar war zu einem Zopf geflochten, der ihr auf den Rücken hing, und sie hatte Kohleflecken auf den Wangen, die sie aussehen ließen, als würde sie irgendeinem Stamm angehören und sich auf ein Ritual vorbereiten. Beim Geräusch seiner Schritte blickte sie auf und begrüßte ihn mit einem Lächeln. »Wo kommst du denn her? Du warst nach dem Abendessen spurlos verschwunden, und ich bin Lady Javanne in die Hände gefallen, die vorgab, alles über mich wissen zu wollen. Zum Glück ist mir deine Schwester zu Hilfe geeilt und hat sie abgelenkt. Es muss ein hartes Los sein, diese Frau zur Schwiegermutter zu haben, und mir tun Marguerida und Gisela Leid.« Sie klang belustigt von der ganzen Angelegenheit und gelöst wie seit Tagen nicht mehr.

»Lew hatte etwas mit mir zu besprechen«, verfiel Herm sofort in die alte Angewohnheit, nie offen zu antworten, nicht einmal seiner geliebten Frau. Dann wappnete er sich, weil ihm klar wurde, dass er Katherines Bedürfnisse bei seiner spontanen Entscheidung im Arbeitszimmer kaum berücksichtigt hatte. Was hatte er sich nur dabei gedacht? »Und jetzt muss ich für ein paar Tage weg, Liebste.«

»Weg? Wieso? Wohin?« Sie sah ihn durchdringend an.

»Es ist etwas passiert, und ich muss mich darum kümmern.«

Katherine legte den Block beiseite und erhob sich stirnrunzelnd. »Das hört sich aber gar nicht gut an.«

»Es tut mir Leid, Kate.«

»Du wirst mir nicht sagen, was los ist, oder?«

»Nein.«

»Warum nicht?«

»Je weniger du weißt, desto geringer ist die Gefahr, dass dir die falschen Personen etwas entlocken.«

»Und wer könnte das sein?«, entgegnete sie drohend, während langsam Zorn in ihr aufstieg.

»Das darf ich nicht sagen.« Er wollte sie nicht daran erinnern, dass sie von Telepathen umgeben war und dass sie etwas verraten könnte, ohne es zu beabsichtigen. Die ganze Lage war ihr schon unangenehm genug. Auch behielt er lieber für sich, dass ihm das plötzliche Interesse seiner Schwester an Kate sehr verdächtig vorkam. Es schien irgendwie nicht zu Giselas Charakter zu passen. Das wenige, was er von ihr gesehen hatte, seit er wieder hier war, verwirrte ihn. Sie war im einen Augenblick beinahe rasend fröhlich, und im nächsten still und zurückgezogen. Auf jeden Fall ähnelte sie nicht mehr der jungen Frau, die er gekannt hatte, und er hätte Katherine gern davor gewarnt, ihr allzu sehr zu vertrauen. Gleichzeitig wusste er, dass es wichtig für seine Frau war, sich an dieses neue Leben anzupassen und Freundschaften zu schließen, also hielt er den Mund. Er würde sich auf das gute Gespür verlassen müssen, das seine Kate bisher im Umgang mit Menschen immer an den Tag gelegt hatte. Unglücklicherweise fiel ihm das nicht leicht, denn außer ihr und den Kindern vertraute er nur sehr wenigen Leuten, und sein Vater oder seine Schwester gehörten nicht zu ihnen.

Herm mochte nicht glauben, dass seine Schwester eines echten Verrats fähig war, aber sie war mit *Dom* Damons ganzer Wut über seinen Mangel an tatsächlicher Macht aufgewachsen. Und die Heirat mit Rafael, der, wie er wusste, nicht ihre erste Wahl gewesen war, musste ein herber Schlag für ihren Stolz und ihren Ehrgeiz gewesen sein. Gisela hatte sich noch nie mit der zweitbesten Möglichkeit zufrieden gegeben, und Herm vermutete, dass sie ziemlich unglücklich war. Er seufzte leise.

Seine Gedanken wanderten von Gisela zu seinem Vater, der in den nächsten Tagen auf Burg Comyn eintreffen würde. Mit einem leichten Schreck gestand er sich ein, dass er die Gelegenheit, sich auf die Suche nach Domenic zu machen, unter anderem deshalb sofort ergriffen hatte, weil er so diese gefürchtete Begegnung noch eine Weile hinausschob. Obwohl er *Dom* Damon seit fast einem Vierteljahrhundert nicht gesehen hatte, war das Gefühl der Entfremdung von dem alten Herrn nie gewichen. Aus den wenigen Aussagen zu schließen, die Lew und Danilo entschlüpft waren, hatten die Jahre das Oberhaupt der Domäne Aldaran keineswegs umgänglicher werden lassen. *Dom* Damon hatte stets hartnäckig den Standpunkt vertreten, allein die Hasturs stünden seinen eigenen Plänen im Wege, wenngleich es einigermaßen rätselhaft blieb, wie diese aussehen sollten.

Der Wunsch, die Begegnung mit seinem Vater hinauszuzögern, war jedoch nicht der einzige Grund für seine freiwillige Mission. Solange sie auf dem Schiff gewesen waren, hatte er seine ganze Aufmerksamkeit darauf konzentriert, nach Darkover zu gelangen und seine Frau und die Kinder in Sicherheit zu bringen. Nun war dieses Ziel erreicht, aber er hatte das Gefühl, dass noch nichts so war, wie es sein sollte. Burg Comyn erinnerte ihn zu sehr an seine Jugend in den Hellers. Die Festung Aldaran, die voller sich offen bekämpfender Personen und den größten Teil des Jahres eingeschneit war, hatte ihn unglücklich gemacht. Sein Verstand sagte ihm, dass es hier anders war, aber das Gefühl war schon nach wenigen Tagen das gleiche.

Und dann gab es noch jenes andere Problem, dem er seit zehn Jahren auswich – dass nämlich Kate keine Telepathin war. Er erinnerte sich an ihr Gespräch von zuvor und wünschte sich, sie hätte ihm ihre Ängste nicht mitgeteilt. Er konnte nichts tun, um dieses Problem zu lösen, und er hasste Dinge, die außerhalb seines Einflusses lagen.

Er ging ins Schlafzimmer und begann im Kleiderschrank nach ein paar schlichten Sachen zu suchen, die er anziehen konnte. Die Diener hatten in den voll gestopften Dachböden der Burg eine ganze Fülle an Kleidung ausgegraben, und nun besaß er eine anständige Auswahl sowohl formeller Gewänder, wie dem bestickten und ziemlich unbequemen, das er im Augenblick anhatte, als auch der gewöhnlicheren Kleidung, wie sie die Darkovaner im Alltag trugen. Katherine folgte ihm und sah zu, wie er ein recht schäbiges Übergewand aus dem Schrank zog, ohne jede Verzierung und an den Ärmeln und am Saum schon ein wenig abgenutzt.

Er spürte ihre Augen in seinem Rücken, wie sie wütend und frustriert durch ihn hindurchzuschauen versuchte. Sie räusperte sich. »Hermes, ich glaube, es wäre besser, ich nehme die Kinder und reise nach Renney, solange ich noch kann. Dort ist es wenigstens warm, und niemand hat Geheimnisse vor mir.«

Erschrocken und voller Angst fuhr er herum. Er starrte sie an und fühlte sich plötzlich hilflos. Niemals hätte er gedacht, dass es so weit kommen könnte! Dann schüttelte er den Kopf und weigerte sich, sie ernst zu nehmen. »Tu das nicht, Kate – drohe mir nicht. Dafür habe ich im Moment keine Zeit!« Er spürte die Wut in seinen Adern, und darunter das blanke Entsetzen, sie könnte ihre Drohung wahr machen.

»Du hast *nie* Zeit, verdammt noch mal! Seit wir auf Darkover sind, schließt du dich mit anderen Leuten ein und heckst irgendwelche Dinge aus, von denen ich nichts erfahre. Ich habe diese Seite von dir noch nie so deutlich gesehen, und sie gefällt mir nicht. Mag ja sein, dass dir das großen Spaß macht, mir macht es keinen! Und du kannst mich nicht zurückhalten, wenn ich wegwill.« Ihr ohnehin stets blasses Gesicht war nun kreideweiß vor unterdrückter Wut.

Herm stand da und drehte das alte Gewand in seinen großen Händen. »Doch, das kann ich. Und ich werde es tun, wenn du mich dazu zwingst.« Er musste jetzt irgendwie Herr der Lage bleiben.

Katherine durchquerte das Zimmer und schlug ihm ins Gesicht, bevor er begriff, was sie vorhatte. Ein Schmerz durchzuckte ihn, und er spürte, wie sich die Haut rötete. »Verdammt, Herm! Du behandelst mich wie eine Fremde.«

Er rieb sich die brennende Wange sanft mit der Hand. Katherine hatte Recht, und das gefiel ihm gar nicht. »Wenn es so ist, dann tut es mir Leid, Kate. Aber ich muss tun, was ich für richtig halte. Und im Augenblick muss ich eben meine Geheimnisse für mich behalten. Frag morgen früh Marguerida, sie wird dir sagen, was los ist.«

»Na wunderbar«, höhnte sie. »Einfach großartig. Mein Mann stürzt mitten in der Nacht davon, und ich soll eine Frau, die ich kaum kenne, fragen, wohin er gegangen ist. Wenn ihr eure Frauen auf Darkover alle so behandelt, wundert es mich nicht, dass deine Schwester und Javanne so unangenehm sind. Und wenn du dir einbildest, ich werde mich mit diesem Quatsch abfinden, nur weil du es willst ...«

»Was dann?«

»Ich weiß nicht.« Sie blickte kurz zur Seite. »Seit wir hier sind, hast du dich sehr verändert. Du bist ruhelos – was nicht neu ist – aber auch noch etwas anderes. Distanziert.« Das Wort schien zwischen ihnen zu schweben. »Vermisst du die Intrigen im Senat?« Ihre Stimme hatte einen flehenden Tonfall, als wollte sie ihn bitten, sich ihr zu erklären.

Er zog sich gerade das Hemd über den Kopf, weil er das elegante Kleidungsstück gegen ein schlichteres tauschen wollte, und er hielt inne, das Gesicht in den Falten des Stoffs verborgen, um ihrem Blick nicht begegnen zu müssen. So blieb er einige Augenblicke unbeweglich stehen. Er konnte sich ihr nicht erklären – und sich selbst auch nicht. Und er traute sich nicht, ihr das zu sagen. Es würde ihn zu angreifbar machen, und er hatte sich geschworen, es nie dazu kommen zu lassen. Er zog das Hemd aus, stand mit nacktem Oberkörper vor ihr und sah ihr in die dunklen Augen.

Schließlich ließ er die breiten Schultern ein wenig sinken. »Ja, ich glaube schon.« Er dachte einen Moment nach. »Die Realität auf Darkover ist nicht ganz so, wie ich sie in Erinnerung hatte, Kate.«

»Du meinst, dass dies hier ein netter kleiner Haufen von Leuten ist, die Platzangst haben, Inzucht treiben und völlig von sich eingenommen sind?« Das Funkeln in ihren Augen war gefährlich und attraktiv zugleich. Eine Röte stieg an ihrem Hals auf und dehnte sich bis auf die bleichen Wangen aus. Wenn Kate zornig war, strahlte sie etwas aus, das ihn unfehlbar erregte, und er bedauerte, dass er nicht die Zeit hatte, seinem Impuls zu folgen, sie um die schmale Taille zu fassen und auf den weichen Nacken zu küssen.

»Ganz so weit würde ich nicht gehen«, räumte er ein. Dann lachte er leise. »In verschiedener Hinsicht kommst du der Wahrheit über uns näher, als du ahnst.« Er wollte sie beschwichtigen, nicht mit ihr streiten. »Als ich noch in der Föderation war, habe ich etwas Nützliches getan, aber hier ... hier ist das weniger der Fall.«

»Ich weiß nicht, was du meinst.«

»Im Senat habe ich gegen die Föderation gearbeitet und meine Senatorenkollegen ausgetrickst, wo ich nur konnte. Es hat ... Spaß gemacht. Jetzt ist alles anders.« Er nahm den Zwiespalt seiner Gefühle wahr, und es gefiel ihm nicht. Das war etwas, dem er fast sein ganzes Erwachsenenleben lang ausgewichen war.

Kate sah ihn an, als wäre ihm plötzlich ein zweiter Kopf gewachsen. »Spaß? Was bist du bloß für ein Mann. Ich glaube, du suchst nur nach einem Vorwand, um von mir und den Kindern wegzukommen. Wahrscheinlich wünschst du, du hättest mich nie getroffen!« Der Schmerz in ihrer Stimme war unverkennbar und verwirrend.

»Warum sollte ich das tun, Kate?« Er spürte, wie ihm der Mut sank. Er hatte gehofft, sie würde nicht wieder ihr Gefühl der Unzulänglichkeit zur Sprache bringen.

»Als wir noch in der Föderation lebten, war es kein Problem, eine nicht-darkovanische Frau zu haben, aber jetzt muss ich dir doch wie ein Krüppel vorkommen, weil ich keine Telepathin bin. Warum hast du dich nicht einfach von mir scheiden lassen oder mich erst gar nicht mitgenommen? Warum schleppst du mich durch die halbe Galaxie irgendwohin, wo ich ...«

Sie hielt die Tränen zurück, indem sie ihren Kummer beiseite schob und sich so fest es ging an ihre Wut klammerte. Herm legte die Arme um sie und drückte sie an sich. Sie blieb steif und unnachgiebig, entschlossen, nicht von ihrer Wut abzulassen. Doch er hatte weder die Zeit noch die Energie, sie aus ihrer Stimmung zu locken. »Ich habe dich geheiratet, weil ich dich aufrichtig liebe, Kate, und es hat überhaupt keine Rolle für mich gespielt, ob du eine Telepathin bist oder nicht. Warum kannst du mir das nicht glauben?«

»Weil du mir nie die Wahrheit gesagt hast«, fauchte sie. »Warum sollte ich dir jetzt glauben, nachdem du mich jahrelang belogen hast?«

»Ist es wirklich so wichtig für dich?«

»Dass ich blind bin inmitten sehender Leute? Natürlich ist das wichtig für mich, Herm. Oder dass sich möglicherweise herausstellt, meine Tochter kann Gedanken lesen. Wieso begreifst du das nicht?«

Herm verstand die Qualen, die seine Frau durchlitt, aber er ertrug es nicht, sich damit auseinander zu setzen. Er sagte sich, dass sie das Problem größer sah, als es war, und einen unnötigen Wirbel darum machte, anstatt einfach alles zu akzeptieren, so wie er es gern gehabt hätte. Warum musste sie die Dinge so komplizieren? »Wieso kannst du mir nicht einfach vertrauen und mich tun lassen, was ich tun muss?« Er wollte nur seinem inneren Aufruhr entfliehen. Wenn sie doch einfach vernünftig wäre! Aber noch als er es dachte, wusste er, es war zu viel verlangt, Vernunft von Kate zu erwarten, wenn ihre Gefühle so aufgewühlt waren.

»Dir vertrauen? Ach, Herm! Ich glaube nicht, dass ich dir jemals wieder trauen kann.«

Er zuckte zusammen – das war ja schlimmer, als er gedacht hatte. »Wieso?«

»Weil du jedes Mal, wenn ich glaube, ich kann dir trauen, etwas Neues tust, das du mir nicht erklärst.«

Mit einem flauen Gefühl erkannte Herm, dass sie wieder einmal Recht hatte. Er hatte bereits zu viel für sich behalten und der Sache Schaden zugefügt, die ihm am teuersten war – alles nur, um die Fäden in der Hand zu behalten. »Es tut mir Leid, aber ich kann es nicht ändern, Kate. Lass mich diese Angelegenheit erledigen und stell bitte keine Fragen mehr. Ich bin in ein, zwei Tagen zurück.«

Habe ich die Kraft, ihn zu verlassen, die Kinder zu nehmen und einfach zu gehen? Was, wenn er mit Terése Recht hat? Ich habe die Mittel, um den Flug zu buchen, soviel ich weiß, aber kann ich überhaupt weg von Darkover? Wir sind mit Herms Diplomatenpass eingereist, oder? Ich hätte besser aufpassen sollen! Ich hätte vor Jahren darauf bestehen sollen, alles zu erfahren. Jetzt ist es zu spät! Jetzt sitze ich hier fest, womöglich für immer, und ich weiß nicht, ob ich das ertragen kann.

»Ich kann dich nicht aufhalten«, sagte sie verbittert. Dann drehte sie sich um und ging mit eingezogenem Kopf hinaus.

Herm rührte sich nicht, nachdem sie gegangen war, sondern blieb neben dem Bett stehen, mit einem Gefühl, als hätte er eine Tonne Glasscherben geschluckt. Warum hatte er sich freiwillig gemeldet? Er kannte die Antwort, und sie gefiel ihm nicht. Er wusste, er wollte eine Weile von Katherine wegkommen, um in Ruhe über alles nachzudenken. Nein, das stimmte nicht – denken war das Letzte, was er wollte! Er wollte, dass sich dieses ganze Problem einer kopfblinden Frau auf wundersame Weise von selbst löste!

Sollte er zu Mikhail ins Arbeitszimmer gehen und ihm mitteilen, dass er nicht gehen könne? War seine Ehe wichtiger als Domenics Sicherheit? Und konnte seine Ehe diese Krise überstehen? Er hatte keine Ahnung, aber er wusste plötzlich, dass er die Burg verlassen, eine Weile von Frau und Kindern getrennt sein musste. Die Zukunft lag nicht in seiner Hand, und die Gegenwart sah sehr trostlos aus. Er musste einfach alles hinter sich lassen, und zwar auf der Stelle.

Herm knurrte. Nichts würde er hinter sich lassen, das wusste er genau. Er würde das Problem mitnehmen, und vielleicht würde er unterwegs eine Lösung finden. Er seufzte erleichtert, als er sich klar machte, dass Kate Darkover vorläufig nicht verlassen konnte. Sie würde noch da sein, wenn er wiederkam, und sie würde in der Lage sein, ihm zu vergeben. Sich etwas anderes vorzustellen, ertrug er nicht.

Er knöpfte das saubere Hemd zu, dann zog er das Übergewand darüber und legte sich den Gürtel mit der Tasche wieder um. Im Schrank hing ein Mantel aus brauner Wolle, der ihn ausreichend warm halten sollte. Er packte noch ein paar andere Dinge zusammen, die er für notwendig hielt: ein Messer, einen Feuerstein, ein zweites Hemd und – entgegen einem halben Dutzend Bestimmungen der Föderation – die *Lumens*, die er eingeschmuggelt hatte. Einen sinnlosen Moment lang wünschte er sich, er hätte eine Schusswaffe, obwohl ein solches Ding gegen den Pakt und gegen alles verstieß, was den Darkovanern teuer war. Er überlegte, ob die Spione wohl fortschrittliche Waffen besaßen, und hoffte, sie hatten keine. Dann zuckte er die Achseln. Er würde sich eben auf seine angeborene Listigkeit verlassen müssen. Im Augenblick kam ihm die allerdings ziemlich armselig gegen echte Feuerkraft vor.

Herm trat hinaus auf den Flur, und nachdem er einige Male falsch abgebogen war, fand er den Weg zu den Ställen. Er nutzte die Zeit, um sich eine neue Identität für sich und Domenic auszudenken. Falls jemand fragte, würden sie sich als Onkel und Neffe ausgeben, unterwegs zu den Hellers wegen einer Hochzeit. Das würde seinen leichten Akzent erklären und die gelegentlichen *Cahuenga*-Ausdrücke, die ihm noch immer entschlüpften.

Die Pferde spähten neugierig wegen dieses spätabendlichen Besuchs aus ihren Boxen, und ein Stallknecht, der im Licht einer Lampe irgendwelches Sattelzeug flickte, sprang auf die Füße. »Seid gegrüßt, *vai Dom!* Wie kann ich Euch dienen?«

»Ich brauche zwei Pferde. Sie sollten zuverlässig und unauffällig sein.«

»Herr?« Der Stallknecht schaute verwirrt drein.

»Ich will kein Pferd, mit dem ich Aufmerksamkeit errege.«

»Ach so, jetzt verstehe ich.« Der Mann sah erleichtert und zugleich neugierig aus. »Lasst mich nachdenken. Ich hätte da eine Stute, etwa zehn Jahre alt, die ich immer für die älteren Damen aufhebe. Sie ist klein und macht nicht viel her, aber sie ist ein ausdauerndes Tier. Und dann wäre da noch ein Wallach – er hat keine sehr angenehme Gangart, aber er läuft bis in alle Ewigkeit. Hier entlang.«

Herm folgte dem Knecht ans andere Ende des Stalls, wo

dieser eine Box öffnete. Mehrere Pferde schoben die Schnauze vor und stellten die Ohren auf. Eines war ein kleiner Brauner mit einer struppigen Mähne, und der Stallknecht führte ihn aus der Box. Herm fand, es war das hässlichste Pferd, das er je gesehen hatte. Egal, wie viel man es striegelte, es würde nie hübsch werden. Dann holte der Stallbursche ein langbeiniges, grau-weiß geschecktes Ross heraus, das ihn ein wenig misstrauisch betrachtete, bevor er es seinen Geruch aufnehmen ließ. Daraufhin schnaubte es heftig.

Schnell hatten die beiden die Tiere mit ziemlich abgewetztem Zeug gesattelt. »Ich brauche auch noch ein paar Schlafsäcke.«

»Sehr wohl, *Dom*. Davon haben wir reichlich.« Ohne weitere Erklärung brachte der Mann zwei sauber geschnürte Bündel, die durch nichts auf Stand oder Reichtum schließen ließen. Offenbar hatte er verstanden, dass Herm auf einer Art geheimen Mission war, und man sah ihm an, dass er die ganze Sache sehr genoss.

Nachdem die Schlafsäcke hinter den Satteln befestigt waren, bestieg Herm den Wallach, nahm die Zügel der Stute in die Hand und fragte: »Wie heißen die beiden?«

»Die Stute heißt Fortuna, und Euer Wallach hört auf den Namen Aldar, weil er aus den Hellers kommt.« *Wenn ich das meinen Kumpels erzähle!*

Herm fing den Gedanken auf und runzelte die Stirn. »Kein Wort zu irgendwem, verstanden? Du hast mich nie gesehen.«

»Oh. War da jemand?« In der Stimme des Stallknechts lag Enttäuschung, und in seinen Gedanken machte sich leichtes Unbehagen breit. Herm wusste, der Mann wog den Wert einer saftigen Klatschgeschichte gegen einen direkten Befehl ab und überlegte dann, wie er dem Stallmeister das Verschwinden von zwei Tieren erklären sollte, für die er verantwortlich war.

»Sprich mit Danilo Syrtis-Ardais, wenn du Fragen hast. Er wird dir alles erklären, was du wissen musst.«

»Sehr wohl, *Dom.« Ich und* Dom *Syrtis-Ardais belästigen! Bestimmt nicht!*

Herm ritt aus dem Stallhof und hoffte, dass der Knecht vertrauenswürdig und treu war. Bei dem Gedanken fielen ihm Katherines beißende Vorwürfe wieder ein, und er fühlte sich erbärmlich, als er durch die stillen Straßen Thendaras in Richtung Nordtor ritt. Der Stallbursche hatte nicht übertrieben, was die armselige Gangart des Wallachs anging. Es war fürchterlich. Sie verdarb Herm beinahe die Freude daran, wieder einmal auf einem Pferd zu sitzen, bis er sich ein wenig daran anpasste. Die Stute trottete hinter ihnen her, und das Geräusch der Hufe auf den Pflastersteinen hallte in den Straßen.

Er hatte sein Ziel in weniger als einer Stunde erreicht, aber selbst in dieser kurzen Zeit lehnten sich seine Oberschenkel gegen diese unerwartete Übung auf, und er war nahe daran, seinen spontanen Entschluss zu bereuen. Er wusste, es war nicht kalt für diese Jahreszeit, aber nach zwei Jahrzehnten in den beheizten Gebäuden der Föderation hatte er das Gefühl, erfrieren zu müssen. Der Atem der Tiere war kaum in der Luft sichtbar, und Herm sagte sich, er würde sich gewiss schnell wieder an alles gewöhnen.

Er schaute sich um. Es gab zwei Wiesen, auf jeder Straßenseite eine. In einer Wiese entdeckte er die grell bemalten Wagen des Fahrenden Volks, in der anderen ein paar Essenverkäufer und Maultiertreiber. Mehrere Feuerstellen loderten, und Herm sah eine Reihe Gestalten um sie herumstehen. Die ganze Szene strahlte eine gewisse Ruhe aus. An einem Feuer erzählte jemand einem faszinierten Publikum eine Geschichte, man hörte eine tiefe Stimme durch die Stille schallen.

Schließlich erspähte Herm eine kleine Gestalt, die mit Mantel und hochgezogener Kapuze an einem Feuer hockte. Gegenüber saßen ein paar alte Männer auf Steinen, die seit ewigen Zeiten dort lagen, und stritten über irgendeine Kleinigkeit. Sie achteten nicht auf die Gestalt. Herm stieg ab und führte die Pferde zu der Feuerstelle.

»Hallo, Neffe«, begann er leise. »Wie ich sehe, warst du vor mir da. Ich wurde in der Stadt noch aufgehalten.«

Beim Klang seiner Stimme bewegte sich der Kopf unter der Kapuze, hielt inne und blickte dann auf. »Ich dachte schon, du hättest mich vergessen, Onkel Herm.«

»Das würde ich niemals tun. Ich hoffe, du hast dich beim Warten nicht gelangweilt.«

»Nein, gar nicht. Ich habe mir die Vorstellungen angeschaut und etwas gegessen.« *Herm! Mit dir habe ich nicht gerechnet!*

Ich weiß. Und jetzt werden wir so tun, als seien wir ganz normale Leute, die auf dem Weg zu einer Hochzeit in den Bergen sind.

Wir? Heißt das, du schickst mich nicht zurück?

Jedenfalls nicht sofort, Domenic. Ich habe deinem Vater versprochen, für deine Sicherheit zu sorgen – er war nicht besonders erfreut über dein Handeln. So, ich möchte, dass du dich Tomas nennst, und ich werde Ian MacAnndra sein. In diesem Augenblick ging Herm durch den Kopf, dass er vorhin bei der Diskussion im Arbeitszimmer etwas übersehen hatte: Wieso wollten Danilo und Lew, dass Domenic Burg Comyn fernblieb? Schließlich kam er zu dem Schluss, dass sie wahrscheinlich gute Gründe dafür hatten, und hörte auf, sich Gedanken darüber zu machen.

Ich verstehe. Eine gute Wahl – oben in den Bergen gibt es hunderte von MacAnndras. Ich habe die Wagen im Auge behalten, während ich wartete, und bisher hat sich nichts getan. Was machen wir jetzt?

Wir bleiben bis zum Morgen hier – ich habe einen Schlaf-

sack für dich dabei – und dann entscheiden wir über unseren nächsten Schritt. Erzähl mir alles, was du bis jetzt in Erfahrung gebracht hast, Domenic.

Tomas! Nicht Domenic. Sonst vergisst du es noch und sagst den falschen Namen, Onkel Ian!

Holla, der Junge begriff aber schnell! Herm setzte sich neben ihn und streckte die Hände zum Feuer. Dann lauschte er aufmerksam der Stimme in seinem Kopf. Die Geschichte entwickelte sich logisch, sie begann damit, wie der Wagen des Fahrenden Volks am Morgen an der Burg vorbeigekommen war, und endete mit dem Gespräch, das der Junge später belauscht hatte. Domenic schien ein gutes Gedächtnis und einen Blick für Einzelheiten zu besitzen. Im Laufe der Erzählung spürte Herm, wie sich sein Neffe zu beruhigen begann und die Sache sogar ein wenig genoss. Er stellte einige Fragen und erfuhr, dass Domenic zwar keines der Gesichter gesehen hatte, aber dennoch glaubte, die Männer wieder erkennen zu können.

Schließlich erhoben sie sich gleichzeitig, holten die Schlafsäcke von den Pferden und breiteten sie neben dem Feuer aus. Herm stellte fest, dass er sehr müde war und dass seine Beine vom Reiten schmerzten, zugleich war er aber auch erregt. Die angenehmen Gerüche von Holzfeuer und Pferd, die kalte Luft und die frische Brise, das alles wirkte belebend auf ihn. Er achtete nicht auf die Steine unter seinem Bettzeug und dachte an Katherine und die Kinder. Der Mut begann ihm zu sinken, aber bevor er in neuerliche Verzweiflung stürzen konnte, hörte er den Jungen wieder. *Ich glaube, drüben beim Fahrenden Volk tut sich etwas.*

Was?

Es gibt eine Art Streit zwischen diesem Vancof und einem anderen Kutscher. Sie scheinen beide ein bisschen betrunken zu sein, und ihre Gedanken sind nicht sehr klar. Aber es sieht ganz danach aus, als würde Vancof absichtlich Streit suchen. In seinen Gedanken ist ein Unterton – er hat Angst. Nein, er ist betrunken und innerlich zerrissen. Er will weg von hier, aber er denkt gleichzeitig, dass er bleiben muss. Das Ganze ist vermischt mit Reue und Feuerwein.

Einen Augenblick später erhob sich auf der anderen Wiese lautes Geschrei. Man hörte aus den Wagen um Ruhe rufen und hölzerne Türen auf- und zugehen. Alle Leute, die wach waren, blickten interessiert hinüber. Einige der Maultiertreiber verließen den Geschichtenerzähler an der Feuerstelle und begannen, zu Gunsten einer lebhafteren Unterhaltung über die Straße zu spazieren.

Herm setzte sich ebenso wie Domenic auf und verfolgte das Ganze. Zwei Schattengestalten kämpften vor einem der Wagen, Fäuste flogen und verfehlten überwiegend ihr Ziel. Schließlich kamen einige Leute aus den Fuhrwerken und versuchten die Streithähne zu trennen.

Die Rauferei war rasch vorüber, die lauten Stimmen aber blieben. Ein Mann fluchte auf alle Anwesenden und schlurfte davon. Er verschwand in einem Wagen und tauchte bald darauf mit einem ziemlich unhandlichen Bündel wieder auf. Er begann vom Lagerplatz zu trotten, eine Frau schrie auf ihn ein. Er drehte sich um und brüllte zurück.

Das ist der Mann, Onkel Ian – das ist Vancof. Ich weiß nicht, wer die alte Vettel ist, die ihn anschreit. Es ist jedenfalls nicht das Mädchen, das ich heute Morgen gesehen habe. Ich habe noch nie eine Frau solche Dinge sagen hören, nicht einmal Mutter!

Du hast bisher ein sehr behütetes Leben geführt, Tomas. Sei nie überrascht, was für Ausdrücke einer Frau einfallen, wenn sie wütend ist. Nimmst du von dem Mann noch etwas wahr?

Nicht viel. Er ist wirklich ziemlich betrunken. Er will nur so weit wie möglich weg. Aber ich kann nicht sagen, ob er vom

Fahrenden Volk wegwill oder von den Männern, mit denen er vorhin gesprochen hat. Er scheint einfach von allem die Nase voll zu haben.

Wir können ihm nicht folgen, ohne Aufmerksamkeit zu erregen.

Ich glaube, er ist derart betrunken, dass er nicht weit kommen wird, Onkel Ian. Onkel Rafael ist manchmal so, wenn er mit Tante Gisela gestritten hat. Dann trinkt er bis zur Besinnungslosigkeit und schläft ein. Vancof scheint in einem ähnlichen Zustand zu sein.

Gut. Dann lass uns jetzt schlafen. Morgen verspricht ein interessanter Tag zu werden.

12

Lyle Belfontaine betrachtete den Stapel Papiere auf seinem Schreibtisch. Es handelte sich um die Nachrichten, die er in den letzten beiden Tagen verschickt hatte und die alle ohne Antwort zurückgekommen waren. So etwas war noch nie passiert, und es verursachte ihm ein flaues Gefühl im Magen und rasende Kopfschmerzen. Es war, als wäre die Föderation aus der Galaxie verschwunden und hätte ihn wie einen Schiffbrüchigen auf Cottman IV zurückgelassen. Seit der Entlassung durch seinen Vater vor mehr als dreißig Jahren hatte er sich nicht mehr so hilflos gefühlt. Und er war so frustriert wie kurz vor jenen katastrophalen Ereignissen auf Lein III, als er gegen alle Regeln der Föderation eine planetarische Regierung zu stürzen versuchte. Das alles machte ihn nervös, seine Nackenhaare stellten sich auf, und er hatte beinahe so etwas wie eine Vorahnung, er könnte womöglich die damaligen Ereignisse noch einmal durchleben und sie diesmal zu seinem Vorteil wenden. Seltsam – dieser Planet schien ihm wirklich unter die Haut zu gehen, wenn er schon anfing, wie die abergläubischen Eingeborenen zu denken, die an solchen Unsinn glaubten.

Miles Granfell betrat unangemeldet das Büro, seine Miene war nüchtern, nur aus den Augen blitzte eine unterdrückte Gefühlsregung. Seine Stiefel waren schmutzig, als wäre er über ein Feld gelaufen, das sonst stets ordentliche Haar war vom Wind zerzaust. Wortlos nahm er auf dem Stuhl vor dem Schreibtisch Platz und streckte seine langen Beine aus.

»Was ist los?«, knurrte Lyle und betrachtete finster den Stapel zurückgesandter Nachrichten. Er war gekränkt und geradezu versessen darauf, die schlechte Laune an seinem Untergebenen auszulassen. »Wo sind Sie gewesen?«

»Ach, ich bin so auf und ab spaziert auf dieser Welt.«

Belfontaine erkannte darin eine Art Zitat. Das Letzte, worauf er jetzt Lust hatte, war ein literarisches Quiz mit Granfell, aber er entschied sich dafür, Geduld zu wahren. »Was soll das heißen?«

Granfell grinste und schlug die Beine übereinander. »Ich habe gute Neuigkeiten. Regis Hastur ist tot.«

Statt Freude empfand Belfontaine Zorn bei diesen Worten. Davon hätte er doch gewiss vor seinem Untergebenen erfahren müssen! Mühsam beherrschte er seine Gefühle und fragte nur: »Wissen Sie das genau?«

»Vancof behauptet es, und damit müssen wir uns für den Moment begnügen.«

»Verstehe. Na, das ist allerdings eine Neuigkeit«, räumte er so huldvoll ein wie er konnte. Als er weiter nichts mehr sagte, rutschte sein Gegenüber auf dem Stuhl umher, als versuchte er Lyles Stimmung einzuschätzen.

Nach einer Minute des Schweigens fragte Granfell: »Was ist das eigentlich für eine Unordnung hier? Ich habe in all den Jahren, die Sie bei uns sind, noch nie so viele Papiere auf Ihrem Schreibtisch gesehen.«

Lyle beäugte ihn mit kaum verhüllter Abneigung. Granfells Ton grenzte an Unverschämtheit. Dann verwarf er dieses Gefühl – das war eben Granfells Art. »Das sind sämtliche Nachrichten, die ich in den letzten sechsunddreißig Stunden verschickt habe – das regionale Hauptquartier scheint ... verschwunden zu sein.«

Granfell wurde schlagartig hellwach. »Gibt es ein Problem mit der Relaisstation?«

»Ich weiß es nicht. Unser Sender scheint einwandfrei zu funktionieren, aber was ich auch rausschicke, es kommt postwendend zurück.« Er musste nicht hinzufügen, dass der Sender auf Cottman IV nach den Maßstäben der Föderation veraltet war, dass überhaupt die gesamte Ausrüstung des Hauptquartiers seit zehn oder gar zwanzig Jahren in Betrieb war, ohne dass etwas erneuert worden wäre. Zum Glück funktionierte das meiste noch, aber in letzter Zeit hatten sie immer wieder dieses oder jenes Gerät ausschlachten müssen, um ein anderes am Laufen zu halten – alles wegen der Sparmaßnahmen, die sich in der Föderation ausgebreitet hatten.

»Das ist ernst, Lyle.«

»Dessen bin ich mir sehr wohl bewusst«, antwortete Belfontaine so kühl wie möglich. »Es verleiht Ihren Befürchtungen, man könnte uns hier zurücklassen, eine völlig neue Dimension.«

»Richtig. Und ich glaube, wir sollten ...« Miles geriet ins Stocken, und er ließ den Blick langsam durch das Büro schweifen. »Das macht jegliche Planung sehr schwierig«, sagte er schließlich.

Belfontaine sah ihn zunächst verständnislos an, doch dann begriff er: Granfell wollte etwas sagen, das auf keinen Fall mitgehört oder aufgezeichnet werden sollte. Selbst die Möglichkeit, man könnte sie auf Cottman sitzen lassen, statt abzuziehen, änderte nichts an seiner Angst, für einen Widersacher der Föderation gehalten zu werden. Es gab automatische Geräte in den Wänden des Raums, die alles mithörten und auf die er keinen Einfluss hatte, obwohl er zu den Sicherheitskräften zählte. Wenn Lyle gekonnt hätte, hätte er die Lauscher längst abgestellt. Und nur weil es zurzeit keinen Kontakt mit der Föderation gab, musste das nicht so bleiben. Sie mussten weiterhin vorsichtig zu Werke gehen.

»Mein Kopf fühlt sich an, als hätte ich drei Tage lang gesoffen. Machen wir einen Spaziergang und überlegen dabei, welche Möglichkeiten wir haben«, antwortete Belfontaine nach einer Weile.

»Ein Kater ohne das Vergnügen des Rausches, meinen

Sie?«, erkundigte sich Granfell beiläufig, während er sich zu voller Länge aufrichtete. Er lächelte humorlos.

»Genau.«

Belfontaine nahm seinen Allwettermantel vom Haken neben der Tür. Sie gingen zusammen den Flur entlang und fuhren mit dem Aufzug ins Erdgeschoss hinab, ohne ein weiteres Wort zu sprechen. Dann traten sie hinaus in eine kühle Nacht, der Himmel war wie üblich bewölkt und der Wind frisch. Schweigend überquerten sie das Rollfeld, bis sie so weit entfernt von sämtlichen Gebäuden waren, dass sie sich einigermaßen sicher vor etwaigen Abhörgeräten fühlen konnten.

»Dann ist Regis Hastur also tot. Und ich habe ihn nie kennen gelernt.«

»Ja. Und falls die Föderation uns hier zurückgelassen hat, müssen wir zusehen, wo wir bleiben. Vancof behauptet, Regis' Erbe ist Mikhail Hastur, und über den wissen wir noch weniger als über Regis. Allerdings konnte ich in Erfahrung bringen, dass sie den Leichnam an einen Ort in der Nähe des Sees von Hali bringen, zu einer religiösen Stätte.«

»Wer ist ›sie‹?«

»Sie alle, der gesamte Rat der Comyn, wenn ich recht verstanden habe, mitsamt ihren Frauen und Kindern und wer weiß wie vielen Leuten noch.«

»Sie meinen, dann wird die Burg also ...?«

»Ich weiß nicht, ob sie leer sein wird, aber sie dürfte vergleichsweise leicht zu nehmen sein. Aber das ist nur ein Gebäude. Die wahre Macht hier liegt in den Domänen.« Nachdem er diese offenkundige Tatsache ausgesprochen hatte, hielt Miles inne, als fiele es ihm schwer, weiterzureden.

Belfontaine wartete so geduldig, wie er konnte, und spürte die Spannung bei seinem Untergebenen. »Und?«

»Was Sie meiner Meinung nach tun sollten, ist ... diesen Trauerzug irgendwo an der Straße angreifen zu lassen.« Die

Worte kamen in einem Schwall, als wollte Granfell sie möglichst schnell loswerden. Als Belfontaine nicht reagierte, fuhr er fort. »Ich habe Vancof angewiesen, eine geeignete Stelle für einen möglichen Hinterhalt auszukundschaften – was ihm nicht sehr gefallen hat. Aber wenn ein wesentlicher Teil der herrschenden Klasse beseitigt wäre, stünde einer Herrschaft der Föderation nichts mehr im Wege – vorausgesetzt, es gibt in einigen Wochen überhaupt noch eine Föderation. Ich muss gestehen, dass mich dieses plötzliche Schweigen sehr nervös macht. Was ist Ihrer Meinung nach da draußen los?«

Belfontaine ging schneller, um die Kälte aus seinen Gliedern zu vertreiben. Er war misstrauisch und auf der Hut, was diesen überraschenden Vorschlag betraf. Er mochte es nicht, wenn seine Untergebenen eigene Ideen hatten, und er wusste, dass dieser Plan sehr gefährlich war. Wenn die Sache schief ging, steckte sein Kopf in der Schlinge, nicht der von Granfell.

Etwas an diesem Vorschlag ließ sämtliche Alarmglocken bei Belfontaine schrillen. Was, wenn Regis Hastur noch lebte und die ganze Sache nur ein Plan war, ihn als Stützpunktkommandant in Misskredit zu bringen? Es wäre nicht das erste Mal, dass ein ehrgeiziger Mitarbeiter versucht hätte, sich auf Kosten seines Chefs zu befördern. Er hatte Granfell schließlich nie recht über den Weg getraut. Die ganze Sache sah zu gut aus, um wahr zu sein, und Lyle hatte sehr früh im Leben gelernt, allem zu misstrauen, das er nicht selbst aus erster Hand erfahren hatte.

Dennoch musste er entscheidungsfähig bleiben, falls Hastur tatsächlich tot war. Wenn es stimmte, dann wusste er, warum man ihn nicht informiert hatte – dahinter steckte natürlich Lew Alton. Es würde dem Mann ähnlich sehen, ihn im Dunkeln tappen zu lassen. Lyle fühlte sich umgeben von Feinden und unfähigen Leuten, und er misstraute allen, selbst Emmet Grayson, dem Planetarischen Verwalter, den er größtenteils wirkungsvoll ausgeschaltet hatte. Die Neuorganisation des bürokratischen Apparats der Föderation hatte es Belfontaine leicht gemacht, Grayson von jedem tatsächlichen Einfluss auszuschließen, aber der Verwalter verfügte immer noch über ein paar treue Gefolgsleute beim Personal des Hauptquartiers. Es schien weit hergeholt, aber es konnte nicht schaden, in einer ruhigen Minute darüber nachzudenken.

»Ich kann nur spekulieren, was in der Föderation vor sich geht, Miles. Am ehesten würde ich vermuten, dass sie einfach die interstellare Kommunikation vorübergehend dichtgemacht haben. Das würde alle ehrgeizigen Admiräle und Planetarischen Verwalter daran hindern, Verschwörungen anzuzetteln oder sonst irgendwie Ärger zu machen.«

»Sie meinen also, sie haben die einzelnen Mitgliedswelten isoliert?«

»Auf jeden Fall diejenigen, die sich als unloyal erweisen könnten.«

»Aber warum sind wir dann draußen?«

»Eine gute Frage, auf die ich keine Antwort weiß. Vielleicht hat sich irgendeine Gruppe der Relaisstation bemächtigt. Die Auflösung der Legislative könnte eine Krise ausgelöst haben, die wir uns nicht vorstellen können – das war meiner Ansicht nach ein unüberlegter Schritt. Zweifellos dachten Nagys expansionistische Berater, sie hätten die Lage im Griff, aber ich habe von den meisten dieser Leute noch nie sehr viel gehalten.«

»Politiker«, sagte Granfell verächtlich.

»Genau.« Belfontaine wog seine nächsten Worte sorgfältig ab; er wollte weder zu begierig noch zu widerstrebend erscheinen. Granfells Reaktion würde ihm viel verraten. »Glauben Sie ernsthaft, man könnte diesen Trauerzug erfolgreich angreifen?«

»Ich denke, es wäre einen Versuch wert, ja.«

»Ich will keinen Versuch, Miles. Ich kann es nicht riskieren, die Politik der Föderation zu sabotieren. Es müsste so aussehen, als wäre es die Tat von Einheimischen, nicht eine Maßnahme der Föderation.«

»Ja, das ist richtig. Ich dachte, wir könnten uns bei dieser Sache unsere Aldaran-Freunde zu Nutze machen.« Der Wind frischte auf und dämpfte die Worte.

»Was genau haben Sie vor?« Aldaran-Freunde? Er meinte *Dom* Damon, der niemandes Freund war außer sein eigener. Belfontaines ganzes Misstrauen erhärtete sich. Wozu *Dom* Damon ins Spiel bringen? Was hatte Granfell im Sinn?

»Wenn wir Truppen von den Hellers einfliegen, an der Straße absetzen und den Zug angreifen ...«

Lyle war im ersten Moment geschockt, während Granfell innehielt. Das klang nicht nach einem spontanen Plan, sondern nach reiflicher Überlegung. Andererseits war Miles nach seinen dreckigen Stiefeln zu schließen zu Fuß von dem Treffen mit Vancof hierher gekommen, und vielleicht hatte er die Zeit genutzt, über alles gründlich nachzudenken. Lyle hatte die Intelligenz seines Untergebenen bisher nicht unterschätzt, und er beabsichtigte nicht, es von nun an zu tun. »Wir haben etwa hundert brauchbare Männer dort oben«, antwortete er bedächtig, als würde er darüber nachdenken. Stattdessen machte sich in seinem Kopf rasend schnell frischer Argwohn breit. »Die Trauerprozession wird doch sicher schwer bewacht. Die Einheimischen hier mögen rückständig sein, aber zu kämpfen verstehen sie.« Er wartete auf Granfells Antwort, um sie einschätzen zu können. Das seltsame Prickeln im Nacken war wieder da.

»Kleiden Sie die Männer wie Einheimische und geben Sie sie als Banditen aus. Davon gibt es weiß Gott genug dort oben in den Bergen. Und ich bin überzeugt, ein paar Züge ausgebildeter Soldaten werden mit diesen armseligen Wachen fertig, ohne dass sie Feuerwaffen einsetzen. Wir könnten die Straße verminen oder ...«

»Was, wenn die Föderation auftaucht, und es zu einem Untersuchungsausschuss kommt?«

»Wenn Sie nicht bereit sind, das Risiko auf sich zu nehmen ...«

»Das habe ich nicht gesagt, Miles. Aber wir müssen äußerst vorsichtig sein. Ich will nur sichergehen, dass keine Spur zu uns führt, egal was geschieht. Die Idee, Männer aus dem Gebiet der Hellers einzusetzen, ist gut, denn falls etwas schief geht, können wir das Ganze *Dom* Damon in die Schuhe schieben. Wir alle wissen, dass er glaubt, Cottman regieren zu können, wenn man ihn nur ließe. Er würde einen ausgezeichneten Sündenbock abgeben, vor allem, wenn er dabei umkommt. Aber ich will nicht überstürzt handeln. Möglicherweise ist dieser Mikhail Hastur umgänglicher als sein Vorgänger, und wir könnten uns eine Menge Ärger sparen, wenn wir zunächst versuchen, mit ihm ins Geschäft zu kommen.«

»Ich dachte, Sie würden die Gelegenheit ergreifen, Cottman in die Hände der Föderation zu bringen.« Miles klang enttäuscht und auch ein wenig zornig.

Die Straße verminen? Feuerwaffen einsetzen? Hatte Miles den Verstand verloren? »Bei der Sache spielen zu viele zufällige Faktoren hinein, als dass ich ruhig schlafen könnte.« Als er den Gesichtsausdruck seines Gegenübers sah, das Erlöschen des gierigen Blicks, empfand Belfontaine eine gewisse Selbstgefälligkeit. Granfell musste lernen, wer hier das Sagen hatte. »Dennoch ist es eine ausgezeichnete Gelegenheit, und ich finde auch, wir sollten sie nicht ungenutzt verstreichen lassen. Machen Sie weiter. Lassen Sie Vancof eine geeignete Stelle für einen Hinterhalt suchen, und wir bemühen uns inzwischen um weitere Informationen. Ich möchte einen unumstößlichen

Beweis dafür, dass Regis Hastur tot ist. Vancofs Wort reicht mir nicht. Und falls ich morgen etwas vom Regionalen Hauptquartier höre, müssen wir die ganze Idee möglicherweise über Bord werfen.«

Granfell brummte etwas, dann nickte er. »Ich schicke Nailors gleich morgen früh los.«

»Wieso gehen Sie nicht selbst?« Die Einbeziehung von Granfells nächstem Untergebenen störte ihn, denn je mehr Leute von der Verschwörung wussten, desto größer war die Gefahr eines Scheiterns.

»Vancof kann mich nicht ausstehen und würde fast alles tun, nur um mich zu ärgern. Als ich die Idee vor ein paar Stunden vorschlug, sträubte er sich sehr. Der Mann ist feige und ein Säufer. Es ist ein Jammer, dass wir keinen besseren Agenten vor Ort haben, aber er ist der Einzige, der auf der Route unterwegs ist, die der Trauerzug nehmen wird. Und wir haben nicht die Zeit, eine andere Truppe des Fahrenden Volks als unsere Spione auszubilden.«

»Ist Nailors vertrauenswürdig?«

Granfell reagierte nicht sogleich, und Belfontaine befiel schlagartig ein ungutes Gefühl. »Ich glaube, ja«, kam schließlich die Antwort.

Sie beruhigte Belfontaine keineswegs, sondern ließ vielmehr die zarte Knospe des Unbehagens zu einem ausgewachsenen Angstgefühl werden. Granfell verschwieg ihm etwas, kein Zweifel! Aber was? Er verspürte das Verlangen, dem Größeren an die Gurgel zu gehen und ihn zu würgen, bis er mit der Wahrheit herausrückte. Die ganze Geschichte war seiner Ansicht nach ein einziges Lügengespinst, eine Intrige, um ihn in Verruf zu bringen. Lyle brütete darüber, während ihm der verhasste Wind in den Rücken blies und der Rauch von den Feuern der Stadt ihn zu ersticken drohte. Er sah auf den ramponierten Belag unter seinen Füßen hinab, wo sich das Unkraut durch den uralten Beton geschoben hatte, und musste ein plötzlich Gefühl hilfloser Wut unterdrücken.

Das vor ihm liegende Dilemma war wie eine Hydra. Wenn Granfell die Wahrheit sagte und Regis Hastur tatsächlich tot war, wieso hatte er dann nicht aus anderen Quellen davon gehört? Sicher, Lew Alton hatte ihn früher bei gewissen Angelegenheiten ins Leere laufen lassen, aber es schien nicht zu ihm zu passen, in diesem Fall das Hauptquartier nicht zu benachrichtigen. Der Mann war doch schließlich nur ein Bürokrat, der von sich und seiner Macht eingenommen war. Spielte sich auf Burg Comyn etwa eine Art Auseinandersetzung ab? Vielleicht traute dieser unbekannte Mikhail Hastur Lew Alton nicht – was Belfontaine ganz gelegen käme. Alton war Regis' Berater gewesen, aber stand er auch mit diesem Neuen auf vertrautem Fuß? Er brauchte bessere Informationen, und er wusste nicht, woher er sie auf die Schnelle nehmen sollte. Wenn doch nur diese Tochter von Damon Aldaran so nützlich gewesen wäre, wie ihr Vater angedeutet hatte.

Falls andererseits Granfell ein falsches Spiel mit ihm trieb, dann war die ganze Sache womöglich nur ein Komplott mit dem Ziel, ihn zu diskreditieren und seinen Platz einzunehmen. Belfontaine spielte den Gedanken rasch durch. Bei seiner persönlichen Vorgeschichte würde es Granfell nicht schwer fallen, ihre Vorgesetzten davon zu überzeugen, dass er, Lyle, der Anstifter zu einem nicht genehmigten Angriff auf die einheimischen Herrscher von Cottman IV gewesen war. Immer vorausgesetzt, die Föderation hatte sie nicht für alle Zeiten den kalten Winden Cottmans überlassen.

Weshalb schlug Granfell vor, Truppen aus der Domäne Aldaran einzusetzen? Steckte er mit dem alten Narren da oben in den Hellers unter einer Decke? Miles war vor einigen Monaten in die Hellers gereist, angeblich um die Lage dort zu begutachten. Aber was, wenn der eigentliche Grund ein Besuch bei *Dom* Damon und dessen Einbindung in Granfells persönliche Ziele war? Sollte Belfontaine abgesetzt werden, wäre Miles sein logischer Nachfolger als Stützpunktkommandant.

Was, wenn der geplante Rückzug der Föderation Granfell zum Handeln gezwungen hatte? Mit einem flauen Gefühl kam Belfontaine zu Bewusstsein, dass ihn sein Hass auf Cottman in die Isolation geführt hatte – und in die Abhängigkeit von Miles Granfell, den er als unzufrieden und ehrgeizig kannte. Aber bis jetzt hatte er immer geglaubt, sich darauf verlassen zu können, dass sich der Mann nicht übernehmen würde.

»Lassen Sie uns eins nach dem andern erledigen, ja?«

Miles war, nach dem ärgerlichen Schulterzucken zu schließen, nicht zufrieden. »Wozu warten? Ich dachte, Sie würden sofort zugreifen.«

»Es gibt verschieden Möglichkeiten, die Sache anzugehen, Miles, und nicht alle beinhalten den Massenmord an hundert oder mehr Leuten.«

»Wie Sie meinen. Aber ich schicke Nailors morgen früh zu Vancof, damit dieser eine mögliche Stelle für einen Hinterhalt auskundschaftet.« Er hielt inne, als würde ihn etwas beunruhigen, etwas das er nicht gern aussprach. »Ach ja, da wäre noch ein kleines Problem. Vancof sagt, bevor er weitermacht, will er einen schriftlichen Befehl von Ihnen. Und einen Kurzwellensender. Komisch, nicht wahr, wie ein großer Teil unserer heutigen Technik auf Cottman nicht funktioniert, aber Dinge, die wir vor Jahrhunderten aufgegeben haben, gehen immer noch.«

»Einen Sender? Die Idee gefällt mir nicht. Die Einheimischen sind zwar rückständig und mit sich beschäftigt, aber nicht so sehr, dass sie illegale Technologie nicht bemerken würden ...« Ein schriftlicher Befehl? War das wirklich Vancofs Idee, oder wollte ihm Miles Ärger machen? Wenn er aus der Katastrophe auf Lein III etwas gelernt hatte, dann war es, nie sichtbare Spuren zu hinterlassen, und genau das schlug ihm Granfell nun vor. Die ganze Sache roch verdächtig. Ach was, sie stank!

»Ich glaube nicht, dass ernsthaft die Gefahr besteht, dass er entdeckt und als illegale Technologie erkannt wird.« Granfell wischte Lyles schwächlichen Einwand mit einer unvermittelten Handbewegung beiseite. Sein Gesicht wirkte lebhaft im Schein einer nahen Lampe. »Und vielleicht könnten wir in Thendara selbst für ein bisschen Aufruhr sorgen – damit diese dummen Stadtwachen beschäftigt sind.«

Belfontaine sah seinen groß gewachsenen Untergebenen durchdringend an. Auf den ersten Blick wirkte er wie immer, ein skrupelloser, ruheloser Mann mit ehrgeizigen Zielen. Aber hinter diesem äußeren Schein nahm Lyle eine Spannung wahr, die er nicht genau deuten konnte. Granfell war zu eifrig für Belfontaines Geschmack, und je mehr er darüber nachdachte, desto überzeugter wurde er, dass diesem ein solcher Plan niemals spontan eingefallen wäre. Für so klug hielt er Granfell nicht. Und der Vorschlag, einem Mann, der ein kläglicher Spion, aber ein tüchtiger Attentäter war, wenn er nicht zu stark trank, ein Stück außerweltlicher Technik zu schicken, ergab keinen Sinn, und schuf neues Unbehagen bei Belfontaine.

Ja, nun war es klar. Granfell war nicht zu trauen, und er steckte entweder mit Grayson, dem Planetarischen Verwalter, unter einer Decke oder mit Lord Aldaran. Hmm ... womöglich war Miles gar mit Lew Alton im Bunde, und das war der Grund, warum die Nachricht von Regis Hasturs Tod ihn nicht erreicht hatte. Es waren schon merkwürdigere Dinge passiert. Er holte tief Luft und zwang sich, seine Fantasie im Zaum zu halten.

»Tun Sie, was Sie können«, antwortete er äußerlich scheinbar gleichgültig, während er innerlich kochte. »Und schicken

Sie Nailors bei mir vorbei, bevor er aufbricht – ich werde über den Kurzwellensender nachdenken.«

Granfell drehte sich um und ging ohne ein Wort davon. Belfontaine blieb allein in der Kälte stehen. Nach einer Weile machte auch er kehrt und spazierte gedankenverloren zu seiner Unterkunft. Zweifellos hatte er Granfell wirkungsvoll ausgeschaltet. Abgesehen davon war der Mann kein sonderlich begabter Intrigant. Es musste also Aldaran sein. Es sei denn, Alton gehörte ebenfalls zu dem Komplott. Aber das war äußerst unwahrscheinlich. Es musste *Dom* Damon sein, mit seinem Verlangen, die wahre Macht auf Darkover zu werden.

Belfontaine machte abrupt kehrt und schlenderte zurück zum Gebäude des Hauptquartiers. Er musste herausfinden, ob Granfell in heimlichem Kontakt mit *Dom* Damon stand – die Idee war ihm bisher nie gekommen. Was für ein Idiot er doch war! Er hegte derart viel Verachtung für den Alten, dass er die Gefahr überhaupt nicht bemerkt hatte. Und da waren auch noch seine Söhne. Warum war Hermes Aldaran so plötzlich zurückgekehrt? Oder vielleicht schmiedete der ältere, Robert, mit Granfell ein Komplott. Nur weil Aldarans Sohn wie die Rechtschaffenheit in Person aussah, war noch lange nicht ausgeschlossen, dass er gern die Position seines Vaters eingenommen hätte.

Sie mussten alle zusammen an der Sache beteiligt sein! Das war die einzige vernünftige Erklärung für Herm Aldarans überaus gelegen kommende Rückkehr. Irgendwie musste der Alte oder Robert ihn gerufen haben – seine Rückkehr hatte nichts mit der Auflösung der Legislative zu tun! Das war reiner Zufall. Lyle musste Hermes irgendwie aus der Burg locken. Er kannte Mittel und Wege, einen Mann zum Sprechen zu bringen!

Frustration stieg in seiner Kehle auf und hinterließ einen

bitteren Geschmack in seinem Mund. Lew Alton hatte sich nicht einmal die Mühe gemacht, auf seine Aufforderung zu Herm Aldarans Auslieferung zu antworten. Er fühlte sich übergangen – nein, schlimmer: als unwichtig abgetan. Irgendetwas würde er aber unternehmen müssen – vielleicht diesem Mikhail Hastur stattdessen eine Nachricht schicken. Oder persönlich zur Burg gehen und auf einem Treffen bestehen. Er schauderte am ganzen Körper. Er würde nicht seine Würde riskieren, indem er dort vorsprach, nein, er würde jemanden zu sich kommen lassen! Und wenn es sich um Lew Alton handelte, würde der Mann das Hauptquartier nicht wieder lebend verlassen.

Er verweilte einen Augenblick bei dieser befriedigenden Vorstellung und genoss die Bilder, die vor seinem geistigen Auge abliefen. Dann tadelte er sich. Alton war zu gerissen, um so etwas zu riskieren, das wusste er genau. Und er selbst überstürzte alles und sprang von einer Schlussfolgerung zur nächsten, ohne genügend eindeutige Indizien zu haben, oder? Nein! Im Gegenteil – sein Instinkt sagte ihm, dass er Recht hatte und dass seine ständige Angst einen berechtigten Grund hatte.

Als Belfontaine mit kalten Füßen in den Korridor einbog, der zum Fernmelderaum führte, merkte er, wie die Verschwörung in seiner Vorstellung beständig wuchs. Das beheizte Gebäude war beinahe stickig nach der Kälte draußen, und Lyle spürte, wie ihm der Schweiß über die schmale Stirn rann. Er riss sich den Mantel mit einer zornigen Bewegung vom Leib, dann wischte er sich mit dem Ärmel über die Stirn. Das Wasser abweisende Gewebe seiner Uniform wollte die Feuchtigkeit nicht aufnehmen, und er war gezwungen, die Hand zu benutzen, was er verabscheute.

Der Fernmelderaum war leer bis auf einen verschlafenen Angestellten, der ihn mit offenem Mund anstarrte, bevor er hastig aufsprang und linkisch salutierte. Belfontaine beachtete ihn nicht, bis er ein Papiertaschentuch gefunden und sich die Hand abgewischt hatte. »Irgendwelche Nachrichten vom Regionalen Hauptquartier?«

»Nein, Sir. Während meiner Schicht war alles ruhig.« Der Angestellte sah nervös aus, als hätte er gern eine Frage gestellt, traute sich aber nicht.

»Vielleicht ist keine Nachricht ja eine gute Nachricht. Wieso machen Sie nicht eine Pause – holen sich einen SynKaffee oder so. Und bringen Sie mir auch einen mit.«

Der Angestellte reagierte zunächst nicht, sondern schaute nur leicht überrascht. Er durfte seinen Posten eigentlich nicht verlassen, es sei denn, er wurde abgelöst. Dann stahl sich ein Ausdruck des Verstehens über sein Gesicht. »Ja, Sir. Das wäre sehr angenehm.«

Belfontaine sah ihm nach und wusste, es war ein Fehler gewesen, hierher zu kommen. Zu spät. Der Angestellte würde plaudern, wenn er keine Möglichkeit fand, ihn davon abzuhalten, und er wollte nicht, dass sein Besuch hier morgen früh allgemeines Gesprächsthema im HQ war. Aber darüber würde er sich später den Kopf zerbrechen.

Er setzte sich in den noch warmen Sessel und tippte ein paar Befehle in die Tastatur. Das Ding war alt, die Tasten vom Gebrauch ganz schmutzig, und manche reagierten nur zögerlich. Eine weitere Sparmaßnahme – die Tastatur hätte längst ausgetauscht gehört.

Es war einige Jahre her, seit Belfontaine eine Fernmeldevorrichtung benutzt hatte, aber er wusste noch immer, wie man sie bediente. Das freute ihn. Es erforderte nur einige Anschläge, dann hatte er die Aufzeichnungen, die er im Sinn hatte, aufgerufen und anschließend auf das Display in seinem Büro übertragen. Es gab allerdings keine Möglichkeit, die Spuren seines Tuns zu verwischen, falls sie jemand aufdecken wollte. Er konnte nur hoffen, dass die offenkundige Langeweile und Schläfrigkeit des Angestellten ihn von einer entsprechenden Suche abhielt.

Beim leisen Klang sich nähernder Schritte räumte er den Platz vor der Schalttafel und kehrte an die Stelle zurück, an der er zuvor gestanden hatte. Er pfiff unmelodisch vor sich hin, eine nervöse Angewohnheit, die er nie ganz ablegen konnte. Als Augenblicke später der Angestellte mit zwei Wegwerfbechern eintrat, nahm Belfontaine einen davon ruhig entgegen.

»Es muss ziemlich langweilig sein, die ganze Nacht hier zu sitzen«, bemerkte er.

»Ja, Sir, aber ich habe mich inzwischen daran gewöhnt.«

»Trotzdem war ich ein bisschen nachlässig, was die Rotation der Schichten angeht, wie mir scheint. Wie lange hatten Sie jetzt Nachtschicht?«

»Etwa acht Monate, Sir. Seit ich auf Cottman stationiert bin.«

Aha, sehr gut – er wurde erst vor kurzem verlegt. Und aus seiner Nervosität zu schließen, war er vermutlich leicht einzuschüchtern. »Das ist viel zu lang! Ich werde dafür sorgen, dass Sie eine Weile auf die Tagschicht wechseln.«

»Aber, Sir ... ich denke, wir ...?«

Lyle sah ihn affektiert an und versuchte, belustigt zu wirken. »Ich denke, Sie haben es verdient, für die absehbare Zukunft auf die Tagschicht gesetzt zu werden«, verkündete er. »Wenn Ihnen das recht ist.«

Der verwirrte Angestellte blickte in seinen Becher. »Es beeinträchtigt mein gesellschaftliches Leben ziemlich, immer nachts wach zu sein und den überwiegenden Teil des Tages zu schlafen«, räumte er ein. »Und ich habe nicht das Dienstalter, um eine bessere Schicht zu bekommen, deshalb habe ich erst gar nicht gefragt.«

»Sie haben sicher eine Damenbekanntschaft in der Handelsstadt, oder?«

»Eine Dame würde ich sie nicht nennen, Sir.«

Belfontaine lachte so unanständig, wie er konnte, und der Angestellte lächelte furchtsam. »Also, morgen ändere ich Ihren Dienstplan. Ich bin froh, dass ich heute Nacht hierher gekommen bin. Ich hatte in letzter Zeit so viel um die Ohren, dass ich mich zu wenig um meine Leute gekümmert habe.« Die Worte schmeckten so sauer in seinem Mund wie die widerliche Flüssigkeit in seinem Becher. Er hasste SynKaffee.

»Wollten Sie etwas Bestimmtes, Sir, oder waren Sie nur ... unruhig?«

»Ich konnte nicht schlafen, deshalb habe ich einen Spaziergang gemacht und bin zufällig hier gelandet. Gewohnheit, nehme ich an. Ich habe meine Laufbahn als Fernmelder begonnen, und ein Raum wie dieser hier hat etwas sehr Heimisches für mich. Wieso fragen Sie?«

»Ach, ohne besonderen Grund, es ist nur so, dass ich Sie nachts noch nie hier gesehen habe, Sir. Aber ich glaube, wir sind alle ein bisschen unruhig, jetzt, da alles so ungewiss ist.«

Belfontaine nickte, als genügte ihm diese Erklärung. »Ungewiss. Das ist das richtige Wort dafür.« Dann regte sich ein Verdacht in ihm. »Ich bin wohl nicht der Einzige, der in den Gängen hier herumläuft.«

»Nein, Sir. Kollegin Gretrian sagte, dass Captain Granfell während ihrer Schicht vorbeigekommen ist, und vor einer Weile war er dann noch einmal hier. Hat nur hereingeschaut und Hallo gesagt.«

»Tatsächlich?«

»Ja, Sir. Und vor zwei Nächten, oder vielleicht drei – mit der Zeit fließen sie alle ineinander – habe ich die Assistentin von Verwalter Grayson ebenfalls hier gesehen. Hmm. Wenn ich nicht irre, war sie auch schon früher hier, noch bevor der

Befehl kam, die Eingeborenen aus dem Hauptquartier zu entfernen.«

»Mein Güte! Das ist mir völlig neu.« Belfontaine hätte liebend gern gefragt, ob Graysons Assistentin, die eine halbe Einheimische und im John-Reade-Waisenhaus aufgewachsen war, versucht hatte, sich Zugang zu etwas zu verschaffen. Doch dann entschied er, dass es dumm wäre, ein wahres Interesse zu enthüllen. Vielleicht hatten Granfell und Grayson tatsächlich etwas vor. Der Verdacht, den er eben erst fallen gelassen hatte, kehrte mit großer Heftigkeit zurück. »Na, dann gute Nacht. Und danke für den SynKaffee. Nach dem Spaziergang im Freien war er höchst willkommen. Scheußliches Klima, was?«

»Das dürfen Sie laut sagen, Sir.«

»Gute Nacht.« Erst nachdem Belfontaine den Fernmelderaum verlassen hatte, kam ihm zu Bewusstsein, dass er keine Ahnung hatte, wie der Angestellte hieß, und dass es ihm eigentlich auch egal war. Aber er würde es feststellen und den Mann auf die Tagschicht wechseln lassen. Vielleicht hielt ihn dieser Gefallen davon ab, dass er plauderte, oder entschärfte seine Neugier über das unerwartete Auftauchen des Stützpunktkommandanten.

Eine plötzliche Müdigkeit überkam ihn, gefolgt von leichter Übelkeit. Er warf den mittlerweile lauwarmen SynKaffee in den nächsten Abfallbehälter und verzog das Gesicht. Nach Jahren der Stabilität gab es plötzlich zu viele Variablen, und das gefiel ihm nicht. Nein, das war noch zu milde ausgedrückt: Er hasste die jetzige Situation. Er hasste es, nicht zu wissen, wer seine Gegner waren, und er hasste es, nicht vorhersagen zu können, was in der nächsten Zeit geschehen würde.

Belfontaine ballte die kleinen Hände zu Fäusten und wünschte, er könnte auf etwas einschlagen. Aber die Wände des Korridors waren unnachgiebig, und es war nicht seine Art, sich aus lauter Frustration selbst zu verletzen. Er musste sich seinen eigenen Plan ausdenken. Das Problem war nur, dass er keine Ahnung hatte, wo er anfangen sollte.

In seinem Büro war es still, und der Papierstapel auf dem Schreibtisch besserte seine Laune nicht. Weshalb sandte die regionale Relaisstation seine Nachrichten unbeantwortet zurück? Wenn sich die Föderation tatsächlich von Cottman zurückzog, müsste er doch eigentlich massenhaft Anweisungen bekommen. Es sei denn, Grayson leitete sie irgendwie um.

Das, immerhin, konnte er überprüfen. Er schob die Papiere zur Seite, fest entschlossen, Antworten zu finden. Er wählte sich in die Kommunikationseinheit in seinem Schreibtisch ein und begann eine Suche. Nein, Grayson schickte keine eigenen Gesuche raus und erhielt auch keine Antworten, abgesehen von einer Anfrage vor zwei Tagen, bevor alles schlagartig aufhörte. Und diese eine stellte sich als absolut einwandfrei heraus, genau das, was ein Planetarischer Verwalter vom Regionalen Hauptquartier eben so erbat … es sei denn, das Ganze war irgendwie verschlüsselt.

Belfontaine spielte kurz mit dem Gedanken, doch dann verwarf er ihn wieder. Emmet Grayson stammte aus einer Familie, die seit Generationen in Diensten der Föderation stand, und er nahm seine Pflichten sehr ernst. Er war, soweit ihn Lyle kannte, ein ziemlich langweiliger Mensch und fast schon übertrieben ehrlich. Schlimmer noch, er fand Cottman tatsächlich in Ordnung, so wie es war, und hatte sein Möglichstes getan, Belfontaine von Änderungen abzuhalten. Die Vorstellung, er könnte mit Granfell oder jemand anderem ein Komplott schmieden, war wirklich lächerlich.

Belfontaine rief die Daten auf, die er auf sein Terminal hatte übertragen lassen, und suchte nun nach Schreiben, die zwischen Granfell und dem Außenposten der Föderation in der

Domäne Aldaran hin und her gegangen waren. Es gab ein paar Kontakte, aber nur das Übliche. Nichts daran war beunruhigend oder auch nur interessant.

Das bedeutete allerdings nicht, dass sich Granfell nicht mit *Dom* Aldaran getroffen hatte, als er oben in den Hellers war. Miles war klug genug, gegebenenfalls keine Spuren einer subversiven Aktivität zu hinterlassen.

Konnte es denn sein, dass sich gar nichts tat? War Miles' Plan vielleicht wirklich nur eine spontane Idee, die ihm sein Opportunismus eingab, als er von Regis Hasturs Tod hörte? Dachte er selbst um zu viele Ecken, oder litt er schlicht unter Verfolgungswahn?

Vielleicht wäre es das Beste, er ließ Granfell weitermachen, ließ ihn seine Soldaten aus den Hellers einfliegen und den Zug angreifen, und wartete ab, was passierte. Wenn Granfell Erfolg hatte – gut. Wenn nicht, und es kam zu einem Untersuchungsausschuss, konnte er behaupten, er habe nichts von der Sache gewusst, Granfell habe eigenmächtig gehandelt, ohne seine Billigung.

Natürlich würde Granfell versuchen, ihn hineinzuziehen, und bei Belfontaines dienstlicher Vergangenheit würde man ihm vielleicht sogar glauben. Es wäre besser, Granfell würde die Sache nicht überleben. Er war Belfontaine viel zu eifrig. Und um Nailors musste man sich ebenfalls kümmern. Er zählte zu Granfells Männern und würde ihn stützen.

Langsam begann ein Grinsen um seine Mundwinkel zu zucken. Er sah jetzt einen Ausweg. Vancof wollte doch schriftliche Befehle? Nun gut, er sollte sie bekommen, und sie würden das gesamte Problem lösen. Wenn man schon einen Auftragsmörder in Diensten hatte, dann konnte man auch Gebrauch von ihm machen. Und Nailors würde nicht die leiseste Ahnung haben, dass er sein eigenes Todesurteil übermittelte, und das von Granfell dazu.

Zufrieden über seine Gerissenheit wandte sich Belfontaine dem anderen Problem zu – Mikhail Hastur. Er hatte den Mann noch nie gesehen, Hastur könnte ihm im Korridor über den Weg laufen, ohne dass er ihn erkannte. Vielleicht war er beeinflussbar, vielleicht auch nicht. Und gab es da nicht irgendwo noch einen Sohn von Regis Hastur?

Schlagartig trat Verärgerung an die Stelle seiner guten Laune. Er hatte während all der Jahre auf Cottman nicht genügend Informationen gesammelt, und nun musste er eben ohne sie auskommen. Sicher, Granfell brachte es möglicherweise fertig, den größten Teil der herrschenden Klasse Cottmans zu eliminieren, oder zumindest die bereits Erwachsenen. Aber würde ihn das ans Ziel führen?

Darauf konnte er sich doch nicht verlassen? Und wenn die Mitglieder des Comyn sich nicht in Thendara aufhielten, weil sie den Leichnam von Regis Hastur nach Norden brachten, müsste die Burg eine leichte Beute sein. In der Baracke des Hauptquartiers waren mindestens hundertfünfzig Soldaten der Föderation stationiert, die ihnen die Haare vom Kopf fraßen und mit den einheimischen Frauen herumhurten. Die nahmen es mit beliebig vielen, nur mit Schwertern bewaffneten Wachen auf, selbst ohne Hochleistungswaffen.

Wie konnte er einen Angriff auf Burg Comyn rechtfertigen? Zunächst war er wie blockiert, dann erkannte er, dass die Lösung Hermes Aldaran hieß. Der Mann wurde gesucht, und soviel Belfontaine wusste, hatte er sich in der Burg versteckt. Deshalb war es gerechtfertigt, wenn er das verdammte Ding stürmte – falls die Föderation sein Handeln überhaupt in Frage stellte, würden sie jedenfalls nicht wissen, dass Hermes wahrscheinlich mit den anderen nach Norden ritt. Ja, das war die Lösung.

Sobald der Trauerzug die Stadt verlassen hatte, würde er einen Angriff auf Burg Comyn befehlen. Der nicht ausgeführte

Haftbefehl für Hermes Aldaran war doch alles, was er im Grunde brauchte. Und es würde keine echte Gegenwehr geben, nur einige Diener und eine Hand voll Burgwächter. Und wenn sie diesen großen weißen Steinhaufen auf dem Hügel erst einmal besetzt hatten, würde Belfontaine in der idealen Position sein, jede beliebige Forderung zu stellen. Mit ein bisschen Glück würde der Coup sogar ohne Blutvergießen ablaufen.

Belfontaine lehnte sich in dem zu großen Sessel zurück, den er an den falschen Stellen im Rücken spürte, und seufzte. Dann beugte er sich vor und drückte einen Verschluss an der untersten Schublade seines Schreibtischs. Sie glitt geräuschlos heraus, und er entnahm ihr eine Flasche erlesenen Weinbrands aus Fontania und ein kleines Glas. Langsam goss er sich einen Drink ein. Er hob das Glas, prostete in die Luft und versuchte sich einzureden, dass er seine Ziele nun endlich erreichen würde.

13

Herm fühlte ein Gewicht auf seinem Arm und dachte im ersten Moment, es sei Kate. Dann schlug er die Augen auf, sah einen bewölkten Morgenhimmel über sich und stellte fest, dass sich der Junge im Schlaf umgedreht und den Kopf an Herms Schulter gebettet hatte. In dieser Geste lag etwas sehr Vertrauensvolles, und Herm war plötzlich gerührt. Er kannte Domenic kaum, und nun fanden sie sich hier gemeinsam, und nur sie beide, auf einer geheimen Mission wieder.

Die Ereignisse der letzten Nacht kamen ihm mit Macht in den Sinn, sie brachten Angst und Reue mit sich, aber auch ein tiefes Gefühl der Erleichterung. Er war froh, eine Weile von Katherine weg zu sein. Doch gerade, als er es zu genießen begann, seiner häuslichen Situation für eine Weile entflohen zu sein, machten sich Schuldgefühle in ihm breit und zerstörten das kleine Vergnügen. Er empfand seine Entscheidung nun als ein bisschen feige und schämte sich. Katherine hatte Recht. Seit der Ankunft auf Darkover hatte sich alles zwischen ihnen geändert. Er war bisher nur zu eigensinnig und mit sich selbst beschäftigt gewesen, um es anzuerkennen. Es war eine bittere Pille, die er da so früh am Tag zu schlucken hatte.

Die Anspannung, die seit Wochen an seinen Nerven zerrte, war immer noch da, wenn auch leicht verändert. Er war eine Reihe von Problemen losgeworden, nur um sich neue aufzuladen. Herm hatte nicht vorausgesehen, wie schwierig alles werden würde, nicht nur für Katherine und die Kinder, sondern auch für ihn selbst. Er liebte Darkover aus tiefstem Herzen, aber diese Heimkehr war nicht das, was er erwartet hatte. Er war traurig und wütend zugleich, genau die Gefühle, denen er in seinem ganzen Erwachsenenleben nach besten Kräften aus dem Weg gegangen war.

Nun war er sich seiner Entscheidung unsicher und wurde von Zweifeln geplagt, die ihn sonst nur selten störten. Er hatte bei dem Konflikt mit seiner Frau den leichten Weg gewählt. Aber warum? Letzten Endes würde er damit alles nur noch schlimmer machen. Widerstrebend gestand sich Herm ein, dass er den Planeten über sein Privatleben gestellt hatte – wieder einmal! Es gab keine andere vernünftige Erklärung dafür, dass er Kate über die Talente im Dunkeln gelassen hatte, die den Comyn einen großen Teil ihrer Macht verliehen. Er war doch ein kluger Kopf. Dann hätte er, wenn er es wirklich gewollt hätte, sicher einen Weg gefunden, ihr die Wahrheit zu sagen, trotz aller Augen und Ohren der Föderation ringsum. Er hasste sich, weil er Kate so im Unklaren gelassen hatte. Jetzt fühlte er sich leer, konfus und voller Abscheu auf sich selbst. Das waren zu viele widerstreitende Gefühle. Er hätte einen Mord für eine Tasse SynKaffee begehen können.

Domenic rührte sich und unterbrach Herms düstere Gedanken. Er öffnete die Augen und rieb sie sich dann mit einer ziemlich schmutzigen Hand. Er hatte graue Augen, mit goldenen Punkten gesprenkelt, die Iris schwarz umrandet. Das schwarze Haar lief von der Stirn weg spitz nach hinten zusammen, ganz wie bei Lew Alton, und verlieh dem Jungen zusammen mit der vorspringenden Nase und dem kleinen Mund das Aussehen eines Habichts. Er war nicht hübsch, aber sein Gesicht hatte Charakter, und seine Augen sprühten vor Intelligenz.

»Hoppla, tut mir Leid.« Domenic verlagerte den Kopf von Herms Schulter. »Sag, sind Abenteuer immer so unbequem? Ich muss auf tausend Steinen liegen.«

Es war kalt, selbst im Schlafsack, und die Steine, die Herm schon beim Einschlafen bemerkt hatte, schienen sich während der Nacht tatsächlich vervielfacht zu haben. Er setzte sich auf und sah sich um, der Schlafsack rutschte ihm von der Brust.

»Das weiß ich nicht, da ich noch nicht sehr viele Abenteuer erlebt habe. Und dieses ist bisher ein ziemlich lahmes, Tomas. Aber du hast Recht, was die Steine angeht. Vielleicht sind wir auf einer Wanderstraße von Steinen gelegen.« Es war ein müder Scherz, trotzdem war Herm zufrieden, dass er ihn zu Stande gebracht hatte.

Zu seiner Überraschung löste der flapsige Spruch einen angstvollen Blick bei dem Jungen aus. Es war sofort wieder vorbei, aber einen Moment lang dachte Herm, Domenic habe ihn ernst genommen. Aus irgendeinem Grund, den er nicht auf Anhieb verstand, fand er diesen Gedanken beunruhigend. Er setzte an, danach zu fragen, dann gebot er sich Schweigen. Herm dachte daran, wie er selbst mit fünfzehn gewesen war, wie verschlossen und empfindlich, und er entschied, Domenic vorläufig lieber in Ruhe zu lassen.

»Was machen wir jetzt?«

»Jetzt holen wir uns bei einem der Essenstände ein Frühstück. Ich glaube nicht, dass unser Freund weit gekommen ist, betrunken, wie er war, und wenn ich mich nicht irre, dürfte er jetzt einen fürchterlichen Kater haben und sich wünschen, er wäre nie geboren worden. Ich denke, später könnten wir dann ein paar vorsichtige Erkundigungen beim Fahrenden Volk einholen. Du hast von einem hübschen Mädchen gesprochen. Vielleicht kann sie uns etwas über ihn erzählen.«

»Was, wenn sie mich erkennt?«

»Eine gute Frage, daran hatte ich gar nicht gedacht. Gut möglich, dass du ein Naturtalent bist, was Listigkeit angeht, mein Junge.«

»Danke, Onkel Ian. Aber wenn es so ist, bist du der Erste, der es bemerkt. Rhodri ist derjenige, der ... Er wird wütend sein, wenn er erfährt, was ich getan habe. Und eifersüchtig.« In Domenics Worten lag eine gewisse stille Zufriedenheit.

»Zweifellos. Du bist der ›Brave‹, hab ich Recht? Genau wie

mein älterer Bruder. Und ich war in eurem Alter wie Rhodri, steckte immer in irgendwelchen Schwierigkeiten.«

»Gestern ... es kommt mir viel länger vor ... hat Mutter gesagt, ich kann nicht ganz normal sein, weil sie sich nie eine Minute Sorgen um mich machen musste. Wenn sie vorausgesehen hätte, was ich tun würde, hätte sie sich bestimmt lieber auf die Zunge gebissen.«

»Hat sie aber nicht und sich damit eine Menge Kummer erspart. Jetzt roll deinen Schlafsack zusammen und schnall ihn aufs Pferd, dann sehen wir zu, dass wir etwas in den Magen bekommen. Die Leute vom Fahrenden Volk scheinen Langschläfer zu sein.«

Unter den Buden gab es eine, die Reisenden zur Erfrischung einen Eimer warmes Wasser anbot, und die beiden nahmen diesen Dienst in Anspruch. Als sich Herm die warme Flüssigkeit ins Gesicht spritzte, ging es ihm sofort besser, und auch Domenic entfernte das meiste von dem Schmutz, den er sich während der Nacht irgendwie zugelegt hatte. Dann bekamen sie Schüsseln mit dickflüssigem Haferbrei und reichlich Trockenobst darin, dazu aufgewärmtes Fladenbrot. Sie aßen schweigend, bis alles aufgezehrt war. Es war ein Moment des Friedens an einem Tag, der spannend zu werden versprach.

Du hattest Recht, Onkel Ian. Dieser Vancof ist nur ein Stück die Straße hinaufgegangen. Da kommt er wieder und er scheint sehr schlechte Laune zu haben.

Woher weißt du das?

Er schreit seine Gedanken praktisch hinaus. Ich glaube, er fürchtet sich vor etwas. Gestern Abend hat er sich auch gefürchtet – vor dem anderen Mann, diesem Granfell, aber hauptsächlich davor, umgebracht zu werden. Er verflucht den Tag, an dem er nach Darkover kam, besser gesagt, an dem er beim Geheimdienst anfing.

Gut. Zornige Menschen machen dumme Fehler.

Sie gingen zu den Pferden und ließen sie füttern und tränken. Nach einigen Minuten kam der dürre Kutscher vor sich hin murmelnd die Straße entlang und ging zu dem Wagen, der mit Puppen bemalt war. Von drinnen begann eine weibliche Stimme ihn gehörig zu beschimpfen.

»Ist das dieses Mädchen, von dem du gesprochen hast?«

»Ich weiß nicht, Onkel Ian. Es klingt nicht nach seiner Stimme. Und die Kleine sah nicht aus, als könnte sie derart fluchen. Sie schien ganz nett zu sein.«

Der Kutscher wich von dem Wagen zurück, aus dem eine rundliche Frau auftauchte. Ihre Stimme war jetzt leiser, deshalb konnten die beiden nicht hören, was sie sagte, aber es war offenkundig, dass sie den Mann ausschimpfte. Nach einer Minute kam eine zweite Gestalt aus dem Wagen, die schlanke Rothaarige, die Domenic am Vortag gesehen hatte. Sie rieb sich den Schlaf aus den Augen und sah sehr mürrisch aus.

»Hör auf, Tante!« Ihre Stimme drang über die Wiese, gleichzeitig zerrte sie am Ärmel der älteren Frau. Dann ließ sie plötzlich die Hand sinken und sah sich um, sie ließ den Blick über die Buden und Stände wandern, als suchte sie nach etwas. Ihrem Gesichtsausdruck nach war sie verwirrt und ein wenig ängstlich.

Im selben Moment duckte sich Domenic hinter sein Pferd und sah erschrocken aus. Herm beobachtete, wie das Mädchen den Kopf schüttelte und sich wieder den nun düster schweigenden Streithähnen zuwandte. Der Kutscher war vor Wut rot im Gesicht, und die ältere Frau schien im Begriff zu stehen, ihn an den schmächtigen Schultern zu schütteln.

Sie hat mich gespürt!

Hast du sie ausgehorcht, Tomas?

Nein, ich bin nur so ... um sie herumgeschwebt. Das hat mir

Mutter beigebracht. Aber sie hat es bemerkt. Sie muss Laran *besitzen, anders ist das nicht zu erklären. Und wenn sie mich sieht, wird sie sich fragen, warum ich gestern Wache gestanden habe. Wie kommt sie zum Fahrenden Volk, und warum ist sie nicht in einem Turm?*

Das ist eine sehr gute Frage, Tomas. Und wer ist sie überhaupt? Sie hat nicht das Äußere einer Bürgerlichen.

Ich weiß nicht. Ich meine, abgesehen von ihren roten Haaren sieht sie für mich ganz normal aus, wie andere Leute auch. Und auch wenn rotes Haar oft mit Laran *einhergeht, muss es nicht immer so sein. Meine Tante Rafaella hat ziemlich rotes Haar und keinen Funken* Laran *– und das, obwohl ihre Schwester eine Weile in einem Turm gelebt hat. Und ich habe dunkles Haar, und trotzdem sind meine Gaben stark ausgeprägt. Dieses Mädchen ist jedenfalls hübsch und es hat eine wirklich spitze Zunge.* Er stieß das mentale Äquivalent eines Seufzers aus. *Ich habe nicht viel Erfahrung mit Leuten, außer denen in der Burg und in Arilinn. Ich komme mir in vielen Dingen völlig unwissend vor.*

Das glaube ich nicht. Sie ist sehr wahrscheinlich das nedestra *Kind eines Comyn, aber du hast Recht, dass ihre Anwesenheit beim Fahrenden Volk ein wenig sonderbar ist. Als ich Darkover verließ, gab es nur zwei oder drei Gruppen von ihnen, und die waren nichts weiter als eine Quelle der leichten Unterhaltung. Trotzdem glaube ich, dass irgendein unersättlicher Sprössling aus den Domänen sie gezeugt hat. Er hat ihr den feuerroten Haarschopf und ein bisschen* Laran *vererbt und nie erfahren, was er getan hat.*

Du meinst, ihre Mutter war vermutlich eine aus dem Fahrenden Volk?

Das ist eine vernünftige Annahme – angesichts unseres völligen Mangels an gesicherten Informationen!

Inzwischen herrschte zu beiden Seiten der Straße rege Betriebsamkeit. Die Maultiertreiber beluden ihre Tiere, und ein Wagen mit einer Ladung Bier- oder Weinfässern kam durch das Tor. Dahinter ritten mehrere Frauen mit kurz geschnittenem Haar und wettergegerbten Gesichtern aus der Stadt.

»Oh, verdammt!«

»Was ist los, Tomas?«

»Da ist Tante Rafi!«

»Wer?« Herm sah zu der Gruppe der Entsagenden, deren Auftauchen den Jungen so offensichtlich erschreckt hatte.

»Die Frau, die vorneweg reitet, das ist Rafaella n'ha Liriel, eine Art Tante von mir. Sie ist die Lebensgefährtin meines Großonkels Rafe Scott. Ich wette, Mutter hat sie losgeschickt, damit sie mich zurück in die Burg schleift!« Die Bitterkeit in seiner Stimme war unüberhörbar.

»Sie könnten auch einen anderen Auftrag haben.« Herm fand das Auftauchen der Frauen zwar ebenfalls verdächtig, wollte aber nicht so vorschnelle Schlüsse daraus ziehen wie Domenic. Während des Abendessens an der Seite von Marguerida Alton hatte er sich ein Bild von ihr gemacht und hielt sie für eine vernünftige, wenn auch ziemlich energische Person. Er hatte sie sehr sympathisch gefunden und hoffte, sie und Kate würden ins Gespräch kommen, wenn Marguerida die Zeit dafür fand. Wenn die beiden sich erst einmal kannten, kamen sie sicherlich gut miteinander aus. Herm wollte nicht, dass seine Schwester die einzige Vertraute seiner Frau blieb.

Erneut fragte er sich, ob er Katherine hätte erzählen sollen, was er tat, aber nach kurzem Nachdenken kam er zu dem Schluss, die sicherste Entscheidung getroffen zu haben. Zwar konnten nur Leute im Besitz der Alton-Gabe wie Domenic oder Lew einem Nichtsahnenden Informationen gewaltsam entreißen, aber Herm vergaß keinen Moment, dass jeder Telepath die obersten Gedanken eines anderen mithören konnte. Und aus einem Grund, den er nicht genau zu benennen vermochte, wollte er nicht, dass seine Schwester Gisela erfuhr, was er vorhatte.

Herm sah, wie sich die Entsagende in den Steigbügeln aufrichtete und den Blick über die Wiese schweifen ließ. Sie hatte sehr lockiges rotes Haar, das allerdings langsam grau wurde, und einen heiteren Gesichtsausdruck. Dann trieb sie ihr Pferd vorwärts und ritt direkt auf Herm zu. Sie saß ab und trat vor ihn, die schwielige Hand freundlich ausgestreckt. Herm gestattete sich einen lautlosen Fluch ob dieser Bestätigung von Domenics Vermutung. Er konnte es wirklich nicht gebrauchen, dass eine Bande von Frauen, wie tüchtig sie auch sein mochten, hinter ihnen hertrottete. Er ergriff jedoch die angebotene Hand und zwang sich zu einem Lächeln.

»Wir sind eure Eskorte«, erklärte die Frau ruhig. »Tut mir Leid, dass wir ein bisschen spät dran sind.« Ihre blauen Augen funkelten beim Sprechen, und sie ignorierte Domenic völlig, nachdem sie rasch einen prüfenden Blick auf ihn geworfen hatte.

»Ja, das sehe ich.«

»Man hat entschieden, dass ihr in Begleitung von ein paar Entsagenden vielleicht weniger auffällig seid«, fuhr sie so gedämpft fort, dass sicher niemand lauschen konnte. Dann lächelte sie Domenic freundlich an. »Es war ein Kompromiss, verstehst du. Damit Marguerida zufrieden ist.« Sie lachte leise, als wäre ihr etwas Lustiges eingefallen. »Keinem anderen Menschen würde ich erlauben, dass er mich mitten in der Nacht aus meinem warmen Bett holt, damit ich in null Komma nichts eine Expedition zusammenstelle.«

»Dann bringst du mich also nicht zurück?«, flüsterte Domenic.

»Nein, diese Anweisung habe ich nicht.« Rafaella erklärte nichts weiter, aber ihre Miene drückte eine gewisse Zurückhaltung aus.

»Verstehe. Ich bin Ian MacAnndra, und das ist mein Neffe Tomas«, sagte Herm, damit keine Namen fielen, die das Interesse von Umstehenden wecken könnten. Die Idee sagte ihm zu. Eine Eskorte von Entsagenden war eine gute Tarnung für ihre Aktivitäten und ein zusätzlicher Schutz für Domenic. Herms Respekt vor Marguerida Alton-Hastur wuchs noch ein wenig an. Sie musste außer sich gewesen sein, als sie erfuhr, was ihr sonst so vernünftiger Sohn angestellt hatte, und doch fand sie eine Lösung, die ebenso simpel wie sinnvoll war. Herms ursprünglicher Groll über den Anblick der Entsagenden legte sich. Man hatte ihn losgeschickt, die Sicherheit Domenics zu gewährleisten, nicht damit er selbst ein bisschen Aufregung erlebte. Was für ein fürchterlicher Egoist er doch manchmal sein konnte.

»Ich bin Rafaella n'ha Liriel. Meinen Schwestern stelle ich euch später vor. Vielleicht erklärt ihr beiden mir erst mal, worum es geht.«

Bevor Herm antworten konnte, zuckte Domenic neben ihm zusammen. *Schau!*

Was?

Der Mann, der gerade durch das Tor kommt, das ist einer von denen, die gestern Abend mit Vancof geredet haben. Da hat er eine Lederkluft getragen und gespottet, dass er sich nicht wie ein »Barbar« anzieht – oder vielleicht hat das auch der andere gesagt –, aber anscheinend hat er seine Meinung geändert.

Sehr gut, Domenic. Ist es Granfell oder der andere?

Ich weiß nicht – ich habe ihre Gesichter nicht richtig gesehen. Aber ich erkenne ihn am Gang. Schau, er nickt Vancof zu. Was bedeutet das wohl?

Ich glaube, es bedeutet, dass sie sich zu einem Angriff auf den Trauerzug entschlossen haben, mein Sohn.

Aber wie soll das aussehen?

Genau das werden wir herausfinden müssen.

Domenic nickte knapp. Dann lächelte er Rafaella an. »Vater hat bestimmt seine ganze Überredungskunst aufgeboten.«

»Von dem wenigen, das ich weiß, Tomas, hat er mehr als das getan, und dein Großvater ebenfalls.« Sie lächelte den Jungen freundlich an, als verstünde sie sowohl seine Erleichterung wie auch seine Angst und könnte sich nur mühsam davon abhalten, ihm das strubbelige Haar zu zausen.

Die übrigen Entsagenden waren ebenfalls abgestiegen, standen ein kleines Stück entfernt neben ihren Pferden und unterhielten sich leise. Sie hatten mehrere Maultiere dabei, beladen mit Gepäck, Zelten, Bettzeug und einem Futtervorrat für die Tiere. Herm war erfreut und leicht erstaunt – sie mussten fast die ganze Nacht zugange gewesen sein, bis sie alles beisammen hatten. Sie sahen nach einem hartgesottenen Haufen aus, mit ihren wettergegerbten Gesichtern. Und nach dem abgenutzten Zustand ihrer Waffenscheiden zu urteilen, waren sie auch erfahrene Kämpferinnen.

Vancof überquerte in Schlangenlinien die Straße in Richtung Essenstände, wobei er vorsichtig auftrat, als schmerzte ihm der Kopf. Der Mann, auf den Domenic hingewiesen hatte, stand bereits vor einer Bude. Herm beobachtete, wie sie aufeinander zusteuerten, was sehr zufällig wirkte, wenn man nicht Bescheid wusste. Dann sah er, wie sich Domenics Miene verdüsterte.

Vancof ist sehr besorgt, und der andere Mann befiehlt ihm, eine geeignete Stelle für einen Hinterhalt zu suchen. Er sagt, er soll sich keine Sorgen machen, wenn der Platz ausgesucht ist, kümmern sie sich um alles andere.

Wie soll Vancof die Information übermitteln?

Der Mann gibt ihm etwas, eine Art Apparat. Er ist sehr klein.

Wahrscheinlich einen Funksender – absolut verboten auf Darkover.

Ja, und ich glaube, das bereitet Vancof große Sorgen. Ich glaube, er befürchtet, jemand vom Fahrenden Volk könnte das Ding sehen und anfangen, Fragen zu stellen. Was werden sie deiner Meinung nach jetzt tun?

Das weiß ich nicht, Tomas. Ein paar Soldaten herbeischaffen und als Banditen verkleiden – das würde ich jedenfalls tun, wenn ich einen Angriff vorhätte. Falls sie allerdings die Absicht haben, Waffen der Föderation einzusetzen, wäre eine solche List sinnlos. Denn wenn sie ausnahmslos alle töten, ist natürlich keiner mehr da, der sich beschweren könnte. Der Gang seiner Gedanken gefiel ihm nicht, und es gab keine Möglichkeit, sie wirksam vor Domenic zu verbergen.

Wie können sie an so etwas auch nur denken – es ist so feige!

Für dich und mich ist es das. Die Föderation sieht alles ganz anders.

Herm erkannte, wie vergeblich der Versuch war, Domenic die Denkweise der Terraner erklären zu wollen. Er hatte immerhin mehr als zwei Jahrzehnte bei ihnen gelebt und verstand sie selbst noch nicht völlig. Er konnte nur eines mit Sicherheit sagen, nämlich dass der Geheimdienst der Föderation stets eifrig bestrebt war, die Regierungen der einzelnen Planeten zu destabilisieren, einfach um ihrer Macht willen, soviel er feststellen konnte. Die Föderation wollte Darkover nur aus einem einzigen Grund haben: Es stand noch nicht unter ihrer Herrschaft. Herm hatte im Senat gegen sehr viele Gesetze gestimmt, mit denen die Rechte geschützter Planeten beschnitten werden sollten, ebenso wie gegen solche, die das Leben der Menschen auf den Mitgliedsplaneten weiter belastete. Die

Argumentation war immer die gleiche – die Leute wüssten nicht, was gut für sie ist, und bräuchten klügere Köpfe, die für sie entscheiden. Alles, was anders war, wurde mit Argwohn betrachtet, und abweichendes Denken wurde stets als Bedrohung angesehen.

Er schnupperte die rauchige Luft, spürte, wie ihm der leichte Wind übers Gesicht strich, und fühlte sich trotz seiner Sorgen so lebendig wie seit Jahren nicht mehr. Er war froh, zu Hause zu sein, hier zu sein, um die Pläne dieser Männer zu durchkreuzen. Das würde ihn für all die Jahre der Frustration entschädigen, die er mit dem endlosen Kampf um Darkovers Unabhängigkeit von äußerer Einmischung verbracht hatte. Aber er war immer noch hin- und hergerissen zwischen dem Wunsch, etwas Nützliches zu tun, und seiner Angst, Katherine könnte ihm nie vergeben. Hatte er die Gelegenheit zur Flucht ergriffen, weil sie ihm auf Darkover nicht mehr ebenbürtig war, wie sie hartnäckig behauptete? Hielt ein Teil von ihm sie tatsächlich für einen Krüppel, und war das der wahre Grund dafür, warum er ihr nie die Wahrheit gesagt hatte? Er wünschte, er hätte sein Denken genügend im Griff, um nicht weiter darüber zu grübeln, aber immer wenn er sich auch nur ein klein wenig entspannte, spukte ihm das Thema erneut im Kopf herum.

Sein Vergnügen an der frischen Morgenbrise und den Gerüchen des Lagerplatzes war wie weggeblasen. Herm kaute hemmungslos auf diesem unverdauten Bissen, schmeckte seine Bitterkeit, kostete sie beinahe aus. Doch, er wollte nur zu gern das volle Ausmaß des Komplottes gegen Mikhail Hastur aufdecken. Er liebte Darkover und wusste, dass er seinem Heimatplaneten gegenüber äußerst loyal war. Aber war es die Liebe zu Darkover wert, dass er seine Ehe ruinierte? Er hatte vorher gewusst, dass Kate wütend sein würde, wenn er ihr alles erzählte, und er hatte darauf gebaut, sie ausreichend beeinflussen zu können, dass die Sache nicht außer Kontrolle geriet. Aber es hatte wohl nicht funktioniert wie erwartet. Nun würde er für das Verlangen, seiner Welt zu dienen, möglicherweise einen höheren Preis bezahlen müssen, als er sich jemals hätte träumen lassen.

Herm dachte an sein jüngeres und idealistischeres Ich, an den Mann, der einst zur Föderation gegangen war, um für Darkover tätig zu sein. Er hatte es immer gehasst, wie die Aldarans von den übrigen Domänen isoliert waren, wie man ihnen mit Argwohn und Misstrauen begegnete, und er war entschlossen gewesen, diese Einstellung zu ändern. Weniger als ein Jahr in der Legislative hatte ihn von seinem Idealismus größtenteils befreit, und die zynische Selbstbedienungsmentalität vieler Kollegen im Abgeordnetenhaus ließ ihn gering von der Menschheit denken. Doch nun war seine idealistische Sicht von damals wieder da, wärmte und ermutigte ihn, und die Angst, er könnte scheitern, begann an seinem Selbstvertrauen zu nagen. Das hier war seine Chance, die Domäne Aldaran zu erlösen, dem Rat der Comyn zu beweisen, dass nicht alle Mitglieder seiner Familie Verräter waren.

Die Sache war sehr gefährlich, und Domenic wurde womöglich verletzt oder sogar getötet. Unbarmherzig schätzte er die Lage ab, ohne etwas auszulassen. Er wusste in seinem Herzen, dass er sterben würde für Darkover, für Mikhail Hastur und den Comyn. Falls das Mordkomplott gelang, wären Katherine und die Kinder schließlich in noch größerer Gefahr. Und was war mit Domenic? Sollte er den Jungen in die Stadt zurückschicken? Er war hin- und hergerissen. Er konnte dessen Alton-Gabe eventuell gut gebrauchen, kein Zweifel. Aber rechtfertigte das, den Jungen solcher Gefahr auszusetzen?

Herm war sich seit Jahrzehnten nicht so unsicher gewesen. Er spürte den Geschmack von Essig im Mund, und sein Magen schäumte um den schweren Haferbrei herum. Er musste verrückt sein, wenn er glaubte, die Föderation mit nur einem jungen Mann und einer Gruppe Entsagender als Bundesgenossen herausfordern zu können. Aber er war nicht allein, und die Entscheidung lag nicht ausschließlich bei ihm. Allein die Tatsache, dass die Entsagenden gekommen waren und dass Domenic nach dieser Nacht nicht den Befehl erhalten hatte, auf Burg Comyn zurückzukehren, legte den Schluss nahe, dass etwas im Gange war, von dem Herm nichts wusste. Was hatte Danilo Syrtis-Ardais gesagt – dass es vielleicht keine schlechte Idee sei, wenn Domenic ein paar Tage weg wäre? Herm hatte kaum auf die Bemerkung geachtet, aber nun bekam sie einen düsteren Klang. Domenic war hier vielleicht sicherer als in seinem Bett – ein Gedanke, der Herm bis ins Mark erschütterte.

Er überlegte fieberhaft. Was ging da vor? Hatte der Junge einen Feind in der Burg, von dem er nichts wusste? Er dachte daran, was er über Javannes Gegnerschaft sowohl zu ihrem Sohn als auch ihrem Enkel gehört hatte, und dass Mikhail zwar der designierte Erbe von Regis Hastur war, manche Leute aber die Ansicht vertraten, er sollte es nicht sein. Zufrieden, weil er eine logische Erklärung für alles gefunden hatte, beruhigte er sich ein wenig. Er musste nichts weiter tun, als Domenic beschützen und die Pläne der Föderation vereiteln.

Bei diesem Gedanken meldete sich Herms sarkastischer Humor zu Wort. Demnächst würde er sich noch einbilden, ohne die Hilfe terranischer Technik fliegen zu können! »Wir müssen herausfinden, wohin das Fahrende Volk von hier aus zieht«, sagte er.

»Das ist leicht. Ich habe den Namen Carcosa bei mehreren von ihnen aufgeschnappt. Dort wollen sie anscheinend heute Abend eine Vorstellung geben.« Domenic lächelte selbstzufrieden, weil er diese Information liefern konnte.

»Das liegt weniger als einen halben Tagesritt entfernt, aber mit den Wagen werden sie länger brauchen«, ergänzte Rafaella. »Wie es aussieht, bereiten sie sich gerade auf die Abreise vor.« Sie nickte, dass die wilden Locken unter der Strickmütze in Bewegung gerieten.

Herm sah über die Straße, wo die Maultiere soeben in die Zugriemen der Wagen gespannt wurden. Es herrschte ein großes Geschrei und eine hübsch anzusehende Betriebsamkeit. »Dann sollten wir vor ihnen aufbrechen, würde ich meinen.«

»Gut.« Rafaella drehte sich um und ging zu ihren Schwestern hinüber, sichtlich zufrieden mit diesem Plan. Gleichzeitig machte sich der Fremde, der sich mit Vancof getroffen hatte, auf den Weg in Richtung Stadttor. Offenbar war seine Aufgabe erfüllt.

Domenic sah sich das Gesicht des Mannes genau an, als dieser an ihm vorüberkam, dann bestieg er mit einem verächtlichen Schnauben die Stute, die Herm für ihn mitgebracht hatte. Er warf einen Blick auf den gescheckten Wallach und schüttelte den Kopf. »Musstest du unbedingt die elendesten Klepper im ganzen Stall aussuchen?«

»Ich wollte keine Aufmerksamkeit auf uns lenken, was zweifellos der Fall gewesen wäre, wenn ich ein prächtiges Pferd genommen hätte«, antwortete Herm ein wenig abwehrend und stieg ebenfalls auf.

Domenic schnaubte. »Du wirst deine Wahl bereuen, bevor wir die halbe Strecke hinter uns haben. Dein Wallach hat den erbärmlichsten Gang, den ich je bei einem Pferd erlebt habe.«

»Ich fürchte, ich habe seine Unzulänglichkeiten bereits entdeckt, Tomas«, räumte Herm ein. Dann verließen sie die Wiese und ritten in gemächlichem Tempo die Straße entlang.

Vor ihnen waren schwer beladene Fuhrwerke, und eine Gruppe der Maultiertreiber folgte hinter ihnen, deshalb ging es nur langsam voran. Herm war froh darüber, weil sie in solcher Gesellschaft nicht auffielen. Als er einige Minuten später über die Schulter blickte, sah er gerade noch, wie der erste der leuchtend bunten Wagen des Fahrenden Volks auf die Straße bog.

Neben ihm ritt Domenic, er schwieg und beobachtete sein Umfeld genau. Nach einer Weile ließ sich Rafaella zurückfallen und kam an seine andere Seite. »Ich kenne diesen Teil Darkovers nicht sehr gut, *Mestra*«, sagte er zu ihr.

»Ich weiß. Das ist einer der Gründe, warum mich Marguerida geschickt hat.« Sie grinste breit, und die Sommersprossen auf ihrem hellen Teint leuchteten im schwachen Sonnenschein, der nun durch die Wolken drang. Sie hatte eine kecke Stupsnase, einen üppigen Mund und Lachfalten um die Augen. »Was wollt Ihr wissen?«

Herm zögerte. Wie viel hatte man Rafaella bereits erzählt? Doch dann wurde ihm klar, dass er ihr ohne alle Sicherheiten vertrauen musste und dass sie bestimmt loyal und zuverlässig war, wenn Marguerida sie geschickt hatte. »Unsere Feinde suchen nach einer guten Stelle für einen Hinterhalt.«

Seine Aussage schien Rafaella nicht zu überraschen. »Davon gibt es bestimmt ein Dutzend zwischen hier und den Ruinen des Turms von Hali. Natürlich nicht direkt hier, so nah bei der Stadt.« Sie schwieg einen Moment nachdenklich. »Es gibt ein ansehnliches Waldstück etwa elf Meilen hinter Carcosa; das würde mir gefallen, wenn ich solche Dinge im Sinn hätte. Es ist so dicht, dass man mühelos hundert Leute darin verstecken kann. Und darüber hinaus gibt es auf dem Weg nach Syrtis einige Streckenabschnitte, wo die niedrigen Hügel und die Bäume viel Deckung bieten.«

»Wenn ich recht verstehe, dann sind diese Gebiete also nicht bereits Zufluchtsorte von Banditen?«

»Aber nein. So nahe an Thendara ist das Land seit Jahren einigermaßen sicher. Die Banditen beschränken sich hauptsächlich auf die Berge. Im äußersten Fall haben wir es gelegentlich mit einem Wegelagerer zu tun, der einen einsamen Kaufmann zu entdecken hofft oder eine Dame aus den Domänen mit bescheidener Begleitung. Aber viel ist da nicht zu holen.«

Herm blickte von einer Straßenseite zur anderen, er sah die brachliegenden Felder, hier und da ein Haus oder eine Scheune und Tiere. Ein kleine Anhöhe war mit weißen Tupfen übersät, bei denen es sich zweifellos um Schafe handelte. Der Geruch der leeren Felder, des Pferdemistes auf der Straße und der warmen Ausdünstung seines eigenen Reittiers vermischten sich auf angenehme Weise, und er fing an, ein klein wenig gelöster zu werden.

»Onkel Ian«, schreckte ihn Domenic auf. Es befremdete Herm immer noch, wenn er mit diesem Titel angesprochen wurde, obwohl die Verwandtschaftsbeziehung durch Giselas Ehe mit Rafael Hastur ja tatsächlich bestand.

»Was gibt es?«

»Dieser Mann, Vancof, denkt über das Gelände nach, genau wie du, nur nicht so klar. Ich dachte nur, das könnte dich interessieren. Ich bin mir nicht ganz sicher, aber ich glaube, dieses Waldstück, von dem Tante Rafi gerade gesprochen hat, gefällt ihm ganz gut. Er ist noch unschlüssig, weil er in mehrere Richtungen gleichzeitig denkt, aber ›gleich hinter Carcosa‹ kam schon ein paarmal vor.«

»Gut, das zu wissen. Hast du schon einmal daran gedacht, hauptberuflicher Spion zu werden?«

Domenic schaute erschrocken, bevor er merkte, dass er auf den Arm genommen wurde. »Nein, aber ich kann verstehen, dass es manche Leute reizvoll finden. Mir ist überhaupt nicht wohl dabei, wenn ich das tue. Es kommt mir nicht richtig vor. Ich meine, ich kann schon sehr lange die Gedanken anderer Leute mithören – ich weiß gar nicht mehr, wann ich es nicht konnte –, aber ich habe gelernt, nicht zu lauschen. Zum einen, weil die meisten Gedanken ziemlich langweilig sind. Oder peinlich.« Er errötete bis in die Haarspitzen. »Und die meisten Leute, mit denen ich zu tun habe, sind ebenfalls ausgebildet und behalten ihre Gedanken für sich. Selbst die Diener auf Burg Comyn sind ziemlich leise. Aber hier – es ist ein fürchterlicher Radau! Einer von den Maultiertreibern da vorne hat Dünnschiss, und ich kann nicht mal das aussperren.«

»Aber du hast im Turm von Arilinn doch sicher gelernt, wie man das macht.«

»Ja, aber ... vielleicht bin ich einfach zu aufgeregt, um mich richtig konzentrieren zu können.«

Herm runzelte die Stirn. Domenic war noch ein halbes Kind, und er hatte ihn wie einen Erwachsenen behandelt. Er dachte über das nach, was er gerade gehört hatte. Er war von Domenics Gabe abhängig, weil er so über die Pläne Vancofs und der übrigen Terraner auf dem Laufenden blieb. Aber was, wenn der Informationsfluss zu viel für den Jungen wurde? Er könnte einen Schock erleiden, und dann wären sie wirklich in der Bredouille.

»Du sagst, du wüsstest nicht mehr, wann du noch keine Gedanken hören konntest. Heißt das, dass du bereits vor Ausbruch der Schwellenkrankheit ...?«

Domenic lachte. »Ich habe vergessen, dass du wirklich nicht viel über mich weißt.« *Du hast die Geschichte nicht mitbekommen, aber deine Frau hat sie gehört – zum Teil jedenfalls. Als Mutter mit mir schwanger war und sie und Vater sich weit in der Vergangenheit aufhielten, haben sie sich lange Zeit im See von Hali versteckt, und die* Leroni *in Arilinn glauben, dass sich dadurch mein* Laran *irgendwie verändert hat. Eigentlich weiß niemand genau, was davon zu halten ist. Sicher, ich habe natürlich die Alton-Gabe. Aber in meinem Hirn scheint außerdem noch ein Haufen anderes Zeug zu sein, das sich niemand erklären kann. Ich wurde wieder und wieder überprüft, aber bisher gelang es niemandem, die tatsächlichen Grenzen meines* Laran *zu bestimmen. Ich bin eine Art Missbildung, auch wenn sich das keiner zu sagen traut.*

Herm überlegte. Er erinnerte sich gut an seine eigene Jugendzeit, an das Gefühl, anders zu sein als die andern. Eine solche Erfahrung machten vermutlich alle Heranwachsenden. Aber er fing auch die unterschwellige Beklommenheit in Domenics Gedanken auf, die Angst vor sich selbst. Er versteckte sie gut, aber doch nicht ganz.

Hab keine Angst, Tomas.

Wenn du hören könntest, was ich höre, dann würdest du glauben, du wirst verrückt, Onkel Ian!

Was denn?

Manchmal höre ich den Planeten stöhnen.

Ich verstehe. Hast du das schon mal irgendwem erzählt? Das erklärte zumindest den verängstigten Blick, als Herm scherzhaft von wandernden Steinen gesprochen hatte.

Nein, und ich weiß nicht, warum ich es dir erzähle, außer dass ich mir einfach sicher bin, dass du nicht behaupten wirst, ich bilde mir alles nur ein, oder es ist etwas, aus dem ich herauswachsen werde!

Dieser Vertrauensbeweis berührte Herm tiefer, als er zu erforschen wagte. Er kannte den Jungen kaum, und doch war Domenic bereit, sich ihm anzuvertrauen. Nach kurzem Nachdenken verstand er. Genau so hatte er selbst vor Jahren auf Lew Alton reagiert, dem er Dinge erzählte, über die er mit keinem Angehörigen seiner eigenen Familie gesprochen hätte.

Vielleicht wirst du stattdessen hineinwachsen, Tomas.

Du findest es also nicht allzu merkwürdig, wenn man die Welt hört?

Es scheint keinen Schaden anzurichten. Tatsächlich klingt es faszinierend.

So habe ich es noch gar nicht gesehen. Danke.

Der Junge sah viel fröhlicher aus, und Herm war zufrieden mit seinem diplomatischen Geschick. Gleichzeitig war er beunruhigt. Wie konnte einer den Planeten hören? Seine stets wache Neugier war entfacht, und er fragte sich, wie das wohl klang. War es ein Stöhnen und Ächzen oder mehr wie das Tosen eines großen Feuers? Beides wahrscheinlich, falls Domenic sich die ganze Sache nicht nur einbildete. Dann hob sich Herm diese Sorge für ein anderes Mal auf und grübelte wieder darüber, was er Katherine angetan hatte. Eine düstere Stimmung senkte sich über ihn, und während der nächsten Meilen dachte er nur noch an seine Frau und die Kinder und daran, wie sehr er sie liebte.

Doch nach einiger Zeit beanspruchten die Freuden der Reise wieder seine Aufmerksamkeit, und trotz der miserablen Gangart seines Pferdes und der Sorge um seine Familie und den jungen Mann, der schweigend neben ihm ritt, begann sich Herms Stimmung zu bessern. Er wusste aus langer Erfahrung, dass ein Teil von ihm jeder Bedrückung trotzte, und während er im rötlichen Vormittagslicht dahinritt, erlaubte er diesem Teil, sich in den Vordergrund zu schieben.

14

Domenic amüsierte sich prächtig. Die Geräusche und Gerüche der Alten Nordstraße waren neu für ihn, und in der Freude über den Augenblick vergaß er beinahe den eigentlichen Anlass seiner Reise. Als ihm dieser wieder bewusst wurde, empfand er auf der Stelle Schuldgefühle und war innerlich hin- und hergerissen. Es war schwierig, fand er, richtig ernst oder bedrückt zu sein, während man in Begleitung von Herm Aldaran und Rafaella n'ha Liriel übers Land ritt.

Er wusste, wenn sich Regis in seinen letzten Jahren nicht für eine so vorsichtige Lebensweise entschieden hätte, wäre ihm diese Erfahrung schwerlich neu oder bemerkenswert erschienen. Sein Vater war als junger Mann viel herumgekommen, sogar bis in die Domäne Aldaran, hoch oben in den Hellers. Domenic hegte einen leichten Groll, weil ihm solche Gelegenheiten verwehrt geblieben waren, und er war entschlossen, einen möglichst großen Nutzen aus dieser Reise zu ziehen. Falls sich sein Vater nicht zu grundlegenden Änderungen entschloss, würde er vielleicht keine zweite Möglichkeit bekommen. Sicher, er war nicht allein, aber er war auch nicht von Dienern und Wächtern umringt, und Onkel Herm behandelte ihn nicht wie ein Kind. Das machte einen großen Unterschied. Rafaella hatte er immer schon gemocht, aber er war ihr noch nie außerhalb von Burg Comyn begegnet. Sie schien hier ein völlig anderer Mensch zu sein. Er konnte es nicht recht in Worte fassen, aber sie war zweifellos wesentlich lockerer hier draußen. Der Rest ihrer Truppe war ihm fremd, und er freute sich darauf, die Frauen kennen zu lernen.

Vor allem aber faszinierten ihn die Menschen um ihn herum. Seine Begegnungen mit dem einfachen Volk Thendaras waren bisher nur spärlich gewesen, und seine zahlreichen Bewacher hatten immer für eine angemessene Distanz gesorgt. Im Wesentlichen beschränkten sich seine Kontakte auf seinen Dienst als Kadett und bestanden darin, dass er den Händlern und Lieferanten zunickte, die etwas in die Burg brachten und die er dabei auch nicht wirklich kennen lernte. Ihre Sorgen und Hoffnungen blieben größtenteils ein Rätsel für ihn, und er wusste, er würde einen besseren Herrscher abgeben – falls er denn je einer wurde –, wenn er eine Vorstellung davon hatte, was die Leute brauchten und wünschten. Hier draußen würde niemand Verbeugungen oder einen Kratzfuß vor ihm machen, und er fand, dass Unscheinbarkeit eine Menge für sich hatte.

Er lauschte sowohl den Stimmen als auch den zufälligen Gedanken der geschäftigen Leute vor ihm auf der Straße. Sie zerbrachen sich den Kopf über das Wetter, über die Frage, ob das mausgraue Maultier bald lahmen würde und ob die Ladung gleichmäßig verteilt war. Niemand schien auch nur einen einzigen Gedanken auf die Dinge zu verwenden, derenthalben auf Burg Comyn immer so viel Wirbel gemacht wurde. Es war, als würden weder Föderation noch Domänen überhaupt existieren. Der Tenor dieser Gedanken war friedlich, und Domenic fand, es müsse wunderbar sein, sich nicht um Ränke und Intrigen zu sorgen, oder darum, welch schreckliche Dinge die Zukunft bereithalten mochte.

Am späten Vormittag begegneten sie einer Karawane Getreidehändler auf dem Weg nach Thendara. Domenic lauschte dem freundlichen und zwanglosen Austausch von Grüßen zwischen den Maultiertreibern vor ihm und den Lenkern der Wagen. Sie kannten sich offenbar so gut, dass sie sich Scherze und Beleidigungen zuwarfen und gegenseitig nach ihren Familien fragten. Mit einem besseren Pferd, dachte Domenic, wäre er rundum glücklich.

Als sie kurz nach Mittag Carcosa erreichten, war er sehr

froh, von der schwerfälligen Stute herunterzukommen. Die Maultiertreiber waren vor ihnen angekommen, und der Hof des kleinen Gasthauses war voll mit schreienden Tieren. Maultiere waren gesprächiger als Pferde – sie schienen sich über alles zu beschweren! Domenic sah sich um und bemerkte ein handgemaltes Schild über der Tür des Gasthauses, das farbenfrohe und fröhliche Bild eines prächtigen Hahns, der stolz den Kopf in den Nacken warf.

Das Gasthaus war ein großes, steinernes Gebäude mit einem Schieferdach. Der Hauptteil ragte drei Stockwerke hoch auf, mit schmalen Fenstern zur Hofseite. Domenic zählte ein halbes Dutzend Schornsteine auf dem Dach, aus denen Rauch stieg. Zwei Anbauten gingen im rechten Winkel von dem Gebäude ab, eines mit den Ställen, während das andere ein Geflügelgehege voll gackernder Vögel und außerdem Käfige mit Rabbithorn beherbergte. Es stank entsetzlich, aber daran würde er sich bestimmt gewöhnen, so wie es die Leute tun mussten, die dort arbeiteten.

Domenic betrachtete alles genau, wie es ihm seine Ausbilder beigebracht hatten: die schwere Holztür des Gasthauses, die mächtigen Wände und die winzigen Fenster, die so hoch über dem Boden lagen, dass niemand hineinklettern konnte. Obwohl es ein freundliches Haus zu sein schien, sah man ihm an, dass bei seinem Bau auch auf Wehrhaftigkeit geachtet worden war.

Als Domenic etwa acht Jahre alt war, hatte man ihn nach Arilinn gebracht, und dabei musste er durch diese Stadt gekommen sein. Aber sie waren in einer geschlossenen Kutsche gereist, und außer deren Innerem hatte er nichts gesehen. Er dachte nicht gern an diese Reise zurück, denn er hatte zwar das Zuhause seiner Vorfahren aus der Alton-Linie gemocht, aber in Gegenwart seiner Großmutter hatte er sich äußerst unwohl gefühlt. Jetzt blieb er zurück, ein bisschen scheu angesichts so vieler Leute, und beobachtete, wie ein Mann mittleren Alters geschäftig aus dem Gasthaus kam und sich ihnen näherte. Er war groß und nahezu kahl, mit einigen grauen Haarbüscheln. Als er zu ihnen trat, sah Domenic, dass er strahlend blaue Augen hatte und eine kleine Nase über einem freundlichen Mund.

Rafaella begrüßte ihn fröhlich. »Hallo, Evan. Das sind Ian MacAnndra und sein Neffe Tomas. – Evan MacHaworth, der beste Wirt auf ganz Darkover.« Sie grinste bis über beide Ohren.

»Ach was, das sagt Ihr bestimmt zu allen Wirten, *Mestra*. Willkommen im Krähenden Hahn«, entgegnete Evan freundlich und streckte Herm ohne die Spur einer Verbeugung die Hand entgegen. Dann schob er die Gruppe ins Gasthaus.

Der Eingangsraum war geprägt von den weiß getünchten Wänden, dem Boden aus Steinfliesen und den dunklen Balken an der Decke. Es roch nach gebratenem Geflügel, Holzrauch und Bier, dazu kam der Schweißgeruch der Maultiertreiber, die vor ihnen eingetroffen waren. Domenic hörte Stimmen aus einem Raum nebenan, wo ein lärmender Haufen saß, aber ihm gefiel der Radau, den sie machten, und er war enttäuscht, als Evan sie in den Raum auf der anderen Seite führte.

Ein loderndes Feuer beleuchtete ein Gastzimmer mit langen Tischen. Hier waren die Wände mit dunklem Holz verkleidet, das so blitzblank poliert war, dass es den Feuerschein reflektierte. Domenic sah zu den Balken an der Decke empor und stellte fest, dass sie mit Schnitzereien verziert und in einem bunten Muster bemalt waren. Auf dem Kaminsims entdeckte er eine Sammlung von Hähnen, die aus Holz, Stein oder Ton gefertigt waren. Sie sahen lustig aus, und er lächelte.

Evan bemerkte sein Interesse an den Figuren. »Gefallen dir unsere Hähne?«

»So etwas habe ich noch nie gesehen«, antwortete Domenic und fragte sich besorgt, ob es irgendwie falsch gewesen war, sein Interesse zu zeigen.

»Eine Idee meiner Frau. Sie hat mit einem angefangen, den sie in Thendara entdeckt hat – der große Bursche hier mit der roten Lasur –, und daraufhin bat sie unsere Stammgäste, nach weiteren Ausschau zu halten. Und so kommt oft ein Kaufmann oder Kutscher vorbei und schenkt ihr einen neuen. Wir haben sogar Hähne aus den Trockenstädten und zwei aus dem Gebiet von Ardais. Und dieser Winzling hier ist ein Geschenk von Rafaella.« Er zeigte auf einen sehr kleinen Hahn aus grünem Stein.

»Sie sind wunderschön«, sagte Domenic.

»Meine Frau wird geschmeichelt sein, dass sie dir gefallen. Ich werde nicht vergessen, es ihr auszurichten, wenn sie wiederkommt – ihre Schwester kränkelt, und sie ist zu ihr gefahren und kümmert sich um sie.«

Herm hatte sich bereits an einem der Tische niedergelassen, und ein Junge, der die Gäste bediente, stellte ungefragt einen großen Krug Bier vor ihn hin. Rafaella nahm gegenüber von ihm Platz, und Domenic beschloss, sich zu ihnen zu setzen. Die Wärme vom Kamin tat gut nach dem Ritt in der morgendlichen Kühle, und er merkte, dass er sehr hungrig war.

Ein Mädchen brachte hölzerne Schneidebretter und Servietten aus rauem Leinen, und ein zweites folgte mit einem großen Teller mit gebratenem Geflügel. Domenic sah, wie Herm sein Messer aus dem Gürtel zog, einen Vogel aufspießte und auf sein Schneidebrett beförderte. Dort begann er ihn mit kräftigen Händen zu zerreißen. Er nahm sich ein Bein und fing zu essen an, und Domenic tat es ihm gleich.

Es war eine herrlich schmuddelige Angelegenheit. Bald waren seine Finger völlig verschmiert, und das Fett lief ihm übers Kinn. Und der Geschmack war ganz anders als der, den er gewohnt war. Der Koch hatte die Haut des Vogels mit einigen sehr würzigen Kräutern eingerieben, die Domenic nicht kannte. Er schlürfte aus dem kleineren Bierkrug, den der Junge vor ihn hingestellt hatte, und grinste. An förmlichere Mahlzeiten gewöhnt, fand er die Erfahrung sehr angenehm. Als eine Schüssel mit gekochtem Getreide und mehreren Holzlöffeln darin aufgetischt wurde, nahm er sich eine Portion und benutzte den Servierlöffel wie Rafaella auch gleich weiter zum Essen. Ein Korb mit warmen Brötchen wurde gebracht, und er spießte eines davon mit seinem Messer auf.

Rafaella beobachtete ihn und unterdrückte mühsam ein Lächeln. »Gut, oder?«

»Köstlich!«

»Evan MacHaworth' Vögel sind an der ganzen alten Nordstraße bekannt. Und seine Geflügelpastete ist berühmt. Angeblich sollen sogar schon Köche aus Thendara hier gewesen sein, die versucht haben, das Rezept zu stehlen.«

»Das überrascht mich nicht«, murmelte Herm mit halb vollem Mund.

Die übrigen Entsagenden hatten am anderen Ende des Tisches Platz genommen, sie aßen und unterhielten sich leise. Domenic hörte ihre Stimmen sowie die der nun etwas rüpelhaften Maultiertreiber auf der anderen Seite und war satt und zufrieden. Ganz zu schweigen davon, dass er in seinem ganzen Leben noch nie so von Fett beschmiert gewesen war. Er wischte sich Mund und Hände an der rauen Serviette ab, dann säuberte er sein Messer und steckte es weg.

Er spürte, wie müde Herm neben ihm war. *Geht es dir gut, Onkel Ian?*

Ja, ja, aber ich bin mit den Jahren ein bisschen verweichlicht. Ich bin es nicht mehr gewohnt, auf dem Boden zu schlafen oder stundenlang zu reiten. Die Beine tun mir weh, und im Rücken sticht es. Aber das Bier scheint zu helfen.

Domenic entspannte sich zufrieden. *Reiten wir weiter, oder warten wir auf das Fahrende Volk?*

Eine gute Frage, Tomas. Ich habe noch nicht darüber nachgedacht. Ich muss zugeben, dass ich keinen richtigen Plan habe, sondern fortlaufend improvisiere. Schlauer Zug von deiner Mutter, uns die Entsagenden zu schicken – sie sind eine gute Tarnung. Ich denke, wir bleiben, da du ja glaubst, dass das Fahrende Volk heute Abend hier auftritt. Sie müssten uns in etwa einer Stunde eingeholt haben.

Du könntest zu Tante Rafi sagen, dass du müde bist oder dass du glaubst, dein Pferd lahmt ein bisschen. Dann erregt es keinen Verdacht, wenn wir hier bleiben. Und du könntest ein Bad nehmen – das Wirtshaus hat bestimmt eines.

Du bist ein Genie! So richtig lang in der Wanne liegen, das ist genau, was meiner armer Rücken braucht.

Deine Hände und dein Gesicht auch – du glänzt vor Fett!

Respektloser Lausebengel! Du siehst selber aus wie ein Schmutzfink!

Niemand hatte Domenic jemals einen Lausebengel oder Schmutzfinken genannt, und es gefiel ihm. Herm war nicht wie die anderen Erwachsenen, die er kannte, nicht so ernst. Selbst Großvater Lew, den er anbetete und der viel Humor besaß, dachte ständig über schrecklich wichtige Dinge nach. Und außer Lew hatte ihn nie jemand richtig geneckt. Er wusste nicht, ob es daran lag, dass er selbst so ernst war, oder ob seine Stellung einen solch zwanglosen Umgang ausschloss. Er beneidete Amaury, weil er Herm zum Vater hatte. So sehr er Mikhail liebte und respektierte, es herrschte immer eine gewisse Distanz zwischen ihnen, als fürchtete sich sein Vater davor, seinem Ältesten zu nahe zu kommen. Er war mehr der Sohn seiner Mutter als der seines Vaters, und Rhodri war Mikhails ganze Freude. Das hatte ihn nie sehr gestört. Rhodri war ein wesentlich unterhaltsamerer Mensch als er, vor allem wegen seines ganzen Unfugs, und Domenic hatte das stets akzeptiert. Aber jetzt war er der Böse und stand Rhodri in puncto Unfug in nichts nach. Der Gedanke verschaffte Domenic für einen Moment tiefe Befriedigung, obwohl er überzeugt war, dass sein nicht unterzukriegender kleiner Bruder sich in Bälde eine noch größere Freveltat ausdenken würde. Sollte er ruhig – Rhodri hatte jedenfalls noch kein Mordkomplott gegen ihren Vater aufgedeckt!

»Ich glaube, ich habe mir das Kreuz verrenkt, *Mestra* Rafaella«, verkündete Herm und holte Domenic in die Gegenwart zurück. »Meint Ihr, es gibt einen guten Heiler in der Stadt?«

Rafaella schaute einen Moment verdutzt, dann schien sie die Absicht hinter den beiläufig geäußerten Worten zu begreifen. »Nicht nötig. Wir haben unsere eigene Heilerin.« Sie deutete zu einer der Frauen an der Tafel. »Danila kümmert sich um alle unsere Wehwehchen und Schmerzen. Aber ich denke, wir sollten heute Nacht hier bleiben. Ich hab keine Lust darauf, dass Ihr mir unterwegs krank werdet. Ich gehe und lasse von Evan einige Zimmer herrichten.«

Sie stand auf und schlenderte vor sich hin summend hinaus. Einige Minuten später kam sie mit dem Wirt zurück, der über das ganze Gesicht strahlte. MacHaworth führte Herm und Domenic nach oben in ein freundliches Zimmer. Darin standen ein großes Bett, eine abgenutzte Kommode und ein Tischchen mit einem Krug und einer Waschschüssel darauf. Schwere Vorhänge hingen vor dem schmalen Fenster, und es gab soagr einen kleinen Kamin. Der Raum duftete nach Balsam und Sauberkeit. Der Wirt erklärte ihnen, wo das Badezimmer war, und empfahl sich.

Fast unmittelbar darauf klopfte eine der Entsagenden an die Tür. Sie hatte das Bettzeug der beiden in den Händen, das ihr Domenic mit einem raschen Danke abnahm. »Wenn Ihr es wünscht, ruft mich, dann komme ich und sehe, ob ich Euren

Rücken wieder einrenken kann, *Mestru* MacAnndra«, sagte sie. Sie war eine kräftige Frau mit großen Händen und sah ganz danach aus, als könnte sie eine Wirbelsäule im Nu wieder gerade biegen.

Die beiden klaubten ihre wenigen Habseligkeiten auseinander und verstauten alles in den Schubladen der Kommode, dann steuerten sie in geselligem Schweigen das Badezimmer an. Domenic freute sich, einen Schrank mit festen Handtüchern und mehreren schweren Bademänteln zu entdecken. Er zog sich aus und wackelte mit den Zehen auf dem Bretterboden. Dann stieg er in die dampfende Gemeinschaftswanne und tauchte ins Wasser.

Herm kam ebenfalls und stöhnte vor Wonne. »Das habe ich vermisst.«

»Wie? Haben die Terraner keine Badezimmer?«

Doch, natürlich, aber die sind nichts gegen das hier. Ich finde, wir sollten lieber nicht laut sprechen. Ich glaube zwar nicht, dass Spione der Föderation im Gebälk lauern, aber die Diener könnten tratschen. Und bei Ausdrucken wie Föderation oder Terraner spitzen sie bestimmt die Ohren. Nachdem ich gut zwanzig Jahren in einer winzigen, engen Wohnung gelebt und mich in einer Schalldusche gesäubert habe, ist das hier jedenfalls wahrer Luxus!

Aber wieso? Domenic hatte zwar keine Ahnung, was eine Schalldusche sein könnte, wollte jedoch seine Unwissenheit nicht zeigen. Eine winzige Wohnung? Das stimmte nicht mit seinem Eindruck von der Föderation überein, den er aus Äußerungen seiner Mutter und seines Großvaters gewonnen hatte.

Du kannst dir gar nicht vorstellen, wie voll es auf den meisten Welten der Föderation ist, und das trotz aller Bemühungen um Geburtenkontrolle. Das ist auch einer der Gründe, warum sie so versessen darauf sind, andere Planeten auszubeuten. Allein auf Terra leben mehr als achtzehn Milliarden Men-

schen, und das beansprucht die Ressourcen dort gewaltig. Wasser ist, wie alles andere, besteuert und rationiert. Ein Zimmer wie dieses hier würde man als Verschwendungssucht betrachten, selbst im wohlhabendsten Zuhause, und für einen bloßen Regierungsfunktionär wie mich wäre es undenkbar. Es gibt natürlich ein paar Senatoren, die so reich sind, dass sie sich ein Badezimmer leisten könnten, aber nur die wenigsten davon würden es riskieren, sich eins zuzulegen.

Ich verstehe noch immer nicht, Onkel Ian.

Ich muss schon sagen, diese Onkelgeschichte hört sich wunderbar an. – Es ist alles sehr schwer zu erklären, aber ich werde es versuchen. Du musst wissen, viele Vertreter der Föderation behaupten hartnäckig, dass strenge Sparmaßnahmen notwendig sind, damit alles reibungslos funktioniert. Das gehört zur Philosophie der Expansionisten – die Föderation habe nicht genügend Ressourcen, um für ihre Bürger zu sorgen, und müsse diese durch Ausbeutung anderer Planeten erweitern. Als Folge davon ist Wasser rationiert und mit einer Steuer belegt, Essen ist ebenfalls knapp und hoch besteuert, auch wenn niemand hungert. Es gibt Programme zur Ernährung der Armen, und ein Teil der Steuern wird dazu benutzt, diese Programme zu finanzieren. Die Mahlzeit, die ich gerade zu mir genommen habe, würde auf Terra einen ganzen Tageslohn kosten und müsste vier Leute satt machen. Falls man so eine Köstlichkeit wie dieses Huhn überhaupt bekäme.

Aber was isst man denn dann?

Die Armen leben von einer künstlichen Pampe, von der jedem Hund schlecht würde. Sie wird in riesigen Bottichen gezüchtet, riecht wie Bier, das sauer geworden ist, und ... ich weiß nicht, wie das Zeug schmeckt, weil ich mich nie überwinden konnte, es zu probieren. Aber es scheint nahrhaft zu sein, jedenfalls hält es die Leute am Leben und einigermaßen bei Gesundheit.

War es denn schon immer so?

Nein. Als ich in der Abgeordnetenkammer anfing, bevor die Expansionisten wieder an die Macht kamen und die Sparpolitik einführten, war alles anders. Wasser war zwar schon rationiert, aber Güter waren damals noch nicht so teuer, und man konnte es sich leisten, hin und wieder in einem Restaurant zu essen. Im Laufe der Zeit wurde es nur immer schlimmer. Millionen von Leuten auf Terra finden keine Arbeit, verdienen kein Geld und müssen deshalb von öffentlicher Unterstützung leben. Es gibt Wartelisten für Siedler, aber sie haben in letzter Zeit nicht mehr viele bewohnbare Planeten entdeckt. Die meisten älteren Welten der Föderation sind in derselben Verfassung oder in einer noch schlimmeren. Es gab Unruhen um Nahrung und um Wasser – Dinge, die du dir einfach nicht vorstellen kannst. Letztes Jahr ist auf einem Kontinent das gesamte Netz zusammengebrochen, und drei Tage lang gab es keinen Strom.

Was ist das Netz?

Das Netz ist ein Geflecht aus Kraftwerken und Verbindungsleitungen, das den gesamten Planten überzieht. Aufgrund der vorsätzlichen Knausrigkeit der Expansionisten gibt es angeblich kein Geld für die Erweiterung des Netzes, obwohl sich alle einig sind, dass es dringend nötig wäre. Deshalb übersteigt seit einigen Jahren die Nachfrage nach Energie gelegentlich die Fähigkeit des Netzes, sie zu liefern. Und so geht erst eine Unterstation vom Netz, dann eine zweite, und bald steht alles still. Das bedeutet zum Beispiel, dass die Aufzüge, mit denen die Leute in ihre Wohnungen fahren, nicht mehr funktionieren, und da viele Gebäude mehr als fünfzig Stockwerke hoch sind, gibt es dann keine Möglichkeit, in die Wohnungen zu kommen oder hinaus, bis der Strom wieder da ist. Und das ist, wie gesagt, nur ein Beispiel.

Domenic schrubbte sich mit einem rauen Tuch die Arme ab

und dachte über diese Mitteilungen nach. Anders als sein Bruder, der ein bisschen weltraumverrückt war, hatte er nie den Wunsch verspürt, andere Welten zu besuchen. Und seit er glaubte, Darkover im Kopf zu hören, hatte er überhaupt kein Verlangen mehr, wegzugehen. Ein Teil von ihm glaubte, falls er je ganz darkovanischen Boden verlassen würde, müsse er sterben oder verrückt werden, als wäre er an die Welt als solche gebunden. Obwohl die Geräusche, die in seinem Geist widerhallten, oft Unbehagen und Angst auslösten, empfand er sie gleichzeitig als etwas Richtiges. Sicher, er konnte sich nicht vorstellen, warum von allen Leuten ausgerechnet er diese besondere Fähigkeit hatte, aber je länger es andauerte, desto mehr gewöhnte er sich daran. Zwar hatte er sich noch nicht völlig mit der Sache angefreundet, aber wie Herm am Morgen gemeint hatte, schien sie ihm zumindest nicht zu schaden. Und Herm war der erste Mensch, dem er von seiner seltsamen Verfassung erzählte – er hatte sich nicht einmal Alanna anvertraut, mit der er so viele Geheimnisse geteilt hatte, als sie noch jünger waren.

Aber die Planeten der Föderation hatte er sich immer als Orte vorgestellt, wo alle Leute in Luftautos herumflogen und in lichtdurchfluteten Palästen lebten, mit Unmengen von Geräten, die für jeden erdenklichen Komfort sorgten. Irgendwie hatte er nie gedacht, dass jemand arm sein oder Mangel an Genussmitteln leiden könnte, was ziemlich dumm gewesen war, wie ihm nun klar wurde. Was fingen diese Leute nur mit ihrer Zeit an, wenn sie keine Arbeit hatten?

Das klingt ja furchtbar! Warum leben sie so? Ich meine, wenn alle Wasser sparen und Steuern dafür zahlen müssen – ich verstehe das überhaupt nicht, Onkel Ian – warum machen sie es nicht einfach anders?

Eine gute Frage – über die haben sich schon klügere Leute als ich den Kopf zerbrochen. Die einzige Antwort, die ich an-

sich, über den ekelhaften Zustand seiner Kleidung hinwegzusehen. Wenn er gewusst hätte, dass er über Nacht wegbleiben würde, hätte er wenigstens ein frisches Hemd mitgenommen, als er sich aus der Burg schlich.

»Was macht dein Rücken, Onkel Ian?«

»Dem geht es schon viel besser, danke. Ich glaube, ich verzichte vorläufig auf Danilas Dienste. Sie sieht aus, als könnte sie mich in der Mitte durchbrechen.«

Domenic lachte, denn die große Entsagende wirkte in der Tat Furcht erregend. Sie sah nicht aus wie die Heilerinnen, die er bisher kannte. Herm zog sich wieder an, und sie gingen nach unten. Es war jetzt viel ruhiger, da die Maultiertreiber sich wieder auf den Weg gemacht hatten.

Die beiden traten in den Hof des Gasthauses hinaus, der in wässriges Sonnenlicht getaucht war. Dünne Wolken bedeckten den Himmel über ihnen, und schwerere türmten sich am westlichen Horizont. Es würde noch vor dem nächsten Morgen regnen, aber Domenic war nicht so wetterkundig, dass er vorhersagen konnte, wie bald. Er hoffte nur, der Regen würde die Vorstellung des Fahrenden Volks nicht verhindern. Am Abend zuvor hatte er nicht viel zu sehen bekommen, und er freute sich auf mehr.

Herm fragte einen Pferdeknecht nach dem Markt und ließ sich die Richtung beschreiben. Sie verließen den Krähenden Hahn in einvernehmlichem Schweigen, beide gelöster Stimmung nach der Mahlzeit und dem Bad. Nachdem sie sich in den gewundenen Straßen der kleinen Stadt ein wenig verlaufen hatten, fanden sie schließlich zu einem offenen Platz, auf dem reger Handelsverkehr herrschte. Gleich am Eingang gab es einen Glasbläser, und Domenic blieb ein paar Minuten stehen, um ihm bei der Arbeit zuzusehen. Der Freiluftofen verbreitete eine gewaltige Hitze, die bei der zunehmenden Kühle des Tages gut tat.

bieten kann, lautet, dass die Terraner in ihre Technik verliebt sind und ernsthaft glauben, mit ihrer Hilfe alle Probleme lösen zu können – und mit den Ressourcen der Mitgliedsplaneten. Sie denken nie darüber nach, ob die Vorstellung, mit technischem Fortschritt ließe sich alles richten, nicht bloß eine Illusion ist. Und so nehmen sie von diesem Planeten das Getreide, um die Massen auf Terra zu ernähren, und von jenem das Metall, aus dem sie ihre Schiffe bauen, damit sie die Galaxie weiterhin nach neu zu besiedelnden Planeten erforschen können. Aber niemand hat bisher die schlichte Tatsache angesprochen, dass sie seit elf Jahren keine neue Kolonie mehr eingerichtet haben, weil sie nur Grenzwelten ausmachen konnten, auf die niemand, der bei Verstand ist, freiwillig ziehen würde.

Was ist eine Grenzwelt? Domenic wurde schier überwältigt von der Fülle der neuen Informationen und den merkwürdigen Ausdrücken, die Herm so beiläufig benutzte, aber er war fasziniert und entschlossen, die Gelegenheit zu nutzen.

Na ja, eine Welt, die noch kälter als Darkover ist oder auf der es keine richtige Atemluft und kaum Ackerland gibt. Thetis, wo deine Mutter aufgewachsen ist, wäre ein Beispiel. Sie würde es nicht wieder erkennen, wenn sie jetzt hinkäme. Hat sie euch davon erzählt?

O ja. Ich weiß alles über die Inseln und die Delfine. Es hört sich wunderschön an.

Es war ein Paradies, als Lew und Diotima dort lebten. Nicht viel Land, nur etwa zehn mittelgroße Inseln und eine sehr große. Und jede Menge Ozean.

Und jetzt? Einen Ozean konnte sich Domenic nur schwer vorstellen, obwohl er mit Hilfe einiger Erinnerungen seiner Mutter ein paarmal einen Blick auf so ein Ding geworfen hatte. Und gelegentlich glaubte er mit Sicherheit, das Meer von Dalereuth an die Küste rollen zu sehen. Während seiner Zeit in Arilinn war er einmal am Ufer des Valeron entlanggeritten, und er wusste, hätte man ihn in westlicher Richtung weiterreiten lassen, wäre er ans Meer gekommen. Es hatte einen Augenblick gegeben, in dem er sich wünschte, einfach der untergehenden Sonne entgegenzureiten, bis er das Ende des Flusses erreichte. Aber das war natürlich kindisch.

Es ärgerte ihn ziemlich, dass er einen so großen Teil seines Lebens auf Burg Comyn eingesperrt gewesen war und so wenig wusste, aber dann schüttelte er dieses Gefühl ab. Es lohnte sich nicht. Jetzt war er frei, und da er vielleicht nie wieder die Gelegenheit haben würde, in einem Gasthaus zu schlafen oder mit einer Gruppe von Entsagenden über die Nordstraße zu reiten, um nach terranischen Spionen zu suchen, sollte er es lieber genießen, so lange es ging. Er wandte seine Aufmerksamkeit wieder seinem Onkel zu.

Vor rund zehn Jahren entdeckten sie auf Thetis dann ein seltenes Element, das sie für die Entwicklung von Waffen brauchten, und begannen es auf dem Meeresgrund abzubauen. Jetzt gibt es keine Delfine mehr, weil das Meer vergiftet ist, und man nimmt an, dass in fünf Jahren das restliche Leben in diesen Gewässern zum großen Teil ebenfalls erloschen sein wird. Die Krebsrate auf Thetis ist gewaltig angestiegen, und die Leute sterben nur aus einem einzigen Grund: weil die Interwelt Bergbau *zu gierig war, Maßnahmen gegen die Zerstörung des Ökosystems zu ergreifen. Sobald das Plankton aufhört, das Kohlendioxyd umzusetzen, wird die Luft auf Thetis zum Atmen ungeeignet sein, und in kürzester Zeit ist der Planet unbewohnbar.*

Mehrere Begriffe, die sein Onkel benutzt hatte, waren für Domenic ein Rätsel, aber er hängte sich nur an einen. *Was ist Plankton? Davon hat Mutter nie gesprochen.*

Domenic spürte zwar Herms leichte Belustigung über diese Frage, kam sich aber nicht dumm vor. Er fühlte sich gut aufgehoben bei seinem neuen Onkel und empfand dessen milden

Spott als angenehm. Er wünschte nur, er würde sich mit allen Leuten so wohl fühlen wie mit Hermes Aldaran.

Das sind sehr kleine Organismen, so klein, dass man sie nur mit einem optischen Vergrößerungsgerät sieht. Manche sind wie Pflanzen, andere wieder sind in Wirklichkeit winzige Tiere, aber auf einer Welt ohne größere Wälder wie Darkover sorgen sie für Atemluft. Wir haben im Senat drei Gesetzesentwürfe in den letzten drei Jahren eingebracht, dass Geld zur Verfügung gestellt werden sollte, um die von der Interwelt *angerichtete Schweinerei zu beseitigen. Zwei davon wurden als zu kostspielig abgelehnt, und der dritte war gerade im Ausschuss, als die Legislative aufgelöst wurde, er ist inzwischen also ebenfalls gestorben. Im Wesentlichen hat die Föderation beschlossen, dass es sich nicht lohnt, gutes Geld für ein Verlustprojekt aus dem Fenster zu werfen, zumal Thetis als eine unwichtige Welt angesehen wird.*

Für die Leute, die dort leben, ist sie bestimmt nicht unwichtig!

Nein, natürlich nicht. Das Problem ist nur, dass sehr viele Leute Geld für wichtiger als alles andere halten, und dass sie glauben, Menschen seien jederzeit ersetzbar.

Hört sich an, als würden sie Planeten ebenfalls für ersetzbar halten, Onkel Ian.

»Meine Finger werden langsam zu getrockneten Pflaumen«, sagte Herm laut. »Bist du jetzt sauber genug?«

»Ja. Ich wünschte nur, ich hätte ein paar saubere Sachen zum Anziehen.«

»Wieso gehen wir dann nicht los und schauen, ob du auf dem Markt irgendwo neue Sachen kaufen kannst?« *Gleichzeitig können wir ein bisschen herumschnüffeln.*

»Gute Idee.« Domenic krabbelte aus der Wanne und stand tropfnass auf den Dielen. Dann wickelte er sich in ein großes Handtuch und trocknete sich ab. Beim Ankleiden bemühte er

Sie fanden eine Bude mit Bekleidung und erstanden Unterwäsche, ein billiges Hemd, zwei wollene Übergewänder und eine Hose für Domenic, dazu ein paar Sachen für Herm. Für den Jungen war das alles sehr aufregend, da man ihm nie erlaubt hatte, die Märkte in Thendara zu erkunden, und er war enttäuscht, als Herm sagte, es sei Zeit, ins Gasthaus zurückzugehen.

Doch als sie dort ankamen, versperrten die bunten Wagen des Fahrenden Volks den Hof, und Domenic vergaß seine Enttäuschung. Er sah den Mann namens Vancof vom Kutschbock des Puppenspielerwagens steigen und versteckte sich rasch hinter Herm, damit er nicht entdeckt wurde. Dann kletterte das rothaarige Mädchen aus dem hinteren Teil des Wagens und räkelte sich genüsslich. Domenic hoffte, sie würde ihn nicht bemerken oder keine Fragen stellen, falls sie ihn doch erblickte, denn die wenigen Gedankenfetzen, die er von ihr aufgefangen hatte, verrieten ihm, dass sie schnell von Begriff und ein wenig eigensinnig war.

Der Kutscher sah blass und gequält aus, und er schlurfte vom Wagen in Richtung Gasthaus. Wahrscheinlich dürstete ihn nach Bier, dachte Domenic, wiewohl er fand, dass der Mann nach dem Gelage des Vorabends lieber keines trinken sollte. Die rundliche Frau, mit der er am Vormittag gestritten hatte, kam aus dem Wagen und schrie ihn an: »Du fauler Taugenichts! Gottverdammter Säufer!« Sie ballte die Faust und schüttelte sie drohend.

Vancof achtete nicht auf sie und verschwand im Eingang des Gasthofs. Die Frau sah unglücklich aus. »Und wie soll ich jetzt ohne ihn mit diesen Tieren zurechtkommen?« Sie schaute sich mit hilfloser Miene um, da der Rest des Fahrenden Volks mit seinen eigenen Wagen und Gespannen beschäftigt war.

Herm erfasste die Lage mit einem raschen Blick und trat auf

die wütende Frau zu. »Ich bin nicht ungeschickt mit einem Maultier, *Mestra*. Vielleicht kann ich helfen.«

Zu Domenics Überraschung lachte sie, und ihre unglückliche, zornige Miene verwandelte sich in ein freundliches Gesicht. Sie musste sehr hübsch gewesen sein, als sie jung war. »Ihr wisst nicht, worauf Ihr Euch einlasst«, sagte sie zu Herm. »Diese Maultiere sind die gemeinsten Viecher auf ganz Darkover, von einer hungrigen Wildkatze mal abgesehen. Nur mein Kutscher wird mit ihnen fertig, und den beißen sie sechs von sieben Mal.« *Dieser Dirck hat nichts als Schwierigkeiten gemacht, seit er bei uns ist, und ich wünschte, ich hätte jemand anderen. Auch wenn er von Istvans Truppe kommt – wahrscheinlich waren sie froh, ihn los zu sein.*

»Lasst es mich versuchen. Wenn ich gebissen werde, bin ich selber schuld, weil ich nicht auf Euch gehört habe.«

»Niemand hört auf mich«, stöhnte die Frau und schüttelte den Kopf, dass ihre grauen Zöpfe flogen. »Weder meine flatterhafte Nichte noch sonst irgendwer. Ich bin nur eine Frau und fast ganz allein auf der Welt, abgesehen von meiner Nichte, die mehr Ärger macht, als sie wert ist, obwohl sie eine sehr gute Puppenspielerin ist. Wenn sie als Mädchen doch nur auch so viel taugen würde.«

»Sie ist noch sehr jung«, erwiderte Herm teilnahmsvoll. Domenic beobachtete ihn und sah den Charme förmlich aus seinen frisch gebadeten Poren triefen. »Das legt sich, wenn sie älter wird.«

»Das erlebe ich wohl nicht mehr. Ich bin jedenfalls Loret, und ich nehme Euer Angebot an, auch wenn ich Euch für verrückt halte.« Herms Höflichkeiten hatten sie eindeutig für ihn eingenommen, und Domenic fragte sich, ob sie mit seinem Onkel flirtete.

»Ian MacAnndra, zu Euren Diensten, *Mestra* Loret.« Er ging zu den Tieren hinüber, bei denen es sich in der Tat um ein bösartig aussehendes Paar unterernährter Mulis handelte. Sie schnaubten und schrien, und eines schnappte mit seinen langen Zähnen nach Herms Hand, als dieser nach den Zügeln griff. Herm wich dem Angriff geschickt aus, und sagte mit leiser Stimme etwas. Die Maultiere stellten die Ohren auf, stampften mit den Hufen und traten nervös von einem Bein aufs andere. Sie verdrehten argwöhnisch die Augen, widersetzten sich aber nicht weiter, und nach wenigen Minuten hatte Herm sie glücklich von den langen Zugstangen befreit und führte sie in Richtung Stall.

»Na, gibt's denn so was!« Loret war verblüfft. Dann drehte sie sich zu dem Mädchen um, das schweigend daneben gestanden und alles beobachtet hatte. »Willst du hier Wurzeln schlagen und Blüten treiben, Illona? Geh in den Wagen und arbeite an den Kostümen. Bald wird es dunkel, und dann siehst du nicht mehr gut genug zum Nähen.«

»Ach, Tante Loret! Ich bin seit Stunden da drinnen eingesperrt.«

»Werd' bloß nicht frech, Kleine. Du tust, was ich dir sage, oder es gibt kein Abendessen für dich.«

Illona wirkte nicht im Mindesten eingeschüchtert, und nach dem gut gepolsterten Aussehen ihrer Tante zu urteilen, handelte es sich wahrscheinlich ohnehin um eine leere Drohung. Sie streckte ihr nur die Zunge heraus, wie sie es schon getan hatte, als Domenic sie zum ersten Mal sah, und zuckte die Achseln. »Die Puppen sind in Ordnung«, murmelte sie schmollend.

»Unsinn! Die Rüsche an Cassildas Kostüm muss geflickt werden.«

»Ich hasse Nähen!«

»Wir müssen alle unseren Unterhalt verdienen. Jetzt tu, was man dir sagt.«

Einen Moment lang schien es, als könnte sich Illona weigern. Dann seufzte sie dramatisch und machte kehrt in Richtung Wagen. Im Vorbeigehen fiel ihr Blick auf Domenic, und sie riss die Augen auf. »Kenne ich dich nicht?«

Domenic schüttelte den Kopf. »Es sei denn, du hast mich gestern Abend gesehen.« Sie hatte ihn nur im Halbdunkel des Burgeingangs erblickt, und da war sein Haar straff nach hinten gekämmt gewesen, während es jetzt lose seitlich herab hing, aber er hatte den Eindruck, dass nur sehr wenig ihren scharfen Augen entging. »Ich habe ein bisschen bei der Vorstellung zugesehen, während ich auf meinen Onkel wartete.«

»Ach so. Das wird es dann wohl sein. Du kommst mir sehr bekannt vor.«

»Vielleicht habe ich einfach nur ein gewöhnliches Gesicht.«

Sie lachte leise. »Wohl kaum.« *Ich weiß, ich habe ihn nicht gestern Abend gesehen, aber wo dann? Na ja, wahrscheinlich fantasiere ich wieder. Trotzdem, irgendwas ist mit ihm.* »Ich bin Illona Rider.«

»Tomas MacAnndra.«

»Ich muss mich in den Wagen hocken und nähen«, klagte sie.

»Und du hasst Nähen. Kannst du es denn gut?«

»Ja, ich bin sehr geschickt. Deshalb muss ich es ja auch machen. Tante Loret begreift nicht, dass einem etwas noch lange keinen Spaß machen muss, nur weil man es gut kann.«

»Ja, das stimmt.« Ihre Bemerkung verblüffte Domenic, weil ihm noch nie in den Sinn gekommen war, dass eine Fähigkeit, die man hatte, auch eine Last sein konnte statt ein Geschenk. Dann fiel ihm ein, was sein Vater gelegentlich über die Kräfte sagte, mit denen ihn Varzils Matrix ausstattete, und er kam zu dem Schluss, dass Illona vielleicht richtiger lag, als sie ahnte. Domenic wollte gern weiter mit ihr reden, aber er war hoffnungslos um Worte verlegen. »Den Namen Rider habe ich aber noch nie gehört.«

»Beim Fahrenden Volk gibt es viele Riders, Tomas – hunderte. Außerdem ist es nicht mein richtiger Name, den kenne ich nämlich gar nicht. Ich will damit sagen, ich bin eine Waise und wurde von Tante Loret adoptiert, als ich noch sehr klein war.« Sie hielt inne und überlegte wie so viele Male zuvor, wer wohl ihre Eltern waren. »Und sie ist im Grunde gar nicht schlecht, nur herrschsüchtig.«

Herm kam von den Ställen zurück, er schritt selbstsicher über den Hof und wirkte belustigt. Domenic sah seinem Onkel zu und trat von einem Bein aufs andere, weil er die Unterhaltung unbedingt fortsetzen wollte, aber nicht wusste, was er als Nächstes sagen sollte. »Es muss sehr aufregend sein, durchs Land zu reisen und zu spielen.«

»Eigentlich nicht. Mit der Zeit wird es ganz schön langweilig. Die Vorstellungen machen schon Spaß, aber selbst die werden irgendwann fad. Und Mathias schreibt ständig neue Stücke, die ich dann auswendig lernen muss – ziemlich merkwürdiges Zeug.«

»Dann gibt es also Manuskripte? Ich hatte irgendwie die Vorstellung, dass ihr die Texte spontan erfindet und das Publikum dabei einbezieht.« Na also, schon besser; er hörte sich nicht mehr ganz so idiotisch an.

»So war es früher.« Sie schaute einen Moment lang beunruhigt. »Aber seit Mathias bei der Truppe ist, hat er–«

»Illona!« Ein wütendes Brüllen.

»Ja, Tante Loret! Ich gehe jetzt lieber, bevor sie einen Anfall bckommt. Komm doch heute Abend und schau dir die Vorstellung an.«

»Ja, gern, wenn es mein Onkel erlaubt.«

»Bestimmt – er scheint sehr nett zu sein.« Sie schenkte Domenic ein hinreißendes Lächeln und kletterte die Klappleiter am Ende des Wagens hinauf. Ihr Interesse an Domenic ließ nach, während sie über Nadeln, Fäden und Stoffe nachzudenken begann.

Herm gesellte sich zu Domenic. »Worum ging es?«

»Ach, wir haben uns nur unterhalten, Onkel Ian.« *Sie hätte mich beinahe erkannt, aber ich konnte ihr einreden, dass sie sich irrt. Und ich bin mir sicher, sie hat nichts mit dem Fahrenden Volk zu tun.*

Wie meinst du das?

Sie hat mir erzählt, dass sie eine Waise ist und die Frau sie als kleines Kind adoptiert hat. Aber ich spüre ihr Laran. *Es ist vollkommen unausgebildet, aber ziemlich stark, selbst ohne jede Disziplin. Da frage ich mich, wie viele Telepathen noch bei uns herumlaufen und sich in Schwierigkeiten bringen, weil sie nicht mit ihren Gaben umgehen können.*

Darüber weißt du anscheinend mehr als ich.

Vater ist vor Jahren einer wilden Telepathin begegnet, und sie hätte ihn beinahe getötet. Er redet nicht viel darüber, aber ich habe ein paarmal seine Erinnerungen mitgehört, und es war beängstigend. Ich habe Tante Liriel danach gefragt, und sie sagte, diese Frau sei eine Art Hexe gewesen, sie habe einem völlig den Kopf verdrehen und einen hilflos machen können, allerdings könne sie das nur bei einer kleinen Anzahl von Menschen tun. Aber Vater kam dadurch zu Bewusstsein, dass es wahrscheinlich mehr Telepathen auf Darkover gibt, als man bis dahin gedacht hatte. Er und Großonkel Regis unternahmen den Versuch, sie ausfindig zu machen, aber sie hatten nicht viel Erfolg.

Wieso nicht?

Großvater Lew behauptet, es liege daran, dass die Männer der Domänen über die Jahre allzu großzügig ihre Gunst gewährt und Kinder gezeugt haben, von denen sie nie etwas erfuhren. Und nach einigen Generationen habe sich das Laran *immer mehr im gewöhnlichen Volk ausgebreitet. Wenn, sagen wir mal, eine Frau bei der Geburt starb, und sie hatte niemandem verraten, dass der Vater des Kindes, der* nedestro, *Sohn einer Domäne war, dann hat es niemand bemerkt, bis das Kind groß war und die Schwellenkrankheit bekam. Und wenn die Krankheit ihn oder sie nicht umbrachte, was möglich ist, da man nie weiß, wie schwer sie verläuft, dann wurden diese Kinder erwachsen und haben ebenfalls Kinder gezeugt und das* Laran *so weitergegeben. Theoretisch ist alles ganz einfach, aber im Lauf der Generationen wird es immer komplizierter.*

Warum hatte der Versuch, diese Leute ausfindig zu machen, keinen Erfolg?

Ich weiß es nicht genau, aber vielleicht gibt es nicht genügend Leroni *für diese Aufgabe. Großvater Lew sagt, dass früher so wenige Leute mit Gaben lebten, dass sich niemand überlegte, wie man damit umgehen sollte, wenn es mehr wurden. Und Mutter meint, wir Darkovaner neigen noch immer zu der Annahme, dass nur die Angehörigen der Domänen Gaben besitzen, die es wert sind, dass man sich mit ihnen befasst. Und so kommt es, dass normale Leute, wie zum Beispiel unser Wirt, eigentlich nie über das Thema nachdenken. Wenn sie eine kleine Gabe haben, ignorieren sie diese entweder, oder sie werden zu Jahrmarktsehern.*

Aber geht eine solche Person normalerweise nicht in einen Turm?

Doch, wenn sie klug wären oder eine ausgeprägte Gabe hätten. Und früher hätten sie es natürlich getan. Aber was, wenn jemand nur ein klein wenig Laran *besitzt, gerade genug, um etwa ein Feuer anzuzünden oder gut mit Tieren umgehen zu können? Lew glaubt, dass es eine Menge kleinerer Kräfte gibt, denen wir nur keine Beachtung geschenkt haben, weil wir so auf die Gaben der Domänen fixiert waren. Er erzählte etwas von rezessiven Genen, das ich nicht verstanden habe. Und wenn zwei gewöhnliche Leute mit geringen Gaben heiraten, dann könnten sie bei ihren Kindern stärker ausgeprägt sein. Er ist der Meinung, dass uns die seit Generationen betriebene Inzucht selbstgefällig gemacht hat.*

Ich sehe schon, wenn wir diese Sache erledigt haben, werde ich mich ausgiebig mit Lew unterhalten müssen.

Onkel Ian, hat das Gasthaus einen Hinterausgang?

Das weiß ich nicht, aber wahrscheinlich gibt es einen Weg durch die Küche. Wieso?

Sehen wir doch mal nach, ob dieser Vancof wirklich in der Gaststube Bier trinkt! Ich glaube, er hat etwas anderes vor.

Wieso glaubst du das?

Es ist nur so ein Gefühl.

Als sie auf den Eingang des Gasthauses zugingen, hörten sie Hufschlag auf dem Pflaster des Hofes. Domenic drehte sich um und sah einen breitschultrigen Mann unbeholfen auf einem schweißnassen Pferd reiten. Er schaute finster und saß linkisch ab, wobei er leise fluchte. Ein Stallknecht kam angerannt, warf dem Mann einen wütenden Blick zu und nahm ihm das Pferd ab, das er anschließend wegführte.

»Onkel Ian, der Mann, den wir heute Vormittag mit dem Kutscher reden sahen, ist gerade in den Hof geritten.«

Herm grinste ohne eine Spur von Humor. »So ist es. Die Sache wird tatsächlich langsam brenzlig. Komm – starr ihn nicht an! Gehen wir nach drinnen, bevor wir noch auffallen.« *Was geht dem Mann wohl durch den Kopf?*

Nicht viel, Onkel Ian, nur dass er nicht gut reiten kann und Angst vor Pferden hat, dass seine Blase gleich platzen wird, und dass er sich fragt, wo verdammt noch mal Vancof steckt.

Das alles?

Ja. Und er ist verwirrt und beunruhigt – er versteht nicht, warum er den Befehl bekommen hat, Vancof nachzureiten. Etwas hat sich seit heute Morgen verändert.

Er geht in den Gasthof, also spazieren wir ihm einfach nach und behalten ihn im Auge, was meinst du?

15

Marguerida stand vor der verschlossenen Tür des Raumes, den man Katherine Aldaran als Atelier überlassen hatte, und holte tief Luft. Sie hatte in der Suite nach Katherine gefragt und vom Dienstmädchen erfahren, dass *Domna* Aldaran sofort nach dem Frühstück aufgebrochen sei, weil sie arbeiten müsse. Die Glückliche. Marguerida wäre liebend gern selbst in ihrem Arbeitszimmer gewesen, obwohl sie zurzeit unmöglich an ihrer Oper hätte arbeiten können. Ein Schauder überlief sie – würde sie ihr Werk je vollenden, nun, da Regis tot war? Sie hatte die Oper nicht für ihn geschrieben, sondern für sich selbst, aber sie hatte sich sehr auf sein Gesicht gefreut, wenn er sie zum ersten Mal hören würde. Die Seiten lagen noch immer auf ihrem Schreibtisch, mit Tinte besudelt und unbrauchbar. Es tat weh, daran zu denken.

Die Strapazen der letzten Tage machten sich körperlich bemerkbar und verursachten Schmerzen, die auch dem Zusammenspiel von Erschöpfung und Trauer entsprangen. Im Augenblick wollte sie eigentlich weder Katherine noch sonst jemanden sehen. Sie hätte sich gern in eine hübsche, stille Höhle zurückgezogen und äußerste Ruhe gehabt. Marguerida lachte über sich selbst. Sie machte sich Gedanken um Domenic, und Kate war vermutlich um Herm besorgt, deshalb hatte sie die Pflicht, Katherines Ängste zu lindern. Das Problem war, dass sie sämtliche Pflichten gründlich satt hatte, von schwierigen Persönlichkeiten ganz zu schweigen.

Als Mikhail ihr von der Untat ihres Sohnes erzählt hatte, war sie auf beide wütend gewesen. Wieso erlaubte sich ihr Mann, eine Entscheidung über Domenic zu fällen, ohne vorher mit ihr darüber zu sprechen! Und warum schickte er Herm zu ihm? Wozu sollte das gut sein? Erst als ihr die Idee gekommen war, Rafaella n'ha Liriel und einige ihrer Entsagenden hinter den beiden herzuschicken, hatte sich ihre Angst ein wenig gelegt. Und dann erzählte ihr Mik von Lews Verdacht, Gareth Elhalyn könnte etwas Böses im Schilde führen, das Domenic betraf, und ihre mühsam gewonnene Ruhe hatte sich in Rauch aufgelöst. Im ersten Moment konnte sie es gar nicht glauben, aber dann begriff sie den Zusammenhang und erinnerte sich an das Verhalten von Gareth und Javanne. Als hätte ich nicht schon genug Sorgen, dachte sie, muss ich in einem vierzehnjährigen Jungen auch noch einen potenziellen Feind meines Sohnes sehen.

Margueridas einziger Trost war bislang, dass sich die Aldaran-Gabe noch nicht manifestiert hatte, wie es sonst häufig der Fall war, wenn es um die Menschen ging, die ihr am teuersten waren. Diese Information war jedoch eher schwach und unzuverlässig, und die Frau wünschte, sie könnte ihrem Ältesten auf der Nordstraße nachreiten, ihn am Kragen packen und schütteln, bis ihm Hören und Sehen verging. Im Augenblick hätte sie eine Vision begrüßt, solange sie rosige Aussichten verhieß. Das war allerdings unwahrscheinlich. Die Aldaran-Gabe schien nie aufzutreten, wenn die Zukunftsaussichten gut standen, sondern nur bei zwiespältigen und beängstigenden.

Marguerida hob die Hand, um anzuklopfen, und ließ sie wieder sinken. Sie war noch nicht bereit für einen Besuch bei Kate. Sie wollte heiterer sein, bevor sie ihr begegnete. Wenn sie nur nicht auf dem Weg zum Atelier zufällig Javanne getroffen hätte. Nach einem Austausch von Unhöflichkeiten zitterte sie vor Wut und unterdrückten Beschimpfungen. Ihre Schwiegermutter hatte wissen wollen, wo Domenic sei. Unter anderen Umständen wäre das komisch gewesen, da Javanne dem Jungen sonst möglichst aus dem Weg ging. Mikhail hatte großen Wert darauf gelegt, dass seine Mutter nichts von Domenics Abenteuer erfahren dürfe, und Marguerida war derselben Ansicht.

Lady Javanne brachte es stets fertig, sie wütend zu machen, aber diesmal war ihr regelrecht übel. Sie wusste, ihre Schwiegermutter arbeitete gegen Mikhail und intrigierte zusammen mit *Dom* Francisco Ridenow, um die Vereinbarung zu kippen, die vor Jahren getroffen worden war. Javanne würde bis auf einen Mord so gut wie alles tun, um ihren jüngsten Sohn aus seiner Position zu vertreiben. Und *Dom* Francisco würde vielleicht nicht einmal davor Halt machen, wenn er glaubte, ungestraft davonzukommen.

So vieles war ihr aufgebürdet worden. Marguerida überwachte die Vorbereitungen für die öffentliche Trauerfeier, die nach der Sitzung des Rats stattfinden würde. Bei den vielen Bediensteten auf Burg Comyn hätte das eigentlich keine sehr schwere Aufgabe sein dürfen, aber Regis' Tod war ein Schock gewesen, und die Diener waren nicht so zuverlässig, wie sie hätten sein können. Vom *Coridom* bis zum Chefkoch schien niemand ohne ihre Anweisungen auszukommen, bis sie das Gefühl hatte, jede weitere Frage treibe sie in den Wahnsinn. Und der Umgang mit trauernden Angestellten war noch einfach, verglichen mit ihren anderen Pflichten.

Sie musste Javanne davon abhalten, Lady Linnea mit ihren Aufmerksamkeiten verrückt zu machen. Sie musste Katherine versichern, dass Herm nicht in Gefahr schwebte, ohne zu viel von der Natur seines Auftrags zu enthüllen. Es galt so viele Geheimnisse zu wahren – Kate hatte keinen Schimmer, dass die Föderation ihren Mann per Haftbefehl suchte, und Mikhail wollte es dabei belassen. Je weniger Leute davon wussten, desto besser. Und das alles zum Wohle Darkovers! Männer! Im Moment hätte sie jeden Mann auf dem Planeten freudig Zandrus Höllen überantwortet, selbst ihren geliebten Sohn, wenn sie dadurch ein wenig Ruhe und

Frieden gewonnen hätte – und wenn sie Javanne hätte mitschicken dürfen.

Marguerida entschied, dass sie die vor ihr liegende Aufgabe nicht länger hinausschieben könne. Sie klopfte und hörte eine Stimme antworten. Dann öffnete sie die Tür und betrat das geräumige Atelier. Durch mehrere Fenster, die nach Norden gingen, ergoss sich das blasse Herbstlicht auf den Steinboden. Nahe der Fenster war eine Staffelei aufgebaut, die am Vortag von der Malergilde geschickt worden war, auf ihr ein weiß getünchtes Brett, das darauf wartete, bemalt zu werden. Auf einem kleinen Tisch stand eine gesprungene Vase, aus der mehrere Pinsel ragten, auf einem anderen waren einige Tuben mit Farbe auf einer Palette aus Holz angeordnet, und der für Marguerida ungewohnte Geruch von Terpentin mischte sich mit dem angenehmeren Duft des Holzfeuers in dem kleinen Kamin.

Katherine Aldaran sah sie an, dann erhob sie sich von dem Stuhl, wo sie Skizzen auf einen Zeichenblock machte. Sie trug einen schäbigen braunen Kittel, einen grünen Hosenrock und eine Schürze. Ihre schlanken Finger waren schwarz vor Holzkohle, und auf der hohen Stirn hatte sie einen Rußfleck, weil sie sich offenbar das Haar aus dem Gesicht gestrichen hatte.

»Ach, hallo. Willst du sehen, was ich treibe, und mich davon abhalten?« Katherines Frage klang sowohl scherzhaft als auch ein wenig feindselig. Sie hatte dunkle Ringe unter den Augen, ein sichtbares Zeichen, dass sie schlecht geschlafen hatte, und sie sah aus, als fürchtete sie sich vor dem, was sie möglicherweise zu hören bekam.

Marguerida zwang sich zu einem Lachen und stellte fest, dass sie sich sofort besser fühlte. »Aber nein! Ich hätte dich eigentlich überhaupt nicht gestört, weil ich weiß, wie lästig es ist, wenn eins der Kinder hereinkommt, während ich zu komponieren versuche. Aber ich dachte, du machst dir vielleicht wegen Herm Sorgen, und wollte dir nur sagen, dass es ihm vor einer Stunde jedenfalls noch gut ging.«

»Zur Hölle mit Hermes-Gabriel Aldaran! Er amüsiert sich wahrscheinlich wie noch nie und denkt keine Sekunde an mich.« Sie klang mürrisch und von ihren eigenen Worten nicht recht überzeugt.

»Das bezweifle ich doch sehr, Katherine. Gut, er ist wahrscheinlich froh, mal rauszukommen, da er ein Mann zu sein scheint, der gern ungewöhnliche Dinge tut, aber ich bin überzeugt, er denkt an dich.« Marguerida war sich dessen gar nicht so sicher, aber sie wollte taktvoll sein.

»Doch nur, weil ich gestern Abend gedroht habe, ihn zu verlassen, und das würde ich auch tun, wenn ich könnte. Er wollte mir nichts verraten, außer dass er für ein paar Tage weggeht. Ich war so wütend, ich hätte ihn erwürgen können.« In ihrem Tonfall lag nun nichts Klagendes, sondern nur ein gerechter Zorn, der nach Margueridas Ansicht vollkommen angebracht war. Katherine war keine Frau, die zu Selbstmitleid neigte.

»Ich weiß, das alles ist schwer für dich. Ich hatte es auch nicht leicht, als ich zum ersten Mal als erwachsener Mensch nach Darkover kam.«

»Aber du bist eine Telepathin, du hast dieses *Laran*. Ich hab keins und werde nie welches haben.«

»Stimmt, aber deshalb bin ich immer noch derselbe Mensch, der ich bei meiner Rückkehr nach Darkover war. Beinahe hätte mich mein *Laran* sogar umgebracht.«

»Das hört sich ja wie der Beginn einer Geschichte an.« Katherines Stimme klang nicht mehr so angespannt, als wäre sie froh, nicht immer nur über sich selbst nachdenken zu müssen, und sie sah Marguerida vorsichtig, aber nicht unfreundlich an. »Ich vergaß, dass du nicht dein ganzes Leben hier verbracht hast, sondern auf der Universität warst.«

Der Raum war größtenteils nicht möbliert, aber in einer Ecke stand ein Hocker, den sich Marguerida heranzog, um ein Stück von Katherine entfernt Platz zu nehmen. Diese legte sich den Zeichenblock wieder auf den Schoß, und Marguerida machte sich in Gedanken einen Vermerk, ihr möglichst bald einen richtigen Arbeitstisch aufstellen zu lassen. Noch etwas, woran sie denken musste – ihr Gehirn würde bestimmt bald durchschmoren, wenn sie ihm noch mehr abverlangte.

Katherine hatte sich den Kohlestift in den Haarknoten an ihrem Hinterkopf gesteckt, und nun zog sie ihn heraus, schlug eine neue Seite in ihrem Block auf und musterte Marguerida eingehend. Sie begann wieder zu zeichnen, wobei sie überhaupt nicht auf das Papier sah, sondern nur die Hand darüber bewegte, während sie scheinbar ihre ganze Aufmerksamkeit auf Marguerida richtete. Miks Frau fragte sich, wie die Malerin das anstellte, und vor ihrem Geist entstand der Eindruck, dass Kates Augen ihre Hand lenkten, ohne dass ein anderer Teil ihres Gehirns beteiligt war.

Gewaltsam riss sich Marguerida von der Faszination dieser über das Papier gleitenden Hand los und ordnete ihre Gedanken. »Ja, so ist es. Ich bin auf Darkover zur Welt gekommen, aber ich verließ es als kleines Kind, und mein Vater und meine Stiefmutter haben mir meine Geschichte absichtlich vorenthalten – aus Gründen, die ihnen damals logisch erschienen, die mir später jedoch große Schwierigkeiten bereiteten.« Sie seufzte, dann lächelte sie über gewisse Erinnerungen. »Mein alter Herr sagt, dass er es jetzt bedaure, aber damals sei ihm nichts Besseres eingefallen. In meiner Kindheit waren einige sehr schlimme Dinge passiert, unter anderem hatte mich eine seit langer Zeit tote Ahnfrau überschattet und mir Dinge angetan, die mir noch heute gelegentlich Albträume verursachen.«

»Überschattet ... von einer Toten ... und ich hielt unsere

Geschichten auf Renney schon für fantastisch! Was heißt das – überschatten?«

»Hmm. Schwer zu beschreiben. Diese Vorfahrin, Ashara Alton, lebte und starb vor mehr als siebenhundert Jahren. Sie war eine unglaublich mächtige *Leroni*, und es gelang ihr, nicht gänzlich zu sterben, als ihr Körper sie im Stich ließ. Stattdessen hinterließ sie einen Abdruck ihrer Persönlichkeit in einer Matrixreihe im alten Turm von Burg Comyn.« Marguerida schauderte leicht beim Gedanken an den Anblick, den die Ruine geboten hatte, als sie kurz vor Mittsommer vor sechzehn Jahren nach Thendara hineingeritten war. Sie war in die Oberwelt aufgebrochen, hatte einen großen Edelstein aus einem Gebäude gerissen, das nur auf dieser Ebene existierte, und dabei die Verbindung zerstört, die Ashara Alton an das gegenwärtige Darkover fesselte. Auf eine Weise, die niemand erklären konnte, war die Energie dieses Steins in ihre linke Hand geflossen, und so hatte sie eine Matrix über die Grenze zwischen den Welten befördert, die zu beiden Welten gehörte. Sie betrachtete ihre Hand, die wie immer in einem Handschuh steckte, dann blickte sie wieder auf.

»Im Laufe der Jahrhunderte hat sie sich immer wieder ... manifestiert ist wohl das richtige Wort dafür. Sie klinkte sich in das Energiemuster einer Person ein und benutzte diese zur Erfüllung ihres Willens. Und sie hatte einen ungewöhnlich starken Willen«, schloss sie trocken. Sie überlegte, dass sie endlich einen Punkt im Leben erreicht hatte, an dem sie über diese Ereignisse sprechen konnte, ohne dass sie zu zittern anfing. Marguerida empfand keine Notwendigkeit anzufügen, dass Ashara einen persönlichen Hass gegen sie gehegt hatte, weil sie die Existenz einer Ashara Alton vorhergesehen hatte und entschlossen gewesen war, diese zu vernichten. Mehr Informationen konnte Kate nicht aufnehmen, und abgesehen davon brauchte sie es nicht zu wissen.

Katherine hielt in ihrer Zeichnung inne und runzelte die Stirn. »Passiert das öfter? Ich meine, laufen hier viele Leute herum und pfuschen im Kopf von ...?«

»Nein, es kommt selten vor und gilt zudem als höchst unmoralisch. Ashara gelang es, als ich noch ein Kind war und zu klein, um ihr Widerstand zu leisten, gewisse Gehirnmuster bei mir so neu zu ordnen, dass bei mir in der Pubertät die Schwellenkrankheit nicht ausbrach. Beinahe hätte die Pubertät selbst nicht eingesetzt! Ich kam als achtundzwanzigjährige Jungfrau nach Darkover, weil sich ihre Einmischung auf meine Sexualität auswirkte.« Marguerida grinste. »Ich versuche seit Jahren, alles nachzuholen.«

»Das muss Mikhail zu einem sehr glücklichen Mann machen.« Katherine klang erheitert, in ihren Worten lag kein Spott.

»Und manchmal zu einem sehr müden«, pflichtete Marguerida bei. »Aber als ich hierher kam, hatte ich von all dem keine Ahnung und dachte hauptsächlich, ich würde den Verstand verlieren. Dann wurde ich tatsächlich krank, und ich kann dir sagen, das Einsetzen der Schwellenkrankheit im Erwachsenenalter ist keine angenehme Erfahrung. Ich wäre beinahe gestorben, wenn mir nicht verschiedene Leute, darunter Mikhail, geholfen hätten, sodass ich wie durch ein Wunder überlebt habe.«

»Ich verstehe. Dein Sohn Domenic hat erzählt, du und Mikhail seid auch weit zurück in die Vergangenheit gereist – was ich vor zwei Wochen noch absolut unglaubwürdig gefunden hätte. Ich hege nach wie vor den finsteren Verdacht, dass ihr alle hier mir einen Streich spielt, wenn ich auch nicht wüsste, aus welchen Gründen.«

Aber warum sollten wir etwas so Grausames tun?

Katherine fuhr zusammen, die Kohle fiel ihr aus der Hand und schlitterte über den Boden.

»Was war das? Wie hast du ... was hast du da eben gemacht?«

»Verdammt! Verzeih mir, Katherine, ich bin sehr müde, und meine Selbstbeherrschung scheint ...«

»Was hast du getan?« Seltsamerweise lag nicht die geringste Furcht in der Frage, sondern nur rechtschaffene Wut.

»Ich besitze die Alton-Gabe, das ist die Fähigkeit, den Rapport, also den psychischen Kontakt, mit einer anderen Person zu erzwingen, selbst mit einem Nicht-Telepathen. Aber ich hatte nicht die Absicht ...« Marguerida schämte sich und war zugleich sehr ärgerlich mit sich. Sie hätte nicht so kurz nach ihrem Zusammenstoß mit Javanne zu Katherine gehen dürfen. Sie war aufgebrachter, als sie sich eingestehen wollte, und das machte sie unvorsichtig.

Katherine bückte sich und hob den Kohlestift auf. »Tu das nie wieder!« Ihre Wangen waren bleich, und ihr Atem ging flach.

»Nein – es sei denn, die Umstände zwingen mich.« Im Laufe der Jahre hatte sie gelernt, nie ein Versprechen zu geben, das sie nicht mit Sicherheit halten konnte. »Trotzdem bin ich neugierig. Wie kommst du auf die Idee, wir könnten uns Geschichten ausdenken, nur um dich zu quälen?«

»Herm hat mir nie viel über Darkover erzählt, und schon gar nicht über die Sache mit diesem *Laran,* Marguerida.« Katherine zog die Brauen zusammen und schaute betrübt. »Er sagt, er hätte es nicht tun können, und das stimmt beinahe, weil die Föderation heutzutage überall Augen und Ohren hat. Sie spionieren allen Leuten nach und gehen davon aus, dass jedermann nur Böses im Schilde führt! Herm hat mich mitten in der Nacht aus dem Bett gezerrt und mir zu packen befohlen, und ehe ich mich's versah, waren wir auf einem Raumkreuzer.« Sie schauderte.

»Das war nicht einfach, aber Herm war schon immer ziemlich verschlossen, und ich hielt es eben für seinen Charakter. Doch jetzt entdecke ich, dass er tatsächlich ein Geheimnis hat – eines das mich ... unbrauchbar macht.«

»Unbrauchbar?«

»Na ja, wie nennt ihr es ... kopfblind? Himmel, was für ein schrecklicher Ausdruck!«

»Ich glaube, du solltest mit Ida Davidson reden.«

»Mit wem?«

Marguerida rutschte auf dem Hocker umher. Er war hart und unbequem, und sie ergänzte ihre Liste der zu erledigenden Dinge um den Punkt, Katherine ein paar hübsche Sessel bringen zu lassen. »Die kleine, ältere Frau, die du an den letzten beiden Abenden bei mir gesehen hast.«

»Ist sie nicht dein Kindermädchen oder so? Hier sind so viele Leute, und den meisten bin ich noch gar nicht vorgestellt worden – was ich sogar verstehe. Auf die Bekanntschaft von Javanne Hastur hätte ich gut bis an mein Lebensende verzichten können«, schloss sie bitter.

»Durchaus«, entgegnete Marguerida trocken. »Nein, Ida ist kein Kindermädchen oder eine Dienerin. Sie ist die Witwe meines Mentors Ivor, der starb, kurz nachdem er und ich auf Darkover eintrafen. Ida ist Musikerin, eine sehr gute, und als sie nach Darkover kam, um den Leichnam ihres Gatten abzuholen, blieb sie hier, weil das Leben in der Föderation bereits sehr schwierig wurde. Sie besitzt kein *Laran*, und sie muss zu einem guten Teil dieselben Empfindungen gehabt haben, die du jetzt durchmachst. Aber sie lebt seit fünfzehn Jahren hier, und ich glaube, sie kann dich weitaus besser beruhigen, als ich es je könnte.« *Und es nimmt ein wenig Druck von mir. Ich hätte früher daran denken müssen – wenn ich doch nur nicht so verdammt müde wäre!*

»Stört es sie nicht, dass ... wie kommt es, dass sie sich nicht wie ein Krüppel fühlt?«

»Frag sie.«

»Du hast wahrscheinlich Recht – ich verhalte mich überängstlich.« Katherine schluckte heftig. »Ich mag es nicht, wenn sich etwas meiner Kontrolle entzieht«, gab sie mit rauer Stimme zu.

»Wer mag das schon.«

»Das wäre also das, ja? Ich versuche immer, meine Gedanken sehr ... klein zu halten.«

Marguerida schüttelte den Kopf. »Tut mir Leid, dir das sagen zu müssen, Katherine, aber es gelingt dir nicht besonders gut. Und das liegt daran, dass du dich fürchtest – Angst ist wie ein mentaler Schrei.«

»Dann soll ich mich also einfach zurücklehnen und so tun, als wäre alles in bester Ordnung, oder was?«

»Das habe ich nicht behauptet und würde es nie tun. Ich möchte nur, dass du genügend Informationen sammelst, damit deine Angst ... durchleuchtet zu werden, nachlässt.«

Ein Schauder überlief Katherine. »Genau darum geht es! Und Herm will mich überprüfen lassen, wenn Terése ... er glaubte, ich könnte latente paranormale Fähigkeiten haben ... ich halte das nicht aus! Ich will nicht, dass mein kleines Mädchen meine Gedanken hört!«

»Aber Katherine, das wäre nie der Fall, wenn sie richtig ausgebildet wird. Und wenn du dich partout nicht überprüfen lassen willst, wird dich niemand dazu zwingen. Ich glaube, du hast in Wahrheit mehr Angst vor der Erkenntnis, dass du vielleicht doch gewisse Fähigkeiten hast, als davor ... keine zu haben.« Marguerida wollte den Begriff »kopfblind« in diesem Moment lieber nicht gebrauchen.

»Kann sein«, antwortete Katherine widerwillig. »Herm hat mich darauf hingewiesen, dass meine Porträts oft Elemente enthalten, von denen ich dachte, sie entsprängen meiner Fantasie. Es stellt sich aber oft heraus, dass es sich um Dinge handelt, die den von mir Porträtierten wichtig sind. Daran hatte ich nie gedacht, und ehrlich gesagt, finde ich die Vorstellung widerlich. Meine Nana hat mich nicht zu einer Schnüfflerin erzogen!«

»Sicherlich nicht.« Marguerida hielt inne und bedachte vorsichtig ihre nächsten Worte. »Aber könnte es nicht sein, dass du ein wenig überreagierst, weil du befürchtest, womöglich aus Versehen deine Modelle ... ausspioniert zu haben? Ich meine, wenn du dich dein ganzes Leben lang für einen ehrlichen Menschen gehalten hast, und eines Tages ertappst du dich dabei, wie du in einem Geschäft irgendwelchen Plunder in die Tasche steckst, dann wärst du sicher auch entsetzt, oder?«

»Allerdings. Ist dir eigentlich klar, dass du mich im Augenblick nicht eben beruhigst, Marguerida?«

»Vielleicht brauchst du auch weniger Beruhigung als vielmehr Aufrichtigkeit. Sag, weißt du, was Empathie ist?«

»Natürlich – das ist die Fähigkeit, die Empfindungen anderer zu teilen.«

»Das ist eine Definition und so weit ganz richtig. Aber hier auf Darkover zählt sie zu den Gaben der Domäne Ridenow, und sie beinhaltet viel mehr als die verstandesmäßige Fähigkeit, die Gefühle anderer Leute nachzuvollziehen.«

»Ich kann dir nicht folgen.«

»Es ist ein großer Unterschied zwischen ›Ich weiß, wie es dir geht‹ und ›Ich fühle, wie es dir geht‹, meinst du nicht?«

Katherine machte große Augen. »Ja, aber ... Jetzt verstehe ich. Das ist es also!«

»Was meinst du?«

Kate rieb sich die Wange und hinterließ Kohlestreifen darauf. »Als ich Herm kennen lernte, fiel mir als Erstes an ihm auf, dass er mich nicht ermüdete, wie es viele Leute tun. Er war so *erholsam.«* Sie schüttelte den Kopf. »Das hat sich nach unserer Heirat nicht geändert. Er stellte keine Ansprüche an meine Gefühle, sondern war einfach nur ein guter Mann. Nach einer Weile erkannte ich, dass er seine Gefühle sehr im Zaum hielt, dass er distanziert und verschlossen war, aber das machte nichts, denn ich liebte ihn. Er war mein sicherer Hafen.«

»Ist dir denn nie in den Sinn gekommen, dass du ihn erwählt haben könntest, *weil* er so distanziert und verschlossen war? Dass du ein natürliches Einfühlungsvermögen besitzt, was durchaus normal ist, aber sagen wir mal, du hast eine Extraportion davon, und daher ist ein Mann, der seine Gefühle für sich behält, ein wahrer Segen für dich.«

»Wenn du es so sagst – nein. Soll das heißen, ich liebe ihn eigentlich gar nicht?«

»Aber nicht doch! So wie ihr beide euch anschaut, käme niemand auf die Idee, dass ihr euch nicht anbetet. Aber wir alle suchen uns Partner aus, die zu uns passen, oder versuchen es jedenfalls. Mikhail und ich ... na ja, bei unserer ersten Begegnung hatten wir diesen lächerlichen Streit, aber ich glaube, wir haben beide gespürt, dass wir füreinander bestimmt sind. Und wir streiten auch jetzt noch.«

»Wirklich? Herm und ich hatten eigentlich selten eine Auseinandersetzung, bis wir nach Darkover kamen. Sicher, es gab die eine oder andere, und ich bin schon mal wütend geworden, aber größtenteils verlief alles sehr freundlich.«

Marguerida lachte wieder. »Dann hast du großes Glück.«

»Findest du? So habe ich es noch nie gesehen. Du hast mir viel zu denken gegeben, Marguerida, und ich weiß nicht, ob ich dir dafür dankbar bin.«

»Das musst du nicht, Katherine. Aber du hast mir noch immer nicht gesagt, warum du glaubst, die Leute würden dir Märchen erzählen, die dir Angst machen oder dich erstaunen.« Marguerida wollte möglichst schnell wieder von dem Thema der Ehe zwischen den beiden wegkommen. Sie hatte das unangenehme Gefühl, sich in etwas einzumischen, das sie nichts anging.

»Das ist wahrscheinlich kulturell bedingt. Auf Renney gibt es eine schier unglaubliche Fülle an Volksmärchen, und ich habe mir, noch bevor ich von dort wegging, eine gewisse Skepsis anerzogen. Einer deiner Vorfahren gelang es in einer ... wie sagtest du ... Matrixreihe zu überleben, aber eine meiner Ahnfrauen konnte sich angeblich in eine große Katze verwandeln! Ich glaubte immer, dass man uns Kindern diese Geschichte erzählte, damit wir brav waren, und ich habe sie gehasst!«

Marguerida lächelte. »Soviel ich weiß, haben wir auf Darkover keine Wesen, die ihre Gestalt verändern können.«

»Gut so! Ich glaube, das könnte ich nicht ertragen. Mir geht es inzwischen etwas besser, aber das hält wahrscheinlich nicht lange an. Ich schwanke ständig zwischen Angst und Wut hin und her. Und obwohl mir alle versichern, dass ich nichts zu befürchten habe, und keine Fremden in meinen Gedanken ... forschen werden, glaube ich es noch nicht ganz. Ich hasse es. Und noch mehr hasse ich, dass Herm mich all die Jahre belogen hat.« Sie zerbrach den dünnen Kohlestift zwischen den Fingern und warf die Stücke auf den Boden.

Marguerida wartete, was Katherine nun tun würde, und überlegte ihren nächsten Schritt mit einer Berechnung, für die sie sich beinahe schämte. »Wenn ich dir sagen würde, dass deine Angst und deine Wut völlig verständlich sind, würde dir das helfen?«

»Ein bisschen.« Sie schien es nur widerwillig zuzugeben, als wollte sie sich ihre Gefühle nicht eingestehen.

»Ich war furchtbar wütend, als ich entdeckte, dass ich die Alton-Gabe besitze, Katherine. Und es gab Zeiten, da hätte ich sie gegen ein Bett und eine warme Mahlzeit eingetauscht, gegen irgendwas, nur kann man sie nicht umwandeln oder verschenken. Sie ist vererbt. Domenic hat sie und Yllana ebenfalls.«

»Und Rhodri?« Katherine war trotz aller Angst neugierig.

»Rhodri besitzt nicht die Alton-Gabe, aber er scheint eine Spielart der Aldaran-Gabe abbekommen zu haben.«

»Ach ja, *die!* Herm hat mir erzählt, das sei die Gabe, in die Zukunft zu sehen, aber ich kann es immer noch nicht recht glauben. Wenn er das wirklich könnte, dann hätte er doch bestimmt gewusst, dass wir irgendwann nach Darkover kommen, und mir schon vor Jahren alles erzählt.«

Marguerida schüttelte den Kopf. »So funktioniert die Sache nicht. Es stimmt, dass die Aldaran-Gabe die der Zukunftsschau ist, aber sie ist selten angenehm und klar. Jedenfalls waren meine eigenen Erfahrungen damit nie sehr genau – ich bekomme meist einen Schwall von Informationen, alles völlig durcheinander, und dann kann ich herumrätseln, was es bedeuten soll. Häufig war es etwas anderes als das, wofür ich es zunächst gehalten hatte. Und was Rhodri hat, ist eine Art rückwärts gerichtete Version.«

»Rückwärts? Du meinst, er kann die Vergangenheit sehen?«

»Gewissermaßen. Es ist mehr als nur Psychometrie, obwohl die dazugehört.«

»Psychometrie – na, davon hab ich wenigstens schon mal gehört. Das ist, wenn jemand einen Gegenstand anfasst und dann sagen kann, wie alt er ist oder so. Hat sich für mich immer ziemlich weit hergeholt angehört. Aber ganz so verhält es sich bei Rhodri doch nicht?«

»Nein. Er kann nicht nur etwas in die Hand nehmen und dir dann sagen, wie alt es ist, sondern er kann auch eine Menge über die Person erzählen, die das Ding benutzt hat. Früher dachte ich einmal, das müsste eine fantastische Fähigkeit für einen Archäologen sein, und habe sogar überlegt, Rhodri zum Studium auf einen anderen Planeten zu schicken. Aber inzwischen habe ich meine Meinung zum Glück geändert, weil mir klar geworden ist, dass ein solches Talent woanders als auf Darkover eventuell mehr Probleme schafft, als es nützt.«

Katherine blickte nachdenklich. »Ich glaube, es könnte jemanden, der nicht vorsichtig ist, leicht das Leben kosten. Und nach allem, was mir Amaury erzählt hat, ist dein Rhodri kein sehr vorsichtiger Junge.«

»Nein, das kann man nicht gerade behaupten.« Marguerida lächelte und fuhr sich mit der bloßen rechten Hand durchs Haar. »Ich war immer dankbar, dass Domenic besonnen veranlagt ist und nicht so überstürzt handelt wie Rhodri.« *Ich hätte meinem Ältesten nie sagen dürfen, dass er mich nicht überraschen kann!* »Rhodri würde einen Herrscher von der Sorte abgeben, die ihre Minister vor der Zeit ins Grab bringen.«

»Aber Domenic wird doch Mikhails Nachfolger, oder? Das steht doch außer Frage?«

»Ja, immer vorausgesetzt, er lebt lange genug.« *Pass auf, was du sagst! Domenic wird nichts geschehen, und du machst dir schon wieder unnötig Sorgen!* »Meine Schwiegermutter steht zum Glück so gut wie allein da mit ihrem Beharren, dass Domenic kein legitimer Erbe meines Mannes sei.«

»Aber wieso? Ich muss sagen, Marguerida, das wenige, was ich bisher über darkovanische Politik in Erfahrung gebracht habe, würde reichen, mich langsam in den Wahnsinn zu treiben, wenn ich nicht sowieso schon ein gutes Stück auf dem Weg dorthin wäre.«

»Unsinn! Du bist völlig normal. Du bist nur unvermittelt in eine Situation geraten, auf die du überhaupt nicht vorbereitet warst und die einige deiner Vorstellungen über das Wesen der Wirklichkeit ins Wanken gebracht haben dürfte. Ich weiß noch, dass meine Ansichten in den ersten Monaten auf Darkover ernsthaft erschüttert wurden. Mein Vater hat mir so vieles vorenthalten, meine Geschichte und mein Potenzial als Telepathin, deshalb kann ich mehr als nur erahnen, wie es dir geht.« Sie seufzte, dann lächelte sie. »Mittlerweile habe ich ihm fast vergeben. Es war gut gemeint, wenn auch völlig falsch. Ich hätte ihm wohlgemerkt ohnehin nicht geglaubt, wenn er eines Tages zu mir gesagt hätte: ›Marja, du wirst vielleicht entdecken, dass du Gedanken lesen kannst, aber du brauchst dich nicht davor zu fürchten‹, oder etwas ähnlich Logisches. Das Problem ist, dass Menschen eigentlich nicht logisch sind.«

Katherine schien einigermaßen verwirrt zu sein. »Wir sind nicht logisch?«

Marguerida schüttelte lächelnd den Kopf. »An der Universität und danach habe ich mich in einer Weise verhalten, die mir logisch erschien. Aber jetzt erkenne ich, dass ich irrational gehandelt habe und mir anschließend die Ereignisse im Kopf so zurechtlegte, dass sie einer Art Pfad der Vernunft zu folgen schienen. Aber das ist nicht logisch, es ist Wunschdenken und beinhaltet, dass man die eigene Geschichte fortwährend umschreibt. Das Leben ist nicht logisch – es nimmt einfach seinen Lauf, und man kann nur versuchen, möglichst gut mit der Gegenwart zurechtzukommen.«

»Sehr weise und sehr schwierig«, antwortete Katherine nachdenklich.

»Ja, besonders für jemanden, der so intelligent und willensstark ist, wie es du meiner Ansicht nach bist. Herm hat dich beim Abendessen als Kate bezeichnet, und ich denke, ich kann die begründete Vermutung äußern …«

»Du meinst, statt in meinem Gehirn zu stöbern?« Katherines Gesichtsausdruck machte eine Verwandlung durch, innerhalb einer Sekunde wechselte er von ernst über nachdenklich zu belustigt. »Wir haben uns kennen gelernt, als ich gerade ein

Porträt malte, aber das Erste, was wir gemeinsam unternahmen, war der Besuch einer Vorstellung von *Der Widerspenstigen Zähmung*. Eine recht erbärmliche Inszenierung, aber danach war ich seine Kate. Doch bis vor wenigen Tagen war mir nicht bewusst, wie sehr Herm im Grunde Petruchio ähnelt! Natürlich hat er es nicht auf mein Vermögen abgesehen, weil ich keins besitze. Ich meine, ich sehe ihn seit zehn Jahren seine Komplotte schmieden und fand es immer hinreißend, wie er seine Kollegen im Senat beeinflussen konnte. Jetzt entdecke ich, dass er mich ebenfalls hinters Licht geführt hat, genauso getäuscht wie diese Männer und Frauen, und ich bin nicht im Geringsten hingerissen! Ich würde ihm am liebsten vors Schienbein treten!«

»Die Leute täuschen einander ständig, Katherine, aus weniger wichtigen Gründen als der Sicherheit eines Planeten. Es ist schon ein Wunder, wenn mal eine Woche vergeht, in der mir Mikhail nicht etwas vorenthält, das ich meiner Meinung nach erfahren sollte.« *Im Augenblick hat er sich mit meinem Vater, Danilo Syrtis-Ardais, Dani Hastur und was weiß ich wem noch verkrochen, sie schmieden ihre Pläne und Intrigen, und wenn er mir so viel erzählt, wie er für richtig hält, muss ich noch so tun, als würde ich mich freuen.*

»Aber du könntest ...«

»Ich könnte lauschen, richtig. Aber ich wurde ebenfalls nicht zum Schnüffeln erzogen! Und ich muss vorsichtig auftreten, Katherine, denn es gibt viele Leute, die mir misstrauen, die glauben, ich hätte sowieso schon zu viel Einfluss auf meinen Mann und meinen Vater.« Sie sah wieder auf ihre Hände hinab. »Mir wurde eine sonderbare Kraft verliehen und Mikhail eine andere – zusammen können wir bemerkenswerte Taten vollbringen. Es gibt eine ganze Reihe von Leuten, die partout nicht glauben wollen, dass wir unsere Fähigkeiten niemals benützen würden, um anderen unseren Willen aufzuzwingen – zu ihnen gehört meine Schwiegermutter. Ich glaube, das liegt größtenteils daran, dass sie es tun würde, wenn sie dazu in der Lage wäre, und sie kann sich nicht vorstellen, dass wir es nicht tun.« Sie seufzte leise.

»Aber ihr habt es nicht getan. Es muss schwer sein, der Versuchung zu widerstehen.«

»Nein, eigentlich nicht. Gut, wenn ich Javanne in eine Kröte verwandeln könnte, das wäre vielleicht ziemlich unwiderstehlich. Zum Glück funktioniert *Laran* so nicht. Es folgt immer noch allen Gesetzen des Universums.«

»Wie meinst du das?«

»Du weißt schon – dieses ganze Zeug mit Materie und Energie. Mit meinem besonderen *Laran* kann ich, unter großen Anstrengungen, ein wenig Materie in Energie umwandeln und umgekehrt, und Mikhail vermag es auch. Hmm ... ich könnte zum Beispiel deinen Zeichenblock in Flammen aufgehen lassen – theoretisch jedenfalls. Ich habe so etwas noch nie versucht. Aber ich bin nicht im Stande, meine Schwiegermutter in etwas anderes zu verwandeln.«

»Wie gern du es auch tun würdest.«

»Genau. Aber letzten Endes geht es in der darkovanischen Gesellschaft immer darum, ein Gleichgewicht der Kräfte zwischen den einzelnen Parteien zu wahren. Andernfalls würden wir das Gewebe unserer Kultur in Fetzen reißen. Genau das hätten wir in früheren Zeit fast getan, und die Gaben, die Mikhail und ich besitzen, erinnern zu sehr an Geschehnisse aus unserer Geschichte, als dass allen wohl dabei wäre. Deshalb muss ich mich trotz allem wie eine anständige darkovanische Frau benehmen und mich dem Männervolk unterwerfen! Also gut – tun wir so, als würden wir uns unterwerfen!« Marguerida fühlte, wie sich ihr Gesicht vor Zorn rötete. Sie musste sich beherrschen, bevor sie noch mehr sagte. »Ich habe gelernt, darauf zu vertrauen, dass Mikhail mit seinem Teil der Aufgabe fertig wird, und meine Energie auf meinen Teil zu verwenden. Es ist das Schwerste, was ich in meinem ganzen Leben getan habe.«

»Zu vertrauen?«

»Traust du Herm?«

»Bis vor einer Woche habe ich das.«

»Nein, Katherine, das meine ich nicht. Glaubst du, dass dein Gatte ein fähiger Mensch ist, der die richtigen Entscheidungen trifft?«

»Ja, das ist er. Sein Verstand ist scharf wie ein Rasiermesser, wie wir auf Renney sagen. Und er hat früher nie Dinge getan, die mir Sorgen machten. Keine Mätressen, keine Spielchen mit unseren Finanzen. Aber er ist nicht mehr der Mann, den ich geheiratet habe.«

»Doch, das ist er. Herm ist noch exakt der Mann, den du geheiratet hast, nur lernst du jetzt eine Seite von ihm kennen, von der du keine Ahnung hattest. Er ist immer noch ein kleiner Schlingel, ein charmanter Bursche, der nicht anders kann, als Leute zu manipulieren. Keine Mätressen? Er muss dich sehr lieben.«

»Soviel ich weiß, war er die ganze Zeit ein Ausbund an Treue. Sicher, ich habe ihn gelegentlich flirten sehen, aber das war gewöhnlich mit Senatorinnen von anderen Planeten, die er zu einem gewissen Abstimmungsverhalten bewegen wollte.« Sie hielt kurz inne. »Meine Nana sagte, er sei wie ein Viehhändler, der immer auf der Suche nach einem guten Kauf die Läufe abtastet und das Gebiss prüft.«

»Aber hielt sie ihn für einen ehrlichen Händler?«

»Na ja, nicht ganz. Sie meinte, er habe ein Geheimnis, wahrscheinlich eine Frau und sechs Kinder hier auf Darkover. Ich glaube, es wäre mir lieber gewesen, falls sich das herausgestellt hätte. Mit einer anderen Frau hätte ich umgehen können. Die sechs Kinder wären allerdings ein kleines Problem gewesen.« Sie lachte leise über diese Vorstellung. »Ich hätte die böse Stiefmutter abgeben können, nachdem ich die andere Frau vergiftet und die Kinder ins Exil getrieben hätte oder etwas in der Art.«

»Offen gestanden, könnte Herm tatsächlich einen *nedestro*-Sprössling oben in den Hellers haben. Ich glaube allerdings, dass mir Robert Aldaran oder Gisela etwas gesagt hätten, wenn sie von welchen wüssten. Er war in den Zwanzigern, als er von hier wegging, und hat wahrscheinlich nicht enthaltsam gelebt. Aber es scheint mir, als hättest du auf einer tiefen, fast instinktiven Ebene bereits geahnt, dass er etwas vor dir verbirgt.«

»*Nedestro.* Ich kenne das Wort, aber ich habe nie über die Zusammenhänge nachgedacht. Hmm ... Ich denke, ich habe tatsächlich gespürt, dass etwas vor sich geht. Ach, Marguerida, ich weiß, ich bin schwierig. Und vielleicht habe ich mich in ein paar Jahren an Darkover gewöhnt. Aber im Moment könnte ich schreien vor Frust.«

»Nur zu. Die Mauern von Burg Comyn haben im Lauf der Jahrhunderte Dinge gehört, da würden dir die Haare zu Berge stehen. Und zögere nicht, zu mir zu kommen, wenn du Probleme hast. Ich möchte dir gerne helfen.«

»Danke, ich werde es versuchen. Aber es ist nicht leicht für mich, denn ich bin niemand, der schnell Zutrauen fasst. Von meiner Nana abgesehen, habe ich die Gesellschaft meines eigenen Geschlechts eigentlich nie interessant gefunden, und ich schließe nicht leicht Freundschaft. Ich liebe meinen Mann und meine Kinder, aber ehrlich gesagt, fühle ich mich mit meinen Pinseln und Farben wohler als mit den meisten anderen Leuten. Hmm ... wenn das stimmt, was du vorhin gesagt hast, wenn ich tatsächlich besonders empathisch bin, das würde eine Menge erklären.«

Katherine betrachtete Marguerida eine Weile, nachdem sie

gesprochen hatte. Vielleicht würden sie mit der Zeit tatsächlich Freundschaft schließen. Das war eine ziemlich überraschende Erkenntnis, der sogleich eine zweite folgte – dass sie nämlich mit ihrer schwierigen Schwägerin noch eine Freundin gefunden hatte. Komisch – noch vor zwei Tagen hätte sie nicht im Traum daran gedacht, dass sie Gisela je mögen könnte, aber das Gespräch in der Kutsche hatte alles verändert. Und jetzt war Herm mit irgendeinem geheimnisvollen Auftrag unterwegs und ließ sie hier inmitten von Fremden zurück. Dass sie mit den meisten auf diese oder jene Art verwandt war, gestaltete die ganze Sache nur noch komplizierter. Sie sollte einfach aufhören, sich Sorgen zu machen, und lernen, auf Darkover zurechtzukommen. Schließlich musste sie ja auch an ihre Kinder denken.

»Mir geht es genauso mit Musik. Und ich nehme deine Worte als Wink, jetzt lieber zu gehen und dich hier weiterarbeiten zu lassen. Ich werde nicht länger in dich dringen.« Sie hätte gern Fragen nach Amedi Korniel gestellt, fand aber, dass es für den Augenblick reichte. »Das heißt, ich muss dich um einen Gefallen bitten – um zwei, eigentlich.«

»Worum geht es?«

»Mein Sohn Rhodri lässt ein gewisses Talent zum Zeichnen erkennen – jedenfalls greift er gern zu farbigen Kreiden und bemalt damit Wände, wenn er sich langweilt und nicht weiß, was er sonst anstellen soll. Seine Werke sind sehr hübsch, auch wenn ich ihm nicht erlauben kann, sie an den Wänden zu lassen. Meinst du, du könntest ihm ein bisschen Unterricht geben?«

»Mit Vergnügen. Und der zweite Gefallen?«

»Könntest du Gisela eventuell bitten, dir für ein Porträt Modell zu sitzen? Ich weiß, ihr beide hattet keinen guten Start, aber sie ist so unglücklich, und ich glaube, das würde ihr gefallen.«

Katherine sah Marguerida gedankenverloren an, in ihrem Blick lag etwas Geheimnisvolles, aber er war nicht unfreundlich. »Sie wäre ein ausgezeichnetes Sujet«, war alles, was sie antwortete, aber ihre dunklen Augen funkelten interessiert.

»Schön. Dann lasse ich dich jetzt in Ruhe. Wir sehen uns später noch.«

Marguerida verließ das Atelier einigermaßen verwirrt. Aber sie war zufrieden, weil sie manche von Kates Ängsten zerstreut hatte. Sie war jedoch noch keine zehn Schritte weit gegangen, als ihre eigenen Sorgen schlagartig wieder da waren. Katherine hatte sie eine Weile abgelenkt, und sie erkannte, dass ihr der Besuch ebenso viel Erleichterung gebracht hatte, wie sie gegeben hatte. Sie musste warten, sich in Geduld üben. Es war sehr schwer, eine Frau mittleren Alters mit Pflichten zu sein, wenn sie in Wirklichkeit lieber davongerannt und irgendetwas unternommen hätte – egal was! Und dann kehrte die Trauer zurück, als hätte sie nur darauf gewartet, ihre Gefühle wieder zu beherrschen. »Warum musstest du verdammt noch mal sterben, Regis? Der Zeitpunkt war ausnahmsweise mal schlecht gewählt«, murmelte sie und fühlte, wie sich ihre Augen mit neuen Tränen füllten.

Nachdem Marguerida gegangen war, begann Katherine nicht wieder zu zeichnen, sondern starrte aus dem Fenster und dachte über die Dinge nach, von denen sie ungeordnet gesprochen hatten. Ihr Verstand war müde, und sie wusste, dass sie im Moment nicht in der Lage war, aus all dem schlau zu werden, was sie gewaltig ärgerte. Sprich mit Ida Davidson, hatte Marguerida gesagt. Das klang unkompliziert und vernünftig, aber Kate war sich nicht sicher, ob sie einfach auf einen wildfremden Menschen zugehen und ihre Sorgen äußern konnte. Nein, sie würde lieber noch eine Weile abwarten, wie es weiterging. Aber es tat gut zu wissen, dass sie nicht die einzige frustrierte und zornige Bewohnerin auf Burg Comyn war.

Sie dachte eine Weile über die Sache mit der Empathie nach. Das war doch ein normaler menschlicher Zug? Dennoch schien es auf Darkover mehr zu sein, eine dieser Gaben, von denen ständig die Rede war. Einfühlungsvermögen zu besitzen, damit müsste sie leben können. Margueridas Erklärung klang jedenfalls einleuchtend.

Als es zum zweiten Mal an der Tür klopfte, war sie unentschlossen, ob sie sich über diese neuerliche Störung freuen oder ärgern sollte. »Herein.«

Es war Gisela, sie sah ein wenig schüchtern aus, unsicher, ob sie willkommen war. Die Frau trug ein rostbraunes Übergewand und einen dunkleren Rock, es war den Kleidungsstücken nicht unähnlich, die sie Katherine am Vortag mitgebracht hatte. »Hallo. Störe ich gerade sehr?«

»Überhaupt nicht. Ich habe nur vor mich hin geträumt.« Hatte Marguerida ihr so schnell gesagt, dass sie kommen sollte? Katherine war noch nicht für ein Porträt vorbereitet – sie würde eine Sitzgelegenheit für ihr Modell brauchen, und es gab nur den Hocker – aber sie konnte ein paar Skizzen anfertigen.

»Gut.« Gisela musterte sie von oben bis unten. »Warum trägst du einen Reitrock, Kate?«

»Ist das einer?« Kate zupfte an den Falten des Kleidungsstücks. »Ich habe nach etwas gesucht, das bequem ist und nicht leicht schmutzt. Ist es unangemessen?«

»Nein, nicht direkt, es sieht nur zusammen mit einer Schürze ziemlich extravagant aus.« Gisela lachte kurz, dann wurde sie wieder ernst. »Ich habe letzte Nacht kaum geschlafen.«

»Das tut mir Leid.«

»Aber nicht doch! Ich habe darüber nachgedacht, was du in der Kutsche gesagt hast, und ich war bis fast zum Morgengrauen so aufgeregt, dass ich kein Auge zutun konnte. Geht es dir gut, Kate? Du siehst aus, als hättest du nicht mehr Schlaf abbekommen als ich.«

»Ja, alles in Ordnung.« Katherine unterdrückte das Verlangen, mit Gisela über Herm zu sprechen. Sie mochte ihre neue Schwägerin, aber sie wusste noch nicht genau, wie vertrauenswürdig diese war. »Ich glaube, es braucht einfach seine Zeit, bis ich mich an Darkover gewöhnt habe.«

»Du wirkst beunruhigt.«

»Tatsächlich?«

»Machst du dir immer noch Sorgen, man könnte in deinen Gedanken herumstöbern?«

»Ja, ein bisschen wohl schon.« Mit leichtem Erstaunen stellte Katherine fest, dass es ihr gelungen war, fast eine halbe Stunde lang nicht an dieses Problem zu denken. Wie unfreundlich von Gisela, sie daran zu erinnern.

»Hör auf damit.« Kates Schwägerin zögerte wieder und trat in ihren langen Röcken von einem Bein aufs andere. »Darf ich dir etwas zeigen?«

Katherine sah sie an und nun fiel ihr auf, dass sie etwas von Giselas Stimmung fühlen konnte. Es war sehr sonderbar, und im ersten Moment war ihr ausgesprochen unwohl dabei. Aber alles, was sie bei Gisela wahrnahm, war Aufregung, ohne die eher düsteren Gefühle, die sie am Vortag bemerkt hatte, wie ihr nun erst bewusst wurde. Inwieweit hatte sie sich all die Jahre nur geweigert, diese Sache akzeptieren? Vielleicht hatte Marguerida Recht. »Natürlich, solange es nichts Schlimmes ist.«

Gisela sah betroffen aus und schüttelte den Kopf. »Kate, ich schwöre dir, ich werde nie wieder etwas Gemeines tun! Ich will, dass du meine Freundin bist. Ich brauche deine Freundschaft!« In ihren lebhaften grünen Augen glitzerten Tränen, und sie zitterte.

Katherine legte den Skizzenblock beiseite und stand langsam auf, gerührt, aber auch ein wenig verängstigt von diesem Gefühlsausbruch. Dann durchquerte sie den Raum und legte die Arme um Gisela. Sie roch den schwachen Lavendelduft in der Kleidung und ein Parfum ebenfalls. »Na, na. Weine nicht, meine Liebe. Marguerida hat mich gerade gebeten, ein Porträt von dir zu malen«, fügte sie an. Sie wollte der Woge der Verzweiflung Einhalt gebieten, die ihre Schwägerin erschütterte, und griff nach dem erstbesten Trost, der ihr einfiel.

»Wirklich? Und, hast du ihr gesagt, dass du mich bereits gebeten hast, dir Modell zu sitzen?«

»Nein. Sie dachte, es würde dir Freude bereiten, und ich wollte nicht ...«

Gisela richtete sich auf. »Das war sehr nett von ihr, oder? Nach allem ...«

»Ich glaube, Marguerida ist ein sehr netter Mensch, Gisela, und wünscht aufrichtig, dass alle Leute in ihrer Umgebung glücklich sind.«

Gisela wischte sich mit dem Taschentuch über die Augen. »Sie hat nicht viel Glück mit mir gehabt, was?« In ihrer Stimme lag ein reumütiger Tonfall. »Weißt du, wie viel Zeit ich damit vergeudet habe, sie zu hassen?«

»Nein, und ich will es auch gar nicht wissen.«

»Das ist gut – ich schäme mich nämlich sehr dafür. Und das mag ich überhaupt nicht.« Sie seufzte, zuckte die Achseln und machte ein komisches Gesicht. »Du siehst eine geläuterte Aldaran vor dir stehen.«

Kate fasste, ohne lange nachzudenken, Giselas Kinn, sah ihr tief in die Augen und sagte: »Ja, ich sehe, wie dir die Tugendhaftigkeit förmlich aus den Poren quillt.«

Zu ihrer Freude lachte Gisela. »Es gibt niemanden sonst, nicht einmal Rafael, der mich so aufziehen dürfte, liebste Schwägerin. Irgendwie macht es mir bei dir nichts aus.«

»Das freut mich. So, du wolltest mir etwas zeigen.« Katherine ließ Gisela los; ganz wohl, stellte sie fest, war ihr nicht bei diesem intimen Kontakt. *Male ich etwa deshalb Porträts – um anderen nahe zu sein, aber nicht zu nahe?*

Gisela fuhr mit der Hand in die Gürteltasche und zog einen kleinen Gegenstand hervor. »Das war in meinem Schmuckkästchen, und beim Ankleiden heute Morgen ist es mir wieder eingefallen.« Sie öffnete die Hand, und eine Figur von etwa fünfzehn Zentimetern Länge kam zum Vorschein. Das Holz im Laufe der Jahre dunkel geworden, und die Schnitzerei war grobschlächtig, aber nichtsdestoweniger eindrucksvoll. »Das war das Letzte, was ich gemacht habe, bevor mich mein Kindermädchen zwang, damit aufzuhören.«

Katherine nahm die Figur und drehte sie in der Hand. Sie bemerkte, wie Gisela die Maserung des Holzes gut ausgenutzt und nur so viel weggenommen hatte, wie sie brauchte, um die Falten eines Gewandes anzudeuten. Das Gesicht der Figur war schlicht, aber bewegend. Auf der Rückseite der Schnitzerei war noch ein wenig Rinde übrig, rau und dunkel. Die Spuren eines groben Werkzeugs waren erkennbar, nicht der Meißel eines Schnitzers, sondern ein weniger geeignetes Instrument. Kate nahm an, dass es sich um eines dieser Gürtelmesser handelte, die hier anscheinend alle trugen und die zum Schnitzen nicht besonders brauchbar waren.

»Ich glaube nicht, dass du dir große Sorgen machen musst, ob du gut genug bist, Gisela. Jeder Bildhauer, den ich kenne, würde sich glücklich schätzen, wenn das hier von ihm wäre.«

»Danke.«

»Verrätst du mir jetzt etwas?«

»Was du willst.«

»Warum bist du gestern zu mir gekommen?«

»Ach, das.«

»Ja, das.«

»Ich … weiß eigentlich gar nicht. Ich war bereit, dich zu hassen, und nachdem ich dich zum ersten Mal gesehen hatte, wurde es noch schlimmer. Später beim Abendessen, als mich Danilo Syrtis-Ardais ins Gebet nahm, weil er nach einem Blick auf dich in deinem terranischen Aufzug sofort wusste, was passiert war, da erkannte ich plötzlich, dass ich mich wie eine Idiotin benahm – dass ich dich gar nicht zur Feindin haben musste.« Sie zitterte leicht. »Als Rafael mit euch allen vom Raumhafen eintraf, kam mir gar nicht in den Sinn, dass du vielleicht meine Freundin sein möchtest, weil ich mir nie vorstellen konnte, dass jemand das tatsächlich will. Ich hätte immer gern eine Schwester gehabt, musst du wissen. Aber mit Marguerida hatte ich mir alles verdorben, und jetzt fing ich bei dir schon wieder mit demselben Blödsinn an. Also … habe ich es riskiert. Ich hatte schreckliche Angst, aber mir war klar, wenn ich es nicht wenigstens einmal versuchte, würde ich es mein ganzes Leben bereuen.«

»Ich bin froh, dass du es getan hast, Gisela. Ich habe mehrere Schwestern, aber die leben eine halbe Galaxie entfernt, und ich werde sie wohl nie mehr wieder sehen. Du warst sehr mutig.«

»Das hast du gestern schon gesagt, und ich habe es nicht geglaubt, aber wenn du es noch ein paarmal wiederholst, fange ich vielleicht an damit.«

Katherine beugte sich lächelnd vor und gab Gisela einen leichten Kuss auf die Wange. Dann trat sie einen Schritt zurück. »So … wo nehmen wir jetzt ein paar anständige Schnitzwerkzeuge für dich her?«

16

Die Luft in dem kleinen Arbeitszimmer war schal und roch nach Anspannung. Lew Alton beobachtete Mikhail, der vor dem Kamin stand und mit ein paar kleinen geschnitzten Figuren spielte, die auf dem Sims aufgereiht waren. Der Jüngere der beiden sah ausgeruhter aus als am Vorabend, trotz der stets gegenwärtigen Angst um Domenic. Er lächelte seinen Schwiegervater an, als verstünde er dessen Sorgen und versuchte ihn zu beruhigen. Donal stand ein kleines Stück entfernt, wachsam wie immer. Dann blinzelte er, als er Lews Blick bemerkte. Es war sicher wundervoll, dreiundzwanzig zu sein, dachte Lew, obwohl seine eigenen Erinnerungen an dieses Alter so schmerzlich waren, dass er sich fürchtete, daran zurückzudenken.

Mikhail drehte sich um und nahm seinen Platz hinter Regis' zerschundenem Schreibtisch wieder ein. Er sah von einem zum anderen und musterte jedes Gesicht aufmerksam, als wollte er seine Berater einschätzen und in Gedanken ihre Stärken und Schwächen abwiegen. Zufrieden darüber, dass sein Schwiegersohn in einer den Umständen entsprechend guten seelischen Verfassung war, entspannte sich Lew ein wenig. Nun mussten sie entscheiden, wie es weitergehen sollte, und er selbst musste einen Weg finden, sich im Hintergrund zu halten und Mikhail die Führung übernehmen zu lassen. Andernfalls würde der neue Regent kein Zutrauen in seine eigenen Entscheidungen gewinnen, und die brauchte er um ihrer aller Zukunft willen.

Rafe Scott, früher beim terranischen Geheimdienst, saß träge in einem Sessel, und Dani Hastur hielt einen zweiten besetzt. Die Jahre hatten es gut mit Scott gemeint, und auch wenn sein Haar ergraut und das gebräunte Gesicht ein bisschen faltenreicher war, schien er noch ganz derselbe zu sein, den Lew vor Jahrzehnten gekannt hatte – in einer Zeit, die so weit zurück lag, die so andersartig gewesen war, als handelte es sich um ein anderes Universum. Nachdem er von Lyle Belfontaine zum Rückzug aus dem Dienst gezwungen worden war, hatte Rafe zusammen mit Rafaella ein Unternehmen gestartet, bei dem sie hin und wieder Gruppen von Terranern zu Bergsteigerexpeditionen in die Hellers führten. Dass hatte ihn für darkovanische Verhältnisse reich gemacht. Zusätzlich stand ihm noch eine Pension von der Föderation zu, die ihm, sehr zu seiner Erheiterung, sogar manchmal ausbezahlt wurde. Das Fehlen von Scott im Hauptquartier hatte alles schwieriger gemacht, denn er hatte starke telepathische Kräfte. Bis vor wenigen Tagen hatten sie Ethan MacDoevid eingesetzt, der zwar über kein *Laran* verfügte, aber eine rasche Auffassungsgabe besaß und seine Sinne beisammen hatte. Der Mann aus der Nähnadelstraße war stets ein guter Nachrichtenkanal gewesen, und sie alle bedauerten, dass ihnen seine Beobachtungen nicht mehr zur Verfügung standen.

Dani Hastur, neben Rafe, war mit seinen mittlerweile dreißig Jahren immer noch so ruhig, wie er es als Jugendlicher gewesen war, aber er besaß nun mehr Selbstsicherheit. Der Tod seines Vaters war ein schwerer Schlag für ihn, und Lew wusste, er würde sich nur langsam davon erholen. Doch Dani hasste Thendara, und man sah seiner Haltung an, dass er jetzt überall lieber wäre als in diesem Raum, der so viele Jahre das Arbeitszimmer seines Vaters gewesen war.

Die sechste Person im Raum war Danilo Syrtis-Ardais. Von ihm hatte Regis' Tod den größten Tribut gefordert, und er war in den vergangenen Tagen sichtbar gealtert. Aber sein Blick blieb wachsam, und es gab keinen Zweifel, dass er sich von seiner aufrichtigen Trauer nicht am Funktionieren seines wachen Verstandes hindern lassen würde.

Mikhail saß da und öffnete und schloss die Hand, an der er die große Matrix von Varzil dem Guten trug. Er reckte das Kinn vor und schien nach etwas zu suchen, das Lew nicht erkennen konnte. Schließlich räusperte er sich und begann zu sprechen. »Sobald auch *Dom* Damon uns mit seiner Anwesenheit beehrt«, fing er an, und die Ironie in seinen Worten war nicht zu überhören, »werden wir eine Sitzung des Rates abhalten müssen. Die Frage lautet, was erzählen wir dort?«

»Das bringt es genau auf den Punkt«, antwortete Danilo forsch. »Wenn wir ihnen sagen, dass es ein Mordkomplott gegen dich gibt, ist die Hölle los. Francisco Ridenow und Lady Javanne werden einen Beweis verlangen oder Taten fordern, das wissen wir alle. Und Domenics Abwesenheit muss bald erklärt werden. Bisher konnten wir sie geheim halten, aber irgendwann wird einer der Diener die Katze aus dem Sack lassen, und dann werden wir von den wildesten Spekulationen überschwemmt.« Er lächelte knapp. »Ich muss gestehen, ich habe sogar schon mit dem Gedanken gespielt, deiner lästigen Mutter zu erzählen, die Föderation habe ihn entführt, nur um ihr Gesicht zu sehen. Wenn sie sich doch bloß heraushalten würde!«

Dani Hastur nickte. »Ja, genau. Gareth hat mich heute Morgen gefragt, wo Domenic sei, und ich wusste kaum, was ich ihm antworten sollte, da mir klar war, dass sich seine Abwesenheit noch nicht herumsprechen durfte.« Er zuckte mit den Schultern. »Das Leben wäre wesentlich einfacher, wenn sich alle Leute nur um ihre eigenen Angelegenheiten kümmern würden, hab ich Recht?«

»Das ist nur allzu wahr«, entgegnete Mikhail. »Sehen wir zu, dass wir vorankommen. Je länger wir in diesem Raum bleiben, desto wildere Spekulationen dürften wir hervorrufen. Ich zweifle nicht daran, dass Francisco, Lady Marilla und meine liebe Mutter sich jetzt schon alles Mögliche einbilden. Die

Bühne ist frei für Vorschläge, Informationen und sogar Witze, solange sie zur Sache gehören.«

Rafe Scott rührte sich. »Ich habe eine kleine Mitteilung zu machen, die vielleicht nützlich sein könnte. Gestern Abend war ich für ein Stündchen in einer Taverne in der Handelsstadt, habe ein Bier getrunken und Augen und Verstand offen gehalten. Ich besuche diese Wirtschaft häufig genug, um als Stammgast zu gelten, obwohl die Qualität des Biers nicht annähernd so gut ist wie die der Klatschgeschichten. Jedenfalls ist im Hauptquartier ziemlich sicher irgendwas im Busch. Seit drei Tagen geht eine regelrechte Flut von Mitteilungen raus, und das Interessante dabei ist, dass es, soviel ich mitbekommen habe, keine Antworten darauf gibt. Als Folge davon werden die Terraner zunehmend unruhig und sehen überall Gespenster.«

»Hast du eine Ahnung, was in diesen Mitteilungen steht?«

»Die meisten waren verschlüsselt, und die Leute, die ich belauscht habe, waren von zu niederem Rang, um den Code zu kennen. Es wäre sehr hilfreich, wenn du oder ich einen kleinen Spaziergang durch das Hauptquartier machen könnten, Lew, aber das dürfte wohl kaum in Betracht kommen.«

»Wer weiß. Wir haben mehrere Botschaften von Belfontaine erhalten, jede schärfer als die vorhergehende, und nach der jüngsten zu schließen, wissen sie inzwischen offenbar, dass Regis tot ist. Er möchte, dass wir Herm Aldaran ausliefern, und er verlangt unverzüglich ein erstes Gespräch mit Mikhail, um die Zukunft der Föderation auf Darkover mit ihm zu erörtern. Unter anderen Umständen wäre es zum Lachen. Nur gut, dass ich nicht schnell beleidigt bin, denn die letzte Mitteilung war äußerst unhöflich.«

Rafe Scott kicherte. »Das ist Belfontaine, wie er leibt und lebt. Hört sich an, als würde er glauben, wir wüssten nicht, dass die Föderation ihren Abzug von Darkover plant – hat er ihn denn nicht erwähnt?«

»Nein. Genauso wenig, wie wir ihn von Regis' Hinscheiden unterrichtet haben. Das hat ihm offensichtlich sein Stellvertreter Miles Granfell gestern Abend erzählt. Schade, dass wir Regis' Tod nicht ein klein wenig länger geheim halten konnten«, antwortete Lew.

»Warum kannst du nicht einfach zu ihm ins Hauptquartier gehen?«, fragte Dani.

»Oh, ich könnte durchaus hingehen und mit Belfontaine sprechen. Die Frage ist nur, ob man mich dann auch wieder rauslässt. Offen gestanden fühle ich mich zu alt, um Geisel zu spielen. Dasselbe gilt für Rafe.« Lew wäre notfalls für Darkover gestorben, aber er war nicht bereit, sein Leben für ein sinnloses Unterfangen wegzuwerfen.

»Sobald du dich auf Gelände bewegst, das noch zur Föderation gehört, haben sie das Gefühl, sie können so ziemlich machen, was sie wollen.« Dani klang, als wäre ihm nicht wohl bei dieser Vorstellung.

»Nach meinen Informationen ist der Raumhafen geschlossen – stimmt das, Rafe?« Mikhail sah Scott aufmerksam an.

»Deine Informationen sind korrekt. Der Raumhafen ist zu, und seit zwei Tagen ist kein Schiff mehr gelandet. Herm hatte Glück – er war auf dem letzten Raumkreuzer, der hier eintraf.« Rafe schüttelte den Kopf. »Ich mag gar nicht daran denken, was es für den Handel der Föderation bedeutet, wenn eine solche Lage auf Planeten eintritt, die sich näher am Zentrum befinden.«

»Das ist das Problem der Föderation, nicht unseres«, fuhr ihn Mikhail ungeduldig an.

»Nein, Mik, nicht ganz. Auch wenn wir weitgehend unabhängig von der Föderation sind, lässt sich nicht vorhersehen, welche Auswirkungen eine große wirtschaftliche Erschütterung in ihr auf uns haben könnte. Aber so weit ist es noch nicht. Ich habe beobachtet, dass rangniedrige Angehörige der Wachmannschaften noch immer zur Erholung in die Handelsstadt kommen, und sie legen dabei eine gewisse Rücksichtslosigkeit an den Tag. Sie wissen, dass sie bald von hier weggehen, und benehmen sich, als wäre das ein Freibrief, zu tun, was sie wollen. Die Stadtwache musste bereits mehrere Schlägereien beenden, und einige der Freudenmädchen hatten Blutergüsse, die nicht mehr normal waren. Ich habe bei *Mestra* MacIvan im ›Haus der roten Sonne‹ vorbeigeschaut, und sie sagte, sie sei drauf und dran ihr Haus zu schließen, weil die Lage allmählich gefährlich wird.«

»Aber wieso? Ich verstehe das nicht«, fragte Dani.

Rafe setzte sich auf. »Wahrscheinlich glauben sie, dass sie jetzt mit allem durchkommen, vielleicht sogar mit Mord, und müssen sich keine Gedanken um die Konsequenzen machen.«

»Ja«, bestätigte Danilo. »Der Kommandant der Stadtwache hat heute Morgen angefragt, was er mit den Terranern machen soll, die er bereits verhaftet hat, weil sein Gefängnis langsam ziemlich voll wird. Und Belfontaine hat in einer seiner zahlreichen Mitteilungen ihre sofortige Freilassung verlangt. Seinen Botenjungen müssen schon die Füße wehtun, weil sie ständig zwischen der Burg und dem Hauptquartier hin und her laufen.« Er grinste schief. »Ich habe geantwortet, sie hätten fremdes Eigentum zerstört und würden erst freigelassen, wenn dieses bezahlt sei. Daran wird er erst einmal ein, zwei Stunden zu kauen haben. Trotzdem weiß ich nicht recht, wie ich mit dem Problem umgehen soll. Wir können nicht über Nacht ein neues Gefängnis bauen, und wenn wir diese Männer auf das Territorium der Föderation zurückschicken, kommen sie wahrscheinlich zurück und machen noch mehr Ärger.«

»Was ist mit dem Waisenhaus?«, fragte Donal und schaute befangen.

»Das John-Reade-Waisenhaus? Was soll damit sein, Donal?«, wollte Mikhail wissen.

»Es steht leer, seit die Föderation es vor zwei Jahren geschlossen hat, und es ist wie eine Festung gebaut. Es hat viele Zimmer, und nach allem, was mir *Domna* Marguerida erzählt hat, war es ohnehin kaum besser als ein Gefängnis.« Seine Wangen waren gerötet, aber er behauptete sich tapfer, und Lew nickte ihm aufmunternd zu.

Ein Lächeln kroch über Mikhails müdes Gesicht, die Zeichen der Jahre verschwanden und er wirkte jugendlich, nicht wie der Mann mittleren Alters, der er war. »Eine sehr elegante Lösung, die Marguerida zweifellos außerordentlich erheitern wird. Danilo, sag Belfontaine, wir werden seine Männer in Gewahrsam behalten, bis alles bezahlt ist oder bis die Föderation abzieht. Das dürfte ihn erst einmal aus dem Gleichgewicht bringen, denn er ahnt noch nicht, dass wir von ihrem Abzug wissen. Damit muss er sich über andere Dinge den Kopf zerbrechen, als wie er mich töten kann. Hast du noch etwas, Rafe?«

»Ja. Die meisten Leute, die ich beobachtet habe, sind von niedrigem Rang, ohne Zugang zu wirklich sensiblen Informationen. Sie sind besorgt, würde ich sagen, und zwar darüber, dass die Föderation zur verabredeten Zeit möglicherweise keine Schiffe schickt, um sie abzuholen, sondern sie stattdessen hier zurücklässt. Das ist auf anderen Welten geschehen, was allerdings bei meinem Abschied nicht allgemein bekannt war, inzwischen aber schon. Mein Gesamteindruck ist der, dass niemand weiß, was los ist oder was geschehen wird. Das macht sie ängstlich und außerdem rücksichtslos.«

»Interessant«, sagte Lew und beugte sich vor, sodass er um Dani herum zu Scott hinübersehen konnte. »Das hört sich an, als würden die Leute an der Spitze ihre Untergebenen im Dunkeln tappen lassen.«

»Genau. Die Mannschaften sind eindeutig unruhig, und ich habe keine Offiziere gesehen.«

»Ist das nun gut oder schlecht?«, fragte Mikhail.

»Schlecht, nehme ich an. Wenn Emmet Grayson noch etwas zu sagen hätte, könnten wir uns an ihn wenden. Aber seit der Neuordnung der Föderationsbürokratie liegt die wahre Macht größtenteils in Belfontaines Händen, und von dem wissen wir, dass er unser Feind ist.«

»Wie viele ausgebildete Kämpfer kann Belfontaine in Thendara aufbieten?« Mikhail beugte sich über den Schreibtisch, sein Blick war gespannt.

»Eine sehr gute Frage, und ich kann sie nicht exakt beantworten. Als ich meinen Abschied nahm, waren es etwa zweihundert, aber ich weiß nicht, ob sich diese Anzahl seither erhöht oder verringert hat. Dann wären da noch die Leute oben im Gebiet von Aldaran. Ich habe sie zu zählen versucht, als ich das letzte Mal eine Gruppe in die Hellers führte, und würde schätzen, dass es zwischen fünfundsiebzig und hundert Mann sind, viele nicht mehr als grüne Rekruten. Aber es sind auch einige Veteranen des Pali-Aufstands darunter, und die verstehen ihr Handwerk. Es könnten durchaus ein paar mehr sein, da ich den Verdacht hege, dass manche Techniker in Wirklichkeit über eine Kampfausbildung verfügen.«

»Was hältst du von Belfontaine, Rafe? Du hattest mehr Kontakt mit ihm als jeder andere, von Lew und mir abgesehen.« Danilo stellte die Frage, bevor es ein anderer tun konnte.

»Er ist durchtrieben und ehrgeizig, und er will schon lange seine Stellung verbessern. Als Adjutant auf Lein III ist er in irgendwelche Schwierigkeiten geraten und wurde zur Strafe nach Darkover geschickt. Es juckt ihn schon seit Jahren in den Fingern, endlich in Aktion treten zu können, und er wird Regis' Tod als Gelegenheit nutzen, den geschützten Status von Darkover zu beenden, indem er erklärt, die Föderation müsse eingreifen, um die Ordnung aufrechtzuerhalten, oder indem er irgendein anderes Lügengespinst auftischt. Es wäre nicht das erste Mal, dass ein terranischer Beamter nur in seinem eigenen Interesse handelt. Die Föderation behindert derartiges Abenteurertum normalerweise nicht, da es ohnehin ihr Ziel ist, alle Planeten in den Schoß der Familie zu bringen.«

»Ist dieser Belfontaine ein Expansionist?«, fragte Dani und furchte konzentriert die Stirn. Er hatte sich für die Probleme des Regierens nie besonders interessiert, und die Jahre in der Domäne Elhalyn hatten ihn den Kontakt mit der aktuellen Nachrichtenlage verlieren lassen.

»Ich glaube, er hat keine politische Überzeugung oder auch nur eine Verbindung zur Politik, sondern nur den brennenden Ehrgeiz, General zu werden, bevor er sechzig ist«, antwortete Scott trocken. »Er stammt aus einer Industriellenfamilie, der ganze Planeten gehören und im Wesentlichen auch die Menschen, die darauf leben, und das lässt ihn die Dinge auf eine Weise sehen, die mir unverständlich ist. Unter normalen Umständen hätte er im väterlichen Unternehmen gearbeitet, aber nach einer Bemerkung zu schließen, die ihm einmal herausgerutscht ist, hielten sie ihn anscheinend nicht für geeignet, und er landete im Dienst der Föderation. Ich habe den Eindruck, dass es in seiner Familie als ein Abstieg empfunden wird, wenn man für die Föderation arbeitet, als etwas für Leute, die nicht gewitzt genug sind, um in der Geschäftswelt zu bestehen. Ich denke, er muss sich deshalb beweisen. Mit Bestimmtheit weiß ich nur, dass er Darkover hasst, eine sehr niedrige Meinung von unseren Leuten hat und aufrichtig glaubt, wir wären unter der Herrschaft der Föderation besser dran, als wenn wir so weitermachten, wie wir es seit Jahrhunderten tun.«

»Dann kann man also getrost annehmen, dass er die Gelegenheit beim Schopf packen würde, falls jemand mit der Neuigkeit an ihn heranträte, dass es möglich sei, mich auf dem Weg zur *Rhu Fead* zu ermorden.« Mikhail sprach langsam, als würden die Worte sauer schmecken.

»Möglich.«

»Mehr nicht?«

»Er ist nicht dumm, Mikhail. Er muss vorsichtig zu Werke gehen, denn das Letzte, was die Föderation gebrauchen kann, ist irgendein Ehrgeizling, der sich zum Kriegsherrn macht. Es könnte ihm durchaus passieren, dass er dich erfolgreich beseitigt, um sich anschließend wegen Hochverrats vor einem Erschießungskommando wiederzufinden.«

»Mit anderen Worten, er muss es so aussehen lassen, als würde er zum Wohle der Föderation handeln und nicht nur im eigenen Interesse.«

»Ja, genau, Dani. Er hat genügend ausgebildete Männer, um den Trauerzug anzugreifen, aber ich habe keine Ahnung, ob er es auch tun würde. Ich vermute, einige dieser unbeantworteten Mitteilungen, die er losgeschickt hat, waren der Versuch, eine Art Genehmigung dafür zu erhalten, dass er sich in die Angelegenheiten Darkovers einmischt, und er dürfte außerdem um Verstärkung gebeten haben. Es muss sehr frustrierend für ihn sein, keine Antwort zu bekommen. Siehst du das auch so, Lew?«

»Ja. Ich nehme an, seit der Auflösung der Legislative herrscht in der Föderation zu viel Tumult, als dass sich irgendwer über einen rückständigen kleinen Planeten wie Darkover den Kopf zerbrechen würde – wofür wir sehr dankbar sein sollten.«

»Mir gefällt das alles nicht, aber ich wüsste nicht, was ich daran ändern könnte«, brummte Mikhail. »Lew, hast du noch einmal von Domenic und Herm gehört?«

»Ich weiß, dass sie sich heute Morgen mit Rafaella getroffen haben und nach Carcosa unterwegs waren. Sollte es darüber hinaus neue Entwicklungen gegeben haben, wurde ich nicht benachrichtigt.«

»Das war eine gute Idee von Marguerida«, bemerkte Scott. »Rafi war begeistert, losziehen zu können.«

»Hat jemand Vorschläge zu machen?«, fragte Mikhail.

Donal räusperte sich, und alle sahen ihn überrascht an. Der junge Friedensmann errötete leicht vor Verlegenheit darüber, im Mittelpunkt des Interesses zu stehen. »Ich will nicht außer der Reihe sprechen, aber seit Domenic weggegangen ist, habe ich nachgedacht und mich mit Landkarten vom Weg zur *Rhu Fead* beschäftigt.«

»Du brauchst nicht so zurückhaltend zu sein, Donal«, sagte Danilo freundlich. »Du wirst lernen müssen, Mikhail zu beraten, so wie ich es all die Jahre bei Regis getan habe. Das zählt zu den interessanteren Aufgaben eines Friedensmannes.« Er grinste schief, aber in seinem Blick lagen Erinnerung und Trauer. »Es steht dir sogar frei, unangenehme Ansichten zu äußern, ohne Angst vor Zensur.«

»Das stimmt, Donal«, bestätigte Mikhail. »Ich erinnere mich an einen Abend vor sechzehn Jahren, genau hier in diesem Zimmer, als Danilo meinem Onkel riet, alle Hoffnung fahren zu lassen, dass ich jemals Gisela Aldaran heiraten würde. Es hat Regis nicht gefallen, aber er hat es einigermaßen gut aufgenommen.« Mikhail und Danilo lachten beide kurz, als sie daran zurückdachten. »Sprich weiter.«

Statt zu sprechen, griff Donal in seine Gürteltasche und holte ein sehr dünnes, gefaltetes Blatt Papier heraus. Er breitete es vor Mikhail auf dem Schreibtisch aus und strich es sorgfältig glatt. »Das habe ich gestern Abend entworfen. Ich habe dazu eine der alten Karten benutzt, wie sie die Terraner vor Jahren angefertigt haben, und eine zweite, die Rafaella *Domna* Marguerida geschenkt hat.«

»Wieso zwei?«, wollte Dani wissen.

»Die Karte der Terraner ist eine so genannte topografische Karte, das heißt, sie zeigt die Gestalt der Landschaft, aber enthält nicht viele Informationen über Ortschaften und Höfe. Sie ist ziemlich alt, aber da sich das Land als solches nicht ändert, dürfte sie noch stimmen.«

»Die Karte müssen sie mit Hilfe von einem ihrer geostationären Satelliten gemacht haben, nachdem sie die Höllendinger endlich zum Funktionieren gebracht hatten«, vermutete Scott. »Am Anfang haben sie ihre Leute fast in den Wahnsinn getrieben, denn kaum hatten sie einen oben und er hat gearbeitet, gab es sonderbare Störungen, und die Verbindung brach ab. Zunächst hatte ich deshalb keine sehr hohe Meinung von ihrer Technik. Aber irgendwer hat mir erklärt, dass unsere Sonne eine merkwürdige Strahlung aussendet, die ihre Daten löscht oder so ähnlich. Ich persönlich glaube, Aldones will einfach nicht, dass Fremde Bilder von Darkover machen.«

Alle lachten, außer Donal, der ernst blieb.

»Davon weiß ich nichts. Der Föderationsplan zeigt jedenfalls, wie das Gelände ansteigt und abfällt, und ich habe eine möglichst exakte Kopie davon gemacht. Dann habe ich Rafaellas Karte genommen, das ist einfach eine Skizze von allem, was an der Alten Nordstraße liegt, und habe die Informationen in die erste Karte übertragen. Dadurch, dass wir beide benutzen, können wir uns nicht nur die Orientierungspunkte in der Landschaft anschauen, sondern wir sehen auch mehr über das Gelände.« Er zeigte auf einen Abschnitt. »Hier, zum Beispiel, hat Rafaella einen großen Bauernhof und ein Dorf eingetragen und den Verlauf der Straße angedeutet. Aber auf der terranischen Karte sieht man, dass sich der Hofgrund über mehrere Hügel erstreckt, dass das Land an- und absteigt und dass die Straße geringfügig anders verläuft, als sie es eingezeichnet hat. Ich dachte, es wäre vielleicht hilfreich, wenn wir nach möglichen Stellen für einen Hinterhalt suchen. Und ich habe auch schon einige gefunden.«

Scott stand auf und schaute von seiner Seite des Schreibtischs in die Karte. »Sind das die rot eingezeichneten Stellen, Donal?«

»Ja.«

»Du hast Recht. Die kommen für einen Hinterhalt in Frage.«

»Ich dachte, wir könnten vielleicht ein paar Leute von der Garde in normale Kleidung stecken und sie vorausschicken, damit sie alles auskundschaften«, erklärte Donal. »Ich meine, warum sollen wir die Sache nur mit Domenic, Herm und Rafaellas Entsagenden in Angriff nehmen? Kommen wir den Terranern zuvor und durchkreuzen ihre Pläne.« Sein jugendliches Gesicht glühte.

»Das ist ein kluger Einfall, Donal«, stimmte Danilo in warmem Ton zu. »Hast du auch Vorschläge, welche Männer wir dafür nehmen könnten?«

»Ich habe eine Liste erstellt.« Donal holte ein zweites Blatt Papier aus der Tasche, es war stark zerknittert und enthielt viele Streichungen. Er reichte es Mikhail. »Ich hätte ja gern Kommandant Ridenow zu Rate gezogen, aber ich dachte, lieber nicht, das weckt nur Fragen, und womöglich erfährt *Dom* Francisco davon. Und nachdem mir kein Weg einfallen wollte, wie wir Wachsoldaten aus der Kaserne abkommandieren lassen könnten, fiel mir ein, dass es noch viele loyale ältere Männer gibt, die aus dem aktiven Dienst ausgeschieden sind und jetzt in Thendara wohnen. Ich habe Männer ausgesucht, die Erfahrung im Kampf gegen Banditen besitzen, die außerdem klug sind und deren Abwesenheit zu keinem Gerede führt.«

Danilo stand auf, ging um den Schreibtisch herum und beugte sich über Mikhails Schulter. »Das sind größtenteils gute Leute. Ich sehe da nur ein einziges Problem: Wie wollen wir alles geheim halten?«

»Hast du Angst vor terranischen Spionen, Onkel Danilo?«, fragte Dani Hastur. »Oder befürchtest du, dass gewisse Mitglieder des Rats Wind von der Sache bekommen könnten?«

»Beides, Dani. Diese Männer haben Familien, und wenn sie etwas ausplaudern, spricht es sich innerhalb einer Stunde herum. Es war klug von dir, nicht mit dem Kommandanten zu reden.«

»Ich wusste, Francisco würde seinem Vater erzählen, dass sich etwas tut, schließlich würde Großmutter Javanne davon hören, und dann wäre die Hölle los.« Er sprach einfach, aber mit großem Gefühl.

»Deine Diskretion ehrt dich, Donal.«

Der junge Friedensmann grinste breit. »Das habe ich gelernt, weil ich Lew all die Jahre beobachtet habe.«

»Wirklich?« Lew war erfreut und belustigt.

»Als ich zehn war, hast du zu mir gesagt, dass Informationen die wahre Macht in dieser Welt seien, nicht Könige oder Domänen. Ich habe mich bemüht, diese Lektion nicht zu vergessen. Und als ich zum Friedensmann für Mikhail ausgewählt wurde, habe ich beobachtet, wie sich Danilo bei Regis verhalten hat, wie er mehr zuhörte als redete, aber immer alles zu wissen schien.«

»Du hast alle Anlagen zu einem guten Berater«, lobte Rafe.

Danilo Syrtis-Ardais erhob sich. »Ich denke, es lässt sich alles Nötige in die Wege leiten, ohne allzu viel Gerede zu verursachen. Ich kann mir ein paar Ergänzungen zu Donals Liste vorstellen, aber im Großen und Ganzen ist sie sehr brauchbar. Und um noch ein bisschen Verwirrung zu stiften, werde ich Francisco vorschlagen, dass er die Liste der Reservisten durchgehen soll.«

»Wozu das?«

»Zum einen, damit er etwas zu tun hat, und außerdem kann es gut sein, dass wir diese Männer tatsächlich mobil machen müssen, wenn sich die Terraner in der Handelsstadt weiterhin danebenbenehmen.«

»Danilo«, meinte Lew bewundernd, »ich bin ausgesprochen froh, dass du auf unserer Seite bist und nicht auf ihrer.«

»Mach es so«, bekräftigte Mikhail ruhig. »Jetzt müssen wir nur noch entscheiden, was wir dem Rat erzählen – wenn überhaupt – und wann wir es tun.«

»Das ist der heikle Punkt, hab ich Recht?«, antwortete Lew. »Die Begräbnisfeier soll in drei Tagen stattfinden, deshalb schlage ich vor, du zögerst eine Zusammenkunft bis zum Tag davor hinaus. Du weißt, dass Javanne versuchen wird, dich zu stürzen, und dass sie mindestens zwei Verbündete im Rat hat – Dom Francisco Ridenow und Lady Marilla Aillard. Sie hat sich all die Jahre nicht im Geringsten bewegt.«

»Du hast Recht, Lew.« Mikhail wirkte traurig. Es war ihm gelungen, sich mit seinem Vater, *Dom* Gabriel, zu versöhnen, aber seine Mutter lehnte die Vereinbarung, die vor fünfzehn Jahren getroffen wurde, nach wie vor unnachgiebig ab. Javanne war nun mal besessen von dem Wunsch zu herrschen, es war eine Art blinde Raserei, die sie zu Anfällen schieren Wahnsinns trieb. Wäre sie nicht die Schwester von Regis Hastur und die Frau von *Dom* Gabriel gewesen, man hätte sie längst eingesperrt.

»Ich habe sie heute Morgen gesprochen«, sagte Dani. »Ich habe sie im Esszimmer zusammen mit Mutter angetroffen, wo sie darauf bestand ... Es war eine sehr bedrückende Begegnung. Und Mutter stand kurz vor einem Nervenzusammenbruch. Ich habe mir gewünscht, ich wäre ein energischerer Mensch.«

»Was ist passiert?«

»Sobald Tante Javanne mich bemerkte, wurde sie auffallend ... freundlich. Mir ist es eiskalt über den Rücken gelaufen. Sie sagte, sie sei überzeugt, dass die klügeren Köpfe siegen würden und dass man mich an Mikhails Stelle setzen würde. Ich sah ihr an, dass sie sich selbst mit ›klügere Köpfe‹ meinte, und versuchte ihr zu erklären, dass ich Darkover nicht regieren und Mikhails Stellung nicht für alles Gold von Carthanon haben wolle. Sie hörte nicht zu, aber wenigstens eröffnete es Mutter die Möglichkeit, in ihre Gemächer zu fliehen.« Er runzelte die Stirn. »Sie sagte, ich dürfe nicht so viel an mich selbst denken, sondern müsse mein Erbe und das meiner Kinder berücksichtigen. Sie stellt sich wahrscheinlich vor, wenn sie mich nicht nach ihrem Willen zurechtbiegen kann, dann macht sie sich eben an Gareth heran! Verzeiht. Ich habe zu viel geredet.« Er sah niedergeschlagen und unglücklich aus.

»Meine Mutter hält sich für die klügste Frau auf Darkover und bildet sich außerdem ein, dass sie ewig lebt. Die Versuchung, ihr einen wirkungsvollen Schlaftrunk zu verabreichen, ist beinahe unwiderstehlich.«

»Das wäre vielleicht gar keine schlechte Idee«, sagte Lew vollkommen ernst und sah sich von fünf Augenpaaren erschrocken angestarrt. Dann merkten alle, dass er sie nur zum Narren hielt, und nach einem ersten leisen Glucksen von Mikhail brach der ganze Raum in Gelächter aus. Das löste die Anspannung bei allen Anwesenden.

»Es wäre doch wundervoll, wenn meine Mutter nicht an der Ratssitzung teilnehmen könnte.« Mikhail sah zum ersten Mal seit Tagen beinahe glücklich aus.

»Ja, wundervoll. Und ein ausgemachter Skandal«, murmelte Danilo und seine hellen Augen leuchteten fröhlich. »Undenkbar«, fügte er hinzu.

»Wenn ich Tante Javanne noch einmal dabei erwische, wie sie meine Mutter belästigt, wird es ganz und gar nicht undenkbar sein, Danilo. Dann mische ich genügend Schlafkraut in ihre Suppe, dass sie zehn Tage lang für diese Welt verloren ist!«

»Wollen wir hoffen, dass es nicht dazu kommt, Dani«, antwortete Mikhail. »Abgesehen davon glaube ich, dass du dich für diese Ehre in eine lange Reihe stellen müsstest.« Er blickte von einem zum anderen und schien zufrieden mit dem, was er sah. »Ich glaube, wir haben für den Augenblick geschafft, was wir konnten, und müssen nun auf weitere Informationen warten.«

Dieser Entlassung folgte ein Scharren von Stuhlbeinen, und bis auf Lew und Mikhail erhoben sich alle, um zu gehen. Als sie draußen waren, sah Mikhail den Älteren an. »Ist noch etwas?«

»Ja. Ich bin der Meinung, du solltet deinen Bruder Rafael in alle weiteren Diskussionen einbeziehen.«

»Aber ...«

»Er war nie unloyal gegen dich, Mikhail, das weißt du genau. Sicher, du misstraust seiner Frau wegen ihrer Intrigen zu Beginn ihrer Ehe. Aber du brauchst ihn, und ich glaube, dass er für ihre Taten mehr als genug bestraft wurde. Gisela hat jetzt seit einigen Jahren eigentlich keine Probleme mehr verursacht, und ich erwarte nicht, dass sie demnächst welche macht.« Lew seufzte und schüttelte den Kopf. »Wir misstrauen ihr, weil sie eine Aldaran ist, aber wie lange muss sie noch gezwungen werden ... Irgendwann muss Schluss sein, Mik! Wir können nicht bis in alle Ewigkeit Wunden aus der Vergangenheit pflegen, nicht, wenn wir in der Gegenwart so viele Probleme haben!«

»Was Regis getan hat, nämlich sie und Rafael hier als Geiseln zu halten, war doch im Grunde nicht richtig.«

»Ich weiß es nicht mehr, mein Sohn. Es hatte eine gewisse Logik damals, aber das ist vorbei. Nett war es jedenfalls nicht! Ich möchte nicht das Andenken an einen Mann entehren, den ich geliebt und als Freund geschätzt habe, aber manche Entscheidungen, die Regis in den letzten fünfzehn Jahren getroffen hat, waren extrem, und wir beide wissen das!«

Mikhail nickte. »Ich war immer zwischen meiner Treue zu Regis und der Zuneigung zu meinem Bruder hin- und hergerissen. Rafael hatte mir nie etwas getan.«

»Mikhail, wenn du Darkover regieren willst, musst du anfangen, deine eigenen Entscheidungen zu treffen, statt dich an die Politik zu halten, die dein Onkel etabliert hat. Ich möchte dich nicht entgegen deinem eigenen Urteil beeinflussen, egal, was deine Mutter glaubt, aber ich möchte dich sehr wohl so gut beraten, wie ich kann. Und ehrlich gesagt, wenn ich mich hier und jetzt zwischen Javanne und Gisela entscheiden müsste, ich würde ohne Zögern deine Schwägerin nehmen! Irgendetwas hat sich bei ihr geändert, ich habe keine Ahnung, was, aber sie wirkt auf einmal fast glücklich, nicht mehr so ruhelos und unzufrieden.«

Mikhail zuckte die Achseln. »Das alles bedeutet vielleicht nur, dass sie vorhat, wieder wie früher hartnäckig zu behaupten, Rafael sei ein geeigneter Kandidat für meinen Posten.«

»Die Möglichkeit besteht natürlich, klar, aber falls es so ist, wie könntest du ihre Pläne besser durchkreuzen als dadurch, dass du Rafael nahe an dich bindest. Egal wie viel ihm seine Frau bedeutet, dein Bruder würde nie gegen dich arbeiten, vor allem nicht, wenn ihre eure Differenzen beilegt.«

»Was für ein Glück für mich, dich als Berater zu haben, auch wenn du mir zu schwierigen Dingen rätst, denen ich lieber aus dem Weg gehen würde. Ich schäme mich sehr dafür, wie Rafael behandelt wurde, nicht nur von Regis, sondern auch von mir.«

»Das verstehe ich. Aber du bist ein kluger und anständiger Mann, Mikhail, und stärker, als dir im Augenblick bewusst ist.

Und den Starken unterscheidet vom Schwachen die Fähigkeit, Fehler zuzugeben, um Verzeihung zu bitten und dann sein Leben weiterzuführen.«

»Hast du je …?«

»Ja, natürlich. Glaubst du, die Art und Weise, wie ich Marguerida jede echte Kenntnis ihrer Kindheit verweigert habe, lässt mich nicht vor Scham im Boden versinken? Sie war großzügig genug, mir zu vergeben und mir wieder zu vertrauen. Ich halte das für ein Wunder.«

»Ja, das ist es wohl, aber meine Frau hat ein sehr großes Herz – andernfalls hätten wir doch bestimmt nicht Alanna in Pflege genommen.«

»Geh zu deinem Bruder und schließ Frieden mit ihm, Mikhail. Ich glaube nicht, dass du es je bereuen wirst.«

»Meinst du, er wird mir verzeihen?«

Lew lächelte. »Natürlich, Mikhail. Es würde mich sehr überraschen, wenn er dich nicht mit offenen Armen empfinge.«

»Weißt du was, ich hatte im Lauf der Jahre oft den Wunsch, auf ihn zuzugehen, und in den letzten Tagen ganz besonders. Aber ich habe mich nicht getraut. Ich danke dir … für alles.«

»Nichts zu danken, mein Sohn. Ich habe nur dein Wohl im Sinn … und im Herzen.«

»Egal, was meine Mutter denkt?«

»Egal, was irgendwer denkt, glaubt oder sich einbildet, Mikhail.«

Mikhail holte tief Luft und klopfte an die Tür der Gemächer, in denen sein Bruder und seine Schwägerin wohnten. Dann öffnete er sie und trat ein. Gisela saß an einem Tischchen und betrachtete mit gefurchter Stirn eine kleine Schnitzerei, und Rafael las in einem Buch. Beide sahen ihn an, und Gisela zuckte leicht zurück, ihre grünen Augen leuchteten argwöhnisch.

»Guten Tag«, grüßte Mikhail leise.

»Welch unerwartetes Vergnügen«, antwortete Rafael und lächelte schwach. »Du warst in letzter Zeit immer sehr beschäftigt.«

Mikhail fühlte die Spannung zwischen ihm und seinem Bruder. Es tat ihm in der Seele weh, und er fragte sich, ob er die unabsichtlich zugefügten Wunden noch heilen konnte, zu denen Regis' Entscheidungen und Giselas Untaten geführt hatten. »Ja, und ich wollte, es wäre nicht so gewesen.«

»Bist du wegen Hermes hier?«

»Wieso fragst du das, Gisela?«

»Ach, ich weiß nicht. Ich habe Katherine vor einer Weile besucht, und sie wirkte ... irgendwie beunruhigt. Ich habe einfach angenommen, dass es seinetwegen ist, weil sie ihm so ergeben ist.« Sowohl ihr Blick als auch ihre Stimme verrieten nichts als echtes Interesse. Lew hatte Recht – etwas war anders an Gisela. Er hatte sie nicht mehr so gelöst erlebt, seit sie noch ein Mädchen war, bei ihrer ersten Begegnung. Und nicht einmal da, denn sie war immer angespannt gewesen und hatte auf einen von *Dom* Damons häufigen Wutausbrüchen gewartet.

»Du hast Recht. Hat sie dir erzählt, dass Belfontaine Herms Auslieferung an die Föderation verlangt?«

Gisela sah besorgt aus. »Nein, das hat sie nicht, und ich glaube auch nicht, dass sie es weiß! Mein lieber Bruder! Er hat sich in zwanzig Jahren kein bisschen geändert. Ich wette, er hat es ihr nicht erzählt. Wo ist er?«

Mikhail dachte nach, bevor er antwortete. »Er fand es für alle Beteiligten besser, wenn er sich vorläufig nicht in der Burg aufhalten würde, deshalb habe ich ihn vorausgeschickt, damit er die Vorbereitungen bei der *Rhu Fead* überwacht.« Etwas Besseres fiel ihm im Augenblick nicht ein.

Gisela fixierte ihn mit einem durchdringenden Blick, der

ihr schon eher ähnlich sah. »Ich wette, er wollte weg sein, wenn unser Vater auftaucht – ein Jammer, dass ich ihn nicht begleiten konnte!«

»Ja, das mag ein Grund gewesen sein, warum er die Aufgabe übernahm«, gab ihr Mikhail Recht.

»Aber du bist doch nicht hier, um über Herm zu reden«, vermutete Rafael.

»Nein. Ich bin hier, um dich um Verzeihung zu bitten.«

»Mich um ...«

»Rafael, was vorbei ist, ist vorbei. Ich kann dich nicht hier in der Burg herumsitzen lassen, damit du Däumchen drehst und missmutig schaust.«

»Dann willst du also, dass ich gehe?«

»Auf keinen Fall! Ich werde dich brauchen, damit du mich berätst, mir zuhörst, wenn ich ein Problem habe. Ich habe deine Klugheit schrecklich vermisst und mehr noch deine Gesellschaft, *Bredu.*«

Rafael schien bei Mikhails Worten den Atem anzuhalten. »Ich habe lange darauf gewartet, diesen Ausdruck von dir zu hören, Mik.«

»Ich hätte nicht zulassen dürfen, dass Regis ...«

»Du hättest ihn nicht umstimmen können, was meine Vertrauenswürdigkeit angeht, das wissen wir beide, Mik.«

»Das ändert nichts an der Tatsache, dass ich es sehr bedauere.«

»Wie du sagst, vorbei ist vorbei, *Bredu.*« Rafael ging zu seinem Bruder und umarmte ihn fest. Über seine Schulter hinweg sah Mikhail, dass seine Schwägerin lächelte und ihr Tränen aus den grünen Augen kullerten. In ihrer Miene lag nicht die geringste Berechnung, nur Freude und Erleichterung.

Als Mikhail seinen älteren Bruder umarmte, spürte er, wie sich ein Knoten in seiner Brust löste. Ja, er brauchte Rafael, aber vor allem liebte er ihn und war froh, ihn und seinen Rat nun um sich zu haben. Und er wusste, dass ihm die Jahre der Entfremdung vergeben wurden, denn Rafael hatte ein großes Herz, in dem nichts Kleinliches wohnte. Und das, fand er, war eine Gabe, die alle anderen aufwog.

17

Domenic konnte nicht stillhalten vor Unruhe. Nach Betreten des Gasthauses hatte Herm eine der Entsagenden entdeckt und sie angewiesen, nach Vancof zu suchen und ihn im Auge zu behalten. Dann hatte er Domenic befohlen, seine neuen Sachen anzuziehen und sich nicht blicken zu lassen. Das hatte dem Jungen zwar nicht gefallen, aber er war so daran gewöhnt, zu tun, was man ihm sagte, dass es eine Weile dauerte, bis sich Widerstand in ihm regte. Herm hatte sich mit einem Krug Bier in der Gaststube des Krähenden Hahns niedergelassen, er ruhte sich vor dem breiten Kamin aus und brachte es irgendwie fertig, unscheinbar auszusehen. Domenic hatte Gelegenheit gehabt, ihn zu beobachten, bevor er nach oben ging, und sich gewundert, wie der Mann das machte. Er schien förmlich mit dem Balkenwerk zu verschmelzen.

Der Junge fühlte sich im Stich gelassen, so wie es häufig nach einer Feier auf Burg Comyn der Fall war. Die Aufregungen des Vorabends und der Ritt über der Alte Nordstraße hatten ihn aufgebaut, aber nun kam er sich wieder wie ein Kind vor, das man in sein Zimmer schickt und das still zu sein hat. Herms Anweisungen folgten natürlich einer unbarmherzigen Logik. Vancof hatte Domenic am Vortag gesehen und könnte ihn wieder erkennen, falls sie sich in den Fluren des Gasthofs begegneten. Herm dagegen hatte er noch nie zu Gesicht bekommen.

Immerhin konnte er sich noch auf die Vorstellung am Abend freuen – es sei denn, Herm beschloss, ihn auch davon fern zu halten. Domenic versuchte sich ein paar gute Argumente zurechtzulegen, die für seinen Besuch der Vorstellung sprachen, und entschied, dass die Alton-Gabe wahrscheinlich das Beste davon war. Er wanderte im Geiste durch das Gasthaus, wie er es schon mehrmals getan hatte, seit er nach oben gegangen war, und stellte fest, dass der Terraner, der vorhin in den Hof geritten war, nun nervös und unruhig im Schankraum saß. Wahrscheinlich wartete er auf Vancof.

Domenic wünschte, er hätte etwas zu lesen. Er schloss die Augen und döste leicht ein. Nach einer Weile setzte er sich auf, erfrischt, aber auch ein bisschen nervös wegen seines Nickerchens – hatte er etwa zu lange geschlafen? Er lugte aus dem schmalen Fenster, das nach Westen ging, und sah, dass die Sonne hinter schweren Wolken versank. Bald würde sie untergehen, und die Dämmerung würde sich langsam über den Ort legen. Er hielt es keinen Augenblick länger aus! Hastig fuhr er sich mit einem Kamm durchs Haar und öffnete die Zimmertür.

Als Domenic eben die Treppe von seinem Zimmer herabkam, hörte er eine vertraute Stimme im Eingang. Er trat in den düsteren Eingang zum Speisesaal und spähte um den Türstock. Tatsächlich, da stand ein älterer, bereits pensionierter Gardist namens Fredrich MacDunald in abgetragener, ziviler Kleidung. Der Junge hatte ihn noch nie ohne Uniform gesehen und war überrascht, wie anders der Mann wirkte.

Domenic zögerte. Sollte er sich zeigen und mit seinem Freund reden, oder sollte er unsichtbar bleiben, wie es ihm Herm befohlen hatte? Als hinter Fredrich einen Moment später Aran MacIvan das Gasthaus betrat, entschied er, dass er lieber Herm von dieser neuen Entwicklung unterrichten sollte, bevor er irgendetwas anderes unternahm. So ein Dasein als Spion war komplizierter, als er gedacht hatte.

Onkel Ian!

Ja, Tomas?

Ich glaube, wir haben Verstärkung bekommen. Ein paar pensionierte Gardisten aus Thendara sind gerade ins Gasthaus gekommen, sie sind angezogen wie normale Leute, und ich kann mir nicht vorstellen, was sie hier zu suchen hätten – es sei denn, sie sollen mich zur Burg zurückschleifen.

Haben sie dich gesehen?

Noch nicht. Ich lauere hier halb im Dunkeln.

Dann lass sie vorläufig in Ruhe. Wir dürfen weder auf uns noch auf sie zu viel Aufmerksamkeit lenken. Ist Vancof schon zurück?

Ich habe ihn nicht gesehen, aber ich war oben im Zimmer, wie du mir befohlen hast. Er merkte, dass sein Gefühl, schlecht behandelt zu werden, selbst bei telepathischer Kommunikation herauszuhören war.

Armer Tomas. Ich gönne dir überhaupt keinen Spaß, stimmt's? Warum unternimmst du nicht einen Streifzug in die Küche?

Was soll ich dort?

Halbwüchsige Jungen sind immer hungrig, deshalb gibt es kein Gerede, wenn du dich dort herumtreibst. Und wenn dann Vancof durch die Hintertür ins Gasthaus kommt, siehst du ihn mit Sicherheit.

Was ist, wenn mich der Koch hinausjagt? Oder wenn mich Vancof bemerkt?

Lass dir was einfallen. Du hast doch schon bewiesen, dass du das kannst.

Das war allemal besser, als tatenlos herumzusitzen, und er war tatsächlich ein bisschen hungrig. Wenigstens hatte Onkel Herm ihn nicht wieder ins Zimmer geschickt! Domenic folgte dem Geruch von frischem Brot in den hinteren Teil des Krähenden Hahns und fand sich in einer großen, sehr sauberen Küche wieder. Zwei Mädchen saßen nebeneinander an einem langen Tisch, schnitten Gemüse und plauderten leise. Am anderen Ende des aufgeheizten Raums zog ein Junge Brotlaibe aus einem riesigen Ofen, der die Form eines Bienenkorbs hatte; er benutzte ein langes Holzpaddel, damit er sich nicht die

Hände verbrannte. Der Koch, ein sehr hagerer Mann, stand vor dem Herd und rührte in einem Topf, dem der wundervolle Duft von Eintopf mit Klößen entströmte. Domenic lief das Wasser im Munde zusammen.

Eines der Mädchen blickte von der Arbeit auf und lächelte ihm freundlich zu. Es sah ein, zwei Jahre jünger aus als er, und seinem Gesicht nach musste es mit dem Wirt verwandt sein. Jedenfalls hatte es die gleiche aufwärts gebogene Nase wie Evan MacHaworth. Die Kleine winkte Domenic mit dem Messer in der Hand an den Tisch. »Kannst wohl nicht bis zum Abendessen warten, was?«

»Ich bin ein bisschen hungrig«, gab er zu und setzte sich gegenüber von ihr auf die Bank. »Kann ich etwas helfen?« Beim Klang seiner Stimme drehte sich der Koch um und sah ihn an, bevor er weiter in dem Topf rührte.

Das Mädchen kicherte, als hätte es in seinem ganzen Leben noch nie etwas so Komisches gehört. Dann stand es auf, nahm einen Brotlaib, der bereits am Tischende lag, und schnitt ihn in zwei Hälften, die es in einen Korb tat. Mit diesem und einem zweiten Korb, der irgendwelches Grünzeug enthielt, kam es an den Tisch zurück.

»Hast du schon mal grüne Bohnen abgezogen?«

»Nein, aber wenn du mir zeigst, wie es geht, kann ich es wahrscheinlich.«

»Dir muss wirklich langweilig sein, wenn du freiwillig Bohnen abziehen willst. Hier, so macht man es.« Die Kleine zeigte es ihm mit ein paar raschen Handgriffen. »Ich hasse es, aber so, wie unser Koch sie zubereitet, lohnt sich die Mühe. Er brät sie mit Schinken an, das schmeckt köstlich!« Sie drehte sich um und grinste den Rücken des hageren Kochs an, und Domenic hatte den Eindruck, dass es sich um eine Art Scherz zwischen den beiden handelte.

»Klingt gut.« Er riss ein Stück Brot ab, biss hinein und fing an, die Bohnen abzuziehen. Es war keine sehr anspruchsvolle Tätigkeit, aber immer noch besser, als im Zimmer zu sitzen und darauf zu warten, dass etwas passierte. Er verstand allerdings, warum das namenlose Mädchen die Arbeit satt hatte.

Das andere Mädchen sah von einem wachsenden Berg Karotten auf, nickte ihm kurz zu und warf seiner Kollegin einen nachdenklichen Blick zu. Domenic spürte die Wachsamkeit und das leichte Unbehagen des Mädchens, und er wusste ohne das geringste Forschen, dass es ihn und seine jüngere Schwester im Auge behielt. »Heute Abend werden wir eine Menge Gäste haben, weil das Fahrende Volk hier ist und die Leute aus der Stadt vorbeikommen, um die Vorstellung zu sehen«, erklärte die Ältere.

»Ich habe eben vorhin ein paar Männer hereinkommen sehen«, bemerkte er, »die sahen aus, als könnten sie auch ein Abendessen wollen.«

»Ach ja?« Sie wirkte weder überrascht noch sonderlich interessiert an ihren Gästen. »Ich bin Hannah, und das ist meine Schwester Dorcas«, verkündete das ältere Mädchen. »Um diese Jahreszeit haben wir immer viel zu tun, vor allem dann, wenn das Fahrende Volk hier Station macht. Im ganzen Haus ist kein Zimmer mehr frei, jetzt wo du und dein Onkel und diese Frauen da sind.« Sie seufzte schwer. »Vater ist zum Markt gegangen, also werde ich wohl lieber mal nachschauen, ob diese Männer, die du gesehen hast, einen Schlafplatz wollen.«

Domenic sah Hannah hinterher. Dann wandte sich Dorcas an ihn. »Sie hält nicht viel von den Entsagenden, aber ich finde sie interessant. Gerade vor einer Weile ist eine von ihnen mitten durch die Küche marschiert und zum Hinterausgang hinaus. Ich möchte wissen, was die wohl vorhatte.«

So viel zum Thema unauffälliges Benehmen, dachte Domenic bedrückt. »Wer weiß«, entgegnete er. »Sie gehen eben, wohin sie wollen.«

Dorcas ließ wieder ihr Kichern hören, das ihm zweifellos auf die Nerven gehen würde, wenn er es sich noch lange anhören musste. »Heute geht's überhaupt zu wie auf einer Straße, hier in der Küche. Einer vom Fahrenden Volk ist nämlich auch gerade durchspaziert. Ich hab ihn schon mal gesehen, aber ich hätte sowieso an den Klamotten erkannt, dass er einer von ihnen ist. Kurz vor Mittsommer ist er auch schon durch die Stadt gekommen und hat sich fürchterlich betrunken. Vater musste ihn wegschicken, bevor er in den Kamin gebrochen hätte. Ein echtes Ekel.« Sie kicherte wieder ohne erkennbaren Grund. Wahrscheinlich tat sie es sogar im Schlaf.

Dann spürte er, dass sie einfach nur nervös war, weil sie ihn beeindrucken wollte, weil er sie mögen sollte. Sie war so anders als seine Schwester oder seine Basen, dass er nicht recht wusste, was er von ihr halten sollte. Aber er schämte sich ein wenig, weil er sie mit Alanna oder selbst mit dieser Illona Rider verglich, die wahrscheinlich noch immer in ihrem Wagengefängnis beim Nähen saß. »Es muss interessant sein, in einem Gasthof zu wohnen.«

Dorcas zuckte die Achseln. »Ich weiß nicht. Ich hab noch nie woanders gewohnt, ich bin noch nicht mal aus der Stadt herausgekommen. Mama sagt, ihr war's gut genug, dann muss es mir auch gut genug sein, aber ich würde gern mal nach Thendara fahren und mir die Sehenswürdigkeiten anschauen.«

Domenic biss von seinem Brot ab und antwortete erst, als er es gekaut und hinuntergeschluckt hatte. Selbst ohne Butter oder Honig schmeckte es sehr gut, und der Eintopf roch verlockend. »Welche Sehenswürdigkeiten meinst du?«

»Da wären Burg Comyn, der Raumhafen und die Terraner, auf jeden Fall. Ich habe gehört, die Raumkreuzer machen einen fürchterlichen Lärm, wenn sie landen, und ich möchte gern sehen, ob das stimmt. Und angeblich hat die Musikergilde eine neue Halle gebaut, die so groß wie eine Scheune ist, nur dass Sitze drin sind statt Boxen und Heu.«

»Das habe ich auch gehört, aber ich habe sie noch nie gesehen.«

»Hast du schon mal einen Terraner gesehen?«

Bevor Domenic antworten konnte, sah er Vancof durch die offene Tür auf der Rückseite der Küche schlüpfen; er tat sehr verstohlen. Domenic senkte den Kopf über die Bohnen, so dass sein offenes Haar das Gesicht verbarg, und freute sich seines Erfolgs, als der Mann ohne ihn zu beachten an ihm vorüberging. Er hörte die Gedanken Vancofs, die ganz dicht an der Oberfläche lagen, aber sie waren ungeordnet, voller Wut und Angst und nicht besonders aufschlussreich. Vancof war derart in Gedanken versunken, dass Domenic nackt auf dem Tisch hätte tanzen können – der Mann hätte ihn nicht bemerkt.

Einen Moment später fühlte er die nahe Anwesenheit einer zweiten Person und sah Samantha, eine der Entsagenden, an die Küchentür kommen. Sie spähte nach drinnen, hinter Vancof her, und verflüchtigte sich wieder in die zunehmende Dämmerung. Hätte Domenic sie nicht erwartet, er hätte sie völlig übersehen, und er fragte sich, ob er das auch lernen konnte. Er nahm an, sie wollte um den Krähenden Hahn herumgehen und durch die Vordertür hereinkommen.

Er versuchte eine Minute lang, aus den trüben Gedanken des Kutschers schlau zu werden, wenigstens eine nützliche Information daraus zu lesen. Da war ein Hinweis auf Befehle, der ihn störte. Dann wandte er sich mit Hilfe der Alton-Gabe wieder an seinen Onkel.

Onkel Ian, der Kutscher ist da und Samantha ebenfalls.

Ich weiß. Vancof ist gerade in den Schankraum gekommen und hat ein Bier bestellt. Jetzt hat er den Mann bemerkt, den du wieder erkannt hast, und er sieht nicht sehr erfreut aus. Ich glaube, er ist verstimmt über unseren Freund hier – da – jetzt setzt er sich gegenüber von ihm an den Tisch und bemüht sich, gleichgültig auszusehen. Hmm ... Verstimmung ist vielleicht das falsche Gefühl – Vancof scheint sich gar nicht wohl in seiner Haut zu fühlen.

Gut so! Nach dem wenigen, das ich von ihm weiß, hat er es auch nicht anders verdient. Was ist mit den Männern von der Garde, die ich entdeckt habe?

Ich vermute, sie sind ebenfalls hier, aber da ich sie nicht kenne, kann ich es nicht mit Bestimmtheit sagen. Die Gaststube wird langsam sehr voll, das halbe Dorf scheint auf ein Bier vorbeizuschauen. Die ganze Sache wird mit jeder Minute unterhaltsamer. Was machst du gerade?

Ich sitze einem ständig kichernden Mädchen gegenüber, putze Bohnen und höre mir seine Lebensgeschichte an.

Sieh zu, dass du damit fertig wirst, und komm vor das Gasthaus. Es wird bald dunkel, und ich will unsere Freunde hier im Auge behalten und verfolgen, was sie treiben. Dazu werde ich deine Hilfe brauchen.

Domenic hatte den Korb inzwischen beinahe geleert, und vor ihm auf dem Tisch lag ein großer Haufen geputzter und gebrochener Bohnen. Er wurde gebraucht – wie erfreulich! Rasch ging ihm durch den Kopf, dass er sich noch nie sonderlich gebraucht gefühlt hatte, und dann überlegte er, was sie wegen des Abendessens unternehmen sollten. Er tadelte sich, weil er zuließ, dass sein Magen dem Verstand in die Quere kam. *So* wichtig war Essen nun auch wieder nicht!

»Ich sehe mal lieber nach, ob mein Onkel mich sucht«, wandte er sich an Dorcas.

»Nimm den Rest von dem Stück Brot hier mit. Das müsste dir reichen, bis wir das Essen servieren.«

»Danke. Es hat Spaß gemacht.«

»Das würdest du nicht sagen, wenn du in der Erntezeit an

sechs von zehn Tagen Bohnen putzen müsstest. Ich bin immer froh, wenn sie alle für den Winter eingemacht sind.« Dorcas schien ein bisschen enttäuscht zu sein, weil er ging. »Sehe ich dich bei der Vorstellung?«

»Wahrscheinlich«, antwortete er vage. Das Letzte, was er gebrauchen konnte, war ein Mädchen um sich herum. Wenn es sich um Alanna gehandelt hätte, das wäre natürlich etwas anderes. Sie mochte hysterisch sein, aber sie war nicht dumm, und sie kicherte nie!

Er ging durch den finsteren Flur, der von der Küche in den vorderen Teil des Gasthofs führte, und war so in seine nächsten Schritte vertieft, dass er beinahe gegen die breite Brust von Duncan Lindir gelaufen wäre, der dort im Halbdunkel stand. Der alte Gardemann sah ihn verblüfft an, dann nickte er ihm knapp zu und grinste.

»Was ist los? Hat mein Vater die ganze Kaserne hier heraufgeschickt?«, zischte Domenic.

Duncan schüttelte den Kopf. »Wir sind zu zehnt, *Dom* Danilo hat uns hierher geschickt. Wir sind gleich nach Mittag aufgebrochen, und viel zu scharf geritten für meine alten Knochen«, brummte er. »Ich weiß nicht, was los ist. *Dom* Danilo hat uns nur gesagt, dass wir von *Dom* Aldaran erfahren würden, was wir tun sollen – hätte nie gedacht, dass ich mal einem Aldaran gehorchen würde. Was machst du eigentlich hier?«

»Das ist zu kompliziert, als dass ich es jetzt erklären könnte. Haltet einfach Augen und Ohren offen.«

»Aber auf was sollen wir denn achten?«

Domenic zögerte einen Moment. Wenn Onkel Danilo den Männern nichts von dem Mordkomplott gegen Mikhail Hastur erzählt hatte, dann sollte er es wohl auch nicht tun. Aber er spürte Neugier und eine gewisse Befremdung bei Duncan, und die mussten befriedigt werden. »Hier halten sich ein paar Terraner auf, von denen wir glauben, dass sie Ärger machen werden. Behalte einen großen Mann mit sehr neuen Stiefeln und kurzen braunen Haaren im Auge. Er ist im Moment im Schankraum und sitzt mit einem verschlagen aussehenden Mann beisammen, glaube ich. Vielleicht sind noch mehr da, das weiß ich noch nicht.«

»*Dom* Domenic ...«

»Nenn mich nicht so! Ich bin Tomas MacAnndra, und Hermes ist Ian MacAnndra – und ihr habt mich noch nie im Leben gesehen! Ich gehe jetzt in die Gaststube und setze mich zu Herm, dann weißt du, wer er ist.«

»Dann kenne ich deinen Namen wohl nicht«, entgegnete Duncan, der seine schmerzenden Knochen und seine Brummigkeit vergaß. Seine Augen begannen humorvoll zu funkeln. »Guter Einfall – ich hab den Mann ja noch nie gesehen. In was für eine Geschichte bist du da nur geraten, Junge?«

Domenic antwortete nicht, sondern ging weiter zur Vorderseite des Gasthofs. Der Lärm aus dem Schankraum war gewaltig, viele männliche Stimmen besprachen das Wetter, die Getreideernte, die Nachricht vom Tode Regis Hasturs und andere Dinge. Auch einige Frauenstimmen waren darunter, und er erkannte die von Rafaella, bevor er den Raum betrat.

Herm bemerkte ihn sofort und winkte ihn zu sich. Dann machte er dem Jungen, der bediente, ein Zeichen und bestellte einen kleinen Krug für Domenic. Bis dieser den Tisch erreicht hatte, war das Bier schon eingetroffen; er setzte sich neben Herm auf die Bank und griff nach seinem Getränk.

Ich bin Duncan Lindir im Flur über den Weg gelaufen, und er hat mir erzählt, dass Danilo Ardais zehn Männer hierher geschickt hat, mit nur einer Anweisung, nämlich dass sie deinen Befehlen gehorchen sollen. Er war nicht gerade begeistert davon, einem Aldaran folgen zu müssen, also wundere dich nicht, wenn man dir ein wenig kühl begegnet, Onkel Ian. Ich weiß nicht, warum ihnen Danilo nicht mehr gesagt hat oder warum er sie überhaupt geschickt hat.

Das weiß ich auch nicht, aber es tut mir nicht Leid, dass sie hier sind. Hmm. Wenn man ihnen nichts von dem Komplott gegen deinen Vater gesagt hat, dann wahrscheinlich deshalb, damit sie es nicht versehentlich jemand anderem verraten. »Was hast du die ganze Zeit getrieben, mein Junge?«

Duncan hat nicht erwartet, mich hier anzutreffen, und war überrascht. Also hast du wahrscheinlich Recht. »Ich bin in die Küche gegangen und habe mir etwas zu essen besorgt«, antwortete Domenic und hielt das restliche Stück Brot in die Höhe. »Außerdem habe ich bei den Vorbereitungen für das Essen geholfen.«

»Deine Mutter wäre stolz auf dich, weil du mit anpackst.« *Hat Danilo einen Grund, nicht mit offenen Karten zu spielen?*

Na ja, Francisco Ridenow, der Kommandant der Wache, zählt nicht gerade zu Vaters Freunden. Vater hätte es lieber gesehen, wenn Onkel Rafael den Posten übernommen hätte, als er vor drei Jahren vakant wurde, aber Regis war dagegen, wegen Gisela und allem. Man traut Onkel Rafael nicht ganz, was ihn meiner Ansicht nach fürchterlich verletzen muss. Ich habe die Sache nicht so genau mitbekommen, da ich damals in Arilinn war, und als ich wieder zurückkam, hatte Francisco bereits den Befehl.

Was für ein Mann ist er?

Ich denke, man könnte ihn als glatt bezeichnen. Er besitzt die Gabe der Empathie, wie viele Ridenows, aber er hat ein Händchen für militärische Dinge. Ich habe viel von ihm gelernt, zum Beispiel, wie man die Schwachstellen an einem Gebäude entdeckt. Ich habe ihn immer als fair empfunden, aber er ist eben sehr unnahbar.

Was meinst du mit »glatt«?

Na ja, er hat eine Art an sich, die ich nicht so mag, und ich kann sie schwer beschreiben. Nichts Schlimmes, aber er ist schlüpfrig wie eine Glaskugel – nichts scheint an ihm hängen zu bleiben. Ich glaube, das Äußerste, was ich sagen kann, ist, dass ich bei einem Kampf nicht völlig darauf vertrauen würde, dass er hinter mir steht. Oder vielleicht mag ich ihn einfach nur deshalb nicht, weil sein Vater immer mit Regis gestritten hat und im Rat wahrscheinlich alles schwieriger machen wird. Kann sein, dass ich voreingenommen bin in meinem Urteil.

Immerhin bist du so klug, zu erkennen, dass deine Abneigung gegen Francisco vielleicht keinen anderen Grund hat als die Gegnerschaft zwischen seinem Vater und Regis. Es gibt viele Leute, die dreimal so alt sind wie du und zu einer solchen Unterscheidung nicht fähig wären. Was hält man in der Kaserne allgemein von Francisco?

Das weiß ich nicht – ich kann ja schlecht so unhöflich sein und fragen. Allerdings habe ich noch niemanden so richtig murren hören. Wie gesagt, er scheint fair zu sein, aber eben sehr distanziert.

Ich verstehe. Ich wünschte, du wärst ein bisschen neugieriger, Domenic. Es wäre hilfreich, wenn wir mehr wüssten. Immerhin sagt die Tatsache, dass Danilo Ardais Männer hier herauf schickt, denen er nur ein Minimum an Instruktionen erteilt, schon sehr viel aus.

Nämlich?

Dass er etwas geheim halten will. Müsste Francisco denn nicht bemerken, dass diese Männer nach Carcosa geschickt wurden?

Nein. Diejenigen, die ich gesehen habe, sind bereits aus dem aktiven Dienst ausgeschieden. Man würde sie nur noch heranziehen, wenn ein echter Mangel an ausgebildeten Männern bestünde.

Verstehe. Traut Danilo Ardais diesem Francisco?

Ich denke schon – aber Danilo ist so unergründlich und ge-

rissen, dass ich es nicht einmal ahnen würde, wenn es nicht so wäre. Francisco hat meines Wissens nie etwas getan, das zu ausdrücklichem Misstrauen gegenüber seiner Person geführt hätte. Es ist halt nur so, dass Großmutter Javanne seinen Vater, Dom *Francisco Ridenow, praktisch in der Tasche hat, und beide opponieren seit Jahren gegen Regis. Ich glaube, der Kommandeursposten für Francisco sollte* Dom *Ridenow besänftigen, aber das hat nicht funktioniert. Er ist so stur wie eh und je. Und es ist nur natürlich, wenn Danilo davon ausgeht, dass alles, was Francisco erfährt, sehr schnell auch bei seinem Vater landet.*

Glaubst du das auch?

Ich bin mir nicht sicher, Onkel Ian. Mir scheint, Francisco behält seine Absichten die meiste Zeit für sich – er traut niemandem so recht. Kann sein, dass er auch seinem Vater nicht sehr traut.

Wieso das?

Als Dom *Francisco noch jünger war, gab es in der Domäne Ridenow verschiedene Männer, die Anspruch darauf erheben konnten – zwei ältere Brüder und einen Onkel. Sie alle kamen um, und viele Leute glauben, dass Francisco bei ihrem vorzeitigen Ableben die Hand im Spiel hatte. Wer weiß, ob es stimmt oder nicht.*

Ich hatte schon fast vergessen, wie kompliziert die Bündnisverhältnisse auf Darkover sein können. Dagegen wirkt die Hinterzimmerdiplomatie der Föderation wie ein Picknick im Park.

Domenic hatte noch nie einen Park gesehen oder ein Picknick mitgemacht, deshalb zuckte er die Achseln und trank einen Schluck von seinem Bier. *Ich habe den Mann beschrieben, der bei Vancof ist, und Duncan gesagt, er solle die beiden im Auge behalten, wenn sie die Gaststube verlassen. War das richtig?*

Ja. Jetzt lass uns etwas essen, ich glaube, das könnte eine sehr lange Nacht für uns werden.

Als Herm und Domenic das Gasthaus verließen, war es bereits dunkel, und Mormallor, der kleinste Mond, war aufgegangen. Die Nachtluft roch frisch und nach bevorstehendem Regen, doch sie konnte den beißenden Gestank der nahen Ställe und Hennengehege nicht ganz überdecken. Zusammen mit den Ausdünstungen der wachsenden Zahl von Menschen, die sich im Hof drängten, überwältigte er Domenics Geruchssinn am Anfang beinahe. Doch schließlich gewöhnte sich seine Nase daran.

Er sah sich interessiert um. Rund um den geräumigen Innenhof des Krähenden Hahns hatte man Fackeln aufgestellt, und die Wagen des Fahrenden Volks sahen bei dieser Beleuchtung wesentlich besser aus als im gleißenden Tageslicht. Die armseligen Gemälde auf den Wagenwänden wirkten hübscher und die abgetragenen Kostüme der Darsteller erschienen prächtiger. Domenic sah einen Feuerschlucker, der brennende Fackeln, wie es schien, in seine Kehle stopfte, und fragte sich, wie dieses Kunststück wohl funktionierte. Hoch über der Menge hatte man ein schlaffes Seil von den Ställen zu einem Vorsprung am Dach des Gasthauses gespannt, und eine schlanke Frau setzte gerade ihre zierlichen Fuß darauf, um es für ihre Akrobatiknummer zu prüfen.

Die halbe Stadt hatte sich zu der Vorstellung eingefunden, und es ging ziemlich laut zu. Ein Jongleur begann brennende Fackeln in die Luft zu werfen, und die Menge jubelte und kreischte, als er eine fallen ließ. Der Mann, der ein komisches Gesicht hatte, grinste nur und setzte seine Nummer fort. Alle Leute schienen gleichzeitig zu reden und Gespräche weiterzuführen, die sie im Gasthaus begonnen hatten, und allmählich breitete sich eine erwartungsvolle Stimmung in der Menge aus. Die meisten Anwesenden trugen Mäntel und Umhänge, aber der Abend war noch nicht sonderlich kalt, deshalb blieben die Kapuzen zurückgeschlagen. Der Wind war inzwischen eingeschlafen, und es war still und fast angenehm kühl.

Domenic entdeckte die übrigen Männer, die Danilo geschickt hatte, inmitten der Menge. Trotz ihrer Alltagskleidung sahen sie für ihn immer noch unverkennbar wie Gardisten aus, allein wegen ihrer aufrechten Haltung und der Wachsamkeit, mit der sie die Menge beobachteten. Aber vermutlich würde das sonst niemand auf Anhieb bemerken. Und obwohl den Jungen ihre Anwesenheit einerseits beinahe ärgerte, war ein Teil von ihm auch froh, dass sie hier waren. Außerdem bemerkte er den Mann, der am Nachmittag in den Hof geritten war, er stand in der Ecke, wo die Ställe an das Gasthaus grenzten, und hatte ein Auge auf das Geschehen. Die ganze Szene nahm in Domenics Vorstellung allmählich eine fantastische Seite an, als bildeten die Bürger der Stadt und das Fahrende Volk nur den Hintergrund für ein Stück, das noch nicht begonnen hatte.

Domenic schloss kurz die Augen und überflog im Geist die Menge, wie es ihm seine Mutter vor einigen Monaten beigebracht hatte. Bei einer so großen Zahl von Menschen war das zunächst eine Schwindel erregende Erfahrung, aber es wurde rasch besser. Er nahm Rafaella wahr, die etwa zehn Fuß von ihm entfernt stand und ihn im Auge behielt, als wäre er ihr eigenes Kind. Die übrigen Entsagenden waren ebenfalls in der Menge verstreut. Von den Gardeleuten schnappte er Verwirrung und leichte Besorgnis auf und musste feststellen, dass sie das Fehlen jeglicher Anweisungen doch sehr übel nahmen. Es war schade, dass keiner von ihnen *Laran* besaß und dass er nur mit ihnen kommunizieren konnte, indem er die Alton-Gabe einsetzte.

Domenic konzentrierte sich wieder auf den Terraner, dem es recht gut gelang, sich unscheinbar in der Menge zu halten.

Auch er war verirrt und ärgerlich und wartete auf etwas. Warum sah er ständig zum Himmel hinauf? Und warum blickte er nach Norden, in Richtung der Berge, statt nach Thendara und zum Raumhafen?

Der Junge legte den Kopf in den Nacken und suchte den dunklen Himmel ab. Er sah einige helle Sterne durch die leichte Bewölkung schimmern, die von Westen aufzog. In seinem gegenwärtig erhöhten Zustand der Wahrnehmungsfähigkeit fühlte er die Erde unter seinen Füßen und die Bewegung der Wolken über ihm. Er war kurz, aber heftig versucht, sich in eine leichte Trance fallen zu lassen und dem Planeten selbst zu lauschen, aber er widerstand der Versuchung. Stattdessen schnupperte er in die Luft und versuchte zu erraten, wie lange es noch dauern würde, bis der Regen sie erreichte. Er konnte nicht mehr weit sein. Die Wolken zogen schneller als vorhin, als er von seinem Nickerchen aufgewacht war, ein Wind hoch oben in der Atmosphäre trieb sie an. Dann wandte Domenic seine Aufmerksamkeit wieder dem namenlosen Spion am Rande der Menge zu und postierte sich so, dass er ihn beobachten konnte, ohne selbst aufzufallen.

Onkel Ian!

Was gibt es?

Der Terraner schaut ständig nach Norden, zum Himmel, als würde er damit rechnen, etwas dort oben vorbeifliegen zu sehen. Das ist die falsche Richtung für Thendara und den Raumhafen. In dieser Richtung ist nichts, außer ...

... den Domänen Aldaran und Ardais und den Ländereien von Storn. Und von denen hat niemand terranische Technologie, bis auf meinen Vater. Du musst nicht versuchen, auf meine Gefühle Rücksicht zu nehmen, Tomas. Ich bin nur froh, dass du so aufmerksam bist und deinen Verstand gebrauchst.

Regis war immer ein wenig nervös wegen der Anzahl der Terraner auf dem Gebiet von Aldaran, aber seit es uns gelang, eure Domäne wieder in den Rat zu holen, hielt er das Problem für erledigt. Dein Bruder Robert ist ein guter Mann.

Mit meinem Vater sieht es dagegen ganz anders aus, ich weiß. Das ist einer der Gründe, warum ich sofort zugriff, als ich die Chance erhielt, Darkover zu verlassen und von ihm wegzukommen. Wir haben nie viel füreinander empfunden, und ich traue ihm alles zu.

Aber Onkel Ian, er würde doch wohl nicht der Föderation helfen, meinen Vater zu töten!

Das würde ich normalerweise auch nicht meinen, aber vergiss bitte nicht, dass ich ihn beinahe ein Vierteljahrhundert lang nicht gesehen habe. Er könnte es als eine Gelegenheit ansehen, seinen eigenen Zielen näher zu kommen. Ich kann nur spekulieren, aber ich gebe zu, ich habe ein sehr schlechtes Gefühl bei der Sache. Hast du eine Ahnung, wie viele Terraner in der Domäne Aldaran leben?

Einige hundert bestimmt.

Und wie viele von denen sind Soldaten?

Das könnte ich nicht sagen. Ich hatte immer den Eindruck, die meisten von ihnen seien technisches Personal.

Wir haben stets angenommen, dass jeder Angriff vom Raumhafen in Thendara ausgehen würde, und haben die Möglichkeit übersehen, dass kampfbereite Männer von den Hellers eingeflogen werden könnten. Sobald die Vorstellung vorbei ist, solltest du mit Lew Kontakt aufnehmen und ihn von dieser Möglichkeit unterrichten. Die ganze Angelegenheit ist vielleicht vielschichtiger, als wir zunächst dachten.

Kein angenehmer Gedanke.

Nein.

Domenic sah zu, wie die Seitenwand des Puppenwagens an starken Seilen herabgelassen wurde. Die Zuschauer begannen dorthin zu drängen und schnitten ihm die Sicht ab. Er schlüpfte durch die Menge, wobei er seine immer noch verhältnismäßig geringe Körpergröße ausnutzte, und es gelang ihm, sich bis in die erste Reihe vorzuarbeiten. Auf einem Stück Leinwand war ein bezauberndes Bild aufgemalt, eine Ansicht von zinnenbewehrten Burgen und in der Mitte ein sehr hoher, aber unverkennbarer Turm, umgeben von einem Feld blauer *Kireseth*-Blumen. Kurz darauf begann eine rot gewandete Figur an Fäden die kleine Bühne zu überqueren. Sie sollte offensichtlich eine Bewahrerin darstellen, aber während das Gesicht hinter einem Schleier verborgen war, waren die Röcke des Gewands unanständig kurz und ließen ein paar schöne, aus weichem Stoff genähte Glieder sehen. Domenic wusste nicht, ob er es lustig oder skandalös finden sollte.

Die Bewahrerin begann zu sprechen, und er erkannte die Stimme von Illona Rider, dem rothaarigen Mädchen. Von dem Text, den sie aufsagte, bekam Domenic rote Ohren, und seine Wangen brannten vor Verlegenheit. Solche Dinge durfte eine junge Frau nicht aussprechen, vor allem nicht, wenn sie so nett zu sein schien wie Illona! Und sie hätten es nie gewagt, ein Stück wie dieses in Arilinn oder einem anderen Turm aufzuführen. Er begann zu verstehen, warum Regis allzu häufige Besuche des Fahrenden Volks in Thendara unterbunden hatte.

Herm stand jetzt genau hinter Domenic und hatte eine Hand auf seine Schulter gelegt. Der Junge spürte die Verwunderung und das Missvergnügen seines Onkels und fühlte sich nicht mehr ganz so verunsichert. Nicht, dass er ein Tugendbold gewesen wäre, aber was die Puppe von sich gab, war einfach schändlich. Schlimmer noch war, dass die Leute im Publikum lautstark lachten und eigene deftige Kommentare hören ließen. Domenic spürte ganz allgemein, dass die Bewohner der Stadt die Türme nicht besonders schätzten, was ihm seltsam und verwirrend vorkam.

Eine zweite Puppe gesellte sich zu der Bewahrerin auf der Bühne, und die beiden ergötzten sich in Wortspielen, die das

Publikum zu donnerndem Beifall hinrissen. Domenic lauschte und fragte sich, wie Illona es fertig brachte, zwei so verschiedene Stimmen zu erzeugen, und dann fing er erst richtig an, auf das Wortgeplänkel zu achten. Es war mehr als unanständig, fast schon obszön. Eine Frau in Domenics Nähe packte ein junges Mädchen am Arm und schleifte es mit empörtem Gesicht in die Menge zurück. Andere um ihn herum begannen unruhig zu werden, einige Zuschauer verließen den Hof, wobei sie sich wiederholt umblickten, während sie hastig in der schmalen Straße hinter dem Gasthaus verschwanden. Sie fanden eindeutig keinen Gefallen mehr an dieser Unterhaltung.

Ist das typisch, Tomas?

Ich weiß es nicht. Ich habe das Fahrende Volk nur zweimal in Arilinn gesehen, aber dort sie haben nie etwas wie das hier aufgeführt. Schlimm, was? Hmm. Illona sagte, dass sich ein Mann namens Mathias der Truppe angeschlossen habe, und der hat ein paar Stücke geschrieben, die sie anscheinend ... unschicklich fand.

Das hier ist schlimmer als unschicklich – es ist subversiv. Sich über eine Institution ein bisschen lustig zu machen, ist ja gut und schön, aber das hier geht weit darüber hinaus. Wenn das Fahrende Volk solche Dinge in den Städten und Dörfern aufführt, dann wundert mich wirklich, dass man sie bis jetzt gewähren ließ. Dieses ganze Zeug, dass man die einfachen Leute angeblich einschränkt und ihnen das Getreide wegnimmt ... das schürt nur Unmut. Ich stelle mir unter Belustigung jedenfalls etwas anderes vor, und beim Publikum kommt es auch nicht gut an. – Wer soll das jetzt sein?

Eine dritte Marionette war auf nun auf der Bühne, eine männliche Figur mit schönen, wenn auch grellbunten Kleidern und einer Narrenkappe mit zwei Spitzen und einer schwankenden Krone außenrum. Die Puppe war schlecht gemacht und anscheinend hastig zusammengebaut worden, denn sie besaß nicht die Qualität der beiden anderen. Sie hatte ein lüsternes Gesicht und Beine, die sehr unmännlich trippeln konnten. In Domenic brandete Wut auf, als er sie sah, denn trotz der groben Machart der Figur war das weiße Haar unter der Kappe unverkennbar. Es konnte sich nur um Regis Hastur handeln. Der Junge war wie betäubt und außer sich zugleich.

Er senkte den Blick und starrte auf den bloßen Kopf eines Balgs genau vor ihm. Er fragte sich, was der kleine Junge wohl von dem hielt, was er da sah. Wahrscheinlich verstand er nicht einmal die Hälfte, denn er wirkte verwirrt und unruhig. Domenic wollte dem Spiel der Puppen nicht länger zusehen und wünschte, er wäre hundert Meilen weit weg.

Um sich herum spürte er die Menge vor und zurück wogen. Die fröhliche Stimmung, die noch vor wenigen Minuten geherrscht hatte, war verflogen. Ein Raunen erhob sich, aus dem in kürzester Zeit empörte Schreie wurden. Witze auf Kosten einer imaginären Bewahrerin zu machen, war offenbar in Ordnung, den Herrscher Darkovers zu beleidigen, hingegen nicht.

Als Domenic aufsah, erkannte er, dass den Puppenspielern nicht bewusst war, was sich vor ihrem Wagen tat. Die Menge wurde nun sehr wütend. Dann ging alles so rasch, dass die Strippenzieher vom Fahrenden Volk völlig überrumpelt wurden. Ein halbes Dutzend stämmiger Männer, ein wenig betrunken vielleicht, stürmten mit schwerfälligen Bewegungen nach vorn. Einer packte die beleidigende Puppe und zerrte mit einem heftigen Ruck daran. Die Fäden rissen.

Diese Tat ließ das restliche Publikum in Aktion treten. Im Nu war der Wagen von zwanzig aufgebrachten Männern umzingelt, einer zog die Tür am hinteren Ende auf und kletterte hinein. Andere rissen an der bemalten Leinwand oder den übrigen Figuren, und der Aufruhr breitete sich durch die ganze Menge aus. Die Bürger der Stadt stürzten sich wütend auf das Fahrende Volk, sie ergriffen den unschuldigen Jongleur und jeden anderen, der bunte Gauklerkleidung trug, und an einem halben Dutzend Stellen im Hof brachen Faustkämpfe aus.

Der Mann zerrte die schreiende Illona aus dem Wagen und schlug ihr heftig ins Gesicht. Ein anderer versuchte das Mädchen von dem Angreifer wegzuziehen, und das Geschrei zwischen den beiden mündete in einen weiteren Faustkampf. Zwei Wachtposten versuchten die Ordnung wiederherzustellen, aber es waren bereits zu viele Kämpfe im Gange, als dass sie den wütenden Mob noch bändigen konnten. Die Leute wollten jetzt Blut sehen, und es spielte keine große Rolle mehr, wessen Blut es war.

Domenic nutzte erneut seine geringe Größe aus, flitzte zwischen mehreren tobenden Männern hindurch und packte Illona an der Hand. Sie versuchte sie zurückzuziehen, bis sie erkannte, dass er ein Retter war und kein Feind. »Komm«, rief er, »hier bist du nicht sicher.«

Illona blickte sich um, ihre Augen waren vor Entsetzen geweitet, und dann stürmten sie durch das Hoftor hinaus in das Halbdunkel dahinter. Als sie einen kurzen Schmerzensschrei ausstieß, blieb Domenic stehen. Dann erst bemerkte er, dass sie keine Schuhe trug und sich den Zeh an einem Stein angestoßen hatte. Sie hatte nichts weiter an als ihr Unterhemd und einen Schlüpfer, und Domenic konnte erkennen, wie sich die kleinen Brüste unter dem dünnen Gewebe hoben und senkten, während Illona ängstlich keuchend neben ihm stand.

Im ersten Moment war er so verdutzt, dass er zu keiner Bewegung fähig war. Illona stand einfach nur neben ihm und schnappte erschrocken nach Luft. Dann riss er sich den Umhang von den Schultern und legte ihn um sie. Einen Augenblick später tauchte Rafaella aus der Dunkelheit auf, und Domenic kam zu Bewusstsein, dass erst Sekunden vergangen waren, seit er das Mädchen aus dem Getümmel gezogen hatte. Er war noch nie so froh gewesen, die Entsagende zu sehen.

Der Tumult der Kämpfenden begann aus dem Hof zu drängen. Rafaella packte die beiden an den Schultern und führte sie zur Rückseite des Gebäudes. Je weiter sie sich entfernten, desto mehr ließ der Radau nach, und schließlich hielt die Entsagende an einer nicht einsehbaren Stelle an. »Ich glaube, wir bleiben lieber außer Sichtweite, bis sich alles ein wenig beruhigt hat«, schlug sie mit leicht zittriger Stimme vor. »Wie konntest du nur so etwas tun, Kind?«

»Ich hab doch gar nichts getan«, fauchte Illona zurück. Ihre Angst ging in Zorn über, und sie wischte sich eine verfilzte Haarsträhne aus dem verschwitzten Gesicht. Sie funkelte die Frau wütend an, ohne Furcht, ihr zu widersprechen.

»Unter ›nichts‹ verstehe ich etwas anderes, als Regis Hastur lächerlich zu machen. Er ist noch keine zehn Tage tot! Und warum bist du nicht angezogen?«, fragte Domenic und ließ allen Zorn in seine Worte fließen.

Illona zuckte mit den Achseln und zog fröstelnd den Umhang fester um ihren Körper. »Es wird sehr heiß im Wagen, und eng ist es dazu. Ich wäre patschnass, wenn ich alles anbehalten würde. Und was die Puppe betrifft – die Hasturs sind doch nur ein Haufen Schmarotzer.«

Zu Domenics Überraschung packte Rafaella das Mädchen an den Schultern und schüttelte es, bis er Illonas Zähne aufeinander klappern hörte. »Wie kannst du es wagen, so zu sprechen! Du bist ein dummes Mädchen! Ich werde dir beibringen, dass Regis Hastur ein Freund von mir war und einer der großartigsten Menschen, die jemals gelebt haben. Wer hat euch zu diesem Stück angestiftet? Los, sag es mir, oder ich prügle dir dein bisschen Verstand aus dem Leib.«

Domenic hatte seine Tante noch nie wütend gesehen, und er war ziemlich eingeschüchtert. Es erinnerte ihn ein bisschen an die seltenen Wutanfälle seiner Mutter, aber Rafaella besaß ein gewisses Maß an Zurückhaltung, das Marguerida fehlte. Er spürte die tiefe Loyalität der Entsagenden, ein schlichtes, verlässliches Gefühl, das ihn enorm beruhigte.

Illona hingegen schien sowohl ihre Furcht als auch ihren gesunden Menschenverstand verloren zu haben. Sie entzog sich Rafaellas Griff und funkelte sie wütend an. »Jeder weiß doch, dass die Domänen das Volk von Darkover unterdrücken und dass wir sie loswerden müssen, wenn es uns besser gehen soll.«

Domenic reagierte nicht sofort. Das Mädchen benutzte sonderbare Worte, und er spürte, dass sie nicht Illonas eigenem Denken entstammten, sondern dem einer anderen Person. Sie plapperte etwas nach, das sie gehört hatte, ohne Überzeugung oder echtes Verständnis. Aber hinter den Worten steckte der Kern einer persönlicheren Empfindung, eine verwirrende Mischung aus Angst und Abneigung, deren Gegenstand die Türme waren. Domenic fragte sich, warum sie sich vor den Türmen fürchtete; es war fast, als fühlte sie sich davon bedroht.

Je mehr er darüber nachdachte, desto mehr verwirrte ihn der Text des Stückes. Warum sollte jemand unterstellen, die Türme seien Lasterhöhlen – welchem Zweck konnte das dienen? Dann erinnerte er sich an das Misstrauen, das er zu Beginn des Stücks in der Menge gespürt hatte und das er sich nicht erklären konnte. Was hatte Herm gesagt? Das Stück sei subversiv? Versuchte jemand eine Revolution auf Darkover zu entfachen? Aber wer und warum? Hatte das Fahrende Volk immer solche Stücke aufgeführt, wenn es nicht in Thendara war?

In diesem Moment wurde er aus seinen Gedanken gerissen, weil Rafaellas Zorn entbrannte. Sie hob die Hand, um das Mädchen zu schlagen. Domenic packte sie am Handgelenk und schüttelte den Kopf. »Wer hat dir denn diese Lüge erzählt,

Illona?«, fragte er. »Und wer ist jeder?« Es gelang ihm, ruhig zu sprechen, aber sein Herz schlug heftig.

Illona sah ihn an, ihr Blick war beinahe ausdruckslos. »Na, unser Kutscher und eine Menge von den andern, würde ich sagen. Mathias, der das Stück geschrieben hat, sagt ... wenn Regis Hastur nicht wäre, könnten wir in Luftautos herumfliegen, in schönen Häusern wohnen und ...« Ihre Stimme war jetzt tonlos, und Domenic merkte, dass sie sich in sich selbst zurückzog, dass die Gewalt, die sie gerade erlebt hatte, endlich ihren Verstand erreichte und sie in eine Art Schock versetzte.

»Und natürlich ist Mathias ein Mann, der sich genau auskennt, der auf Burg Comyn war und diese so genannte Unterdrückung mit eigenen Augen gesehen hat«, bemerkte Domenic. Trotz seiner Zuneigung zu dem Mädchen war er immer noch zornig, und es half ihm, das auszusprechen.

»Das nicht«, gab sie unterwürfig zu. Dann schien sie ihre Kräfte zu sammeln und ein wenig von der Angst und dem Schock abzuschütteln. »Aber die Tatsache, dass wir nur zu Mittsommer und Mittwinter nach Thendara dürfen, beweist doch, dass sich die Hasturs vor uns fürchten, also muss es stimmen.«

»Deine Logik ist einwandfrei, aber die Annahmen, die ihr zu Grunde liegen, sind falsch.«

Sie kniff die Augen zusammen und betrachtete ihn im schwachen Lichtschein, der vom Gasthaus herüberfiel. Langsam dämmerte ihr eine Erkenntnis. »Ich habe dich in Thendara gesehen, oder? Du hast Wache gestanden, direkt an der Burg. Du bist einer von ihnen! Du siehst nur ganz anders aus mit dem offenen Haar und ohne Uniform. Du bist ein Spion der Hasturs!«

Ich muss zusehen, dass ich hier wegkomme, und Tante Loret und den anderen Bescheid sagen!

»Und für wen spionierst *du,* Illona?«

»Ich?«, kreischte sie erstaunt.

»Wer hat dir all dieses lächerliche Zeug erzählt?«, fragte Rafaella ungeduldig. »Und wann hast du es gehört?«

Ein verwirrter Ausdruck trat in Illonas Miene. »Na, Leute wie Mathias halt. Was meinst du mit wann?«

»Hörst du diesen aufrührerischen Unsinn schon dein ganzes Leben lang oder erst seit kurzem?« Domenic spürte Rafaellas Erstaunen über seine Frage, aber er achtete nicht darauf. Er war entschlossen, der Sache auf den Grund zu gehen, und das Mädchen war dabei seine größte Chance. Er wollte den erzwungenen Rapport nicht anwenden, entdeckte aber zu seinem Entsetzen, dass er dazu bereit wäre, wenn es sein musste. Sämtliche in Arilinn gelernten Ethiklektionen schrillten in seinem Kopf, und zum ersten Mal wurde ihm bewusst, wie gefährlich die Alton-Gabe bei jemandem sein konnte, der alle Überlegungen außer seinen eigenen Bedürfnissen beiseite ließ. Er hoffte, Illona würde ihm freiwillig die Wahrheit sagen.

Wer ist dieser Junge, und warum fragt er mich das? Irgendwas stimmt hier nicht, aber ich komme nicht dahinter, was. Er hat Recht – bis zu diesem Frühjahr habe ich nie ein Wort gegen die Hasturs gehört. Da waren wir oben in den Hellers, im Gebiet von Aldaran. Und von da an hat sich alles geändert, glaub ich. Was werden sie wohl mit mir machen?

Illona wirkte plötzlich unterwürfig. »Dieses Frühjahr habe ich es zum ersten Mal gehört.« *Warum erzähle ich ihm das überhaupt? Er schien so nett zu sein, und ich hab ihn gleich gemocht. Aber das ist noch lange kein Grund, mit ihm zu reden. Tante Loret hat dieses Stück nicht gefallen, und jetzt verstehe ich, warum. Ich wünschte, ich wäre woanders. Ich hab Angst.*

»Und dieser Mathias, der das Stück geschrieben hat, wie lange ist der schon bei euch?«

»Er ist dieses Frühjahr zu uns gekommen.«

Der Lärm aus dem Hof ebbte ab, obwohl man immer noch ein wenig Geschrei hörte. Man hörte auch das Krachen von Holz, und Domenic vermutete, dass die aufgebrachten Bewohner der Stadt die Wagen des Fahrenden Volks zertrümmerten. Einen Augenblick später sah er plötzlich Flammen über den Mauern in die Höhe lodern, die den Gasthof umgaben. Jemand hatte eine Fackel in einen der Wagen geworfen.

»Da bist du aber wirklich in eine üble Geschichte geraten, Illona.«

»So viel hab ich auch schon gemerkt«, erwiderte sie mit einem Anflug ihrer früheren Keckheit. Sie biss die Zähne zusammen, zwang sich, gerade zu stehen, und starrte Rafaella und Domenic böse an. Selbst bei der düsteren Beleuchtung konnte man erkennen, dass sie sehr blass war, und die Sommersprossen auf ihrer kräftigen Nase hoben sich deutlich ab. Domenic bewunderte ihre Stärke, ihre Weigerung, völlig vor ihrer schrecklichen Angst zu kapitulieren. Er war sich nicht sicher, wie er sich in der gleichen Lage verhalten hätte.

»Du warst in schlechter Gesellschaft«, sagte Rafaella leise. Sie hatte ihre Beherrschung wiedergewonnen und wirkte ernst und stark in der nächtlichen Düsternis, aber nicht mehr so bedrohlich wie eben noch.

Illona blickte trotzig zu Rafaella auf. »Ich habe nie etwas anderes als das Fahrende Volk gekannt, deshalb kann ich das nicht beurteilen. Meine Tante Loret meint, dass Mathias und ein paar von den anderen ein bisschen verrückt sind, aber ich habe nicht auf sie geachtet.«

Herm Aldaran tauchte plötzlich aus der Dunkelheit auf, sein Gesichtsausdruck war nicht zu deuten. »Ach, da seid ihr. Ich habe gesehen, wie du das Mädchen noch schnell in Sicherheit gebracht hast, und das war gut so! Die Wachtposten und unsere *Freunde* konnten alles unter Kontrolle bringen, aber die meisten Wagen sind nur noch Kleinholz.« Er räusperte sich und trat verlegen von einem Fuß auf den anderen. »Es hat ein paar Tote gegeben ... darunter deine Tante, Illona. Es tut mir Leid.«

Sie reagierte nicht sofort. Sie sah von einem zum anderen, dann traten Tränen in ihre Augen und begannen ihr über die schmutzigen Wangen zu rinnen. Illona gab kein Geräusch von sich, sie weinte nur lautlos vor sich hin und wurde immer kleiner in Domenics Umhang, als könnte sie zu einer Pfütze auf dem Boden zerfließen. Rafaella legte einen Arm um das Mädchen und zog es an sich.

Wer wurde noch getötet?

Sicher bin ich mir nur bei der Frau und dem Jongleur, der zur falschen Zeit am falschen Ort war. Die Menge hat getobt, und ich war froh über die Anwesenheit der Gardesoldaten, auch wenn ich fürchte, dass ihre Anonymität durch ihr Eingreifen zunichte gemacht ist. Es herrscht allerdings immer noch ein großes Durcheinander, und vielleicht fallen sie gar nicht weiter auf. Ich weiß nicht, wo Vancof und der andere Terraner geblieben sind. Ich habe mich nach ihnen umgesehen, aber sie sind anscheinend verschwunden.

Ein innerer Konflikt ließ Domenic in diesem Augenblick zögern. Hermes Aldaran war der Sohn von Damon Aldaran, dem Oberhaupt der Domäne. Natürlich hatte ihm Herm zuvor seine Loyalität versichert, aber die alten Geschichten über den Verrat der Aldarans stiegen mit einem Mal in ihm auf. Regis hatte durchsetzen können, dass *Dom* Damon und Robert Aldaran einen Sitz im Rat erhielten, aber man hatte noch immer ein sehr schlechtes Gefühl hinsichtlich der gesamten Familie. Domenic mochte und vertraute Hermes, und er hielt viel von Robert. *Dom* Damon war derjenige, den er nicht ausstehen konnte. Aber wo würde Herms wahre Loyalität liegen, wenn es zu einem ernsthaften Konflikt kam?

Domenic rang kurz mit diesem Problem. Dann traf er seine Wahl, nachdem er beschlossen hatte, dass keine Zeit blieb, Lew oder seinen Vater zu konsultieren. Der terranische Fremde hatte ständig nach Norden geschaut, und dieser Trupp des Fahrenden Volks war im Frühjahr aus dem Gebiet von Aldaran gekommen – möglicherweise gab es keinen Zusammenhang, aber davon konnte er nicht ausgehen. *Das Mädchen sagt, als sie dieses Frühjahr aus den Bergen kamen, habe sich etwas verändert. Ich glaube, irgendwer in den Hellers führt nichts Gutes im Schilde.*

Domenic war sehr zufrieden mit seiner diplomatischen Ausdrucksweise, aber er hatte nicht mit der schnellen Auffassungsgabe seines Onkels gerechnet. *Falls du meinen Vater meinst, dem traue ich alles zu. Er hegte schon immer einen Groll gegen die Hasturs und glaubte, die Aldarans könnten Darkover besser regieren. Aber diese Geschichte hier ist, ehrlich gesagt, nicht sein Stil, Tomas. Mein Vater ist kein sehr gerissener Mensch, und ich glaube, es würde ihm nie in den Sinn kommen, das Volk aufzuhetzen.*

Nach den wenigen Informationen, die ich über Dom *Damon habe, muss ich dir Recht geben. Aber vielleicht unterstützt er sie irgendwie.*

Wenn er sich in den letzten dreiundzwanzig Jahren nicht sehr verändert hat, bezweifle ich das.

Wieso?

Mein Vater ist ausgesprochen knauserig. Er würde keinen Sekal für etwas ausgeben, wenn er sich nicht eines Ertrags sicher sein könnte. Nein, ich vermute, in der Domäne Aldaran geht etwas vor sich, von dem der alte Mistkerl gar nichts weiß. Ich denke, der Außenposten der Föderation dort oben steckt hinter der ganzen Geschichte.

Ich hoffe, du hast Recht, Onkel Ian.

Das hoffe ich auch, denn bei aller Abneigung gegen meinen

Vater würde ich ungern erleben, dass er an einem Komplott zur Zerstörung der Domänen beteiligt ist.

Es wurde kälter, vor allem ohne Umhang, und Domenic zitterte sowohl wegen der Temperaturen als auch wegen der Worte, die er eben gehört hatte. Das Misstrauen gegen die Aldarans reichte mehrere Generationen zurück, und es war Regis stets ein großes Anliegen gewesen, es zu überwinden. Sollte sich herausstellen, dass sie in ein Komplott zum Sturz der Hasturs verwickelt waren, wäre all diese Mühe vergeblich gewesen. Und mit Hilfe des Fahrenden Volks Unzufriedenheit zu schüren, war sehr geschickt. Die Artisten kamen überall hin und verbreiteten dabei Klatsch.

Aber Onkel Herm hatte in einer Beziehung Recht – es passte nicht zu dem Verhalten, das *Dom* Damon in der Vergangenheit gezeigt hatte. Er neigte dazu, sich polternd und unter Einsatz der Ellenbogen seinen Weg zu bahnen. Domenic fühlte sich einen Moment lang sehr jung und hilflos, als hätte man ihm zu viel aufgebürdet. Und als würde Herm spüren, was in ihm vorging, legte er ihm ermutigend die Hand auf die Schulter. »Sehen wir zu, dass wir aus dieser Kälte herauskommen, ja?« *Und gib Lew über die neuesten Entwicklungen Bescheid.*

18

Domenic sah Herm im flackernden Hoflicht einen Moment lang an. Dann sagte er: »Wir sollten uns erst vergewissern, dass die Situation unter Kontrolle ist.« Seine Worte überraschten ihn selbst, und die feste Stimme, die aus seiner Kehle drang, schien einer anderen Person zu gehören – einer, die älter und stärker war als er.

»Ja, auf ein paar Minuten kommt es wohl auch nicht mehr an«, pflichtete Herm bei. »Rafaella, nimm bitte Illona mit. Sie braucht ein heißes Bad – sieh nur, wie sie zittert.«

»Ich will nicht mit ihr gehen«, heulte Illona los, die plötzlich sehr jung und verängstigt klang. »Ich will zu meiner Tante!«

»Ich weiß«, begann Rafaella freundlich. »Aber du wirst mit mir vorlieb nehmen müssen. Es fängt bald zu regnen an, und wenn du hier draußen bleibst, holst du dir eine Lungenentzündung und musst lauter widerliches Zeug trinken, damit du wieder gesund wirst.«

»Ich wünschte, ich wäre auch tot«, stöhnte das Mädchen.

»Das tust du nicht!«, sagte Herm streng. »Und deine Tante würde auch nicht wollen, dass du tot bist – sie wollte, dass du gut aufgehoben bist, mein Kind.«

»Ich ... kann nicht glauben, dass sie tot ist. Jetzt bin ich ganz allein ... was soll nur aus mir werden?«

»Dir wird nichts geschehen«, sagte Rafaella fast zärtlich zu dem Mädchen. »Komm jetzt mit.« Illona zögerte, doch schließlich ließ sie sich von der Entsagenden wegführen.

Es wurde kälter, und Domenic bedauerte, dass er seinen Umhang nicht mehr hatte. Er wäre dem Mädchen und Rafaella gern in die Wärme des Gasthofs gefolgt. Stattdessen ergriff sein Pflichtgefühl von ihm Besitz – dem er eigentlich hatte entfliehen wollen – und er marschierte zielstrebig in den Hof zurück. Das Feuer strahlte eine große Hitze ab, und es war unnatürlich warm. Wo man hinsah, herrschte Zerstörung. Domenic musste Herm den alten Gardesoldaten vorstellen, die dabei halfen, die Brände zu löschen und die Toten und Verwundeten wegzutragen.

Dennoch war die Szenerie im Innenhof nicht ganz so chaotisch, wie er befürchtet hatte. Die meisten Feuer begannen mangels Nahrung langsam auszugehen. Ein fürchterlicher Geruch lag in der Luft, nach verbranntem Holz, Farbe und wahrscheinlich auch Fleisch. In den Wagen waren Menschen gewesen, als sie in Flammen aufgingen, und nicht alle konnten entkommen. Es drehte Domenic den Magen um.

Dann erblickte er Duncan Lindir und ging zu ihm. Der Mann war sehr blass im verbleibenden Licht. »Wie viele Tote habt ihr gefunden?«

»Sechs Leute vom Fahrenden Volk, *vai Dom,* und einen Mann aus der Stadt. Es könnten noch mehr in den Trümmern liegen, man kann sie noch nicht wegräumen, wegen der Hitze, aber ich hoffe es nicht. Dann gibt es eine ganze Reihe Verwundeter, aber die genaue Zahl weiß ich noch nicht. Hauptsächlich gebrochene Arme und Kopfverletzungen. Die Heilerin der Entsagenden kümmert sich zusammen mit einer Heilerin aus der Stadt um sie.«

»Sehr gut, Duncan. Das ist Herm Aldaran.«

Duncan deutete eine knappe Verbeugung an, als würde er einem Aldaran nur widerwillig Respekt zollen. »Ich habe Anweisung, nach Euren Befehlen zu fragen, aber ich hatte bisher nicht die Gelegenheit dazu, *Dom.«* Sein Tonfall war kaum noch höflich zu nennen, als müsste er sich zwingen, die Worte auszusprechen, ohne zu meinen, was er sagte.

»Sei's drum, ich habe sowieso keine«, antwortete Herm, der so tat, als hätte er die leichte Unhöflichkeit des Mannes nicht bemerkt. »Ich würde gern den Rest von euch kennen lernen.«

»Na ja, sie sind ziemlich ...«

»Ich meine natürlich nicht sofort, Mann! Ich sehe doch auch, dass sie sehr beschäftigt sind. Zeig einfach auf sie und nenn mir ihre Namen ... wenn du so freundlich sein könntest.«

Die Ironie der Antwort entging Lindir nicht, und er verzog den Mund zu einer Art Lächeln. Dann nickte er, und Domenic fühlte, wie die kaum unterdrückte Feindseligkeit des alten Gardesoldaten zu schwinden begann. Er beobachtete die beiden Männer, die nun leiser sprachen, und fragte sich, wie sein Onkel das anstellte. Es war die gleiche Geschichte wie am Nachmittag mit Loret. Aber jetzt versuchte Herm nicht charmant zu sein, sondern er war geschäftig und unpersönlich. Falls es ein *Laran* für Überzeugungskraft gab, dann besaß es Herm offenbar. Domenic ging unruhig und nervös weiter. Wo waren Vancof und der andere Mann geblieben? Waren sie bei dem Tumult verwundet oder gar getötet worden?

Er ging zu der Stelle, an der er den Terraner zuletzt gesehen hatte, ein stockdunkler Winkel, wo die Ställe an die Mauer des Gasthofs stießen. Dort stand eine niedrige Bank, auf der die Pferdeknechte und Stallburschen auf Reisende warteten oder sich von ihrer Arbeit ausruhten; man konnte die Bank nur als einen tieferen Schatten an der Wand des Gasthofs ausmachen. Domenic blieb einen Augenblick stehen, bis sich seine Augen an die fast vollkommene Dunkelheit gewöhnt hatten, und dann sah er den Stiefel.

Er ging in die Hocke und spähte unter die Bank. Das Leder des Stiefels hatte früher einmal geglänzt, aber nun war es abgestoßen und ein bisschen schmutzig. In dem Stiefel steckte ein Bein, und als Domenic besser sehen konnte, erkannte er, dass er auf die Leiche des namenlosen Mannes blickte. Er regte sich kein bisschen, auch die Brust hob und senkte sich nicht. Der Junge schluckte mehrere Male heftig, dann schloss er die Hände um den Stiefel.

Er stand auf und versuchte die Leiche unter Einsatz seines Körpergewichts unter der Bank hervorzuziehen. Der Mann war schwer, aber schließlich glitt er über das unebene Pflaster des Hofes. Domenic hörte Schritte hinter sich, und einen Augenblick später war Abel MacEwan neben ihm, stieß ihn entschlossen beiseite und nahm die Last des leblosen Körpers in seine größeren und tüchtigeren Hände.

Der Rumpf des Toten war seitlich gelagert gewesen, aber nun rollte er auf den Rücken, und Domenic sah das Heft eines Messers aus der Brust ragen. Um die Wunde herum hatte sich ein Fleck ausgebreitet, der sich dunkel von dem braunen Stoff des Übergewandes abhob. Jemand brachte eine Fackel, und Domenic starrte in das Gesicht des Fremden.

Seine Augen waren geöffnet und auch der Mund stand leicht offen. Der Mann wirkte noch im Tod überrascht. Domenic konnte den Blick nicht abwenden, bis schließlich Abel und ein zweiter Gardesoldat den Leichnam an Armen und Beinen hochhoben und ihn wegzutragen begannen.

Überrascht war nicht das richtige Wort – verraten. Während er vor Entsetzen noch leicht schwankte, machte sich Domenic bewusst, dass niemand aus der kleinen Stadt den Mann getötet hatte. Es musste Vancof gewesen sein – warum er das getan hatte, war allerdings ein Rätsel. Dann fiel ihm ein, dass er am Morgen gesehen hatte, wie der Tote dem Kutscher etwas gegeben hatte. Er schloss die Augen und versuchte sich jede Einzelheit ins Gedächtnis zu rufen. Es war ein zusammengefaltetes Stück Papier gewesen und noch ein weiterer, viereckiger Gegenstand.

Nun, da die Feuer gelöscht waren, ließ die Abendkühle Domenic frösteln. Doch trotz dieser Unannehmlichkeit rührte er sich nicht vom Fleck, er war wie erstarrt vor Trauer und Entsetzen. Er versuchte sich gewaltsam an alles zu erinnern, was er von Vancofs Gedanken mitgehört hatte. Das meiste war ein sinnloses Durcheinander gewesen, aber einige Ausdrücke schienen von Bedeutung zu sein. Das Wort »Befehle« tauchte ständig auf, und diese hatten dem Kutscher nicht gefallen, er hatte sich gefürchtet. Was hatte man ihm befohlen – seinen Verbündeten zu töten? Aber das war doch Wahnsinn! Dennoch, es schien keine andere Erklärung zu geben, und Domenic zwang seinen Verstand, sie zu akzeptieren.

Mittlerweile bebte der Junge beinahe vor Kälte und innerem Aufruhr, und er schleppte sich ins Gasthaus zurück. Die Wärme, die ihm nach den ersten Schritten entgegenschlug, kam ihm beinahe fiebrig vor. Er wischte sich rau mit dem Ärmel übers Gesicht. Dann sank er, zu müde, um weiterzugehen, auf eine Bank nahe des Eingangs.

Er spürte, wie seine Selbstbeherrschung in einer Flut fremdartiger Empfindungen dahinschwand. Er hätte gern geweint, aber es kamen keine Tränen. Er hatte das Gefühl, zu Stein geworden zu sein, und sehnte sich nach Erlösung. Es hatte Tote gegeben, unschuldige Menschen wie Illonas Tante Loret, die er nur für die Dauer weniger Minuten gekannt hatte. Der Terraner, dessen Namen er nie erfahren hatte, war ebenfalls tot. Er hatte die anderen nicht gesehen, aber er hatte den unbekannten Terraner gesehen, und er wusste in seinem tiefsten Innern, dass dieser den Tod nicht verdient hatte.

Die tiefe Trauer um Regis Hastur, die er seit Tagen unterdrückt hatte, stieg nun wieder in ihm auf. Er erinnerte sich an einzelne Erlebnisse, angenehme Momente, in denen sein Großonkel gelöster Stimmung gewesen war. Dann hatte er zu Großvater Lews sichtlichem Unbehagen Geschichten von der Sharra-Rebellion erzählt, und irgendwie ließ er die Ereignisse weniger schmerzlich erscheinen, als sie gewesen sein mussten. Domenic dachte an Regis' Charme und Witz, an die Art und Weise, wie er seine Mahlzeiten aß, und an viele andere

Kleinigkeiten. Sein Erinnern schien einem so großen Mann irgendwie nicht zu genügen.

Die Brust des Jungen schmerzte, und in seinen Schläfen pochte das Blut. Eine Träne rollte ihm über die Wange, und er wischte sie mit einem zitternden Finger weg. Er war doch nur weggelaufen, weil er sich ein bisschen amüsieren wollte, und jetzt gab es Tote und Verletzte und mehr Schmerz, als er ertragen konnte. Das war kein Abenteuer mehr, das war ein Albtraum, aus dem es kein Entrinnen gab!

Wenn doch nur Lew oder seine Mutter bei ihm wären, um ihm zu helfen und ihm zu sagen, wie er sich fühlen sollte. Vom Verstand her wusste Domenic, dass die Unruhen ohnehin ausgebrochen wären, egal ob er dabei war oder nicht, aber er fühlte sich trotzdem verantwortlich. Nachdem er eine Weile in Gedanken bei diesem beunruhigenden Ereignis verweilt war und sich mit jedem Augenblick schlechter gefühlt hatte, setzte sich schließlich sein gesunder Menschenverstand durch. Er hing morbiden Gedanken wegen Dingen nach, auf die er keinen Einfluss hatte. Er musste sich zusammennehmen und seinen Großvater von den Ereignissen in Carcosa unterrichten. Wenn doch nur sein frierender und müder Körper mitmachen wollte!

Domenic zwang sich aufzustehen und stolperte halb die Treppe hinauf zu seinem Zimmer. Dort angekommen, knallte er die Tür zu und sank auf das Bett. Sein Atem ging stoßweise, er bemühte sich, ihn zu beruhigen. Schließlich verlangsamte sich sein Herzschlag, und die schrecklichen Gedanken, die ihm wild durch den Kopf schossen, begannen sich zu setzen. Er schloss fest die Augen, presste beinahe wütend die Lider aufeinander und versuchte vergeblich, die Bilder der Zerstörung aus seiner Vorstellung zu verbannen.

Von unten hörte er Stimmen, Stadtbewohner ebenso wie die Männer von der Garde. Der Übelkeit erregende Geruch von verbranntem Holz und Fleisch hing immer noch in der Luft, wie es schien. Doch dann wurde ihm klar, dass der Gestank in seinen Kleidern, in seinem Haar und auf seiner Haut war, und er hätte sich beinahe übergeben. Er zog sich das Übergewand über den Kopf und warf es in die entfernteste Zimmerecke. Diese Handlung belebte ihn so weit, dass er es fertig brachte, alle Kleidungsstücke abzulegen und sich mit kaltem Wasser zu waschen, das er aus dem Krug in die Waschschüssel schüttete. Danach zog er eines von den sauberen Hemden an, die er auf dem Markt erstanden hatte, und dazu die Hose vom Vortag. Der tröstliche Pferdegeruch daran schien den Pesthauch des Todes in den abgelegten Kleidern ebenso zu vertreiben wie die Gerüche, die durch das Fenster hereinwehten.

Nach mehreren Minuten hörte er draußen das leise Prasseln von Regen, ein liebliches Geräusch nach so vielen Schrecknissen. Er saß einfach nur da und lauschte, sein Kopf war beinahe leer. Schließlich wollte er weiter nichts als ins Bett fallen und sich die Decke über die Ohren ziehen. Aber er hatte noch etwas zu erledigen – was war es nur gleich wieder gewesen? Ach ja, er musste mit seinem Großvater Verbindung aufnehmen. Wie sollte er die Kraft dafür aufbringen?

Seine Gedanken schweiften ziellos umher und wollten nicht auf den Punkt kommen, und er ertappte sich dabei, dass sie wieder zu dem Mädchen, zu Illona, zurückkehrten. Er war froh, dass sie bei Rafaella in Sicherheit war. Wenn die Leute von Carcosa sie entdeckt und als eine Angehörige des Fahrenden Volks erkannt hätten, wäre sie vielleicht verletzt oder getötet worden. Das hätte Domenic nicht ertragen, auch wenn er nicht genau wusste, warum er sich so viel aus einem Menschen machte, den er kaum kannte. Er dachte bei sich, dass er sie eben mochte, auch wenn sie nur ein dummes, ungebildetes Mädchen war. Nein, dumm war sie nicht – nur sehr töricht und unwissend. Wenn sie wenigstens nicht so anziehend ausgesehen hätte in ihrer Unterwäsche! Warum konnte sie nicht hässlich oder zumindest unscheinbar sein? Dann würde es ihm leichter fallen, sie zu verachten, was er zweifellos tun sollte. Stattdessen verspürte er denselben Drang, sie zu beschützen, den er immer bei Alanna empfand. Das war alles sehr verwirrend.

Es war sogar mehr als das. Nach kurzer, aber unbarmherziger Selbstprüfung wurde Domenic bewusst, dass seine Gedanken, was Illona anging, fast schon als lüstern bezeichnet werden konnten. Das überraschte ihn, und es widerte ihn an. Wie konnte er in einer Zeit wie dieser an solche Dinge denken? Was war er bloß für ein abnormaler Mensch?

Wütend auf sich selbst, zwang er seine Gedanken weg von der Erinnerung an Illonas jugendliche Brüste und ihren schlanken Körper unter der Wäsche. Herm hatte ihm aufgetragen, Lew von den neuesten Entwicklungen zu unterrichten, und er hatte es noch immer nicht getan. Er war hier, weil er die Alton-Gabe besaß und müheloser mit seinem Großvater kommunizieren konnte als jemand, dem dieses Talent fehlte. Einen Moment lang verwünschte er seine Gabe, dann verbannte er den Gedanken rasch wieder. Warum konnte er nicht immer nur jeweils eine Empfindung haben, statt dieses Kuddelmuddels? Und warum brachte er das Bild des toten Terraners nicht aus dem Kopf?

Schließlich begann er sich zu beruhigen, und obwohl er wusste, dass sein fruchtloser innerer Kampf nur wenige Minuten gedauert hatte, kam es ihm vor, als wären mehrere Stunden vergangen. Er hatte einen sauren Geschmack im Mund, und sein Magen war ein einziger Knoten. Domenic hatte wie ein Erwachsener behandelt werden wollen, nicht wie ein Kind, und jetzt war er wütend, weil er die Pflichten eines Erwachsenen zu erfüllen hatte. Zuletzt gestand er sich ein, dass ihn der plötzliche Ausbruch von Gewalt, dessen Zeuge er geworden war, doch sehr verängstigt hatte, und er erkannte, dass er nicht ganz bei Verstand gewesen sein konnte, als er drauflosstürzte, um Illona zu retten. Er wartete, bis das Angstgefühl von allein verging, und überlegte, ob er ein Feigling war, ob es normal war, hinterher zu erschrecken. Es gab niemanden, den er danach fragen konnte, und schließlich gab er es auf. Angst war ein Luxus, den er sich ein andermal leisten konnte.

Er stand auf und, spülte sich an der Waschschüssel den Mund aus und spritzte sich kaltes Wasser ins Gesicht. Nachdem er sich mit einem Handtuch abgetrocknet hatte, ging er zurück zum Bett und zwang sich zu der inneren Ruhe, die er brauchte. Es war schwer, aber die Alton-Gabe konnte große Entfernungen überbrücken, und schon nach kurzer Zeit berührte er den vertrauten Geist seines Großvaters.

Lew!

Hallo, Domenic. Du wirkst ... aufgeregt. Ist unsere Verstärkung heil angekommen? Die mentale Stimme klang übertrieben herzlich, und Domenic spürte, wie sich sein Herz heftig zusammenzog. War in Thendara etwas Schlimmes passiert? Reagierte er übertrieben auf Lews Sorge um ihn und sah Gespenster, anstatt sich wie ein Erwachsener zu benehmen? Er zwang sich zur Ruhe und versuchte, seine Gedanken zu ordnen.

Ich bin aufgeregt. Ich habe gerade meine erste Straßenschlacht gesehen, und hoffentlich auch meine letzte. Das Fahrende Volk hat versucht, ein Stück aufzuführen, bei dem das Publikum wütend wurde – es war ein widerliches, unanständiges Stück. Sie haben sich über Regis lustig gemacht, aber es war keine Spur lustig. Es war so hässlich. Onkel Herm sagte, es sei subversiv und solle das Volk gegen den Comyn aufhetzen! Es hat alles als nette Abendunterhaltung begonnen, aber im Nu ist aus den Bewohnern Carcosas ein wütender Pöbel geworden. Sie haben die Wagen zerlegt und verbrannt. Es gab Tote.

Ist alles in Ordnung mit dir? Lews Tonfall klang beunruhigt, auch wenn es sich um eine gewöhnliche Frage handelte.

Ja, aber bitte erzähl Mutter nichts von der Sache. Sie würde sich auf der Stelle auf ihr Pferd schwingen und die alte Nordstraße hinausreiten. Aber da ist noch etwas, und das ist schlimmer, glaube ich. Anscheinend war diese Truppe des Fahrenden Volks im letzten Winter oben in den Hellers, in der Domäne Aldaran, und als sie zurückkamen, war nicht nur dieser Vancof bei ihnen, von dem ich dir erzählt habe, sondern auch noch ein paar andere Leute, die eine Geschichte verbreitet haben, in der ... ich weiß gar nicht, wie ich es nennen soll. Es sieht aus, als versuchten sie die Leute auf die Hasturs, die Domänen und die Türme allgemein wütend zu machen. Ich weiß nicht, ob es nur dieser Haufen war oder auch andere Gruppen des Fahrenden Volkes.

Zu Mittsommer gab es einen kleinen Tumult auf dem Pferdemarkt, in den das Fahrende Volk verwickelt war. Regis hat sogar überlegt, sie völlig aus der Stadt zu verbannen, weil es in letzter Zeit auch noch andere Zwischenfälle gab. Falls es also nicht die Gruppe bei dir oben war, könnte es sein ...

Großvater, ich glaube, jemand benutzt das Fahrende Volk, um die Leute aufzuhetzen. Und zwar entweder die Terraner oder ... oder Dom *Aldaran.*

Das habe ich befürchtet. Armer Dom *Damon – er ist so ehrgeizig, aber ständig werden seine Pläne vereitelt. Eigentlich komisch, dass alle Befürchtungen Javannes, Mikhail könnte Darkover an die Terraner ausliefern, sich wahrscheinlich viel eher bewahrheiten werden, falls Damon Aldaran je einen Zipfel Macht in die Hand bekommt.*

Aber das kann nicht passieren, oder?

Die Hasturs regieren Darkover schon sehr lange, Dome-

nic, aber nichts dauert ewig. Doch, ja, falls deinem Vater, dir und Rhodri und ein paar anderen ausgewählten Leuten etwas zustieße, dann könnte sich Damon Aldaran zum Herrscher erklären.

Wie das?

Über Gisela und ihre Ehe mit deinem Onkel Rafael natürlich. Das hätte sogar einen Anschein von Legitimität. Aber wir brauchen nicht zu spekulieren. Du und dein Bruder seid beide ausgesprochen lebendig und wohlauf, und euer Vater ebenso. Er ist übrigens gerade eingetroffen.

Wer? Vater?

Nein. Dom *Damon und Robert Aldaran. Sie sind hierher geflogen, was ein Fehler war. Die Landebahn ist seit zwei Tagen gesperrt, die Terraner hätten sie beinahe in Ketten gelegt. Robert gelang es, sich herauszureden, aber Damon ist ausnehmend wütend.*

Schade, dass er das Oberhaupt einer Domäne ist, sonst könnte man ihn in den Keller sperren, bis die ganze Geschichte vorbei ist.

Das wäre zweifellos verlockend. Aber wenn man mal einen modrigen Kerker braucht, ist anscheinend nie einer da. Die Terraner haben hier einigen Ärger gemacht, seit du weg bist, und wir bauen das alte Waisenhaus zu einem Gefängnis um.

Großvater! Bleib ernst!

Ich mache keine Witze. Ob Dom *Damon wohl von diesem Komplott weiß ... nein, ich glaube nicht. Aber falls der Trauerzug angegriffen wird, ist er ebenso in Gefahr wie wir alle. Das Problem bei einem Gefecht ist, dass sich nicht planen lässt, wer es überlebt und wer nicht, und wenn die Terraner beabsichtigen, Damon an die Macht ...*

Großvater!

Tut mir Leid, Domenic. Ich bin im Moment extrem unter Druck. Rafe Scott hat herausgefunden, dass die Föderation aus Gründen, die noch nicht klar sind, die Kommunikation mit Darkover unterbrochen hat, und vielleicht stellt sich die Befürchtung, der Trauerzug könnte angegriffen werden, als grundlos heraus. Ich weiß nicht, ob Belfontaine es riskieren würde, ohne Genehmigung zu handeln, und ich kann nicht, so wie früher, mal eben im Hauptquartier vorbeischauen, um zu sehen, woher der Wind weht. Ich hoffe aufrichtig, das alles erweist sich als Sturm im Wasserglas, denn ich bin nicht besonders versessen darauf, mit meinem rostigen Schwert gegen Hochleistungswaffen anzutreten.

Darüber haben Onkel Herm und ich vor einer Weile auch schon nachgedacht. Es ist so vieles passiert, Großvater, und in meinem Kopf herrscht ein einziges Durcheinander.

Lass dir Zeit, Domenic.

Es fing damit an, dass der terranische Spion aus Thendara ...

Der was?

Ich hab dir doch erzählt, dass ich gestern Abend zwei Männer gesehen habe – Granfell und noch einen. Na ja, und dieser andere kam heute am späten Nachmittag hier angeritten, bevor die alten Gardesoldaten eintrafen.

Und weiter?

Er gesellte sich zu uns, um dem Fahrenden Volk zuzusehen, und mir ist aufgefallen, dass er ständig zum Himmel hinaufschaute, allerdings nicht nach Süden, in Richtung Thendara, sondern nach Norden. Ich habe es Onkel Herm gesagt, und er fragte, wie viele Soldaten oben in der Domäne Aldaran stehen. Er meinte, der Angriff könnte vielleicht von dort ausgehen, und nicht vom Hauptquartier.

Ja, das klingt einleuchtend, jetzt, wo du es sagst. Ich kenne niemanden, der so verzwickte Gedankengänge hat wie Herm, und ich war immer dankbar, dass er auf meiner Seite steht und nicht auf der meines Gegners.

Traust du ihm?

Ja, Domenic. Er hat in seiner Zeit im Senat und in der Abgeordnetenkammer ein ums andere Mal bewiesen, dass er einzig das Wohl Darkovers im Sinn hat. Er hätte mindestens ein Dutzend Gelegenheiten gehabt, uns zu verraten, doch er hat es nicht getan. Aber das war noch nicht alles, oder? Was hältst du zurück?

Domenic zögerte und versuchte die Trauer zu beherrschen, die in ihm aufstieg. *Der Terraner ist tot. Ich habe seinen Namen nicht gekannt und werde ihn auch nicht mehr erfahren, weil ihn jemand – wahrscheinlich Vancof – während des Aufruhrs mit einem Messer erstochen hat. Ich ... ich habe die Leiche gefunden.*

Mein armer Junge! Es ist immer hart, wenn man zum ersten Mal dem Tod begegnet, und es wird später nicht leichter. Domenic fing bruchstückhafte Bilder von verschiedenen Toten auf und wusste, dass sein Großvater an die Sharra-Rebellion dachte. *Kein Wunder, dass du so durcheinander bist.*

Er sah so überrascht aus, Großvater! Und das war noch nicht das Schlimmste.

Erzähl mir alles.

Es ist so schrecklich, und ich ... schäme ich. Ich habe ihn gefunden, und ich war traurig und alles. Aber danach ... kamen plötzlich diese Gedanken an Illona – das ist das Mädchen vom Fahrenden Volk, das ich in Thendara gesehen habe – und die waren ... man hat sie aus dem Wagen der Puppenspieler gezogen, als die Menge angriff, und sie hat nur ihre Unterwäsche getragen! Sie war fast nackt! Im einen Moment war mir noch ganz schrecklich zu Mute, und im nächsten war ich ... erregt.

Zunächst kam kein Antwortgedanke, und Domenic überlegte, ob sein Großvater vielleicht empört über ihn war. *Ich weiß nicht, warum es so ist, Junge, aber enger Kontakt mit dem Tod macht Männer oft geil. Bevor Männer in die Schlacht gehen, ziehen sie sich oft auf den Diwan zurück, und danach wieder. Ich glaube, es liegt daran, dass Liebe oder Sex oder wie wir es nennen mit Leben zu tun hat, und wenn man dem Tod nahe ist, wünscht man, das Leben zu ... erneuern. Bei einem jungen Mann in deinem Alter erhitzen sich sexuelle Empfindungen sehr stark.*

Mir hat das nicht gefallen, was ich gedacht habe!

Das habe ich auch nicht angenommen. Ich kann dir nur sagen, dass es eine absolut natürliche Reaktion war, nichts, weswegen du dich schämen oder worüber du beunruhigt sein müsstest. Außer du folgst deinen Instinkten und fällst über eine Frau her.

Das würde ich nie tun!

Das glaube ich auch. So, und jetzt lass die Sache auf sich beruhen und sei nicht so streng mit dir. Das verschleißt dich nur, und du brauchst deine Kraft für andere Dinge.

Ja, du hast Recht. Ich bin sehr verwirrt, Großvater. Ich verstehe nicht, warum der Mann auf diese Weise getötet wurde. Ich glaube, dass es Vancof war, weil niemand hier in Carcosa den Fremden kannte, und die anderen, die bei dem Aufruhr starben, wurden erschlagen ... ich meine ...

Ich verstehe, Domenic. Wenn du Recht hast und dein Spion der Mörder ist, dann hat er sich wahrscheinlich den ganzen Tumult zu Nutze gemacht. Du hast gestern Abend angedeutet, dass dieser Vancof Angst hatte und nur äußerst widerstrebend in Granfells Plan einwilligte. Vielleicht kam er auf den Einfall, sich dieses Burschen zu entledigen und dann irgendwie zu verschwinden. Oder vielleicht hat er auch nur eine alte Rechnung beglichen. Das ist eine Sache, die du wirst lernen müssen, Domenic – Menschen bringen einander oft ohne guten Grund um. Das wirft ein trauriges Licht auf unsere Art, aber anscheinend werden wir nicht klüger, nicht einmal hier auf Darkover, wo Morde selten sind.

Ich werde mir Mühe geben, das zu verstehen, aber es ist sehr schwer. Und es gefällt mir überhaupt nicht. Warte mal kurz, Großvater, Onkel Herm ist gerade zur Tür hereingekommen.

Herm Aldaran, dessen Glatze vor Regen glänzte, hielt einen kleinen Gegenstand in der Hand, ein Gebilde aus Metall und bunten Drähten. »Schau, was ich im Wrack von einem der Wagen gefunden habe.«

»Was ist das?«

»Ein Kommunikationsgerät, mit dem man Nachrichten abschicken kann. Es nennt sich Kurzstrahler und ist absolut verboten auf Darkover. Ich frage mich, wo der Empfänger sitzt. Schade, dass das Ding kaputt ist, sonst hätte ich vielleicht am anderen Ende einigen Ärger verursachen können.«

»War es im Puppenwagen?«

»Nein, in einem anderen. Es lag unter einem Stapel Blätter, auf denen unglaublich schmutziges Zeug stand.«

»Das war dann wahrscheinlich der Wagen von diesem Mathias, der die Stücke geschrieben hat. Aber warum sollte er ...«

»Das war kein Stück oder etwas Ähnliches – es waren Flugschriften.«

»Glaubst du, Mathias und Vancof haben zusammengearbeitet?«

»Keine Ahnung, aber Duncan hat sich den Mann geschnappt, bevor er sich aus dem Staub machen konnte, und wir brauchen ihn nur zu fragen.« Herms normalerweise angenehmes Gesicht nahm einen Ausdruck an, den Domenic höchst beunruhigend fand. »Wo habe ich jetzt nur meine Daumenschrauben hingelegt?«

»Deine was?«

»Ich habe dich erschreckt, tut mir Leid. Ich habe eigentlich nicht vor, den Mann zu foltern, aber das braucht er ja nicht zu wissen. Ich muss so auftreten, dass er vor Angst Blut und Wasser schwitzt. Andernfalls müsste ich dich bitten, in seinen

Verstand einzudringen und auf diese Weise herauszufinden, was wir wissen wollen.«

Domenic dachte über diese augenscheinliche Skrupellosigkeit nach, mit der er nicht gerechnet hätte, und beschloss, dass er lieber Mathias Angst einjagen wollte, als seine Gedanken zu plündern. »Aber was ist, wenn er lügt?«, brachte er schließlich heraus.

»Das würdest du merken. Komm jetzt mit. Es wird jedoch sicher nicht sehr angenehm.«

»Einen Moment noch. Ich muss erst mein Gespräch mit Lew beenden.«

»Natürlich.«

Domenic schloss wieder die Augen, obwohl das nicht nötig war, und führte die unterbrochene Konversation mit seinem Großvater fort. Er fühlte sich zunehmend unbehaglich. Er wollte niemanden verhören, weil er sich fürchtete vor dem, was er erfahren würde. Die Abenteuerlust, die ihn durch die vorherige Nacht getragen hatte, war verschwunden, und die Realität, die ihm stattdessen blieb, war nicht halb so angenehm. Merkwürdig – die Leute in den Büchern, die er las, schienen nie solche Konflikte durchzumachen.

Im Gasthaus gab es ein drittes Stockwerk, und in dieses führte ihn Herm hinauf. Je höher sie kamen, desto leiser wurden die heiseren Geräusche der immer noch aufgebrachten Stadtbewohner. Domenic bemerkte, dass er leicht schwitzte, und erkannte am Geruch, wie nervös er war.

Entlang des Korridors lagen mehrere kleine Zimmer, und sie gingen zu dem hintersten, einer winzigen Kammer, in der sich drei Gardisten und ein Mann drängten, den Domenic noch nie zuvor gesehen hatte. Der Fremde, bei dem es sich um Mathias handeln musste, hatte helles Haar und sah aus wie ein typischer Bewohner der Trockenstädte. Seine hellblauen Augen waren fast zur Größe einer Stecknadel geschrumpft, und er schien eine Höllenangst zu haben. Sechs Leute waren zu viel für den kleinen Raum, und die Wärme, die sie ausstrahlten, überwältigte Domenic beinahe. Es war, als würde er einen Backofen betreten, nur dass es nicht angenehm nach Brot roch, sondern nach Angst und Wut stank.

Ohne dass ein Befehl ausgesprochen wurde, traten zwei der Männer in den Flur hinaus und ließen Duncan, Herm und Domenic mit dem Unglücklichen zurück. Die drei standen, und Mathias saß auf einem Binsenstuhl, die Hände mit einem Strick gefesselt. Die Atmosphäre im Zimmer wirkte nun ein bisschen weniger bedrückend, und der Mann blickte von einem zum andern, um eine Aussicht auf Erlösung zu entdecken, fand aber nichts, was seinen Schrecken mindern konnte. Domenic dachte, dass er überhaupt nicht wie ein Spion oder Revolutionär aussah, sondern wie ein ganz gewöhnlicher Mensch. Und augenscheinlich kein sehr tapferer.

Herm lächelte, jedoch ohne alle Freundlichkeit. Er sah aus wie ein Wolf, und ein hungriger dazu. Mathias rutschte unbehaglich auf seinem Stuhl umher. »Ich hoffe, du hast es bequem«, begann Herm sehr ruhig, und seine Stimme klang trotz der freundlichen Worte drohend.

»Warum habt ihr mich hier heraufgeschleppt?« Halb fauchte Mathias, halb jammerte er. »Ich habe nichts getan.«

Herm lachte. Er hatte ein tiefes, donnerndes Lachen, das Domenic sehr mochte, wenngleich es nun einen düsteren Beiklang annahm. »Na großartig! Nichts getan. Du hast skandalöse Stücke geschrieben, und wir haben Flugschriften gefunden, die dich an den Galgen bringen werden.«

»Ich weiß nicht, wovon Ihr redet.« *Wie komme ich bloß aus dieser Sache raus?*

»Du bist ein dreckiger Spion der Terraner«, verkündete Herm.

Mathias schien sich ein wenig aufzuhellen. »Ich bin nichts

in der Art. Ich bin ein Sohn Darkovers, und ich habe nichts mit den Terranern zu schaffen.«

»Wir alle hier sind Söhne Darkovers, oder?« Als Herm keine Antwort erhielt, fragte er: »Was willst du damit sagen?« *Hast du schon einmal von diesen Söhnen gehört, Tomas?*

Verflucht – warum habe ich das gesagt? »Wir sind Leute, die sich der Verbesserung Darkovers verschrieben haben.«

Nein. Soviel ich seinen Gedanken entnehme, sind sie eine Art Bruderschaft, die auf die Zeit von Danvan Hastur zurückgeht. Vielleicht weiß Danilo Syrtis-Ardais mehr über sie. Ihr Ziel ist anscheinend ... die Einrichtung einer Regierung, in der sie selbst die Herrscher sind. Aber ich bin mir nicht ganz sicher, denn solange ich nicht richtig in seine Gedanken eindringe, bekomme ich nur eine vage Vorstellung von allem.

Aha, Revolutionäre! Danke, Tomas.

»Und welche Verbesserung strebt ihr an?«

»Na, dass Schluss ist mit der Schufterei für die Domänenherren, dass wir frei werden. Daran ist doch nichts Unrechtes?« Mathias klang nun nicht mehr so verängstigt, als würde ihn Herms Verhalten in einem falschen Gefühl der Sicherheit wiegen.

»Wie vielen Herren bist du denn schon begegnet, und was haben sie dich schuften lassen?« Herm klang jetzt beinahe belustigt.

»Jeder weiß doch, dass die Domänen von der harten Arbeit und dem Schweiß der einfachen Leute leben, die nur zu dumm sind, zu erkennen, dass sie in Knechtschaft gehalten werden.«

»Du scheinst aber keine sehr hohe Meinung von den Leuten zu haben, die du gern retten möchtest, findest du nicht?« Herm klang eher desinteressiert, fast als würde er den Mann zu einer hochgeistigen Diskussion einladen. Dann beugte er sich ohne Vorwarnung zu dem gefesselten Mathias hinab und hob drohend die Stimme. »Erzähl mir jetzt von den Flugschriften! Wo wurden sie gedruckt, und wer hat sie geschrieben?«

Diese Änderung des Tonfalls führte dazu, dass Mathias wieder auf seinem Binsenstuhl zusammenzuckte, der dabei fast melodisch knarrte. Domenic begriff, dass man den Mann darauf vorbereitet hatte, verschiedene empörte Meinungen von sich zu geben, und dass er nicht erwartet hatte, nach den belastenden Papieren gefragt zu werden. »Welche Flugschriften?« *Ich wusste, dass mich die verdammten Dinger in die Bredouille bringen! Ich wünschte, Dirck hätte mich nicht überredet, sie zu schreiben. Ich wünschte, Dirck wäre von seiner Nabelschnur erwürgt worden! Ohne ihn wäre ich jetzt nicht in diesem Schlamassel.*

»Die wir in deinem Wagen gefunden haben«, antwortete Herm ruhig.

»Ich weiß nicht, wovon Ihr redet. Ich bin nur ein Fahrensmann, ein armer Schreiberling. Ihr habt kein Recht, mich zu verschleppen und hier festzuhalten. Wer seid Ihr überhaupt, verdammt noch mal?« Mathias plusterte sich nur auf, wie sich auch ohne Telepathie unschwer entschlüsseln ließ.

Duncan stellte sich auf die Fußballen. Trotz seines grauen Haares und des leichten Bauchansatzes machte er den Eindruck, als wäre er mit seiner Geduld am Ende und würde nicht zögern, notfalls die Fäuste einzusetzen. »Komm uns nicht in diesem Tonfall. Du hast schon genug Ärger am Hals. Beantworte die Frage. Wer hat diese Blätter gedruckt?«

Mathias zuckte zusammen und zitterte, er sah von Herm zu Duncan und wieder zurück und suchte nach einem Anzeichen für Erbarmen. Dann warf er Domenic einen Blick zu, runzelte die Stirn und schluckte schwer. »Ich weiß nichts.« *Die Druckerpresse finden sie in tausend Jahren nicht. Sie kommen nie drauf, auf Burg Aldaran nachzusehen.*

Domenic übermittelte diese neue Information an Herm und

sah, wie sein Onkel leicht die Schultern hängen ließ. Dann richtete er sich wieder auf und machte ein finsteres Gesicht. »Erzähl mir von dem Kutscher des Puppenwagens.«

Mathias schaute verwirrt drein, als hätte er weitere Fragen über die Papiere erwartet. Er schien zudem besorgt zu sein. »Was ist mit ihm?«

»Wer ist er, und wo kommt er her?«

»Er ist ein ganz normaler Mann. Er war früher bei einer anderen Truppe des Fahrenden Volks und hat sich uns in diesem Frühling angeschlossen.« *Zur Hölle mit ihm. Ich hatte gleich das Gefühl, dass mit dem Bastard etwas nicht stimmt. Er sagte, er gehöre zu den Söhnen, doch ich hätte ihm nie glauben sollen. Aber er kannte alle Parolen! Er ist an allem schuld.*

»Von welcher Truppe des Fahrenden Volks kommt er?«

»Das weiß ich nicht mehr.« *Dirck sagte, er sei früher für Dyan Player gefahren, aber der ist vor zwei Jahren gestorben. Was wollen diese Leute von mir?*

»Hat er dich dazu angestiftet, dieses Stück von heute Abend zu schreiben?«

»Ja. Nein.«

»Was jetzt?«

»Dirck sagte, wir brauchen etwas Stärkeres, er glaubte, es würde die Leute mehr aufwühlen, wenn wir ihnen erzählen, dass die Türme voller niederträchtiger Leute sind, die sich auf dem Rücken der Armen ein schönes Leben machen, und ...«

»Das reicht. Ich will nichts mehr von deinem dummen Geschwätz hören.« Herm schüttelte abwehrend den Kopf. »Dieser Dirck hat also vorgeschlagen, dass du ein Stück schreibst, in dem eine Bewahrerin und Regis Hastur vorkommen, und du hast es tatsächlich geschrieben. War es so?«

»Kann man sagen.«

»Warum hast du dich für Regis Hastur entschieden?«

»Er ist tot und kann nicht mehr protestieren – und das ist

auch gut so! Jeder weiß, dass er sich all die Jahre hinter den Mauern der Burg versteckt hat, damit ihn niemand umbringt.«

»Was für eine wahrhaft widerliche Kreatur du doch bist«, sagte Herm ruhig. »Bleibt nur noch die Frage, was wir mit dir machen.«

»Ich habe keine Angst davor, für meine Überzeugungen zu sterben«, schluchzte Mathias und sah zu Tode verängstigt aus. »Ich werde ein Held sein.« *Die Söhne werden mich retten – wenn ich sie nur irgendwie benachrichtigen kann.*

»Kein Mensch wird dich auch nur vermissen, du Dreckskerl«, knurrte Duncan, bevor er sich angewidert wegdrehte. Dann wandte er sich wieder zu Mathias um. »Du bist eine Schande für eine alte und achtbare Gemeinschaft.«

Herm und Domenic sahen Duncan überrascht an, aber der alte Gardist sagte weiter nichts. Stattdessen deutete er mit einer Geste an, dass er außer Hörweite des unglücklichen Gefangenen sprechen wolle. Herm nickte, trat an die Tür und befahl einem der Männer davor, hereinzukommen. Anschließend verließ er mit Duncan den Raum. Domenic folgte ihnen.

»Wenn ich recht verstehe, weißt du etwas über diese Söhne Darkovers, Lindir.«

»Eigentlich nicht, *Dom*. Es hat ein paar Minuten gedauert, bis mir einfiel, dass ich schon einmal von ihnen gehört habe. Aber ich glaube, Istvan hat einen Bruder, der bei ihnen Mitglied ist. Soll ich ihn holen?«

»Ja, das wäre sehr hilfreich.«

Duncan machte sich auf den Weg nach unten. Der zweite Wächter blieb neben der Tür stehen und bemühte sich, eins mit der Wandverkleidung hinter ihm zu werden, aber er war unübersehbar neugierig.

»Nun, was meinst du, Neffe?«

»Ich glaube, wir könnten noch einiges von Mathias erfahren, aber ich bezweifle, dass es sonderlich nützlich wäre. Ich denke, im Grunde weiß er nicht sehr viel.« Domenic hielt inne und überlegte einen Augenblick. »Allerdings haben wir keine Ahnung, wie viele Angehörige des Fahrenden Volks noch in die Sache verwickelt sind. Kann sein, dass es sich nur um Vancof und diese Gruppe hier handelt, es wäre aber auch gut möglich, dass es noch in anderen Gruppen Spione der Föderation gibt. Deshalb bin ich der Ansicht, wir müssen alle Trupps des Fahrenden Volks suchen, egal, wo sie gerade sind, und sie festhalten.«

»Eine gute Idee. Wie stellen wir das an?«

»Ich teile Lew mit, was wir erfahren haben, und der soll die Relais in den Türmen zum Glühen bringen. Dann müssten wir sie noch vor morgen aufgestöbert haben. Die Entscheidung, was aus ihnen werden soll, überlasse ich jemand anderem – ich bin so müde, Onkel Herm!«

»Kein Wunder. Du erfüllst ja noch eine Sonderaufgabe als Vermittlungszentrale für unsere bescheidenen Anstrengungen.«

»Bescheiden!«

»Schon gut, das war zu zurückhaltend ausgedrückt. Würde dir ›gewaltig‹ besser gefallen?«

»Das Einzige, was mir jetzt gefallen würde, wäre noch mal ein heißes Bad, ein zweites Abendessen und ungefähr drei Tage Schlaf.«

Duncan kam mit einem zweiten Mann wieder, stellte ihn als Istvan MacRoss vor und sah sehr zufrieden mit sich aus. Als er Domenic einen drolligen Blick zuwarf, lächelte der zurück. Es tat ihm im Moment sehr gut, vertrauenswürdige Gefolgsleute um sich zu haben.

»Erzähl mir, was du von den Söhnen Darkovers weißt, Istvan.«

Istvan grinste. Er hatte eine Narbe quer über Stirn und Wange, die sein Lächeln Furcht erregend aussehen ließ. »Das ist nicht viel, *vai Dom.* Mein jüngerer Bruder war vor Jahren Mitglied bei ihnen, und da es sich um eine Geheimgesellschaft handelt, hat er mir kaum etwas erzählt. Sie nennen sich die ›alten und treuen Söhne Darkovers‹ und wurden in den letzten Regierungsjahren von Danvan Hastur gegründet. Ein wohlklingender Name für einen Haufen Unzufriedener, die meines Wissens nie etwas anderes getan haben, als auf ihren Versammlungen zu nörgeln und zu jammern, dass sie alles viel besser machen könnten.«

»Was wollen sie?«

»Das weiß ich nicht genau, nur dass alles anders werden soll. Sie mögen die Domänen nicht besonders – deshalb hat mein Bruder sie nach ein paar Jahren wieder verlassen – aber ich habe nie gehört, dass sie etwas gegen den Comyn unternommen hätten. Ich glaube, es geht ihnen hauptsächlich darum, dass sie geheim sind, dass sie Parolen haben und lauter solchen Unsinn.«

»Glaubst du, es gibt hier in Carcosa einen Zweig dieser Organisation?«

»Gut möglich. Sie gehen folgendermaßen vor: Keine Gruppe hat mehr als sechs Mitglieder, und nur einer der sechs weiß, wie man eine andere Gruppe erreicht. Diese Abteilungen nennen sie *Rhowyns,* nach den sechsblättrigen Blüten des gleichnamigen Baumes. Eigentlich ziemlich blöd, denn wenn dem einen, der Bescheid weiß, etwas zustößt, stehen sie dumm da.«

»Ich verstehe. Ein recht gewöhnlicher Aufbau für eine Geheimgesellschaft – und so gut wie unmöglich, sie zu entdecken, wenn man die Kennworte oder so nicht weiß.«

»Genau so ist es, Herr.«

»Danke.«

Onkel Ian, das klingt für mich, als hätte sich Vancof diese Söhne Darkovers nur zu Nutze gemacht, und sie selbst stellten keine ernsthafte Bedrohung dar.

Ganz deiner Ansicht. Und ich bin froh, dass es so ist, denn der Ärger mit der Föderation reicht uns fürs Erste. Ich vermute, der Geheimdienst der Föderation hat versucht, diese Söhne zu infiltrieren, und dann beschlossen, dass er mit dem Fahrenden Volk doch besser dran ist. Aber wer weiß – ich könnte mir hundert Möglichkeiten denken.

Ich auch – und ich bin sehr erleichtert, dass alles nur Unsinn ist, Onkel Ian.

Es ist nicht alles Unsinn, Tomas. Es gibt tatsächlich ein Komplott, ein sehr gefährliches, auch wenn die Leute, die es schmieden, nicht besonders fähig sind. Wir können uns glücklich schätzen, dass wir zufällig darauf gestoßen sind – dass du ein unartiger Junge warst, der einen klugen Kopf auf den Schultern trägt –, bevor es zu einem Massaker kam. Selbst wenn die Söhne Darkovers und das Fahrende Volk ausgeschaltet sind, bleibt noch die Föderation. Wieso habe ich mir meine Rückkehr nach Darkover eigentlich immer angenehm und friedlich vorgestellt?

Ja, ich weiß. Was sollen wir wegen Vancof unternehmen?

Da er anscheinend verschwunden ist, wüsste ich nicht, was wir tun könnten, es sei denn, die fällt eine Möglichkeit ein, seinen Aufenthaltsort herauszufinden.

»Sag, Istvan, glaubst du, diese Söhne stellen eine echte Bedrohung für den Comyn dar?«

»Das kann ich nicht sagen, *Dom,* aber nach allem, was ich von meinem Bruder weiß, reden sie mehr, als dass sie handeln.«

»Könntest du dir vorstellen, dass sie den Tod von Regis Hastur möglicherweise als Vorwand benutzen, um eine Art Aufstand anzuzetteln?«

Istvan sah entsetzt aus. »Nein, aber ich kann mich irren.«

Warum ist das wichtig, Onkel Ian?

Es ist nur so eine Idee und wahrscheinlich keine sehr

brauchbare. Falls die Föderation versucht, mit Hilfe der Söhne oder des Fahrenden Volks Darkover zu destabilisieren, dann wäre es gut möglich, dass sie eine Lage herbeiführen, die den Einsatz von Gewalt bei uns rechtfertigt. Sie müssten niemanden ermorden, sondern nur behaupten, sie würden den Frieden aufrechterhalten. Durchaus denkbar, dass sie so etwas schon länger vorhaben, aber nach der Auflösung der Legislative und dem geplanten Abzug in ein paar Wochen müssten sie sich beeilen. Unter solchen Umständen würden sie im Normalfall einfach den Ausnahmezustand erklären und offen Gewalt anwenden. Hast du irgendwelche Anzeichen für eine solche Möglichkeit bei unserem Gefangenen wahrgenommen?

Er hat ein wenig über die Kennworte nachgedacht, und ich hatte den Eindruck, es gibt außerdem gewisse Handzeichen. Vancof kannte genügend von ihnen, um Mathias davon zu überzeugen, dass er zu ihrer Bruderschaft gehört. Aber wie Mathias mit einer anderen Gruppe Kontakt aufnehmen will, weiß ich nicht. Ich meine, sich auf den Marktplatz zu stellen und den kleinen Finger ins Ohr zu stecken, bis jemand daherkommt, der sich an der Nase kratzt, scheint mir keine sehr vernünftige Methode zu sein. Ich glaube, seine Hoffnung, mit ihnen Kontakt aufnehmen zu können, ist nicht mehr als der Wunsch eines Verzweifelten. Und selbst wenn er es schafft, wie sollten sie ihn retten, wenn sie der lächerliche Haufen sind, als den Istvan sie hinstellt?

Unterschätze nie deine Gegner, Tomas. Wenn ich eine Geheimgesellschaft leiten würde, ich würde dafür sorgen, dass sich niemand von ihr bedroht fühlt, bis die Zeit reif ist. Ich würde sie so schwach und lächerlich aussehen lassen, dass ihr niemand auch nur die geringste Beachtung schenkt.

Großvater hatte Recht – er sagte, er sei froh, dass du auf unserer Seite bist und nicht auf der unserer Gegner. Ich erzähle Lew, was wir gerade herausgefunden haben, er kann dann alles Nötige veranlassen. Domenic zögerte benommen. *Glaubst du, dein Vater ist in die Sache verwickelt?*

Ich weiß es nicht, aber Geheimgesellschaften sind eigentlich nicht sein Stil – dafür ist er zu ungeduldig. Außerdem, wenn sie tatsächlich den Comyn stürzen wollen, dann wären sie kaum die richtigen Verbündeten für ihn, denn sein Ziel ist es ja, den Comyn zu führen und Darkover nach seiner Fasson zu regieren, nicht nach der einer Bande revolutionärer Grünschnäbel.

Istvan hielt sie größtenteils für Händler ... Den Eindruck hatte ich jedenfalls bei seiner Erzählung.

Ha! Mein alter Herr im Bund mit Kaufleuten und Webern! Das glaube ich nicht. Dafür ist er zu stolz.

Eine plötzliche Müdigkeit ergriff Domenic, seine Knie zitterten. Er holte tief Luft und machte sich auf den Weg zur Treppe. Als er den Treppenabsatz erreicht hatte, hörte er die Gedanken des gefesselten Mannes im Zimmer. *Wer ist dieser Junge, und warum ist er hier? Ich habe ihn vorhin mit Illona, diesem Miststück, reden sehen. Wo ist die eigentlich hin? Wahrscheinlich spioniert er für die Hasturs. Ich hoffe, ich sehe sie alle in Zandrus kältester Hölle, bevor die Woche um ist. Ich muss eine Möglichkeit finden, die Söhne zu kontaktieren und sie zu warnen. Aber wie? Vielleicht kann ich ein Zeichen machen, wenn sie mir etwas zu essen geben – falls sie mich nicht verhungern lassen. Irgendwer im Gasthaus gehört sicher zu den Söhnen.*

Onkel Ian – Mathias denkt, dass im Gasthaus eine Kontaktperson sein könnte. Lass niemand zu ihm, außer unseren eigenen Leuten.

Genau das hatte ich vor – aber gut mitgedacht, Tomas. Allerdings stellt uns das vor ein neues Problem, wenn ich mich nicht irre.

Zorn brandete in Domenic auf. Es bedurfte seiner ganzen

Willenskraft, die Alton-Gabe nicht in einer Weise einzusetzen, wie er es noch nie getan hatte, und Mathias' Gedanken zu plündern, bis er ihnen den letzten Rest an Information entlockt hatte. Er spürte, wie Herm im Geist zusammenzuckte, als ihn seine Gefühlsregungen erreichten, und schämte sich, weil er die Beherrschung verloren hatte. *Ja, das ist wahr. Es heißt, wir können niemandem trauen – ich hasse das, Onkel Ian.*

Nicht unbedingt – du bist sehr müde und vergisst unsere Gefährtinnen, die Entsagenden.

Meinst du, Rafaella weiß über die Söhne Darkovers Bescheid? Domenic kam sich unglaublich dumm vor, weil er nicht eher an die Entsagenden gedacht hatte. *Jedenfalls wissen sie und ihre Schwestern, wie man Dinge in Erfahrung bringt, deshalb werde ich sie fragen.*

Nein, Thomas. Du kümmerst dich um Lew, und dann versuchst du, ein bisschen zu schlafen. Ich rede mit Rafaella, nachdem ich mich noch ein wenig mit Mathias unterhalten habe.

Domenic blieb noch kurz am Treppenabsatz stehen, weil ihm zu schwindlig war, als dass er hinunterzugehen wagte. Über sich hörte er den Regen auf die Dachschiefer fallen, ein angenehmes Geräusch, das seinen Kopf klarer zu machen schien. Er schwitzte wieder und wusste, dass er fast am Ende mit seinem Durchhaltevermögen war. Müde wischte er sich mit dem Hemdärmel übers Gesicht. Es gab noch eine Menge zu tun, bevor er sich endlich ausruhen konnte.

Als er die Treppe hinabging, hörte er Stiefelschritte, die aus dem unteren Stockwerk des Gasthofs kamen. Unwillkürlich blieb er stehen, um zu sehen, wer zu ihnen hinauf wollte. Er wusste, die Entsagenden hatten zwei Zimmer an einem Ende des Flurs genommen, neben seinem eigenen, aber der Krähende Hahn beherbergte in dieser Nacht noch andere Gäste.

Er tadelte sich kurz, weil er so schreckhaft war. Dann sah er im Licht der Lampen im Flur zunächst Kopf und Schultern eines Mannes auftauchen und schließlich den restlichen Körper. Er hatte das Gesicht noch nie gesehen, aber im selben Moment, in dem der Fremde abbog und den Flur entlangging, wusste er, dass es Granfell sein musste. Die Form des Hinterkopfes und der Gang waren unverkennbar. Er trug jetzt darkovanische Kleidung, wie der Tote, aber sie wirkte deplatziert an ihm. Er zupfte an seinem Übergewand, als wäre es ihm unbequem. Seine helles Haar war nass, er war eindeutig gerade erst eingetroffen. Am anderen Ende des Flurs klopfte er an eine Tür, und Domenic wunderte sich, woher er wusste, zu welchem Zimmer er gehen musste. Als niemand auf sein Klopfen reagierte, öffnete er rasch die Tür und trat ein.

Onkel Ian, ich habe gerade gesehen, wie dieser Granfell in das Zimmer auf der Rückseite des Gasthofs, am anderen Ende von unserem Flur gegangen ist. Er ist völlig durchnässt, deshalb glaube ich, er ist gerade hier angekommen. Bestimmt sucht er den anderen Mann, den, der erstochen wurde.

Ausgezeichnet. Ich habe dem Wirt nämlich aufgetragen, falls jemand nach dem Fremden fragt, solle er ihm sagen, welches Zimmer er hatte. Ich bin froh, dass er meine Befehle befolgt.

Daher weiß Granfell es also. Ich habe mich schon gewundert. Sollen wir ihn uns schnappen und deine Daumenschrauben anwenden? Domenic erschrak über seinen plötzlichen inneren Wandel, auch wenn er ganz genau wusste, dass Herm niemals einen Menschen foltern würde. Angst und Trauer waren verschwunden, und an ihrer Stelle entdeckte er den merkwürdigen Wunsch, jemandem wehzutun. Es war so schnell vorbei, dass er es fast nicht bemerkt hätte, aber es offenbarte ihm eine Seite seines Charakters, deren Existenz er nicht einmal geahnt hatte.

Sei nicht so blutrünstig – das ziemt sich nicht für einen

künftigen Herrscher Darkovers. Nein, lieber nicht. Wir lassen ihn noch eine Weile in dem Glauben, dass ihr Komplott unentdeckt ist. Und warten ab, ob Vancof wieder auftaucht. Geh und lass die Türme in Alarmbereitschaft versetzen, und dann versuch ein bisschen zu schlafen. Du wirst morgen all deine Kräfte brauchen.

Ja, das stimmt. Domenic schämte sich kurz. Herm sollte ihn nicht ermahnen müssen, nicht so blutrünstig zu sein. Doch dann wurde ihm klar, dass ihn sein Onkel nur ein bisschen aufgezogen hatte, dass es gar nicht als Rüffel gemeint war, so wie er es aufgefasst hatte. Er war es einfach nicht gewöhnt, dass jemand auf Herms Art zu ihm sprach, und nahm alles zu ernst.

Irgendwen – vielleicht Danilo Ardais – hatte er einmal sagen hören, dass »Gewalt immer neue Gewalt gebiert«, deshalb war seine momentane Entgleisung vielleicht völlig normal. Aber zusammen mit seinen früheren Gedanken über Illonas spärlich bekleideten Körper beschlich ihn das Gefühl, als würde er sich selbst nicht mehr kennen. Hoffentlich wurde er nicht zu dem widernatürlichen Ungeheuer, als das Javanne ihn andeutungsweise oft hingestellt hatte.

Nachdem er Lew erreicht und ihm alles mitgeteilt hatte, was seit ihrem letzten Kontakt vorgefallen war, sank er erschöpft aufs Bett. Sein Magen knurrte. Trotz eines ausgiebigen Abendessens vor erst wenigen Stunden war Domenic sehr hungrig. Es kam ihm vor, als hätte er seit mindestens zehn Tagen nichts gegessen! Daran erkannte er, dass er sein *Laran* falsch benutzt hatte, nicht nach der Methode, die ihm seine Mutter beigebracht hatte und die weniger Energie erforderte als die Methode, die in Arilinn und den anderen Türmen noch immer gelehrt wurde. Er erdete sich nicht richtig.

Die Luft im Zimmer erschien ihm stickig, er musste für eine Weile nach draußen. Trotz der Verlockung des Schlafes quälte er sich aus dem Bett. Sein Kopf war voller Bilder von dem toten Fremden, und er wollte sie vertreiben. Er hatte den Mann nicht einmal gekannt, aber der Mord schien seine Gedanken in einer Weise zu beherrschen, auf die er keinen Einfluss hatte.

Er stieg die Treppe hinab und verließ das Gasthaus. Der Hof war nun menschenleer, nur ein Stallknecht fegte einen Aschehaufen von den Steinen. Der Knecht blickte auf, als er Domenics Schritte hörte, und schüttelte den Kopf. »Traurige Geschichte, das.«

»Ja.« Einer der Gardesoldaten tauchte aus dem Dunkel auf und nickte Domenic zu. Dann schickte er sich an, ihn zu begleiten, blieb aber auf ein Zeichen des Jungen hin stehen. »Ich schnappe nur ein bisschen frische Luft.«

Der Brandgeruch verlor sich mit dem Regen, und die durchweichten Trümmerhaufen waren in der Finsternis kaum auszumachen. Domenic überquerte den Schauplatz der Verwüstung und ging aus dem Innenhof hinaus, bis er etwa hundert Schritte vom Gasthaus entfernt auf eine kleine Baumgruppe stieß. Er spürte, dass der Gardist ihm in einigem Abstand folgte und ein Auge auf ihn hatte, ohne sich einzumischen.

Domenic achtete nicht auf den Regen, er bemerkte weder das Fehlen seines Umhangs noch die Kälte, die ihn langsam durchdrang. Er schloss die Augen, atmete tief und langsam durch und dachte an nichts außer die Erde unter seinen Füßen. Nach einigen Minuten begann die Kraft in seine Glieder zurückzukehren. Schwach hörte er das weit entfernte Murmeln im Herzen der Welt, und diesmal zweifelte er nicht daran.

Versunken in die Geräusche und die Wahrnehmung der Welt unter seinen Füßen, verbannte Domenic alle Gedanken an das, was in dieser Nacht vorgefallen war. Das war zunächst schwierig, selbst mit dem beruhigendem Rhythmus des Planeten in seinen Adern, aber nach einer Weile fühlte er sich wieder im Gleichgewicht – er war weder Ungeheuer noch Spion, sondern nur er selbst, Domenic Gabriel-Lewis Alton-Hastur.

Obwohl es nur leicht nieselte, war er völlig durchnässt, als er sich wieder dem Gasthof zuwandte, aber innerlich so heiter, wie er nur hoffen konnte. Der Gardist stand mit hochgezogener Kapuze da und beobachtete ihn. Domenic nickte ihm lächelnd zu und fragte sich, was der Mann wohl dachte, weil er in den Regen hinausging. Wahrscheinlich nichts.

Trotz seiner erneuerten Energien hatte Domenic noch Appetit auf eine weitere Mahlzeit. Er betrat den Schankraum, wo drei oder vier der pensionierten Gardesoldaten aus Thendara und einer von den Ortswachposten friedlich beisammensaßen und tranken. Hannah, die ältere der beiden Schwestern, war ebenfalls da, sie lächelte ihn an, schüttelte den Kopf über seine nasse Kleidung und reichte ihm ein kleines Handtuch. Er bat um etwas zu essen, und nach wenigen Minuten bekam er eine Schüssel Eintopf mit Brot und Käse serviert, dazu einen halben Krug braunes Bier.

Als er das Mahl allmählich beendete, sah er, wie Vancof das Gasthaus von der Rückseite betrat und zur Treppe ging. Rasch senkte er den Kopf über die Schüssel, aber der terranische Spion achtete mit keinem Blick auf den Schankraum. Wie Domenic zu erkennen glaubte, als er flüchtig durch seine Haarsträhnen blinzelte, war er in Gedanken versunken.

Der Junge schob sich einen Löffel Eintopf in den Mund und lauschte dem geistigen Rauschen um sich herum. Dann trennte er Vancofs Gedanken von denen der Leute im Raum, um vielleicht neue Informationen zu erhalten. Unglücklicherweise dachte Vancof aber nur an seine schmerzenden Füße, an das Sodbrennen, das er vor Anspannung hatte, und an sein allgemeines Missvergnügen an der ganzen Geschichte. Falls Vancof den anderen Mann getötet hatte, verschwendete er nicht einen Gedanken an die Tat. Und um mehr zu erfahren, hätte Domenic den geistigen Kontakt mit dem Mann erzwingen müssen, eine Vorstellung, die ihn derart abstieß, dass ihm schlagartig der Appetit verging.

Domenic lauschte den Schritten auf der Treppe, und schließlich hörte er sie über sich, am Ende des Flurs, wohin er auch Granfell hatte gehen sehen. Kurz darauf machte er das leise Geräusch aus, wie eine Tür auf- und zuging, dann nichts mehr. Er sah auf seine Schüssel hinab, in der nur noch ein paar Löffel Eintopf übrig waren, und zwang sich, aufzuessen. Dann machte er sich auf den Weg zu seinem Zimmer.

Herm saß auf dem einzigen Stuhl, er sah müde und verärgert aus. »Wo warst du? Und warum bist du nass?«, murrte er.

»Ich war draußen, um einen klaren Kopf zu bekommen, und dann hatte ich Hunger und ging etwas essen. Vancof ist eben zurückgekommen. Er ist zum anderen Ende des Flurs gegangen. Ich frage mich, was er wohl macht, wenn er Granfell dort antrifft.« Domenic war sich seiner selbst plötzlich sehr sicher.

Herm sah ihn durchdringend an, abschätzend in gewisser Weise. Dann verzog er das Gesicht zu einem Grinsen, obwohl es mehr aussah, als würde ein Hund die Zähne blecken. »Mit ein bisschen Glück bringt er ihn um, und wir müssen uns über einen Feind weniger den Kopf zerbrechen. Hast du Lew erreicht, damit er die Türme alarmiert?«

»Wer ist jetzt hier blutrünstig?«

Herm zuckte nur die Achseln. »Du hast Lew erreicht?«

»Ja, Onkel Herm, und es hat mir Appetit gemacht.«

Herm lachte bellend, was die Ähnlichkeit mit einem zähnefletschenden Köter nur noch größer machte. »Du hättest nicht allein nach draußen gehen sollen. Wenn dir etwas zugestoßen wäre ... Ich habe wohl vergessen, dass du ein heranwachsender Junge bist und immer genug zu futtern brauchst.« Dann seufzte er leicht, fuhr sich mit den kurzen Fingern über die Glatze und brummte leise vor sich hin.

»Genau genommen war ich nicht allein, weil mir einer von der Garde gefolgt ist und mich diskret aus der Ferne im Auge behielt.«

»Das ist auch besser so. Die ganze Sache wird immer gefährlicher, und ich könnte es im Augenblick nicht gebrauchen, wenn ich mir um deine Sicherheit Sorgen machen müsste. Ich weiß nicht, wo ich anfangen soll, und mir ist klar geworden, dass ich während meiner Zeit bei der Föderation alles in allem zu abhängig von technischen Dingen geworden bin. Ich ertappe mich ständig bei dem Wunsch nach einem Kommunikationsgerät, von ein, zwei Feuerwaffen ganz zu schweigen.«

»Du würdest sie aber doch nicht einsetzen, oder?« Domenic war bestürzt, sowohl über das Eingeständnis von Herms Mutlosigkeit als auch über die Skrupellosigkeit, die sich scheinbar ohne jede Vorwarnung offenbarte. Der gut gelaunte Reisegefährte schien verschwunden zu sein, und Domenic war ratlos. All die Geschichten über die Aldarans, die er von den Dienern gehört hatte, spukten ihm kurz durch den Kopf. Doch dann nahm er Vernunft an. Herm war ein Mann, egal wie sein Familienname lautete, und er war vermutlich nicht skrupelloser als andere Männer – als Großvater Lew, zum Beispiel, oder selbst Mikhail. Aber die hatte Domenic noch nie in einer gefährlichen Lage erlebt.

»Wahrscheinlich nicht. Aber du kannst darauf wetten, dass Granfell heimlich eine Waffe trägt und nicht zögern würde, sie auch zu benutzen. Ich nehme an, Vancof konnte den anderen Burschen nur deshalb erstechen, weil der sich nie in Gefahr wähnte.«

»Wolltest du dir Granfell aus diesem Grund nicht schnappen, als ich dir erzählt habe, dass er am anderen Ende des Flurs ist?«

»Das ist ein Grund, Domenic. Die Gardisten sind tapfere

Männer, aber ich will sie nicht mit Schwertern gegen Leute antreten lassen, die Feuerwaffen besitzen. Und ich möchte sehen, was die Bande vorhat.«

»Aber wenn wir sie hier stoppen, können sie den Trauerzug nicht angreifen.«

»Das ist theoretisch richtig, aber wir haben keine Ahnung, was inzwischen alles geplant wurde. Es sind zu viele Akteure mit von der Partie – Belfontaine und vielleicht noch andere in Thendara, dazu noch mögliche Mitverschwörer in der Domäne Aldaran ... Vancof und Granfell festzunehmen, würde nichts verhindern, falls sich oben in den Hellers Soldaten darauf vorbereiten, hier bei diesem kleinen Ort zu landen.«

»Aber sie kämen doch niemals unbemerkt hierher. Ich meine, irgendwer würde die Flieger doch sehen.« Domenic wusste von dem Fluggerät, das *Dom* Damon gehörte und mit dem er immer nach Thendara kam, auch wenn er es noch nie mit eigenen Augen gesehen hatte.

Herm schüttelte den Kopf. »Sie würden nicht in kleinen Fliegern kommen, sondern in viel größeren Maschinen, die fünfzig Männer transportieren können und die mit Waffen ausgerüstet sind, mit denen man diesen kleinen Ort hier in ungefähr drei Sekunden in Schutt und Asche legen kann. Ich weiß nicht genau, was sie hier an Ausrüstung haben, aber es gibt seit Jahrzehnten Transporter, die für das bloße Auge praktisch unsichtbar sind. Ich habe keine Ahnung, ob es auf Darkover welche von den Dingern gibt, aber wenn dem so sein sollte, dann werden sie mit Sicherheit für den Hinterhalt eingesetzt.«

»Unsichtbar? Du meinst, wie diese Umhänge, die es der Sage nach früher bei uns gab, nur größer?«

»So ungefähr.«

Domenic grübelte einen Moment darüber. »Im Grunde willst du also sagen, dass unsere Schwerter den Maschinen der

Föderation nicht gewachsen sind, und dass wir genauso gut mit Steinen werfen könnten! Was sollen wir dann tun?« Er hatte eine schreckliche Vision von gewaltigen Blitzstrahlen, die seinen Vater und seine Mutter auf dem Weg zur *Rhu Fead* zu Asche verbrannten. Es sah sehr real aus, und sein früheres Gefühl der Hilflosigkeit kehrte mit Macht zurück.

Herm zuckte zusammen, als wäre ihm bewusst geworden, dass er Domenic Angst eingejagt hatte. »Wir werden versuchen, sie zu überlisten. Und hoffen, dass sie es nicht wagen, technisch überlegene Waffen einzusetzen, sondern sich als Räuber verkleiden und uns zu gleichen Bedingungen entgegentreten. Wir haben einen großen Vorteil: Sie wissen nicht, dass wir über ihre Absichten im Bilde sind. Die Föderation hat keinen großen Respekt vor Darkover, und sie haben wenig Ahnung von unseren Geheimnissen. Lew hat ihnen den Eindruck vermittelt, die Türme seien vor allem religiöse Einrichtungen, und zum Glück für uns haben ihnen die Bewohner Darkovers nichts anderes erzählt.«

»Ich hasse sie! Warum tun sie das? Wir haben der Föderation doch nie etwas zu Leide getan.«

Herm seufzte geräuschvoll. »Nicht dass ich wüsste, Domenic. Es ist schwer zu sagen, warum sie es tun. Ein Grund ist sicherlich der, dass sie es können, und ein anderer, dass die Führer der Föderation in den letzten beiden Jahrzehnten anfingen, Macht mit Autorität zu verwechseln.«

»Das verstehe ich nicht.«

»Es geht um den Unterschied zwischen Zwang und Zusammenarbeit. Die Domänen konnten auf Darkover bestehen, weil sie klug genug waren, untereinander ein Gleichgewicht zu erhalten, sodass keine von ihnen zu stark wurde und die anderen unterdrücken konnte. Regis' Entscheidung, die Aldarans wieder in den Comyn zu holen, war ein wesentlicher Bestandteil dieser Idee – dass wir nämlich alle denselben Planeten bewohnen und trotz aller Unterschiede miteinander auskommen müssen. Mein Vater, verflucht soll er sein, hat nie an solche Ideen geglaubt, er hätte gern, dass Darkover von einem starken Mann regiert wird – er hat Regis immer für ein Leichtgewicht gehalten –, der die Leute einfach zwingt, das zu tun, was seiner Ansicht nach das Beste für sie ist. Und wahrscheinlich bildet er sich ein, dieser Mann zu sein. Oder er hat vor, Robert als König einzusetzen.«

»Ich glaube nicht, dass dein Bruder damit einverstanden wäre.«

»Das beruhigt mich, da ich bis auf gelegentliche Briefe seit mehr als zwanzig Jahren keinen Kontakt mit Robert hatte.«

»Das alles macht mich unglaublich wütend, Onkel Herm. Am liebsten würde ich diese Männer in Stücke sprengen – ihr Gehirn in Gelee verwandeln.«

»Könntest du das?« Herm sah beunruhigt aus.

»Ja, und Mutter und Großvater Lew könnten es auch. Die Nachwirkungen wären fürchterlich, und außerdem wäre es falsch, aber möglich ist es. Ich glaube nicht, dass so etwas schon einmal vorgekommen ist, aber ich weiß, dass meine Mutter durch Berührung einen Mann tödlich verbrannt hat, das war vor vielen Jahren, bevor ich zur Welt kam. Und sie hat mit Hilfe ihrer Befehlsstimme ein paar Banditen zu Statuen im Schnee verwandelt.«

Herm sah den Jungen an, als wüsste er nicht recht, ob er ihm glauben sollte. »Hmm. Das eröffnet einige Möglichkeiten, an die ich bisher nicht gedacht hatte. Ich war zu lange weg.«

»Und dann wäre da noch Vaters Matrix.«

»Mikhails Matrix? Was ist mit der?«

»Ich bin mir nicht absolut sicher, aber alle, selbst Onkel Regis, fürchten sich vor ihr und vor dem, was sie anrichten kann. Sie stammt von Varzil dem Guten und ... aber vielleicht sollte ich nichts mehr erzählen.«

Herm antwortete nicht sofort. »Varzil? Das ergibt keinen Sinn – wenn du seine Matrix meinst. Alle Legenden in den Hellers behaupten, dass sie vor Jahrhunderten verloren ging.«

»Sie war verloren – bis sie in unsere Zeit zurückkam.«

»Und ich dachte immer, mich könne nichts mehr überraschen. Nein, sprich nicht weiter. Wenn Lew gewollt hätte, dass ich es weiß, hätte er mir bestimmt alles erzählt. Kannst du am anderen Ende des Flurs irgendwelche nützlichen Brocken aufschnappen?«

»Nein. Ich kann sogar zum ersten Mal seit Jahren so gut wie gar nichts hören. Ich glaube, im Moment bin ich zu müde, um als Spion zu taugen, Onkel Herm.«

»Und das ist auch gut so! Ich habe deine Gaben ausgenutzt, ohne viel darüber nachzudenken, wie sich diese enormen Anstrengungen auf dich auswirken. Lass uns jetzt schlafen. Heute Nacht passiert nichts mehr – hoffe ich jedenfalls.«

Domenic rieb sich die brennenden Augen. Dann bückte er sich und zog seine Stiefel aus. »Ich wünschte, ich wäre nicht so moralisch und nicht so furchtbar müde, Onkel Herm. Denn wenn ich es nicht wäre, würde ich meine geistigen Fühler einfach bis zum Ende des Flurs ausstrecken ...«

»Überlass das Unmoralische mir, mein Junge. Darin habe ich mehr Übung. Tu du einfach weiter, was richtig ist, und ich übernehme die Drecksarbeit. Irgendwie werden wir schon aus diesem Schlamassel herauskommen.«

19

Domenic schlug abrupt die Augen auf, und war ohne die übliche Benommenheit sofort hellwach. Verwirrt setzte er sich auf und spähte in das dunkle Zimmer. Herm schnarchte auf der anderen Bettseite, es war ein nicht unangenehmes, gleichmäßiges Geräusch, das Domenics Ruhe nicht gestört hatte. Der Wind hatte aufgefrischt, er peitschte den Regen gegen das Fenster und rüttelte an den Läden. Der Junge hörte das Regenwasser von der Dachrinne in das Fallrohr strömen und unten in den Hof plätschern. Er rieb sich die Augen und kratzte sich am Kopf, und als er merkte, wie müde er immer noch war, sank er wieder ins Kissen.

Was hatte ihn geweckt? Es war kein Geräusch gewesen, sondern mehr ein Gefühl, eine Veränderung irgendwo in der Nähe. Aha, sein mentales Gleichgewicht war zurückgekehrt, und er konnte die zufälligen Gedanken der Leute in seiner Nähe wieder auffangen. Einen Moment lang bedauerte er es beinahe – es war so erholsam gewesen, vor Müdigkeit keine Gedanken zu hören. Abcr cr war wieder er selbst, und das freute ihn.

Vancof und Granfell hielten sich am anderen Ende des Flurs auf – heckten sie etwa neue Übeltaten aus? Domenic ließ seinen Geist wie eine Feder durch das Gasthaus streichen und kurz die Träume der Bewohner berühren. Außer ihm waren noch verschiedene andere Leute wach – Vancof, wie es schien, nicht jedoch Granfell, und mindestens zwei Männer der Garde. Aber da war noch ein Bewusstsein, ein unruhiges, und sofort wusste er, es war Illona. Sie schlich aus dem Zimmer, das sie sich mit den Entsagenden teilte, und sie suchte nicht nach dem Örtchen!

Ihre Oberflächengedanken waren wirr und voller Angst. Sie

hatte die Absicht, sich von ihren Rettern zu entfernen, aber Domenic konnte nicht die Spur eines tatsächlichen Plans entdecken. Undankbares Frauenzimmer. Im ersten Moment war er versucht, sie laufen zu lassen und einfach weiterzuschlafen. Wo konnte sie schon hin? Die Leute vom Fahrenden Volk saßen im Gefängnis von Carcosa, und sonst kannte sie niemanden.

Dann fiel ihm ein, dass er das gar nicht mit Bestimmtheit wissen konnte. Das Fahrende Volk war schon früher im Jahr in Carcosa gewesen, und in den Vorjahren ebenfalls. Sie konnte hier Freundschaften geschlossen haben, von denen er nichts wusste, sie konnte aber auch mit einem der Söhne Darkovers bekannt sein. Nach kurzer Überlegung verwarf er die letzte Möglichkeit als unwahrscheinlich. Nichts im Tonfall von Mathias' Gedanken hatte darauf hingewiesen, dass junge Mädchen mit von der Partie waren. Aber sie könnte Vancof über den Weg laufen, und der würde bestimmt nicht zögern, sie anzugreifen.

Jedenfalls konnte sie irgendwie zu Schaden kommen. Domenic wunderte sich selbst ein wenig, weil er sich so viel aus ihr machte, obwohl er sie erst seit kurzem kannte. Etwas widerstrebend prüfte er seine Gefühle für Illona. Er hatte sie von dem Augenblick an gemocht, in dem er sie zum ersten Mal sah, und das hatte sich nicht geändert. Das Mädchen hatte einfach etwas an sich – seinen Mut oder vielleicht nur der Unterschied zu den jungen Frauen, die er bereits kannte. Illona war grob und schlecht erzogen, aber sie war auch tapfer und hatte einen flinken Verstand.

Domenic schwang die Beine aus dem Bett, zog Übergewand und Stiefel an und beschloss, ihr zu folgen. Nachdem er vorsichtig die Zimmertür geöffnet hatte, spähte er in den düsteren Flur hinaus und sah, wie sie eben den Treppenabsatz erreichte. Sie wartete und lauschte auf Geräusche von unten. Er sah, dass sie über der dürftigen Unterwäsche ein Gewand anhatte, das ihr zu groß war, und dass sie nichts an den Füßen trug. Dummes Ding. So würde sie nicht weit kommen. Sie musste wirklich verzweifelt sein, wenn sie versuchte, ohne Schuhe zu fliehen.

Und wo wollte sie eigentlich hin? Er wartete, bis sie die Treppe hinabzusteigen begann, dann huschte er aus dem Zimmer und schloss leise die Tür hinter sich. Seine Stiefel knarrten ein wenig auf dem Holzboden, und Domenic wurde klar, dass das Mädchen schlauer war, als er gedacht hatte. Es war schwierig, in Stiefeln oder Schuhen herumzuschleichen.

Domenic war noch nicht halb die Treppe hinabgekommen, als er unten ein Handgemenge hörte. Einer kreischenden Frauenstimme folgte ein unterdrückter Schmerzensschrei. Er stolperte ganz nach unten und fand das Mädchen in den Händen von Gregor MacEwan vor, einem der Gardisten. MacEwan fluchte wie ein Fuhrknecht, während Illona sich fest in seinen Unterarm verbissen hatte und mit dem Knie nach seiner Leiste zielte.

»Du kleine Wildkatze«, fauchte der Mann und schüttelte sie heftig, während er versuchte, ihren wilden Tritten auszuweichen. Sie streckte die Hand vor und versuchte ihm das Gesicht zu zerkratzen oder die Augen auszustechen, was seine überlegene Körpergröße jedoch verhinderte. Immerhin riss sie noch das Oberteil seines Übergewands aus der Verschnürung, und das Geräusch von reißendem Stoff klang sehr laut in der Stille des Gasthofs.

Irgendwie gelang es Illona, sich aus Gregors Griff zu winden, und sie hätte weglaufen können, wenn Domenic sie nicht um die Mitte gepackt und festgehalten hätte. Es war, als umklammerte er einen Sack wütender Frettchen, sie trat nach hinten und krallte die Fingernägel in die Arme um ihre Taille. Schließlich stieß sie ihm den Ellbogen mit voller Wucht in die

Rippen, und Domenic war schockiert, wie weh das tat. Mit einem dumpfen Aufschlag fiel er nach hinten, und Illona landete auf ihm. Im ersten Moment blieb ihm komplett die Luft weg. Sie war schwerer, als sie aussah!

Bevor sie sich umdrehen und auf ihn losgehen konnte, packte Gregor sie am Schlafittchen und zog sie von Domenic herunter; er hielt sie am ausgestreckten Arm, sodass ihre Füße hilflos über dem Boden strampelten. Sie kniff und kratzte weiter, aber an Gregors ausgestrecktem Arm fand sie kein Ziel außer dessen gut geschützten Unterarmen. Domenic setzte sich langsam auf, rieb sich die Rippen an der Stelle, an der sie ihn getroffen hatte, und stand auf.

Ich muss weg von diesen Leuten. Ich muss wieder zum Fahrenden Volk.

Die Angst und der Schmerz in diesem inneren Schrei erschütterten Domenic. Er war weder auf so viel Kraft noch auf so viel Gewalttätigkeit vorbereitet gewesen. Wie sollte er oder irgendwer sonst Illona davon überzeugen, dass ihr niemand etwas tun wollte, wenn sie selbst offensichtlich glaubte, in Lebensgefahr zu sein. Na ja, wenn ihn ein fremder Mann im Dunkeln packte, würde er wahrscheinlich dasselbe denken. Er hätte sie gern beruhigt, ihr Mut gemacht.

Illona machte eine ruckartige Bewegung in Gregors Griff und drehte abrupt den Kopf zu Domenic. Sie starrte ihn wütend an, die Augen weit aufgerissen im schwachen Licht der Lampen. »Rühr mich bloß nicht an!«, kreischte sie und hörte auf, sich zu wehren.

Einen Moment lang war Domenic verwirrt. Dann begriff er, dass sie die Berührung seines Geistes gespürt hatte und darüber empört war. Wie plump von ihm! Er hatte ihr angeborenes *Laran* schon zuvor wahrgenommen, jedoch in der Hitze des Gefechts überhaupt nicht mehr daran gedacht. Seine frühere Idee, dass Illona mit ihren roten Haaren und der blassen Haut die *nedestra*-Tochter eines Mannes aus den Domänenfamilien sein könnte, ging ihm wieder durch den Kopf. Sein Vater behauptete oft, es gebe viel mehr Telepathen auf Darkover, als man allgemein annahm, aber seines Wissens hatte bisher niemand daran gedacht, beim Fahrenden Volk nach ihnen zu suchen.

Dieses Problem hatte Mikhail und Regis Hastur in den letzten Jahren einiges an Kopfzerbrechen bereitet. Sie wussten schon lange, dass es viele unentdeckte Talente im gemeinen Volk gab, aber bisher war niemandem eine Methode eingefallen, wie man sie ausfindig machen konnte. Die *Leroni* in den Türmen reichten nicht aus, um eine Bevölkerung von mehr als zwanzig Millionen Leuten prüfen zu können – was bestenfalls eine Schätzung war, da man nie eine richtige Volkszählung auf Darkover durchgeführt hatte. Darüber hinaus schienen sich die meisten Leute nicht für die Sache zu interessieren oder hatten sogar Einwände. Kein Bauer war erpicht darauf, seinen Sohn zu verlieren und damit eine nützliche Arbeitskraft, und die Händler wollten, dass ihre Kinder in ihre Fußstapfen traten, und nicht, dass sie in einen Turm gingen.

Domenic war während seiner Zeit in Arilinn einigen Söhnen und Töchtern aus dieser Schicht begegnet. Sie hatten sich unwohl gefühlt in der Gesellschaft so vieler Sprösslinge aus den Domänen und konnten es kaum erwarten, ihre Ausbildung zu beenden und zu dem Leben zurückzukehren, in das sie hineingeboren wurden. Sicher, der eine oder andere war ehrgeizig gewesen oder hatte bleiben wollen, aber die Mehrheit von ihnen nicht.

»Beruhige dich, Illona«, sagte Domenic. »Niemand tut dir etwas.«

»Da wäre ich mir nicht so sicher, *vai Dom*«, knurrte Gregor.

»Lass sie jetzt runter«, befahl Domenic, klopfte sich kurz das Gewand ab und funkelte Gregor finster an, weil er den Ehrentitel gebraucht hatte. Aber im Grunde spielte es keine Rolle – das Mädchen war nicht dumm, und wahrscheinlich wusste es bereits, dass er nicht der war, als der er sich ausgab. »Wohin genau wolltest du eigentlich, Illona?« Der Gardist löste seinen Griff und stellte sie auf dem Boden ab, wobei er sie wachsam im Auge behielt.

»Zurück zu meinen Leuten«, murmelte sie.

»Deine Leute sitzen alle im Ortsgefängnis und dürften in absehbarer Zeit nicht freikommen«, antwortete Domenic und stimmte vorsichtig seine Tonhöhe ab. Diese Fähigkeit hatte er sich selbst beigebracht, der beruhigende Gebrauch der Befehlsstimme, mit der er die nur allzu häufigen Wutanfälle seiner Pflegeschwester Alanna verhinderte.

»Wieso? Wir haben doch nichts Schlimmes getan.«

Domenic spürte, dass sie nicht mehr so zornig war, aber immer noch trotzig. Was für ein eigensinniges Mädchen! Illona erinnerte ihn ein wenig an Alanna, nur dass sie nichts von der gewaltigen Konfusion hatte, die er bei seiner Base immer wahrnahm. Stattdessen legte sie eine gewisse Zielstrebigkeit an den Tag, und wenn sie sich einmal etwas in den Kopf gesetzt hatte, schien sie nichts davon abhalten zu können. »Komm, setzen wir uns ein Weilchen in die Gaststube und reden. Das Feuer brennt noch, und wir haben es gemütlich.«

»Ich will mit niemandem reden«, fauchte sie. Doch trotz der zornigen Worte drehte sie sich um und ging leicht zitternd in die Gaststube. Es war kühl im Flur, und mit ihren nackten Füßen spürte sie es wahrscheinlich mehr als Domenic. Er folgte ihr, und sie setzten sich vor den Kamin, wo die verkohlten Scheite vom Abend noch glühten. Gregor legte ein neues nach, dann zog er sich auf eine Handbewegung von Domenic hin zurück.

Der überlegte eine Weile, während das Feuer langsam größer wurde. Wie sollte er sich diesem argwöhnischen Mädchen nähern? Illona verhielt sich abwehrend und feindselig, aber das waren bei ihr klare Gefühle, nicht so ein Wirrwarr, wie es bei Alanna der Fall gewesen wäre. Schließlich sagte er: »Illona, weißt du etwas über dich selbst?«

»Was für eine komische Frage. Natürlich weiß ich über mich Bescheid. Ich bin fünfzehn, ein Findelkind und ... was genau meinst du eigentlich?« Sie war schlagartig hellwach, neugierig und zugleich verwirrt. Er fühlte, wie sie seine Absichten zu erkennen versuchte, die sie gleichzeitig zu umgehen plante. Es war ein interessantes Nebeneinander von Gedanken und Gefühlen, und Domenic bewunderte die Klarheit, an der sie dabei festhielt.

»Weißt du, wo das Fahrende Volk dich gefunden hat?«

»Welche Rolle spielt das?«

»Ich bin neugierig. Lass mich einfach fragen, ja?«

»Warum redest du so sonderbar ... als ob du es sehr ernst meinen würdest. Du kannst dich unmöglich für mich interessieren.« Nun lag eine gewisse Verwirrung in ihrer Stimme und dahinter war neue Beunruhigung herauszuhören.

Domenic war überrascht. Niemand außer seiner Mutter hatte ihn je dabei erwischt, wie er die Befehlsstimme benutzte, und doch spürte Illona zweifellos, dass er es gerade tat. Er zuckte die Achseln und wünschte, er wüsste besser, wie man das Vorhandensein von *Laran* überprüft, oder es wäre jemand in der Nähe, der es konnte. »Ich bin aber an dir interessiert«, sagte er mit normaler Stimme. »Du bist ein bemerkenswerter Mensch.«

»Was? Ich und bemerkenswert? Das ist ja toll.« Sie runzelte die Stirn. »Versuchst du mich zu verführen, *vai Dom?«* Sie sprach die letzten beiden Worte mit großer Verachtung, fast wie eine Beschimpfung.

Domenic hüstelte erschrocken. »Der Gedanke ist mir gar nicht gekommen«, gab er zu. Nein, er hatte nicht an eine so harmlose Sache wie Verführung gedacht – seine Gedanken waren weit weniger feinfühlig gewesen. Er fühlte, wie er errötete, und hoffte, sie bemerkte es nicht im Schein des Kamins. Sie war hübsch, auf eine wilde Art, aber seine gegenwärtigen Absichten waren nicht im Geringsten unehrenhaft. »Wieso glaubst du das?«

»Ach, Tante Loret hat nur gesagt, ich soll aufpassen, das ist alles. Und jeder weiß doch, dass die Herren der Domänen mit den Mädchen machen können, was sie wollen, und niemand kann sie daran hindern.« Sie schien einen alten Groll in sich zu tragen. *Und dieser grässliche Mann, der mich gepackt hat, hat dich* ›vai Dom‹ *genannt, also bist du einer von ihnen, auch wenn du noch jung bist!*

»Ich habe noch nie jemanden verführt, Illona, und ich bin mir nicht sicher, ob ich überhaupt wüsste, wie ich es anstellen soll.« Das Thema bereitete ihm Unbehagen, es setzte ihn irgendwie kaum merklich ins Unrecht, deshalb kam er auf seine ursprüngliche Frage zurück. »Wo hat das Fahrende Volk dich gefunden? Hat dir das deine Tante gesagt?«

Illona antwortete nicht sofort. *Er ist ein sehr merkwürdiger Junge, er wirkt so erwachsen, obwohl er höchstens sechzehn sein kann. Er hat irgendetwas an sich ... Warum will er wissen, woher ich komme? Na, es kann wohl nicht schaden, wenn ich es ihm sage.* »Ja. Sie kamen in ein Dorf, das von Banditen niedergebrannt worden war, und dort fanden sie mich in einer Ruine, wie ich mir die Lunge aus dem Leib schrie. Das war oben in den Kilghards, in der Gegend der Domäne Ardais. Meine Mutter, wer immer sie war, war entweder tot, oder die Banditen hatten sie mitgenommen. Und das ist alles, was ich darüber weiß.«

»Ich verstehe. Bist du einmal ... überprüft worden, ob du ...?«

»Ich gehe nicht in einen Turm, nicht für alles Gold in

Carthon«, brauste sie auf, bevor er seine Frage beenden konnte.

Warum bist du nur so ängstlich und feindselig, was die Türme angeht?

Illona fuhr zusammen und zitterte am ganzen Leib. »Was machst du da mit mir?«, flüsterte sie.

»Nichts. Dann hast du meinen Gedanken also gerade gehört.« Er bemühte sich, ruhig zu klingen, und war versucht, die Befehlsstimme wieder einzusetzen, aber da sie so empfindlich darauf reagierte, nahm er lieber Abstand davon. Es würde ihm nichts nützen, wenn er ihr noch mehr Angst machte. In der Gegend der Domäne Ardais? Das ließ einige Rückschlüsse zu. Konnte es sein, dass sie ein Kind von Dyan Ardais junior war? Mikhail zufolge war *Dom* Dyan in seiner Jugend ein ziemlicher Hallodri gewesen. Und der andere Dyan, der alte, der seit Jahren tot war, seit der Entscheidungsschlacht zwischen Sharra und Aldones, hatte selbst die Alton-Gabe besessen.

Domenic drehte die Idee hin und her und kam zu dem Schluss, dass es auf jeden Fall verschiedene Dinge erklären würde, die ihm an Illona aufgefallen waren, über die er aber bisher nicht richtig nachgedacht hatte, weil er zu müde und zu beschäftigt gewesen war. Er unterdrückte einen Schauder bei dem Gedanken, dass jemand frei herumlaufen könnte, der die Alton-Gabe besaß und nicht ausgebildet war.

»O nein!« Ihre Stimme war ein verzweifeltes Klagen, das seine Gedanken unterbrach. Sie schluckte ein paarmal schwer, und er merkte, dass sie gegen Tränen ankämpfte. Von wegen, ihr keine Angst machen. *Ich besitze* Laran, *und ich weiß es seit Jahren. Aber es kann nicht sehr ausgeprägt sein, deshalb muss ich mich vielleicht nicht in einem dieser Türme einschließen lassen und für die Bewahrerinnen arbeiten. Ich muss weg, bevor er mich verschleppt und … er wirkt so nett, eigentlich.*

Aber das ist nur Täuschung, denn er ist einer von ihnen, *und hat nichts anderes im Sinn, als mich herumzukommandieren und mir vorzuschreiben, was ich tun soll.*

Domenic war froh, dass sie vor lauter Aufregung diesmal nicht bemerkt hatte, wie er lauschte, und überlegte, was er sagen könnte, um sie zu trösten. »Das ist nicht das Ende der Welt, Illona«, begann er leise. Er kannte die Geschichten seiner Mutter über ihre ersten Erfahrungen mit *Laran* und wusste, wie erschrocken und wütend zugleich sie gewesen war. Die Gefühle, die jetzt von Illona ausgingen, mussten denen von Marguerida Alton sehr ähnlich sein, und Domenic empfand tiefes Mitleid mit ihr.

»Ich gehe nicht in einen Turm! Niemals! Du kannst mich nicht zwingen. Es ist mir egal, wer du bist.«

»Warum hast du solche Angst vor den Türmen?« Es war ihm wirklich ein Rätsel. Er hatte noch nie jemanden getroffen, der mit so fürchterlicher Angst und Abscheu auf die Türme reagierte. Die Schüler in Arilinn, die nicht so gern dort waren, hatten sich nicht gefürchtet, sie hatten sich nur unwohl und fehl am Platz gefühlt. Andererseits konnte er nicht auf sehr viel Erfahrung aufbauen. Vielleicht war dieses Gefühl weiter verbreitet, als er ahnte.

Er war in der ständigen Gegenwart von Istvana Ridenow, der Bewahrerin von Neskaya, aufgewachsen und kannte keine Zeit, in der ihm *Laran* und dessen Möglichkeiten nicht bewusst gewesen wäre. Er kannte Istvana fast so gut wie seine Mutter und empfand nichts als Achtung für sie, genau wie für die *Leroni,* die er in Arilinn kennen gelernt hatte. Besonders gern mochte er seine Base Valenta Elhalyn, die jetzt dort als Unterbewahrerin fungierte, obwohl sie erst achtundzwanzig war. Sie war immer zu Streichen aufgelegt und nahm die Sache mit den Matrixwissenschaften selten ernst, nicht einmal wenn sie Unterricht gab. Es fielen ihm aber auch ein halbes

Dutzend andere ein, alles nüchterne, hart arbeitende Männer und Frauen, die ihr Leben für Darkover gegeben hätten.

»Ich will nicht in einem Turm schuften.«

»Schuften? Bei dir hört sich das an, als würde dort jemand gezwungen ...«

»Die Türme sind sogar noch schlimmer als die Domänen! Dort sitzen lauter Schmarotzer, die nichts tun, als die Leute einzusperren.«

»Das ist aber eine sehr merkwürdige Behauptung, Illona. Ich habe in Arilinn meine Ausbildung gemacht, und ich bin doch auch nicht eingesperrt, oder?« Schmarotzer? Der Ausdruck erschreckte und beunruhigte ihn nicht gerade wenig. War das nur der Einfall dieses dünnen, verängstigten Mädchens, das ihm gegenübersaß, oder war es die allgemeine Ansicht?

Domenic fühlte sich überfordert und wünschte, er hätte jetzt jemanden, den er um Rat fragen konnte. Herm vermochte ihm nicht zu helfen, er war zu lange von Darkover weggewesen. Sollte er einen der Gardisten fragen? Die könnten entsprechende Äußerungen gehört haben. Rafaella? Nein, die hätte Domenics Mutter Bescheid gesagt, wenn ihnen derartiges Gerede zu Ohren gekommen wäre.

»Aber du bist eine Art Herr und kannst tun und lassen, was du willst.«

Illonas Worte ließen Domenic alle Fragen vergessen, und er musste unwillkürlich lachen. Es war ein gutes Gefühl, wenn er davon absah, dass ihm die Rippen wehtaten, wo Illonas Schlag ihn getroffen hatte. Soweit er das überblicken konnte, war sein ganzes Leben verplant gewesen, schon vor seiner Geburt, und bis zu dem Abend, an dem er sich zu seinem unseligen Abenteuer davonschlich, war ihm keine Abweichung gestattet gewesen. Abgesehen von seiner Zeit in Arilinn und einem Besuch in der Domäne Alton war er die ganzen Jahre auf Burg Comyn eingesperrt gewesen. Er kannte diese Festung sehr gut, aber die Stadt, in der sie stand, war ihm größtenteils ein Rätsel. Fast beneidete er Illona um ihre reichere Erfahrung. Er wusste allerdings, dass er ihr diese Tatsache unmöglich vermitteln konnte, auch wenn er es zumindest versuchen musste.

Er fragte sich kurz, warum er sich gedrängt fühlte, sie von irgendetwas zu überzeugen. Warum konnte er das nicht anderen Leuten überlassen, die darin geschickter waren als er? Illona war nur ein Mädchen, ungebildet und derb, und sie ging ihn eigentlich überhaupt nichts an. Das glaubte er allerdings nicht, nicht eine Sekunde. Und wenn sie wirklich die Alton-Gabe besaß, hatte er die Pflicht, ihr zu helfen.

Mochte er sie, weil sie anders war als alle, die er kannte, oder gab es einen anderen Grund? Er wurde nicht schlau daraus, und sein ganzes Tun basierte auf diesem Gefühl im Magen, dass es wichtig sei, sie vor Schaden zu bewahren. Es ähnelte seinem Gefühl für Alanna, aber ohne die Verzweiflung, die ihn wegen seiner schwierigen Pflegeschwester so oft überkam.

»Das stimmt nicht, Illona. Ich habe noch nie getan, was ich wollte. Vom Tag meiner Geburt an hatte ich Pflichten und Aufgaben, und ich habe sie stets erfüllt, so gut ich konnte. Aber ich glaube, du hast auf die falschen Leute gehört. Hast du überhaupt einmal mit jemandem geredet, der in einem Turm arbeitet?«

»Nein, ich bin immer im Wagen geblieben, wenn wir bei einem waren, weil ich Angst hatte.« *Wenn sie mich bemerkt hätten, dann hätten sie mich gepackt und von meiner Tante weggeholt. Das weiß ich, seit ich elf bin. Ich hatte immer Angst, dass sie mich erwischen.*

»Erwischen?«

Sie sah ihn im flackernden Schein des Kamins zornig an,

weil sie merkte, dass er schon wieder ihre Gedanken belauscht hatte. »Ja. Mir war klar, dass ich ein kleines bisschen *Laran* habe, auch wenn ich es nicht wollte. Und jeder weiß doch, dass sie alle Leute mit *Laran* einsperren wollen oder Zucht mit ihnen treiben.«

»Illona, wenn du noch einmal ›jeder weiß doch‹ sagst, dann werde ich sehr wütend. Du weißt nämlich überhaupt nichts!«

Sie starrte ihn wild an, der Feuerschein ließ hübsche Lichtspiele über die Sommersprossen auf ihrer fein geschnittenen Nase tanzen. »Ich bin also bloß ein ungebildetes Mädchen, was? Und du bist ein *vai Dom,* der alles weiß. Du bist kaum älter als ich, vielleicht sogar jünger. Wer bist du!«

Er zögerte einen Augenblick, hin- und hergerissen zwischen der Notwendigkeit der Geheimhaltung und seinem mächtigen Verlangen, ihr Vertrauen zu gewinnen. Dann schlug er alle Vorsicht in den Wind und setzte seine Gabe ein.

Domenic Gabriel-Lewis Alton-Hastur.

Ihr Gesichtsausdruck hätte komisch gewirkt, wenn sich nicht so viel Angst darin gespiegelt hätte. »Wie hast du das gemacht?«, flüsterte sie und schreckte vor ihm zurück. »Ich war das nicht – das warst du, absichtlich!«

»Das hab ich in Arilinn gelernt.« Die kleine Lüge ging ihm leicht über die Lippen. »Und du könntest es auch lernen, wenn du nicht so stur wärst.«

»Ich will es gar nicht hören! Du bist ein Scheusal, und ich hasse dich!« *Es ist noch schlimmer, als ich dachte – er ist ein Hastur. Er könnte mein Gehirn im Handumdrehen in Staub verwandeln, wenn er wollte. Was will er von mir?*

»Ein Scheusal hätte dich nicht vor dem Pöbel da draußen gerettet, Illona.« Domenic wollte sich auf keinen Fall von ihrer Angst und Wut anstecken lassen, aber das war nicht leicht. Plötzlich verspürte er das starke Bedürfnis, sich zu verteidigen, etwas zu sagen, das sie von ihren sonderbaren Ansichten über die Türme und seine Familie abbringen könnte.

Verschiedene Empfindungen huschten so schnell über Illonas lebhafte Züge, dass er sie nicht einzeln benennen konnte. Sie strich die Vorderseite ihres Gewandes glatt und wog ihre Gedanken ab. »Das stimmt allerdings. Aber es ändert nichts. Du bist trotzdem mein Feind und willst mich in die Knechtschaft zwingen.«

»Was meinst du damit?«

»Wenn es nach dir geht, sperrst du mich entweder ein oder verheiratest mich an irgendwen, damit ich Kinder mit *Laran* bekomme.«

Er schüttelte den Kopf. »Nein, das stimmt nicht. Ich wünschte, du könntest meine Mutter kennen lernen. Wir beide hatten jede Menge interessante Gespräche über dieses Thema, und sie hält genauso wenig davon, *Laran* zu züchten, wie du.«

»Warum hat sie sich dann gefügt und Kinder bekommen?«

»Ich glaube, sie war in meinen Vater verliebt – und ehrlich gesagt, ist ›fügen‹ ein Wort, das ich nie auf sie beziehen würde! Sie hat sich mit Händen und Füßen dagegen gewehrt, nach Arilinn zu gehen, jedenfalls hat man es mir so erzählt. Und ich bin froh, dass sie Kinder bekommen hat, sonst könnten wir diese faszinierende Unterhaltung nicht führen, weil es mich dann nicht geben würde.«

»Das wäre mir gerade recht.« Sie kaute auf ihrer Unterlippe und überlegte. »Hör zu, warum tust du nicht einfach so, als würdest du nichts sehen; ich verschwinde, und du vergisst mich.«

»Und wie würde es dann weitergehen?«

»Ich suche mir eine andere Truppe des Fahrenden Volks. Ich bin eine gute Puppenspielerin, obwohl es mir nicht besonders viel Spaß macht.«

»Das kann ich nicht. Es wäre nicht richtig.«

»Wieso nicht?«

»Weil es falsch wäre, eine wilde Telepathin einfach in die Nacht marschieren zu lassen, basta. Und genau das bist du im Moment. Deine Gabe verschwindet nicht einfach, Illona. Du musst lernen, sie richtig zu benutzen, sonst stellst du eine Gefahr für dich und deine Umgebung dar.«

»Nein! Ich will zurück zum Fahrenden Volk!« Sie hielt inne und sah ihn aufmerksam an. »Du weißt etwas über sie, hab ich Recht? Verdammter Mist, verdammter! Ich kann deine Gedanken beinahe *hören,* und das ist das Widerlichste auf der Welt. Es ist fast, als würdest du in meinem Kopf flüstern. Ich will das nicht!« Sie wimmerte leise und biss die Zähne aufeinander, um den Laut zu ersticken.

Domenic schluckte schwer und dachte über ihre Aussage nach. Er selbst schirmte seine Gedanken gut ab und erzwang auch nicht den Rapport mit ihr. Ohne Ausbildung und ohne Matrixstein dürfte sie ihn eigentlich nicht hören, es sei denn, seine erste Vermutung traf zu. Und wenn er sie über das Wesen ihrer Gabe aufklärte, würde sie zusammenbrechen. Sie war ohnehin schon fast am Ende ihres Durchhaltevermögens. Nachdem er ihr einige Zeit zum Nachdenken gelassen hatte, fragte er: »Würdest du deine Gabe denn nicht lieber beherrschen wollen, als ihr die ganze Zeit ausgeliefert zu sein?«

»Gabe!« Sie spie das Wort aus, als wäre es faulig. »Ich bin gar nichts ausgeliefert! Ich konzentriere mich einfach auf irgendwas anderes, dann höre ich so gut wie nichts.«

»Das klingt aber sehr anstrengend.« Domenic empfand nun großes Mitgefühl für sie und ein Bedauern, weil sie innerlich so zerrissen war.

Illona ließ ein wenig die Schultern sinken. »Ja, kann man sagen«, gab sie widerwillig zu. Dann kehrte ihr alter Trotz zurück. »Aber es ist besser, als herumzuschleichen und Dinge zu belauschen, die einen nichts angehen, oder Leute Sachen machen zu lassen, die sie nicht machen wollen, wie eure *Leroni.*«

»Und das glaubst du?«

»Jeder weiß doch … Hoppla, jetzt hab ich's schon wieder gesagt.« Sie zuckte zusammen, erschrocken wegen seiner früheren Drohung. Als er keine Anstalten machte, sie zu schlagen, beruhigte sie sich etwas und spielte mit den bloßen Zehen auf der unteren Sprosse ihres Stuhls. Angst und Neugier stritten sich in ihrem lebhaften Gesicht, und Domenic fing einige Erinnerungsfetzen auf, die von Schlägen und Hunger, Kälte und ständiger Angst vor den Leuten um sie herum zeugten. Einzig Loret schien sie wirklich freundlich behandelt zu haben.

Domenic wurde flau im Magen und er schämte sich. Bis zu diesem Moment hatte er keine Ahnung gehabt, wie schwer ihr Leben gewesen war. Niemand hatte ihn je geschlagen, schon gar nicht jemand, der einfach nur wütend oder betrunken war. Er hatte auch Angst gehabt, aber nur vor den seltsamen Dingen, die in ihm vorgingen, niemals vor seinen Eltern. Selbst seine Großmutter hatte ihn nur durch ihren Hass verletzt.

Er überlegte, was er sagen könnte, um ihr Mut zu machen. Vielleicht war Schweigen die beste Antwort, und er sollte jede Bewegung vermeiden, die sie als Drohung auffassen konnte. Sie begriff sehr schnell, und vielleicht kam sie von allein zu einer Entscheidung.

Nach einigen Minuten der Stille sah Domenic, wie Illona sich etwas entspannte, und hatte das Gefühl, ihre Neugier könnte zunächst den Sieg davontragen. »Aber wie arbeitet eine Bewahrerin dann? Ich meine, niemand, der nicht dazu gezwungen wird, würde doch in einem Turm leben wollen.«

»Warst du einmal in Nevarsin?«

»Wie kommst du denn jetzt darauf? Ja, wir waren einmal dort, vor ungefähr drei Jahren. Wieso?«

»Hast du die *Cristoforos* gesehen?«

»Natürlich.«

»Hat sie jemand gezwungen, dort zu bleiben?«

»Das ist etwas anderes. Sie haben nichts, das irgendwer will. Sie sind nur ein Haufen verrückter alter Männer, die an einen komischen Gott glauben.«

»Der größte Unterschied zwischen einem Turm und einem Kloster besteht darin, dass ein Turm nichts mit Religion zu tun hat. Aber beide sind Gemeinschaften von Leuten, die etwas gemeinsam haben.«

»Das glaube ich dir nie. Die Türme holen sich die besten Leute und machen sie zu Sklaven, und dann erwarten sie noch, dass der Rest von Darkover sie durchfüttert. Sie *tun* nichts!«

»Das kannst du doch gar nicht wissen, weil du noch nie in einem Turm warst.«

»Dann sag mir doch, wozu sie gut sind, außer um die Domänen an der Macht zu erhalten.«

Diese ungewöhnliche Idee war ihm noch nie in den Sinn gekommen, aber er verstand, dass jemand, der am Rande der darkovanischen Gesellschaft lebte, sie möglicherweise glaubte. »Die Türme sind Schulen für Leute wie dich, Illona, die den Verstand verlieren würden, wenn sie keine Ausbildung erhielten.«

»Ich komme bis jetzt ganz gut zurecht.«

»Dann hast du sehr viel Glück gehabt.«

»Ich will nicht für den Rest meines Lebens eingesperrt sein!«

»Jede Menge Leute machen ihre Ausbildung in den Türmen, und dann gehen sie wieder.«

»Das glaube ich dir nicht.« Sie war wild entschlossen, an ihren Ängsten festzuhalten.

»Schön. Dann frag Rafaella. Die hat eine Schwester, die

einige Zeit in Neskaya war, dann hat sie den Turm verlassen und geheiratet. Heute lebt sie glücklich und zufrieden ihr eigenes Leben oben in den Kilghards.«

»Rafaella würde alles sagen, was du willst.«

Das war zu viel für Domenic in seiner Müdigkeit. Er musste unwillkürlich lachen, während das Mädchen ihn zornig und empört anstarrte. Als er sich schließlich wieder unter Kontrolle hatte, sagte er: »Tut mir Leid. Ich habe nicht über dich gelacht, auch wenn du mir das jetzt wahrscheinlich nicht glaubst. Aber allein der Gedanke, ich könnte Tante Rafi sagen, was sie tun soll, kommt mir ausgesprochen komisch vor.«

»Deine Tante? Du hast eine Tante, die eine Entsagende ist?« Illona schien es sehr schwer zu fallen, diese Verwandtschaftsbeziehung zu verstehen.

»Sie ist die beste Freundin meiner Mutter und die Lebensgefährtin von Rafe Scott, einem Großonkel von mir.«

»Derselbe Rafe Scott, der die Expeditionen macht?«

»Dann kennst du ihn also?«

»Gewissermaßen. Ich habe ... von ihm gehört.«

»Wie?«

»Dirck hat manchmal an ihn gedacht, und ich habe den Namen ständig aufgeschnappt, als wir noch oben in den Hellers waren.« Sie wirkte bedrückt, als würde sie irgendetwas an Vancofs Gedanken beunruhigen.

Domenic wartete darauf, dass sie fortfuhr, aber Illona wurde stattdessen still und nachdenklich. Er zwang sich, noch nicht einmal über ihre Gedanken zu streichen, sondern wartete, bis sie sich allein über alles klar wurde. Schließlich sagte er: »Erzähl mir doch ein bisschen von Dircks Gedanken.«

»Er trinkt, musst du wissen.«

»Den Eindruck hatte ich auch.«

»Und wenn er getrunken hat, dann ist es, als würde er seine

Gedanken durch den ganzen Raum schleudern. Hässliche Sachen. Ich habe immer versucht, nichts zu hören, weil mir schlecht davon wurde. Es war ein einziges Durcheinander, mit einem Haufen Zeug darin, das ich nicht verstand. Ich weiß aber, dass er sich aus irgendeinem Grund vor Rafe Scott gefürchtet hat, und oft, wenn er richtig einen sitzen hatte, dachte er daran, dass er versuchen wollte, ihn zu töten. Er spielte oft mit dem Gedanken, Leute zu töten, und ich glaube, dass er es auch getan hat.« Illona schauderte. »Er ist ein sehr schlechter Mensch, aber nachdem unser eigentlicher Kutscher gegangen war, hatten wir keine große Wahl.«

»Euer Kutscher ist gegangen?«

»Das nehme ich an. Er ist eines Morgens einfach nicht aufgetaucht, und am nächsten Tag war Dirck da und sagte, dass er von der Truppe von Dyan Player sei, und da hat Tante – du denkst doch nicht, dass Dirck ...?«

»Es traf sich jedenfalls ganz gut, oder?«

Illona zog die Knie an die Brust und schlang die Arme um die Unterschenkel, als versuchte sie sich so klein wie möglich zu machen. Sie wirkte in der Tat sehr klein und verängstigt, aber es war nicht mehr Domenic, vor dem sie sich fürchtete. Er sah an ihr vorbei an die Wand und ließ nicht zu, dass er auch nur den kleinsten Gedanken von ihr auffing. »Ja, das stimmt.«, sagte sie leise. »Ich habe ihn nie gemocht, und Tante konnte ihn auch nicht leiden – und was hat sie jetzt davon! Aber ich sagte mir, dass ich mich nur kindisch benahm, weil er mich ... na ja, immer so seltsam angeschaut hat. Als hätte er gern schlimme Dinge mit mir gemacht und sich nur wegen Loret nicht getraut.« Sie hielt inne und schluckte schwer, und Domenic war überzeugt, sie durchlebte noch einmal jene Augenblicke. »Ich habe die Sachen, die ich ihn denken hörte, nie ernst genommen.«

»Warum nicht?«

»Es war zu erschreckend.« Sie zitterte am ganzen Körper, zwang sich aber rasch, damit aufzuhören. »Was würdest du tun, wenn du mit einem Mann übers Land ziehen würdest, der sehr wahrscheinlich ein Mörder ist? Und der daran denkt, dich …«

Domenic erhaschte wider Willen einen klaren Eindruck einer Vergewaltigung, und es kostete ihn Mühe, nicht nach oben in das Zimmer zu gehen, in dem sich Vancof gerade aufhielt, und den Mann zu töten. Er beherrschte seine Gefühle nur unter großer Anstrengung. Da er merkte, wie er langsam Illonas Vertrauen gewann, und sie nicht weiter verängstigen wollte, sagte er nur: »Du hättest es wahrscheinlich kaum einem Dorfwächter erzählen können.«

Illona lachte leise. »Denen versuchen wir möglichst aus dem Weg zu gehen, denn sie sind immer drauf aus, uns das Leben schwer zu machen. Es ist schon schlimm genug, dass wir sie die halbe Zeit bestechen müssen, damit sie uns überhaupt auftreten lassen. Die in der Nähe der Türme sind nicht so. Aber in den kleineren Orten gibt es oft geldgierige Tyrannen. Außer einem guten Tag und einem Lächeln habe ich in meinem ganzen Leben kein Wort mit einem Wachtposten gewechselt.«

Domenic grübelte darüber. Es vermittelte ihm ein Bild vom Leben außerhalb der Mauern von Burg Comyn, das befremdlich und ungemütlich war. War es schon immer so gewesen, oder hatte die zurückgezogene Lebensweise von Regis Hastur in den letzten Jahren erst solche Geschehnisse ermöglicht? Er selbst war nie in einer Lage gewesen, in der er niemanden um Hilfe bitten konnte, aber für das Mädchen und andere traf das offenbar nicht zu. Er konnte sich nicht einmal vorstellen, wie ihr Leben gewesen war, und das wenige, was er bisher in Erfahrung gebracht hatte, machte ihn nur wütend und traurig. Domenic hatte nie ernsthaft über das Leben der gewöhnlichen

Leute auf Darkover nachgedacht. Er war einfach davon ausgegangen, dass es angenehm war, auf jeden Fall besser als sein Dasein mit den endlosen Pflichten. Jetzt erkannte er, wie wahrhaft unwissend er war.

Wenn doch nur seine Mutter hier wäre! Sie würde ihn beruhigen – oder etwa nicht? Marguerida Alton-Hastur war als Privatperson unverblümt und geradeaus. Wenn sie ein Problem erkannte, versuchte sie es zu lösen, anstatt es unter den nächsten Teppich zu kehren. Plötzlich verstand Domenic besser, warum Lew Alton so unglücklich über die letzten Jahre von Regis Hastur gewesen war, über die Art und Weise, wie er sich immer mehr zurückgezogen hatte und ängstlich und misstrauisch geworden war. Sein Großvater wusste wahrscheinlich, dass auf Darkover nicht alles perfekt lief, nicht einmal besonders gut für manche Leute. Und Domenic erkannte nun, dass Regis' Weigerung, die Domänen aktiv zu regieren und sich stattdessen hartnäckig auf Burg Comyn zu verkriechen, zu Unmut beim einfachen Volk geführt hatte. In ein paar Jahren, vielleicht schon in einem Jahrzehnt, hätte es dann sogar zu der Revolution kommen können, die Vancof anzuzetteln versuchte.

Domenic war zu müde und zu durcheinander, um sich völlig klar über alles zu werden. Er fühlte, als lastete ein schweres Gewicht auf ihm, das ihn zu Staub zermalmte, und er gab sich innerlich einen Ruck, um von dieser abwärts führenden Spirale zu springen. Das Mädchen sah ihn neugierig an.

»Du bist ein sehr merkwürdiger Junge, Domenic.«

»Inwiefern?«

»Na ja, du bist ungefähr in meinem Alter, aber man hat das Gefühl, als ob du Jahre älter wärst. Wie wenn ein Greis in den Körper eines Jungen gesperrt wäre. Ich glaube, du weißt eine Menge, aber ich glaube auch, dass du keine Ahnung vom richtigen Leben hast.«

»Da könntest du Recht haben.« Er lächelte steif. »Ich werde mich mit Freuden deiner größeren Erfahrung beugen.«

»Wirklich?« Sie machte große Augen, als sie ernsthaft über dieses Angebot nachdachte. »Aber wieso? Ich bin ein Nichts, eine Waise.«

Er rieb sich nachdenklich den Brustkorb. »Mit sehr spitzen Ellbogen. Ich weiß nicht, warum, aber ich mag dich, Illona. Natürlich hast du einen Haufen blödsinnige Vorstellungen über die Türme im Kopf, aber ich mag dich trotzdem. Und ich möchte dir helfen.«

Das ist wahr! Ich weiß es, und es ängstigt mich fast zu Tode. Sie schaute erschrocken, als sie wahrnahm, dass ihr Geist den seinen berührte. *War ich das?*

Ja.

Ich bin verloren.

Domenic konnte nicht anders, er musste lachen, als er ihr entsetztes Gesicht sah, obwohl er es zu unterdrücken versuchte. *Nein, Illona, du bist nicht verloren, du hast nur einen gewissen Hang zur Dramatik. Das kommt vermutlich von diesen Puppenspielen.*

Sie ballte die Faust und wollte auf ihn einschlagen, aber dann hielt sie inne. *Tante Loret hat auch etwas in dieser Art gesagt. Ich kann nicht glauben, dass sie wirklich tot ist. Was wird nun aus mir? Warte! Da ist dieser verdammte Dirck, und er führt nichts Gutes im Schilde!*

Was? Ach so, ja. Fast hätte ich ihn nicht bemerkt. Illona hatte ihn abgelenkt, aber jetzt fühlte er, wie der Kutscher das Zimmer über ihnen verließ, und den leisen Schritten nach zu urteilen, war er nicht allein. »Gregor«, zischte er dem alten Gardisten zu, der an der Tür stand.

»Ja, *vai Dom.*«

»Versteck dich und lass die beiden Männer, die gleich die Treppe herunterkommen, tun, was sie wollen.«

»Aber …«

»Das ist ein Befehl.«

Ein Befehl, schön, aber mir wird man das Fell über die Ohren ziehen, weil ich nicht den Befehlen von Dom *Aldaran gehorcht habe. Trotzdem, er ist ein guter Junge und wird schon wissen, was er tut.*

Als Domenic Illona am Arm nahm und vom Kamin wegführte, widersetzte sie sich zu seiner Überraschung nicht. Er konnte ihre Angst vor dem Kutscher spüren und begriff, dass der Mann ohne Lorets Schutz eine echte Gefahr für sie darstellte. Er zog sie hinter den Vorhang auf der Straßenseite des Gasthauses und hoffte, dass Vancof und Granfell gar nicht erst in den Schankraum kamen. Es war kalt an der Glasscheibe, und das Mädchen drückte sich an ihn und biss sich auf die Fingerknöchel, damit es ja kein Geräusch von sich gab.

Illona stand an ihn geschmiegt und zitterte nicht nur vor Kälte. Er roch das warme, wollene Gewand und den Duft von Balsam und Lavendel. Anscheinend hatte Rafaella sie vor dem Schlafengehen ein warmes Bad nehmen lassen. Seine Sinne waren so geschärft, dass er glaubte, ihr Blut durch die Adern strömen zu fühlen, und wenn die Lage nicht so beunruhigend gewesen wäre, er hätte ihre Nähe gründlich genossen.

»Ich habe vorhin ein paar Pferde auf der Rückseite des Gasthofs versteckt«, murmelte eine Stimme. Domenic zupfte leicht am Vorhang, sodass er durch eine Lücke spähen konnte. Er sah den Fuß der Treppe und einen Teil des Flurs, der nach vorn zur Haustür und nach hinten in die Küche führte. Ein kleiner Lichtkreis bewegte sich unheimlich über die blanken Bodenbretter, dann ein zweiter. Nach einigen Augenblicken erkannte er ein Paar blank polierter terranischer Lederstiefel in dem seltsamen Licht.

»Es regnet, Vancof! Ich verstehe immer noch nicht, warum wir nicht bis zum Morgen im Gasthaus bleiben können.«

»Es ist nicht weit, nur ein paar Meilen. Wir können uns dort in einem verlassenen kleinen Bauernhof verstecken. Ich glaube nicht, dass wir es wagen können, hier zu bleiben. Nach dem Tumult suchen sie vielleicht nach mir.«

»Das ist dein Problem, Vancof.«

»Nein, es ist unser Problem. Sei jetzt still. Wir wollen nicht den Wirt wecken und ihm erklären müssen, warum wir uns mitten in der Nacht ...«

»Ein Messer würde ...«

»Halt den Mund! Willst du, dass man uns bemerkt?«

Es folgte ein ungestümer Seufzer. »Wo ist Nailors, verdammt noch mal?«

»Er muss während des Handgemenges weggelaufen sein. Hier lang. Und versuch, still zu sein!«

Das Geräusch ihrer Schritte verklang, und die seltsamen Lichter verschwanden. Illona und Domenic atmeten auf, als sie hinter dem Vorhang hervorkamen. Das Mädchen bemerkte, dass es die Hand in den Oberarm des Jungen gekrallt hatte, und zog sie zurück, als hätte es sich verbrannt. *Ich bin froh, dass sie weg sind. Aber ich bin noch da.*

Ich verspreche dir, Illona, dass dir nichts geschieht.

Hör auf damit! Ich will nicht mit dir reden! Ich wünschte, ich wäre tot!

Nein. Das denkst du nur, weil du dich fürchtest.

Sie schauderte von Kopf bis Fuß, und alle Farbe wich aus ihrem Gesicht. Als Domenic einen Wirbel aus Schwärze in ihr aufsteigen fühlte, drückte er ihren schlanken Körper fest an sich, legte ihren Kopf an seine Schulter und flüsterte ihr ins Ohr. Trauer, Angst und Wut durchströmten ihn, ein überwältigender Schwall von Gefühlen, die sie stundenlang in Schach gehalten hatte. Ihre Emotionen berührten dieselben Gefühle in ihm und setzten sie schlagartig frei.

Trost suchend klammerten sie sich aneinander und ertranken in einem Meer von Gefühlen, dabei waren sie sich so nahe, dass es Domenic schien, als würden sie nur durch ihre Haut getrennt. Es war eine unerhörte Erfahrung, großartiger noch als die Intimität eines Turmkreises, und als es so plötzlich aufhörte, wie es begonnen hatte, empfand er einen quälenden Verlust und war gleichzeitig tief erleichtert.

»Alles wird gut, Illona. Ich verspreche es«, flüsterte er.

Illona schniefte, und er bemerkte, dass sie leise weinte. Sie stieß sich von ihm weg, ein wenig widerwillig, wie er fand, und sah ihn aus verschwommenen Augen an. »Na, wenn du es versprichst, dann kann ja wohl nichts mehr schief gehen.« Selbst wenn sie weinte, war sie noch sauer wie ein grüner Apfel.

Ich bin dein Freund, ob es dir passt oder nicht, Illona Rider. Und du wirst eine großartige Telepathin.

Ob es mir passt oder nicht! Hätte ich dir bloß nicht zugewinkt und dir gesagt, du sollst zum Nordtor kommen!

Aber wer hätte dich dann vor diesen Männern gerettet?

Da haben wir's. Mein Freund? Tante Loret sagte immer, man kann nie zu viele Freunde haben und nie zu wenig Feinde. Bist du wirklich mein Freund?

Beim Wort eines Hastur!

Sie seufzte zittrig, zu müde, um weiterzustreiten. »Das wird fürs Erste wohl reichen müssen.«

20

Domenic stand im Speisesaal des Krähenden Hahns und schaute aus dem kleinen Fenster auf den Hof hinaus. Er war erst am späten Vormittag aufgestanden, und der Regen, der in der Nacht so leise begonnen hatte, war mittlerweile zu einem kräftigen Guss geworden. Domenic sah Wasserpfützen auf dem Pflaster und durchweichte Berge von Unrat, der noch nicht weggeräumt war. Er seufzte resigniert. Es war ein ganz normaler, früher Herbststurm, der ein, zwei Tage dauern, die Straßen in Morast verwandeln und alle Leute ans Haus fesseln würde, bevor er sich wieder legte.

Zögernd spielte ein Lächeln um Domenics Mund. Vancof und Granfell waren aufgebrochen, als es gerade zu regnen angefangen hatte. Jetzt dürften sie freudlos und frierend irgendwo herumhocken, vermutlich in der Hütte eines Kleinbauern. Vielleicht fingen sie an zu streiten und brachten sich gegenseitig um. Er überlegte, ob die beiden wohl noch einmal zum Gasthaus zurückkamen, und verwarf diese Möglichkeit als unwahrscheinlich. Vancof war in Carcosa als Angehöriger des Fahrenden Volks bekannt, und er war schlau genug, sich auszurechnen, dass er nach dem Aufruhr des Vorabends im Gefängnis landen dürfte, falls ihn jemand erkannte. Wohin sonst konnten die beiden gehen? Nach Aussage von Tante Rafi gab es etwa fünfzehn Meilen weiter an der Alten Nordstraße noch ein Dorf. Er durfte nicht vergessen, es Herm zu sagen.

Schließlich ging er an den langen Tisch zurück und setzte sich. Er nahm ein Blatt festes Papier zur Hand, das beste, das er von MacHaworth bekommen konnte, und las durch, was er bereits geschrieben hatte. Es war ein Brief an seine Mutter, der erstaunlich wenig von seinen Heldentaten der letzten Tage und überhaupt nichts von dem Leichenfund in der Nacht zuvor enthielt. Stattdessen hatte Domenic über Themen geschrieben, zu denen er sonst nie ein Wort herausbrachte, weder mündlich noch auf telepathischem Weg. Er hatte über seine starken Gefühle für seine Base Alanna geschrieben, noch mehr jedoch darüber, wie sehr ihm das Leben auf Burg Comyn missfiel, ein weiterer kurzer Absatz betraf seine beunruhigenden Hörerlebnisse. Es war der erste Brief, den er Marguerida in seinem ganzen Leben geschrieben hatte, und er hatte festgestellt, dass er sich schriftlich klarer ausdrücken konnte als auf jede andere Weise.

Beim nochmaligen Durchlesen fiel ihm auf, dass viele Dinge ungesagt geblieben waren, und das trotz seiner gegenteiligen Vorsätze. Domenic hatte den Tumult nicht erwähnt, weil er wusste, seine Mutter würde sich Sorgen deswegen machen, dabei hatte sie bereits genug am Hals. Aus ähnlichen Gründen hatte er das Gefühl der Entfremdung von seinem Vater nicht angesprochen. Mikhail hatte im Augenblick eine Menge Probleme, und Domenic wollte keine neuen hinzufügen. Kurz, sein Brief war nicht so vollständig wie beabsichtigt, und er hatte sich deshalb der Unaufrichtigkeit durch Weglassung schuldig gemacht.

Er überlegte, ob er das ganze Ding nicht einfach zusammenknüllen und in den Kamin werfen sollte. Er war sich seiner Unsicherheit bewusst, seiner Angst, zu viel oder zu wenig mitzuteilen, aber er war auch froh, dass er es überhaupt fertig gebracht hatte, zu schreiben. Nein, er würde den Brief abschicken. Wenn Duncan Lindir später nach Thendara ritt, wollte er das Schreiben dem alten Gardisten mitgeben. Seine Mutter würde sich freuen, wenn sie es erhielt, und das reichte.

Domenic hatte gerade zu Ende gelesen, als Illona hereinkam. Ihr drahtiges rotes Haar war gebürstet und gekämmt, und man hatte es ihr unbarmherzig aus der Stirn gestrichen und nach hinten zu einem Zopf geflochten. Sie hatte ein grünes Übergewand und einen Rock an, der ihr ganz gut passte und den ein Gürtel um die schlanke Taille zusammenhielt. An den Füßen trug sie weiche Halbschuhe. Domenic wunderte sich, woher sie die Kleidung hatte, denn der Markt in der Stadt war wegen des Aufruhrs geschlossen, doch dann bemerkte er, dass die Sachen für den Alltag ziemlich elegant waren. Illona musste sie sich von einer der Töchter MacHaworth' geborgt haben. Unter ihren Augen erkannte er dunkle Ringe, als hätte sie schlecht geschlafen. Vermutlich sah er selbst auch nicht viel ausgeruhter aus.

»Was machst du gerade?«

»Ich habe einen Brief an meine Mutter geschrieben – was sie erstaunen wird, da es der erste ist. Andererseits war ich abgesehen von meiner Zeit in Arilinn auch noch nie weg von ihr, und dort gab es keinen Grund zu schreiben.«

»Was steht drin?« Sie wirkte ängstlich und schien überhaupt nicht zu bemerken, dass sie neugierig war.

»Nichts über dich, falls du dir darüber Sorgen machst.«

Illona sah überrascht aus, fast enttäuscht. »Ich ... ich dachte nur ...«

»Ich hätte ihr gern von dir erzählt, aber ich habe angenommen, dass es dir Angst macht.« Wäre er in anderer Stimmung gewesen, er hätte alle Ereignisse bis zu diesem Moment beschrieben und eine recht gute Geschichte daraus gemacht. Aber nach der letzten Nacht verspürte Domenic den unmittelbaren Impuls, Illona zu beschützen, und dem war er gefolgt.

»Das ist ... nett von dir. Es hätte mir wirklich Angst gemacht. Ich habe eine Menge über letzte Nacht nachgedacht, über das, was du gesagt hast und alles. Und ich glaube, dass ich eigentlich überhaupt nicht in einen Turm gehen muss, und dass du nur ... Was soll ein Mädchen wie ich an einem solchen Ort? Ich glaube, ich schließe mich stattdessen lieber den Entsagenden an. Das Leben bei denen kann auch nicht härter sein als beim Fahrenden Volk.« Sie blickte ihn aufmerksam an und beobachtete seine Reaktion mit der argwöhnischen Wachsamkeit einer halbwilden Katze.

Domenic musterte sie durchdringend. »Wie kommst du darauf, dass die Entsagenden eine wilde Telepathin in ihren Reihen haben wollen?«

»Bis du immer so unfreundlich? Oder nur am Morgen?«

»Nein. Normalerweise bin ich ein sehr netter Mensch, höflich zu Leuten, die älter sind als ich, und übertrieben liebenswürdig. Ich bringe es sogar fertig, zu meiner Großmutter freundlich zu sein, obwohl sie mich hasst und mir nur Böses wünscht. Aber wenn sich jemand absichtlich dumm stellt, Illona, dann sage ich frei heraus, was ich denke.«

»Du glaubst also, dass ich das tue?«

»Dein *Laran* wird nicht einfach wieder verschwinden, wie sehr du es dir auch wünschen magst. Genauso wenig, wie dein Haar je weich und leicht frisierbar werden wird.«

Illona grinste. »Samantha hat es zu richten versucht, und ich glaube, sie hat gute Arbeit geleistet. Woher weißt du, dass mein Haar so ein Problem für mich ist? Ich hasse es!«

»Ich hab's nicht gewusst. Ich finde es sehr anziehend – und du wechselst das Thema.«

»Ich habe nicht von meinen Haaren angefangen.«

»Stimmt.« Domenic sah wieder auf seinen Brief und fragte sich, ob er ihn vielleicht umschreiben sollte, ob er ehrlicher sein konnte, ohne jemanden zu verletzen. »Du und ich, meine Liebe, sind uns ähnlicher, als du glaubst.«

»Was? Ich bin nicht im Geringsten wie du!«

»Doch, das bist du. Wir haben beide Gaben am Hals, mit denen wir umzugehen lernen müssen. Wenn du lesen würdest, was ich geschrieben habe, würdest du es verstehen.«

»Ich kann nicht lesen, daraus wird also nichts.«

»Überhaupt nicht?«

»Nein.«

»Aber wie lernst du dann die Texte, die Mathias schreibt, wenn du nicht lesen kannst?«

»Ach das. Ich habe ein ausgezeichnetes Gedächtnis. Er hat mir die Stücke ein paarmal vorgelesen, und dann wusste ich, was ich sagen muss. Manchmal habe ich sie auch verbessert, was ihn immer geärgert hat. Er ist nicht annähernd so gescheit, wie er glaubt.«

Domenic erinnerte sich an seine nächtliche Begegnung mit dem Mann und musste ihr Recht geben. »Ich verstehe. Gut, dann bringe ich dir das Lesen eben bei.« Er faltete den Brief zusammen und schob ihn beiseite. Dann nahm er ein zweites Blatt Papier und den Stift in die Hand. »Setz dich neben mich.«

Illona starrte ihn einen Moment lang an, dann ging sie um den Tisch herum und schlüpfte neben ihm auf die Bank. »Wozu muss ich lesen lernen?«

»Weil du es können musst, wenn du in einen Turm gehst. Und wir werden über diesen Punkt nicht diskutieren – du wirst gehen, und wenn ich dich eigenhändig hinschleifen und dir zeigen muss, dass es dort gar nicht so fürchterlich ist.« Er wunderte sich über sich selbst, denn normalerweise war er nicht so energisch.

Ein störrischer Ausdruck huschte kurz über Illonas Gesicht. »Ich glaube ... ich könnte hingehen, wenn du mitkämst. Ich will es nicht, wohlgemerkt, und ich glaube, du benimmst dich nur so eigensinnig, weil du daran gewöhnt bist, dass du deinen Willen durchsetzt.«

Domenic lachte schnaubend. »Ich weiß, du wirst mir nicht glauben, aber ich habe in meinem ganzen Leben so gut wie nie meinen Willen durchgesetzt. So, das hier ist dein Name, Illona Rider.« Er zeigte auf die Wörter, die er gerade geschrieben hatte. »Das sind die Buchstaben, und wie sie klingen, weißt du ja schon.«

»So sieht mein Name aus?« Sie betrachtete die Schriftzeichen auf der Seite. »Schreib mal deinen.«

Domenic tat wie gebeten und schrieb seinen vollständigen langen Namen auf das Blatt. Er beobachtete sie, wie sie die Buchstaben genau ansah, und überlegte dabei, dass er in diesem Moment ganz der Sohn seiner Mutter war, die ebenfalls den Leuten das Lesen beibrachte. Illona legte den Finger auf die Buchstaben ihres Namens und suchte dann die gleichen in seinem, während ihr Mund stumm die Laute dazu formte. Nach einer Weile fragte sie: »Warum sind die Buchstaben am Anfang groß, und der Rest ist klein?«

»Bei einem Namen schreibt man den Anfang eines jeden Wortes groß. Weißt du was, ich habe noch nie darüber nachgedacht, ich hab es einfach immer gemacht.«

»Wie sieht es aus, wenn es kein Name ist?«

»Warte – ich schreibe mal einen Satz.«

»Wie lautet er?«

»Illona und Domenic sind in Carcosa.«

»Heißt das hier Carcosa?« Sie zeigte auf das letzte Wort.

»Ja. Woher weißt du das?« Domenic war klar, dass sie sehr intelligent war, aber sie schien wesentlich schneller zu lernen, als er gedacht hatte. Fing sie Hinweise aus seinem Kopf ab? Nein, er merkte nichts davon, dass sie ihn abhörte. Dann kam ihm zu Bewusstsein, dass er es sehr genoss, sie zu unterrichten, und dass er nur nicht wollte, dass sie so schnell lernte, damit er länger mit ihr zusammen sein konnte.

»Ich ... äh, habe nur das Ende von deinem Vornamen mit dem Buchstaben verglichen, den du größer geschrieben hast, das ist alles. War das falsch?«

»Nein, Illona. Du bist eine sehr gute Schülerin.«

»Schreib ein paar ganz normale Wörter – Brot und Regen und ... ich will wissen, wie sie alle aussehen!«

Domenic rührte sich nicht gleich. Dann zog er den gefalteten Brief an Marguerida zu sich, öffnete ihn und vermerkte am oberen Rand: »Bitte schicke mir umgehend ein Exemplar von deinem Buch mit den Volkssagen.« Dann wandte er sich wieder dem anderen Blatt zu und begann die Wörter aufzuschreiben, um die ihn Illona gebeten hatte.

»Was hast du gerade in deinen Brief geschrieben?«

»Ich habe meine Mutter gebeten, mir ein Buch zu schicken, das sie verfasst hat. Es wird dir gefallen, weil es voller Geschichten ist, und wenn du damit fertig bist, wirst du sehr gut lesen können.«

»Du hast ...« Sie stieß einen Laut des Erstaunens aus. »Deine Mutter ist Marguerida Alton-Hastur, richtig?«

»Ja.«

Illona schüttelte den Kopf. »Und du hast sie einfach gebeten, ein Buch zu schicken, als wäre sie ... irgendwer. Du bist ein sehr merkwürdiger Mensch, Domenic Gabriel-Lewis.«

»Sag einfach nur Domenic zu mir. Alle meine Freunde nennen mich so.«

»Und ich bin deine Freundin?«

»Das habe ich dir doch letzte Nacht schon gesagt.«

»Ja, aber ich habe es nicht ganz geglaubt. Jetzt schreib ›Brot‹ für mich.«

Es war später Nachmittag und es goss seit Stunden. Katherine Aldaran legte den Pinsel beiseite und rieb sich den Nacken. Sie hatte die Zeit völlig vergessen. Sie warf einen raschen Blick auf die Holztafel auf der Staffelei und fand, dass es kein schlechter Anfang war.

»Bist du müde?«, fragte Gisela, die in einigem Abstand auf einem thronartigen Stuhl saß. »Ich bin es jedenfalls. Ich hätte nie gedacht, dass es so anstrengend sein kann, stillzusitzen!«

»Verzeih mir – ich hab mich völlig in der Arbeit verloren. Normalerweise gehe ich nicht so gedankenlos mit meinen Modellen um.«

»Es hat mir eigentlich nichts ausgemacht. Es war sehr interessant, dich zu beobachten. Und ich kann dir etwas Nützliches sagen, wenn du magst.«

Kate stellte den Pinsel in ein Glas mit Terpentin und schwenkte ihn darin. »Nämlich?«

»Wenn deine Gedanken beim Malen sind, wird dein Geist extrem still.«

»Still?«

»Na ja, vielleicht mehr wie verschlossen. Abgeschirmt.«

»Ich verstehe. Wenn ich also den Flur entlangspaziere und dabei an Ockerfarbe denke, kann niemand meine zufälligen Gedanken hören. Das ist wirklich brauchbar. Danke.«

»Ich bin froh, dass es dir nichts ausmacht, Kate. Darf ich sehen, was du gemalt hast, oder muss ich warten, bis es fertig ist?«

»In diesem Stadium siehst du noch nicht viel, aber wenn du willst, kannst du gerne einen Blick darauf werfen.« Normalerweise ließ Katherine ihre Modelle das vorläufige Gemälde nicht sehen, weil es nur aus Linien bestand, schwer zu verstehen für jemanden, der kein Künstler war. Bisher hatte sie die Umrisse von Giselas Kopf und Schultern skizziert, die geschnitzten Stuhlpfosten und einen Teil vom Faltenwurf des violetten Gewandes, für das sich Gisela entschieden hatte. Die Gesichtsfarbe erinnerte noch nicht an ein menschliches Wesen, da Grün normalerweise nicht der Farbton ist, an den man denkt, wenn man sich ansieht.

Bevor Gisela aufstehen und zur Staffelei gehen konnte, klopfte es an der Tür, und einen Moment später steckte Rhodri seinen roten Kopf herein, seine Augen funkelten. Dann bemerkte er Gisela und zögerte kurz. »Oh, tut mir Leid – Mutter sagte, du arbeitest vielleicht.«

»Schon in Ordnung – für heute sind wir sowieso fertig, oder, Kate?«

»Ja. Bist du hier, um zeichnen zu lernen, Rhodri?«

Der Junge grinste und sah sich im Atelier um, mit einem raschen Blick erfasste er die Tafel auf der Staffelei. »Nein. Mutter hat mich gebeten, dir das hier zu bringen. Sie hat gerade einen Brief von Domenic bekommen, und der hier ist für dich – von Onkel Herm.« Rhodri hielt ihr ein dickes Päckchen hin und trat unruhig von einem Bein aufs andere. Er schaute Kate erwartungsvoll an. Als sie nicht sofort reagierte, wirkte er sehr enttäuscht. »Willst du ihn denn nicht?«

»Danke«, antwortete Kate steif und nahm ihm den Brief aus der Hand.

»Willst du ihn nicht lesen?«

»Rhodri Rafael Alton-Hastur – du bist ein elender Quälgeist!«, schimpfte Gisela, aber sie klang nicht wirklich zornig. »Das ist schließlich privat, du kleiner Naseweis!«

»Aber ich wollte doch nur wissen, wie viele Terraner er schon getötet hat!«

Gisela sah empört aus. »Husch! Ab mit dir, du Kobold Zandrus! Wir beide werden unsere Neugier bezähmen und Katherine sich in Ruhe an dem Brief freuen lassen.«

»Aber das ist ungerecht, Tante Gisela! Erst verduftet Domenic und macht Dummheiten, und ich sitze hier in der Burg fest, und dann ...«

»Genug!« Gisela stand auf und schüttelte die Falten ihrer Röcke aus.

»Bitte geh nicht, Gisela.« Kate hielt den Brief in den Fingern, sie fror plötzlich. Sie wollte jetzt nicht allein sein. »Wie wär's, wenn du noch etwas von dem guten Tee machen würdest, den wir vorhin getrunken haben, während ich ...«

»Natürlich! Genau das Richtige für einen verregneten Nachmittag.« Herms Schwester ging zum Kamin, schüttelte einen Kessel, der auf der Kaminplatte stand, und goss Wasser aus einem Krug hinein. Dann hängte sie ihn an einen Haken und drehte sich um. »Bist du immer noch da, Rhodri?«

»Du bist so gemein«, murmelte er, bevor er den Rückzug antrat und die Tür hinter sich schloss. Sobald er draußen war, begann Gisela zu lachen, und Katherine fiel trotz ihrer Anspannung mit ein.

Kate nahm auf dem Stuhl Platz, auf dem Gisela Modell gesessen hatte, und ihre Fröhlichkeit verging. Sie sah auf den Packen in ihrer Hand und fürchtete sich vor dem, was darin stehen mochte. In ihrer Angst hatte sie so viele schreckliche Dinge gesagt, in der Nacht, als Herm die Burg verließ. Was würde sie tun, wenn er zu dem Schluss gekommen war, dass sie Recht hatte – dass ihm eine Ehe mit einer Frau ohne *Laran* in der Tat nicht möglich war? Und da sie wusste, wie sehr ihr Mann gefühlsbeladene Auseinandersetzungen hasste, würde es ihm durchaus ähnlich sehen, dass er es ihr in einem Brief mitteilte.

»Kate, lies den Brief und hör auf, dir Sorgen zu machen«, sagte Gisela freundlich, dann drehte sie sich um und wusch die Teekanne aus.

Katherine seufzte und brach die papierene Siegelmarke auf dem Packet auf. Drei Blätter entfalteten sich auf ihrem Schoß, und Herms große, krakelige Schrift tanzte vor ihren Augen. Er hatte ihr ein paarmal geschrieben, als er ihr den Hof machte, aber seither hatte sie seine Handschrift nicht mehr gesehen, und der Anblick ließ ihr das Herz in der Brust hüpfen. Sie dachte daran, wie seine Mitteilungen ihr Blut vor zehn Jahren in Wallung gebracht hatten, wie mädchenhaft und aufgeregt sie immer geworden war, wenn sie eine erhielt.

Liebste Kate,

ich bin ein Narr. Ich hoffe, du kannst mir verzeihen, dass ich ein Feigling war und bei der erstbesten Gelegenheit davongelaufen bin. Bitte glaub mir, dass es nicht deine Schuld war, dass nichts, was du getan hast, der Grund dafür war, auch nicht der Hinweis auf meine vielen Torheiten. Ich selbst, meine Ängste und Gewohnheiten, waren das Problem, und niemals du, *Caria.*

Ich möchte dir so viele Dinge sagen, die ich dir schon früher hätte sagen sollen, und ich weiß nicht, ob ich den Mut habe, es jetzt zu tun. Das Papier vor mir ist wie ein riesiges Schneefeld, das ich nicht überqueren kann.

In diesem Augenblick sitze ich in meinem Zimmer in einem Gasthaus namens Krähender Hahn in Carcosa, einer kleinen Stadt, die etwa einen halben Tagesritt von Thendara entfernt liegt – ich bin also gar nicht weit weg, obwohl mir die Entfernung riesig erscheint. Gestern Abend gab es einen Tumult im Innenhof des Gasthauses, einige Leute kamen dabei ums Leben. Der Regen setzte ein und hat alles ein bisschen gereinigt, aber ich rieche den Gestank immer noch. Vielleicht ist es nur Einbildung, vielleicht hängt der Geruch aber auch mit Asche, Schweiß und vielen anderen unerfreulichen Dingen in meinen Kleidern.

Ich schiebe es schon wieder hinaus, auf den Punkt zu kommen. Als Erstes muss ich dir beichten, dass der Stützpunktleiter im Hauptquartier der Föderation mich per Haftbefehl sucht. Ich habe dir nichts davon gesagt, als ich es erfuhr, aber du hast irgendwie gemerkt, dass ich etwas verheimliche, obwohl es mir gelungen ist, dich abzulenken, indem ich dir erzählte, dass Terése auf *Laran* überprüft werden muss. Du warst bereits so müde und sorgenvoll, und ich brachte es nicht über mich, dir noch mehr Kummer zu bereiten – jedenfalls ist das meine Entschuldigung dafür. Ich bin wohl kaum eine Gefahr für die Sicherheit der Föderation, und dieser Mann weiß das auch genau, aber er wollte meine Anwesenheit auf Burg Comyn benutzen, um Mikhail Hastur Schwierigkeiten zu machen.

Katherine hörte auf zu lesen und blickte auf. »Hast du gewusst, dass Herm per Haftbefehl gesucht wird?«

»Ja, *Breda,* aber Mikhail bat uns – Rafael und mich –, es dir nicht zu sagen, weil er der Ansicht war, wenn du es nicht weißt, brauchst du dir keine Sorgen zu machen.«

»Ich wünschte wirklich, hier würden mir nicht alle Leute Dinge verheimlichen und sich in mein Leben mischen.«

Gisela lachte und nahm den Kessel vom Feuer, um heißes Wasser in die Teekanne zu gießen. »Ich bin mir nicht sicher, ob das auf Darkover durchsetzbar ist – hier mischen sich alle zum Zeitvertreib ein.«

»Schöner Zeitvertreib!« Kate spie das Wort förmlich aus und fühlte sich gleich viel besser. »Vermutlich hat man auf diese Weise etwas zu tun, wenn man wochenlang eingeschneit ist«, fügte sie nicht mehr ganz so verärgert, aber mit großer Erbitterung hinzu.

»Es ist jedenfalls besser, als sich gegenseitig umzubringen, Kate.«

»Da wäre ich mir nicht so sicher.« Sie hob den Brief auf und fuhr fort zu lesen.

Aber es ging nicht nur darum, Mikhail aus einem Schlamassel herauszuhalten, für den er noch zu unerfahren ist. Ich dachte, ich würde mich wohl fühlen, wenn ich nach Hause komme, und stattdessen kam ich mir wie ein Gefangener vor. Das lag nicht an dir, sondern an allem hier! Nachdem ich mich jahrelang mit den Intrigen im Senat herumgeschlagen habe, sollte man meinen, die meines eigenen Volks müssten eine Kleinigkeit für mich sein. Ich wünschte, es wäre so. Ich fühlte mich auf Burg Comyn fremder als in der Föderation – und das Ganze wurde verschärft, wie ich hinzufügen muss, durch deine völlig normale Reaktion auf die Entdeckung, dass du mit einem Telepathen verheiratet bist. Kurz, du hast alles nur schwerer gemacht, und damit bin ich nicht fertig geworden.

Es ist nicht sehr liebevoll, das zu schreiben, aber es ist die Wahrheit. Ich hoffe, du kannst mir irgendwann verzeihen. Ich habe mich egoistisch benommen. Ich habe die Gelegenheit beim Schopf gepackt, alles für ein paar Tage hinter mir zu lassen, und ich bereue diese Entscheidung nicht, auch wenn sie dir Kummer bereitet hat. Ich bin nicht vollkommen, und ich war in den vergangenen Tagen unvollkommener als je zuvor in meinem Leben.

»Er schreibt, er sei nicht vollkommen«, sagte Kate zu Gisela, als diese ihr eine dampfende Tasse Tee brachte, der angenehm nach Minze duftete.

»Und das merkt er jetzt erst?«

»Das weiß ich nicht, auf alle Fälle gibt er es jetzt zu.« Kate trank einen Schluck und stellte fest, dass der Tee noch zu heiß war.

»Das ist dann ja wohl eine Art Fortschritt«, bemerkte Gisela auf ihre trockene Art.

Es schien mir, als würde zu viel passieren, und es hat mich überwältigt. Ich konnte mich nicht überwinden, das Problem deines fehlenden *Larans* anzupacken, die Frage, welchen Einfluss das auf unser Leben und das unserer Kinder haben könnte. Außerdem wurde ich nicht damit fertig, wie mir das Leben hier auf Darkover plötzlich erschien. Als dann Domenic ein Komplott gegen Mikhail Hastur entdeckte, bot ich spontan meine Dienste an.

Ich bin weggelaufen, Kate, vor dir und den Kindern, obwohl ihr mein Leben seid, und ich gebe zu, dass ich gewaltig erleichtert war, auch wenn ich mir wie der letzte Dreck vorkam. Es war falsch, und doch war es auch richtig. Kannst du das verstehen?

Wahrscheinlich nicht. Ich habe das Gefühl, ich mache mich gerade komplett zum Narren, aber ich musste dir schreiben und so viel mitteilen, wie ich konnte. Ich würde gern zu dir zurückkommen, aber im Augenblick ist das nicht möglich. Ich muss mit Domenic hier blei-

ben, bis diese Angelegenheit erledigt ist. Aber ich hoffe, du bringst es fertig, über meine zahlreichen Fehler hinwegzusehen, über meine Heimlichtuerei und meine Feigheit, und sehr bald neu mit mir zu beginnen.
Dein dich über alles liebender Mann,

Hermes-Gabriel Aldaran

Katherine schaute auf und stellte fest, dass sie Tränen in den Augen hatte. Sie faltete den Brief zusammen und griff nach ihrem Tee. Dann wischte sie sich mit dem Ärmel ihrer Bluse über die feuchte Wange. Die weiche Spinnenseide strich wie der Kuss eines Geliebten über ihre Haut.

»Na?«

»Er ist sehr reumütig.«

»Das konnte er als Junge schon gut. Die Dummheiten, die er begangen hat, taten ihm immer Leid. Aber er hat es auch immer ehrlich gemeint! Wirst du ihn wieder aufnehmen?«

»Was bleibt mir denn anderes übrig?«

»Kate, du kannst tun, was dir gefällt – diese Möglichkeit hatte ich nie. Die Domäne Aldaran ist nicht die reichste – nur bei Aldones bestimmt die kälteste! –, aber es wird dir nie an etwas fehlen, wenn du beschließen solltest, dass Hermes für den Rest seines Lebens im Falkenkäfig schlafen muss. Mein Bruder Robert wird sicherstellen, dass du gut versorgt bist. Du musst also Herm nicht zurücknehmen, nur weil er sagt, dass es ihm Leid tut. Die Frage lautet vielmehr: Willst du ihn, mitsamt seiner Unvollkommenheit und allem?«

Katherine antwortete nicht sofort, sondern trank erst von ihrem Tee. Dann sagte sie bedächtig: »Ja, ich will ihn – auch wenn er mich manchmal rasend macht.«

»Na, damit wäre das ja geklärt.«

»Noch nicht ganz. Es kann nie mehr wie früher zwischen

uns sein, Gisela, und ich weiß nicht, ob er das verstehen wird. Er ist so geschickt darin, mich zu beeinflussen – alle Leute übrigens, was das angeht –, dass er nicht zu bemerken scheint, wie verletzend er dabei ist. Ich werde also darauf bestehen müssen, dass er …«

»Was?«

»Dass er mich nicht wie ein hingebungsvolles Weibchen behandelt, das er nach Belieben zur Seite schieben kann!«

»Das könnte schwierig werden.«

»Ich weiß.« Kate beugte den Kopf und ließ die Schultern hängen.

»Na, na, nun werde mir mal nicht schwermütig hier. Was soll's, wenn es nicht klappt, gibt es immer noch die Entsagenden!«

»Die Entsagenden!« Als Gisela Kate von diesen Frauen erzählt hatte, war sie völlig fasziniert gewesen. Aber die Vorstellung, selbst in einer ausschließlich weiblichen Gemeinschaft zu leben, kam ihr so absonderlich vor, dass sie lachen musste. »Was, soll ich mir vielleicht die Haare abschneiden?«

Gisela verdrehte drollig die Augen. »Da haben wir's – es ist die pure Eitelkeit, die dich rettet.«

Mikhail betrat den Wohnraum seiner Gemächer, wo Marguerida mit einem Stapel Papier auf dem Schoß in einem Sessel mit hoher Lehne saß. Plötzlich kam ihm zu Bewusstsein, dass er sie, von den Mahlzeiten einmal abgesehen, zum ersten Mal seit Tagen sitzen sah. Er betrachtete sie und bemerkte die leichte Rötung an der Nasenspitze und die etwas geschwollenen Augen – sie musste geweint haben. Und sie sah unendlich müde aus. Er hätte jeden töten können, der seine Gemahlin zum Weinen brachte. Der Gedanke würde ihr nicht gefallen, da sie es vorzog, auf sich selbst aufzupassen, aber er konnte seine Empörung nicht ganz unterdrücken. Doch schnell wurde ihm klar, dass es ihm nur um ein Ventil für seine eigenen Gefühle ging. Warum sollte sie nicht weinen, wenn ihr danach war?

»Was gibt es, *Caria?«*

Marguerida blickte auf, als hätte sie nicht bemerkt, dass er ins Zimmer gekommen war. »Nichts, im Grunde. Oder vielleicht alles. Domenic hat mir einen Brief geschickt.«

»Wirklich? Darf ich ihn lesen, oder ist er zu privat?«

»Er wird dir möglicherweise nicht gefallen.«

»Mir gefällt vieles nicht, Liebste, aber das ändert nichts daran, dass ich es erfahre.« Er versuchte, keine Schärfe in seinem Tonfall aufkommen zu lassen, und beinahe gelang es ihm auch.

»Ich hatte keine Ahnung, dass er so furchtbar unglücklich war«, sagte sie, als sie ihrem Gemahl den Brief reichte.

»Alle Jungen in seinem Alter sind unglücklich, würde ich annehmen. Ich war es und Dani ebenfalls. Fünfzehn ist ein scheußliches Alter. Wenigstens hat er keine Pickel mehr – ich hatte sie noch, und meine Stimme überschlug sich ständig, was mir unendlich peinlich war.« Er schaute auf das Papier in seiner Hand, merkte, dass es die Rückseite war, und drehte es um. »Ich möchte wissen, wozu er dein Buch braucht«, begann er, als er die Notiz über der Anrede sah.

»Keine Ahnung – ich hoffe, er langweilt sich und ist nicht in Gefahr.«

»Mhm.« Mikhail war bereits in die erste Seite versunken und hörte ihre Bemerkung kaum. Er runzelte die Stirn und bewunderte die Sorgfalt, mit der die Worte gewählt waren. In dem Brief stand nichts, was ihn sonderlich überraschte, denn er hegte bereits geraume Zeit den Verdacht, dass Domenic mit sich selbst im Unreinen war. Er hatte angenommen, Alanna Alar sei der Grund dafür, und er war froh gewesen, wie gut der

Junge den Seiltanz zwischen seiner Zuneigung für die Pflegeschwester und den Regeln des Anstands bewältigt hatte. Er drehte das Blatt wieder um und sah sich die Rückseite an.

Ja, Domenic war tatsächlich wegen seiner Gefühle für seine Base in Aufruhr, aber das schien nicht das eigentliche Problem zu sein. Die Worte tanzten Mikhail vor den Augen, daher ließ er sich aufs Sofa sinken und las sie noch einmal. Als er fertig war, schüttelte er den Kopf. »Schade, dass wir ihn nicht zu jemandem in Pflege geben konnten.«

»Ich glaube nicht, dass es etwas genützt hätte, Mikhail. Hast du auch das Gefühl, dass wir schlechte Eltern waren? Ich habe es jedenfalls.«

»Ja. Wenn er doch nur nicht so ein komplizierter Junge wäre, so schwer zu ... und du hast Recht. Wem hätten wir Domenic schon als Pflegekind anvertraut? Mein Bruder Gabriel hätte ihn vielleicht genommen, aber das hätte den Jungen in Javannes Nähe gebracht, und außerdem wäre Regis niemals einverstanden gewesen.«

Marguerida seufzte. »Dein Bruder ist ein achtbarer Mann, wenn er sich nicht gerade wie ein Volltrottel benimmt, aber ich glaube nicht, dass er einen besseren Erzieher abgegeben hätte als wir. Vielleicht müssen wir uns einfach mit der Tatsache abfinden, dass wir zwar unser Bestes getan haben, aber es hat eben nicht gereicht!«

»Marguerida, das ist doch nicht das Ende der Welt! Ich weiß, du bist erschöpft und die ganzen Vorbereitungen für die Trauerfeier und die gleichzeitige Sorge um Domenic waren zu viel für dich. Aber er hat es doch immerhin fertig gebracht, dir mitzuteilen, dass er sich wie eine Art abnormes Kind vorkommt.«

»Und soll es mir deshalb vielleicht besser gehen?« Ihre goldenen Augen funkelten zornig, und in ihre bleichen Wangen kam Farbe.

»Ja. Ich weiß nicht – vielleicht kommen sich alle Jungen in diesem Alter bis zu einem gewissen Grad abnormal vor.« Mikhail rieb sich die Stirn und versuchte, seine Kopfschmerzen zu vertreiben. Er konnte alle Leute heilen, nur sich selbst nicht, wie es aussah. »Als ich jung war, konnte ich Regis immer alles erzählen. Bevor das hier kam.« Er schüttelte die Faust mit dem Handschuh. »Der arme Dani war dazu nicht fähig. Auf diese Weise war Regis mir ein besserer Vater als seinem eigenen Sohn. Und ich konnte nie mit meinem Vater sprechen wie damals mit Regis oder jetzt mit Lew. Ich glaube, die Tatsache, dass Domenic einen solchen Brief schreibt, zeigt, dass du ihm eine sehr gute Mutter warst. Ich denke, er hat darum gerungen, die richtigen Worte zu finden. Er ist nämlich sehr tapfer.« Mikhail fügte nicht an, wie erbärmlich er sich fühlte, weil er Domenic genau das angetan hatte, was er sich geschworen hatte, auf keinen Fall zu tun – den Jungen auf Distanz zu halten und es ihnen beiden schwer zu machen.

»Aber was sollen wir jetzt tun?«

»Ich weiß es nicht. Und im Moment ist Domenics Unglück unsere geringste Sorge. Damit können wir uns befassen, wenn wir ... das alles hinter uns haben.«

»Er ist unser Sohn, Mik!«

»Ja. Und er hat unsere besten Eigenschaften ebenso mitbekommen wie unsere schlechtesten – er hat Lews Hartnäckigkeit, deine Intelligenz und meine verdammte Fantasie! Aber er wird nicht an seinem Unglück sterben, Marguerida, und diesem Brief nach zu urteilen, ist er wahrscheinlich zu mehr Selbsterkenntnis fähig, als ich es in seinem Alter war.«

»Er war nie wirklich jung, oder?«

»Nein. Er hat eine Greisenseele, und wir beide wissen es.«

»Meinst du, dass er ...?«

»... die Wiederkehr von Varzil ist? Keine Ahnung, aber es wäre wohl kaum überraschend. Der zeitliche Ablauf legt die

Vermutung nahe. Und es wäre eigentlich gar nicht so schrecklich, findest du nicht?«

»Was willst du damit sagen?«

»Varzil war zu seiner Zeit ein großer Mann, und für einen zukünftigen Herrscher von Darkover kann ich mir keine bessere Aussicht vorstellen. Aber so weit müssen wir erst einmal kommen, Liebste.« Mikhail war besorgter, als er zugab. Er starrte seinen Handschuh an. Er wollte nicht an die Zukunft denken, an die Möglichkeit, sein Erstgeborener könnte ihm den Ring zu entreißen versuchen. Natürlich hätte er ihn schon hundertmal liebend gern weggeworfen, aber das war etwas anderes. Doch dann beruhigte er sich so plötzlich, dass es ihn überraschte. Seine Muskeln erschlafften, und das Pochen in der Schläfe verging. Er kannte seinen Sohn besser. Domenic war der letzte Mensch auf der Welt, der nach der Macht dieses Ringes greifen würde.

Mikhail drehte den Brief um und las einen Absatz auf der ersten Seite noch einmal. Er war kurz und erwähnte nur, dass Domenic eine Art ungewöhnliche Hörerfahrung gemacht hatte – etwas, das er zunächst für bloße Einbildung hielt. Die Schrift war eng, die Buchstaben dichter zusammengedrängt als beim Rest des Schreibens, und Mikhail vermutete, dass sein Sohn sich über das Thema nicht näher auslassen wollte. Domenic hatte mehr angedeutet als enthüllt, was ihn wirklich bedrückte, dachte Mikhail, als er zwischen den Zeilen las und seiner Fantasie freien Lauf ließ. Es bereitete ihm schlichtweg Vergnügen, an etwas anderes zu denken als an die Probleme, die ihn seit Tagen plagten.

Was hatte Domenic gehört, und warum beunruhigte es ihn so? Mikhail wünschte, er hätte den Jungen früher dazu gebracht, mit ihm zu reden. Vielleicht wusste Lew etwas darüber – Domenic vertraute sich häufig seinem Großvater an. Aber es war zweifellos keine Angelegenheit von unmittelbarer

Wichtigkeit. Sein Sohn war vorläufig in Sicherheit, und das war alles, worauf es ankam.

»In ein paar Tagen haben wir das alles hinter uns, Marguerida.«

»Das stimmt zum Glück. Ich weiß nicht, wie viel Belastung ich noch ertrage, bevor ich mich ins Bett lege und keinen Finger mehr rühre.«

»Hört sich gut an. Wir könnten uns beide einfach ins Schlafgemach zurückziehen und uns lieben, bis wir uns vor Müdigkeit nicht mehr rühren können.«

»Wie kannst du jetzt an Sex denken?«, fragte sie und klang gleichermaßen erfreut wie verärgert.

»Wie kann ich an etwas anderes denken, wenn ich dich ansehe?«

»Du findest mich immer noch anziehend?«

»Für mich, *Caria,* bist du die begehrenswerteste Frau auf der Welt und wahrscheinlich in der ganzen Galaxie.«

Sie ging zu ihm, schlang die Arme um ihn und legte den Kopf an seine Schulter. Dann begann sie ihn zu küssen, sanft zunächst, doch schließlich leidenschaftlicher, bis er an nichts anderes mehr denken konnte.

21

Mikhail betrat zusammen mit Marguerida den Kristallsaal, ihre Hand ruhte auf seinem Unterarm, und sie drückte ihn aufmunternd. Vor diesem Augenblick hatte er sich gefürchtet, seit Regis krank geworden war. Nein, noch länger! In gewissem Sinne hatte er sich sein ganzes Erwachsenenleben lang auf dieses Schicksal zubewegt. Er hatte nur nicht damit gerechnet, dass es so bald eintreten und ihn so schlecht vorbereitet antreffen würde.

Die Zukunft zu planen war eine Sache, sie zu erleben eine ganz andere. Er hatte erst in Jahrzehnten mit Regis' Tod gerechnet, und obwohl seit dem Ereignis bereits einige Zeit vergangen war, empfand Mikhail erst beim Betreten des Saals das ganze riesige Gewicht dessen, was ihn erwartete. Alle Geschehnisse hatten etwas Unwirkliches an sich gehabt, bis er den leeren Stuhl erblickte, auf dem sein Onkel bei so vielen Anlässen gesessen hatte.

Er sah seine Frau an und bemerkte ihre extreme Blässe und ihre angespannte Haltung. Die bevorstehende Versammlung des Comyn würde schwierig werden, das wussten sie beide, und es war Margueridas Gesicht abzulesen. Mikhail erfasste ihre blitzenden goldenen Augen, in denen so viel Klugheit lag, die Locken ihres noch immer feuerroten Haars und die Art, wie sie die Mundwinkel fest nach innen zog. Sie sah so Ehrfurcht gebietend aus, wie sie war, und er spürte, wie ihm neuer Mut erwuchs, weil er sie mit ihrer wilden Entschlossenheit an seiner Seite wusste. Er wusste auch, wie müde sie in Wirklichkeit war, und doch sah man ihr nichts davon an. Jetzt musste er sich nur noch als ebenbürtig erweisen, Stärke zu Stärke.

Aus dem Augenwinkel erspähte Mikhail ein paar Schritte hinter sich Donal Alar und daneben seinen Bruder Rafael. Es war das erste Mal seit vielen Jahren, dass Rafael den Kristallsaal betrat, seit Regis ihn wegen Giselas Dummheiten ausgesperrt hatte. Die Sache entbehrte nicht einer gewissen Ironie, da Rafaels Ehe mit der Aldarantochter hauptsächlich Regis' Idee gewesen war. Es war eine politische Heirat gewesen, ein Versuch, *Dom* Damon zufrieden zu stellen, damit er endlich Ruhe gab. Das war natürlich gescheitert, da der alte Herr der Domäne Aldaran höchstens im Grab Ruhe geben würde. Und es hatte für Rafael und Gisela viel Unglück bedeutet. Mikhail rief sich den Gesichtsausdruck seiner Schwägerin in Erinnerung, als er zu den beiden gegangen war, um mit seinem Bruder zu sprechen. Er wusste nun, dass sie Rafael aufrichtig liebte. Es befriedigte ihn sehr, seinen Bruder hinter sich zu haben und um seine Unterstützung zu wissen, die er sicher brauchen würde, wenn er die nächsten Stunden überstehen wollte.

Mikhail beschloss, dankbar zu sein für das, was er hatte – für seine Frau, seinen Bruder, seinen Friedensmann und den Rest seiner getreuen Berater. Er bemühte sich angestrengt, nicht an die unvermeidliche Konfrontation mit seiner Mutter zu denken, bei der es sicher lautstark zugehen würde im Saal. Wenigstens würde sich endlich die Spannung lösen, die das Leben in der Burg während der letzten Tage so ungemütlich gemacht hatte. Er wusste nur nicht, ob das ein Segen war oder ein Fluch. Ein Lachen stieg in ihm auf. Trotz der frechen Worte hatte keiner der Männer, die an der Besprechung im Arbeitszimmer teilgenommen hatten, den Nerv besessen, Javanne Hastur ein Mittel zu verabreichen, das sie zum Schweigen brachte, nicht einmal Lew Alton. Abgesehen davon waren sie dafür zu moralisch, und es wäre auf lange Sicht auch keine Lösung gewesen.

Mikhails Aufmerksamkeit kehrte zu seiner Frau zurück. Es war beinahe schade, dass sie beide im Laufe der Jahre so zurückhaltend geworden waren. Mikhail erinnerte sich mit einem fast nostalgischen Vergnügen an ihre ersten Auseinandersetzungen. Jenes erste Treffen kam ihm in den Sinn, bei dem er ihr vorgeworfen hatte, sie wolle seine Eltern aus Armida hinauswerfen. So hatten sie seit Jahren nicht mehr gestritten, und er vermisste es. Stattdessen hatten sie sich zähneknirschend zurückgenommen, gefaucht und geflüstert, fast als fürchteten sie sich, ihre Furien ans Licht kommen zu lassen.

Der Einfall ließ ihn tatsächlich kichern, und Marguerida musterte ihn streng. Die riesigen Matrizen in der Decke des Raumes verhinderten jede Art telepathischer Kommunikation, deshalb konnte sie seinen Gedanken nicht auffangen. »Sagst du mir, was so komisch ist, Mik?« Ihre sonst so wohlklingende Stimme war vor Anspannung heiser.

»Natürlich, *Caria*. Ich habe nur gerade gedacht, wenn wir nicht so beherrscht wären, sondern mehr wie meine Mutter, könnten wir uns wundervoll amüsieren, indem wir ständig in der Gegend herumbrüllten.«

Zu Mikhails Freude lockerte ein kleines Lächeln ihren starren Gesichtsausdruck. »Ich würde mich zwar niemals in dieser Weise erniedrigen, aber ich gebe zu, die Versuchung ist sehr stark. Für einen netten kleinen hysterischen Anfall oder einen Tobsuchtsanfall würde ich jetzt viel geben. Alanna hat's gut, die kann das!« Er hörte, wie die Anspannung in ihrer Stimme nachließ, und wusste, dass es ihm gelungen war, ihre Laune beträchtlich zu verbessern.

»Allerdings. Das ist einfach nicht gerecht.«

»Ich wünschte fast, ich wäre wieder in Arilinn, in meinem winzigen Häuschen, und hätte nichts Wichtigeres zu tun, als auf meiner Harfe zu spielen und mir den Bauch voll zu schlagen. Oder ich könnte auf Dyania sitzen und immer weiterreiten. Wenn ich gewusst hätte, wie schwer es ist, mich meinem Alter entsprechend zu benehmen, hätte ich es mit zwanzig aufgegeben.«

»Wenn man bedenkt, wie sehr du Arilinn verabscheut hast ...«

»Ich sprach von meinem Häuschen, nicht vom Turm!«

»Stimmt. In zwei Tagen reiten wir zur *Rhu Fead*, falls wir die Ratssitzung ohne Blutvergießen überstehen, dann geht zumindest dein Wunsch in Erfüllung, auf einem Pferd zu sitzen.«

»Du glaubst doch nicht, dass ...«

»Ich glaube, meine Mutter wird sich mir nach Kräften widersetzen, und *Dom* Damon wird sich irgendwo zwischen schwierig und unmöglich benehmen – aber ich nehme tatsächlich nicht an, dass irgendwer das Messer zücken wird ... Kommt es mir nur so vor, oder wird bald ein Gewitter losbrechen?« Er war in diesem Augenblick froh, dass sie wegen der Dämpfer seine Gedanken nicht lesen konnte. Es war Mikhail nämlich durch den Kopf gegangen, dass *Dom* Francisco Ridenow tatsächlich zum Messer greifen könnte, und auch wenn er wusste, dass ihm Donal Alar und sein Bruder Rafael sofort zu Hilfe eilen würden, wollte er auf keinen Fall, dass jemand zu Schaden kam.

»Ich habe mich auch schon ein paarmal dabei ertappt, wie ich aus dem Fenster schaute und enttäuscht war, dass es nur leicht bewölkt ist. Es kommt also nicht nur dir so vor. Wenigstens hat der Regen endlich aufgehört – ich vermute, der hat alle noch gereizter gemacht. Im Moment wünschte ich, wir könnten ein paar Stunden in die Zukunft reisen und die Ratssitzung komplett überspringen.«

»Ein glänzender Einfall! Schade, dass wir das nicht fertig bringen. Wenn ich es könnte, würde es Mutter allerdings als einen weiteren Beweis dafür anführen, dass ich ungeeignet bin, Darkover zu regieren.«

»Ich hatte gehofft, die Nachricht vom geplanten Abzug der Föderation würde sie freuen und vergessen lassen, wie sehr sie dir misstraut«, entgegnete Marguerida und seufzte schwer.

»Ich fürchte, sie wäre nur dann wirklich zufrieden, wenn sie jemand anderen als mich auf Regis' Platz sähe. Sie hat den armen Dani schon halb in den Wahnsinn getrieben mit ihren Andeutungen, er soll es sich noch einmal überlegen und die Elhalyn-Krone gegen die Domäne Hastur eintauschen. Dabei hat der Cortes die Angelegenheit schon vor Jahren geregelt. Aber wenn sich meine Mutter etwas in den Kopf gesetzt hat, kann sie allenfalls ein Blitzschlag wieder davon abbringen. Dani ist kurz davor, sie zu erwürgen, und die arme Lady Linnea sieht jedes Mal aus, als würde sie sich am liebsten auf dem Dachboden verstecken, wenn sie ihr begegnet. Außerdem sucht Javanne eindeutig gute Kontakte zu dem kleinen Gareth aufzubauen, was weder für ihn noch für sonst jemanden gut ist.«

Donal räusperte sich leise, um anzuzeigen, dass weitere Personen den Raum betraten. Mikhail blickte über die Schulter und sah *Dom* Damon Aldaran mit seinem Sohn Robert durch die Tür kommen. Hinter ihnen gingen Lady Javanna und *Dom* Gabriel Lanart-Alton. Die Wangen seiner Mutter waren vor unterdrückter Wut gerötet, und ihre blauen Augen sprühten vor Entschlossenheit. Sie war in ihrem bevorzugten Grünton gekleidet, mit einer goldenen Krause unter dem Kinn.

Javanne starrte *Dom* Damon wütend an, fast als versuchte sie ihn durch Willenskraft dazu zu zwingen, beiseite zu treten und ihr den Vortritt zu lassen, aber der alte Aldaran war nicht im Geringsten bereit zu weichen. Er behandelte Javanne stets wie eine Bäuerin, nicht wie eine Hastur. Allerdings war *Dom* Damon zu allen Frauen so grob, auch zu Marguerida, und Mikhail war froh, einen großen Teil der Schuld an Giselas Störmanövern auf ihren Vater zurückführen zu können. Was für ein Glück, dass sich seine Schwägerin in letzter Zeit so gut benahm, viel mit Katherine Aldaran zusammen war und keinen Ärger machte.

Robert Aldaran warf ihm einen resignierten Blick zu, während er Javanne erlaubte, vor ihm in den Kristallsaal zu schreiten. Er wirkte hager in seinem schlichten braunen Übergewand und peinlich berührt dazu. Warum mussten sie beide nur so unmögliche Eltern haben?

Der Blickwechsel ermutigte Mikhail. Robert war sehr vernünftig und in den letzten Jahren im Rat zu einem der stärksten Verbündeten von Regis und Mikhail geworden, wobei er oft gegen *Dom* Damon Partei ergriff. Angesichts der Abneigung und des Misstrauens, mit denen man der Domäne Aldaran seit Generationen unabänderlich begegnete, war das außerordentlich bemerkenswert, wie Mikhail sehr wohl wusste. Die wechselnden Allianzen zwischen den einzelnen Domänen waren etwas, worüber er immer wieder erstaunt den Kopf schüttelte. Er konnte nie zuverlässig vorhersagen, wie sie aussehen würden.

Er musste wieder an *Dom* Francisco Ridenow denken und an eine andere Versammlung im Kristallsaal, bei der Regis vor fast siebzehn Jahren beschlossen hatte, den Rat der Comyn neu zu beleben. Damals war *Dom* Francisco Mikhails Freund gewesen, aber nun war er ein Gegner – und Schuld daran hatte nur Varzil! Als Mikhail und Marguerida mit der großen Matrix des sagenumwobenen Laranzu aus der Vergangenheit zurückgekommen waren, hatte sich alles geändert. *Dom* Francisco hatte die Ansicht vertreten, die Matrix müsse an der Hand eines Ridenow sitzen. Es kümmerte ihn nicht, dass man sie nicht weitergeben konnte und vermutlich auch nicht gewaltsam entfernen, ohne sowohl ihren Träger als auch den, der sie an sich nehmen wollte, zu töten. Mikhails eigene Matrix war in die größere integriert, abgestimmt auf seine ganz persönliche Energie, solange er lebte. Das alles machte jedoch keinen Unterschied für Francisco – er fand, die Matrix sei ein Familienerbstück der Domäne Ridenow, und er, Francisco müsste sie eigentlich tragen.

Im Lichte von *Dom* Francisco Ridenows ziemlich bewegter Vergangenheit konnte Mikhail nur froh sein, dass es bisher keinen Versuch gegeben hatte, ihn aus dem Weg zu räumen. Immerhin verdächtigte man Francisco, beim Tod seiner Rivalen um die Herrschaft über die Domäne – eines Onkels und zweier Brüder – die Hand im Spiel gehabt zu haben. Doch nun, nach Regis' Tod, würde sich vielleicht auch das ändern. *Dom* Francisco wollte einfach nicht glauben, dass nur Mikhail die Matrix führen konnte, da sie in einen Ring eingelassen war und nicht um den Hals getragen wurde, wie sonst üblich. Was, wenn Francisco beschloss, es sei nun an der Zeit, den begehrten Schatz in die gepflegten Hände zu bekommen?

Mikhail schüttelte den Kopf, um diese hässlichen Gedanken zu verscheuchen. Er begann die Sorgen zu verstehen, die seinem Onkel die letzten Lebensjahre vergällt hatten, die Ängste, die ihn zermürbt hatten, obwohl er von treuen Freunden umgeben war. Regis hatte die Sharra-Rebellion überlebt, ebenso wie den Versuch der Weltenzerstörer, den Planeten zu vernichten. Diese Erfahrungen hatten seine Weltsicht in späteren Jahren entscheidend beeinflusst. Mikhail hatte kein Verlangen, seinem verstorbenen Onkel nachzueifern, indem er einen Verfolgungswahn entwickelte oder übertrieben vorsichtig wurde, aber *Dom* Francisco war durchaus jemand, der ihm zu denken gab. Er wollte jedoch keinesfalls vor seiner Fantasie in die Knie gehen, so verlockend es auch war. Doch es fiel ihm schwer, und er hätte das Oberhaupt der Domäne Ridenow lieber an seiner Seite gehabt als gegen sich.

Was Varzil nicht vorausgesehen hatte, als er den Ring ins Darkover der Gegenwart schickte, war der Einfluss, den die Weitergabe der Matrix auf das fragile Gleichgewicht zwischen den Domänen haben würde. Mikhail konnte dem Mann keinen Vorwurf machen – er hatte den Ring dem Zugriff Ashara

Altons entziehen müssen. Und das war ihm gelungen. Mikhail wünschte nur, ein anderer hätte ihn bekommen, jemand, der stärker war, als er selbst sich fühlte. Oder der Ring wäre ganz aus dem Spiel genommen worden. Er war eine Last, die er bereitwillig auf sich genommen hatte, ohne jedoch die damit verbundenen Probleme abzusehen.

Er hatte eine große Macht erlangt, mit der er heilen, aber auch zerstören konnte, doch sie hatte ihn das uneingeschränkte Vertrauen seines Onkels gekostet und die Freundschaft mehrerer Leute, die er schätzte. Lady Marilla Aillard, die während seiner Zeit als Dyan Ardais' Friedensmann wie eine Mutter zu ihm gewesen war, hatte für Javanne und *Dom* Francisco Partei ergriffen, weil sie sich nicht von der Ansicht abbringen ließ, Mikhail besitze einfach zu viel Macht, als dass man ihm trauen könnte. Diese Entfremdung bekümmerte ihn sehr, und er wusste nicht, ob er sie je wieder aufheben konnte. Und um alles noch schlimmer zu machen, war damit auch Dyan Ardais, sein Freund aus Kindertagen und Marillas Sohn, in eine unangenehme Lage geraten, was die Beziehung der beiden belastete. Mikhail wusste jedoch, er konnte sich auf Dyans Loyalität verlassen, und während er schweigend seine Verbündeten zählte, schöpfte er ein wenig Mut.

Seit Jahren schon hallten die Wände des Kristallsaals regelmäßig von lautstarken Auseinandersetzungen wider – meist ging es um Mikhail und dessen Stellung als designierter Erbe von Regis. Sein Onkel hatte den Comyn immer weniger im Griff gehabt, und die sich verschlechternde Lage hatte zu seinem wachsenden Unbehagen beigetragen. Obwohl Mikhail nie etwas getan hatte, um Regis' Herrschaft zu gefährden, hatte die bloße Tatsache, dass er die Macht dazu besaß, den Seelenfrieden seines Onkels gestört. Niemand außer ihm selbst, Marguerida und Istvana Ridenow schien das tatsächliche Ausmaß seiner Macht begreifen zu können. Und weder Beteuerungen noch Versprechen konnten seine Gegner im Rat davon überzeugen, dass er für keinen von ihnen eine Gefahr darstellte.

Mikhail weidete sich kurz an dem Gefühl, missverstanden zu werden. Wie Lew Alton ihm häufig erklärt hatte, beurteilten die Leute andere immer danach, wie sie selbst handeln würden. Seine Mutter und *Dom* Francisco sehnten sich nach Macht, und so waren sie überzeugt, bei Mikhail müsste es sich ebenso verhalten.

So viele harsche Worte waren im Kristallsaal gefallen, und nun tat sich zwischen den beiden Generationen ein wahrer Abgrund an Feindseligkeit auf. Mikhail fürchtete, daraus könnten bösartige und potenziell blutige Grabenkämpfe werden, sobald die Föderation ihre Präsenz auf Darkover beendete. Würde der Planet in einen Bürgerkrieg stürzen, wie es früher schon geschehen war? Der Gedanke, er könnte für ein solches Ereignis verantwortlich sein, seine Mutter und *Dom* Francisco könnten die Waffen gegen ihn erheben, war beinahe unerträglich. Und obwohl er die Kräfte seiner Matrix nie in vollem Umfang ausprobiert hatte, wusste er mit beklemmender Gewissheit, dass er seine Feinde damit vernichten könnte, wenn er dazu gezwungen wäre.

Er hatte Regis' Autorität nie dadurch herausgefordert, dass er vollständig erkundete, wozu seine Matrix fähig war. Stattdessen hatte er eine vorsichtige Gratwanderung unternommen, bei der er sorgsam darauf achtete, dass sich sein zunehmend ängstlicher Onkel nicht bedroht fühlen musste, während er gleichzeitig seine Selbstachtung zu wahren versuchte. Nun begann er zu verstehen, welchen Tribut dieser innere Konflikt von ihm gefordert hatte, und er fragte sich, ob er der Aufgabe, Darkover zu regieren, auch wirklich gewachsen war. Er hatte beinahe vergessen, wie man sich durchsetzte, und wünschte verzweifelt, er könnte sein jüngeres und weniger zweifelndes Ich wiederherstellen. Und das musste er, wenn Darkover überleben sollte!

Die Jahre waren nicht vergeudet gewesen. Beim Studium mit Istvana Ridenow hatte er das gewaltige Heilpotenzial seiner Matrix kennen gelernt. Das hatte Mikhail eine tiefe Befriedigung verschafft, bis er daran gescheitert war, seinen Onkel zu heilen. Er wusste, welche bemerkenswerten Leistungen Varzil Ridenow mit Hilfe der Matrix vollbracht hatte, und nahm an, dass er ähnliche Dinge tun könnte. Er fragte sich immer noch, wie der Mann den See von Hali von einer giftigen Kloake in seinen jetzigen eigentümlichen Zustand verwandelt hatte. Das Wissen darum, wie man diesen Energiewechsel bewirkte, wenn er denn möglich war, hatte sich Mikhail noch nicht offenbart. Aber es bedeutete zweifellos auch, dass Zerstörung möglich war, selbst während einer Heilung, und dieser Gedanke ließ ihn nicht ruhig schlafen. Die Aussicht, er könnte die Grenzen seiner Kräfte in naher Zukunft austesten müssen, stimmte ihn nicht eben fröhlich.

Mikhail rückte Marguerida den Stuhl zurecht, dann nahm er neben ihr Platz. Donal stellte mit ruhiger, zuversichtlicher Miene einen Kelch mit Apfelwein neben seine linke Hand. Der junge Regent wünschte, er besäße etwas von der offenkundigen Gelassenheit seines Neffen. Jetzt musste er sich nur noch der hervorragenden Meinung würdig erweisen, die sein junger Friedensmann von ihm hatte. Seltsamerweise machte ihm dieser Gedanke Mut und linderte seine endlosen Zweifel. Er dachte daran, dass Donal gesagt hatte, er habe Danilo Syrtis-Ardais studiert und sich zum Vorbild genommen. Das war sehr klug, denn Danilo strahlte immer Ruhe und Gelassenheit aus. Selbst wenn andere die Stimme erhoben, schrie er nie oder schlug wutentbrannt auf den Tisch. Vielleicht gelang Mikhail das ebenfalls.

Er blickte in das Gesicht seiner Mutter, dann in das von *Dom* Damon und erkannte, dass es ihm schwerer fallen würde, die Beherrschung zu wahren, als ihm lieb sein konnte. Sie waren beide zum Kampf bereit. Sein Vater, *Dom* Gabriel, wirkte alt und müde, vermutlich hatte Javanne den alten Herrn mit ihren Intrigen und Komplotten in den Wahnsinn getrieben. Wenigstens wusste Mikhail, er konnte auf seinen Vater zählen, egal was seine Mutter in ihrer Wut auch sagte.

Lew und Danilo Syrtis-Ardais betraten den Saal gemeinsam, rasch gefolgt von Dani Hastur und dessen Frau Miralys Elhalyn-Hastur. Aus dem hübschen Mädchen, für das Mikhail vor sechzehn Jahren für kurze Zeit die Vormundschaft übernommen hatte, war eine atemberaubend schöne Frau geworden, selbstbewusst und heiter, statt scheu und ängstlich wie einst. Sie war zum dritten Mal schwanger, und ihre Haut glänzte vor Gesundheit und Lebenskraft, wie es diesem Zustand eigen ist. Die Ehe mit Dani bekam ihr sichtlich, so wie die Arbeit als zweite Bewahrerin in Arilinn ihrer jüngeren Schwester Valenta bekam. Es freute Mikhail zu sehen, dass wenigstens einige Leute im Raum glücklich waren, und er wünschte sehr, Valenta wäre ebenfalls anwesend. Sie war eine furchtlose Frau, scharfzüngig und kein bisschen eingeschüchtert von Javanne. Aber sie wurde im Turm gebraucht, um die Relais der Anwesenden zu überwachen und um – hoffentlich – zu verhindern, dass die Gruppen des Fahrenden Volks weiteren Ärger machten.

Mikhails Bruder Rafael half seiner Mutter auf ihren Platz und setzte sich dann zwischen sie und Mikhail. Javanne funkelte ihren zweiten Sohn finster an, als stellte sie sein Recht auf Anwesenheit in der Kristallkammer nach so vielen Jahren der Absenz in Frage. Es war ein gutes Gefühl, dass Rafael zwischen ihnen saß, auch wenn Mikhail wusste, dass ihn das nicht vor dem Zorn seiner Mutter bewahren würde. Dann bemerkte er, dass *Dom* Damon Rafael anstarrte und nicht sehr erfreut schien, ihn hier anzutreffen.

Mikhail überlegte noch, warum *Dom* Damon seinen Schwiegersohn wohl so böse ansah, als Marguerida ihre linke Hand mit der Matrix auf seine behandschuhte Rechte legte und sie rasch drückte. Diese stille Geste beruhigte ihn außerordentlich. Weitere Personen betraten den Raum. *Dom* Francisco nahm neben Javanne Platz, und Lady Marilla setzte sich auf die andere Seite von ihm. Dyan Ardais zögerte, dann ließ er sich auf einem der Stühle nieder, die normalerweise den *Leroni* aus den Türmen zustanden, und schuf so einen Abstand zwischen sich und seiner Mutter auf der einen Seite und dem Platz der Altons auf der anderen, den bereits *Dom* Gabriel eingenommen hatte.

Danilo Syrtis-Ardais, der für gewöhnlich auf dem Stuhl saß, den Rafael nun innehatte, erfasste die Situation mit einem raschen Blick und setzte sich rechts von Marguerida, neben Dani und Miralys. *Dom* Damon und Robert Aldaran machten es sich zwischen Dyan Ardais und *Dom* Gabriel bequem, wobei mehrere Stühle rechts und links von ihnen unbesetzt blieben, was sie ein wenig isolierte. Der Tisch war für dreißig Leute, ohne dass es eng wurde, aber die Bewahrer der verschiedenen Türme, die zu Mittsommer hier gewesen wären, fehlten. Lady Linnea hatte sich entschuldigt und ihre Trauer geltend gemacht. Mikhail wusste, es gab noch einen Grund – den Wunsch, Javanne aus dem Weg zu gehen, den er mit ihr teilte.

»Sollen wir hier Wurzeln schlagen«, grummelte *Dom* Damon, »oder bringen wir dieses alberne Theater endlich hinter uns?«

»Vater«, warnte Robert barsch.

Der alte Aldaran starrte seinen Sohn böse an. »Was? Wir alle wissen doch, was wir sagen werden. Es wurde hier so oft gesagt, dass ich wahrscheinlich jetzt schon jedes Wort zitieren könnte, das gesprochen wird!« Er schaute finster und herausfordernd in die Runde und wirkte sehr enttäuscht, als sich niemand gegen ihn stellte.

»*Dom* Damon hat Recht«, begann *Dom* Francisco Ridenow. »Wir haben bereits alles gesagt, immer und immer wieder.« Er sah aus, als schmeckten die Worte sauer in seinem Mund, denn er hätte einem Aldaran nicht einmal dann gerne Recht gegeben, wenn es sich nur um eine Frage des Wetters handelte. »Aber ich fürchte, wir werden der Form halber die ganze Sache noch einmal durchgehen müssen.«

Mikhail war klar, dass er die Leitung der Versammlung in die Hand nehmen musste, bevor sie in die nur zu vertraute Quälerei und gegenseitige Beschimpfung ausartete, die mittlerweile jeder von einer Ratssitzung erwartete. Die Mattigkeit in seinen Gliedern und eine gewisse Benommenheit drohten ihn einen Moment lang zu überwältigen. Vielleicht hatte Javanne Recht – vielleicht war er trotz seiner auf *Laran* gründenden Macht in Wirklichkeit nicht fähig, Darkover zu regieren. Aber wenn nicht er, wer dann? Dani kam nicht in Frage, da konnte sich seine Mutter einbilden, was sie wollte, und Domenic war noch zu jung. Er selbst hatte sich sein ganzes Leben lang auf diese verantwortungsvolle Position vorbereitet, und es war ungerecht, dass er sich ihr nun, da ihm die Aufgabe zufiel, nicht gewachsen fühlte.

Dann setzte sich Lew Alton neben *Dom* Gabriel. Er warf Mikhail einen Blick zu, der dessen eigene Zweifel und Ängste zu spiegeln schien. Lew nickte, und plötzlich war die lähmende Müdigkeit verschwunden. Sein Kopf wurde vollkommen klar, und hätte er nicht gewusst, dass es so gut wie unmöglich war, in diesem Saal *Laran* einzusetzen, er hätte angenommen, seinem Schwiegervater sei es irgendwie gelungen, seinen erlahmenden Mut mit Hilfe des erzwungenen Rapports neu zu beleben.

»Eigentlich gibt es sehr viel Neues zu überlegen, und ich hoffe, wir können unser kleinliches Gezänk heute einmal vermeiden«, begann Mikhail ruhig und versuchte, wie geplant Danilo nachzuahmen. Er sah, wie sich die Wangen seiner Mutter bei dieser Bemerkung röteten, und wusste, er hatte einen kleinen Treffer gelandet. Es war fast schon schändlich, wie viel Freude ihm dieser kleine Sieg bereitete, deshalb verbannte er ihn aus dem Kopf.

»Ich denke, jeder hat inzwischen mitbekommen, dass die Terraner beabsichtigen, sich in nahe Zukunft von Darkover zurückzuziehen. Mir ist bewusst, dass sich einige von uns darüber freuen werden, aber das halte ich für eine kurzsichtige Betrachtungsweise. Wenn die Föderation geht, löst sie sich noch lange nicht in Luft auf deswegen, und es ist unwahrscheinlich, dass sie die Existenz Darkovers vergisst. Ich weiß, dass einige von euch genau damit rechnen, aber da irrt ihr euch!«

»Was willst du damit sagen, Mikhail?«, fragte Lady Marilla mit ihrer sanften Stimme.

»Ich will damit sagen, dass sie jederzeit wiederkommen könnten, in feindlicher Absicht, sofern sie es wollen. Wenn es keine Verträge oder Abkommen mehr zu achten gilt, glauben sie vielleicht, ganz nach Belieben handeln zu können.« Er listete die vielen Möglichkeiten nicht auf – es war besser, wenn er das ihrer Fantasie überließ.

»Aber warum sollten sie das tun?«, fragte Marilla verwirrt.

»Weil sie es können«, knurrte Lew. »Die Föderation, der wir uns heute gegenübersehen, ist nicht mehr dieselbe, die zu Zeiten Lorill Hasturs nach Darkover kam, und wir sollten uns in diesem Punkt nichts vormachen.«

»Ja, ja, etwas in der Art erzählst du uns seit Jahren, Lew«, fauchte Javanne. »Du alter Schwarzseher. Ich, für meinen Teil, habe dem nie viel Glauben geschenkt und tue es auch jetzt nicht.«

»Das ist dein gutes Recht, Javanne, und ich hoffe nur, du musst nie erleben, dass Armida von Truppen der Föderation besetzt wird.«

»Ich bin nicht leicht zu erschrecken«, antwortete sie, dennoch wirkte sie auf Mikhail verunsichert.

»Moment mal«, rief *Dom* Francisco Ridenow, bevor jemand anderer zu Wort kam. »Wir haben noch kein neues Oberhaupt für den Rat der Comyn gewählt, und ich denke, bevor wir richtig mit der Arbeit beginnen, sollten wir das tun. Ich nominiere Danilo Hastur und ...«

»Glaubst du vielleicht, du bist hier in einer Demokratie?«, unterbrach ihn Lew scharf. »Als der von Regis erwählte Erbe ist Mikhail das Oberhaupt des Rats, und wir brauchen mit der Diskussion dieser Frage keine Zeit zu vergeuden.«

Dom Francisco warf Javanne einen Seitenblick zu und fuhr dann ungerührt fort. »Das sehe ich nicht so. Nur weil du immer davon ausgegangen bist, dass du einmal Regis' Platz einnehmen wirst, Mikhail, muss es noch lange nicht so sein. Die Nachfolge ist keinesfalls geklärt. Deshalb schlage ich vor, wir wählen Danilo Hastur zum neuen Oberhaupt des Rats, weil er am meisten dazu legitimiert ist, uns zu führen.«

Dani, für gewöhnlich ein ausgesprochen ruhiger Mensch, lief unschön rot an und schlug mit der Faust auf den Tisch. »Wie kannst du es wagen, einen solchen Vorschlag zu machen, du Wurm!« Dann fiel er über Javanne her, endlich bereit, allem Groll der letzten Tage freien Lauf zu lassen. »Das ist alles dein Werk, und ich werde dabei nicht mitspielen! Du bist ein egoistisches, lästiges altes Weib, und es ist nur zu schade, dass du nicht anstelle meines Vaters gestorben bist! Wenn du denkst, ich lasse mich von dir beeinflussen, dann irrst du dich. Ich will nichts mit dir zu tun haben und mit deinen schändlichen Plänen, Darkover nach deinen Vorstellungen zu führen.«

Rund um den Tisch herrschte entsetztes Schweigen ob dieses Gefühlsausbruchs, allerdings schien Miralys ganz zufrieden mit ihrem Gatten zu sein, und Lew Alton hatte Mühe, nicht laut über Javannes Unbehagen zu lachen.

Die Furcht einflößende Frau erholte sich jedoch rasch wieder, und die beiden roten Flecken auf ihren Wangen verschwanden. »Du bist nur überreizt wegen des Todes deines Vaters und weißt nicht, was du sagst«, antwortete sie verhältnismäßig ruhig angesichts der Umstände.

»Gibt es denn nichts, womit man die Blase deiner Eitelkeit aufstechen kann, Tante Javanne? Du widerst mich an. Mein Vater war kaum aufgebahrt, da hast du mit deinen bösartigen Vorschlägen angefangen, ich solle meinen Schwur ...«

»Du warst noch ein Junge, als du die Entscheidung getroffen hast, von Regis' Erbe zurückzutreten, und hast nicht gewusst, was du tust. Und jetzt musst du älteren und klügeren Köpfen erlauben, dich zu führen«, beharrte Javanne.

»Fahr in Zandrus kälteste Hölle!«, fauchte Dani, aus dessen Gesicht alle Farbe wich. »Du bist der letzte Mensch, von dem ich geführt werden will.«

Dom Gabriel sah aus, als würde er gleich platzen, und Mikhail entschied, dass er allmählich eingreifen müsse. Es gelang ihm, den Blick seines Vaters aufzufangen, und dieser fügte sich mit gewaltiger Mühe.

»Die Angelegenheit wurde vor sechzehn Jahren geklärt, Mutter, und du kannst nichts mehr daran ändern. Ich bedaure, dass es dir solchen Kummer bereitet, wenn ich in Regis' Fußstapfen trete, aber so ist es nun einmal vorgesehen. Ich habe nicht die Absicht, zurückzutreten, und Dani hat nicht vor, meinen Platz einzunehmen.« Mikhail war überrascht, wie fest seine Stimme klang, und sehr zufrieden mit sich.

»Du bist ungeeignet …«, spuckte Javanne.

»Genug jetzt«, verkündete Marguerida. »Wir erreichen nichts, wenn wir uns hier gegenseitig die Augen ausstechen.«

»Du kannst mich nicht zum Schweigen bringen, Marguerida.«

»O doch, das kann ich, und ich werde es tun, wenn du weiter eine solche Nervensäge bist!«

»Eine Nervensäge!« Javanne schnappte nach Luft. »Wie kannst du es wagen!«

»Du bedeutest mir weniger als das Schwarze unter den Nägeln«, erwiderte Marguerida beißend und beglich mit wenigen Worten einige Jahre alte Rechnungen.

Das war zu viel für Lew Alton, er versuchte, sein Lachen zu verbergen, indem er einen Hustenanfall vortäuschte. Doch Mikhail sah, wie die Augen seines Schwiegervaters oberhalb der Hand, die er vor den Mund hielt, vor Heiterkeit funkelten, und er wünschte nur, er könnte den Augenblick offen genießen. Selbst *Dom* Gabriels Gesichtsausdruck ähnelte nicht mehr so sehr einer Gewitterwolke, und er warf Marguerida heimlich einen zustimmenden Blick zu.

Mikhail holte tief Luft und sagte: »Wir sind nicht hier, um darüber zu debattieren, wer Darkover künftig regieren wird. Wer auch immer sich einbilden sollte, dass er dazu ein Recht hat, der irrt sich gewaltig.« Er merkte, dass er die Worte wählte, wie es Danilo getan hätte, als ob der Mantel von Regis' Friedensmann ihn irgendwie beschützte. »Das Problem, das vor uns liegt, ist vielmehr der Abzug der Föderation. Ich weiß, dass einige von euch dies nicht als Problem ansehen – aber ihr kennt nicht alle Fakten.« Aus den Augenwinkeln fing Mikhail Danilos Miene auf und war innerlich erheitert.

»Welche Fakten hast du uns denn vorenthalten?«, fragte Lady Marilla argwöhnisch.

»Eine ärgerliche Unterstellung, Lady Marilla, auf die ich

aber nicht weiter eingehen werde. Ihr wisst alle, dass die Föderation in wenigen Wochen abziehen will, aber ihr versteht die Gründe dafür nicht. Die Legislative, in der Lew und Herm gedient haben, wurde aufgelöst – und das ändert alles!«

»Was hat das mit Darkover zu tun?« *Dom* Damon schien aufrichtig verwirrt.

»So wie der Rat der Comyn dem Herrscher von Darkover als beratende Körperschaft dient, so hielt die Legislative die Führer der Föderation bisher in Schach«, erklärte Lew, als würde er zu einem Kind sprechen und keinem besonders aufgeweckten dazu. »Ohne diese Beschränkung kann die Premierministerin mehr oder weniger tun, was sie will – und soweit wir in Erfahrung gebracht haben, führt sie die Föderation im Augenblick per Dekret. Das ist schlicht und einfach Tyrannei!«

»Ich wiederhole – was hat das mit Darkover zu tun?«, knurrte *Dom* Damon und sah Lew mit wildem Blick an.

»Ich protestiere!« *Dom* Francisco schlug nun ebenfalls mit der Faust auf den Tisch, sein blasses Gesicht rötete sich vor Zorn. »Wir haben die Frage noch nicht geklärt, wer das Oberhaupt des Rats sein soll, und bevor wir das nicht erledigt haben, ist alles andere ...«

Da hörte man Schritte, und Gareth Elhalyn trat ein. Er schaute lächelnd in die Runde, während sich alle Augen ihm zuwandten. »Was tust du denn hier?«, fragte sein Vater.

»Er ist auf meine Einladung hier«, antwortete Javanne, bevor Gareth etwas erwidern konnte. Ihre Augen glänzten freudig, und ihre Miene war selbstgefällig. Mikhail dachte, wenn sie eine Katze wäre, würden jetzt Federn aus ihrem Mund ragen.

»Da soll doch ...«

»Er hat hier nichts verloren, da er noch nicht einmal zu Danis Erben ernannt wurde«, brauste *Dom* Gabriel auf und warf seiner Gemahlin einen wütenden Blick zu. »Was treibst du da, Weib?«

»Setz dich, Gareth«, fuhr Javanne fort, als hätte niemand etwas gesagt. Sie deutete in Richtung der leeren Stühle. Dem Knaben schien nun nicht mehr ganz wohl in seiner Haut zu sein, er schaute zweifelnd aus seinem hübschen Gesicht, ließ sich aber zwischen seine Mutter und Lew Alton nieder. »Ich bin zu einem nahe liegenden Schluss gekommen, und ich kann nicht verstehen, warum ihn sonst niemand gesehen hat.« Sie blickte leicht höhnisch in die Runde, als hielte sie alle außer sich für Dummköpfe.

»Und was könnte das sein, verehrte Base?«, fragte Lew Alton mit jener öligen Überheblichkeit, die Javanne jedes Mal unfehlbar ärgerte.

»Da Mikhail eindeutig zu viel Macht besitzt, als dass man ihm erlauben könnte, Darkover zu regieren, und da sein ältester Sohn *nedestro* ist und Dani sich weigert, seine Pflicht zu tun, müssen wir uns eben auf Gareth Elhalyn als rechtmäßigen Herrscher einigen – dann brauchen wir nur noch einen Regenten für ihn zu ernennen, bis er volljährig wird.« Sie hielt inne und sah plötzlich weniger zuversichtlich aus. »Ich denke, dass *Dom* Francisco ...«

»Das ist doch unerhört!« Gabriel Lanart-Altons dröhnende Stimme hallte von den großen Matrixfallen in der Decke wider. »Gareth's Leben wäre keinen Sekal mehr wert, wenn Francisco sein Regent würde.«

Es folgte ein verblüfftes Schweigen, da Gabriel das Unaussprechliche ausgesprochen hatte. Als er merkte, dass er nun im Mittelpunkt der allgemeinen Aufmerksamkeit stand, fuhr der alte Mann fort. »Ich entschuldige mich für das ungehörige Benehmen meiner Frau – ich wusste bis jetzt nichts von ihrem Plan, sonst hätte ich diesem Unfug längst ein Ende gemacht. Glaub mir, Sohn, ich habe mit all dem nichts zu tun.« Er sah müde und beschämt aus.

»Das habe ich auch nie angenommen«, antwortete Mikhail

ruhig, nachdem er sich ermahnt hatte, sein Temperament zu zügeln. »Ich glaube, es wäre das Beste und am wenigsten peinlich, wenn Gareth jetzt gehen würde, da er eigentlich gar nicht hier sein dürfte.«

»Du hast mir meinen Platz gestohlen, und ich will ihn zurückhaben«, verkündete Gareth, wobei er Mikhail wütend anstarrte.

»Du bist viel zu jung, um das zu begreifen, Gareth«, begann Dani ruhig. »Mikhail hat Recht – du gehörst nicht hierher.«

»Kein Wunder, dass er dich dazu gebracht hat, das Vermächtnis der Hastur aufzugeben! Du hast kein Rückgrat, Vater, und alle wissen es!« Gareth sah Dani höhnisch an, dabei beugte er sich ein wenig vor, damit er an seiner Mutter vorbeisehen konnte.

Miralys fuhr ihm mit festem Griff in die goldenen Locken und riss ihm den Kopf nach hinten an die Stuhllehne. Alle Anwesenden konnten den Aufschlag deutlich hören. »Wie kannst du es wagen, so mit deinem Vater zu sprechen.« Sie schlug ihm mit der anderen Hand ins Gesicht. »Jetzt mach, dass du hier verschwindest, bevor ich dich von den Wachen hinausschleifen lasse! In meinem ganzen Leben habe ich mich nicht so geschämt!«

Während er gegen seine Tränen ankämpfte, erhob sich der Junge. »Ich werde bekommen, was mir zusteht, und niemand wird mich davon abhalten. *Ich werde König sein!«* Er machte auf dem Absatz kehrt und rannte beinahe zur Tür, wobei er leise fluchte. »Verdammt noch mal, Javanne Hastur – du hast es mir versprochen!«

Miralys und Mikhail wechselten einen kurzen Blick; Danis Frau biss sich auf die Unterlippe, um einen Ausruf des Schreckens zu unterdrücken. Beide hatten diese Worte schon einmal gehört, von Vincent Elhalyn, Miralys' Bruder. Und Mikhail sah ihrem Gesicht die Angst an, ihr Erstgeborener könnte geistig ebenso labil sein wie Vincent. Manchmal dauerte es lange, bis sich der Defekt der Elhalyn manifestierte, und Mikhail hoffte, Gareths Benehmen spiegelte nur den von Javannes Verrat gespeisten Ehrgeiz des Jungen wider und nichts Gefährlicheres.

»Ich hoffe, du bist nun zufrieden, Mutter«, sagte Mikhail. Er sah, dass Javanne vor Wut und Enttäuschung zitterte, aber auch, dass sie nicht begreifen konnte, warum ihr Plan so dramatisch gescheitert war.

Mikhail blickte langsam von einem Ratsmitglied zum anderen und musterte die völlig verdutzten Gesichter. Selbst *Dom* Francisco wirkte entnervt und fuhr sich mit einer Hand durch das helle Haar, während er mit der anderen auf die Tischplatte trommelte. Aus seinem verlegenen Blick folgerte Mikhail, dass er nichts von Javannes Vorhaben gewusst hatte, ihn als Regenten für Gareth zu präsentieren. Francisco war schlau genug, um zu wissen, dass die übrigen Domänen eine solche Ernennung niemals hinnehmen würden, und hätte es selbst nicht vorgeschlagen. Nach einer Weile wandte *Dom* Francisco den Kopf und starrte Javanne an, in seinem Blick lag keine Spur Freundlichkeit.

Mikhail unterdrückte das plötzliche Bedürfnis, zu lachen, in eine fröhliche Hysterie zu verfallen und mit Frau und Kindern zu einem der Monde zu fliegen. Zu Liriel vielleicht. Er hatte immer gedacht, seine Mutter sei sich selbst der ärgste Feind, aber jetzt hatte sie es fertig gebracht, Francisco Ridenow in diese Position zu manövrieren! Die Ironie war kaum zu ertragen.

Aber er konnte sich beherrschen und mit seiner prüfenden Betrachtung der Comyn fortfahren. Entsetzen und Empörung waren unübersehbar, aber es lag auch eine spekulative Stimmung in der Luft, die ihn zunächst verwirrte. Dann kam er zu dem Schluss, dass sowohl *Dom* Damon als auch *Dom* Francisco Ridenow überlegten, wie sie diese Entwicklung zu ihrem Vorteil wenden konnten. Er wusste, die beiden Männer zählten zu seinen Gegnern, wenn sie auch untereinander keineswegs verbündet waren. Mikhail hatte das Gefühl, mit ihnen fertig zu werden, weil er sie mit den Jahren kennen gelernt hatte. Ein Blick in Robert Aldarans Gesicht verriet ihm, dass diesem die gleichen Gedanken durch den Kopf gingen und dass er versuchen würde, seinen Vater in Schach zu halten.

»Wann hast du erfahren, dass die Föderation die Legislative aufgelöst hat, Mikhail?«, fragte Lady Marilla, offenbar in dem Bemühen, die Sache wieder in den Griff zu bekommen.

»Ich weiß es seit mehreren Tagen«, erwiderte Mikhail, »seit der Ankunft von Hermes Aldaran. Kurz danach erhielt das gesamte darkovanische Personal den Befehl, das Hauptquartier zu verlassen. Das ist eine der Angelegenheiten, die ich bei der heutigen Sitzung besprechen wollte, bevor wir durch andere Dinge abgelenkt wurden.« Der Klang seiner Stimme überraschte ihn, denn es war fast, als hätte Regis in seiner besonderen Art gesprochen und seine Gegner wie ein strenger, aber nicht ungerechter Vater getadelt. Javanne schien die Ähnlichkeit ebenfalls bemerkt zu haben, denn sie zuckte zusammen und war alles andere als erfreut.

»Wo ist Hermes?«, fragte *Dom* Damon in quengeligem Tonfall. »Ich habe mehrere Leute gefragt, darunter die Terranerin, die er geheiratet hat, aber niemand gibt mir Auskunft. Nicht einmal Gisela scheint zu wissen, wohin ihr Bruder verschwunden ist.« Er sah Rafael durchdringend an.

»Genau, Mikhail«, mischte sich Javanne geschmeidig ein. »Wo ist er?«

Mikhail warf Lew einen Blick zu, der nur die Achseln zuckte. »Er erledigt gerade etwas für mich«, antwortete er, froh, dass die Bauart des Kristallsaals jede Form von Gedankenlesen verhinderte. »Er hat sich freiwillig für die Aufgabe gemeldet, und es erschien mir zu diesem Zeitpunkt am besten so.«

»Er hat sich freiwillig gemeldet? Wofür? Wann? Warum?« Javanne war entschlossen, der Sache auf den Grund zu gehen. »Seit dem Abendbankett vor drei Tagen ist er verschwunden.«

»Ich verstehe überhaupt nichts mehr«, brummelte *Dom* Damon.

Mikhail wog die Lage reiflich ab und entschied, dass er ihnen lieber einen Knochen hinwarf, an dem sie kauen konnten, etwas, das sie ablenkte. »Herm besitzt die Aldaran-Gabe und erhielt eine flüchtige Warnung – er verließ die Föderation, bevor Premierministerin Nagy die Auflösung der Legislative tatsächlich verkündete. Er nahm Frau und Kinder mit, da er davon ausging, in nächster Zeit nicht nach Terra zurückzukehren. Als dem Stützpunktkommandeur bekannt wurde, dass sich Herm auf Darkover aufhält, stellte er einen Haftbefehl aus und erklärte ihn zum Staatsfeind – eine einzigartige Auszeichnung in der Geschichte Darkovers, auf die Herm jedoch gewiss lieber verzichtet hätte.« Ein Murmeln erhob sich rund um den Tisch, und vereinzelt ertönte leises Gelächter. »Lyle Belfontaine besaß die Kühnheit, mir eine Nachricht zu schicken, in der er Herms Auslieferung verlangte, damit er ihn verhaften und deportieren könne. Um genau zu sein, schickte er Regis die Nachricht, da er zu diesem Zeitpunkt noch nicht wusste, dass mein Onkel gestorben war. Ich reagierte nicht darauf, da ich nicht die Absicht habe, einen Bürger unserer Welt an irgendwen auszuliefern. Aber Herm fand es besser, wenn er nicht hier wäre und auf diese Weise keine Probleme verursachen kann.«

Lew warf Mikhail einen anerkennenden Blick zu für diese geschickte Verflechtung von Wahrheiten und Halbwahrheiten. Alle anderen waren so sehr damit beschäftigt, die Enthüllungen zu verdauen, dass sie einige barmherzige Augenblicke lang nicht wussten, was sie sagen sollten, und Mikhail erlaubte sich einen Moment der stillen Zufriedenheit.

»Ich glaube das nicht«, polterte *Dom* Damon los, der sichtbar überrascht und empört war. »Belfontaine würde niemals meinen Sohn verhaften!«

Mikhail zog ein glänzendes Papier aus der Tasche und reichte es um den Tisch. »Das ist der Haftbefehl.«

Dom Damon starrte kurzsichtig darauf. »Dieser verräterische Hund!«

»Ich wusste gar nicht, dass du so gut bekannt bist mit Belfontaine«, bemerkte Danilo Syrtis-Ardais ruhig und sah Damon durchdringend an.

»Ich würde nicht behaupten, dass wir Bekannte sind«, brauste Lord Aldaran auf. »Aber im Gegensatz zu euch allen hier habe ich mich bemüht, vernünftige Beziehungen zu den Terranern zu unterhalten, besonders da so viele von ihnen zurzeit in der Domäne Aldaran leben.«

»Wie viele genau sind es denn?«, fragte Mikhail. Regis hatte es nie fertig gebracht, *Dom* Damon eine Zahl zu entlocken, was ihn sehr geärgert hatte.

»Ach, ich weiß nicht. Über so etwas denke ich nicht nach.« *Dom* Damons Gesichtsausdruck wurde zunehmend verschlossen.

Robert Aldaran sah seinen Vater überrascht an. »Zum gegenwärtigen Zeitpunkt leben rund fünfhundert Bürger der Föderation in der Domäne Aldaran, zumeist irgendwelche Techniker. In dieser Zahl sind auch fünfzig Ehefrauen enthalten. Es gibt ein bescheidenes Kontingent von Ethnologen und Anthropologen, die, soweit ich feststellen konnte, nichts anderes tun, als den Leuten auf die Nerven zu gehen, indem sie alle möglichen Fragen über Dinge stellen, die sie nichts angehen. Und es gibt rund fünfundsiebzig Soldaten der Föderation, wobei ich allerdings seit geraumer Zeit den Verdacht hege, dass die meisten Techniker in Wahrheit Kämpfer sind, die sich als etwas anderes ausgeben.«

Dom Damon sah seinen Sohn mit unverhülltem Abscheu an. Dann wedelte er mit dem Papier in seiner Hand. »Ich verstehe das einfach nicht! Wieso um alles in der Welt sollte Belfontaine einen Haftbefehl ausstellen, noch dazu für einen meiner Söhne?«

»Wie könnte er besser einen Zwischenfall provozieren und ein Vorgehen rechtfertigen, das ihm sonst nicht gestattet wäre?«, antwortete Lew beinahe selbstgefällig, als hätte er das Gefühl, den alten Aldaran irgendwie drangekriegt zu haben. »Belfontaine ist bekannt dafür, dass er gern seine Befugnisse überschreitet, so wie er auch für seinen Ehrgeiz bekannt ist. Es war bestimmt nicht seine Idee, Darkover auf diese Weise und zu diesem Zeitpunkt zu verlassen.«

»Was, bei Zandrus kältester Hölle, willst du damit sagen?«, brüllte *Dom* Damon, der mit jeder Minute verwirrter und ängstlicher aussah.

»Wenn wir Herm nicht ausliefern, könnte Belfontaine darin einen Rechtfertigungsgrund sehen, Burg Comyn anzugreifen. Das Gesetz ist etwas mehrdeutig, was die Rechte einzelner Bürger auf geschützten Planeten angeht, das heißt, er könnte durchaus beschlossen haben, es zu seinem Vorteil auszulegen.« Lew setzte eine düstere Miene auf. »Wir können leider nur Mutmaßungen anstellen, aber ich weiß, dass Belfontaine wie verrückt Mitteilungen an seine Vorgesetzten geschickt hat und dass sie bislang nicht geantwortet haben. Ich glaube, er versucht eine Erlaubnis dafür zu bekommen, mit Gewalt gegen uns vorzugehen.«

»Du hast wohl den Verstand verloren! Warum sollte er denn etwas so Dummes tun?« *Dom* Damon war inzwischen beunruhigend rot im Gesicht, und Mikhail fürchtete, er könnte einen Schlaganfall erleiden. Aber er wirkte nicht wie ein

Mann, der vorsätzlichen Verrat plante. Was immer Damon im Schilde führte, es hatte nichts mit dem Hinterhalt zu tun, der sie unterwegs erwarten mochte. Mikhail gestattete sich einen Moment der Erleichterung.

»Wir können nur hoffen, dass Ihr Recht habt, *Dom* Damon, mit Eurer größeren Kenntnis der Terraner«, sagte *Dom* Francisco langsam und runzelte dabei die Stirn. »Aber wer weiß, was Belfontaine womöglich beschließen wird, wenn er verzweifelt ist. Die Frage lautet vielmehr: Sollen wir einfach dasitzen und warten, bis er den ersten Zug macht?«

»Wohl kaum«, antwortete Danilo. »Sowohl Stadtwache wie Burgwache sind in voller Alarmbereitschaft, wie Ihr sicherlich bereits wisst, *Dom* Francisco. In jüngster Zeit hat die Föderation auf verschiedenerlei Weise versucht, Unruhe auf Darkover zu schüren, aber bis jetzt hatte sie wenig Erfolg damit. Die Gerüchteküche in Thendara schweigt sich praktisch aus, was die Föderation angeht, aber man war sehr neugierig wegen ... na, egal.« Er verstummte und verzog das Gesicht, als hätte er bereits zu viel gesagt. Als jedoch niemand nachhakte, fuhr er fort. »Wenn es einen Anschlag gibt, dann kommt er aus einer anderen Richtung.«

»Und was genau wird getan, um das zu verhindern?«, fragte Javanne in scharfem Ton, wobei sie Danilo direkt ansprach.

Mikhail sah Lew an, denn die beiden hatten zusammen mit Danilo stundenlang gerätselt, wie sie das Mordkomplott in der Ratssitzung darstellen sollten. Lew zuckte vielsagend die Achseln und antwortete: »Als Erstes haben wir begonnen, die verschiedenen Trupps des Fahrenden Volks unauffällig, aber bestimmt zusammenzutreiben. Es gibt nämlich Hinweise, dass die Föderation die Gaukler als Spione und Agenten benutzt hat.«

»Das Fahrende Volk? Ich hör wohl nicht richtig! Erwartest du im Ernst, dass wir das glauben? Ein Haufen Gaukler soll eine Gefahr für den Comyn darstellen?« Javanne schaute triumphierend in die Runde, als glaubte sie, einen Punkt gemacht zu haben.

Dom Damon zuckte bei dieser Enthüllung alarmiert zusammen, denn es war allgemein bekannt, dass verschiedene Gruppen des Fahrenden Volks in der Domäne Aldaran überwinterten. Doch noch immer war seiner Miene kein Schuldgefühl abzulesen. Das Rot seiner Wangen war verschwunden, er war jetzt blass. »Spione? Agenten? Hast du den Verstand verloren?«

»Keineswegs. Wir haben bereits einen Spion beim Fahrenden Volk enttarnt, und wer weiß, wie viele es dort noch gibt. Erinnert ihr euch an den Tumult auf dem Pferdemarkt zu Mittsommer? Er wurde vom Fahrenden Volk provoziert, wie wir jetzt wissen. Aber die Gefahr wurde im Keim erstickt«, konnte Mikhail die Anwesenden beruhigen. Seit er vor zwei Tagen Domenics Nachricht erhalten hatte, waren sämtliche Gauklertrupps beschattet worden, die sich in der Nähe eines Turms aufhielten. Damit blieb immer noch die Möglichkeit, dass Gruppen in abgelegeneren Gebieten Unheil anrichteten, aber wenn Domenic Recht hatte, war das Fahrende Volk selbst ein Haufen weitgehend unschuldiger Gimpel, und es gab, wenn überhaupt, in jeder Gruppe nur ein, zwei terranische Spione.

»Das Fahrende Volk! Das ist doch absolut lächerlich! Du erfindest das alles nur!«, fauchte Javanne. »Ich weiß nicht, wie du dazu kommst, uns diese Geschichten zu erzählen und ...«

»Ruhe!«, donnerte *Dom* Gabriel. »Wenn du noch ein Wort gegen Mikhail sagst, dann schleife ich dich an den Haaren aus dem Saal, Weib!«

Javanne blieb der Mund offen stehen, sodass er die kleine Krause unter dem Kinn verdrückte. Schließlich klappte sie ihn wieder zu, funkelte ihren Gemahl böse an und fügte sich vor lauter Schreck. Nur langsam und mit Mühe gewann sie ihre

Fassung zurück, sie sah alt und abgehärmt aus und doch zugleich wild entschlossen. »Sohn oder nicht, ich werde keinesfalls zulassen, dass du den Platz meines Bruders einnimmst!«

Mikhail holte tief Luft und blickte in die Runde. »Lasst uns eine Sache klarstellen. Ich bin Regis Hasturs Erbe, und ich werde tun, was er wünschte. Diese Frage steht keiner weiteren Erörterung offen. Ich werde meine Zeit nicht mit Diskussionen über meine Eignung vergeuden, nur weil ein paar von euch glauben, sie seien die klügeren Köpfe oder das Wohl Darkovers liege ihnen mehr am Herzen als anderen. Jetzt ist wirklich nicht die Zeit, untereinander zu streiten.«

Lady Marilla räusperte sich. »Dem muss ich widersprechen, Mikhail, und zwar mit Nachdruck. Du wirst viel zu sehr von Lew Alton und deiner Frau beeinflusst, und alle hier wissen das. Ich fürchte, die Frage muss diskutiert werden, und ich fürchte auch, du wirst am Ende Platz machen müssen.« Ihre Stimme war sanft wie immer, und es klang, als hätte sie ihre Worte sorgsam vorbereitet.

Das war zu viel für Dyan Ardais, der bei den Sitzungen des Rats meist nicht viel sagte. »Platz machen für wen, Mutter? Hast du komplett den Verstand verloren?«

Lady Marilla wirkte leicht überrascht, denn es kam nicht oft vor, dass ihr Sohn ihr im Rat offen widersprach. »Nun ja, für einen Regenten natürlich ... bis Rhodri ... oder vielleicht Gareth ...«

»Ach, so habt ihr das also beschlossen?«, höhnte Dyan. »Verzeih meiner Mutter, Mikhail. Das ist der törichteste Einfall, den ich seit langem gehört habe, und ich kann mir denken, woher sie ihn hat. Ich muss darauf hinweisen, dass Mikhail Domenic zu seinem Erben ernannt hat, als er zu Mittsommer volljährig wurde, deshalb steht es außer Frage, dass ...«

»Domenic darf auf keinen Fall die Nachfolge antreten, und Mikhail ebenso wenig.« Javanne sprach mit Bestimmtheit, und sie meinte offenbar aufrichtig, was sie sagte. Egal wie viele *Leroni* ihr versicherten, dass die seltsamen Ereignisse während Mikhails und Margueridas Abenteuer in der Vergangenheit auch tatsächlich stattgefunden hatten, sie wollte nicht glauben, dass ihr Enkel der legitime Spross einer echten Ehe war. Sie hatte sich auf den Gedanken versteift, Domenic sei *nedestro,* und nichts konnte sie davon abbringen.

Mikhail merkte, wie ihm der Mut sank, und er fühlte sich ein wenig krank. Er wollte Javannes Zustimmung und Unterstützung, und er fragte sich, wie sie ihn so sehr hassen konnte. Aber vielleicht hasste sie auch gar nicht ihn, sondern nur den Umstand, dass sie ihn nicht beeinflussen, nicht zwingen konnte, ihren Plänen zu folgen. Doch sie hasste sein ältestes Kind und seine Frau, und das war beinahe unerträglich.

»Ihr begreift alle nicht und haltet mich für eine törichte alte Frau!«, rief sie gequält aus. »Regis kann nicht bei Verstand gewesen sein, als er Mikhail zu seinem Erben ernannte – das ist unmöglich! Mikhail muss seine Kräfte benutzt haben, um ...« Ihre Stimme verlor sich, und sie begann zu schluchzen.

Alle am Tisch wandten den Blick von Javannes zur Schau getragenem Leid ab und sahen Mikhail an. Dieser fühlte, wie ihm vor Verlegenheit und Wut die Röte in die Wangen schoss; seine Hände zitterten. Noch nie hatte ihm jemand offen vorgeworfen, er würde seine Matrix zu seinem persönlichen Vorteil einsetzen, auch wenn ihnen der Gedanke gelegentlich durch den Kopf gegangen war, wie er wusste. Das alte *Dicatenas*-Armband, das sein Handgelenk umspannte, klapperte gegen die Tischplatte, während er um Selbstbeherrschung kämpfte. Er wollte nichts sagen, was er später bereuen würde. Doch es tat ihm in der Seele weh, dass seine eigene Mutter so von ihm dachte, ihn für so unehrenhaft hielt.

Marguerida legte ihre linke Hand wieder über seine rechte, und trotz der Dämpfer im Raum fühlte er, wie ihre Heilkräfte ihn durchfluteten. Er spürte, wie das Tosen seines Blutes in den Adern verebbte und seine Atmung zum Normalzustand zurückkehrte. Er blickte um den Tisch, zu seiner Mutter, *Dom* Francisco Ridenow und Lady Marilla, der Phalanx seiner Gegner. Dann betrachtete er *Dom* Damon, und am liebsten hätte er alles hingeworfen und wäre zornentbrannt aus dem Saal gestürmt.

»Glaubt noch jemand von euch, ich hätte Regis Hastur in seiner Entscheidung beeinflusst?«, fragte er erneut, überrascht vom ruhigen und festen Klang seiner Stimme.

»Es kam dir jedenfalls sehr gelegen«, bemerkte *Dom* Francisco, »als Dani verzichtete und sich für die Domäne Elhalyn entschied. Und das alles kurz nachdem du mit dieser fantastischen Geschichte daherkamst und mit dem Matrixstein *meines* Vorfahren, wie du behauptest.« *Dom* Francisco blickte in die Runde, alle Augen waren auf ihn gerichtet. »Und Dani war noch sehr jung und überaus formbar.« Seine Stimme triefte vor Andeutung, und Mikhail hätte ihn am liebsten geschlagen.

Dani Hastur sah *Dom* Francisco finster an, er spuckte beinahe vor Wut. »Wie kannst du es wagen! Ist dir denn kein Gedanke zu schändlich, ihn zu erwägen? Als Nächstes wirst du noch andeuten, dass Mikhail etwas mit dem Tod meines Vaters zu tun hatte«, fauchte er. Seine Hand wanderte zum Griff seines Dolches, aber Miralys berührte ihn am Arm, und er ließ wieder los.

Dom Francisco lächelte dünn. »Dann ist dir dieser Gedanke also auch schon gekommen?« Er bemühte sich, über den Tisch hinweg ein Gefühl der Kameradschaft mit Regis' Sohn anzudeuten. »Es muss sehr schwer gewesen sein, auf Regis' Tod zu warten, wo die Hasturs doch normalerweise eine ausgesprochen langlebige Familie sind.«

Danilo Syrtis-Ardais rutschte auf seinem Stuhl vor, damit

er *Dom* Francisco genau sehen konnte, und sprach: »Das ist das Niederträchtigste, was ich je gehört habe. Ich war bei Regis, als er den Schlaganfall erlitt, und nichts daran war im Geringsten unnatürlich. Eine solche Unterstellung offenbart mir mehr von deinem Wesen, als mir lieb ist, Francisco. Ich hatte keine Ahnung, dass du derart verdorben bist.«

Falls die Worte irgendeine Wirkung hatten, ließ es sich *Dom* Francisco nicht anmerken. Stattdessen fuhr er mit leiser Stimme fort, als versuchte er, die Zuhörer so von der Gültigkeit seiner Verdächtigungen zu überzeugen. »Wir wissen nicht genau, was Mikhail mit seiner Matrix leisten kann, nicht wahr, *Dom* Danilo? Und selbst Euch kann man täuschen.«

Dyan Ardais schlug wieder mit der Faust auf den Tisch. »Halte deine verdammte Zunge im Zaum, Francisco, oder ich reiße sie dir persönlich aus dem Schandmaul! Mikhail hat nie etwas anderes getan, als zu heilen.«

»Und warum ist Regis dann gestorben? Wenn Mikhail so mächtig ist, wieso war er nicht in der Lage, Regis wiederherzustellen? Deine Treue zu Mikhail ehrt dich, Dyan, aber ich glaube, sie macht dich auch blind.«

»Und du denkst wohl, ich hätte es nicht gemerkt, wenn etwas nicht in Ordnung gewesen wäre, Francisco?«, knurrte Danilo Syrtis-Ardais. »Du glaubst wohl, ich bin ebenfalls blind? Aber wenn man bedenkt, wie du die Herrschaft über deine Domäne erlangt hast, dürften solche Gedanken nur natürlich sein.«

Ein betretenes Schweigen senkte sich über den Tisch, und alle starrten *Dom* Francisco Ridenow an, auch Lady Marilla, die üblicherweise seine Verbündete war. Es gab niemanden im Raum, der nicht schon Vermutungen über den Tod jener angestellt hätte, die Francisco im Weg gestanden waren, aber niemand hatte ihn je offen dafür verantwortlich gemacht. Der

Mann zuckte leicht zusammen und die Farbe wich aus seinem Gesicht, als er erkannte, dass er zu weit gegangen war.

Dom Damon kniff die Augen zusammen, als suchte er angestrengt nach einem Vorteil für sich in diesem Konflikt. Dann hellte sich seine Miene rasch auf. »Ich bin zwar überzeugt, dass Mikhail seinem Onkel nichts getan hat, aber wir können doch nicht so tun, als wären wir gänzlich frei von Misstrauen. Und wir sollten uns daran erinnern, dass Mikhail nicht der einzige Hastur ist – er hat zwei Brüder, beide älter als er, die ohne weiteres ...«

»Das reicht!« Rafael meldete sich erstmals zu Wort. »Ich habe nicht den Ehrgeiz, Darkover zu regieren, und mein Bruder Gabriel interessiert sich so wenig für Politik, dass er sich nicht einmal die Mühe macht, der Ratssitzung beizuwohnen. Wenn Ihr noch ein Wort gegen meinen Bruder sagt, *Dom* Damon, dann schlage ich Euch mit Freuden die Zähne aus. Das würde ich seit Jahren gern tun.«

»Was – und mich um das Vergnügen bringen?«, fuhr Robert vom anderen Tischende dazwischen und entblößte die Zähne wie ein Wolf, der einen Rivalen herausfordert. »Die Nachfolge wurde vor langer Zeit entschieden und ganz gewiss nicht in einem Moment der Geistesschwäche, wie Regis' liebevolle Schwester es gern hinstellt. Jetzt ist wohl kaum die Zeit, über eine Änderung nachzudenken.«

Mikhail wurde kalt, als wäre gerade ein Wind aus den Hellers durch ihn hindurchgefahren. Er wusste seit langem, dass es Unmut gegen ihn gab, dass man ihn fürchtete, aber der unaufhörliche Hagel heftiger Gefühlsregungen gegen seine Person zehrte an ihm. Die Flamme der Verzweiflung loderte in ihm auf. Wie konnte er hoffen, die Domänen zu führen, wenn es ihm nicht einmal gelang, eine Ratssitzung zu steuern?

Plötzlich ertönte ein merkwürdiges Geräusch, und die großen Matrixfallen in der Decke des Kristallsaals läuteten wie

Glocken. Alle sahen nach oben, und dann erfolgte eine Explosion aus Lärm und gleißendem Licht. Die glänzenden Steine zersprangen, regneten jedoch nicht auf den Tisch hinab, sondern stoben nach außen an die Wände des Raumes, wo sie in lauter kleine Scherben zerbrachen. Alle zuckten instinktiv zusammen, und Lady Marilla kroch im ersten Moment sogar halb unter den schützende Tischkante.

Mikhail hörte einen Schrei von den Wachen an der Tür und fühlte, wie Donal zu ihm stürzte. Der junge Friedensmann warf sich gegen Mikhails Schulter und versuchte ihn mit seinem Körper zu schützen. Mikhail spürte den warmen Atem seines Neffen im Gesicht.

Aus dem Nichts schien sich ein stürmischer Wind zu erheben, der an Kleidung und Haaren riss und die Schmetterlingsspangen der Frauen sowie die Messer der Männer davonfliegen ließ, als wären es Zweige. Mikhail bemerkte ein heftiges Zerren an seinem Handgelenk und beobachtete erstaunt, wie ihm der Handschuh von den Fingern gezogen wurde und sich wirbelnd in die Luft erhob. Ein kleiner Tornado stieg trichterförmig zur Decke auf, bevor er seitlich abbog und die aufgesammelten Gegenstände mit sich führte. Schließlich prallte der seltsame Wirbelwind an die entfernteste Wand, wo die Utensilien mit lautem Scheppern zu Boden fielen.

Die folgende Stille wurde nur durch lautes Keuchen und vereinzelte Schreie unterbrochen. Alle schienen so verblüfft zu sein, dass sie nur schweigend auf das Werk der Zerstörung starren konnten. Dann bebte Mikhails Ring am Finger und sandte Lichtstrahlen aus.

»Was für eine Hexerei ist das?«, rief *Dom* Francisco und zeigte auf Mikhails Hand.

Bevor jemand etwas sagen konnte, erhob sich eine leuchtende Wolke aus der Matrix und schwebte zur Mitte des Tisches. Dort verharrte sie etwa einen halben Meter über der

Tischplatte und begann sich hypnotisierend an Ort und Stelle zu drehen. Mikhail sperrte staunend den Mund auf. Die übrigen Zuschauer waren ebenso verblüfft wie er, aber er war überzeugt, sobald sie sich ein wenig erholt hatten, würden sie ihm vorwerfen, ihnen einen Streich gespielt zu haben. Das Kältegefühl war verschwunden, aber er war jetzt wie benommen.

»IHR NARREN! ICH BIN NOCH NICHT EINMAL ANSTÄNDIG ZUR RUHE GEBETTET, SCHON VERSUCHT IHR MIT EUREM EHRGEIZ DAS GEWEBE DARKOVERS IN STÜCKE ZU REISSEN. SCHANDE ÜBER EUCH!«

»Vater?« Obwohl die Lautstärke sehr viel gewaltiger war, als man sie zu Regis' Lebzeiten je vernommen hatte, war die Stimme unverkennbar.

»ES TUT MIR LEID, MEIN SOHN, DASS ICH NICHT RICHTIG LEBEWOHL GESAGT HABE. DER GEIST WAR WILLIG, ABER DAS FLEISCH WAR VIEL ZU MÜDE.«

»Wie bist du in Mikhails Matrix gekommen?« Mikhail war froh, dass Dani die Frage stellte, denn ihn selbst schien das Sprachvermögen vorübergehend verlassen zu haben.

»VARZIL RIDENOW HAT MICH AUS DER OBERWELT GESCHICKT, DAMIT IHR ENDLICH AUFHÖRT, EUCH HIER WIE EIN HAUFEN STÖRRISCHER ESEL ZU BENEHMEN. DIE MATRIX KAM IHM ZU DIESEM ZWECK NUR GELEGEN. ICH GLAUBE, ER WAR SO WÜTEND DARÜBER, DASS SICH EIN ABKÖMMLING SEINER LINIE SO BENIMMT, WIE FRANCISCO ES EBEN GETAN HAT, DASS ER HANDELN MUSSTE, ABER GENAU WEISS ICH ES NICHT. MACH DEN MUND ZU, MIK. DU SIEHST AUS WIE EINE FORELLE AM HAKEN.«

Die Lichtkugel setzte sich in Bewegung und sauste zuerst zu Lew Alton. Das wirbelnde Licht ließ sich auf Lews Stirn nieder, und ein bemerkenswerter Ausdruck trat in das alte, vernarbte Gesicht, während Tränen über die Furchen und Falten strömten. Dann wanderte es weiter zu *Dom* Gabriel, der verwundert, aber nicht beunruhigt aussah. Es herrschte nahezu Schweigen, während die Lichtwolke ihre Runde fortsetzte und erst die beiden Aldarans, dann Dyan Ardais und seine Mutter berührte.

Dom Francisco Ridenow versank nahezu in seinem hohen Sessel und zitterte unkontrolliert. Als sich die Wolke über sein Gesicht senkte, verzerrte ein Ausdruck des Schreckens seine Züge, und er stieß einen Laut des äußersten Entsetzens aus. Er hob eine Hand und versuchte, das Licht wegzuwischen, aber sofort zog er sie zurück, als hätte er sich verbrannt. Das Licht blieb lange, wie es schien, an ihm haften, und als es endlich weiterschwebte, sank *Dom* Francisco vornüber auf die Tischplatte.

Javanne saß steif und wartete ohne ein Anzeichen von Angst. Ihre Miene drückte den festen Willen aus, dem, was nun geschehen sollte, nicht die geringste Beachtung zu schenken, und als das Licht auf sie herabsank, blieb sie zunächst völlig reglos. Dann ballte sie die auf dem Tisch liegenden Hände zu Fäusten, und ihr kalter Gesichtsausdruck verschwand. Stattdessen sah sie nun zornig aus, als würde sie mit ihrem toten Bruder streiten und dabei den Kürzeren ziehen.

»Wie konntest du nur, Regis? Wie konntest du?«, murmelte sie schließlich, als die leuchtende Energie weiterzog.

Donal ließ seinen Herrn los und trat einen Schritt zurück, während Mikhail darauf wartete, dass er an die Reihe kam. Er war zu müde, um sich zu fürchten. Er konnte die Erfahrung später nie vollständig beschreiben, aber er fühlte, wie ihn eine große, stützende Liebe umfing, während er gleichzeitig unbarmherzig geprüft wurde. Es war, als wären die letzten Jahre nie gewesen, nichts von der Angst und dem Misstrauen, das Regis genau wie Mikhail bedrückt hatte, keine Vorwürfe und Nörgeleien.

Aller Schmerz der Vergangenheit war ausgelöscht, als hätte er nie existiert.

Mikhail nahm die Reaktionen der übrigen Mitglieder des Comyn kaum mehr wahr, als die Wolke ihre Reise beendete. Er sah nur, dass Danilo Syrtis-Ardais lächelte und Dani Hastur und Miralys beide weinten. Zuletzt raffte er sich so weit auf, den Kopf zu drehen, als Marguerida an der Reihe war. Ihre Augen glänzten vor nicht vergossenen Tränen, aber ihr Gesicht war so heiter, wie er es nur je gesehen hatte.

Die Wolke kehrte zur Mitte des Tisches zurück, und Mikhail beobachtete, wie sich das Licht wiederum zu verändern begann. Es faltete sich zusammen, bis nur noch ein Funke über dem polierten Holz schwebte. Dann sauste es zurück in den Ring, und die Kälte, die Mikhail zuvor gespürt hatte, breitete sich für einen kurzen Moment wieder aus, bevor sie verschwand. Mikhail ging der Gedanke durch den Kopf, wie traurig es war, dass Lady Linnea dieses letzte Lebewohl nicht miterleben durfte.

Er merkte, dass Dani ihn ansah, und begriff, dass der junge Mann nun, da die Dämpfer zerstört waren, sein Bedauern für Lady Linnea aufgefangen haben musste. Tatsächlich konnte er jetzt die Oberflächegedanken der Anwesenden hören; die geistige Stille, die er vom Kristallsaal gewöhnt war, existierte nicht mehr. Dann, als die anderen es offenbar auch erkannt hatten, fühlte er erleichtert, wie ringsum die persönlichen Schutzschilde hochgeklappt wurden.

In stillschweigendem Einverständnis fingen alle gleichzeitig zu reden an; sie würden ihr *Laran* vorläufig nicht einsetzen. Mikhail unternahm keinen Versuch, sie am Parlieren zu hindern. Er war zu sehr damit beschäftigt, alles zu sortieren, was in seinem Gedächtnis haften geblieben war. Da war nicht nur Regis' Liebe und sein Glaube an ihn gewesen, sondern eine gewaltige Eruption an Gedanken, Gefühlen und Kenntnissen, und ihm schwirrte noch immer der Kopf davon. Er griff zu dem Apfelwein, den ihm Donal zuvor eingeschenkt hatte, und leerte den Kelch mit drei kühlen Schlucken.

Er wusste nun, weshalb Regis so jung gestorben war: Als er während der Sharra-Rebellion Aldones' Schwert geschwungen hatte, hatte er einen Preis bezahlt, der sein Leben verkürzte; dieselbe Kraft, die das Haar eines jungen Mannes weiß werden ließ, hatte ihm Jahrzehnte seiner Zeit auf dieser Welt gestohlen. Mikhail hätte am liebsten geweint vor Erleichterung, weil er wirklich nicht mehr für Regis hatte tun können, aber er hielt sich zurück. Stattdessen konzentrierte er sich auf die Tragweite all dessen, was Regis sonst noch zu ihm gesagt hatte, vor allem, dass er den Rat der Comyn sofort und ohne weiteres Zögern von dem Mordkomplott gegen seine Person unterrichten musste.

Mikhail sah zu Lew und las an dessen ernster Miene, dass ihm Regis zum Teil dieselben Dinge erzählt hatte. Er blickte rund um den Tisch, und langsam ebbte das Geplapper ab; alle Augen waren auf ihn gerichtet. Regis hatte Recht. Länger zu warten, würde ihn als schwach erscheinen lassen. Er musste nun das Kommando übernehmen, egal wie ihm zu Mute war. Hoffentlich fand er die richtigen Worte, damit alle ihre unwichtigen persönlichen Belange vergaßen und zusammenarbeiteten.

Dann sah er zu den zertrümmerten Resten der Matrixfallen an der Decke empor und lachte laut. Es würde jetzt sehr schwer werden, etwas geheim zu halten, und er wusste nicht, ob er sich darüber freuen oder es bedauern sollte. Sein plötzlicher Heiterkeitsausbruch irritierte verschiedene Leute am Tisch, aber er hatte keine Lust, ihn zu unterdrücken.

Schließlich gewann er seine Selbstbeherrschung zurück. »Wir haben schon viel zu viel Zeit damit vergeudet, Entscheidungen zu diskutieren, die vor Jahren getroffen wurden.

Schluss damit! Man plant einen Mordanschlag auf mich, aber ebenso auf euch alle. Damit müssen wir uns beschäftigen, und zwar sofort!«

»Einen Mordanschlag? Erst versuchst du uns mit der Gefahr eines Angriffs auf Burg Comyn zu erschrecken, und dann das! Was für ein Haufen Unsinn!«

»Hast du nicht gehört, was dein Bruder zu dir gesagt hat, Mutter?«

Dom Francisco Ridenow hatte sich erholt und saß aufrecht in seinem Sessel, noch blass, aber eindeutig schon wieder auf Streit aus. »Ein Anschlag auf dich – wie praktisch«, höhnte er. »Und wie bist du hinter dieses angebliche Komplott gekommen, wenn du seit Monaten Burg Comyn nicht verlassen hast?«

»Das reicht jetzt, Francisco«, fuhr ihn Lew an. »Blockier gefälligst nicht immer alles.«

»Ich tue, was ich will. Regis hat jahrelang Gespenster gesehen, und ich habe mich immer gefragt, wie viel davon wohl auf deine Kappe geht, Lew. Ich glaube, du hast seine Ängste genährt, damit du ihn kontrollieren konntest. Und was diese kleine Demonstration eben angeht – ich weiß nicht, wie du es angestellt hast, Mikhail, aber ich bezweifle doch sehr, dass wir die Stimme von Regis Hastur aus der Oberwelt oder von sonst woher gehört haben!« Sein Gesichtsausdruck ließ erahnen, dass er nicht ein Wort von dem glaubte, was er sagte, aber dass ein innerer Dämon ihn zwang, so zu reden.

»Natürlich – das war alles nur ein Trick, ein grausamer Trick«, kreischte Javanne mit schauderlich verzerrtem Gesicht. »Wie konntest du mir das nur antun, Mikhail!«

»Richtig. Was hier eben vorgefallen ist, beweist absolut, dass man Mikhail nicht erlauben darf, Darkover zu regieren. Er besitzt zu viel Macht, als dass man ihm trauen könnte. Es gibt kein Komplott, nur Tricks und Lügen!« *Dom* Francisco brüllte erregt und hämmerte mit der Faust auf den Tisch, um seine Worte zu unterstreichen.

»Ruhe!«, donnerte Mikhail. »Glaubt mir, wenn ich diese Erscheinung hätte steuern können, dann wäre mindestens eine Person im Saal jetzt tot! Ich habe eure Beleidigungen und Verdächtigungen jahrelang ohne Murren ertragen, aber ich werde weder dir, Mutter, noch dir, Francisco erlauben, weiter euren Schmutz über mich auszuschütten. Von mir aus könnt ihr bezweifeln, dass Regis Hastur die Matrixfallen im Kristallsaal zerstört hat, bis sämtliche Höllen Zandrus schmelzen. Aber das wäre ausgesprochen dumm, und keiner von euch ist so dumm.«

»Es war Regis«, sagte Danilo sehr ruhig. »Er hat mich an Dinge erinnert, die niemand sonst in diesem Raum wissen konnte ... nur mein engster Freund.«

»Das stimmt,«, ergänzte Lady Marilla. »Ich bin noch ganz durcheinander, aber ich weiß, es war Regis, der meinen Geist berührt hat, und niemand sonst.«

»Auch du lässt dich also täuschen«, murmelte *Dom* Francisco und starrte seine Verbündete böse an.

»Was für ein gemeiner Mensch du doch bist«, erwiderte Marilla würdevoll. »Wenn Mikhail sagt, es gibt eine Verschwörung gegen ihn und den Comyn, warum sollten wir es ihm nicht glauben? Was hätte er davon, eine solche Geschichte zu erfinden?«

»Du dumme–«

»Nur gut, dass Regis mich entwaffnet hat, Francisco«, knurrte Dyan Ardais, »sonst wäre dein Leben bereits verwirkt.«

Dani Hastur räusperte sich. »Ich weiß, es war mein Vater, und ich wüsste gern mehr über dieses Komplott. Ich sehe, dass alle sehr schockiert und verängstigt sind – tu bloß nicht so, als wärst du es nicht, Francisco! Aber wenn wir uns jetzt gegenseitig umzubringen drohen, können wir Darkover genauso gut gleich an die Föderation ausliefern, und die Sache ist erledigt.«

»Endlich ein vernünftiges Wort«, meldete sich Robert Aldaran. »Habt ihr denn alle den Verstand verloren? Wie Lady Marilla schon sagte, welchem Zweck sollte es dienen, von einem Komplott zu sprechen, wenn es keines gibt?«

»Das kann ich dir sagen.«

»Ich bin überzeugt, dir fällt eine plausible Erklärung ein, Francisco, weil du selbst nichts als Komplotte und Intrigen im Kopf hast.«

»Und das von einem dreckigen Aldaran!«

»Warum entehrt Ihr Euch selbst so, *Dom* Francisco?«, fragte Marguerida ruhig und drohend zugleich. »Ihr wisst in Eurem Herzen, dass Mikhail nur die Sicherheit Darkovers im Sinn hat, und doch fahrt Ihr in Eurem unvernünftigen Benehmen fort.«

»Ich weiß nichts dergleichen, du Hexe!«

»Ich habe Euch nie etwas zuleide getan, und trotzdem hasst Ihr mich – was soll das, *Dom* Francisco?«

»Es wäre besser gewesen, du wärst vor Jahren gestorben«, gab er fauchend zurück. Schweiß stand nun auf seiner Stirn, und seine Hände zitterten vor Wut und einer anderen, weniger gut erkennbaren Regung.

Javanne, die in eine Art Betäubung versunken war, raffte sich mühsam auf: »Ich glaube zwar nicht an eine Verschwörung, aber ich will trotzdem etwas darüber wissen.« Die Worte kamen ihr nur widerwillig über die Lippen. Sie wirkte innerlich zerrissen. Ihr Gesichtsausdruck wurde noch gequälter und sie schluckte heftig. *Ich habe meinem eigenen Kind Unrecht getan, und jetzt endlich weiß ich es.*

Mikhail fing ihren ungeschützten Gedanken auf und empfand ein so starkes Mitgefühl mit seiner Mutter wie seit Jahren nicht mehr. Er wusste, was es sie gekostet haben musste, diese Worte auch nur zu denken. Doch dann wurde ihm mit einem Anflug von Trauer klar, dass sie es vorziehen würde, sich nicht daran zu erinnern. Er selbst jedoch konnte sie nun ein Leben lang in Ehren halten, und das wollte er auch tun.

Er sah zu Lew und bedeutete ihm mit einem Kopfnicken, mit der Geschichte zu beginnen. »Vor ein paar Tagen«, ergriff Lew ernst das Wort, »schlich Domenic abends aus der Burg, weil ihm ein bisschen nach Dummheiten zu Mute war.«

»Hätte ich's mir doch denken können, dass der kleine Bastard dahinter steckt«, spie Javanne. Ihr Augenblick der Einsicht war vorüber, und alle Raserei von früher kehrte zurück. »Jetzt weiß ich Bescheid!«

»Noch ein Wort gegen meinen Sohn und Erben, Mutter, und du wirst es für den Rest deines Lebens bereuen.«

Sie starrte Mikhail zornig an, dann sah sie auf den Ring an seinem Finger und klammerte sich hartnäckig an ihre Wut und ihre Furcht vor ihm. »Du bist nicht länger mein Sohn!«

»Danke – ich bin sehr froh, dass ich dir von nun an nicht mehr Respekt entgegen bringen muss als einem der Diener. Fahr bitte fort, Lew.«

Javanne hatte ihn provozieren wollen, und er bemerkte die Enttäuschung in ihrem Gesicht. Dann schienen ihre Augen glasig zu werden, als könnte sie ihre Seelenqual nicht länger ertragen, und sie lehnte sich mit einem Seufzen zurück.

»Wie gesagt, schlich sich Domenic also davon, um eine Vorstellung des Fahrenden Volks anzusehen. Er beobachtete ein paar Männer in der Lederkluft der Föderation, die zum Nordtor gingen, und da er ein neugieriger Bursche ist, folgte er ihnen. Sie trafen sich mit einem Kutscher des Fahrenden Volks, der, wie sich herausstellte, als Spion für die Föderation arbeitete. Bis zu diesem Zeitpunkt hatten wir Regis Hasturs plötzlichen Tod noch vor dem Hauptquartier geheim halten können, aber dieser Kerl – er heißt Dirck Vancof – erzählte den Männern von seinem Hinscheiden. Einer der beiden Terraner, nämlich Miles Granfell, der Stellvertreter des Stützpunktkommandeurs Lyle Belfontaine, machte einen Vorschlag: Da der gesamte Comyn den Leichnam eines toten Herrschers stets zur *Rhu Fead* begleitet, hielt er einen Angriff auf den Trauerzug für eine nette Idee. Dieser Granfell wirkte auf mich schon immer wie einer, der solche Gelegenheiten gerne ergreift, deshalb überraschte mich diese Neuigkeit nicht.

Domenic dachte nach über das, was er belauscht hatte, und war so vernünftig, mir alles zu erzählen – weißt du noch, dass ich gestört wurde, Javanne, als wir am Abend deiner Ankunft beim Essen saßen? Ja, ich sehe, du erinnerst dich. Das war Domenic. Und nach dem Essen hielten wir eine Geheimsitzung ab, um zu entscheiden, was zu tun sei. Herm Aldaran erbot sich, zu Domenic hinauszureiten, um festzustellen, ob Granfells Idee mehr als nur Wunschdenken war. Inzwischen haben wir genügend Informationen gesammelt, um einen Anschlag auf den Trauerzug für wahrscheinlich zu halten, es sei denn, uns fällt ein, wie wir ihn verhindern können.«

»Verzeih mir, dass ich dir nicht glaube, Lew, aber das klingt einfach zu fantastisch.« *Dom* Francisco war weiß vor Wut und Enttäuschung, und seine Stimme klang zittrig. Die Verzweiflung stand ihm ins Gesicht geschrieben, er sah aus wie ein Mann, dessen Lieblingspferd sich soeben das Bein gebrochen hat.

»Dann hoffe ich, es braucht keinen Bauchschuss aus einer terranischen Waffe, damit du deine Meinung änderst. Falls du noch dazu kommst, über die Angelegenheit nachzudenken«, erwiderte Marguerida, als spräche sie über das Wetter.

Dom Franciscos Blick wurde noch verzweifelter. »Schusswaffen sind auf Darkover nicht erlaubt.«

»Das stimmt nicht ganz«, warf Robert Aldaran ein. »Sie sind nach den Bestimmungen des Pakts der Bevölkerung Darkovers untersagt, und wir würden sie von uns aus ohnehin nie benutzen. Aber in der Anlage der Terraner in unserer Domäne existiert eine beträchtliche Anzahl unterschiedlichster Waffen und eine noch größere Menge im Raumhafen. Regis wusste das seit Jahren. Zusammen mit der Präsenz von Soldaten mit Kampfausbildung an beiden Orten war das seit langer Zeit eine Quelle seiner wachsenden Besorgnis. Wenn du nicht so viel Energie darauf aufgewendet hättest, mit ihm zu streiten, wäre dir das Problem geläufig.«

»Ein Aldaran redet vom Pakt! Wann hat einer von euch ihn denn je respektiert?« Niemand antwortete auf Franciscos Frage, aber Lady Marilla starrte ihn voller Abscheu an.

Javanne versuchte sich aus einer Art Benommenheit zu reißen. »Ja, das stimmt, aber ich habe nie verstanden, warum wir es nicht geändert ...« Sie schien plötzlich zu erschöpft, um fortzufahren, und ließ den Kopf sinken, dass ihr Kinn fast den Kragen berührte.

»Weil wir keine Verfügungsgewalt über die Stützpunkte der Föderation auf Darkover haben, natürlich.« Mikhail rutschte auf seinem Stuhl umher. »Und wir können kaum hoffen, uns gegen solche Waffen mit Schwertern und Pferden zur Wehr zu setzen.«

»Warum sollten wir dir glauben?«, fragte *Dom* Francisco, der einmal mehr versuchte, die Versammlung an sich zu reißen.

»Du traust mir zu viel Verschlagenheit zu, Francisco, und zu wenig gesunden Menschenverstand. Nichts in der Welt könnte mich dazu bringen, das Leben von einem von euch zu gefährden.«

»Mikhail hat Recht«, stimmte ihm Lady Marilla plötzlich zu, »und du irrst dich, Francisco. Alles, was er sagt, hat mir Regis ebenfalls mitgeteilt, als er mich vor ein paar Minuten berührte – hat er dir nicht dasselbe erzählt?«

»Doch, aber ich kann ... ich kann es nicht ertragen.« Er schauderte wieder und bemühte sich, seine Gefühle in den Griff zu bekommen. »Es muss irgendein Trick gewesen sein.«

»Ach, hör doch auf, dich wie ein Narr zu benehmen«, fuhr ihn Lady Marilla an, und ihr sonst so friedfertiges Gesicht war vor Wut verzerrt. »Ich kenne Mikhail Hastur seit Jahrzehnten, und er hat Recht, wenn er behauptet, er sei nicht verschlagen. Du, Javanne und ich, wir drei warten seit langem darauf, dass er etwas mit seiner Matrix anstellt und unsere gemeinsten Verdächtigungen bestätigt, aber er hat es nie getan. Dabei muss die Versuchung ungeheuer groß gewesen sein.« Sie sah Mikhail liebevoll an.

»Eigentlich nicht, Lady Marilla. Tatsächlich bestand die größte Versuchung, die ich in den letzten fünfzehn Jahren auszuhalten hatte, darin, meiner Mutter bei ihren Besuchen eine Kehlkopfentzündung zu verpassen, da mir der Klang ihrer Stimme schon lange keine Freude mehr bereitet.« Abgesehen von *Dom* Francisco und Lady Javanne begannen alle zu lachen. Die Spannung löste sich und eine erleichterte Atmosphäre machte sich im Saal breit.

»Und was genau beabsichtigst du gegen diesen vorgeblichen Anschlag zu unternehmen? Willst du uns um deinetwillen in den Rachen des Todes reiten lassen?« *Dom* Franciscos Worte klangen gezwungen und kraftlos.

»Es steht Euch absolut frei, in der Burg zu bleiben oder in die Domäne Ridenow zurückzukehren, *Dom* Francisco«, säuselte Marguerida mit zuckersüßer Stimme. »Und sicherlich wird Euch niemand gering schätzen, weil Ihr versucht, Eure Haut zu retten. Und wenn uns die Terraner dann alle getötet haben, werdet Ihr das Vergnügen haben, ums Überleben zu kämpfen, während sie Euch jagen wie einen Hasen. Was sie zweifellos tun werden, sobald sie die Macht über Darkover an sich gerissen haben.«

Francisco Ridenow besaß die Güte, bleich wie die Wand zu werden, und er stierte Marguerida hasserfüllt an. Es war ihr gelungen, ihn als einen Feigling hinzustellen, ohne es auszusprechen, und er konnte nichts dagegen machen.

Mikhail blickte erneut in die Runde. Es herrschte eine andere Stimmung im Saal als noch vor wenigen Minuten. Der Argwohn, der ihm sonst immer aus Lady Marillas Richtung entgegenströmte, war verschwunden, und es gab weitere Veränderungen. In einigen Köpfen war noch ein wenig von der Angst und dem Misstrauen ihm gegenüber zu spüren, allerdings längst nicht mehr so stark. Regis hatte die Anwesenden beruhigt, und sie hatten ihm geglaubt. Darüber hinaus hatte die Zurückhaltung, die Mikhail seit Jahren an den Tag legte, endlich Wirkung gezeigt. Er hatte verkündet, er sei lediglich versucht gewesen, seine schwierige Mutter zum Schweigen zu bringen, und sie hatten ihm geglaubt.

Es handelte sich jedoch nicht nur um eine simple Änderung ihrer Einstellung. Mikhail begriff, dass diese Leute – mit Ausnahme seiner Mutter und *Dom* Franciscos – *wollten*, dass er sie führte. Regis' Tod hatte sie beunruhigt, und sie waren intelligent genug, um zu einzusehen, dass es ohne größere Umbrüche weitergehen musste und dass er, Mikhail, der Einzige war, der dafür sorgen konnte. Regis hatte als letztes Geschenk an Darkover den Mitgliedern des Rats der Comyn befohlen, Mikhail als seinem Erben zu folgen. Die Alternative war, wie jeder wusste, ein Bürgerkrieg, wie er auf Darkover seit Jahrhunderten nicht stattgefunden hatte

Mikhail war unendlich erleichtert, und er fühlte, die meisten Anwesenden warteten nur darauf, dass er ihnen sagte, wie es weitergehen sollte. Bis zu diesem Moment war ihm nicht bewusst gewesen, wie sehr das allgemeine Misstrauen während der letzten fünfzehn Jahre ihn belastet hatte. Endlich würden die Comyn ihm erlauben, sie zu führen, und er konnte nur hoffen, dass er ihr plötzliches Vertrauen wert war. »Ich bin offen für alle Vorschläge, wie es weitergehen soll – und sei es, den Trauerzug abzusagen.«

Dom Gabriel schüttelte langsam den ergrauten Kopf. »Nur das nicht, mein Sohn. Du darfst dich nicht hier verstecken, wie es Regis getan hat. Nein, wir müssen uns diesem Feind stellen, aber wir müssen so gut es geht dafür sorgen, dass es zu unseren Bedingungen geschieht. Wenn wir dieses Komplott als solches aufdecken können und die Föderation damit bloßstellen, wären wir in doch einer vielen besseren Position, oder?« Er wandte sich mit dieser Frage direkt an Lew Alton.

»Richtig und gut gedacht, *Dom* Gabriel, aber sehr schwer durchzuführen. Zunächst einmal, würde ich sagen, dürfen wir auf keinen Fall die jungen Leute mitnehmen – das wäre zu gefährlich.«

Daraufhin begannen alle zu reden und ihre Ideen zu unterbreiten, nur Javanne und Fransisco schwiegen beharrlich. Mikhail hörte zu und beobachtete, und er ertappte sich dabei, dass er *Dom* Damon anstarrte. In seinem Geist raschelte etwas wie ein Blatt Papier im Wind, eine Erkenntnis, die ihm Regis vorhin hatte zukommen lassen.

Dom Damon war unschuldig, was ein gemeinsames Komplott mit der Föderation betraf – er hatte lediglich den Versuch unternehmen wollen, Rafael an Mikhails Stelle zu setzen! Mikhail sah seinen Bruder an, den verlorenen Sohn, der steif neben ihm saß. Es hätte nicht funktioniert, aber *Dom* Damon war nicht gescheit genug, um das zu verstehen. Immerhin war Mikhail erleichtert über die Erkenntnis, dass er dem alten Halunken zwar nicht allzu weit trauen konnte, aber dass er wenigstens nicht in den geplanten Anschlag auf den Trauerzug verwickelt war.

»Wir sollten Francisco Ridenow junior holen«, unterbrach Danilo Mikhails Gedanken. Alle sahen ihn an. »Ich glaube, sein Sachverstand würde uns sehr helfen.«

Die Anwesenden nickten zustimmend, und über *Dom* Franciscos Gesicht huschte ein Ausdruck, als hätte man ihm eine Gnadenfrist gewährt. Mikhail fing den Blick ebenso auf wie den geflüsterten Gedanken dahinter. Neben ihm zuckte Marguerida zusammen, und Rafael auf der anderen Seite wandte mit eisigem Interesse den Kopf zum Oberhaupt der Domäne Ridenow. *Dom* Francisco fuhr herum – er hatte vergessen, dass keine Dämpfer mehr vorhanden waren.

Keine Angst, Mik – ich sorge dafür, dass er dich nicht eigenhändig zu töten versucht. Als Mikhail den zornigen Gedanken seines Bruders vernahm, begann ihn eine Art Klarheit zu erfüllen, eine plötzliche wohltuende Ruhe, und er hoffte nur, sie würde lange genug andauern, bis er einen Plan ausgearbeitet hatte. Mit Marguerida und Rafael an seiner Seite und mit Donal im Rücken konnte er sich ganz der bevorstehenden Bedrohung widmen. Plötzlich erfüllte ihn die beklemmende Gewissheit, dass er sein ganzes Leben lang auf diesen Augenblick zugesteuert war – anders, als er es in seiner Jugend vorausgesehen und es sich als junger Erwachsener ausgemalt hatte. Nichts geschah so, wie er es sich vorgestellt hatte – und doch war es sein Schicksal.

22

Ein unheimlicher Klagelaut erfüllte ihren Traum. Katherine tastete im Schlaf auf die andere Bettseite. Als ihre Hand das leere Kissen berührte, wurde sie langsam wach und stellte fest, dass ihr Tränen übers Gesicht liefen. Herm war nicht da, und einen Augenblick lang dachte sie, das Herz müsste ihr brechen. Doch dann fiel ihr ein, dass sie bald wieder mit ihm vereint sein würde, in einem kleinen Ort namens Carcosa, und ihr Schmerz begann nachzulassen.

Aber das Geräusch aus ihrem Traum war nicht verschwunden, und sie setzte sich auf, zog die Knie an und zitterte am ganzen Leib. Es war gar kein Klagelaut, sondern etwas anderes, etwas, das sie in ihrem Leben nie mehr zu hören geglaubt hatte – eine Schifferpfeife oder wie das Instrument auf Darkover hieß. Es erklang in einiger Entfernung, aber die Melodie trug weit, und dann nahm eine zweite Schifferpfeife das Thema auf, das herzerweichend traurig war. Kein Wunder, dass sie weinte.

Kate rieb sich das Gesicht mit dem Nachthemd trocken und schluckte ein paarmal. Immer mehr Pfeifen fielen nun ein, bis es sich nach einer Weile anhörte, als würden dreißig und mehr in allen Vierteln der Stadt Thendara spielen. Obwohl Katherine die Melodie noch nie gehört hatte, wusste sie, dass es sich um ein Klagelied handelte, und es rief eine tiefe Sehnsucht nach Renney bei ihr hervor. Sie hörte im Geiste die Brandung in der Nähe des alten Pfarrhauses, wo sie aufgewachsen war, und den Klang der Schifferpfeifen beim Totenkult für ihre Mutter. So mächtig wurde die Erinnerung heraufbeschworen, dass sie beinahe das Salz in der Luft zu schmecken glaubte.

Ein Klopfen an der Tür schreckte sie auf, bevor sie sich völlig einer Flut von Gefühlen hingeben konnte. Sofort wurde sie nervös. Hatte sie bis in den hellen Tag hinein geschlafen, oder war während der Nacht etwas Schreckliches vorgefallen? Nein, zweifellos war noch früher Morgen, sie erkannte es an dem Winkel, in dem das Licht durch das schmale Fenster ihres Schlafzimmers hereinfiel. Mit pochendem Herzen schlug sie die Decke zur Seite, schwang die langen Beine aus dem Bett und schlüpfte in weiche Hausschuhe. Das Klopfen war erneut zu hören, es klang dringend, deshalb hielt sie sich nicht damit auf, einen Morgenrock überzuwerfen, obwohl es kalt im Zimmer war, sondern raffte nur ein Umhängetuch neben dem Bett zusammen und eilte zur Tür.

Draußen stand Gisela, auf den Armen Berge von dunklem Tuch, das Gesicht kreideweiß und niedergeschlagen, das Haar war unordentlich und hing halb aus der Spange. Sie hatte ein dunkles Mal auf einer Wange, der Beginn eines blauen Flecks, und ihre Augen waren geschwollen vom Weinen. Ohne ein Wort zog Kate ihre Schwägerin ins Zimmer und legte die Arme um sie, sodass der Stapel Textilien zwischen den beiden eingeklemmt war.

»Was ist los?«

»Ich bringe dir nur die Kleidung für das Begräbnis«, antwortete Gisela mit belegter Stimme.

»Nein«, sagte Kate und berührte vorsichtig das Mal. »Was ist das? Rafael hat doch nicht ...?« Katherine und die Kinder hatten am Abend zuvor in Giselas Gemächern gegessen, und da war ihre Schwägerin noch unverletzt gewesen. Es war eine angenehme Mahlzeit gewesen, bei weitem nicht so steif wie die langwierigen Bankette an den Abenden zuvor. Sie hatten die Kinder von Gisela und Rafael kennen gelernt. Casilde, die Älteste, und die beiden Jungen Damon und Gabriel, hatten sich sehr angenehm benommen, und Terése und Amaury waren in der Gegenwart ihrer neuen Verwandten recht lebhaft geworden.

Gisela sah entsetzt drein. »O nein! Niemals. Nicht einmal, wenn ich es verdient hatte!«

»Wer dann? Erzähl mir nicht, du bist gegen die Tür gelaufen oder so etwas – jemand hat dich geschlagen!«

»Ja.« Gisela sprach erst nach einigen Augenblicken weiter. »Mein Vater.«

»Dein Vater? Aber wieso?« In diesem Augenblick tauchte Rosalys, das Dienstmädchen, am anderen Ende der Gemächer auf, wo es ein Zimmer in der Nähe der Kinder hatte. »Bringst du uns bitte Tee und etwas zu essen, Rosalys?« Kate nahm Gisela das Bündel Kleidung ab und streckte es dem Mädchen hin. »Und sorg bitte auch dafür, dass die hier aufgehängt werden.«

»Gewiss, *Domna.*« Die Dienerin sah die beiden Frauen neugierig an, nahm die Kleider und eilte geschäftig davon, um den Auftrag zu erledigen.

Kate zog Gisela in Richtung der Sessel, die vor dem Kamin im Salon standen. Das Feuer war über Nacht heruntergebrannt, deshalb legte sie ein kleines Scheit nach und stocherte in der glühenden Holzkohle, bis die Flammen wieder aufloderten. Dann drehte sie sich um und begann die eiskalten Hände ihrer Schwägerin zu reiben. Sie fühlte eine Schwiele, die sich auf der rechten Handfläche bildete, in der Gisela das Schnitzmesser hielt, und an einem der schlanken Finger bemerkte sie außerdem einen winzigen Schnitt. Eine einzelne Träne lief Gisela über die Wange. »Erzählst du mir, was passiert ist?« Kate wischte die Träne mit der Hand weg, dann nahm sie ihr Umhängetuch und legte es ihrer Schwägerin um die Schultern.

Gisela saß kauernd in einem der Sessel und schauderte nur. Dann blickte sie auf und sagte mit dünner Stimme: »Ich weiß nicht, wohin ich gehen soll.« Und in kräftigerem Ton fügte sie an: »Und ich will keinen blöden Tee.«

»Oh.« Kate schaute im Zimmer umher, sie hörte das Klagen der Pfeifen außerhalb der Burg und das leise Seufzen des Morgenwindes. Dann fiel ihr Blick auf ein Tablett mit einer Karaffe Feuerwein und mehreren Bechern auf dem Tisch. Sie ging hinüber und schenkte einen Becher ein, den sie ihrer Schwägerin brachte. Gisela trank ihn mit wenigen Schlucken, schnappte nach Luft und begann zu husten.

Katherine klopfte ihr auf den Rücken, bis der Anfall vorüber war und die Farbe in Giselas Gesicht zurückkehrte. »Noch ein Becher?«

Gisela nickte. Diesmal trank sie langsam, dann lehnte sie sich zurück und seufzte tief und lange. »So habe ich ihn seit Jahren nicht erlebt«, fing sie an. »Was immer gestern bei der Ratssitzung passiert sein mag, es hat ihn zur Raserei gebracht, und irgendwie war alles meine Schuld.«

Katherine war verwirrt. »Aber du warst doch nicht einmal dabei – du warst in meinem Atelier! Sie haben alle an dieser Versammlung teilgenommen, oder, dein Vater und alle, und sie sind nicht einmal zum Abendessen gekommen.«

Gisela lachte bitter. »Ich hatte ihm nicht erzählt, dass Mikhail und Rafael wieder versöhnt sind, hauptsächlich, weil es ihn nichts angeht. Also ging er mit der festen Absicht in den Kristallsaal, meinen Mann als Nachfolger von Regis vorzuschlagen, da Mikhail nicht für alle Ratsmitglieder akzeptabel sei. Soweit ich verstanden habe, kam er nicht einmal dazu, den Vorschlag zu machen, bevor irgendwie die Hölle losbrach. Ich weiß nicht genau, was passiert ist, aber die Matrixfallen im Saal zersprangen in tausend Stücke, und es gab eine Menge Geschrei und Tumult. Ich bin so froh, dass ich bei dir war!«

»Ich auch.« Kate hatte keine Ahnung, was eine Matrixfalle war, aber es klang beängstigend. Es gab so viele Dinge, die sie nicht wusste, und andere, die sie nicht verstand. »Hat Rafael dir denn nicht erzählt …?«

»Ich habe ihn noch nicht gesehen. Ich weiß nur, dass alle Ratsmitglieder bis spät in der Nacht im Kristallsaal waren und dass Rafael danach loszog, um irgendeinen Auftrag für Mikhail zu erledigen. Er hat mir eine Nachricht geschickt.« Der Wein schien Gisela ein wenig belebt zu haben.

»Wann hast du dann deinen Vater getroffen?«

»Vor ungefähr zwei Stunden – er kam mit lautem Getöse in die Gemächer, zerrte mich aus dem Bett und fing an, mich anzuschreien. Das hat die Kinder aufgeweckt, und Gabriel wollte, dass er mich in Ruhe lässt, woraufhin Vater ihn zu Boden schleuderte. Es war schrecklich, die Kinder haben geschrien, und mein Vater schüttelte mich und ...« Sie hielt inne, ihr Atem ging bebend, und sie versuchte sich zu beruhigen. »Ich hatte ein Schlafmittel genommen, bevor ich zu Bett ging, und ich war noch ganz verschlafen. Er hat mir nie befohlen, dass ich Rafael und Mikhail gegeneinander aufhetzen sollte, Kate! Ich weiß auch nicht, ob ich es getan hätte. Aber wenn ich darüber nachdenke, dann hat er all die Jahre nur deshalb gewollt, dass ich Regis zu einer Neubenennung seines designierten Erben bewege, weil er zwischen den beiden Unruhe stiften wollte. Ich komme mir so dumm vor!« Gisela brach erneut in Tränen aus.

»Wieso? Der einzige Dummkopf bei der ganzen Sache scheint mir *Dom* Damon zu sein. Er hat dich benutzt, Gisela, und du bist in seine Pläne verwickelt, ohne dass dir richtig klar war, worum es geht. Aber wenn jemandem ein Vorwurf zu machen ist, dann *Dom* Damon, würde ich sagen.« Kate konnte Giselas Hysterie beinahe körperlich spüren, und sie war froh, dass ihr Marguerida den Gedanken der Empathie eingegeben hatte, sonst würde sie jetzt vielleicht selbst fürchten, den Verstand zu verlieren. Sie wollte nur noch, dass es sofort aufhörte. Es war eine nahezu körperliche Empfindung – als würden unsichtbare Messerspitzen sie stechen.

Sie hatte auf Anhieb eine Abneigung gegen ihren Schwiegervater gehegt, als sie ihn am Abend nach Herms Abreise endlich kennen lernte, und war zu dem Schluss gekommen, dass ihr Mann unter anderem deshalb die Burg verlassen hatte, um ihm aus dem Weg zu gehen. Nun war sie bereit, ihn vorbehaltlos zu hassen, weil er Gisela verstört und verletzt hatte.

Das Schluchzen hörte langsam auf. Gisela wischte sich das Gesicht mit einem ziemlich schmutzigen Taschentuch ab, dann schüttete sie den Rest des Feuerweins hinunter. »So weit, so gut, aber ich fühle mich trotzdem schrecklich und schuldbewusst. Als ich vor drei Tagen sah, wie sich Mik und Rafael umarmten, habe ich mich so für die beiden gefreut. Und als Rafael zur Ratssitzung ging, von der man ihn meinetwegen jahrelang ausgeschlossen hatte, war ich glücklich. Dann musste mein verdammter Vater wieder versuchen, alles kaputtzumachen, und als es ihm nicht gelang, schlug er mir ins Gesicht.« Sie hob die Hand und berührte vorsichtig die Schwellung. »Er hat fürchterliche Dinge zu mir gesagt, ich hätte ihn am liebsten umgebracht, Kate.«

»Es tut mir so Leid, *Breda.«* Das Gefühl, angegriffen zu werden, ließ jetzt nach, und Kate fühlte sich nicht mehr so unwohl.

»Ich hätte es tun sollen. Mikhail hätte mir wahrscheinlich einen Orden verliehen.«

»Mag sein.« Sie war froh, dass Gisela ihren Vater nicht getötet hatte, auch wenn er es verdient hätte. Sie setzte sich gegenüber von ihrer Schwägerin, strich sich das offene Haar von der Schulter und schüttelte den Kopf. »Geht es hier immer so ... dramatisch zu?«

»O nein«, antwortete Gisela ernst. »Manchmal passiert jahrelang überhaupt nichts.«

»Dann haben sie sich wohl alles aufgespart, bis ich komme«, erwiderte Katherine trocken. Sie hasste lautstarken

Streit, aber sie verstand, dass sich die gesamte Burg mitten in einer ernsten Auseinandersetzung befand. Einen Moment lang wünschte sie sich zurück in die kleine Wohnung, die sie mit Herm geteilt hatte, auf jener überbevölkerten Welt, wo alle Leute sehr auf Höflichkeit achteten, damit die Friedensbeamten sie nicht wegen eines Zivilvergehens belangten. Oder nach Renney und dem Geruch des Meeres. Doch das Gefühl verging, und sie blieb ein wenig verloren zurück.

Kates Bemerkung entlockte Gisela ein prustendes Lachen. Kurz darauf kam Rosalys mit einem Tablett herein. Darauf standen eine Kanne Tee und ein Teller mit Kuchen. Das Aroma von Minze wehte durch den Raum und vermischte sich aufs Angenehmste mit dem Duft des Balsamholzes im Kamin. In den wenigen Tagen seit ihrer Ankunft hatte sich Katherine an den Geruch alter Steine und brennenden Holzes gewöhnt, sie genoss ihn sogar. Nach all den Jahren in einem Gebäude mit Zentralheizung war ein schlichter Kamin, der sich zwar von jenen auf ihrem Heimatplaneten unterschied, aber dennoch daran erinnerte, eine Quelle des Trostes für sie.

Katherine stand auf und begann eben den Tee einzuschenken, als es erneut an der Tür klopfte. Sie blickte überrascht auf und fühlte sich ein wenig belästigt. Die Leute sollten ihr nicht so früh am Morgen Besuche abstatten, wenn sie noch im Nachtgewand war! Das Dienstmädchen lief zur Tür und öffnete, und Marguerida trat ein. Einen Moment später kam Amaury aus der Richtung seines Zimmers und rieb sich verschlafen die Augen.

»Was ist denn das für ein Lärm?«, fragte er seine Mutter, dann merkte er, dass sie nicht allein waren. Er zog sich den Morgenmantel fester um den schlanken Körper und errötete leicht. »Mich fröstelt davon.«

»Pfeifen, Amaury. Auf Renney nennen wir sie Schifferpfeifen, aber ich weiß nicht, wie sie hier heißen.«

»Klingt, als würde jemand eine Katze martern«, meinte der Junge, und als die drei Frauen über die Bemerkung lachten, fügte er abwehrend ein »Ist doch wahr« hinzu.

»Wir nennen sie Dudelsäcke, Amaury, und du bist nicht der Erste, der diesen Vergleich anstellt«, erklärte Marguerida. Sie sah müde und bleich aus und trug ein Gewand in demselben dunklen Ton wie die Kleidung, die Gisela vorhin gebracht hatte. Es war die Farbe der Dämmerung, ein sehr dunkles Blau mit einem Anflug von Purpur, und das erste Kleidungsstück ohne Stickereien, das Katherine zu Gesicht bekam. Marguerida blickte von Kate zu Gisela und wieder zurück, und falls es sie überraschte, die beiden zusammen anzutreffen, war sie zu erschöpft, um eine Bemerkung darüber zu machen.

Katherine fiel ein, dass Gisela erwähnt hatte, die Sitzung habe bis spät in die Nacht gedauert. Deshalb hatte Marguerida anscheinend nicht viel Schlaf abbekommen. Damit konnte sie immerhin umgehen. »Hier, setz dich sofort hin, Marguerida. Du siehst aus, als würdest du jeden Moment umkippen. Rosalys hat gerade Tee gebracht, und ich bestehe darauf, dass du welchen trinkst. Hast du schon etwas gegessen?« Katherine schob ihre neue Besucherin fast gewaltsam in den Sessel neben Gisela und ihr wurde klar, dass sie es ebenso sehr wegen ihres eigenen Wohlergehens tat als wegen Margueridas. Wo sie bei ihren früheren Begegnungen nichts bis wenig gefühlt hatte, verspürte sie nun einen unbestimmten Schmerz. Sie ging zum Tisch mit dem Tablett und entdeckte, dass Amaury bereits Platz genommen hatte und einen Kuchen mampfte.

»Ich ... weiß es nicht mehr«, sagte Marguerida leise. Sie legte die Arme auf die Stuhllehne, ihre Hände hingen schlaff an den Gelenken. »Ich war fast die ganze Nacht wach«, fügte sie an, als erklärte das alles. »Und ich muss dir etwas mitteilen, das dich wahrscheinlich beunruhigen wird ...« Sie drehte den Kopf und betrachtete Gisela kurz, und als sie den blauen Fleck auf ihrer Wange sah, riss sie die müden Augen auf.

Marguerida erhob sich halb und streckte, auf die Sessellehne gestützt, eine Hand in Giselas Richtung. »Wer war das?« Ihre eben noch kraftlose Stimme klang nun wütend. Sie bebte vor Zorn. Dann strich sie mit den Fingern der rechten Hand über den blauen Fleck und zuckte zusammen.

Katherine reagierte rasch, weil sie fühlte, dass Margueridas eiserne Selbstbeherrschung nun doch an eine Grenze gelangt war. Sie war in diesem Augenblick froh, dass sie keine weitere Gabe als die der Empathie besaß, denn sie hätte bestimmt gehasst, was sie jetzt in Margueridas Gedanken hätte lesen können. Sie drückte die Erschöpfte in den Sessel zurück, beugte sich über sie und sagte: »Du rührst dich jetzt mindestens fünf Minuten lang nicht.«

»Du bist sehr gebieterisch, Kate«, murmelte Marguerida, fügte sich aber und ließ den Kopf nach hinten gegen die Sessellehne sinken. Sie schloss die Augen, atmete tief und langsam durch, die Hände ruhten im Schoß. Nach einigen Minuten dann fragte sie: »Wer hat dich geschlagen, Gisela?«

»Mein Vater.«

»Würde es dir viel ausmachen, wenn ich ihn umbringe?«

Gisela schaute zuerst entsetzt, dann belustigt drein, und Amaury verließ abrupt den Raum, ihm war sichtlich unwohl. »Nein, aber eigentlich würde ich es lieber selbst tun.«

»Ja, ich sollte nicht so gierig sein und den ganzen Spaß allein haben wollen. Meinst du, du könntest mir ein Bein oder einen Arm aufheben – nur damit ich meine Wut angemessen abreagieren kann? Wohl eher nicht. Ich glaube, hier hat jemand etwas von Tee gesagt.« Marguerida hatte sich wieder gefangen, und ihre Stimme klang beinahe emotionslos. Sie hätte genauso gut über das Wetter sprechen können statt über Mord, und Katherine war froh, dass ihr Sohn hinausgegangen war, bevor er die letzte Bemerkung hörte. Sie glaubte zwar nicht, das es die beiden Frauen ernst meinten, aber völlig sicher war sie sich dessen nicht.

Gisela lächelte dünn und nickte. »Vielleicht könnten wir ihn an den Händen und Füßen an vier Pferde fesseln und sie dann auseinander treiben.«

»Das würde mich sehr befriedigen«, entgegnete Marguerida. »Ich denke mir gern schmerzhafte Todesarten für gewisse Leute aus. Natürlich nur für solche, die eine solche Behandlung verdient haben, denn normalerweise bin ich nicht besonders mordlüstern, schon gar nicht um diese Tageszeit.«

»Nein, nur wenn dich Banditen mitten in der Nacht angreifen«, gab Gisela zurück, und die beiden lachten.

Kate lauschte der Unterhaltung leicht konsterniert und fragte sich, worum es überhaupt ging. Es klang, als wäre von einem tatsächlichen Ereignis die Rede – hatte Marguerida etwa einen Banditen getötet? So gern sie eine Erklärung verlangt hätte, sie hielt sich lieber zurück. Stattdessen gab sie stark aromatischen Honig aus einem kleinen Topf in die Teetassen. Bis auf das Klagen der Schifferpfeifen herrschte Stille in dem Raum. Erst jetzt bemerkte Kate, dass der gleichmäßige Rhythmus von Trommeln hinzugekommen war, so leise, dass sie diese zunächst kaum wahrgenommen hatte. Die Melodie hatte ebenfalls gewechselt, zu einem weiteren langsamen, traurigen Lied.

Die Frauen tranken ihren Tee und aßen die noch warmen Kuchen, und abgesehen von Margueridas Trauerkleidung hätte es ein ganz normaler Morgen sein können. Das Dienstmädchen war in den Kinderbereich der Gemächer verschwunden und hatte die drei allein mit ihren Gedanken zurückgelassen.

Schließlich raffte sich Marguerida auf. »Kate, vor dem Begräbnis werden wir alle Kinder nach Arilinn schicken, auch unsere eigenen. Wenn unsere Vermutungen zutreffen, sind sie dort sicherer als hier.«

Katherine wollte zwar lieber nicht wissen, von welchen Vermutungen Marguerida sprach, aber sie musste in Erfahrung bringen, was vor sich ging. Diese Ankündigung schien aus heiterem Himmel zu kommen, und sie wusste nicht, wie sie darauf reagieren sollte. Erwartete man, dass sie mit den Kindern nach diesem Arilinn ging? Kate war hin- und hergerissen zwischen der Notwendigkeit, bei den Kindern zu bleiben, und ihrem Verlangen, Herm zu sehen. Aber sie konnte Amaury und Terése wohl kaum allein zu diesem unbekannten Ort aufbrechen lassen. »Warum sind sie hier nicht sicher?«, brachte sie schließlich heraus und fügte an: »Die beiden waren noch nie von mir getrennt.«

»Das war mir nicht bewusst«, antwortete Marguerida bedächtig. »Ich verspreche dir, dass sie in Arilinn völlig sicher sind.« Sie trank einen Schluck von ihrem Tee. »Wir machen uns Sorgen, dass die Föderation versuchen könnte, die Burg zu besetzen, während wir auf dem Weg zur *Rhu Fead* sind. Wir sind auf diese Möglichkeit vorbereitet, und falls Lyle Belfontaine sich tatsächlich zu einem Angriff entschließt, dürfte er höchst überrascht sein, welcher Empfang ihn erwartet, aber wir wollen die Kinder nicht in Gefahr bringen.« Sie hörte sich an, als wäre sie zu müde, um fortzufahren.

»Ich verstehe.« Kate überlegte kurz, fand den Gedanken jedoch zu bedrohlich, um ihn einfach zu schlucken. »Ich glaube dir, aber ...«

Gisela unterbrach. »Du willst bestimmt Herm treffen, damit du ihn die nächsten zehn Tage lang ohrfeigen kannst. Ich glaube nicht, dass mein Bruder dich auch nur ein bisschen verdient hat, Kate! Aber du kannst nicht an zwei Orten gleichzeitig sein.« Sie dachte einen Augenblick nach. »Ich gehe mit den Kindern, da meine eigenen auch nach Arilinn müssen. Ich komme schon irgendwie zurecht – selbst wenn ich Rhodri, Alanna und Yllana auch noch mitnehme.«

Marguerida sah Gisela forschend an. »Das ist sehr nett von dir.« Und als könnte sie sich einfach nicht zurückhalten, fügte sie hinzu: »Und sehr untypisch.«

Gisela zuckte die Achseln. »Wie du gestern Abend wahrscheinlich bemerkt hast, Kate, bin ich nicht eben eine mustergültige Mutter. Schau nicht so entsetzt, ich weiß, dass es stimmt. Aber ich kann mich um deine, meine und Margueridas Kinder kümmern, bis wir beim Turm sind – ich bin nur faul, nicht gleichgültig.«

»Was ist denn nur in dich gefahren, Gisela?«, fragte Marguerida frei heraus.

Ein reizendes Lächeln huschte über Giselas Gesicht, und die verschwollenen Augen funkelten. »Kate hat mich meine Irrtümer erkennen lassen – nicht wahr, *Breda?«* Sie berührte leicht den blauen Fleck. »Ich will nicht, dass die Leute mich so sehen und neugierige Fragen stellen oder denken, Rafael habe endlich das getan, worauf alle seit Jahren sehnsüchtig warten. Wenn ihr beide mir also euren Nachwuchs anvertraut, werde ich eine gute Tante sein und sogar dafür sorgen, dass sie sich vor dem Schlafengehen das Gesicht waschen.«

»Hast du sie verhext?«, erkundigte sich Marguerida ernsthaft und drehte sich zu Kate um.

»Ich glaube nicht«, erwiderte Katherine, die immer noch in ihren widerstreitenden Gefühlen gefangen war. Konnte sie Gisela ihre Kinder gefahrlos anvertrauen? Immerhin kannte sie die Frau kaum. Und Herm traute ihr nicht uneingeschränkt. Doch dann wusste sie plötzlich, dass das Angebot aufrichtig gemeint war und dass ihre Schwägerin nur großzügig sein wollte, weil sie verstand, wie sehr es sie zu Herm zog. »Gut, wenn du die Kinder nimmst, lasse ich sie gehen. Sie mögen dich, und sie mögen deine Kinder. Danke, das ist sehr nett.« Sie runzelte die Stirn.

»Was ist, Kate?«

»Bevor sich Herm wie ein Dieb in der Nacht davonmachte, meinte er noch, wir müssten Terése wegen einer Art Prüfung nach Arilinn bringen.« Sie biss sich auf die Lippen. »Ich will nicht, dass so etwas passiert, während ich nicht da bin – ich erlaube nicht, dass man meiner Tochter Angst macht!«

»Ich kann dir versprechen, dass Terése nichts geschieht und dass sie in deiner Abwesenheit nicht überprüft wird.« Marguerida überlegte kurz. »Sie ist noch ein bisschen zu jung, und bis jetzt sind keine Anzeichen der Schwellenkrankheit zu sehen, deshalb besteht keine Notwendigkeit dazu.«

»Ich nehme dich beim Wort, Marguerida.« Kate konnte die plötzliche Angst um ihre Tochter kaum beherrschen. Aber sie wusste, dass Marguerida eine Frau war, die Wort hielt, und langsam beruhigte sie sich wieder.

»Da nun alles bestens geregelt ist, wollen wir ein anständiges Frühstück bestellen«, sagte Gislea. »Ich helfe dir beim Ankleiden für die Trauerfeier, Kate. Mein Laune dürfte sich ein wenig bessern, wenn ich dir das Haar richte. Ob es wohl jemanden stört, wenn ich einen schweren Schleier über dem Kopf trage – oder vielleicht einen Sack?«

Marguerida verschluckte sich fast an ihrem Tee. »Kates Haar richten?«, fragte sie, als sie wieder Luft bekam, und sah von einer Frau zur anderen. Zwischen den beiden musste sich irgendetwas ereignet haben, das ihrer Aufmerksamkeit entgangen war, und sie konnte sich nicht vorstellen, was es sein könnte. »Ich habe dich noch nie so ... hilfsbereit erlebt, Base. Es bekommt dir.«

»Ich sagte ja, ich habe mich geändert, aber du hast mir wohl nicht geglaubt.«

»Nach dem, was ich gestern Abend mit angesehen habe, Gisela, würde ich so gut wie alles glauben.«

»Was ist denn nun tatsächlich in der Ratssitzung passiert, Marguerida?«, wollte Kate wissen.

»Du meinst, außer dass die telepathischen Dämpfer in Stücke zersprangen und Regis Hastur sich aus dem Jenseits manifestierte und uns alle beschimpfte?« Sie seufzte. »Und dass Javanne Mik verstieß und *Dom* Francisco Ridenow andeutete, Regis' Tod sei irgendwie verdächtig? Davon abgesehen war es eine nützliche Sitzung. Schaut mich nicht an, als hätte ich den Verstand verloren – gebt mir lieber einen Becher Wein. Tee ist ja schön und gut, aber nicht das, was ich jetzt brauche. Mir tut alles weh vor Müdigkeit.«

»Regis ist ... erschienen?« Gisela sah erschrocken aus.

»Hat dir das Rafael denn nicht erzählt?«

»Nein, weil ich ihn seit gestern nicht mehr gesehen habe!«

»Ja, richtig, das habe ich vergessen. Mikhail hat ihn zu Rafe Scott geschickt, die beiden sollen feststellen, ob die Söhne Darkovers eine echte Bedrohung für den Comyn darstellen.«

»Wer?« Der Name bedeutete Gisela offenkundig nichts, sie musterte Marguerida aufmerksam, und ihre grünen Augen blitzten im Schein des Feuers. »Kate, gib ihr auf der Stelle einen Becher Wein! Und du fang ganz von vorn an, Marguerida, und erzähl uns alles. Tu einfach so, als wäre es eine von diesen Geschichten, die du immer schreibst.«

Kate goss einen Kelch voll Wein und reichte ihn Marguerida. Dann setzte sie sich, wölbte die Hände um ihren noch warmen Tee und lauschte der Geschichte. Sie hatte das Gefühl, die Zeit stünde still und es gäbe nichts Wichtigeres, als dass sie hier saß und sich die Geschichte anhörte. Und nachdem Marguerida rund zwanzig Minuten später zum Ende gekommen war, wusste sie nicht, ob sie auch nur die Hälfte dessen glauben sollte, was sie eben gehört hatte.

Die drei Frauen blieben minutenlang in einträchtigem Schweigen sitzen, bevor sich Gisela rührte. »Wenigstens verstehe ich jetzt, was meinen Vater so in Wut versetzt hat. Und warum Lady Javanne so verhärmt aussah, als ich ihr im Flur begegnet bin.«

Kate kam plötzlich zu Bewusstsein, wie merkwürdig die Situation war: Sie saß im Nachtgewand mit zwei Frauen zusammen, die sie vor einer Woche noch nicht einmal gekannt hatte, und unterhielt sich beim Tee über Verschwörungen und Geister, als wären diese das Normalste auf der Welt. Dabei war das alles völlig unmöglich. Oder etwa doch nicht? Sie hielt Gisela und Marguerida für intelligente Frauen und keinesfalls für verrückt. Vielleicht waren solche Ereignisse auf Darkover nichts Besonderes. Ein paar von den Geschichten, die sie über die Geisterwäldchen auf Renney gehört hatte, würden wahrscheinlich den beiden ausgesprochen merkwürdig vorkommen. Katherine beschloss, die Geschichte fürs Erste zu akzeptieren.

»Kate, ich werde dem Dienstmädchen sagen, es soll ein paar Sachen für deine Kinder zusammenpacken.« Gisela hielt inne und lächelte ihrer neuen Freundin zu. »Mach dir keine Sorgen, *Breda*. Geh du nur zu Hermes und bring alles in Ordnung mit ihm, den Rest überlass getrost mir.«

Katherine nickte zustimmend. Sie wusste, sie konnte auf Burg Comyn bleiben oder selbst die Kinder begleiten, aber keine dieser beiden Möglichkeiten würde ihr die Sorge um ihren Mann nehmen. Sie hatte bis jetzt nicht richtig verstanden, wie absolut lebensnotwendig er für sie war, und sollte er bei diesem hirnlosen und riskanten Unternehmen gegen die Föderation umkommen, würde sie lieber mit ihm sterben als noch vierzig oder fünfzig Jahre ohne ihn weiterleben.

Sie dachte nicht gern an diese Möglichkeit, aber sie konnte nicht anders. Und falls der schlimmste Fall eintrat, würde sich Gisela gewiss darum kümmern, dass ihre Kinder versorgt waren.

23

Marguerida ärgerte sich über das langsame Tempo des Trauerzugs. Sie musste ihre ganze Willenskraft und lebenslange Disziplin aufbieten, um ihre Ungeduld zu bezähmen. Sie waren seit Tagesanbruch unterwegs, und sie wollte nur so schnell wie möglich in das Dorf kommen, wo sich Domenic aufhielt, und ihren geliebten Sohn in Sicherheit sehen. Es war jedoch ausgeschlossen, das Gefolge zu mehr Eile anzutreiben. Hinter ihr fuhren fünfundzwanzig Wagen und ebenso viele Kutschen, gesäumt von rund dreihundert Reitern. Sie war nur dankbar dafür, dass sie auf Dyania saß und ein Pferd unter sich spürte, anstatt wie *Dom* Gabriel und einige andere in einem der Fahrzeuge eingepfercht zu sein. Das hätte sie nicht ausgehalten.

Sie waren im Morgengrauen von Thendara aufgebrochen und auf der alten Nordstraße aus der Stadt geritten, vorbei an Wiesen, über die Herbstnebel trieben. Es war unheimlich still gewesen, und die sanfte Hügellandschaft ringsum, die man durch den Dunstschleier kaum sah, lag wie ausgestorben da. Das hatte allgemein an den ohnehin strapazierten Nerven gezerrt, und als die Sonne aufging und den Nebel wegheizte, spürte Marguerida eine gewisse Erleichterung in ihrer Umgebung.

Sie ritt nun, umringt von zwanzig Gardesoldaten, neben Mikhail her und versuchte angestrengt an etwas anderes als ihren Sohn zu denken. Konnte es sein, dass seit Regis' Tod tatsächlich erst acht Tage vergangen waren? Sie drehte sich im Sattel um und blickte nach hinten zu dem Sarg, den ein Tuch im Silber und Blau der Familie Hastur bedeckte. Er ruhte auf einem geschlossenen Wagen mit flachem Bett, der von sechs cremefarbenen Pferden gezogen wurde.

Etwas an ihren Gefühlen verwirrte sie ein wenig, denn als Diotima, ihre Stiefmutter, damals gestorben war, hatte sie dies fast sofort akzeptieren können. Natürlich hatte sie mit Dios Tod seit Jahren gerechnet, während der von Regis ohne Vorwarnung eingetreten war, aber nach so vielen Tagen hätte sie sich eigentlich wieder im Griff haben müssen. Doch selbst nach Regis' erstaunlichem Auftritt während der Ratssitzung hatte sie sein plötzliches Ableben noch nicht hinnehmen können. Ihr blieb nur die Hoffnung, dass sie fähig sein würde, ihr Herz auf den Verlust einzustellen, wenn er bei seinen Vorfahren bestattet war.

Die Ratssitzung hatte ihrem Gatten neue Zuversicht verliehen, und er wirkte nicht mehr so zaudernd und zweifelnd wie in den Tagen unmittelbar nach Regis' Tod. Sie verstand nicht alles, was in seinem Innern vorgegangen war, aber sie erkannte, dass er nun endlich bereit war, Darkover zu führen. Jetzt mussten sie nur noch den erwarteten Angriff überstehen – falls es sich dabei nicht um einen bloßen Sturm im Wasserglas handelte. Und dann konnte sie hoffentlich für den Rest ihres Lebens im Hintergrund bleiben!

Sie grübelte über ihrem Problem und unterzog sich einer unbarmherzigen Selbstprüfung. Ein Vergleich mit Lady Linnea, die sich stets mit der Rolle der Gemahlin beschieden hatte, führte zu dem Schluss, dass sie diese nicht gut nachahmen konnte. Sie war schlicht ein anderer Mensch, zu selbständig und Mikhail ebenbürtig, was die besonderen Kräfte ihrer Schattenmatrix betraf. Und sie konnte eben nur sie selbst sein, das würden alle zu akzeptieren haben. Der Gedanke belebte sie, während der Wind an der Kapuze ihres Mantels riss.

Marguerida überlegte, was Lew wohl in diesem Augenblick tat. Auf und ab rennen, wahrscheinlich, denn das tat er immer, wenn er ungeduldig war. Würde es einen Angriff auf Burg Comyn geben? Sie hoffte, es gab keinen, wenngleich sie neugierig war, ob der Plan, den sie mit ausgeheckt hatte, funktionieren würde. Sie lächelte. Die erstmalige Zusammenarbeit mit Francisco Ridenow war ein bemerkenswertes Erlebnis gewesen. Er hatte den Kern des Problems sofort erfasst und zu handeln begonnen, als hätte er sich jahrelang auf einen solchen Fall vorbereitet. Was möglicherweise sogar zutraf. Sie hatte sich den jungen Ridenow weder so fantasievoll noch so selbstbewusst vorgestellt.

Nach der Zerstörung der Dämpfer im Kristallsaal hatte sich ein gewisses Maß an durchsickernden Gedanken nicht vermeiden lassen, auch wenn die Situation allen klar war und jeder nach besten Kräften versuchte, seine Oberflächengedanken abzuschirmen. So war es durchaus eine Offenbarung gewesen, dass Francisco junior nicht annähernd der Protegé seines Vaters war, für den sie und alle anderen ihn immer gehalten hatten. Zwischen den beiden Männern herrschte ein unterschwelliges Misstrauen, das sie überrascht hatte. Bei der Beobachtung der beiden Ridenows und ihres Wechselspiels gelangte sie schließlich zu der Ansicht, dass Francisco niemandem gehorchte als sich selbst, dass er einen ernsten und nüchternen Charakter hatte, seinem eigenen Urteil vertraute und stets vor seinem Erzeuger auf der Hut war.

Es war Franciscos Vorschlag gewesen, die Kinder in den Kutschen, mit denen die *Leroni* aus Arilinn zur Beerdigung gekommen waren, aus der Burg zu schmuggeln, während die Leroni in der Burg blieben, um bei ihrer Verteidigung zu helfen. Er hatte eine genaue Zahl von Männern nennen können, die zum Schutz der Burg sowie des Trauerzugs zur Verfügung standen, und Marguerida vermutete, dass er die Möglichkeit solcher Angriffe bereits selbst erwogen hatte. Tatsächlich hatte er die Stadtwache längst zu diesem Zweck organisiert und die vielen pensionierten Gardesoldaten in Thendara zusammengetrommelt und in Alarmbereitschaft versetzt.

Er würde zu beachten sein, falls sie diese Krise heil überstanden. Dennoch konnte sie nicht umhin, ihm wegen seines Vaters ein wenig zu misstrauen, und nach gründlicher Erforschung ihres Gewissens kam sie zu dem Schluss, dass dies eher klug als kleinlich von ihr war. Es konnte nie schaden, schlaue Menschen scharf im Auge zu behalten, egal für wie loyal sie sich selbst hielten.

Marguerida war unendlich erleichtert, dass sie die Kinder weggebracht hatten. Rhodri hatte zwar mächtig protestiert und darauf bestanden, er sei alt genug, um zur *Rhu Fead* mitzukommen. Er hatte getobt, weil Domenic ein Abenteuer erleben würde, von dem er ausgeschlossen blieb, aber Marguerida war froh, dass sie sich keine Sorgen um ihn zu machen brauchte. Und Gareth Elhalyn war ebenfalls ungehalten gewesen. Nein, das war ein zu harmloser Ausdruck für das Benehmen des Jungen. Gareth hatte einen regelrechten Wutanfall bekommen. Beinahe tat ihr Gisela Leid; sie wunderte sich ohnehin immer noch, dass sich ihre Base freiwillig um ihre und Katherines Kinder kümmerte. Sie beneidete Gisela nicht um eine Kutschenfahrt mit acht Bälgern, von denen wenigstens zwei schmollten, wie es nur Pubertierende vermögen.

Plötzlich ging Marguerida durch den Kopf, dass Gisela erleben könnte, wie ihre Jugendträume wahr wurden, falls sie alle bei diesem verrückten Abenteuer sterben sollten. Als Tante von Rhodri und Alanna und Frau von Rafael Lanart-Hastur käme sie logischerweise als eine der Personen in Frage, denen man die Kinder anvertrauen würde, auch wenn sie eine geborene Aldaran war. Damit wäre sie im Besitz der Macht, nach der sie sich ihr ganzes Leben lang gesehnt hatte. Und ohne dass Marguerida genau sagen konnte, warum, beunruhigte sie diese Möglichkeit nicht. Gisela würde es mit Miralys Elhalyn zu tun bekommen, die wegen ihrer Schwangerschaft in der Burg geblieben war, und mit Javanne, die Gisela sogar noch mehr hasste als Marguerida. Nur so zum Spaß und um sich von weniger zuträglichen Gedanken abzulenken, stellte sie sich eine Begegnung zwischen den beiden vor. Das funktionierte zwar eine Weile, aber dann drängten ihre Sorgen und Zweifel mit Macht zurück.

Wenn alles gut ging, hatte Lyle Belfontaine keine Ahnung, dass die Kutschen voller bewaffneter Männer waren, statt der Frauen und Kinder, die eigentlich darin fahren sollten. Zwanzig Kutschen mit jeweils sechs Leuten – damit hatten sie noch einmal einhundertzwanzig unsichtbare Kämpfer, zusätzlich zu den zweihundertfünfzig Gardisten und dem Trupp Entsagender, die am Ende der Prozession ritten. Keine sehr große Zahl, wenn man bedachte, welche Waffen die Föderation einsetzen konnte. Allerdings rechneten sie nicht damit, auf mehr als hundert Feinde zu treffen. Und außerdem wusste die Föderation weder über Mikhails noch über Margueridas eigene Kräfte Bescheid. Ihre Zukunft schien an einem dünnen Faden zu hängen, aber nach stundenlangen Diskussionen im Kristallsaal, an deren Ende alle Anwesenden heiser waren, hatten sie keine andere Möglichkeit gefunden.

Plötzlich wurde Marguerida die Ironie der ganzen Sache bewusst. Jahrelang hatten sich alle vor Mikhails Matrix gefürchtet, so sehr, dass sie das Potenzial ihrer eigenen Schattenmatrix fast vergaßen. Lady Javanne, *Dom* Francisco und Lady Marilla hatten partout nicht glauben wollen, dass er seine Kräfte nicht zur Durchsetzung persönlicher Ziele verwenden würde, und Regis hatte sich auf seine Art Sorgen gemacht. Jetzt hatten sie eine Kehrtwendung vollzogen und beschlossen, dass Mikhail ihr Retter sein sollte. Es wäre zum Lachen gewesen, wenn die Sache nicht so schrecklich wäre.

Ein kalter Westwind blies ihr ins Gesicht, und sie sog die frische Luft tief ein. Ihr Geruch brachte die Erinnerung an eine frühere Reise auf der alten Nordstraße mit sich, die sechzehn Jahre zurücklag. Damals war sie mit Rafaella und deren Schwestern von den Entsagenden nach Neskaya geritten. Komisch, dass ihre Gedanken nicht zu jenem anderen Ereignis sprangen, als sie und Mik mitten in der Nacht davongerannt und in die Vergangenheit gestolpert waren.

Marguerida wusste, dass sie wegen der Banditen, denen sie in den Bergen begegnet waren, an die Reise nach Neskaya dachte. Sie hatte zwei Männer bei dem Handgemenge getötet und dann den Kampf mit Hilfe der Befehlsstimme beendet – sehr zu ihrem eigenen Abscheu und Erschrecken. Und wenn sie nun angegriffen wurden, wie es Herm und Domenic erwarteten, würde sie vermutlich wieder töten. Die Aldaran-Gabe hatte sie am Morgen kurz heimgesucht und ihr den Anblick von zerfetzten Leichen auf einem von Feuer versengten Hang gewährt. Es war ebenso schrecklich wie nutzlos gewesen, da sie keine Gesichter erkennen konnte und weder wusste um wen es sich handelte noch was die Ursache für ihren Tod gewesen war. Und es war sehr schnell vorbei gewesen, ein Aufflackern eher als eine richtige Vision.

Alles hing von Mikhail und seiner Matrix sowie von ihrer eigenen ab. Was in der Sicherheit des Kristallsaals noch ganz plausibel geklungen hatte, leuchtete ihr nun schon weit weniger ein. Handelte es sich wirklich um einen Plan oder nur um die törichte Hoffnung, eine bewaffnete Truppe in der Weise besiegen zu können, wie sie glaubten? Sie zitterte vor Erwartung und Kälte und gestand sich so ruhig wie möglich ihre Angst ein. Für Zweifel war es nun zu spät. Sie blickte in die grimmigen Gesichter der Gardisten um sie herum und schickte ein stummes Gebet zu den tausend Göttern von hundert Planeten, deren Namen sie kannte.

Dennoch tat es gut, unterwegs zu sein und ihrem Schicksal entgegenzureiten, wie immer es wohl aussehen mochte.

Ein unerwartetes, aber willkommenes Gefühl der Gelöstheit breitete sich in ihr aus. Sie drehte sich um und lächelte Mikhail an.

»So ist es schon besser, *Caria*. Deine ständigen Sorgen haben meine Nerven arg strapaziert.«

»Oje – war ich so laut?«

»Nur für mich, glaube ich. Eigentlich hast du dich gut im Griff, Liebes. Ich weiß nicht, ob ich das alles ohne dich an meiner Seite durchgestanden hätte. Ich würde gern wissen, was jetzt gerade zu Hause in Thendara geschieht.«

»Gar nichts, wenn wir Glück haben. Dann wäre mein Vater allerdings enttäuscht, denn der wartet nur darauf, dass Belfontaine eine Dummheit macht, damit er ihm eine Abreibung verpassen kann. Und Valenta genauso.«

Mikhail lachte leise. »Ja, sie hat sich praktisch vor Freude die Hände gerieben, als wir aufgebrochen sind. Wie hält sich Katherine?«

»Ganz gut, aber sie kann es kaum erwarten, Herm zu sehen. Mir geht es mit Domenic nicht anders. Vielleicht sollte ich mich zurückfallen lassen und eine Weile neben ihr reiten.«

»Gut. Wir wissen ja, dass der Angriff, wenn überhaupt, erst hinter Carcosa kommt. Im Moment besteht also keine Gefahr. Sie ist eine sehr tapfere Frau.«

»Ich weiß. Ich bin mir nicht sicher, ob ich so gut damit umgehen könnte, kopfblind zu sein. Die Malerei hilft ihr, glaube ich. Und ihre Freundschaft mit Gisela ebenfalls – ich hätte nie gedacht, dass so etwas passieren könnte. Sie scheint einen anderen Menschen aus Gisela gemacht zu haben, und ich weiß wirklich nicht, was ich davon halten soll. Trotzdem bin ich froh darüber. Sehr froh sogar.«

Marguerida zog die Zügel an und wendete ihr Pferd, wodurch sie die Wachen links und rechts von ihr ebenfalls zu einem Positionswechsel zwang. Dann ritt sie an dem Leichenwagen vorbei nach hinten und reihte sich neben Katherines ziemlich lahmen Gaul ein. Herms Frau behauptete zwar, reiten zu können, aber niemand hätte sie eine gute Reiterin genannt. Sie hielt die Zügel zu straff und drückte die Knie krampfhaft an die Flanken des Tiers. Sie hätte in eine der Kutschen gehört, wenn sie nicht so hartnäckig behauptet hätte, die Enge in dem Gefährt mache sie krank.

»Kate, das Pferd wird nicht mit dir durchgehen. Wenn du dich weiter daran klammerst, als ob es um dein Leben ginge, wirst du am Ende fix und fertig sein. Lass den Sattelknopf los, halt die Knie locker und atme mal tief durch.«

»Das ist bestimmt ein ausgezeichneter Rat, und ich werde mich bemühen, ihn zu befolgen. Ich bin nicht mehr geritten, seit ich fünf war, und das auf einem Pony, wo es nicht so weit bis zum Boden war! Wir haben auf Renney gar keine richtigen Pferde, nur friedliebende Ponys mit Bäuchen wie Bierfässer und struppigem Fell. Man lässt sie Karren ziehen und die Kinder zum Spaß darauf reiten.«

»Hat es dir gefallen?« Marguerida war fest entschlossen, Katherine zu beruhigen. Diese Aufgabe lenkte sie wenigstens von ihren und Katherines Ängsten ab. Letztere waren ein pausenloses gedankliches Murmeln, das sich um Herm und die Sicherheit ihrer Kinder drehte. Kate tat ihr Leid, weil sie so zwischen zwei nicht zu vereinbarenden Treuepflichten hin- und hergerissen war. Wenn Gisela nicht angeboten hätte, die Kinder zu nehmen, wäre es noch schwerer für sie. Und jetzt, im Rückblick und da sie nicht mehr so übermüdet war, spürte Marguerida, dass die Entscheidung ihrer Schwägerin aufrichtig gemeint war und echter Zuneigung zu Katherine Aldaran entsprang. Und nachdem Gisela offenbar so entschlossen war, sich besser zu benehmen, würde sie selbst lernen müssen, ihr mehr zu vertrauen. Nach allem, was zwischen den beiden vorgefallen war, hatte die Vorstellung etwas Erschreckendes, und

Marguerida bezweifelte, dass sie sich leicht damit würde anfreunden können.

»Ich weiß nicht recht. Ich glaube mich zu erinnern, dass mir die vielen Zähne ein bisschen Sorgen machten – für ein kleines Mädchen wirkt selbst ein Pony schon ziemlich bedrohlich. Und wir ritten ohne Sattel und Zügel. Ich packte einfach die Mähne – ich weiß noch, dass sie sich drahtig anfühlte – und klammerte mich daran, was das Zeug hielt.« Sie lachte kurz. »Das habe ich dir aber nicht erzählt, sondern Fertigkeiten vorgetäuscht, die ich gar nicht besitze«, gab sie zu.

»Schon gut. Du hast nicht in der Absicht gelogen, jemanden zu verletzen, und ich verstehe, dass es schwierig für dich gewesen wäre, in eine Kutsche gequetscht zu sein.«

»Wie weit ist es noch?«

»Zur *Rhu Fead* oder bis Carcosa?«

»Carcosa.«

Marguerida blickte mit Kennermiene den Zug entlang. »Wenn keine Kutsche ein Rad verliert, werden wir den Ort gegen Mittag erreichen, und falls es keine weiteren Verzögerungen gibt, könnten wir bis Einbruch der Nacht am See von Hali sein.« Bis jetzt hatte sie Katherine nichts von einem möglichen Angriff auf den Trauerzug gesagt und auch nicht, dass sie nach Carcosa doch in eine Kutsche umsteigen musste. Es war schon schwer genug gewesen, ihr die Möglichkeit eines Angriffs auf die Burg zu vermitteln, damit man die Kinder in Sicherheit bringen konnte.

»Bis Einbruch der Nacht?« Katherine zitterte im Wind, als ginge ihr endlich auf, was es hieß, den ganzen Tag lang zu reiten. »Aber wo werden wir die Nacht verbringen? Gibt es dort eine Stadt? Davon hat niemand etwas gesagt.«

»Nichts dergleichen – nach deinen Begriffen ist Thendara die einzige richtige Stadt auf Darkover. Es gibt noch ein paar größere Orte wie Neskaya, die man fast als Stadt bezeichnen könnte, aber hauptsächlich gibt es Dörfer, Marktflecken und Weiler. Ich habe vor drei Tagen Leute vorausgeschickt, die alles vorbereiten. Mittlerweile müsste es dort ein Lager mit Küchen, Schlafzelten und Latrinen geben.«

»Ihr schlaft bei dieser Kälte draußen, in Zelten?«

Marguerida konnte gerade noch ein Lachen unterdrücken. »Nach darkovanischen Maßstäben ist es nicht kalt, Kate.«

»Bei welcher Temperatur wird es euch dann ungemütlich?«

»Na ja, weit unter dem Gefrierpunkt, würde ich sagen, und wenn einem der Schnee bis zur Nase reicht. Ich habe mich inzwischen so daran gewöhnt, dass ich gar nicht mehr darüber nachdenke. Bei meiner Rückkehr nach Darkover glaubte ich am Anfang, ich müsste hier erfrieren, aber ich habe mich angepasst, und dir wird es genauso gehen.«

»Da wäre ich mir nicht so sicher. Du warst damals doch viel jünger, als ich jetzt bin.«

»Ja, aber ich bin trotzdem überzeugt, dass du dich mit der Zeit an das Klima gewöhnen wirst.«

Katherine ließ den Blick über die Landschaft schweifen, bis zum Horizont, als suchte sie nach etwas, das weit entfernt war. »Herm hat immer vom Winter geschwärmt, und manchmal, wenn er vom Schnee sprach, wurde er richtig poetisch. Ich habe ihn nie verstanden und dachte, er übertreibt, so wie man es macht, wenn man weit weg von zu Hause ist. Als wir zum Beispiel vor neun Jahren mit Amaury und Terésa Renney besuchten, war ich verblüfft, wie klein das Pfarrhaus war, denn in meiner Erinnerung war es viel größer gewesen. Verglichen mit einer durchschnittlichen Unterkunft der Föderation war es natürlich riesig – sieben Schlafzimmer und zwei Salons. Aber die Decken kamen mir niedriger vor und die Zimmer nicht so geräumig wie in meiner Erinnerung. Jetzt glaube ich dagegen, dass mir Herm nicht einmal eine wahre Vorstellung davon vermittelt hat, wie anders Darkover ist –

ich fürchte, die Hellers sind höher, als er sagte, und kälter dazu.« Sie schauderte leicht und blickte in Richtung Norden.

»Du gewöhnst dich daran. So wie ich. Inzwischen kann ich mir gar nicht mehr vorstellen, in einem oder vielleicht zwei Zimmern zu leben wie während meiner Universitätszeit. Meine Eltern hatten ein Haus auf Thetis, mit breiten Veranden, von denen man auf den Ozean blicken konnte. Es kam mir groß und prächtig vor, aber es hätte ohne weiteres in eine winzige Ecke von Burg Comyn gepasst. Das erscheint mir jetzt alles wie ein Traum, ein angenehmer allerdings – einer, in dem es nach Blumen und Salzwasser riecht.« Sie gestattete sich einen Seufzer für die Welt, die sie bestimmt nie wieder sehen würde. »Wir werden uns für eine Nacht anspruchslos einrichten, aber mit anständigen Feldbetten und jeder Menge Decken, so dass ich verspreche, du wirst nicht erfrieren und dir nicht einmal eine Erkältung holen. Und mit ein wenig Glück haben wir deinen Hermes wieder, und du kannst dich an ihn kuscheln.«

»Der kann von Glück reden, wenn ich ihn nicht mit einer dünnen Decke auf dem Boden schlafen lasse, für all den Ärger, den er mir gemacht hat.« Ihre tiefe Stimme klang verzerrt von widerstreitenden Gefühlen. Es waren so viele, dass Marguerida sie nicht auseinander halten konnte, ohne ungebührlich in ihre Gedanken zu dringen.

»Ich will dir auf keinen Fall in deine ehelichen Beziehungen hineinreden, Kate, aber du solltest nicht zu hart gegen ihn sein. Er ist eben ein darkovanischer Mann, und die werden dazu erzogen, selbstherrlich zu sein, ihre Frauen wie zerbrechliche Porzellanfiguren zu behandeln und die meiste Zeit zu tun, was ihnen passt. Er kann nichts dafür, dass er sich nicht mit dir bespricht, genauso wenig, wie du nicht anders kannst, als dich darüber zu ärgern,.«

»Porzellanfigur! Ja, genau so fühle ich mich von Herm behandelt, seit wir hier sind – ich konnte es nur nicht benennen. Und ich verstehe es überhaupt nicht.«

»Das liegt an unserer Geschichte, Kate. Darkover hat eine geringe Bevölkerungszahl, und jahrhundertelang war die Kindersterblichkeit sehr hoch. Deshalb wurden die Frauen strengstens beschützt – an manchen Orten mehr als an anderen. Oben in den Trockenstädten werden sie zum Beispiel wie Verbrecher in Fesseln gelegt. Einiges davon hat sich seit der Ankunft der Föderation geändert, aber nicht in einem Maße, wie ich es gern hätte. Auch heute noch genießen Frauen hier nicht viel Freiheit, es sei denn, sie wählen den Weg der Entsagenden, und der ist nicht leicht.«

»Du meinst diese Frauen am Ende des Zugs? Gisela hat mir ein bisschen von ihnen erzählt. Wir haben sogar Witze gemacht, dass ich mich ihnen anschließen kann, wenn es mit Herm nicht klappt. Sie sehen eisenhart aus.«

»Ja, das sind die Entsagenden.«

»Es gibt so vieles, das ich nicht verstehe, und das macht mich wütend, und ich fühle mich noch mehr ... na, egal. Erzähl mir von dieser *Rhu Fead.* Wenn sie so bedeutend ist, warum gibt es dann keine Stadt oder einen größeren Ort in der Nähe? Und überhaupt, warum begrabt ihr eure Könige dort und nicht in Thendara, wenn das die Hauptstadt ist, wie du sagst? Ich werde noch wahnsinnig bei dem Versuch, aus diesem Planeten schlau zu werden, auf den mich mein Mann so mir nichts, dir nichts geworfen hat.«

Marguerida lachte laut und nickte. »Das leuchtet mir absolut ein, liebe Kate. Mit einem Wort lautet die Antwort: Tradition. Alle wichtigen Dinge auf Darkover werden altehrwürdigen Traditionen entsprechend erledigt, an deren Ursprünge sich kein Mensch mehr erinnert. Und eine davon ist eben, dass unsere Herrscher in der *Rhu Fead* beerdigt werden, was zunächst einmal ein ganz besonderer Platz ist. Sie steht in der

Nähe des Sees von Hali.« Marguerida hielt inne und atmete tief durch. »Ich habe einmal mehrere Wochen in den Wassern des Sees von Hali verbracht – allerdings ist es kein richtiges Wasser –, und ich weiß nicht mehr darüber als vorher. Es hilft also nichts, mich danach zu fragen. Ich wünschte, ich könnte dir mehr erzählen. Nimm einfach zur Kenntnis, dass Hali ein heiliger Ort ist und Darkover ein Planet, der mehr zu Traditionen neigt als zu Innovationen.« Sie grinste. »Man denkt hier nicht viel über solche Dinge nach. Ich glaube, wenn du hundert beliebige Leute fragst, warum dies und jenes auf eine bestimmte Weise gemacht wird, werden dir neunzig nur antworten, was gut genug für ihren Großvater war, ist auch gut genug für sie.«

»Ach so, eine religiöse Stätte. Solche Dinge lassen sich eigentlich nicht erklären. Selbst wenn du mit einem bestimmten Glauben aufwächst, verstehst du ihn nicht ganz. Ich vermute, Religion ist nur ein Behälter, in den echte Geheimnisse geworfen werden wie alte Kleidung.«

Marguerida sah Kate erfreut an. Sie hatte fast schon vergessen, wie schön ein Gespräch über geistige Vorstellungen sein konnte, denn nur wenige Leute auf Darkover verfügten über die Bildung und intellektuelle Neugier, nach der sie sich sehnte. Und bis jetzt war ihr gar nicht in den Sinn gekommen, dass Katherine eine Frau mit eigenen, ungewöhnlichen Vorstellungen sein könnte. »Das ist aber eine interessante Einstellung. So habe ich es noch nie betrachtet, aber es hört sich vernünftig an. Ich hatte aus manchen Dingen, die du erwähnt hast, den Eindruck gewonnen, dass Renney ein ziemlich komplexes religiöses Leben hat – eure heiligen Wäldchen und alles. Lässt du diese Dinge denn nicht mehr gelten?«

»Vielleicht hat mich meine Zeit in der Föderation ein bisschen zynisch gemacht.« Katherine seufzte nachdenklich. »Wir haben Göttinnen auf Renney, und die Leute dort glauben an sie. Es vergeht kein Tag, an dem meine Nana nicht ihre Gebete spricht und ihre kleinen religiösen Handlungen verrichtet. Als ich noch ein Kind war, fand ich das wundervoll, aber als wir dort zu Besuch waren, damit Nana Terése kennen lernen konnte, da ... war es mir fast peinlich. Es kam mir so rückständig und abergläubisch vor, einfach ein bisschen dumm. Ich würde das natürlich nie ihr gegenüber anklingen lassen. Meine Nana mag alt sein, aber ich bin immer noch Wachs in ihren Händen, wenn sie will, und sie muss sich nicht einmal übermäßig anstrengen dabei.« Katherine lachte. »Nach einigen Jahren in der Föderation, wo ich dutzende von Religionen beobachten konnte, deren Anhänger alle hartnäckig behaupten, ihre sei die einzig wahre – da begann mir das alles ein bisschen lächerlich zu erscheinen. Es ist sehr schwer, weiterhin an die Macht von Göttinnen zu glauben, wenn du nie eine gesehen hast und von Leuten umringt bist, die so viele verschiedene und gegensätzliche Dinge glauben.«

Marguerida antwortete nicht, sondern dachte an ihre persönlichen Erfahrungen. Ihre Erinnerung kehrte zu dem Moment ihrer Heirat mit Mikhail zurück, an der Varzil der Gute und die Göttin Evanda teilgenommen hatten. Sie hatte nie daran gezweifelt, dass es tatsächlich so gewesen war, aber es widerstrebte ihr, ihrer neuen Freundin davon zu erzählen. Es war eine sehr persönliche Erinnerung, und auch jetzt noch, Jahre danach, empfand sie so viel Ehrfurcht, dass sie nur mit Mikhail darüber sprechen konnte.

Zuletzt sagte sie: »Die darkovanische Mythologie ist ziemlich einfach – zwei männliche und zwei weibliche Gottheiten und keine nennenswerte Theologie. Die Götter sind eher wie Naturkräfte, die man gelegentlich zeremoniell anruft und ansonsten nicht weiter beachtet. Es gibt auch noch andere kleinere Gottheiten. Aber ich glaube, die Leute haben die allgemeine Einstellung, dass sie die Götter am besten in Ruhe lassen, solange sich diese nicht aktiv in ihr Leben einmischen.« Sie hielt kurz inne. »Oben in Nevarsin gibt es eine Kultgemeinde namens *Cristoforos*. Ihr Glaube ist monotheistisch und wird von den meisten Darkovanern nicht geteilt, aber sie waren jahrhundertelang ein Zentrum des Lernens. Früher wurden viele Söhne des Comyn zur Ausbildung dorthin geschickt – darunter auch Regis Hastur. Die Sitte ist in letzter Zeit aus der Mode gekommen, obwohl Giselas ältester Sohn aus ihrer ersten Ehe zu den *Cristoforos* gegangen ist und anscheinend beschlossen hat, bei ihnen zu bleiben. Ich kann jedoch sagen, dass es auf Darkover nie einen Religionskrieg gab, aber mehrere aus den sonst üblichen Gründen.«

»Ist dir schon einmal aufgefallen, Marguerida, dass du von den Darkovanern sprichst, als wären sie ein fremdes Volk, nicht dein eigenes?«

»Tatsächlich? Ja, ich glaube, du hast Recht. Obwohl ich schon fast siebzehn Jahre lang hier lebe, fühle ich noch immer eine gewisse Distanz, als käme ich von einer anderen Welt. Oder vielleicht ist es auch die Haltung einer Gelehrten, die mich alles möglichst objektiv beurteilen lässt. Außer was Musik angeht. In dieser Beziehung kenne ich nur Leidenschaft, und Mik wird manchmal sogar ein bisschen eifersüchtig.«

Katherine lachte. »Herm geht es mit meiner Malerei genauso, auch wenn er es nicht zugibt. Einmal kam er herein, als ich in unserer Wohnung arbeitete – die insgesamt fast in dem Atelier Platz hätte, das du mir gegeben hast –, auf meine Leinwand starrte und überlegte, ob ein bisschen Zinnoberrot in den Schatten gut täte. Ich habe seine Anwesenheit kaum registriert, deshalb hat er sich nach ein paar Minuten geräuspert und mich fast zu Tode erschreckt. ›So siehst du mich nie an‹, sagte er, und ich hätte ihm am liebsten eine Ohrfeige verpasst, aber ich tat es nicht. Er hat nämlich Recht. Sosehr ich ihn auch anbete, von seiner Spiegelglatze bis zu seinen äußerst wohlgeformten Füßen – ein Teil von mir gehört nur meiner Arbeit. Er muss nie befürchten, ich könnte ihm untreu werden, aber er hat in der Tat Konkurrenz.«

Marguerida entfuhr ein Seufzer. »Ja, ich kenne das. Ich habe gerade an einer Oper zu Regis' Geburtstag geschrieben, als er starb. Ich wollte etwas so Großartiges schaffen wie *Die Flut von Ys* deines Vorfahren und habe dazu die Legende von Hastur und Cassilda benutzt, einen berühmten Liederzyklus auf Darkover. Jetzt weiß ich nicht, ob ich mich wohl je aufraffen kann, sie zu vollenden.« Dieses Eingeständnis kostete sie große Überwindung, aber irgendwie linderte es einen Schmerz in ihrer Brust, den sie bis dahin gar nicht bemerkt hatte. Sie dachte an die frisch abgeschriebenen Partiturseiten und wie die Tinte darüber geflossen war, als Regis seinen Schlaganfall erlitt.

»Du musst sie vollenden, Marguerida. Wenn du es nicht tust, wird es dir ewig nachhängen und dich unglücklich machen.«

»Woher weißt du das?«

»Weil ich Künstlerin bin und weil ich mich an Amedi Korniel erinnere.«

»Ich will dich schon die ganze Zeit nach ihm fragen, aber irgendwie scheint nie der richtige Moment dafür zu sein.« Marguerida war beinahe erleichtert, dass sich das Gespräch von Göttinnen und Göttern wegbewegte oder von ihrem Gefühl des Fremdseins auf ihrem Geburtsplaneten.

»Frag ruhig – jetzt passt es so gut wie irgendwann.«

»Wie war er, und warum hat er aufgehört zu komponieren, als er Mitte sechzig war?«

»Mein Großonkel war ein sehr streitsüchtiger Mensch, der zu allem seine Meinung kundtun musste. Er war Mitte achtzig, als ich zur Welt kam, und er starb, kurz bevor ich Renney verließ. Nana hat ihn angebetet, er war ihr älterer Bruder, aber selbst sie fand ihn manchmal zum Verrücktwerden. Er war ein fürchterlicher Egoist und dachte, die Welt müsse sich immerzu um ihn drehen. Und er hat gar nicht aufgehört zu komponieren – er ließ nur nicht zu, dass nach *Ys* noch etwas von seinem Werk aufgeführt wurde. In unserem Haus stehen noch mehrere Schachteln mit seinen Kompositionen.«

»Aber wieso?« Margueridas Herz machte einen freudigen Sprung beim Gedanken an diese unveröffentlichten Kompositionen eines ihrer Lieblingsmusiker, doch dann wurde ihr mit einem Gefühl der Resignation klar, dass sie niemals die Gelegenheit haben würde, sie zu sehen. Schon Jahre zuvor hatte sie sich damit abgefunden, dass sie Darkover nie mehr verlassen würde, und das Verlangen, zu anderen Welten zu reisen, war verschwunden, aber jetzt sehnte sie sich danach, Renney zu bereisen und die Werke Amedi Korniels zu retten. Sie schüttelte das Gefühl entschlossen ab, aber es blieb zurück wie der Nachgeschmack einer bitteren Frucht.

»Er war nach dem Erfolg dieser Oper mit nichts mehr zufrieden, was er schrieb. Es hat an ihm gezehrt wie eine schreckliche Krankheit. Er war wie gelähmt von der Angst, dass sein nächstes Werk nicht mehr so gut sein könnte. Also lerne aus seinem Fehler. Lass dir deine Musik weder von Regis' Tod noch von irgendetwas anderem verderben!«

Marguerida war gerührt von der Leidenschaft in Katherines Stimme, sie fühlte sich ihr verwandt. »Mir war bis zu diesem Moment gar nicht bewusst, wie sehr ich mir eine andere Künstlerin hier gewünscht habe, mit der ich über mein ... Werk reden kann. Und du hast natürlich Recht – es würde an mir zehren.« Und dann wurde ihr klar, dass sie und Kate nicht nur ähnliche Neigungen hatten – hier war endlich jemand, der ihr *Bedürfnis* nach Musik verstand. Denn sosehr Mikhail sie auch liebte, diese Seite von ihr hatte er nie zu begreifen vermocht. Selbst ihre Freunde in der Musikergilde konnten nicht nachvollziehen, wie wichtig ihr diese Arbeit war, und betrachteten sie nur als eine Amateurin aus vornehmem Hause.

»Ich wünschte, wir kämen schneller voran«, sagte Kate.

»Das könnten wir, wenn die Wagen und Kutschen nicht wären. Mikhail und ich haben die Strecke zwischen den Toren Thendaras und den Ruinen des Turms von Hali vor langer Zeit mit einem scharfen Ritt von vier Stunden zurückgelegt. Das war allerdings mitten in der Nacht, und ein Schneesturm zog auch noch auf!«

»Klingt aufregend.«

»Na ja, so aufregend es eben ist, wenn man friert, schreckliche Angst hat und unter einem Zwang steht. Nur die Ruhe, wir kommen früh genug nach Carcosa, und du kannst Herm noch ausgiebig die Leviten lesen.«

»Wirst du denn das Gleiche mit Domenic tun?«

»Wahrscheinlich nicht. Ich werde so froh sein, ihn wieder in meiner mütterlichen Gewalt zu wissen, dass ich ihm wohl verzeihen werde. Bis auf dieses eine Mal war er immer ein sehr braver Junge.«

»Diesen Eindruck hatte ich nach unserer kurzen Bekanntschaft bei jenem ersten Abendessen auch. Er und Rhodri sind sehr verschieden, oder?«

»Allerdings. Es gibt da etwas, das ich dich fragen wollte, Kate, aber ich hab mich bisher nicht getraut.«

»Nur zu.«

»Was hast du mit unserer Schwägerin angestellt? Das war nur halb im Scherz gemeint, als ich fragte, ob du sie verhext hast.«

»*Getan* habe ich eigentlich gar nichts, außer vielleicht, dass ich sie als Mensch gesehen habe und nicht als eine Aldaran.« Sie zögerte, als befürchtete sie, ihre Gesprächspartnerin beleidigt zu haben. »Als Porträtmalerin lernt man sehr viel über Menschen, weil sie immerzu über sich reden, selbst wenn ich gerade versuche, ihren Mund auf die Leinwand zu bannen. Deshalb bin ich eine gute Zuhörerin geworden. Und als Gisela mich zu Meister Gilhooly brachte, haben wir uns auf der Fahrt unterhalten, und ich habe herausgefunden, dass sie gar keine schlechte Frau ist. Man muss ihr nur zuhören können, ohne wegen ihrer Familie Vorurteile zu haben.« Kate zögerte kurz. »Ich glaube übrigens, du hast Recht, was meine Empathie angeht – ich habe wirklich eine Menge davon. Mir ist aufgefallen, dass ich anscheinend einen sechsten Sinn für andere Leute besitze. Ich habe nur noch nie darauf geachtet, außer dass ich immer gemerkt habe, welche Leute mich zusammenzucken lassen und nervös machen. Bei Gisela ist das nicht so, genauso wie es bei Herm nie der Fall war.«

»Und sie hat sich derart verändert, nur weil du ihr zugehört hast?« Marguerida konnte es nicht recht glauben.

Kate lachte. »Nein, wohl kaum. Ich habe ihr geholfen, an andere Dinge zu denken als daran, wie unglücklich sie ist. Und ich glaube, es war auch wichtig, dass Mikhail zu Rafael gegangen ist und ihn zu dieser Ratssitzung mitgenommen hat. Gisela macht sich sehr viel aus ihrem Mann, und sie kam sich absolut erbärmlich vor, weil sie der Grund für Rafaels Entfremdung von seinem Bruder war.« Sie deutete nach vorn, wo Rafael Lanart eine Pferdelänge hinter Mikhail ritt. »Das war auch der Grund, warum *Dom* Damon sie geschlagen hat.«

»Wie das?«

»Wenn ich Gisela recht verstanden habe, hat ihr Vater sie vor Jahren zu allerlei Dummheiten angestiftet, weil er die beiden Brüder entzweien wollte, nur wusste sie nichts von seiner Absicht. Und als er entdeckte, dass sich die beiden wieder vertrugen, ließ er es an ihr aus.«

»Ich dumme Gans. Ich hätte mir denken können, dass irgendetwas in der Art passiert ist. Natürlich, jetzt ergibt alles einen Sinn!«

Kate schüttelte den Kopf. »Wie schön für dich, ich tappe nämlich immer noch ziemlich im Dunkeln. Ich verstehe euch nicht und weiß nicht, ob ich es je tun werde. Aber ich sehe, was offensichtlich ist – dass mein Schwiegervater die Absicht hatte, Mikhail zu stürzen und Rafael an seine Stelle zu setzen.«

»Und Gisela ist ihm genau in die Falle gegangen, die Arme.«

»Meine *Breda* ist nicht arm, Marguerida, keineswegs. Sie ist nur eine sehr intelligente Frau, die mit ihrer Energie nichts anzufangen wusste, außer Ärger zu machen. Und ich vermute, Lady Javanne ist in einer ähnlichen Lage.«

»Ja, ich glaube, das stimmt. Du nennst sie *Breda.«*

»Niemand ist leicht zu verstehen, Marguerida. Aber Gisela ist nicht so schwierig, wie du denkst – sie braucht oder will nichts weiter, als dass man sie gerecht behandelt. Und ich habe niemanden verzaubert. Wenn ich so etwas tun wollte, hätte ich mir bestimmt nicht Gisela dafür ausgesucht.«

»Ich habe bemerkt, wie Herm dich ansieht, Kate.«

Katherine lachte leise. »Und ich habe bemerkt, wie Mikhail dich ansieht. Das ist keine Hexerei – das ist Sex!«

Marguerida schüttelte den Kopf. »Es muss mehr sein!«

»Natürlich ist es das ... ich finde ja nur, dass du und Mikhail gut zusammenpasst. Das dachte ich allerdings von Herm und mir auch immer, und jetzt frage ich mich langsam, ob ich mir nur eingeredet habe, ich würde ihn verstehen.«

»Ich weiß nicht, ob sich Männer und Frauen je wirklich verstehen können, Kate. Aber du hast Recht, dass Mik und ich gut zusammenpassen – wie zwei Hälften eines Ganzen.«

»Ja, das trifft es genau. Mir ist aufgefallen, dass du immer rechts von Mikhail stehst, als gehörtest du auf diese Seite und nicht auf die andere. Erzählst du mir, was es damit auf sich hat?«

»Hat dir das Gisela denn nicht gesagt? Das überrascht mich, und ich freue mich sehr über ihre Diskretion.« Marguerida holte tief Luft. »Kurz nach meiner Rückkehr nach Darkover war ich gezwungen, eine Reise in die Oberwelt zu machen, um zu zerstören, was von Ashara Alton übrig war. Dabei habe ich den Schlussstein aus einem Turm gezogen, den sie dort gebaut hat, und der hat sich in meine linke Hand eingebrannt. Später sind Mikhail und ich in die Vergangenheit gereist, und als wir zurückkamen, hatte er den Ring von Varzil dem Guten, den er an seiner rechten Hand trägt. Das hat uns eine besondere Fähigkeit verliehen, unsere Matrixenergien zu verbinden, um Dinge zu vollbringen, die ich dir nicht beschreiben kann.«

»Die Oberwelt? Ist das das Reich der Götter oder so?«

»Nicht dass ich wüsste. Es ist ein Ort und gleichzeitig kein Ort, und obwohl ich ein paarmal dort war, begreife ich noch immer nicht das Geringste. Falls die Götter tatsächlich dort sind, hat nie jemand davon berichtet.«

»Marguerida, sag mir die Wahrheit. Hier geht doch mehr vor sich, als dass Regis' Leichnam zur *Rhu Fead* gebracht wird. Ich nehme die Spannung bei den berittenen Soldaten und allen anderen, einschließlich dir, wahr. Es fühlt sich an, als würdet ihr einen Sturm oder etwas Ähnliches erwarten.«

»Wenn ich dir nicht gesagt hätte, dass du ein gewisses Maß an Empathie besitzt, wärst du nie so empfindsam geworden, hab ich Recht?«

»Wahrscheinlich nicht, Also, was ist los?«

»Wir haben Informationen, nach denen die Truppen der Föderation möglicherweise einen Angriff auf den Trauerzug planen, nachdem wir Carcosa verlassen haben.«

»Ich dachte, ihr erwartet einen Angriff auf Burg Comyn?«

»Das auch.«

»Ich verstehe. Und Herm hat die Burg verlassen und ist zu diesem Carcosa geritten, weil er von dem geplanten Anschlag erfahren hat?«

»Ja.« Marguerida war nicht wohl in ihrer Haut, weil sie

Katherine tagelang die Wahrheit vorenthalten hatte, und mehr noch, weil sie die Frau nicht in Gefahr bringen wollte. Vielleicht ließ sie sich überreden, in Carcosa zu bleiben.

»Das erklärt eine Menge. Kein Wunder, dass mir Herm nichts erzählt hat. Ich hätte natürlich darüber nachgedacht, und wer weiß, wer meine Gedanken aufgefangen hätte. Ich muss zugeben, ich habe mir nie überlegt, wie schwer es in einer Welt voller Telepathen sein könnte, ein Geheimnis zu bewahren. Es war wirklich besser, dass ich es nicht wusste.« Sie hielt stirnrunzelnd inne. »Gisela wusste ebenfalls nichts von der Sache, oder?«

»Nein, denn damals waren wir uns nicht sicher, ob ihr Vater nicht etwa in die ganze dumme Geschichte verwickelt ist.« Beim Gedanken an *Dom* Damon sprach Marguerida gefühlsbetonter, als sie beabsichtigt hatte, und offenbarte ihre unterdrückte Wut.

»Und jetzt?«

»Jetzt haben wir herausbekommen, dass *Dom* Damon nicht mit Lyle Belfontaine konspiriert hat, worüber wir sehr erleichtert sind, denn noch einen Feind in unserer Mitte zu haben, wäre mehr als ...«

»Mein Schwiegervater scheint mir kein sehr fähiger Intrigant zu sein, Marguerida. Ich denke, er ist einfach nur ein sehr dummer Mensch, der Frauen schlägt, wenn er nicht bekommt, was er will.« Sie blickte nach vorn, zu den Männern, die vor ihr ritten, und schließlich blieb ihr Blick an *Dom* Francisco Ridenow hängen. »Auf diesen Mann dort, in dem grün-goldenen Gewand sollte man Acht geben, wenn du mich fragst. Ich bin mir sicher, ich wurde ihm vorgestellt, aber aus irgendeinem Grund kann ich mich nicht an seinen Namen erinnern – ich weiß nur, dass er ein Mensch ist, bei dem mir sehr unwohl zu Mute ist.«

Marguerida staunte über diese Bemerkung. Wie hatte Kate

ohne richtiges *Laran* erkannt, dass *Dom* Francisco eine potenzielle Gefahr darstellte? Und wie konnte sie ihr begreiflich machen, dass sie sich überprüfen lassen musste? »Warum gerade er?«

»Es liegt irgendwie an seiner Haltung und wie er Mikhail immer so ... hasserfüllt ansieht.«

Marguerida nickte zustimmend und verzog das Gesicht. »Ja, das hast du gut getroffen. *Dom* Francisco glaubt, er müsste von Rechts wegen die Matrix meines Mannes besitzen und benutzen, weil sie seinem Vorfahren gehört hat.«

»Aber Gisela hat mir erklärt, die Matrizen seien immer auf die jeweilige Person abgestimmt. Hermes trägt diesen Beutel um den Hals, er hat es immer getan, aber bis ich es von Gisela erfuhr, hatte ich keine Ahnung, was er enthält. Ich wusste nur, dass es etwas war, das ich nicht berühren und in das ich meine Nase nicht stecken durfte. Ich dachte, es handele sich um eine Art Amulett, wie mein Volk sie benutzt, um die Geister fern zu halten. Wie kann *Dom* Francisco also glauben, er könnte Mikhails Matrix benutzen, wenn er doch weiß, dass sie auf eine bestimmte Person ausgerichtet ist? Und wenn es stimmt, was Gisela sagt, wie kann dann Mikhail eine Matrix haben, die einer anderen Person, diesem Varzil, gehört hat?«

»Als Varzil seine Matrix an Mikhail weitergab, gelang es ihm irgendwie, dessen Sternenstein darin zu integrieren – aber frag mich nicht, wie! Ich habe es mit meinen eigenen Augen gesehen und verstehe es doch nicht! Es war pure Zauberei.«

»Was würde passieren, wenn sich *Dom* Francisco das Ding schnappen würde?«

»Ich weiß es nicht genau, aber wahrscheinlich würden er und Mikhail dabei umkommen.«

»Weiß Francisco das?«

»Ja, aber er glaubt es nicht, Kate.«

Als die Reisegruppe kurz nach Mittag in den Hof des Krähenden Hahns einbog, war Marguerida sehr froh, absteigen und die Beine ausstrecken zu können. Sie hatte seit mehreren Jahren nicht mehr längere Zeit auf einem Pferd gesessen und stellte fest, dass sie ziemlich steif geworden war. Die Innenseiten ihrer Schenkel schmerzten, und sie sehnte sich nach einem heißen Bad, einer ausgiebigen Massage und einem sauberen Bett. Noch mehr wünschte sie sich, an diesem Tag nicht mehr weiterreiten zu müssen.

Der Hof war viel zu klein, um den ganzen Trauerzug aufnehmen zu können, deshalb hielten die meisten Wagen und Kutschen außerhalb der Mauer, die an der Straße entlanglief. Dennoch war der Hof bereits voll, als der Leichenwagen hineingezogen wurde und die Mitglieder des Comyn und ihre Wachen bei dem Gasthaus vorritten. Mehrere Stallknechte stürzten sich in das Getümmel und ergriffen die Zügel der Pferde, während die Reiter abstiegen; sie riefen einander knappe Anweisungen zu und versuchten, das Chaos zu ordnen.

Marguerida ging auf den Eingang zu und bemerkte dabei schwarze Flecken auf den Pflastersteinen unter ihren Füßen. Ein schwacher Brandgeruch schien in der Luft zu hängen, gedämpft vom jüngsten Regen, aber immer noch wahrnehmbar. Sie war momentan abgelenkt und wurde überrumpelt, als sich zwei Arme um ihre Mitte schlangen.

»Mutter!«

Sie drehte sich in der Umarmung um und blickte auf ihren ältesten Sohn hinab, der immer noch einige Zentimeter kleiner war als sie. Das dunkle Haar trug er offen, wie es ihm am liebsten war, und seine Augen leuchteten, als freute er sich ebenso sehr wie sie über das Wiedersehen. Seine Abenteuer schienen ihm nicht geschadet zu haben, und er strahlte ein Selbstbewusstsein aus, das sie vorher nicht an ihm gekannt hatte. »Domenic! Du Halunke!« Zu einem strengeren Tadel konnte sich Marguerida nicht aufraffen, obwohl sie vorher ein paar beißende Verurteilungen geübt hatte. Die Angst fiel wie ein schwerer Stein von ihr ab, und ihr Herz hätte vor Freude zerspringen mögen. Sie drückte ihn fest an die Brust und spürte seine Schulterknochen unter dem Hemd und dem Übergewand.

»Es war deine eigene Schuld«, antwortete er, nachdem er sie rasch auf die Wange geküsst hatte.

»Meine Schuld? Wie bist du denn zu dieser bemerkenswerten Schlussfolgerung gelangt?«

»Wenn du nicht gesagt hättest, ich sei langweilig und würde dir nie Sorgen machen, hätte ich vielleicht nicht beschlossen, auf eigene Faust loszuziehen.«

Belustigt folgte Marguerida dieser bestechenden Argumentation. Sie war so erleichtert, Domenic wohlauf an ihrer Seite zu haben, dass sie fast allem zugestimmt hätte. »Dann muss ich ja wohl noch froh sein, dass du nicht versucht hast, Burg Comyn auf den Dachzinnen zu umrunden.«

Domenic lachte. »Das hätte ich vielleicht versucht, aber ich bin nicht schwindelfrei.« Dann stieß er sich ein wenig von ihr weg und schien wegen etwas nervös zu sein. Marguerida entdeckte ein schmuddelig aussehendes Mädchen, das verlegen hinter ihm stand. »Ich möchte dir meine Freundin Illona Rider vorstellen, Mutter. Sie hat ihr ganzes Leben beim Fahrenden Volk verbracht und kann dir alles über die Leute erzählen.« Sein Tonfall war eine Mischung aus Stolz und Vorsicht.

Marguerida wusste im ersten Moment nicht recht, was sie davon halten sollte. Dann streckte sie die rechte Hand aus. »Hallo. Ich bin Marguerida Alton-Hastur, und ich freue mich, eine Freundin meines Sohnes kennen zu lernen.«

Das Mädchen sah die dargebotene Hand einen Moment lang an, als hätte es eine Schlange vor sich, bevor es sie behutsam ergriff und kurz schüttelte. Die Kleine wirkte unterernährt und wenig anziehend auf Marguerida. Ihr drahtiges Haar stand wild in alle Richtungen ab, weil es sich aus der hölzernen Spange in dem dürren Nacken gelöst hatte, und die grünen Augen waren zu groß für das schmale Gesicht. Ihr Mantel roch nach Asche und Rauch, und die Kleidung darunter schien für eine größere Person gemacht worden zu sein. Das Mädchen betrachtete Marguerida halb ängstlich und halb trotzig, bevor es den Blick zu den versengten Steinen senkte.

»Ich weiß längst nicht so viel, wie Domenic glaubt«, murmelte Illona heiser und scharrte mit den Füßen.

»Egal, was du auch weißt, es interessiert mich. Ich bin bereits neugierig auf das Fahrende Volk, seit ich vor sechzehn Jahren zum ersten Mal ihre Wagen sah. Mein Freund Erald hat mir zwar das eine oder andere erzählt, aber er ist zu sehr von seiner Musik besessen, als dass er auf Einzelheiten achten würde.« Wer war dieses Mädchen? Der kurze körperliche Kontakt hatte Marguerida verblüfft, weil sie deutlich das Vorhandensein von *Laran* gespürt hatte. Und warum trug die Kleine Domenics Mantel, während er an diesem kalten Tag in Hemdsärmeln und seinem Übergewand dastand?

»Meint Ihr Erald, den Balladensänger? Er war im Sommer vor drei Jahren mit uns unterwegs, und ich bin überhaupt nicht schlau aus ihm geworden.« Illona war sofort etwas weniger befangen. »Er hat kaum was gegessen und schien nie zu schlafen, sondern hat die ganze Zeit nur wie ein Verrückter auf seinem Instrument herumgezupft.«

»Ja, das ist er«, antwortete Marguerida, froh, dass sie ein gemeinsames Thema mit der neuen Freundin ihres Sohnes gefunden hatte.

Jemand trat hinter Marguerida, und sie erkannte den vertrauten telepathischen Abdruck von Dyan Ardais. Er stellte sich neben sie und musterte Domenic. »Dein Abenteuer scheint dir ja ganz gut bekommen zu sein.« Er lächelte den jungen Mann freundlich an, dann bemerkte er dessen Begleiterin. Marguerida registrierte, wie er überrascht die Augen aufriss.

Erinnert sie Euch an jemanden, Dom *Dyan?*

Da soll mich doch … wer ist sie, Domenic?

Das Mädchen neben mir heißt Illona Rider, aber meiner Ansicht nach könntet Ihr seine Mutter gekannt haben. Domenics mentale Stimme klang streng.

Dyan trat von einem Fuß auf den anderen und starrte das Mädchen an, das wild zurückstarrte. Marguerida fragte sich, ob es das wortlose Gespräch mithörte, aber dem Gesichtsausdruck nach tat es das nicht, und zwar durchaus absichtlich. Illona verhinderte bewusst ein Mithören, indem sie sich auf die Rabbithorns in einem nahen Gehege konzentrierte. Was um alles in der Welt hatte Domenic vor? *Ich habe einmal eine Frau mit solchen Haaren gekannt …*

Dann nehme ich an, Illona ist Eure Tochter, Dom *Dyan.* Domenics Worte klangen vorwurfsvoll, und Dyan wurde vor Verlegenheit rot. *Das Fahrende Volk hat sie als Neugeborene in den Ruinen eines Dorfes gefunden, das von Banditen überfallen wurde, und vor dem Tod gerettet. Das war im Gebiet von Ardais, und sie scheint die Alton-Gabe zu haben, wenn auch unausgebildet, soweit ich erkennen kann, und das ließ mich an Euren Vater denken.* Domenic kannte nun keinen Pardon, und Marguerida spürte seine Festigkeit, seine Zuneigung zu diesem wenig einnehmenden Mädchen und seine merkwürdige Treue zu ihm.

Vielleicht. Sie ist jedenfalls … Eduina MacGarret wie aus dem Gesicht geschnitten. Aber das heißt nicht …

Wenigstens erinnert Ihr Euch an ihren Namen, unter so vielen. Domenic sah Dyan an, der mit siebenunddreißig noch immer unverheiratet war und im Comyn einen anstößigen Ruf wegen der Zahl seiner illegitimen Nachkommen hatte.

Marguerida war eigentlich nach Lachen zu Mute, aber sie musste der Sache ein Ende setzen. *Domenic!*

Tut mir Leid, Mutter, aber ich ...

Ja, ich weiß, mein Sohn. Aber jetzt ist weder die Zeit noch ist hier der geeignete Ort für ... eine Wiedervereinigung. Ahnt deine kleine Freundin denn, dass ...?

Ich glaube nicht – sie kann vieles mithören, selbst ohne Matrix, aber sie hat gelernt, es wirkungsvoll auszusperren. Und sie würde ihr Laran *mit Freuden am Straßenrand liegen lassen, wenn sie könnte. Sie war sehr aufgebracht, als sie entdeckte, dass sie es besitzt, und wenn ich sie in den letzten Tagen nicht abgelenkt hätte, indem ich ihr das Lesen beibrachte, wäre sie vermutlich vor Kummer und schierem Entsetzen zerbrochen.*

Dafür hast du also das Buch gebraucht – ich zermartere mir den Kopf deswegen, seit ich deinen Brief bekommen habe. Ist sie eine gute Schülerin?

Eine sehr gute. Sie ist intelligent und lernt schnell. Es hat mir Spaß gemacht, sie zu unterrichten.

Da bin ich ja froh.

»Gehen wir nach drinnen, hier ist es so windig«, schlug Domenic vor, der nicht mehr so grimmig aussah. Dyan Ardais stand immer noch verlegen da, als wüsste er nicht recht, was er als Nächstes tun sollte. Marguerida erinnerte sich an ihre erste Begegnung vor vielen Jahren, als er in ihr Schlafzimmer gekommen war, während sie sich gerade von ihrem ersten Anfall der Schwellenkrankheit erholte. Seine Mutter hatte ihn zu ihr geschickt, er sollte sich als potenzieller Gatte präsentieren, und er hatte sich erbärmlich unbeholfen angestellt. Es war im Rückblick immer noch ein komisches Erlebnis, aber Dyan war mit Frauen seiner Schicht nie ganz wohl gewesen, und er zog die Gesellschaft von Bauerntöchtern jenen der Comyn vor. Er musste inzwischen ein Dutzend Kinder oben in den Kilghards haben, anerkannt nur in Form großzügiger Geschenke für ihre Mütter. Vermutlich war er jetzt nur deshalb verlegen, weil Domenic noch eins entdeckt hatte. Und was würde das Mädchen von der Sache halten, wenn man sie ihm erklärte?

»Eine gute Idee. Du frierst bestimmt ohne deinen Mantel, mein Sohn.«

»Eigentlich nicht. Komm mit, Mutter. Du musst hungrig sein nach dem Ritt, und Evan MacHaworth wartet schon mit einem Mahl auf uns.« Er warf einen Blick über Margueridas Schulter und grinste. »Sieht aus, als würde *Domna* Katherine ihren Herm nun doch nicht umbringen.«

Marguerida drehte sich um. Hermes Aldaran streckte die Hände nach oben, um Kate aus dem Sattel zu helfen. Als sie sich nicht rührte, fasste er sie um die schlanke Taille und hob sie zu sich herab. Sein Gesicht wirkte blass im wässrigen Sonnenlicht, und auf Katherines Wangen war eine Röte zu sehen, die ebenso gut von Zorn wie von einer zärtlicheren Empfindung rühren konnte.

»Gisela sagte, ich solle dir ein paar hinter die Ohren geben«, hörte man sie mit erstickter Stimme schimpfen.

»Das ist das Mindeste, was ich verdient habe«, antwortete ihr Mann und klang keine Spur reumütig. »Du bist der schönste Anblick seit Tagen.«

»Spar dir deinen Charme für jemanden, der ihn haben will, Hermes-Gabriel Aldaran. Ich bin noch nicht bereit, dir zu vergeben.«

»Das habe ich auch nicht erwartet, aber ich hatte gehofft, mein Brief ...«

»Dein Brief allein hilft dir noch nicht aus der Patsche.«

Offenbar ohne die interessierten Blicke mehrerer Umstehender zu bemerken, überlegte Herm seine nächsten Worte. Dann sagte er auf Terranisch: »›Pfui, pfui!, entrunzle diese droh'nde Stirn.‹«

»Das ist mein Text, Hermes, nicht deiner«, antwortete Katherine in der gleichen Sprache, hin- und hergerissen zwischen Belustigung und Verzweiflung über ihren unbußfertigen Gatten.

»Stimmt. Dann also: ›Das nenn ich eine Frau! Küss mich, meine Kate.‹«

»Du bist einfach unmöglich!« Dann packte sie ihn vor den amüsierten Blicken der Comyn, von denen nur wenige das kleine Zwischenspiel verstanden hatten, an den Ohren, zog ihn an sich und küsste ihn fest auf den Mund. Etwas atemlos und erhitzt stieß sie ihn weg und fuhr fort: »Und jetzt sei brav, dann vergebe ich dir vielleicht in ein paar Jahren.«

Das war zu viel für einige der Zuschauer, und es gab unterdrücktes Gelächter. Herm und Katherine sahen sich um und bemerkten erst jetzt, dass sie beobachtet wurden. Kate wurde rot, aber Herm verbeugte sich nur tief vor dem Publikum. In diesem Moment trat Robert Aldaran aus der Menge und umarmte seinen Bruder kräftig.

»Du hast dich fast gar nicht verändert, *Bredu,* außer dass du dein Haar und deine schlanke Taille verloren hast.« Herm lachte und klopfte Robert auf die Schulter.

Marguerida wandte sich von dieser Wiedersehensszene ab und sagte zu ihren Sohn: »Essen klingt sehr verlockend. Wo ist Rafaella?«

»Sie spioniert ein bisschen – ich wollte sie begleiten, aber Onkel Herm hat es nicht erlaubt.« Domenic zuckte die Achseln. »Genau genommen drohte er mir, wenn ich bei deiner Ankunft nicht hier bin, bräuchte ihn Katherine nicht mehr umzubringen, weil du es schon tust. Und da ich ihn sehr mag ...«

Marguerida musste lachen. »Er hatte Recht. Ich konnte es wirklich kaum erwarten, dich zu sehen und mich mit eigenen Augen davon zu überzeugen, dass dir nichts zugestoßen ist.

Das schleppende Tempo des Trauerzugs hat mich fast wahnsinnig gemacht.« Sie legte eine Hand Domenic auf die Schulter, die zweite dem Mädchen und schob beide in Richtung Eingang. Dyan Ardais schloss sich ihnen an und beobachtete Illona mit unergründlicher Miene.

Sie scheint eine sehr nette Mutter zu sein, gar nicht wie in den Geschichten, die man sich über sie erzählt. Aber wahrscheinlich tut sie bloß so. Wie es wohl ist, eine richtige Mutter zu haben? Wahrscheinlich muss Domenic immer früh ins Bett gehen und sich hinter den Ohren waschen. Ich hoffe, sie verhext mich nicht, wie sie es mit ihrem Mann gemacht hat.

Marguerida fing diese lautlosen Überlegungen widerwillig auf und runzelte die Stirn über die letzte. Sprach das einfache Volk tatsächlich so über sie? Ihr war bis jetzt gar nicht in den Sinn gekommen, dass sie der Gegenstand von Klatschgeschichten sein könnte, und sie empfand es als äußerst unangenehm. Hätten sie sich doch nur nicht all die Jahre auf Burg Comyn verschanzt und die Fantasie in der Bevölkerung wer weiß wie ins Kraut schießen lassen! Aber das würden sie ein andermal in Ordnung bringen müssen. Sie verbannte das Problem aus ihrem Kopf und konzentrierte sich wieder auf das Hier und Jetzt.

Mikhail kam zu ihnen, dicht gefolgt von Donal. Beim Anblick seines Sohnes grinste er breit, und Domenic entwand sich dem Griff seiner Mutter und trat seinem Vater entgegen. Marguerida verfolgte, wie ihr Mann den blonden Kopf senkte und Domenic seinen dunklen hob. »Ich bin so froh, dich wohlauf zu sehen, mein Sohn.«

»Onkel Herm hat schon dafür gesorgt, dass mir nichts geschieht, Vater.« Die beiden tauschten noch etwas aus, unausgesprochene Worte, und Marguerida sah, wie sich das eher ernste Gesicht ihres Sohnes aufhellte.

Sie warf einen Blick über die Schulter, beobachtete Herm

und Katherine wieder und fragte sich, was sich wohl zwischen den beiden abspielte. Es wäre leicht gewesen zu schnüffeln, aber sie hielt ihre Neugier im Zaum. Kate fuchtelte mit einem Finger vor dem Gesicht ihres Gatten herum, und Herm senkte den Kopf ein wenig, so dass sein kahler Schädel im weichen Licht glänzte. Er ähnelte so sehr einem unartigen Jungen, der ausgeschimpft wird, dass sich Marguerida rasch wegdrehen musste, um das Lachen zu verbergen, das unwillkürlich in ihr aufstieg.

Sie betraten das warme Gasthaus, Essengeruch wehte ihnen entgegen. Ein lächelnder Mann kam eilfertig aus dem rückwärtigen Teil des Gebäudes und wischte sich die Hände an einer weißen Schürze ab. Er verbeugte sich und begrüßte sie wie alte Freunde, nicht wie Fremde, dann führte er sie in den Speisesaal. Die Tische waren ersichtlich mit dem besten Leinen gedeckt, und die ganze Szene war so alltäglich, dass Marguerida kaum glauben konnte, dass sie nach dem Mahl absichtlich in einen Hinterhalt reiten würden.

Wenn sie nicht aufhörte, darüber nachzudenken, würde sie noch krank vor Sorge werden, sagte sie sich entschlossen, als sie den Mantel ablegte. Sie hängte ihn an einen Haken, und das Mädchen, Illona, tat das Gleiche. Warum es wohl den Mantel ihres Sohnes trug? Marguerida wunderte sich erneut und runzelte die Stirn über dieses kleine Rätsel. Doch schon ertappte sie sich dabei, dass sie wie eine herrschsüchtige Mutter dachte, wie Lady Javanne, besorgt, ihr Sohn könnte sich in dieses magere Mädchen verliebt haben, das doch wohl auf keinen Fall und egal, wer ihr Vater war, eine angemessene Gemahlin für den künftigen Herrscher sein konnte. Sie war einen Moment lang über sich selbst verblüfft. Seit wann war sie so hochnäsig?

Illona schien ihre Gedanken zum Teil wahrzunehmen, sie wurde so rot, dass sich die Sommersprossen auf ihrer kecken

Nase abhoben. »Alle meine Sachen sind im Wagen verbrannt, *Domna,* deshalb hat mir Domenic seinen Mantel geliehen und eine von MacHaworth' Töchtern hat mir ein paar Kleidungsstücke von sich gegeben«, erklärte sie und bemühte sich, ruhig zu klingen, was ihr nicht besonders gut gelang.

»Verbrannt? Wann war das?« Marguerida wurde schlagartig wütend, ihr Wohlbefinden von eben war verflogen. Sie erkannte, dass ihr Vater und ihr Mann, sicher in der allerbesten Absicht, ihr nicht alles berichtet hatten, was in Carcosa vorgefallen war. Sie warf Mikhail einen Blick zu, und er tat ihr den Gefallen, verlegen zu werden. *Verzeih mir,* Caria – *du hattest schon so viele Sorgen, da brachte ich es einfach nicht über mich, dir noch weitere zu machen.*

Verdammt noch mal, Mik!

Das Mädchen zuckte zusammen, weil es Margueridas schneidenden Zorn auffing, aber dessen Richtung missverstand. Die Kleine begann am ganzen Leib zu zittern. »Am Abend vor drei Tagen, als wir dieses Stück aufführten, das ... es war schrecklich. Die Leute sind wütend geworden und haben unsere Wagen angegriffen, und meine Tante Loret wurde getötet und ... seid bitte nicht böse mit mir!« Über ihr Gesicht begannen Tränen zu strömen, als hätte sie diese seit Tagen zurückgehalten und könnte sich nun nicht länger beherrschen.

Marguerida antwortete nicht sofort. Sie hatte gewusst, dass es eine Art Krawall gegeben hatte, und vermochte sich nun die Spuren auf den Pflastersteinen und den leichten Aschegeruch im Hof zu erklären. Sie wusste sogar, dass es Tote und Verletzte gegeben hatte. Sie hatte sich aber nicht wirklich dafür interessiert, weil sie nur an ihren Sohn und dessen Sicherheit gedacht hatte. Bis zu diesem Augenblick war die ganze Sache abstrakt und weit entfernt von ihr gewesen. Jetzt spürte sie die volle Wucht des Ereignisses und sah die menschliche Seite der Tragödie. Sie litt mit diesem Kind vor ihr, das die einzige Familie verloren hatte, die es je kannte. Dyan Ardais, falls er tatsächlich Illonas Vater war, wofür einiges sprach, würde die Lücke nicht füllen können, die Lorets Tod hinterlassen hatte. Er hatte sich nie im Mindesten für seine zahlreichen Sprösslinge interessiert, und Marguerida glaubte nicht, dass er ausgerechnet jetzt damit anfangen würde.

Sie schloss Illona in die Arme und ließ das Mädchen an ihrer Brust weinen. »Niemand ist böse auf dich, liebes Kind.« Sie strich ihm sanft über das struppige Haar. Alle Gefühle, die das Mädchen unterdrückt hatte, flossen durch Marguerida hindurch, ein ganzer Schwall von Ängsten und schockierenden Erlebnissen. Es war ein großes Durcheinander an Erinnerungen und Emotionen, und hinter allem stand die Furcht, was nun aus ihm werden sollte.

Nach einigen Minuten ließen Illonas Tränen nach, und sie stieß ein paarmal auf. Marguerida griff in ihre Gürteltasche und holte ein Taschentuch hervor. Illona wischte sich damit über die Augen und schnäuzte kräftig hinein. Sie war schon im Begriff, das verschmutzte Tuch zurückzugeben, dann errötete sie. »Jetzt hab ich Euer schönes Taschentuch versaut«, murmelte sie, zog die Schultern hoch und versuchte sich sehr klein zu machen.

»Dafür sind sie schließlich da«, antwortete Marguerida gleichmütig. »Es wird gewaschen, dann ist es wie neu.« Sie streckte, ohne nachzudenken, die Hand aus und tätschelte das blasse Gesicht, wie sie es mit ihrer Tochter oder Alanna Alar gemacht hätte. Illona zuckte zusammen. »Ich tu dir nichts, mein Kind.«

»Es heißt, Eure Hände sind ...«

»Ach, das. Nur die eine Hand«, antwortete sie und hob die Linke. »Und gefährlich ist sie nur, wenn ich es will. Du bist absolut sicher, ich verspreche es.«

Als sie Illona in den Armen hielt, hatte sie die Angst unter dem verständlichen Leid gespürt. Das Mädchen war wie ein halbwildes Tier, Marguerida war noch nie jemandem wie ihm begegnet. Illonas *Laran* schien sehr stark zu sein, wenn auch völlig unausgebildet. Marguerida wusste aus diesem Kontakt, dass die junge Frau entsetzliche Angst vor Türmen hatte, und glaubte, die *Leroni* trieben dort unaussprechliche Dinge. Domenics Mutter blickte in das schmale Gesicht, das ganz schmutzig vom Weinen war, und überlegte, was sie mit der Kleinen tun sollte. Dann warf sie sich vor, dass sie überhaupt etwas tun wollte – das Ganze lag nicht in ihrer Verantwortung.

Sollte sich Dyan um sie kümmern. Doch ein rascher Blick auf Dyan Ardais ließ sie sofort erkennen, was für ein dummer Einfall das war. Und irgendwie konnte sie sich nicht vorstellen, dass Lady Marilla in der Lage sein würde, mit diesem ungewöhnlichen Mädchen fertig zu werden. Marguerida seufzte. Sie konnte wirklich kein zweites Pflegekind gebrauchen, aber fast als hätte sich die Aldaran-Gabe wieder manifestiert, sah sie voraus, dass sie wahrscheinlich bald eines haben würde.

»Domenic sagte, Ihr seid nett«, brachte das Mädchen rau hervor, »aber ich dachte, das sagt er eben so als Sohn. Ich hab's ihm eigentlich nicht geglaubt. Aber vielleicht seid Ihr ja wirklich nett und sperrt mich nicht ein und zwingt mich ...«

Marguerida wartete, dass Illona den Satz vollendete, doch dann erkannte sie, dass es das Mädchen nicht über sich brachte, die Worte auszusprechen, die ihr auf der Seele lagen. »Niemand wird dich irgendwo einsperren.«

Seltsamerweise schien das Illona zufrieden zu stellen, denn ihre Haltung wirkte nicht mehr so verkrampft und sie schnäuzte wieder in das Taschentuch. Dann suchten ihre lebhaften grünen Augen rasch den Raum ab, bis sie Domenic zwischen seinem Vater und Herm Aldaran vor dem Kamin fanden, und ein Lächeln spielte um ihren vollen Mund. Kate stand hinter Herm, ihre Miene war nun endlich entspannt, und Robert Aldaran und Donal hielten sich nur ein kleines Stück abseits der Gruppe auf, Ersterer nachdenklich, der Friedensmann wachsam wie immer.

Marguerida folgte Illonas Blick und betrachtete das Tableau. Schnell fiel ihr Mikhails angespannte Haltung auf, und sie wusste, etwas störte ihn.

Was ist los, Mik?

Ich erleide gerade einen Eifersuchtsanfall, Caria. *Schau dir Domenic an! Schau, wie er Herm ansieht, und sag mir, dass ich keinen Grund zur Eifersucht habe.*

Ja, Liebster, jetzt fällt es mir auch auf. Er hat uns als Junge verlassen, und nun ist er wahrlich ein Mann und betrachtet Herm mit der Vertraulichkeit, die du nie mit ihm hattest. Es ist nur allzu menschlich, dass du dich elend fühlst.

Ja, das ist es wohl. Ich habe einfach den Eindruck, etwas sehr Wichtiges im Leben meines Sohnes verpasst zu haben, etwas, das ich hätte miterleben sollen.

Und wie viele deiner wichtigen Lebensabschnitte hat dein Vater wegen Regis verpasst?

Verdammt, das sitzt. Weißt du denn nicht, dass du mich nicht auf solch unerfreuliche Dinge hinweisen sollst, wenn ich sowieso schon wütend bin? In seinem Gedanken schwang ein humorvoller Unterton mit.

Ja, aber wie deine Mutter nicht genug betonen kann, bin ich eben nicht die richtige Frau für dich.

Nur gut, dass sie dieses Ereignis nicht mitbekommt. Und Domenic ist wohlauf und stark und von einem Selbstvertrauen beseelt, das ich ihm nie zugetraut hätte, also sollte ich mich wohl freuen. Vielleicht kommt es ja noch.

Marguerida hielt ein Lachen auf Kosten ihres Mannes zurück. Für einen Augenblick war ihr leicht ums Herz. Sie hatte ihren Erstgeborenen wieder, und welche Abenteuer er auch bestanden haben mochte, sie schienen ihm nicht geschadet zu haben. Wenn sie nicht in wenigen Stunden in einen Hinterhalt reiten müssten, wäre sie rundum zufrieden gewesen. Aber genau das mussten sie, und ihre Freude wich schnell wieder den alten Sorgen und Ängsten.

Sie nahm auf einer langen Bank an einem der Tische Platz und forderte Illona mit einer Handbewegung auf, sich neben sie zu setzen. Das Mädchen tat wie geheißen, und genau in diesem Augenblick kam *Dom* Gabriel hereingestampft, der sehr zu seinem Verdruss in einer der Kutschen gefahren war. Sein Bein gestattete ihm nicht mehr, längere Zeit auf einem Pferd zu reiten, und er ärgerte sich gewaltig über diese Schwäche. Marguerida verfolgte, wie er mit raschem Blick die Gruppe vor dem Kamin in Augenschein nahm, dann kam er herüber und setzte sich neben sie. Der alte Mann hatte in diesen Tagen etwas sehr Solides und Tröstliches an sich, und sie war froh, ihn auf ihrer Seite zu haben und dass er schon so lange wieder mit Mikhail versöhnt war.

»Hör auf, dir Sorgen zu machen, Marguerida. Es nützt dir kein bisschen und ermüdet dich nur«, sagte er streng zu ihr. Dann lächelte er, und seine Augen verschwanden beinahe in den Falten seines Gesichts. »Und jetzt stell mich bitte dieser jungen Dame hier vor, ja?«

Marguerida hatte Illona fast vergessen und merkte nun, dass die Kleine ein bisschen eingeschüchtert war von so vielen vornehmen Fremden. »Natürlich – Illona, das ist mein Schwiegervater, *Dom* Gabriel Lanart. *Dom* Gabriel, das ist Illona Rider, eine Freundin von Domenic.«

»Illona – was für ein hübscher Name. Komm, setz dich neben mich, mein Kind. Ich höre in letzter Zeit nicht mehr so gut, und ich will, dass du mir alles über dich erzählst.« Der Alte lächelte herzlich, und zu Margueridas Überraschung grinste die junge Frau zurück.

Sie spürte, wie Illonas Furcht nachzulassen begann; anscheinend fand sie *Dom* Gabriel nicht bedrohlich. Nun, er verstand sich auch sehr gut mit Yllana und mit Rafaels Tochter. Illona stand auf, ging um die Bank herum und setzte sich auf Gabriels freie Seite, das schmutzige Taschentuch noch immer fest in der Hand. Marguerida brauchte eine Weile, bis ihr klar wurde, dass das Mädchen froh war, ein wenig Abstand von ihr zu gewinnen. Sie seufzte. Wie viel einfacher war ihr Leben doch gewesen, als sie nur Ivor Davidsons treue Assistentin war. Für einen kurzen Moment verweilten ihre Gedanken schwelgerisch bei diesem Abschnitt ihrer Vergangenheit.

Dann trugen die Bediensteten Schalen mit Essen herein, und das Wasser lief ihr im Mund zusammen. Sie hatte trotz aller Sorgen ordentlich Appetit bekommen, und es stimmte, was *Dom* Gabriel sagte. Marguerida schwang die langen Beine über die Bank und griff grimmig lächelnd nach einem Humpen Bier. Was die Zukunft anging, konnte sie nichts weiter tun, als sich ihr zu stellen – aber das hatte noch Zeit.

24

Lew Alton lief in der Eingangshalle von Burg Comyn auf und ab, seine Stiefel hallten auf dem Steinboden. Zum ersten Mal seit Jahren wünschte er sich einen großen Becher Feuerwein oder dass er bereits betrunken wäre. Er trank zwar noch gelegentlich Wein, aber ein derart starkes Verlangen danach hatte er seit Jahren nicht verspürt. Er ärgerte sich über seinen Körper, weil er ihn zu dieser Schwäche verleiten wollte, aber er war zufrieden mit sich, weil er die Signale seines Unbehagens erkannte. Später, wenn alles vorbei war, würde er sich vielleicht einen Schluck genehmigen. Er war klug genug, nicht von Alkohol benebelt in einem Zirkel arbeiten zu wollen.

Zum ersten Mal seit Jahrhunderten, vielleicht seit ihrer Erbauung, war Burg Comyn nahezu leer. Es war ein unheimliches Gefühl, dass sich in der riesigen weißen Steinmasse nicht mehr die Energie der nahezu tausend Leute ballte, die das Gebäude normalerweise bewohnten. Statt Lews vielen Verwandten und ihren vertrauten Gedanken, befand sich nun ein Zirkel von *Leroni* aus Arilinn hier, dazu Rafe Scott, der es vorgezogen hatte zu bleiben, anstatt dem Trauerzug zur *Rhu Fead* zu folgen. Die Mehrzahl der Diener hatte man angewiesen, beim Aufbruch der Prozession unauffällig aus der Burg zu schlüpfen, und die Kinder waren am Vortag abgereist. Die Kinder an einen sicheren Zufluchtsort zu schaffen, war nach Lews Dafürhalten der nervenaufreibendste Teil des ganzen Plans gewesen, und er hatte keine Ruhe gehabt, bis ihn die Nachricht von ihrer wohlbehaltenen Ankunft erreichte.

Jetzt konnte er nur noch abwarten, was passieren würde – falls er nicht vorher komplett verrückt wurde! Es gab so viele veränderliche Größen, die sich unmöglich alle genau vorhersehen ließen, und Lew hoffte nur, sie hatten die wichtigsten angemessen berücksichtigt. Zweifellos mussten die Spione der Föderation in Thendara *irgendetwas* bemerkt haben, auch wenn alle erdenklichen Anstrengungen unternommen worden waren, den Anschein von Normalität entstehen zu lassen. Oder aber Lyle Belfontaine war sich seiner Sache allzu sicher – es würde zu seinem Charakter passen. Dieser hochnäsige Wicht.

Die geistige Stille in der Burg ging Lew wirklich auf die Nerven, und er unternahm einen bewussten Versuch, sich zu beruhigen. Er würde sich im Griff haben müssen, wenn er sich bei Belfontaines Angriff dem Zirkel anschloss. Falls Belfontaine angriff. Er würde sich nicht gestatten, an seine Tochter zu denken, die in den offenen Rachen einer Gefahr ritt, in der er sie nicht beschützen konnte. Er lachte bitter. Marguerida sorgte schon lange sehr gut für sich selbst, und ihr Mann bot ihr allen Schutz, den sie brauchte. Die Alton-Gabe, die er, Lew, besaß, war zusammen mit Rafes Wissen notwendig, damit ihr Teil des Plans gelingen konnte, so wie Marguerida und Mikhail beim Angriff auf den Trauerzug gebraucht wurden. Es war viel zu spät für Zweifel. Er seufzte und fuhr sich mit den Fingern seiner einen Hand durchs Haar. Die Logik ihres Plans war einwandfrei, aber sein Verstand suchte dennoch hartnäckig nach Fehlern.

Es war sehr kalt in der Eingangshalle, und mit seinem Aufundabrennen ermüdete er sich nur. Lew dachte an Marguerida, so wie er sie zuletzt gesehen hatte, als sie ihr Pferd bestieg. Ihre Haut war blass gewesen im flackernden Fackelschein des Stallhofs, und ihr Haar hatte sich in der feuchten Morgenluft in die Stirn gekräuselt. Er konnte jetzt nichts mehr für sie tun, also konnte er genauso gut aufhören, sich Sorgen zu machen. Es hatte nach Regen ausgesehen, und sie würde vermutlich nass werden. Hoffentlich war das bereits das Schlimmste, was ihr bevorstand.

Die Burg war gespenstisch wie ein Grab ohne die übliche Geräuschkulisse – den zufälligen und unausweichlichen Gedanken der Zimmermädchen und Diener, die geschäftig ihren Pflichten nachgingen. Lew hätte in diesem Augenblick sogar den spröden und zänkischen geistigen Widerhall von Javanne Hastur begrüßt – eine Vorstellung, die ihm ein Lächeln entlockte. Sie war am Vortag nach Arilinn abgereist, zu erschöpft, als dass sie mehr als einen kraftlosen Protest zu Stande gebracht hätte. Er merkte, wie sich seine Stimmung änderte, wenn er an Javanne dachte. Der Tod ihres Bruders war ihr endlich als Realität bewusst geworden, und aller Zorn und alle Prahlerei waren in Kummer umgeschlagen. Ihre Kraft schien sie zu verlassen wie entweichende Luft, und als Lew sie zuletzt gesehen hatte, musste sie sich beim Gehen auf den Arm ihres Gatten stützen.

Es waren turbulente Tage gewesen zuletzt; Lews Gedanken schweiften zu Francisco Ridenow. Er war dem strengen Mann mit dem hellen Haar und den eisblauen Augen nicht oft begegnet, seit dieser entgegen einer jahrhundertealten Tradition zum Kommandeur der Garde ernannt worden war. Er dachte daran, wie Francisco den Kristallsaal betreten, wie er das umherliegende Glas und die wahllos auf den Boden geschleuderten Waffen mit einem Blick aufgenommen hatte. Sein Gesichtsausdruck war unergründlich gewesen, sein Geist verschlossen, aber er hatte jede einzelne Person am Tisch vorsichtig gemustert, als würde er ihren jeweiligen militärischen Wert abschätzen, und was er sah, schien ihn nicht sonderlich beeindruckt zu haben. Er hatte aufmerksam zugehört, ohne jedes Anzeichen von Überraschung. Und als er endlich sprach, war es still geworden im Raum. »Wenn sie tatsächlich beabsichtigen, den Trauerzug anzugreifen, dann werden sie wahrscheinlich auch versuchen, Burg Comyn zu besetzen – was wir verhindern müssen, wie wohl klar sein dürfte.« Er hatte Lew,

Mikhail und Danilo angesehen und zu Widerspruch herausgefordert. Als niemand Einwände erhob, war Francisco, der nicht gern viele Worte verlor, sofort zur Sache gekommen. »Ich habe diese Möglichkeit seit längerem in Betracht gezogen und einen Plan erstellt.«

Mikhail hatte genickt und seine etwaige Überraschung geschickt verborgen. »Gut. Sagt uns, was Ihr braucht.« Während einen Moment zuvor noch Spannung geherrscht hatte, schien sich nun eine Atmosphäre der Gelassenheit in der Runde auszubreiten. Was früher auch an Zwistigkeiten existiert haben mochte, sie waren für den Augenblick vergessen.

Francisco hatte in kurzen, abgehackten Sätzen gesprochen, und Lew erkannte, dass er die Gerissenheit des Kommandeurs ernsthaft unterschätzt hatte. Der Plan, den der junge Ridenow unterbreitete, war eine schlaue Verbindung von militärischem Geschick und *Laran*. Wenn man bedachte, dass es Francisco an echter Gefechtserfahrung fehlte, besaß er einen Sinn für Taktik, der eines Feldherrn mit der Erfahrung von hundert Schlachten würdig gewesen wäre. Er entwarf einen wagemutigen und einfallsreichen Plan, und Lew hatte den Mann zutiefst bewundert.

Der Umstand, dass der ganze Plan auf einer Reihe von Täuschungsmanövern beruhte, war gleichermaßen gefällig wie erschreckend. Zunächst gab es die Täuschung, dass die gesamte Burgwache abgezogen und die Burg selbst so gut wie menschenleer sei. Die Stadtwachen hatten Anweisung, sich nirgendwo blicken zu lassen, um so zu dem Eindruck beizutragen, dass man mit keinem Angriff rechnete. Und da Lew wusste, wie leicht Belfontaine zu ködern war, traute er ihm zu, in die Falle zu gehen; die Gelegenheit musste einfach zu verlockend für ihn sein. Und falls er nicht darauf hereinfiel, war es auch gut.

Lew musste an das Gespräch zwischen Francisco und Marguerida denken, als der Mann zuletzt doch ins Stocken geriet. »Ich weiß allerdings nicht, was wir gegen die Energiewaffen ausrichten können, und ich muss zugeben, dass mir das seit Tagen Sorgen bereitet.«

»Seid Ihr mit dem ursprünglichen Bauplan der Burg vertraut, Francisco?«

»Ich kann Euch nicht ganz folgen, *Domna.*«

Marguerida deutete zu den zerstörten telepathischen Dämpfern, die in dem Licht schimmerten, das durch die hohen Fenster fiel. »Als die Burg erbaut wurde, oder jedenfalls als der Bau begonnen wurde, war er ganz anders als heute.«

»Und woher wisst Ihr das?«

»Ich besitze noch immer die Erinnerungen von Ashara Alton, die in vielerlei Hinsicht die Architektin dieses Gebäudes war. Es gibt hier Durchgänge, die seit Jahren verschlossen sind. Tatsächlich könnte man fast behaupten, dass zwei Burgen existieren, eine unter der äußeren Haut der anderen. Ihr könntet tausend Männer in diesen Gängen verstecken, wenn Ihr sie hättet. Und das ist noch nicht alles.«

Franciscos Augen hatten geleuchtet. »Ihr habt meine ungeteilte Aufmerksamkeit, *Domna* Marguerida.« Alle anderen Ratsmitglieder waren ebenso interessiert, trotz ihrer Müdigkeit hatten sie sich vorgebeugt und platzten beinahe vor Neugier.

Lew erinnerte sich, wie Margueridas Wangen geglüht hatten, als sie fortfuhr. »Ich weiß, die meisten von euch glauben, dass Ashara viel von ihrer Macht in den Alten Turm gelegt hat. Aber sie war eine argwöhnische betagte Eule. Sie hatte gern alles unter Kontrolle, und am meisten war sie auf ihre persönliche Sicherheit bedacht. Deshalb baute sie dieses Labyrinth von Gebäuden, ihr raffiniertester und heimtückischster Schachzug aber war, eine Reihe von großen Matrizen an allen Eingängen zu verstecken.«

»Wovon redet Ihr da, verdammt noch mal?«, brauste *Dom* Francisco Ridenow auf, der das Gespräch zwischen seinem Sohn und Marguerida mit sichtlichem Unbehagen verfolgte.

»Die Matrizen sind zurzeit nicht aktiv und gut hinter dem Mauerwerk verborgen.« Sie hob die linke Hand. »Aber ich kann sie problemlos aktivieren.«

»Und warum hast du diese bemerkenswerte Tatsache bis jetzt nie erwähnt?«, fragte Javanne müde und heiser.

»Dazu bestand kein Anlass.«

»Und wie kommt es, dass niemand außer dir von diesen Matrizen weiß?« Lady Marilla klang nicht feindselig, nur neugierig und sehr verwirrt.

»Ich glaube, dass Valenta Elhalyn ebenfalls davon weiß, schon seit sie ein kleines Kind war. Und ich vermute, auch Regis war ihre Existenz bekannt.«

»Unsinn. Dann hätte er bestimmt etwas gesagt«, fauchte Javanne. »Überdies verstehe ich nicht, was sie uns gegen außerweltliche Waffen nützen sollen.«

»Es gibt mehr als einen Weg, einer Katze das Fell über die Ohren zu ziehen, Javanne«, hatte Marguerida gelassen geantwortet, die sich nicht ködern lassen wollte. »Und keiner davon ist für die Katze angenehm. Was ist die eine Sache, die allen Menschen gemeinsam ist?«

»Ich bin zu müde für alberne Rätsel, Kind!«

»Das stimmt natürlich, Javanne. Entschuldige.« Die Ältere der beiden hatte entsetzt geschaut, und Marguerida war nach einem tiefen Atemzug fortgefahren. »Wir alle sind, unabhängig von Geschlecht oder Stellung, von Ängsten besessen, die uns bisweilen wie Banshees verfolgen können.« Sie ließ den Blick um den Tisch wandern. »Die meisten Auseinandersetzungen, die wir in diesem Raum hatten, entspringen unseren Ängsten, unserem Nachdenken über die schrecklichen Dinge, die geschehen *könnten*. Und was ist eine Matrix anderes als ein Gerät zum Verstärken von Gedanken? Unsere Gegner sind genauso furchtsam wie wir selbst, und indem wir die Schutzmatrizen an den Eingängen aktivieren, können wir die Ängste unsere Feinde vergrößern, egal, worum es sich dabei handelt.«

»Und wie geht das?« Francisco rieb sich die schwieligen Hände und schaute beinahe fröhlich drein.

»Die *Leroni* kommen morgen von Arilinn nach Thendara. Wenn sie hier bleiben, können sie einen Arbeitszirkel bilden und jedem übel mitspielen, der so dumm oder tollkühn ist, einen Angriff auf Burg Comyn zu versuchen. Es dürfte wohl kaum jemand eine Waffe abfeuern, wenn der Geist seiner Urgroßmutter vor ihm steht.«

»Ich verstehe, was Ihr vorhabt. Aber dazu braucht es jemanden, der die Alton-Gabe besitzt, um die Sache zu steuern, habe ich Recht?«

»Ich glaube, das kann ich«, hatte sich Lew sagen hören. Alle hatten ihn angestarrt, und ein Gefühl der Hoffnung war trotz aller Erschöpfung rund um den Tisch wahrnehmbar gewesen. »Wenn ich es recht bedenke, wünsche ich mir seit Jahren, Lyle Belfontaine in den Wahnsinn zu treiben!«

Nun hielt er in seinem Herumrennen inne und blickte nach oben. Er war hunderte Male durch diesen Eingang gekommen und hatte nicht gewusst oder auch nur geahnt, dass sich über dem Türsturz ein großer Sternstein verbarg. Bevor die Matrix aktiviert wurde, war sie unsichtbar für ihn und alle anderen gewesen. Lew vermutete, dass Regis auf einer tiefen Ebene über die versteckten Schutzvorrichtungen Bescheid gewusst hatte. Da er eine lebende Matrix gewesen war, konnte man sich nur schwer vorstellen, dass er nichts davon gewusst haben sollte. Aber wie Marguerida hatte er es nie für angebracht gehalten, es jemandem zu sagen. Aus gutem Grund, wie Lew fand. Denn die Matrizen ließen sich zwar gegen Feinde von außen verwenden, aber sie ließen sich auch gegen die Bewohner der Burg selbst richten, wenn sie in die falschen Hände gerieten.

Sie waren nun vorbereitet, so gut es ging. Hundert Gardisten versteckten sich in einem geheimen Durchgang, der von der Kaserne zu einer Öffnung in der Burgmauer führte, etwa fünfzig Fuß entfernt von dort, wo Lew stand. Dazu kam der Zirkel der *Leroni* aus Arilinn. Ein Teil von Lew hoffte, Belfontaine werde die Burg nicht angreifen, sondern hinter den Mauern des Hauptquartiers bleiben. Belfontaines Kräfte waren in den letzten Tagen ein wenig dezimiert worden, weil die Stadtwache eine Reihe seiner Männer wegen Schlägereien verhaftet und ins John-Reade-Waisenhaus gesperrt hatte. Aber ein anderer Teil Lews wünschte sich geradezu einen Angriff, damit er ein paar alte Rechnungen begleichen konnte.

Genug. Er musste sich beruhigen, und wenn es ihn umbrachte. Lew stampfte von der Eingangshalle zum Empfangszimmer. Ein Feuer prasselte im Kamin, davor stand ein Stuhlkreis. Die Hälfte der Männer und Frauen aus Arilinn hatte dort Platz genommen, während die übrigen standen oder auf und ab liefen, ebenso unruhig wie Lew selbst. Erstaunt beobachtete er eine ältere Frau, die friedlich am Feuer strickte, als gäbe es nichts Wichtigeres als die Gleichmäßigkeit ihrer Maschen.

»Sei nicht so hektisch, Lew«, sagte Valenta leise, die unvermittelt neben ihm aufgetaucht war und ihre kurzen Schritte seinen längeren anzupassen versuchte. Ohne es zu bemerken, hatte er wieder begonnen, hin und her zu rennen. Mit achtundzwanzig war Valentas Schönheit, die sie schon als Kind besessen hatte, voll erblüht. Ihr dunkles Haar war zu Zöpfen geflochten und um ihren Kopf gewunden, und ihre Haut glänzte vor Gesundheit. Der Rosenknospenmund war halb geöffnet, als setzte sie zu einem Lächeln an, und die dunklen Augen funkelten schalkhaft wie immer, trotz aller Spannung um sie herum. Als sie mit der schmetterlingsgleichen Berührung der Telepathin eine Hand auf seinen Unterarm legte, spürte er die Kraft, die sie ausstrahlte.

Sie war so jung, dass sie seine Enkelin hätte sein können, aber es war Lew unmöglich, ihr nicht zu vertrauen wie einer Altersgenossin. »Ich kann nichts dafür, Valenta. Ich möchte hier sein und gleichzeitig auf der alten Nordstraße, und ich hoffe die ganze Zeit, dass aller Aufwand umsonst war und gar nichts passieren wird.«

Valenta schüttelte den Kopf. »Das wäre natürlich sehr angenehm, aber du weißt so gut wie ich, dass etwas passieren wird. Dazu braucht man keine Aldaran-Gabe. Selbst wer kein *Laran* hat, merkt, dass etwas bevorsteht. Die Kaufleute haben die Läden geschlossen, und die Straßen sind wie ausgestorben. Außerdem fühle ich eine geballte Energie auf uns zukommen, deshalb schlage ich vor, du hörst auf mit deiner Unruhe und bereitest dich darauf vor, sie wie Läuse zu zertreten.«

»Blutrünstiges Frauenzimmer«, erwiderte er neckend. Er nahm nun wahr, dass sich Personen der Burg näherten, und war zutiefst erleichtert. Das Warten hatte ein Ende, jetzt würden sie bald feststellen, ob ihr Plan funktionierte.

»Unsinn! Mit ein bisschen Glück wird kein Tropfen Blut vergossen, und wenn, dann wird es gewiss kein darkovanisches sein.« Valentas Lächeln entblößte makellose Zähne, aber sie klang beinahe enttäuscht.

»Glaubst du, unser Plan wird gelingen? Ich weiß, es ist sehr spät für Zweifel, aber können wir tatsächlich einen Haufen ausgebildeter Kämpfer mit ein paar Illusionen und Schatten erschrecken?«

»Es sind nur Menschen, Lew, und alle Menschen, Männer wie Frauen, fürchten sich vor dem Dunkel in ihrem Innern. Wir müssen nichts weiter tun, als es zu wecken. Sicher, sie mögen uns technisch überlegen sein, aber sie wissen nicht, was wir alles haben, und das ist unser Vorteil.« Sie nickte energisch. »Und mit diesen Matrixfallen, welche die Macht ihrer Einbildung noch vergrößern, werden sie wahrscheinlich kapitulieren, ohne dass auch nur ein Schuss abgefeuert werden muss.«

»Wahrscheinlich hast du Recht, und ich mache mir nur unnötige Sorgen.«

»Ja, ja, ich weiß. In deinem Alter solltest du am Kamin sitzen, ein Buch lesen und Pfeife rauchen.«

Lew sah sie böse an, entsetzt von dem Bild, das sie gezeichnet hatte. »So habe ich es nicht gemeint.« Dann merkte er, dass sie ihn nur neckte, und zwang sich zu einem Lächeln.

In diesem Augenblick betrat Rafe Scott den Raum, er kniff nachdenklich die Augen zusammen. »Unsere Späher auf dem Dach melden, dass rund siebzig Terraner in der Uniform der Föderation auf die Burg zumarschieren. Wenigstens verkleiden sie sich nicht, sodass wir nicht so tun müssen, als wüssten wir nicht, wer kommt.«

»Siebzig? Das sind weniger, als ich dachte. Bewaffnung?«

»Die üblichen Seitenwaffen, Kampfhelme und -anzüge sowie zwei kleine Energiekanonen, das scheint schon alles an Bewaffnung zu sein.«

»Kanonen?«

»Ja, aber nur keine Sorge. Ich erinnere mich, dass die Dinger schon im Depot standen, als ich noch im Hauptquartier war, aber meines Wissens hat sie seit mindestens zehn Jahren niemand ausprobiert. Sie dienen wahrscheinlich mehr der optischen Wirkung als einem Einsatz, da Belfontaine meiner Ansicht nach ohnehin nicht mit ernsthaftem Widerstand rechnet.«

»Ist die Stadtwache in Stellung?«

Rafe nickte. »Sie sind hinter dem Feind, jedoch außer Sichtweite. Belfontaine hätte dran denken müssen, seinen Rückzug zu decken, aber er war schon immer ein eigensinniger Bursche. Wenn sich die Truppe zurückziehen will, können wir sie eine Weile aufhalten, solange sie nicht zu schießen anfangen.«

»Wann sollen wir unsere Arbeit beginnen?«, fragte Valenta leise.

»Wir sollten uns wahrscheinlich jetzt schon mal vorbereiten, doch ich würde gern warten, bis sie fast am Tor sind, bevor wir sie richtig angreifen«, antwortete Lew, dem die Sache trotz seiner hartnäckigen Ängste allmählich Spaß machte. Wenigstens hatte er etwas Konkretes zu tun!

»So nahe?« Sie klang ein wenig zweifelnd.

»Sie haben nichts dabei, womit sie die Mauern durchbrechen könnten, Valenta, und ich glaube, dass Belfontaine wirklich mit einer sofortigen Aufgabe rechnet. Nach all den Mittelkürzungen durch die Föderation bleibt ihnen nicht viel an fortschrittlicher Bewaffnung, und was sie besitzen, ist fast schon veraltet, auch wenn es auf Darkover immer noch ziemliche Macht hat.« Rafe sprach so gelassen, dass es die beiden anderen beruhigte.

»Ich bin gespannt, welchen Vorwand Belfontaine für einen Angriff auf die Burg geltend machen wird«, sinnierte Lew. »Ist er bei ihnen, oder ist er im sicheren Hauptquartier geblieben?«

Rafe schnaubte leise. »Ich habe ihn vom Dach aus gesehen, er stolziert daher wie ein Zwerggockel und hat sich mit einem Kampfanzug voller Ordensbänder herausgeputzt, die er sich nicht verdient hat.« Er zeigte auf ein Fernglas, das ihm um den Hals hing, das Instrument hatte er vor Jahren im Hauptquartier requiriert und bei seinem Abschied nicht zurückgegeben. Er brachte es oft mit in die Burg und ging mit den Kindern aufs Dach hinauf, von wo aus sie zu ihrem Vergnügen ganz Thendara überblicken konnten. Lew fühlte, wie sehr sich Rafe freute; offenbar hatte auch er noch ein paar Rechnungen mit Belfontaine zu begleichen.

Jetzt nahm Margueridas Vater die geistige Energie von Menschen wahr, die durch die fast verlassenen Straßen heranrückten, unter ihnen Belfontaine. Er strömte selbst auf diese Entfernung Zuversicht aus, ganz zu schweigen von einer gewissen Rechtschaffenheit seiner Absichten. Seine Männer teilten seine Gemütslage jedoch nicht ganz, und Lew bemerkte hier und da Zweifel, kleine Eruptionen von Unbehagen, welche die wartenden *Leroni* sicher zu ihrem Vorteil nutzen würden.

Eine solche Strategie wäre Lew niemals eingefallen, denn es handelte sich um den Plan eines Empathen, und gerade dieses *Laran* hatte er nie als etwas angesehen, das sich offensiv einsetzen ließ. Aber Valenta hatte Recht – jeder Mensch hatte Ängste, die sich mit dem richtigen Stimulans wecken ließen. Seine eigenen brauchten keine Hilfe, und er verfluchte stillschweigend seine Einbildungskraft, bevor er sich zwang, damit aufzuhören.

»Lasst uns anfangen.« Valenta machte eine knappe Geste, und alle nahmen ihren Platz im Kreis der Sessel ein, bis auf die beiden Frauen, die als Überwacherinnen fungierten. Die alte Frau, die gestrickt hatte, schob ihr Handarbeitszeug unter den Sitz und zog langsam ihren Matrixstein aus dem weichen Gewand. Lew fand ihre Bewegungen sehr friedlich und spürte, wie sich sein Geist beruhigte.

Valenta ging zu dem Sessel in der Mitte des Zirkels und setzte sich ordentlich hin. Die einzigen Geräusche waren das Knistern des Feuers und das leise Rascheln von Seide, während ringsum die schimmernden Matrixsteine zum Vorschein kamen. Eine der Überwacherinnen warf etwas in den Kamin, und ein angenehmer Duft zog durch den Raum.

Nach einigen Minuten spürte Lew, wie sich die Atmosphäre im Zimmer änderte, die Gedanken und Energien verschmolzen allmählich, allesamt ausgerichtet auf Valenta. Von ein paar Probedurchgängen im Laufe des Tages abgesehen, hatte er seit Jahren nicht in einem Zirkel gearbeitet, und es fühlte sich fremd und gleichzeitig richtig an. Und er musste tatsächlich nichts weiter tun, als mit Hilfe der Alton-Gabe all diese wundervolle Energie in die großen Matrizen über dem Eingang lenken. Er atmete tiefer und spürte, wie er sich mühelos mit dem Zirkel verflocht, als hätte er sein Lebtag nichts anderes getan. Nun würden sie ja sehen, ob die Matrixwissenschaften die technologischen »Vorteile« der Terraner übertreffen konnte. Er kicherte innerlich. Es war wirklich ein eleganter Plan, und wenn sie heil aus der Sache herauskamen, würde er den einen oder anderen Kelch auf die Gesundheit des jungen Ridenow erheben.

Lyle Belfontaine schritt die schmale Straße entlang und achtete nicht auf das raue Wetter und das leichte Unbehagen tief in ihm. Doch nicht die Einnahme von Burg Comyn bereitete ihm Sorgen, denn die Diener, die man in dem riesigen Gebäude zurückgelassen hatte, würden ihn bestimmt nicht aufzuhalten versuchen. Der andere Angriff, der an der Straße, machte ihm Kopfzerbrechen. Er hatte am Vorabend den Befehl zum Angriff erteilt, und er wusste, dass die Truppen aus der Domäne Aldaran von dort aufgebrochen waren. Es hatte eine Menge Schwierigkeiten mit Kommandeur Shen gegeben, der die Truppe der Föderation in den Hellers befehligte. Shen stammte aus einer alten Offiziersfamilie, die der Föderation seit Generationen diente, und er hatte gegen Lyles Befehle protestiert, hatte irgendwelchen Unsinn von wegen grundlos Zivilisten angreifen erzählt. Belfontaine hatte beharrlich darauf hingewiesen, dass der Trauerzug gefährlichen Feinden der Föderation Schutz gewährte – namentlich Hermes Aldaran, aber auch anderen –, und Shen hatte schließlich widerwillig zugestimmt. Mit einigem Glück würden Shen und sein Ehrgefühl nicht überleben. Nur schade, dass er Vancof nicht erreichen und dem dürren Mörder befehlen konnte, dafür zu sorgen, aber der Kurzstrahler reagierte nicht. Was fiel Shen ein, seine Befehle in Frage zu stellen!

Es hatte stundenlange, nervtötende Übertragungsversuche von hier nach dort erfordert, bis Shen gehorchte, und Lyle hatte sich schon gefragt, ob ihr ganzer Plan womöglich an der Technik scheitern würde, von der sie abhängig waren. Cottmans Stern machte eine seiner Phasen erhöhter Sonnenfleckenaktivitäten durch, und das hatte die reibungslose Funktion ihrer Geräte gestört. Doch er war nicht wegen des eigentlichen Angriffs auf den Trauerzug besorgt – der würde gelingen oder eben nicht. Nein, es waren die Spuren dieser Übertragungen, die ihn nicht wenig beunruhigten, die Beweise, die ihn an den Galgen bringen konnten, wenn alles schief ging. Aber es lohnte das Risiko, wenn er diesen dummen und störrischen Leuten damit heimzahlen konnte, dass sie partout nicht in die Föderation wollten. Sie hatten sich das alles selbst eingebrockt!

Außerdem bestand immer noch die Möglichkeit, dass die Föderation nie erfahren würde, was er im Begriff war zu tun – weil sie überhaupt nicht wiederkamen, um das Personal im HQ abzuziehen. Als Granfell vor einigen Tagen diese Vermutung geäußert hatte, hatte er sie nur abgetan. Aber inzwischen, da das Schweigen der Relaisstation anhielt, war er sich nicht mehr so sicher. Vielleicht ließ man sie wirklich im Stich. Egal, wenn es tatsächlich so war, würde er eben über den Planeten herrschen.

Niemand würde ihm seinen Führungsanspruch streitig machen können. Wenn Vancof seinen Befehlen folgte, würde Granfell bald tot sein, und so würde es jedem ergehen, der sich ihm widersetzte. Eigentlich müsste er Miles dankbar sein, weil die Idee ursprünglich von ihm stammte. Ein Jammer, dass man dem Mann nicht trauen konnte. Aber er konnte sich nun wirklich keinen Stellvertreter leisten, der womöglich ein Verräter war.

Belfontaine war nicht oft in diesem Teil Thendaras gewesen, weil er den Stützpunkt mit seinen Annehmlichkeiten nur selten verließ. Er betrachtete die Gebäude zu beiden Seiten der Straße, die zwar breit für Cottman IV war, aber schmal nach den Maßstäben zivilisierter Städte. Die hohen Steinmauern ragten drohend über ihm auf, er sah die handgemalten Schilder an den Geschäften und bemerkte, dass die Läden geschlossen waren. Es kam ihm überhaupt sehr still für die Mittagszeit vor – auf den Straßen schien kaum etwas von dem üblichen Verkehr zu herrschen, und falls der Anblick von mehreren Gruppen Bewaffneter, die durch diese Hauptstraße marschierten, irgendwen beunruhigte, dann merkte man jedenfalls nichts davon. Vielleicht war heute ein Tag der Trauer.

Belfontaines wenige Spione hatten ihm versichert, dass der Trauerzug am Morgen mit allen Bewohnern der Burg, einschließlich der Burgwache als Begleitung, aufgebrochen war. Warum wurde er also zunehmend nervös? Konnte er seinen Agenten trauen? Was, wenn jemand den Angriff erahnt hatte und es nun so aussehen ließ, als wäre die Burg eine reife Pflaume, die man nur noch zu pflücken braucht? Aber so schlau war sicher niemand.

Vor sich sah er die leuchtend weißen Mauern von Burg Comyn, und seine Sorgen begannen zu verblassen. Wie er dieses Gebäude hasste! Es symbolisierte das Scheitern seiner Bemühungen, Cottman im Namen der Föderation zu unterwerfen. Doch nun würde er es der Bande heimzahlen, und in seiner Brust schwoll ein Hochgefühl bei dem Gedanken.

Dann kehrte seine alte Ängstlichkeit zurück. Er hatte fast den Eindruck, als beobachtete ihn das Gebäude, als verfolgte es seinen Marsch. Es war ein unheimliches Gefühl, und Belfontaine erkannte, dass seine Nerven nicht so ruhig waren, wie er vorhin gedacht hatte. Fast wünschte er, die Burg wäre nicht leer und er hätte die Gelegenheit, ihre aufsässigen, arroganten Bewohner abzuschlachten. Was für ein Sieg war es schon, einen leeren Palast einzunehmen? Er hatte einen sauren Geschmack im Mund, als ihm klar wurde, dass er es nie gewagt hätte, die Burg anzugreifen, solange sie bewacht war. Diese ehrliche Einsicht erschütterte ihn sehr, und er biss die Zähne zusammen. Er musste sich wieder in die Gewalt bekommen!

Er warf einen Blick auf die Anzeige in seinem Visier, kleine Lichtpunkte, die ihm in verschlüsselter Form die Position seiner Männer verrieten. Der Anblick beruhigte ihn, und die vorübergehende Erkenntnis seiner Angst verblasste wieder. Er mochte den Geruch seines Helms und das Gefühl von Macht, das dieser ihm verlieh. Mit ihm konnte er seine Männer unmittelbar lenken und zugleich auch ein Auge auf etwaige Gegner haben. Nicht, dass er welche erwartete. Die Burgwache war mit dem Trauerzug unterwegs, und er hatte für Unruhe auf dem Pferdemarkt gesorgt, um die Stadtwache ans andere Ende von Thendara zu locken. Warum also vermochte ihn diese Litanei an Gewissheiten nicht zu beruhigen?

Es war zu still – das war es, was ihm auf die Nerven ging! Es müssten doch Leute auf den Straßen sein, selbst wenn es ein Trauertag war. Er schluckte den bitteren Geschmack hinunter.

Aber eigentlich war es besser so, redete sich Belfontaine fast schon verzweifelt ein. Tote Zivilisten erweckten gern das Interesse von Untersuchungsausschüssen, und falls er einen unblutigen Handstreich zu Stande brachte, sollte es nicht sein Schaden sein. Er wünschte, er wüsste besser über den Grundriss der Burg Bescheid. Er hatte sich über all die Jahre um entsprechende Informationen bemüht, und wie es hieß, war das

Gebäude ein wahres Labyrinth von Gängen und Räumen, groß genug, um tausend Mann zu verstecken. Nur zählten nicht einmal Stadt- und Burgwache zusammengenommen so viele Leute.

Das weiße Gebäude vor ihm hatte etwas Unheimliches an sich. War da jemand auf dem Dach? Nein, nur ein Schatten. Belfontaine ließ vorsichtshalber den Blick über die Dächer der umliegenden Gebäude wandern, ob dort Späher zu entdecken waren. Angeblich hätte ihm sein Kampfhelm die Anwesenheit von Personen anzeigen müssen, weil ihre Körperwärme ein Signal auslöste, aber der einheimische Stein schien diese Funktion außer Kraft zu setzen. Typisch – immer wenn man ein Gerät wirklich brauchte, ließ es einen im Stich. Es war wie ein Gesetz.

Seine wachsende Angst unterdrückend, rückte Lyle Belfontaine weiter vor, seine Stiefel und die seiner Begleiter hallten im Takt von den Pflastersteinen der breiten Straße wider. Das regelmäßige, rhythmische Geräusch begann seine Nerven langsam zu besänftigen. Er wusste, dass Männer, die in eine Schlacht zogen, oft nervös waren, und nicht anders, entschied er, erging es ihm eben jetzt. Das war nichts, worüber er sich Sorgen machen müsste.

Nun stand er am Fuß zweier breiter Treppen, die zum Haupteingang der Burg führten. Er hielt einen Moment inne, sah zu dem großen, mit Schnitzereien verzierten Portal hinauf und freute sich schon darauf, es zu zerstören. Er bellte ein Kommando in seinen Helm, und zwei Gruppen rückten auf der Treppe nach oben vor. Alles lief wie geplant, und Belfontaine gestattete sich ein Lächeln hinter seinem Visier.

Er bewunderte, wie tüchtig seine Leute vorankamen, ihr großartiges Zusammenspiel, während sie die erste Treppenflucht nahmen. Doch dann schienen die Männer zu zögern, und er sah einen mit dem Panzerhandschuh gegen den Helm schlagen, als wäre irgendetwas mit dem Mechanismus nicht in Ordnung.

Bevor sich Belfontaine fragen konnte, was los war, spürte er unter dem Helm ein Jucken über seine Kopfhaut kriechen. Es schien etwas mit vielen Beinen zu sein – eine Art Insekt. Wie war das verdammte Biest nur unter seinen Helm gekommen? Und er konnte nicht an es heran, ohne das blöde Ding abzunehmen! Er schüttelte den Kopf nach einer Seite, um zu vertreiben, was immer da sein mochte, und spürte, wie der Juckreiz zunahm. Es fühlte sich an, als wären mehrere große Krabbelviecher auf seinem Schädel unterwegs, und er bekam eine Gänsehaut trotz der Wärme des Kampfanzugs. Bilder von Tausendfüßern stiegen in ihm auf, die Sorte, die auf Lein III weit verbreitet war. Vielleicht waren die Anzüge von einem einheimischen Insekt befallen worden, und seine Körperwärme hatte sie geweckt. Er unterdrückte einen Schauder und versuchte, sich wieder auf die Helmanzeige zu konzentrieren.

Hier stimmte doch etwas nicht! Noch vor einer Minute hatte er jeden einzelnen der achtzehn Soldaten auf der Treppe lokalisieren können, indem er lediglich auf die farbigen Lichtpunkte in seinem Display schaute, und jetzt waren acht von ihnen nicht mehr da! Einfach verschwunden! Blöde Apparate! Die Dinger waren angeblich idiotensicher, aber natürlich streikten sie, wenn man sie am dringendsten brauchte! Verflucht sollte die Föderation dafür sein, dass sie ihm eine Ausrüstung gab, die seit Jahren völlig veraltet war! Er schüttelte den Helm mit beiden Händen – das Ding musste einen Wackelkontakt haben. Doch seine Reparaturversuche machten die Sache keinen Deut besser.

Ein dünner, klagender Laut ertönte über die Funkverbindung. Sekundenlang war Belfontaine wie taub, während sich der Schrei in seine Trommelfelle bohrte, bevor er gurgelnd verstummte. Dann gingen alle Leuchtanzeigen in seinem

Helm auf einmal an und ließen einen Wirrwarr von Punkten vor seinen schmerzenden Augen tanzen. Ringsum hörte er Schreie, die durch die dicke Isolation seines Helms drangen. Noch einmal gab es einen Lichterregen, dann verloschen sämtliche Helmanzeigen. Der widerliche Geruch verschmorter Kabel stieg ihm in die Nase, und er versuchte, das Ding vom Kopf zu bekommen, ohne die Schnallen zu lösen, mit denen es am Kampfanzug befestigt war. Rauch begann das Visier zu trüben, während er mit dem Mechanismus kämpfe, der seinen Helm an Ort und Stelle hielt.

Nach einer Ewigkeit, wie ihm schien, obwohl es in Wirklichkeit nur ein paar Sekunden waren, gelang es Belfontaine trotz der Handschuhe die Schnallen zu öffnen. Er zog sich den Helm vom Kopf und schnappte nach Luft. Der kalte Wind schlug ihm ins Gesicht, aber es war zunächst ein wunderbares Gefühl. Die Mischung aus Rauch und Wind ließ seine Augen tränen und er blinzelte einige Male.

Eine chaotische Szene spielte sich vor ihm ab. Erstaunt verfolgte er, wie die achtzehn Männer, die den Absatz zwischen den beiden Treppen erreicht hatten, schrien und an ihren Helmen und der Schutzkleidung zerrten. Er beobachtete, wie die teuren Kopfbedeckungen gegen Steine geschmettert wurden, und sah einen Mann, der sich die Finger in die eigenen Augen rammte. Mehrere andere machten kehrt und begannen, die Treppe hinab auf ihn zuzulaufen.

»Halt!« Sein Befehl wurde vom Wind weggetragen, ohne etwas zu bewirken. Ein Soldat stürzte an ihm vorbei, er warf im Laufen seine Waffen weg und schrie aus Leibeskräften. Die Augen des Mannes waren glasig und ausdruckslos, und aus dem offenen Mund lief ihm ein Speichelfaden. Belfontaine wollte den Mann zurückhalten, doch der stieß ihn nur weg, und er fiel mit solcher Wucht zu Boden, dass ihm die Luft wegblieb.

Der Kampfanzug schützte ihn zwar, aber er spürte den Aufprall dennoch. Benommen sah er, wie die auf dem Treppenabsatz verbliebenen Soldaten herumsprangen, die Anzüge abstreiften, brüllten und sich erbrachen. Er drehte sich um und stellte fest, dass der Rest seiner kleinen Streitmacht ebenfalls verrückt geworden war.

Er rappelte sich auf und versuchte verzweifelt, sich wieder in die Gewalt zu bekommen. Der Anzug fühlte sich plötzlich viel zu warm an, und in Erinnerung an den Kurzschluss in seinem Helm blickte er an sich hinab, um festzustellen, ob irgendwo verräterischer Rauch emporstieg. Es wurde immer heißer, unerträglich heiß, obwohl er keinen Defekt erkennen konnte. *Raus aus dem Anzug!*

Belfontaine zog an den Verschlüssen und fühlte, wie der Anzug an ihm hinabglitt, bis er in seiner Thermounterwäsche dastand. Der frische Wind kühlte seinen überhitzten Körper rasch ab, und er bemühte sich zu begreifen, was sich hier abspielte.

Du hast nie zu etwas getaugt, Lyle. Du warst ein Versager vom Tag deiner Geburt an! Er hörte die Worte und erkannte die Stimme, obwohl sein Verstand sich dagegen sträubte. Dann sah er den Sprecher vor sich stehen, seinen riesigen und übermächtigen Vater, der höhnisch auf ihn herabsah, so dass er sich noch kleiner fühlte, als er ohnehin war. Die Vision war zunächst durchsichtig, doch dann verfestigte sie sich und fing an, näher zu kommen. Instinktiv hob Lyle die Arme, um den erwarteten Schlag abzuwehren; er nahm inzwischen überhaupt nicht mehr wahr, was seine Männer ringsum trieben.

Er kauerte vor dem Abbild seines Vaters, versuchte die Stimme wiederzufinden, etwas zu sagen, das die Gefahr abwendete. Aber seine Kehle war wie zugeschnürt vor Angst, und er spürte, wie sich sein Schließmuskel entspannte. Als ihm der Geruch in die Nase stieg, zitterte Belfontaine vor Scham.

Dann verschwand das Trugbild seines Vaters so plötzlich, wie es gekommen war, und er sah schreiende oder weinende Männer auf dem Treppenabsatz sitzen. Er drehte sich zum Rest seiner Truppe um und stellte fest, dass die meisten auf dem Rückzug waren. Doch als wäre das nicht bereits schlimm genug, ritt ihnen eine Kompanie der Stadtwache entgegen. Hatten die den Verstand verloren, zu Pferd gegen Energiewaffen anzutreten? Aber dann sah er, dass keiner seiner Soldaten auch nur daran dachte, nach einer Waffe zu greifen – sie waren viel zu beschäftigt damit, herumzuhüpfen und sich ihrer Anzüge zu entledigen. Dieser verdammte Planet trieb sie in den Wahnsinn!

Bevor er diese neue Entwicklung ganz begriffen hatte, hörte er ein anderes Geräusch, ein Knirschen von Stein auf Stein. Er drehte sich um. Auf einer Seite des großen Haupttors hatte sich eine Öffnung in der Burgmauer aufgetan, und aus dieser strömte die Palastwache, von der man ihm versichert hatte, sie sei nicht in der Burg.

Belfontaine griff an seine Seite, wo eine Schusswaffe hätte sein sollen, aber seine Finger strichen nur über das Gewebe seiner Thermounterwäsche. Er bückte sich und versuchte, die Waffe in dem Kampfanzug zu finden, der ihm als ein Häufchen auf die Knöchel hinabgerutscht war.

Na, kleiner Mann?

Die Worte dröhnten wie ein Kanonenschlag in seinem Geist, vertraut und fremd zugleich. Das war zu viel; Lyle Belfontaine wurde zum ersten Mal in seinem Leben ohnmächtig.

Als Belfontaine zu sich kam, fand er sich auf einer langen Couch wieder, ohne seine Kampfausrüstung. In einem großen steinernen Schlund brannte ein angenehmes Feuer, das den

Geruch von Cottman-Balsam verströmte. Er lag benommen und konfus in seiner besudelten Thermowäsche.

Er hörte das leise Rascheln von Stoff und drehte den Kopf in die Richtung des Geräuschs. Eine dunkelhaarige Frau in einem rubinroten Kleid kam in sein Blickfeld. Das Kleid fiel weich und fließend um ihre schlanke Gestalt, als sie auf ihn zuging; um ihren Kopf wehte ein hauchdünner Schleier. »Na, geht es schon besser?«

Er starrte sie einen Augenblick lang an, unfähig, ihre Frage zu begreifen. Belfontaine hatte die Sprache der Einheimischen nie sehr gut beherrscht, und in seinem momentanen Zustand der Verwirrung verließen ihn seine Kenntnisse völlig. Schließlich begriff er, nickte und setzte sich so schnell auf, dass ihm schwindlig wurde. Die Frau war klein, nicht größer als er, und so jung, dass sie seine Tochter hätte sein können, aber nur mit seiner verschmutzten Unterwäsche bekleidet, fühlte er sich hilflos und verletzlich. Und widerlich – er stank nach Schweiß, Angst und Schlimmerem.

Hinter der Couch näherten sich Stiefeltritte, und Belfontaine wandte den Kopf, um festzustellen, wer es war. Lew Alton tauchte auf, ein dämonisches Grinsen im Gesicht. Wenn Lyle nicht seine Waffen verloren hätte, er hätte den verhassten Mann auf der Stelle über den Haufen geschossen.

»Sie wollten doch immer Burg Comyn von innen sehen, nicht wahr, Lyle? Jetzt haben Sie ihr Ziel erreicht«, sagte Alton ernst. »Möchten Sie einen Becher Wein?«

Im ersten Moment raubte diese offene Unverschämtheit Belfontaine die Sprache. Dann fauchte er: »Was tun Sie hier? Ich dachte, Sie seien mit den anderen ... Und was haben Sie mit mir und meinen Männern gemacht?«

»Ich habe gar nichts mit Ihnen gemacht, kleiner Mann. Sie haben sich alle Schwierigkeiten selbst eingebrockt. Was ist jetzt mit dem Wein? Ich werde einen Becher trinken, und ich schlage vor, Sie schließen sich an.« Lew ging zu einem kleinen Tisch und goss zwei Gläser voll. »Möchtest du auch welchen, Valenta?«

»Ich glaube, ja«, antwortete die Frau. Alton schenkte einen weiteren Becher ein und reichte ihn Valenta. Die anderen beiden stellte er auf ein kleines Tablett und ging zu Belfontaine hinüber.

Kleiner Mann. Das waren genau die Worte, die er gehört hatte, bevor er ... nein, er wollte lieber nicht daran denken. Er wusste genau, er hatte Lews Stimme gehört, aber nicht als normalen Schall. Die Resonanz war anders gewesen. Er musste über eine Art Gerät gerufen haben, irgendein primitives Ding, vermutlich ein uralter Lautsprecher. Er hatte sich lediglich eingebildet, dass er die Worte in seinem Kopf hörte, das Ganze war sicher nur eine Täuschung gewesen, die auf seinen erregten Zustand zurückzuführen war.

Es machte ihn rasend, wie blasiert der Mann auftrat. Es musste einen Weg geben, durch Lew Altons arrogantes Triumphgehabe zu dringen. Aber er fühlte sich so schwach, so konfus und gedemütigt, dass es ihm schwer fiel, sich auf irgendetwas zu konzentrieren. Es kam ihm vor, als wären alle seine Empfindungen, abgesehen von Angst, zu bloßen Schatten verblasst. Ja, er hatte entschieden Angst, aber er sollte verdammt sein, wenn er es sich anmerken ließ.

Er nahm den angebotenen Becher und zwang seinen schwerfälligen Verstand, sich in Bewegung zu setzen. Es musste eine vernünftige Erklärung für das alles geben. Eine Bande zurückgebliebener Halbwilder konnte doch unmöglich seine ausgebildeten Soldaten so mühelos besiegt haben. Er trank einen Schluck Wein und zermarterte sich das Gehirn.

Sie mussten irgendwie Sabotage an den Kampfanzügen betrieben haben – das war es! Es war bestimmt irgendwer vom einheimischen Personal gewesen, wenn er sich auch nicht vorstellen konnte, wie sie es gemacht hatten. Und jetzt war er ein Gefangener. Es war ihm nie in den Sinn gekommen, dass er scheitern könnte, und er dachte daran, wie ihm sein Vater erschienen war und ihn einen Versager genannt hatte. Das war alles völlig unmöglich! Die Stille im Raum lastete schwer auf ihm.

»Ich dachte, Sie seien beim Trauerzug«, murmelte er. Der weinerliche Tonfall seiner Stimme gefiel ihm gar nicht, und er versuchte immer noch, irgendwie aus dem ganzen Schlamassel schlau zu werden. Der Zug! Wie viel Zeit war inzwischen vergangen? Er konnte es nicht sagen, und er entdeckte nirgendwo eine Uhr. Der Trauerzug war bei Tagesanbruch losmarschiert, und er hatte mehrere Stunden gewartet, ehe er seinen Angriff begann. Er schauderte bei der Erkenntnis, mit welchem Fehlschlag er geendet hatte. Inzwischen musste der Überfall stattgefunden haben, und er allein wusste, dass die meisten Mitglieder des Rats der Comyn wahrscheinlich tot waren. Die Truppen aus den Hellers dürften keine Kampfanzüge der Föderation getragen haben und müssten deshalb immun gegen diesen unerwarteten Verrat gewesen sein. O nein, noch war die Sache keineswegs ganz verloren für ihn.

Belfontaine biss sich auf die Unterlippe. Er sehnte sich danach, sein Wissen hinauszuposaunen, diesen selbstgefälligen Ausdruck aus Lew Altons verrunzeltem Narbengesicht zu tilgen, ihm zu sagen, dass seine Tochter tot war! Aber er durfte diesen Vorteil nicht so billig verschleudern. Sollte Alton ruhig eine Weile denken, er habe die Oberhand. Der Wein war sehr gut, und er schien ihm langsam wieder zu einem klaren Kopf zu verhelfen.

»Sicher dachten Sie das, aber da ich mit Ihrem Besuch gerechnet habe, beschloss ich, ein guter Gastgeber zu sein und auf Sie zu warten.«

»Sie haben ... mit mir ... gerechnet?« Der Wein verwandelte sich in seinem Mund zu Essig.

»Natürlich. Sie haben sich eingeredet, Burg Comyn würde eine leichte Beute sein. Sie haben uns immer unterschätzt, Lyle. Das ist Ihr tödlicher Fehler.«

»Tödlich? Was haben Sie mit mir vor?«

»Na, Sie werden eine Weile mein Gast sein.« Lew Altons Gesicht war feierlich, aber in den Augen des Comynherrn flackerte ein Licht, bei dem Belfontaine nicht wohl war. »Und später werde ich Sie an die Föderation ausliefern – immer vorausgesetzt, es kommt noch jemand, um Sie abzuholen. Sollen die sich um Sie kümmern. Es kann natürlich sein, dass mein Schwiegersohn andere Pläne mit Ihnen hat, wenn er zurückkommt – aber ich versichere Ihnen, sie werden nicht allzu barbarisch sein.«

Das war zu viel. Er konnte sich keinen Augenblick länger beherrschen. »Da werden Sie aber lange warten müssen, denn er wird nicht zurückkommen! Er ist tot, genau wie alle anderen Teilnehmer des Zuges!«

Alton wirkte ungerührt, nicht die Spur ängstlich. »Aber, aber, Lyle. Es wäre klüger gewesen, nicht zuzugeben, dass Sie darüber Bescheid wissen. Wesentlich klüger.«

Belfontaine fühlte, wie ihm das Blut aus dem Gesicht wich. Die Ohren dröhnten ihm, und ihm wurde schlecht. Mit großer Mühe schluckte er den Speichel, der sich in seinem Mund gesammelt hatte, und schrie: »Sie dummer Bastard – Ihre Tochter ist tot!«

Zu seinem Erstaunen und seiner Wut bestand Lew Altons einzige Reaktion in einer leichten Belustigung. »Nein, kleiner Mann, das ist sie ganz gewiss nicht!«

25

Während die Kutsche die Straße entlangratterte, rutschte Domenic auf seinem Platz vor und zurück. Er saß mit dem Rücken zum Kutscher, und die Vorwärtsbewegung des Gefährts drohte ihn ständig von der Bank zu schieben. Herm und Katherine, die ihm gegenübersaßen, hingen schweigend ihren Gedanken nach. Man brauchte kein *Laran,* um zu merken, dass die beiden viel zu bereden hatten, und Domenic wünschte, er wäre in der Kutsche mit Illona und Großvater Gabriel gefahren, damit die Aldarans ihre offensichtlich benötigte Ungestörtheit gehabt hätten.

»Bitte, es ist nicht zu übersehen, dass ihr viel zu besprechen habt«, sagte er schließlich, als er ihr gespanntes Schweigen nicht länger ertrug. »Wenn ihr so tun könnt, als ob ich nicht hier wäre, dann werde ich mich bemühen, nicht zu lauschen.« Daraufhin wandte er den Kopf und blickte aus dem Fenster auf die Beine des Gardesoldaten, der neben dem Fahrzeug ritt.

Herm ließ eine Art Knurren hören, ein Geräusch, das Domenic inzwischen sehr vertraut war. »Ich wünschte, es wäre so einfach, Neffe.«

Katherine sah ihren Mann von der Seite her prüfend an. »Es *ist* so einfach – nur willst du gar nicht mit mir sprechen, du willst mich bloß mit deinem Charme dazu bringen, dass ich die letzten Tage vergesse. Domenic ist nicht das Problem, Herm. Du bist das Problem!«

»Was ist nur in dich gefahren, Kate? Ich sagte doch, dass es mir Leid tut!« *Kaum bin ich ein paar Tage weg, scheint sie ein völlig anderer Mensch zu sein – einer, den ich überhaupt nicht kenne.*

»Es reicht nicht, dass es dir Leid tut, das weißt du genau!«

Sie hielt inne und schien ihre Entschlossenheit, vielleicht auch ihre Nerven zu sammeln. »Warum läufst du ständig weg?«

»Wie bitte?« Herm wurde knallrot, als hätte sie einen wunden Punkt getroffen, für den er sich schämte.

»Etwa nicht? Vermeidest du es denn nicht nach Kräften, irgendwem zu nahe zu kommen, selbst mir? Ich weiß nicht, warum ich es nicht schon früher bemerkt habe. Obwohl, das stimmt gar nicht. Ich habe es gewusst, und es war einer der Gründe, warum ich dich geheiratet habe – umso törichter von mir.«

»Das wirst du erklären müssen, Katherine, denn ich habe keine Ahnung, wovon du sprichst.«

»Ich weiß, es klingt ironisch, aber mir scheint, ich habe mich selbst nie verstanden, bis ich nach Darkover kam, habe nie begriffen, warum mir in Gegenwart anderer meistens unbehaglich zu Mute ist. Dich, Hermes-Gabriel Aldaran, habe ich auch deshalb geheiratet, weil ich mich mit dir wohl fühlte – und jetzt erkenne ich, dass der Grund dafür deine Distanziertheit ist! Sicher, du bist lieb und nett und äußerst hingebungsvoll, aber es gibt einen Teil von dir, den du nicht preisgibst. Dieser Teil sorgte dafür, dass ich mich nicht bedroht fühlte, aber jetzt ist alles so anders. Wenn wir unsere Ehe noch kitten wollen, wirst du dich ändern müssen!«

Domenic wünschte, er könnte irgendwie verhindern, dass er alles mithörte, aber er war gleichzeitig auch sehr interessiert. Sprachen seine Eltern auch über solche Dinge, wenn sie allein waren? Es musste so sein, denn sowohl Mikhail als auch Marguerida waren sehr starke und eigensinnige Persönlichkeiten, und sie hatten ihre Ehejahre sicher nicht ohne Auseinandersetzungen überstanden. Das war eine neue und nicht ganz angenehme Einsicht in die Beziehung der zwei wichtigsten Menschen in seinem Leben.

»Distanziert? Ich?« Herm klang jetzt eingeschnappt, fast wie ein Kind.

»Ja, und du versteckst dich auch! Oder glaubst du, dass dieser muntere, leutselige Bursche, den du spielst, der echte Hermes ist?«

Der Mann krümmte sich und verschränkte die Finger. Dann schluckte er heftig und entgegnete: »Ich vermeide es eben möglichst, in mich hineinzuschauen.«

»Dann solltest du lieber damit anfangen, sonst werde ich ... ich weiß es nicht genau. Vielleicht schließe ich mich der Malergilde an und trenne mich von dir. Oder ich lasse mich für den Rest meiner Jahre von deinem Bruder ernähren. Auch wenn du mich auf diese fremde Welt ins Exil geführt hast, bin ich nicht ohne Möglichkeiten!«

»Du verlangst von mir, ein anderer Mensch zu werden. Ich weiß nicht, ob das realistisch ist. Ich weiß nicht, ob ich das kann.«

»Ich will, dass du es versuchst. Ich lasse mich nicht mehr ausschließen, und ich will auch nicht mehr im Stich gelassen werden, Herm. Das solltest du möglichst schnell in deinen klobigen Aldaranschädel kriegen!«

»Reicht es denn nicht, dass ich dich liebe?«

»Nicht annähernd, *Cario.*« Die Kosebezeichnung nahm ihrer Forderung nicht die Schärfe, und Domenic verschleierte ein Lächeln, indem er den Kopf senkte, sodass man seinen Mund nicht sah. Er hatte das Gefühl, eine wichtige Lektion über das Leben als Erwachsener zu lernen, die er allerdings noch nicht ganz verstand.

»Was willst du von mir, Kate?« Herm wirkte nun demütig, aufrichtig und ein bisschen ängstlich.

»Ich möchte, dass du endlich erwachsen wirst! Keine Spielchen und Intrigen mehr und keine Geheimnisse, jedenfalls nicht vor mir!«

Herm sah eine Minute lang niedergeschlagen aus, und Domenic wartete gespannt auf seine Antwort. »Ohne meine Komplotte und Intrigen weiß ich nicht, wer ich bin, Kate.«

»Dann ist es höchste Zeit, dass du es herausfindest.«

Er seufzte tief. »Ist dir klar, wie sehr ich es hasse, wenn du Recht hast?«

»Ja.« Kate streckte die Hand aus und legte sie auf seine verschränkten Finger. »Wenn ich dich nicht so sehr lieben würde, würde ich dich nicht quälen, das weißt du.«

»Womit habe ich dich nur verdient?« Er senkte den Kopf.

Sie beugte sich über ihn und küsste ihn auf die spiegelnde Glatze. »Du musst wohl unter einem Glücksstern zur Welt gekommen sein«, murmelte sie.

Domenic gähnte, aber nicht aus Müdigkeit, sondern um die Spannung in seinem Kiefer zu lösen. Es war erstaunlich – noch vor wenigen Minuten waren die beiden sehr wütend aufeinander gewesen, und jetzt war es plötzlich vorbei, vorläufig, jedenfalls. Vermutlich war die Sache noch nicht ganz beigelegt, Katherine würde ihren Gatten wieder und wieder schelten müssen. Aber der Frieden war wiederhergestellt, und Domenic hatte den Eindruck, etwas gelernt zu haben. Er wünschte, er könnte seine Mutter danach fragen, aber dazu müsste er offenlegen, was zwischen Herm und Katherine geschehen war, und das wollte er nicht. Nach kurzem Grübeln ließ er die Angelegenheit ruhen und konzentrierte sich auf Dinge außerhalb der Kutsche. Er überflog die Gedanken der Wachen, die neben ihnen herritten, und dann tastete er nach jenen, die irgendwo auf dem Weg vor ihnen auf sie warteten.

Mikhail und Marguerida ritten Seite an Seite an der Spitze des sich langsam fortbewegenden Zuges. Beide waren angespannt und wachsam, und die Stimmung der Gardisten um sie herum war düster. Hufschlag, das Klirren von Zaumzeug und das gelegentliche Schnauben eines Tieres durchdrangen als einzige Geräusche eine zunehmend bedrückende Stille. Marguerida schluckte, ihre Kehle war trocken, und sie begann eine kleine Melodie zu summen. Mikhail warf ihr einen Blick zu, als er die Töne hörte, und lächelte schwach.

Das Mittagsmahl war chaotisch, geräuschvoll und fast fiebrig verlaufen; allen schien bewusst, dass es ihr letztes sein konnte, und sie wollten das Beste daraus machen. Marguerida war erleichtert gewesen, Domenic wiederzuhaben, und freute sich, dass sie ihn überreden konnte, in einer der Kutschen zu fahren anstatt zu reiten. Eine Kutsche bot zwar nicht viel Schutz, aber wenigstens würde er während des eigentlichen Kampfes nicht zu sehen sein. Hoffentlich behielt sie Recht. Es war leichter, sich über ihren Sohn den Kopf zu zerbrechen, als an das zu denken, was sie weiter vorn erwartete.

Rafaella hatte ihnen eine klare Vorstellung vermitteln können, wo genau der Hinterhalt wahrscheinlich stattfinden würde. Sie und die übrigen Entsagenden hatten seit dem Vorabend einiges an Spionagetätigkeit geleistet und konnten recht exakt Stärke und Aufenthaltsort des Feindes bestimmen. Was sie nicht wussten und was Mikhail und Marguerida die größten Sorgen bereitete, war die Art der Bewaffnung, der sie sich gegenübersehen würden. Rafaella sagte, die Männer würden darkovanische Kleidung tragen und schienen Knüppel und Kurzschwerter mit sich zu führen. Aber Marguerida konnte einfach nicht glauben, dass die Truppen der Föderation nicht versuchen würden, ihre überlegenen Waffen gegen den Trauerzug einzusetzen.

Sie holte tief Luft und lenkte ihre Gedanken in weniger belastende Bahnen. Sie wollte sich ihre Energien für den Angriff aufheben, dort würde sie alle ihre Sinne beisammenhaben müssen, und wenn sie jetzt anfing, sich Einschläge von hochtechnischen Waffen vorzustellen, würde sie erschöpft sein, bis sie auf den Feind trafen. Stattdessen wandte sie ihre Gedanken Illona Rider zu, die vielleicht Dyan Ardais' Tochter war.

Dyans Verhalten machte deutlich, dass es ihm widerstrebte, das Mädchen anzuerkennen. Marguerida hatte ihn nie ganz verstanden, es war schließlich keine Schande, *nedestro*-Kinder zu zeugen, und jedes einzelne darkovanische Kind war überaus kostbar! Er hätte frohlocken sollen, weil er wusste, dass noch ein Kind von ihm lebte! Irgendetwas musste jedenfalls mit Illona geschehen, ob Dyan sie anerkannte oder nicht. Marguerida seufzte. Eine Pflegefamilie wäre die nahe liegende Antwort, aber sie war sich nicht sicher, ob sie selbst noch eine Heranwachsende bei sich aufnehmen wollte. Alanna machte schon genug Schwierigkeiten, und sie hatte den Verdacht, dass ihr problematisches Mündel gewiss nicht gern mit einer Rivalin um die Zuneigung ihrer Umgebung buhlen würde. Überdies dürfte Domenic ziemlich sicher zwischen den beiden Mädchen in der Klemme sitzen.

Sie dachte daran, was man ihr vor sehr langer Zeit gesagt hatte: »Ein nicht ausgebildeter Telepath stellt eine Gefahr für sich und seine Umgebung dar.«

Das Mädchen brauchte ebenfalls eine Ausbildung. Und zweifellos hatte Domenic mit seiner Vermutung Recht, dass Illona die Alton-Gabe besaß. Marguerida hatte das *Laran* des Mädchens gefühlt, und es ähnelte ihrem eigenen so sehr, dass sie ihrem Sohn glaubte. Aber sie war nicht der Ansicht, dass Arilinn ein sehr angenehmer Ort für ein Kind des Fahrenden Volks wäre. Vermutlich würde Illona nach den ersten Zurückweisungen durch andere Schüler einfach ausreißen. Nein, entweder sie nahm das Mädchen selbst in Pflege, oder sie schickte es in einen Turm wie Tramontana. Doch sich jetzt darüber Sorgen zu machen, half ihm überhaupt nicht weiter.

Gegen besseres Wissen wandte sich Marguerida wieder der

Gegenwart zu. Hatten sie alle Möglichkeiten bedacht? Konnten sie und Mikhail mit der vereinten Energie ihrer beiden Matrizen genügend eigene Leute beschützen und dem Angriff Einhalt gebieten? Sie hatten versucht, die Grenzen ihres Vermögens auszuloten, und wussten, dass sie einen Pfeil mühelos aufhalten konnten. Es war eine nervenaufreibende Übung gewesen, nicht nur für sie, sondern mehr noch für den armen Gardisten, der aufgefordert wurde, mit dem Bogen nach ihnen zu zielen. Aber ob sie auch den Schuss aus einer terranischen Waffe abwehren konnten, war eine ganz andere Frage. Es war wirklich schade, dass die Befehlsstimme eine so begrenzte Wirkung hatte und über hundert Fuß hinaus nicht mehr zuverlässig funktionierte. Sie hatten beschlossen, ihren Einsatz nicht zu riskieren, da sie Freund wie Feind gleichermaßen beeinflusste, während alle Personen außerhalb des Wirkungskreises weiter nach Belieben schalten und walten konnten.

Marguerida drehte sich im Sattel um und blickte nach hinten. Sie sah *Dom* Francisco ein paar Pferdelängen hinter sich reiten und dachte daran, dass Kate ihr geraten hatte, ihn im Auge zu behalten. Dann wandte sie sich wieder nach vorn und strengte ihren Entfernungssinn bis aufs Äußerste an. Sie hatte es bereits einige Male getan, aber diesmal wurde sie mit der schwachen Wahrnehmung geistiger Energie etwa eine Meile voraus belohnt. Sie konnte allerdings auf diese Entfernung keine Individuen unterscheiden oder etwas Nützliches in Erfahrung bringen.

Du hältst dich gut, Caria.

Danke für die Aufmunterung. Ich habe das Gefühl, jeden Moment zu explodieren.

Du siehst wirklich wie ein Kessel kurz vor dem Kochen aus – aber ein sehr hübscher Kessel.

Ich hätte nie gedacht, dass man auf so liebevolle Art mit ei-

nem Topf verglichen werden kann! Sie ritten einige Minuten in einträchtigem Schweigen und hingen jeweils ihren eigenen Gedanken nach.

Mutter!

Ja, Domenic.

Ich kann diesen Vancof jetzt hören. Er ist nicht mit den Übrigen zusammen, sondern sitzt in einem Dickicht, von wo er uns kommen sieht. Vermutlich ein Beobachtungsposten. Er scheint ein bisschen von der Größe unsres Zuges überrascht zu sein und wird langsam unruhig. Er überlegt, ob er sich zurückziehen und der Hauptgruppe Bescheid geben oder ob er bleiben soll, wo er ist. Vor allem hätte er gern etwas zu trinken, und er ist sehr besorgt, hauptsächlich um seine eigene Haut. Er wünscht, er hätte sich schon vor Tagen aus dem Staub gemacht, er hätte keine Befehle und Granfell wäre tot – ein großes Durcheinander an Gedanken. Hmm ... mir scheint, es gibt da eine Uneinigkeit.

Uneinigkeit?

Er denkt an einen Streit von gestern Nacht, zwischen Granfell und dem Kommandeur der Soldaten aus den Hellers, einem gewissen Shen. Es wird nicht ganz klar, aber es kann sein, dass dieser Shen mit Befehlen hierher geschickt wurde, die ihm nicht gefallen, oder vielleicht missfällt ihm auch die ganze Situation. Tut mir Leid, dass ich es nicht deutlicher beschreiben kann, aber Vancofs Gedanken sind nicht sehr scharf. Ein Teil von ihm wäre überall lieber als hier, aber der Rest will unbedingt herausfinden, was passieren wird. Es ist, als wäre er von Unentschlossenheit und Neugier zugleich gelähmt.

Vielleicht ist dieser Shen ehrenwerter als Granfell und hält es nicht für richtig, Zivilisten anzugreifen.

Ich glaube, es hat mit der Art seiner Befehle zu tun. Kann sein, dass er nur nicht bei etwas erwischt werden will, wofür ihn die Föderation bestrafen würde. Ich wünschte, ich könnte es dir genauer sagen.

Du hast schon sehr viel getan. Danke, mein kleiner Spion.

Marguerida räusperte sich, verärgert darüber, wie angespannt sie war, und erzählte Mikhail und Danilo Syrtis-Ardais, der rechts von ihr ritt, was sie soeben in Erfahrung gebracht hatte. Die beiden Männer gaben ihr Halt, wie auch die massigen Gestalten der Gardisten um sie herum. »Gut, das zu wissen«, sagte Danilo nur.

»Ich würde viel dafür geben, wenn ich genau erfahren könnte, welcher Art diese Befehle waren. Falls wir die ganze Geschichte je entwirren können.«

»Wie meinst du das, Mik?« Es tat Marguerida gut zu reden und half ihr, die Anspannung abzubauen.

»Wer hat diese Befehle gegeben? War es Granfell oder Belfontaine?«

»Wieso ist das wichtig?«

»Ich glaube, Mikhail meint, wenn Granfell das Sagen hatte, kann Belfontaine hinterher behaupten, er habe von nichts gewusst. Aber wenn Belfontaine selbst die Befehle gab und es kommt heraus, dann sitzt die Föderation ernsthaft in der Klemme.« Danilo sprach sehr langsam, als würde ihm selbst erst beim Reden alles klar.

»Ich verstehe nicht, welche Rolle das spielen soll, wenn die Föderation Darkover ohnehin verlässt«, entgegnete Marguerida in scharfem Ton.

»Vielleicht verlässt. Und wenn sie es nicht tun? Es wird so oder so schwer zu erklären sein – von unserer Rolle bei der ganzen Sache gar nicht erst zu reden.«

Marguerida zuckte die Achseln. Sie wollte sich keinesfalls neue Sorgen aufladen lassen. »Sie haben uns den perfekten Vorwand geliefert – der Trauerzug wurde von Banditen überfallen, die dabei ums Leben kamen.«

»Hoffentlich. Aber wir müssen damit rechnen, dass es sich die Föderation vielleicht anders überlegt und beschließt, wir hätten sie irgendwie provoziert.«

»Halt. Wir können jetzt nicht anfangen, alles von vorn zu überdenken, Mikhail«, sagte Danilo empört. »Lasst uns nur lebend aus der Sache herauskommen, über das Ergebnis können wir uns später den Kopf zerbrechen.«

Donal, der links von Mikhail ritt, lachte überraschend. »Du meinst: ›Lasst sie uns alle töten, die Götter werden schon wissen, wofür es gut war?‹«, fragte er.

»So ungefähr«, erwiderte Danilo und schaute ein wenig verlegen drein ob dieser unverblümten Aussage.

Die Gardisten in der Nähe grinsten plötzlich, es schien, als hätte ihnen der junge Friedensmann aus der Seele gesprochen. Leises Gelächter erhob sich, und die düstere Stimmung hellte sich für einen Augenblick auf. Alle schienen wie befreit durchzuatmen, bevor sie wieder in ihre gespannte Wachsamkeit verfielen.

Mikhail warf Donal einen Blick zu, in dem sich Zustimmung und Besorgnis mischten. Er rutschte im Sattel hin und her und richtete die Augen auf seine Frau. *Mir kommt alles so unwirklich vor, als ob ...*

... als ob wir in einem alten Gedicht wären, Liebster? »Ins Tal des Todes ritten die Sechshundert ...«

Das ist es! Ich bin einfach nicht darauf gekommen, es hat mich wahnsinnig gemacht.

Aber das hier ist kein Gedicht, und wir reiten nicht ins Tal des Todes. Das hier ist alles sehr real. Heute werden Menschen sterben, und es wird nicht im Geringsten poetisch sein. Marguerida spürte den Ernst ihrer Gedanken und den Konflikt darunter.

Woher ...?

Ich sah kurz ein Bild von Leichen aufblitzen, aber ich weiß nicht, wessen Leichen. Ich weiß nur, dass weder du noch Domenic darunter wart.

Und du?

Ich glaube kaum, dass ich nichts von meinem eigenen Tod erfahren hätte, auch wenn ich nur sehr wenig sah. Marguerida weigerte sich, über die Möglichkeit nachzudenken, dass sie in ihrer Vision tot gewesen sein könnte, ohne es selbst zu merken. Das war zu beängstigend.

Sie hatten sich dem wartenden Feind inzwischen bis auf eine Viertelmeile genähert, wenngleich nichts außer dem Schweigen der Vögel auf etwas Ungewöhnliches hinwies. Sie sahen weder Gestalten in den Bäumen vor ihnen noch irgendeine Bewegung. Aber Marguerida fing die Anspannung der im Hinterhalt Lauernden auf, auch wenn sie die Männer nicht einzeln unterscheiden konnte. Hier und da gab es ein paar klare Gedanken, vermutlich von kampferprobten Veteranen. War dieser Shen darunter, und konnte sie ihn eventuell entdecken?

Und was könnte sie in diesem Fall tun? Sie wälzte in Gedanken verschiedene Einfälle, etwa ob sie die Alton-Gabe auf diese Entfernung bei jemandem anwenden konnte, dem sie noch nie im Leben begegnet war. Sie bezweifelte sehr, dass sie damit etwas bewirkte, und wahrscheinlich würde es den Angriff nicht verhindern. Es schien tatsächlich kein Entrinnen vor der Gefahr zu geben, deshalb hörte sie am besten einfach auf, nach Auswegen zu suchen.

Zuletzt stellte sie sich wild entschlossen dem eigentlichen Problem bei ihrem Plan. Dieser hatte daheim im Kristallsaal glänzend ausgesehen, aber ihr Mann würde dabei seine unglaublichen Kräfte in einer völlig neuen Weise einsetzen – er war ein Heiler, und nun stand er im Begriff, zum Zerstörer zu werden. Sie schauderte plötzlich. Sie wollte niemanden töten, und Mikhail wollte es ebenfalls nicht!

Ein Teil von ihr hätte ihn gern von dieser schrecklichen

Verantwortung entbunden und sie auf ihre eigenen Schultern geladen. Aber Marguerida wusste, das durfte sie nicht, sie mussten das Ergebnis gemeinsam tragen. Mikhail würde ihr nie vergeben können, wenn sie ihn jetzt zu beschützen versuchte. Sie musste ihn diese Sache tun lassen, die allem zuwiderlief, wofür er einstand, seit er Varzils Ring erhalten hatte. Ihre eigenen Kräfte konnten zwar großen Schaden anrichten, aber es waren Mikhails, die den Tag letztlich entscheiden würden. Er war jetzt der Herrscher Darkovers, und das hieß, sie musste ihn tun lassen, was zu tun war, denn alles andere würde ihn entehren.

Das war wirklich ein netter Zeitpunkt, alles in Frage zu stellen, dachte sie bitter. Marguerida prüfte ihren plötzlichen Schwall ethischer Erwägungen, tadelte sich, nicht früher daran gedacht zu haben, und entschied, dass sie mit den Folgen eben würde leben müssen. Donal hatte Recht. Sollten die Götter schlau daraus werden. Das Problem war nur, dass anscheinend nie welche da waren, wenn man sie brauchte.

Dann traf sie die plötzliche Erkenntnis, dass Mikhail seinen eigenen inneren Kampf ausfocht. Wenn es für sie schon so schwer war, wie viel schwerer musste es da für ihn sein? Niemand von ihnen war blutrünstig, und die Vorstellung, die unter den Bäumen versteckten Männer zu töten, war moralisch abstoßend, auch wenn es sich um Feinde handelte. Aber sie würde die Tat vollbringen und die Folgen für ihr Gewissen ein andermal erdulden.

Dennoch, es war schwer. Marguerida zwang sich, die Dinge so zu nehmen, wie sie waren, und fühlte, wie ihr Widerstreben endlich nachließ. Ihre nagenden Zweifel blieben, aber sie brachte sie streng zum Schweigen und richtete ihre Aufmerksamkeit wieder auf das kleine Gehölz, in dem der Feind wartete. Sie spürte Wachsamkeit, Angst, Aufregung und – mit kurzer Verzögerung – noch etwas. Was war es?

Unentschlossenheit, befand sie endlich, bei einer unter den vielen Personen. War das Kommandant Shen? Die wenigen Informationen, die sie von Domenic bekommen hatte, machten diese Annahme wahrscheinlich. Marguerida hatte die spontane Eingebung, dieses schwache, aber wahrnehmbare Gefühl zu beeinflussen, diese unbekannte Person in eine friedfertige Richtung zu stoßen. Das wäre bei jemandem, den sie kannte, schon ein heikles Unterfangen gewesen, und beinahe unmöglich bei einem Fremden, aber sie war dennoch versucht. Wenn sie nur zu dieser Person sprechen könnte, dann könnte sie die Befehlsstimme einsetzen. Sicher wäre es besser für den Feind, wenn er sich zurückzöge, ohne den Kampf zu eröffnen – zahlreiche Leben könnten dann gerettet werden.

Die Gelegenheit verstrich. Sie fühlte, wie der Fremde seine Zweifel unterdrückte, seinen Entschluss festigte und beschloss, den Befehl zu geben. »Sie greifen an, Mik«, verkündete sie ruhig.

»Bestand daran je ein Zweifel?« Seine Stimme klang heiser vor Anspannung.

»Ja, vor einigen Augenblicken bestand einer.«

»Verdammt!«

»Ich weiß. Aber irgendwie kommen wir aus der Sache heraus ...«

»Dieser Tag wird alles ändern – ich spüre das jetzt ganz deutlich!« *Und das Schlimmste ist, ich glaube, Varzil hat es vorausgesehen. Es ging nicht nur darum, den Ring vor Ashara in Sicherheit zu bringen, als er starb – er sagte, der Ring müsse für die Zukunft Darkovers weiter existieren! Ich wünschte, es wäre nicht so. Ich werde nach dem heutigen Tag nicht mehr derselbe Mensch sein, und ich weiß nicht, ob ich damit leben kann ... aber ich muss es wohl.*

Marguerida sah ihren Mann kurz an und fragte sich, was er

wohl meinte. Dann wusste sie es, hatte es immer gewusst, aber vor sich selbst verborgen, um sich vor dem Schmerz zu schützen, den dieser Tag ihr und ihrem Mann bringen würde. Das hier war ihr Schicksal, ihres und Mikhails. Ein schreckliches Gefühl der Hilflosigkeit überkam sie, als hätte sie nie eine Wahl gehabt. Seit jenem Tag vor vielen Jahren, als sie nach Darkover zurückgekehrt war, seit sie ihren Fuß auf die Rollbahn des Raumhafens gesetzt hatte und vom terranischen Sektor nach Thendara wechselte, war sie auf diesen Augenblick zugesteuert. Und Mikhail ebenfalls. Das konnte sie akzeptieren, auch wenn es sie Überwindung kostete, aber es waren auch andere Leute beteiligt, und Zorn blitzte in ihr auf, weil ihr seltsames Schicksal diese mit einschloss. Das war einfach nicht gerecht, entschied sie, und dann verschloss sie sich energisch allen weiteren Grübeleien.

Dirck Vancof ließ das Fernrohr sinken und wischte sich ein paar Schweißperlen von der Stirn. Trotz der kalten Brise, die über die Anhöhe blies, auf der er Beobachtungsposten bezogen hatte, schwitzte er wie ein Schwein. Seine Eingeweide krampften sich zusammen, und sein Schädel schien zu zerspringen. Er schüttelte den Kopf. Der Zug war weitaus besser bewacht, als er gedacht hatte, und ihm sank der Mut, ein Gefühl, das ihm nur allzu vertraut war. Er hätte sich nie auf Granfells hirnverbrannten Plan einlassen sollen.

Dann plötzlich wurde ihm fast wie durch Zauber alles völlig klar. Wenn er blieb, wo er war, würde er getötet werden. Einen Augenblick lang war er unentschlossen – sollte er sich einfach in die Wälder davonmachen? Die Vorstellung, den Rest seines Lebens auf dieser kalten Hölle von Planet zu verbringen, war abscheulich. Schlimmer noch war, dass er ohne den Schutz des Fahrenden Volkes nur über wenige Hilfsquellen verfügte. Natürlich würde er jederzeit als Einheimischer durchgehen, aber er hatte Darkover gründlich satt, und er war nun schon seit fünf Jahren hier.

Ein Lächeln breitete sich langsam auf seinem Gesicht aus. Er machte kehrt und lief den Hügel hinab, in Richtung des Lagers, wo die Techniker ihre Ausrüstung aufgebaut hatten. Er wusste jetzt, was er zu tun hatte, und es war so nahe liegend und einfach, dass er kaum begreifen konnte, warum es ihm nicht früher eingefallen war. Zur Hölle mit Granfell, Belfontaine und allen andern – er würde sich jetzt nur noch um Mutter Vancofs kleinen Jungen kümmern.

Auf halbem Weg nach unten sah er, dass ihm Miles Granfell entgegenkam, und er lächelte. Der Narr hatte keine Ahnung, dass Vancof von Belfontaine den Befehl bekommen hatte, ihn zu töten, und er machte es ihm offenbar leicht. Seine Pechsträhne ging endlich zu Ende.

»Ich wollte dich gerade holen«, sagte Granfell beim Näherkommen. Vancof nickte und machte noch ein paar Schritte nach unten, dann stieß er ihm mit einer knappen Bewegung ein Messer in den Hals, wobei er die Neigung des Geländes ausnutzte, um Granfells überlegene Körpergröße wettzumachen. In dessen grauen Augen flackerte etwas wie Überraschung auf und seine Hände zuckten krampfartig. Ein Gurgeln drang aus dem weit geöffneten Mund, und aus der Wunde schoss ein Strahl Blut, das sich auf seine Kleidung ergoss. Dann knickten Granfells Knie ein, er ging zu Boden und rutschte den Hang hinunter, bis ein Baum den leblosen Körper aufhielt.

Vancof beugte sich über die Leiche, um sich zu vergewissern, dass der Schweinehund wirklich tot war, und zog das Messer heraus. Er wischte die Klinge an Granfells Gewand ab und versetzte dem Toten obendrein noch einen Tritt. Dann schlenderte er leise pfeifend davon.

Kurz darauf erreichte er das Lager und sah sich so beiläufig um, als wäre er der sorgloseste Mensch der Welt. Die meisten Soldaten hatten bereits ihre Position bezogen, und er sah nur noch ein paar Techniker, die darauf warteten, dass sich etwas tat. Sie achteten nicht auf Vancof, als er zu den beiden schweren Fliegern schlenderte, die sie in der Nacht zuvor von den Hellers hierher gebracht hatten.

Er stieg in den unbewachten ersten Flieger, schloss mit einem Knopfdruck die Tür und setzte sich an die Instrumente. Es dauerte nur einige Sekunden, bis alle Anzeigen aufleuchteten – die Maschine war leicht zu fliegen, er hatte es früher schon getan. Der Motor summte, während er die Koordinaten für den Raumhafen in Thendara eingab.

Vancof hörte einen dumpfen Schlag an der geschlossenen Tür und einen sehr gedämpften Ruf. Dann erhob sich der Flieger mühelos in die Luft und schwebte über die Bäume hinweg. Vancof erhaschte einen letzten Blick auf das Lager und den lang gestreckten Trauerzug auf der Straße. Für einen Moment glaubte er, eine Explosion auf der Straße zu erkennen, und fragte sich, was da wohl vor sich ging. Dann zuckte er die Achseln und beschleunigte sein Fluggerät.

Marguerida hörte Danilo neben ihr einen Schrei ausstoßen. Er deutete zum Himmel, und sie sah kurz die schimmernden Umrisse eines Fliegers, der über den Bäumen emporstieg. Bevor sie sich noch richtig fragen konnte, ob der Angriff etwa aus der Luft erfolgte, hörte sie ein Geheul, und eine Gruppe Männer brach aus dem Unterholz vor ihr. Sie waren nach darkovanischer Art gekleidet, mit gedämpft braunen oder grünen Übergewändern, ihre Gesichter verbargen sie unter Tüchern. Sie griffen die vordersten Gardisten an, wobei sie mit ihren Stöcken auf die Beine der Pferde zielten.

Aber die Gardisten ließen sich nicht aus der Fassung bringen. Sie trieben ihre Reittiere zusammen und nutzten sie zu

Verteidigung und Angriff zugleich. Die Pferde bäumten sich auf und traten nach den Angreifern, während ihre massigen Leiber gleichzeitig den Reitern Schutz boten. Die Gardesoldaten begannen ihre Schwerter und Speere wirkungsvoll zu schwingen und hieben auf Köpfe und Schultern ein. Man hörte den schnalzenden Laut von Bogensehnen, und ein Schwall von Pfeilen flog in Richtung Wald. Nach den Schreien zu urteilen, fanden mehrere ihr Ziel.

Geschickt gemacht, dachte Marguerida, während sie sich den Reithandschuh von der Hand riss und den Seidenhandschuh darunter abstreifte. Genauso hätten es echte Banditen angestellt, wenn sie zu Fuß gegen Berittene antreten müssten. Hinter sich hörte sie Rufe, als die Lenker der Fuhrwerke und Kutschen ihre Gefährte in Verteidigungsstellung brachten, wobei sie den Wagen, auf dem der Leichnam Regis Hasturs ruhte, und die Kutschen mit den Nichtkombattanten in der Mitte platzierten. Am Ende des Zuges sprangen die Türen mehrerer Fahrzeuge auf, und die darin versteckten Männer, die nur auf diesen Augenblick gewartet hatten, stürmten heraus.

Eine zweite Welle von Angreifern flutete aus dem Gehölz, und Marguerida hörte das Wiehern der verängstigten Pferde. Sie kämpfte gegen die Panik an, die sie zu ergreifen drohte, streckte die Hand mit der Handfläche nach oben aus und sah, wie sich Mikhails bloße Hand ruhig darüber legte. Als ihre Matrix die seine erdete und unterstützte, gab es keine Zweifel und kein Zögern mehr, sondern nur noch eine Sicherheit, die sie augenblicklich beruhigte und mit einem beinahe euphorischen Gefühl der Einheit erfüllte, und so begannen die beiden den wundervollen Kraftkegel aufzubauen, den nur sie erschaffen konnten.

Licht brach aus dem leuchtenden Edelstein an Mikhails Hand, stieg zum bewölkten Himmel empor und umhüllte sie, dann erweiterte es sich zu einer Kugel aus schimmernder Energie, die sie beide, Regis' Leichnam und die Leute in den bewachten Kutschen beschützte. Marguerida versank völlig in der Empfindung der Ganzheit, die aus der Verbindung ihrer Kraft mit der Mikhails entstand und in der alle Liebe, die sie sich über die Jahre geschenkt hatten, in eine einzige Gewissheit floss.

Wie aus großer Ferne fing sie Gedankenfetzen auf, aber der Schrecken, den diese enthielten, erreichte sie kaum. Es war nur ein Energiebrei, den Marguerida als einen Wirbel aus Farben, grellen Gelb- und Grüntönen, wahrnahm.

Die derben Stöcke wurden weggeworfen und die Schwerter fielen zu Boden. Die Garde nutzte den Augenblick, griff die vorübergehend wie gelähmten Männer an und tötete einige, bevor kurze, dicke Metallgegenstände unter den Kleidungsstücken auftauchten. Aus einem von ihnen schoss ein greller Blitz, und ein Gardist fiel mit einem großen Loch in der Brust nach hinten. Sein Pferd bäumte sich auf und trat nach dem Angreifer, aber ein zweiter Schuss traf es in die Schnauze. Es fiel im Sterben auf den Feind und drückte den Mann mit seinem Gewicht zu Boden, während dieser wütend aufschrie.

Mikhail trieb seine Gedanken durch die Matrix, wobei er Margueridas helfende Energie aufsog. Ein breiter Lichtstrahl brach aus den gleißenden Facetten, schlängelte sich aus der schützenden Blase und breitete sich fächerförmig über die heranstürzenden Kämpfer aus. Die Gardeleute rissen ihre Pferde zur Seite, denn Mikhails Waffe konnte nicht zwischen Freund und Feind unterscheiden und man hatte sie vorgewarnt. Das Licht stieß wie Blitze in die Haufen der feuernden Soldaten und versengte die Männer so rasch, dass an eine Flucht vor der glühenden Berührung nicht mehr zu denken war.

Alle Bewegung schien sich zu einem Kriechen zu verlangsamen, und Marguerida konnte nichts weiter tun, als den grässlichen Anblick auszuhalten, der sich ihren Augen bot. Die stumpfen Metallwaffen zerbrachen, und dann schienen die Männer, die sie hielten ... auseinander zu fallen. Mikhail hatte seine Fähigkeit zu heilen ins Gegenteil verkehrt, und nun löste er die Feinde regelrecht in ihre Einzelteile auf. Blut floss aus jeder Körperöffnung, Leiber sackten in sich zusammen, der Boden war ein Strom von Blut, und aus Männern wurden in Sekunden Ghuls und schließlich Kadaver.

Überall herrschte nun Durcheinander, die Gardisten mühten sich verzweifelt, aus der Reichweite von Mikhails tödlicher Energie zu gelangen, und diejenigen, die von den ersten Angreifern noch übrig waren, rannten blindlings in alle Richtungen. Die Männer, die gerade neu aus dem Schutz der Bäume aufgetaucht waren, erwischte es unvorbereitet, und ihnen blieb keine Zeit mehr, sich zu retten. Das bösartige Licht aus Mikhails Hand breitete sich über das Dickicht aus und vernichtete alles, was es berührte. Die Nadelhölzer loderten auf wie Fackeln, und der Geruch versengten Fleisches mischte sich mit dem heißen Harz der Bäume, während sich in den blutroten Boden das Schwarz der Asche mengte. Die wenigen glücklicheren Feinde, die sich außerhalb dieser Zerstörung aufhielten, wurden von den Gardisten über den Haufen geritten.

Das Feuer begann inzwischen von Baum zu Baum zu wandern, was das allgemeine Durcheinander noch vermehrte. Marguerida hörte deutlich Angst- und Schmerzensschreie, und sie verursachten ihr Übelkeit. Aber sie wankte ebenso wenig wie Mikhail. Als sie spürte, wie er sein Pferd nach einer Seite lenkte, machte sie mit ihm kehrt, sodass er sein Vernichtungswerk entlang der Straße bis zum Ende des Zuges fortsetzen konnte. Sie bemühte sich, nicht an die Nachhut der Prozession zu denken, wo die Kämpfer, darunter die Entsagenden, bislang noch ohne Schutz waren. Sie wusste, dort hinten starben Leute im Dienste der Hasturs. Schwerter richteten gegen Schusswaffen wenig aus, aber sie fühlte, wie dessen ungeachtet tapfer gefochten wurde.

Der Klang der Schlacht begann sich zu ändern, und Marguerida vernahm wie aus großer Ferne, dass die noch übrigen Feinde nur einen Gedanken im kollektiven Bewusstsein hatten – *weg von hier!* Weder sie noch Mikhail hatten vorhergesehen, wie schrecklich die Manifestation ihrer Macht für die Truppen der Föderation ausfallen würde. Gelegentlich hörte sie noch das Zischen einer Schusswaffe zwischen den brennenden Bäumen, aber es wurde mit jedem Augenblick weniger.

Die Schlacht an der Spitze des Zuges war praktisch vorbei, bevor sie begonnen hatte. Einzelne Angreifer wurden noch von der anhaltenden Energie aus Mikhails Matrix erwischt. Wer ihr entrann, den hieb die Garde nieder, oder er kam im Feuer um. Marguerida hörte den gedanklichen Chor der Verzweiflung und der Ungläubigkeit, mit dem die Soldaten aus dem Leben schieden. Die Wendung der Ereignisse hatte diese Männer völlig überrumpelt und demütigte sie noch im Tod.

Aus dem Rauch und den Flammen näherte sich ein Mann zu Pferde dem Kampfgeschehen, sein Gesicht war noch verhüllt. Marguerida spürte seine tödliche Entschlossenheit, doch nur für einen kurzen Augenblick, und sie dachte schon, er würde abdrehen. Stattdessen ritt er direkt in den grellen Schein von Mikhails Zerstörungskraft und hob die Hand zu einer Art Salut, bevor er zu Asche wurde. Sein letzter Gedanke war selbst inmitten dieses Chaos stark genug, um zu ihr durchzudringen: *Wenigstens ein ehrenvoller Tod.*

Mikhail bewegte leicht die Hand, und der Schutzschirm um sie herum begann zu schwinden. Marguerida fühlte den Entzug von Energie, den schmerzlichen Verlust der ungeheuren Intimität, die sie während der kurzen Schlacht mit Mikhail geteilt hatte, und dann nur noch ihre Müdigkeit. Sie schloss die Augen, konzentrierte sich darauf, ihre Kanäle zu reinigen, und spürte, wie die Erschöpfung langsam von ihr abfiel und von einem Heißhunger ersetzt wurde, wie sie ihn seit Jahren nicht empfunden hatte. Dann trafen sie unvermittelt Schock und Trauer. So viele brave Männer waren in der kurzen Zeit des Kampfes gestorben, und weitere würden folgen.

Wortlos schob sie die Gefühlsregung beiseite und sah, dass Mikhail vom Pferd stieg, gefolgt von Donal, der gespenstisch bleich war. Zwei Gardisten erhoben Einspruch, aber Mikhail ging bereits auf die leblosen Körper jener zu, die sich außerhalb seines Schutzbereichs befunden hatten. Er beugte sich über einen gefallenen Gardisten, bevor er sich neben ihm auf die Erde kniete, während Donal sich in seinem Rücken hielt, wachsam trotz seines langsam nachlassenden Schreckens.

Als sich Marguerida aus dem Sattel schwang, um sich Mikhail anzuschließen, fand sie an der Bewegung eines Pferdes neben ihr nichts Ungewöhnliches, und sie achtete kaum darauf. Doch dann sah sie, dass *Dom* Francisco mit erhobenem Schwert und einem hasserfüllten Ausdruck im blassen Gesicht auf Mikhail zuritt. Donal drehte sich beim Geräusch der Hufe um, jedoch nicht schnell genug. Im nächsten Augenblick lag er auf dem Boden und musste aufpassen, nicht zu Tode getrampelt zu werden.

Bevor Marguerida sich rühren oder auch nur die Befehlsstimme einsetzen konnte, um *Dom* Franciscos Angriff zu stoppen, nahm sie aus dem Augenwinkel eine zweite Bewegung wahr. Rafael Hastur stürmte auf seinem Pferd nach vorn und schlug dem alten Ridenow mit dem Heft seines Schwerts so hart auf den Kopf, dass es hörbar krachte. Der Mann schwankte im Sattel und klammerte sich mit der freien Hand am Knauf fest, dann schwang er herum und ließ seine

Schwertklinge an den Hals von Rafaels Pferd sausen, wobei er das Knie des Reiters nur knapp verfehlte. Das Pferd scheute, wieherte laut und stürzte.

Donal rappelte sich auf, von seinem Gesicht tropfte Blut. Marguerida sah, wie sich der junge Friedensmann über die Augen wischte, dann stieß er sein Schwert in Franciscos Oberschenkel und schrie: »Du verräterischer Hund!«

Ein halbes Dutzend Gardisten umringte *Dom* Francisco nun, und einer schlug ihn aus dem Sattel. Der Gestürzte blieb bewusstlos auf dem Boden liegen, aus seinem Bein floss Blut, und Donal hob wütend das Schwert, um zu vollenden, was er begonnen hatte.

»Nein!« Das Wort war Marguerida entschlüpft, ohne dass sie nachgedacht hatte.

Donal zögerte, während einer der Gardisten rasch vom Pferd stieg und sich über den gefallenen Domänenherrn beugte. Er blickte zu Marguerida auf. »Wollt Ihr ihn lebend, *Domna,* oder sollen wir ihn verbluten lassen?«

Mikhail schob sich zwischen Donal und dem Gardisten hindurch, sein Gesicht war grimmig und blass. Er betrachtete Francisco einen Augenblick lang und kniete dann neben ihm nieder. Ohne ein Wort zu sagen, hielt er die Hand über die Wunde, die Facetten des Rings glitzerten im roten Schein des Brandes hinter ihm. Innerhalb weniger Sekunden begann die Blutung nachzulassen. »Ich will ihn lebend«, sagte er zu dem Gardisten. »Mit dem Tod käme er zu leicht davon.«

»Wie Ihr meint, *vai Dom*, wie Ihr meint.« Der Mann schien enttäuscht zu sein.

Marguerida blickte auf *Dom* Francisco hinab, und die ganze Szene nahm einen unwirklichen Charakter an. Es war, als könnte sie nicht richtig begreifen, was soeben geschehen war. Kate hatte Recht gehabt. Während sie noch mit ihrer Verwirrung kämpfte, fühlte sie plötzlich eine wachsende innere Unruhe am Rande ihres Bewusstseins, zuerst noch schwach, doch dann drang sie durch ihren benebelten Geist. Sie drehte sich um und starrte zum Ende des Trauerzugs, dort, wo die Kutschen standen, und ihr Herz zog sich entsetzt zusammen. Sie sah Bewegung, das Hin- und Herwogen von Kämpfern, unterbrochen von gelegentlichem Aufblitzen von Schüssen. Wie eine Kralle griff die Angst in ihre Eingeweide.

Domenic! Mikhail warf den Kopf zu ihr herum, und dann lief sie los, durch das Gewühl von Menschen und Pferden, vorbei an dem großen flachen Wagen mit Regis Hasturs' Leichnam. Eine breite Brust im Blau der Hasturgarde tauchte vor ihr auf, und sie drückte sie mit der rechten Hand mit aller Kraft weg. Trotz seines größeren Gewichts setzte sich der Mann rücklings auf die Erde und gab ein Geräusch von sich, als würde ihm die Luft wegbleiben. Marguerida fühlte, wie Mikhail ihr folgte, dazu mehrere andere, die um seine Sicherheit besorgt waren.

Ihr Mund war trocken, und das Blut hämmerte so laut in ihren Schläfen, dass sie die Schreie ringsum kaum wahrnahm. Ihr einziger Gedanke war, so schnell wie möglich zu ihrem Sohn zu kommen.

Bis sie die Kutsche erreicht hatte, keuchte sie bereits. Die Tür stand offen, und ein Paar Beine hing heraus. Marguerida spähte ins Innere. Domenic sah ihr aus weit aufgerissenen Augen entgegen, sein Gesicht war kreidebleich. Er hielt einen kurzen, blutverschmierten Dolch in der Hand. Kopf und Oberkörper eines Mannes lagen auf seinen Knien, eine Wunde im feisten Hals. Katherine war in den äußersten Winkel zurückgewichen, und Herm versuchte, eine Blutung an seiner linken Schulter zu stillen.

»Er dachte, ein Junge sei keine Gefahr«, murmelte Domenic benommen, und dann erbrach er das ausgezeichnete Mittagessen, das er eine Stunde zuvor eingenommen hatte, auf den

Boden der Kutsche. Der Dolch glitt ihm aus den Fingern, und Marguerida riss ihren Sohn an sich und drückte ihn heftig.

Katherine rutschte auf der Bank neben ihren Mann. Mit einer ruckartigen Bewegung trennte sie den unteren Teil des Ärmels von ihrem Hemd ab, zog ihn unter dem Übergewand hervor und band ihn, so straff sie konnte, oberhalb der Wunde fest. Sie weinte und fluchte dabei gleichzeitig in einem fort. Herm war nur halb bei Bewusstsein, murmelte aber ständig, dass ihm nichts fehle.

Marguerida schluckte schwer, vergewisserte sich rasch, dass ihr Sohn keinen körperlichen Schaden erlitten hatte, und kroch auf den Rücken des Toten. Ihre Knie drückten in das noch warme Fleisch unter seiner Kleidung. »Komm, lass mich dir helfen, Kate.«

»Was kannst du tun?«, kreischte Herms Frau und sah sie aus flehenden Augen an.

»Du würdest dich wundern«, antwortete Marguerida, über die eine so unvermittelte Ruhe kam, dass sie sich fragte, wo ihre Angst geblieben war. Der behelfsmäßige Druckverband hatte den Blutfluss verlangsamt, aber Herms Arm bot einen schrecklichen Anblick. »Geh mir aus dem Weg!«

Katherine starrte sie einen Moment lang an, als wollte sie sich nicht bewegen, dann wich sie zurück. Marguerida beugte sich über Herm, hob ihre unbedeckte linke Hand und schloss die Augen. Bei Aldones, war sie müde! Es erschien ihr wie eine Ewigkeit, bevor sie die verletzten Blutgefäße lokalisieren konnte. Der Stich hatte die Arterie hauchdünn verfehlt, aber die Wunde blutete dennoch schlimm.

»Was tust du da?«, schrie Katherine ängstlich und wütend zugleich.

»Lass sie in Ruhe«, brüllte Domenic zurück, dann spuckte er wieder.

»Alles in Ordnung, Kate«, ertönte Mikhails Stimme in Margueridas Rücken. Sie wusste, er stand in der offenen Tür der Kutsche, und sie fühlte seine Müdigkeit ebenso stark wie ihre eigene.

Marguerida versuchte, die Geräusche ringsum auszusperren, die Schreie der vor Angst rasenden Maultiere, die Rufe von Gardisten und Entsagenden. Das war einfacher, als ihren Geist vor Katherines Panik, Domenics Entsetzen und der Besorgnis ihres Mannes zu verschließen. Es schien ewig zu dauern, aber zuletzt gelang es ihr, sich auf nichts anderes als Hermes-Gabriel Aldaran zu konzentrieren, und für eine Weile war sie mit ihm allein. Sie hob die Handfläche mit der Matrix darin und bewegte sie über das verletzte Fleisch, um die Wunde auszubrennen. Vorübergehend geriet sie ins Stocken und spürte, wie Mikhail sie unterstützte, bis sie die Kraft hatte, die Aufgabe zu vollenden. Die Wunde würde noch gesäubert und genäht werden müssen, aber sie hatte die Blutung fürs Erste gestoppt.

Nun endlich kam Marguerida zu Bewusstsein, dass sie auf einer Leiche kniete, und sie zog sich neben ihren Sohn auf die Bank. Ihr Gesicht war schweißbedeckt, und ihre Hände zitterten. Sie wischte sich mit dem Ärmel über die Stirn, und ein Hauch ihres eigenen Angstschweißes und des Bluts an ihren Händen stieg ihr in die Nase. Angewidert verzog sie das Gesicht. Katherine starrte sie an, die Hände ihrerseits verschmiert mit Herms Blut, die Haut so weiß, wie Marguerida sie noch nie gesehen hatte. »Jetzt ist er erst einmal versorgt, Kate, bis eine Heilerin ihn gründlich reinigen kann«, brachte sie krächzend heraus.

Sie war zu müde, um sich zu bewegen, aber die laute Atmosphäre der Kutsche war ihr beinahe unerträglich. Sie wollte unbedingt nach draußen, aber ihr Körper verweigerte den Dienst. Dann sah sie, wie ein kräftiges Paar Hände die Füße des Toten packten, der noch immer, von Blut und Erbrochenem bedeckt, auf dem Boden lag. Die Hände zerrten heftig, und die Leiche begann sich zu bewegen. Als sie auf die Erde aufschlug, gab es ein dumpfes, widerwärtiges Geräusch, und Marguerida spürte, wie ihr die Galle in der Kehle aufstieg. Sie schluckte schwer und zwang ihr Mittagessen, im Magen zu bleiben, und in diesem Moment wurde die Tür auf der anderen Seite der Kutsche aufgezogen.

Draußen standen mit ängstlichem Blick ein Mitglied der Garde und eine der Entsagenden. Marguerida hörte, wie der Leichnam weggeschleift wurde, dann beugte sich Mikhail ins Innere der Kutsche. Herm stöhnte und öffnete langsam die Augen. Er versuchte sich vorzulehnen und stieß einen Schmerzenslaut aus. Katherine schob die blutigen Hände unter seine Arme und stützte ihn, so gut es ging.

»Schafft ihn raus und bringt eine Trage«, befahl Mikhail dem Gardisten auf der anderen Seite des Gefährts. »Katherine, du könntest jetzt aussteigen, dann kommt man leichter an Herm heran.« Als die Frau sich nicht rührte, wurde sein Ton schärfer. »Lehn ihn an die Bank und komm raus!«

Sie starrte ihn verblüfft an, doch schließlich ließ sie ihren Mann langsam gegen die Rückwand sinken und kletterte nach draußen. »Ich steige nie mehr in eine Kutsche! Nie wieder!« Dann begann sie zu weinen.

Die Kutsche schaukelte, als der Gardist hineinstieg, während die Entsagende an Herms Oberkörper anpackte. Es dauerte nur wenige Augenblicke, bis sie ihn aus der beengten Lage befreit hatten, aber Marguerida, die immer noch bewegungsunfähig auf der Bank hockte, kam es unendlich lange vor.

»Keine Angst, Mutter. Das hier ist Danila, und Tante Rafi sagt, sie sei eine gute Heilerin.« Domenic lachte leicht hysterisch. »Sie versucht schon seit Tagen, Onkel Herm in die Finger zu kriegen. Los jetzt, lass uns auch aussteigen. Ich helfe dir.«

Eine Hand griff nach ihrer Taille, und ein schlanker Arm legte sich von der anderen Seite her darum. Sie roch den Körper ihres Sohnes, als er sie an sich zog, seinen übel riechenden Atem, so nahe, dass ihr fast wieder schlecht wurde. Unter die Gerüche von Angst und Schweiß mischten sich der Duft von Holzrauch und ein Anflug von Berglavendel, der aus seiner Kleidung aufstieg. Zum ersten Mal in ihrem Leben stützte sie sich auf ihren Ältesten und ließ sich von ihm auf die Beine helfen. Er war in Sicherheit, und das war alles, was zählte.

Nachdem sie die Kutsche verlassen hatten, hielt Domenic weiter den Arm um seine Mutter gelegt, als wüsste er, sie würde andernfalls zusammenbrechen. Dann riss Mikhail sie beide in die Arme, und Marguerida legte den Kopf an seine breite Schulter. So standen sie zu dritt da, umgeben von Bewaffneten und den Schreien der Verletzten. Etwas fehlte allerdings, und nachdem sich Marguerida eine Weile das müde Gehirn zermartert hatte, fiel ihr auf, dass das Geräusch der terranischen Schusswaffen verstummt war.

Widerwillig ließ Mikhail sie los. »Wie kam dieser Mann in die Kutsche?«, verlangte er mit zorniger, aber fester Stimme zu wissen.

»Er brach durch unsere Reihen und stürzte hinter ihnen zu Boden, *vai Dom*. Wir ... ich hielt ihn für tot, und es passierte gerade so viel ...«

»Verstehe«, sagte Mikhail, wobei er unbewusst einen Tonfall nachäffte, dessen sich Regis bedient hatte, wenn er ungehalten war. Er blickte über die Leichen von Terranern und Darkovanern hinweg, die über den Boden verstreut lagen. »Er war ein bisschen schlauer als seine Freunde. Alles in Ordnung mit dir, *Caria?«* Seine Stimme hatte einen barschen Unterton, den sie gar nicht an ihm kannte, und sie sah ihn durchdringend an. Dann wurde ihr klar, dass er sich allein durch Willenskraft aufrecht hielt und dass sie seinetwillen nun stark sein musste.

»Ja, Mik, es geht schon besser«, log sie absichtlich. Er wusste ebenfalls, dass es eine Lüge war, aber er nickte nur und drückte kräftig ihre Schulter. Domenic war immer noch neben ihr und hatte den Arm um ihre Mitte gelegt, und sie sah ihm ins Gesicht. Es war noch das vertraute Gesicht, das sie so gut kannte, aber es war nicht mehr die Person, die sie vor einigen Stunden in Carcosa begrüßt hatte. Der Junge war für alle Zeit verschwunden. Vor ihr stand nun ein Mann. Sie empfand Trauer, den tiefen Stachel des Verlusts, und sie wünschte, sie könnte das unschuldige Kind zurückholen, das sie so sehr geliebt hatte. Aber dafür war es zu spät.

Der Himmel über ihr verdüsterte sich, und als Marguerida nach oben blickte, sah sie, dass große schwarze Wolken vor die Sonne zogen. Der Wind frischte auf, wirbelte in Böen um sie herum und entfachte die Flammen auf dem Hang neu. Etwas Dunkleres als Wolken tauchte am Himmel auf, eine ungleichmäßige, sich bewegende Masse. Unzählige Aaskrähen, von wer weiß woher angelockt durch den Geruch von Blut und Tod, stießen herab. Eine, die kühner als die übrigen war, hüpfte auf die Leiche des Mannes, den Domenic getötet hatte, und hackte blitzschnell den scharfen Schnabel ins weiche Fleisch der Wangen.

Dann brach der Sturm los, und dicke Tropfen begannen über die Verwüstung auf der Straße und dem angrenzenden Hang zu peitschen. Der Wind trieb Marguerida den Regen ins Gesicht, und sie war fast augenblicklich völlig durchnässt. Doch der Wind schob das Unwetter rasch auf einer gleichmäßigen Bahn weiter, und der Guss war von gnädig kurzer Dauer, bevor er nachzulassen begann. Er prasselte auf die brennenden Bäume, die Lebenden und die Toten und spülte das Blut vom Boden, bevor er nach Osten abzog und nur noch den einen oder anderen Schauer zurückließ. Die Brände waren gelöscht, und das war gut so, denn die Überlebenden hätten nicht mehr die Kraft gehabt, einen wütenden Waldbrand zu bekämpfen.

»Vater, oben auf dem Hügel sind immer noch ein paar Leute.«

Mikhail nickte, Regen tropfte von seinem Gesicht. Er drehte sich um, hinter ihm standen sein Bruder Rafael und Donal, durchnässt und stumm wie Schatten. »Rafael, kümmerst du dich bitte darum, dass die Überlebenden zusammengetrieben werden? Dein Terranisch müsste für die Aufgabe ausreichen. Lass sie möglichst schnell aussortieren. Wir schicken sie mit den Verwundeten nach Thendara zurück.«

»Warum lassen wir sie nicht einfach an Lungenentzündung sterben?« Rafael Lanart-Hastur meinte es nur halb im Scherz. »Nein, das wäre wohl zu barbarisch.«

»Da oben steht immer noch ein Flieger, und falls sie wieder zur Besinnung kommen, könnten sie fliehen«, sagte Domenic zu seinem Onkel.

»Ich habe einen Flieger starten sehen, unmittelbar bevor der Kampf losging«, bemerkte Marguerida, und ihre Stimme klang fast so rau wie das Krächzen der Aaskrähen, die an die Toten heranzukommen versuchten.

»Das war Vancof, Mutter. Ich habe seine Gedanken aufgefangen, als er abhob. Er hat Granfell getötet und ist zum Hauptquartier nach Thendara geflogen.« Domenic schauderte. »Was für ein grauenhafter Mensch.«

Rafael drehte sich um und machte einigen Gardisten ein Zeichen, dann begann er den verwüsteten Hügel hinaufzusteigen. Nach dem Erlöschen der Brände waren nun dutzende von Leichen sichtbar. Marguerida betrachtete sie einen Augenblick, distanziert und gefühllos.

Marguerida! Lew Altons abruptes Eindringen war wie eine Ohrfeige. *Ist alles in Ordnung mit dir?*

Warum müssen mich das ständig alle fragen? Nein, aber ich lebe, und Mikhail und Domenic auch.

Da bin ich aber erleichtert, mein Kind. Wenn etwas passiert wäre ...

Es ist sehr vieles passiert, Vater, aber im Augenblick bin ich zu müde, um es dir zu erzählen. Sie versuchte ihre Gedanken vernünftig zu ordnen. *Später werden mehrere Kutschen mit Gefangenen und Verwundeten nach Thendara kommen. Unter ihnen ist* Dom *Francisco – der verdammte Narr hat versucht, Mikhail zu töten!*

Was?! Nein, sag es mir nicht. Das kann warten. Ich werde mich hier um alles kümmern, mein Kind. Pass auf dich auf und komm so bald wie möglich zu mir zurück.

Das werde ich, Vater. Falls dieser Albtraum jemals zu Ende geht.

Marguerida fühlte, wie der Kontakt mit ihrem Vater endete. Sie drehte sich zu ihrem Mann um und schob ihre matrixlose Hand unter seinen Arm. So standen sie Schulter an Schulter im Nieselregen, schweigend und jeder für sich in Gedanken versunken. Zuletzt sah Mikhail ihr ins Gesicht, und sie erblickte ein besonderes Licht in seinen Augen, das früher nicht darin gewesen war.

»Ich hatte keine Vorstellung, wie schrecklich eine Schlacht sein kann«, begann er rau, fast als schämte er sich seiner Gefühle. »Und ich werde der Föderation diesen feigen Angriff nie verzeihen.«

Marguerida schüttelte den Kopf. »Das war nicht die Föderation, Mik. Das waren einige wenige Männer mit mehr Ehrgeiz als Verstand. Und wenn wir schon von feigen Angriffen sprechen, sollten wir *Dom* Francisco nicht vergessen.«

Mikhail stöhnte leise, und aus seinen Augenwinkeln begannen Tränen zu fließen. »Ich kann es noch gar nicht ertragen, an diesen Verrat zu denken!« Er schluckte mehrmals und versuchte zu sprechen, als würde er es nicht aushalten zu schweigen, aber keine Worte finden. »Ich hätte nie gedacht, dass ich meine Fähigkeiten je auf diese Weise einsetzen würde ...«, brachte er schließlich heraus. »Ich habe Menschen in tote Dinge verwandelt, bar jeder Würde. Und andere, brave Männer, die ich von Kindesbeinen an gekannt habe, sind gestorben, damit ich am Leben bleibe. Ich weiß nicht, ob ich weiterleben kann mit allem, was ich getan habe, Marguerida.«

»Mik ...«

Aber nachdem er einmal angefangen hatte, konnte Mikhail nicht mehr aufhören, von seiner Qual zu reden. »Ich habe nie richtig verstanden, warum Regis mich gefürchtet hat, oder meine Mutter und die anderen ... Jetzt verstehe ich es. Ich hätte niemals diesen ...«

Marguerida fühlte mit ihm, aber sie wusste, sie durfte ihren Mann nicht so weitermachen lassen. Später würden sie sich beide mit ihrem Schmerz beschäftigen müssen, aber nicht jetzt! »Hör auf damit! Du hast getan, was getan werden musste, Mikhail.«

»Ach ja? Habe ich das wirklich? Bist du dir sicher, dass ich nicht nur mir oder jemand anderem beweisen wollte ...«

»Mikhail Hastur – du bist ein guter Mann, und du wirst einen prächtigen Herrscher für Darkover abgeben, aber nicht, wenn du dich wegen Dingen, die du nicht mehr ändern kannst, selbst zerfleischst.«

»Donal hatte am Ende doch Recht.« Die Tränen waren versiegt, und er wirkte nun ruhiger.

Marguerida sah ihren Mann an, verwirrt von dem plötzlichen Stimmungsumschwung, und versuchte, aus seinen Worten klug zu werden. »Wie meinst du das?«

»Lasst sie uns alle töten, die Götter werden schon wissen, wofür es gut war«, ertönte die Stimme des jungen Friedensmannes, der immer noch in der Nähe stand. Domenic warf seinem Verwandten einen bewundernden Blick zu, und ein Lächeln begann um seinen Mund zu spielen.

Mikhail ließ für einen Moment die Schultern sinken, doch dann richtete er sich auf und sah beinahe heiter aus, als hätte er einen inneren Konflikt überwunden. »Keiner von uns wird diesen Tag je vergessen«, flüsterte er. »Solange ich lebe, wird die Erinnerung an das bleiben, was ich getan habe, und warum ich es tat – aber es schmerzt, *Caria.« Ich bin tief betrübt und müde, doch ich darf nicht zaudern. Ich habe eine Welt zu beschützen, und ich schwöre, das werde ich tun, wie hoch der Preis auch sein mag. Ich bete nur, dass ich mir nicht mehr auflade, als ich tragen kann.*

26

Der folgende Tag dämmerte kalt und freudlos. Nach einem schweigend eingenommenen Frühstück aus warmem Haferbrei und Pfannkuchen brach der stark dezimierte Trauerzug von Halstad auf. Das kleine, etwa sechs Meilen hinter dem Schauplatz des Kampfes gelegene Dorf war am Vorabend durch die Invasion von annähernd zweihundert Menschen völlig überrumpelt worden, und es war fast erheiternd gewesen, die Dorfbewohner bei dem geschäftigen Versuch zu beobachten, all die Leute unterzubringen. Der Gasthof hatte nur drei Fremdenzimmer und entbehrte vieler Annehmlichkeiten des Krähenden Hahns, darunter eines Badezimmers. In Halstad gab es für diese Zwecke eine Gemeinschaftseinrichtung für das gesamte Dorf. Bis weit in die Nacht hatten sich die müden Reisenden nacheinander den Gestank von Schweiß, Asche und Blut von den Leibern gewaschen, während die verwunderten Dörfler ganze Fuhren Feuerholz anschleppten, um die Wannen warm zu halten.

Es war ein klammer Abend gewesen, unterbrochen von kurzen Versuchen, ein Gespräch in Gang zu bringen, die meistens mitten im Satz endeten, als hätten die Sprecher vergessen, was sie sagen wollten. *Dom* Gabriel hatte Domenic an seine Seite gezogen und behielt ihn bei sich, und auch Illona war stets in seiner Nähe. Die Sicherheit, die sein Großvater ausstrahlte, hatte den Gefühlsaufruhr des Jungen langsam besänftigt, das Grauen, einen Menschen getötet zu haben. Domenic war überzeugt, es dürfte ihn eigentlich nicht so quälen – der Mann war ein Feind und ein Fremder gewesen. Aber es quälte ihn dennoch, und nach einer Weile entschied er, dass seine Gefühle wahrscheinlich ganz natürlich waren und nicht morbid. Einen anderen Menschen umzubringen, war keine Kleinigkeit. Er dachte an Vancof, der erst den namenlosen Burschen in Carcosa und dann kurz vor der Schlacht Granfell getötet hatte, beide scheinbar ohne das geringste Zögern. Es belastete das Gewissen des Mannes wahrscheinlich überhaupt nicht. Nein, da war es schon besser um den Tod des Soldaten zu trauern, anstatt so zu tun, als spielte er keine Rolle.

Domenic wusste, dass er nicht allein war mit seiner Verwirrung, denn alle Leute um ihn herum empfanden ähnlich. Am schlimmsten war es bei seinem Vater, der sich mit derart hemmungslosen Schuldgefühlen quälte, dass der junge Mann jedes Mal zusammenzuckte, wenn er Mikhails Gedanken streifte. Er selbst hatte einen Mann getötet, sein Vater hingegen dutzende. Wie viel schrecklicher musste das alles für ihn sein!

Es hatte ihm gut getan, zu schlafen, wenn auch in einem breiten Bett zusammengepfercht mit Dani, Danilo, *Dom* Gabriel und Onkel Rafael. Illona war mit Rafaella gegangen, um bei den Entsagenden in deren Zelten zu schlafen, und Domenic nahm an, dass sie froh war, im Freien zu sein und nicht in dem überfüllten Gasthaus. Zum Glück hatte er nicht von dem toten Soldaten geträumt, oder wenn er es getan hatte, dann konnte er sich nicht erinnern.

Aber Domenic fühlte sich kaum erfrischt, als er nun neben seiner Mutter ritt, auf einem besseren Pferd, als ihm Herm zu Beginn ihres traurigen Abenteuers gebracht hatte. Er vermisste seinen neuen Onkel bereits, der zusammen mit den übrigen Verwundeten, den gefangenen Technikern und den überlebenden Soldaten nach Thendara zurückgekehrt war. Domenic war immer noch aufgewühlt, und auch wenn sich seine Stimmung seit dem Abend zuvor ein wenig gebessert hatte, fühlte er die innere Düsternis weiter in den Winkeln seiner Seele lauern, jederzeit bereit, wieder zum Vorschein zu kommen. Es würde sehr viel mehr brauchen als Essen, Schlaf und trockene

Kleidung, um die Auswirkungen eines Messerstichs in lebendiges Fleisch zu mildern.

Die Straße bog nun in westliche Richtung ab, und neben ihr standen große Baumgruppen, Harthölzer und Koniferen. Domenic atmete den Duft des Waldes ein und horchte nach dem Gesang der Vögel und dem Rascheln kleiner Tiere. Doch stattdessen hörte er nur das raue Geräusch des Atems in seinen Lungen und das kaum wahrnehmbare Ächzen der Welt. Nur zu gern wäre er von seinem Pferd gestiegen, hätte die Füße auf den Boden gestellt und sich bei dem unglaublichen Murmeln des Planeten in eine Trance fallen lassen, um alles zu vergessen, was ihm seit seinem verstohlenen Abschied aus der Burg widerfahren war.

Ein Teil von ihm war froh, dass er das Komplott gegen seinen Vater entdeckt hatte, aber ein anderer Teil wünschte aufrichtig, er wäre seiner Rolle als gehorsamer Sohn treu und zu Hause geblieben. Domenic wusste, er hatte alles richtig gemacht. Er hatte in einer kniffligen Situation kühlen Kopf bewahrt, das Leben seines Vaters gerettet, und er war nun ein Mann. Dennoch war ihm erbärmlich zu Mute, und das nicht nur, weil er einen Menschen getötet hatte. Am Abend zuvor hatte er angenommen, es ginge ihm nur deswegen so schlecht, aber als er nun die Bäume am Straßenrand betrachtete, wurde ihm klar, dass ihn sehr viel mehr quälte als der Mord.

Aber was? Ein hartnäckiger Gedanke versuchte sich aus den Tiefen seines Bewusstseins nach oben zu arbeiten, und nach einer Weile erkannte Domenic, dass er sich große Mühe gab, ihm aus dem Weg zu gehen – dass er ihn mit aller Kraft, die er aufbrachte, niederhielt. Welcher Gedanke konnte ihm solche Seelenqual verursachen?

Dann plötzlich, als hätte er allein dadurch kapituliert, dass er sich die Frage stellte, dämmerte ihm die Erkenntnis: Er sträubte sich gegen das Leben, das vor ihm lag – die Rückkehr nach Thendara, eine Existenz auf Burg Comyn und die Bereitschaft, jahrzehntelang zu warten, bis er die Position seines Vaters einnehmen würde. So innig er seine Eltern liebte, die Vorstellung, eine scheinbare Ewigkeit lang jeden Tag mit ihnen zu verbringen, war unerträglich. Aber er musste seine Pflichten erfüllen, oder etwa nicht?

Es handelte sich nicht um eine plötzliche Rebellion. Er versuchte seit Monaten einen Weg aus dem Gefängnis zu finden, zu dem Burg Comyn für ihn geworden war. Seit er begonnen hatte, die Stimme der Welt zu hören, hatte er woanders sein wollen, an einem Ort, wo es sehr ruhig war, vielleicht, ohne das unablässige Gezänk des einzigen Zuhauses, das er kannte. Aber Mikhail würde ihm sicher nie erlauben, wegzugehen.

Domenics Brust schmerzte, und er merkte, dass er den Atem anhielt. Er öffnete seine Lungen und sog die frische, saubere Luft ein, beinahe keuchend. Marguerida sah ihn fragend an, sagte aber nichts. Stattdessen wartete sie wie so oft darauf, dass er ihr von sich aus erzählte, was los war.

Er überlegte fieberhaft, wo er beginnen sollte, damit er sich nicht wie ein quengelndes Kind anhören würde. Aber leider stürmten seine Gedanken in alle möglichen Richtungen davon, die untereinander keine Beziehung zu haben schienen, und er war verwirrt wie noch nie in seinem Leben. Was tat er – was erwartete man von ihm? Pflicht stritt gegen Verlangen, dass die Schlacht vom Vortag beinahe harmlos dagegen wirkte. Und dann wusste er plötzlich, als hätte es nie irgendwelche Zweifel gegeben, dass ihm die Entscheidung über seine Zukunft niemand abnehmen konnte. Zwischen zwei Atemzügen wechselte Domenic von Unsicherheit zu Gewissheit, und das bedrückende Gewicht, das ihn gequält hatte, verschwand, als hätte es nie existiert.

Er musste herausfinden, warum er das Herz der Welt brennen hörte, warum sich sein *Laran* von dem aller anderen so unterschied. Alles war so einfach – warum hatte er es nicht schon früher begriffen? Es spielte keine Rolle, dass er der Erbe war, dass er Pflichten und Verpflichtungen gegenüber seinem Vater hatte. Er hatte eine weitaus größere Pflicht gegenüber dem gesamten Planeten zu erfüllen.

Überraschend fühlte er ein Lachen in der Brust aufsteigen. Welche Eitelkeit! Er war im Grunde noch ein Junge, und es stand ihm nicht zu, auch nur daran zu denken, seine Verpflichtungen gegen eine Hütte im Wald einzutauschen. Das war lächerlich! Und doch ... und doch ...

Nein, kein Zufluchtsort in den Wäldern, das war nichts für ihn. Er würde den Winter nicht aus eigener Kraft überleben, da machte er sich nichts vor. Aber es musste einen Ort geben, wo er das Durcheinander in seinem Kopf und seinem Herzen klären konnte, wo er sich nicht ständig nach seiner ungestümen Base Alanna sehnte und nicht der Wut seiner Großmutter ausgesetzt war. Doch wo war dieser Ort?

Domenic runzelte kurz die Stirn. Dann glätteten sich seine Züge, und wiederum lag die Antwort auf der Hand. Es gab einen Ort, wo er lernen und nachdenken konnte, und er ärgerte sich, dass er nicht früher daran gedacht hatte. Er würde nach Neskaya gehen, denn wenn ihm jemand helfen konnte, dieses Rätsel zu lösen, dann war es Istvana Ridenow. Aber wie sollte er die Zustimmung seiner Mutter für diesen Plan gewinnen? Sie war so froh, ihren erstgeborenen und am meisten geliebten Sohn wohlbehalten wiederzuhaben, dass sie sich einer neuerlichen Trennung mit allen Mitteln widersetzen würde. Und sein Vater vermutlich ebenfalls.

Domenic warf ihr einen Blick zu und stellte fest, dass sie immer noch wartete, bis er zu reden begann; ihre goldenen Augen beobachteten ihn zärtlich. Er sah die Linien um ihren Mund, ihren Kummer und ihre Anspannung, die Trauer um Regis' Ableben und um die toten Terraner und Darkovaner vom Vortag. Er bemerkte das trotzig vorgereckte Kinn und zögerte erneut. Sie war eine treue Verbündete und eine Furcht erregende Gegnerin. Dennoch musste er versuchen, sie zu überzeugen, und es musste jetzt sein. Die Sache ließ sich nicht auf einen günstigeren Moment oder auf ein anderes Mal verschieben. Er holte tief und beruhigend Luft.

Ich gehe nicht zurück nach Thendara, Mutter.

Was? Sei nicht albern, Domenic – was redest du denn da? Hast du nicht fürs Erste genug Aufregung gehabt? Sie schien ein bisschen überrascht zu sein von seiner Ankündigung, und darunter war eine leichte Gereiztheit spürbar. Er fühlte sich nicht ernst genommen, ein Kind, das kindisches Zeug redet, und es ärgerte ihn ein wenig. Er biss die Zähne zusammen und zwang sich, seinen aufkommenden Zorn zurückzuhalten – er würde sie dazu bringen, dass sie zuhörte und ihn verstand!

Es geht nicht um Aufregung, was das angeht, reichen mir die letzten paar Tage wahrscheinlich für den Rest meines Lebens. Aber ich kann mich nicht wieder auf Burg Comyn einsperren lassen.

Niemand wird dich einsperren, Domenic. Das war Regis' Art, nicht die deines Vaters. Was ist in dich gefahren?

Du verstehst es einfach nicht, Mutter!

Natürlich nicht – Mütter verstehen nie etwas. Ich weiß noch, dass ich das Gleiche zu Dio gesagt habe, aber jetzt glaube ich, dass sie besser als ich wusste, was gut für mich war. Zurzeit ist es viel zu unruhig, als dass du anfangen könntest, auf Darkover herumzustromern. Der gedankliche Tonfall war geduldig und nachsichtig.

Ich habe nicht die Absicht, irgendwo herumzustromern. Ich möchte nach Neskaya gehen und bei Istvana Ridenow studieren. Tante Rafi und ein paar von ihren Schwestern können mich gleich nach Onkel Regis' Begräbnis dorthin begleiten. Außerdem werde ich Illona mitnehmen, denn sie braucht ihre

Ausbildung, und sie wird nicht mit Leuten zusammenarbeiten, die sie nicht kennt. Ich glaube, sie vertraut mir und wird mit mir kommen. Das war eine Idee, die ihm ohne Vorwarnung in den Sinn kam, und er konnte darüber nur sagen, dass es sich richtig anfühlte.

Immer mit der Ruhe, junger Mann! Wenn du bei Istvana Ridenow studieren willst, können wir sie zu uns kommen lassen ... Aber schlag dir die Idee aus dem Kopf, dass du einfach losziehen kannst, nur weil ...

Mutter, ich gehe nicht zurück nach Thendara!

Ich bin im Moment viel zu müde für eine solche Diskussion, Domenic. Ich weiß nicht, warum du ...

Das ist keine Diskussion, das ist eine Forderung. Und wenn du dich weigerst, mich tun zu lassen, was ich meinem Gefühl nach tun muss, dann werde ich bei der erstbesten Gelegenheit weglaufen. Er war sich dessen nicht so sicher, aber es klang nach einer brauchbaren Drohung.

Ja, ich kann mir vorstellen, dass du das versuchst. Sie ließ die Schultern ein wenig hängen. *Und du könntest sogar Erfolg damit haben. Aber warum, Domenic, warum?*

Ich brauche ein bisschen Ruhe und Frieden! Ich halte dieses endlose Gezänk und die kleinlichen Eifersüchteleien keinen Tag länger aus. Domenic fühlte, wie er die Beherrschung langsam verlor, wie Angst und Zorn seine Disziplin zerstörten. Gleichzeitig begann das Murmeln im Herzen der Welt wieder in seinem inneren Ohr zu ertönen, vertraut und beinahe tröstlich. Die Lautstärke schien anzusteigen, und vorübergehend nahm er nichts außer dem Knarren und Ächzen des Planeten wahr. Ruhe und Frieden mochten ein unerreichbares Ziel sein, aber wenn er nicht bald herausfand, wie und warum er diese Dinge hörte, dann würde er nicht mehr lange zu gebrauchen sein. Er war sich nicht einmal sicher, ob Neskaya der geeignete Ort war, aber Istvana war berühmt für ihre innovativen

Techniken und er vertraute ihr. Es war das Einzige, was ihm im Augenblick einfiel.

Warum sollte dir erspart bleiben, was wir anderen alle erdulden müssen? Sei doch vernünftig. Wir müssen sehr viele Dinge regeln, und du wirst an der Seite deines Vaters gebraucht. Kommendes Frühjahr vielleicht, wenn du dann immer noch so empfindest. Oder das Jahr darauf. Jetzt ist nicht die passende Zeit.

Mutter, wenn ich auf eine passende Zeit warte, werde ich inzwischen ein alter Tattergreis sein! Es wird nie einen geeigneten Moment geben, in dem ich tun kann, was ich tun muss, und ich werde nicht darüber diskutieren. Wenn du und Vater es nicht erlaubt, werde ich auf eigene Faust losziehen. Und wahrscheinlich breche ich mir in den Bergen den Hals oder erleide ein ähnlich tragisches Schicksal!

Marguerida wandte ihm das Gesicht zu und starrte ihn wütend an. *Führst du dich nicht ein bisschen theatralisch auf?*

Domenic war empört über diese Bemerkung, sein Herz schlug heftig in der Brust. Trotz des kühlen Tages trat ihm der Schweiß auf die Stirn, und er musste sich sehr zusammennehmen, damit er nicht zu zittern anfing. Er musste seine Mutter zwingen, ihn zu verstehen! Ohne die Folgen zu bedenken, vertiefte er den psychischen Kontakt zu seiner Mutter und ließ zu, dass das beständige Dröhnen in seinem Kopf sie erreichte. Marguerida, die darauf nicht gefasst war, schnappte nach Luft und schwankte im Sattel, dann ließ sie die Zügel auf den Hals des Pferdes fallen und presste die Hände an die Stirn.

Domenic packte sie am Arm, bevor sie zu Boden stürzen konnte, während er die Energiewelle, diese Mischung aus Zorn und dem Geräusch der Welt, von ihr zurückzog. Der Versuch, so viele verschiedene Dinge gleichzeitig zu bewältigen, überforderte ihn beinahe, und er schämte sich, weil er die Beherrschung verloren hatte. Mikhail drehte sich im Sattel und stützte seine Frau von der anderen Seite. Er sah verwirrt und besorgt aus.

»Was ist denn los, *Caria?«*

»Nichts, nichts. Nur ein leichtes Schwindelgefühl. Es geht schon wieder.« Sie ergriff die Zügel, setzte sich im Sattel zurecht und warf Domenic einen Blick zu, der ihn noch vor wenigen Wochen in Stein verwandelt hätte. *Was hast du gemacht, verdammt noch mal? Was war das ...?*

Ich weiß nicht genau, was es ist, Mutter. Aber wenn ich es nicht bald herausfinde, verliere ich den Verstand.

Marguerida senkte den Kopf und verfiel in schweigendes Grübeln. Schließlich verkündete sie mit resignierter Miene: *Ich kenne dieses Geräusch, allerdings habe ich es nur einmal gehört und aus viel größerer Ferne.*

Du weißt, was das ist? Er war erstaunt und zugleich außerordentlich erleichtert. Wie konnte sie das kennen?

Ja. Es ist das Herz der Welt, wie es brodelt und dröhnt. Ach, Domenic! Ich habe es einmal berührt, vor langer Zeit, bevor du empfangen wurdest, und es war nur für einen kurzen Moment, wenngleich es mir wesentlich länger vorkam. Hörst du es die ganze Zeit?

Meistens. Manchmal ist es schwächer als jetzt, aber in letzter Zeit scheint es immer lauter zu werden. Ich habe mich nicht getraut, es euch zu sagen, ich hatte Angst, ihr könntet mich für verrückt halten.

Das also hat dich die ganze Zeit beunruhigt? Ich dachte, es ginge um deine Gefühle für Alanna ... Ich komme mir sehr dumm vor, mein Sohn. Ihr Geist schien sich zu klären, als würde sie mit einer gedanklichen Energieleistung alles ausmustern, was nicht von Belang war, und gleichzeitig die Angst zurückhalten, die nach ihr zu greifen drohte.

Du meinst, weil du mich falsch beurteilt hast? Na ja, ich

hege tatsächlich Gefühle für Alanna, und sie machen mich halb wahnsinnig, aber ich bin noch soweit bei Verstand, dass ich den Unterschied zwischen einem hoffnungslosen Verlangen und dem, was möglich ist, begreife. In ihrer Nähe zu sein, macht es mir schwerer, weil ich so viel Energie aufwenden muss, meine Begierden in Zaum zu halten, dass weniger für diese Geschichte mit dem Herzen der Welt übrig bleibt. Ich habe Alanna schon als Kind geliebt, aber mir war immer klar, dass sie, egal was ich empfinde, nie mehr sein kann als eine geliebte Schwester und Base. Nachdem ich mit ihr aufgewachsen bin, weiß ich überdies, dass meine Gefühle möglicherweise nicht genau das sind, wofür ich sie halte – einfach weil ich bisher kaum Mädchen getroffen habe, mit denen ich nicht verwandt bin. Ich muss weg von Alanna, ihretwegen und meinetwegen, und ich muss weg von Großmutter Javanne und allen anderen!

Du bist viel klüger, als ich vermutet habe, Domenic, und ich komme mir sehr alt vor. Und unzulänglich. Ich habe das Gefühl, als hätte ich verschiedene wichtige Dinge übersehen, als hätte ich dir nicht genügend Aufmerksamkeit geschenkt. Arilinn reicht nicht für deine Zwecke?

Nein, ich glaube nicht. Istvana kennt mich von Kindesbeinen an, und ich kann mir niemanden vorstellen, der besser geeignet wäre, mir zu helfen, wenn ich diesen Teil von mir kennen lernen will. Auch Valenta Elhalyn ist nicht erfahren genug, um mich anzuleiten, und sonst fällt mir niemand in Arilinn ein, der verstehen könnte, was es mit dieser ... dieser neuen Gabe auf sich hat. Womöglich kann sie Berge versetzen, auch wenn ich sehr hoffe, dass dies nicht der Fall ist.

Du meine Güte! Das ist mir nicht einmal in den Sinn gekommen! Eine neue Gabe ... Ja, jetzt verstehe ich alles. Wir können dich nicht Arilinn bis in seine Grundfesten erschüttern lassen, hab ich Recht?

Das ist nicht annähernd so komisch, wie du glaubst, Mutter!

Aber Domenic, nach all den Jahren solltest du wissen, dass ich auf jede Krise erst einmal mit einem Scherz reagiere. Wie streng du sein kannst. Ich glaube, ich kenne dich gar nicht mehr, was für eine Mutter ein fürchterliches Eingeständnis ist. Nun gut. Wir werden dich nach Neskaya schicken, auch wenn ich bezweifle, dass mir Istvana dafür dankbar sein wird. Und du kannst Illona mitnehmen. Ich habe mich schon als ihre Pflegemutter gesehen, und ehrlich gesagt, ich habe mich nicht eben darauf gefreut.

Domenic konnte fühlen, wie sie ihre Gedanken mit einer verblüffenden Plötzlichkeit ordnete. War sie immer schon so rücksichtslos gewesen? Wahrscheinlich – er war ihr Kind, und er hatte nie ernsthaft über all die Entscheidungen nachgedacht, die sie im Lauf der Jahrzehnte getroffen haben musste, die Erwachsenenentscheidungen, die er erst jetzt zu verstehen begann. Sie musste diese Impulsivität im Denken und Fühlen schon immer besessen haben. *Wirst du es Vater erklären?*

Hmm ... ich bin versucht, es dich selbst tun zu lassen, aber Mikhail hat im Augenblick so viele andere Dinge im Kopf, dass er dir vielleicht nicht richtig zuhört. Ja, ich sag es ihm. Es wird ihm das Herz ein bisschen brechen, mein Sohn, denn er hat das Gefühl, dich bereits an Hermes verloren zu haben, und dich jetzt auch noch an Istvana zu verlieren, wird ein harter Schlag für ihn sein.

Er glaubt, mich an Onkel Herm verloren zu haben?

Das erkläre ich dir ein andermal. Lass mir jetzt ein bisschen Ruhe, damit ich meine Argumente ordnen kann.

Ja, Mutter – und danke!

Du bist ein guter Sohn, Domenic – der beste. Ich würde alles gern für dich tun, nur nicht ... das, worum du mich gerade gebeten hast. Ich würde dir eher einen Mond schenken als ...

Marguerida seufzte schwer, und Domenic merkte, dass sie heftig gegen ihre Tränen ankämpfte. Sein Vater schien nicht der Einzige zu sein, dem es das Herz zerriss, und einen Moment lang wünschte er, er hätte diesen Weg nicht eingeschlagen. Doch dann verging dieses Gefühl, und während er weiterritt, fühlte er sich zum ersten Mal seit Monaten wohl in seiner Haut.

Es war früher Vormittag, als der Trauerzug die *Rhu Fead* in Hali erreichte. Unter normalen Umständen, überlegte Mikhail, würde das Begräbnis zu einer späteren Stunde stattfinden; auch wenn Hali nur eine Reitstunde nördlich von Burg Comyn lag, würde es dauern, bis sich die Prozessionsteilnehmer versammelt hatten, vor allem für einen so prominenten Toten wie Regis Hastur. An diesem Begräbnis müsste eigentlich der gesamte Rat der Comyn mit fast allen Familienmitgliedern teilnehmen.

Aber normalerweise wurde ein Trauerzug nicht aus dem Hinterhalt überfallen.

So war es nur eine kleine Gruppe, die nun zusammenkam, um Regis Hastur zu beerdigen – alle, die man nicht zum Schutz der Kinder oder der Burg gebraucht hatte und die den Hinterhalt und seine Folgen ohne ernsthafte Blessuren überstanden hatten. Regis' Leichnam wurde, wie es Brauch war, in ein unbezeichnetes Grab gelegt, und Mikhail wartete schweigend, bis Regis' Sohn mit den überlieferten Gedenkworten begann.

Nach einer Weile trat Danilo Hastur vor. Als Regis' nächstem Verwandten war es an ihm, als Erster zu sprechen. »Ich kannte meinen Vater nicht gut«, begann er, »und das war sicher ein Schaden für mich. Aber ich erinnere mich, dass er mit mir gespielt hat, als ich klein war, obwohl er wenig Zeit dafür hatte. Diese Erinnerung soll meinen Kummer lindern.«

Danilo Syrtis trat vor, er sah unendlich traurig aus. »Regis und ich waren zusammen bei den Kadetten. Als ich in Ungnade fiel, hat er mich in Syrtis aufgesucht, und wir schworen den Eid der *Bredin.* Er war bereit, einen mächtigen Mann zu befremden, um mein Freund zu werden, und seit jener Zeit waren wir zusammen. Diese Erinnerung soll meinen Kummer lindern.«

Nach einem Augenblick des Schweigens trat Mikhail vor. »Als Regis mich adoptierte, war ich jung, ein halber Säugling noch, und ich erinnere mich, dass er mich während der ersten Jahre wie ein beliebiges Kind behandelt hat. Als ich älter wurde, verbrachte er mehr Zeit mit mir und sprach mit mir. Ich weiß, dass er als junger Mann über Darkover hinaus hatte reisen wollen, aber er gab diesen Traum auf, um seine Pflicht gegenüber Darkover und uns allen zu erfüllen. Diese Erinnerung soll meinen Kummer lindern.«

Als Nächster sprach Herm Aldaran. »Ich hatte nie die Ehre, *Dom* Regis kennen zu lernen, aber er entsandte mich in die Abgeordnetenkammer, obwohl ihm die Taten meines Vaters allen Grund gaben, einem Mitglied unserer Familie zu misstrauen. Dadurch ermöglichte er es mir, sowohl Darkover zu dienen als auch meinen Traum von Reisen im Weltraum zu erfüllen. Ich verdanke ihm auch meine geliebte Frau und unsere Kinder. Diese Erinnerung soll meinen Kummer lindern.«

Der junge Donal Alar, Mikhails Friedensmann, sprach nun. »Ich habe wenig von *Dom* Regis gesehen. Doch in all den Jahren habe ich nie gehört, dass er etwas Unehrenhaftes tat oder ein böses Wort sagte. Diese Erinnerung soll meinen Kummer lindern.«

Das ist nicht recht, dachte Mikhail. *Lew müsste hier sein, Linnea und Javanne ... er war ihr Bruder. Es sollten mehr Leute von Regis erzählen. Hermes ist nicht der Einzige hier, der ihn nicht einmal persönlich kannte.*

Marguerida blickte sich hilflos um. Mikhail überlegte, ob sie ein Echo seiner Gedanken aufgeschnappt hatte oder ob sie das Gleiche dachte. Er griff nach ihrer Hand und drückte sie aufmunternd. »Regis war immer gütig zu mir«, sagte sie. »Mehr noch, er war freundlich. Ich glaube nicht, dass er wirklich damit einverstanden war, dass Mikhail mich geheiratet hat, aber er hat mich dennoch behandelt wie eine Tochter. Diese Erinnerung soll meinen Kummer lindern.«

Mikhail wartete, bis deutlich wurde, dass niemand mehr etwas sagen wollte. Dann trat er wieder vor, hob eine Hand voll Erde auf und warf sie ruhig in das Grab. Mit ihm begannen die übrigen Männer das Grab mit der losen Erde des Aushubs zu füllen. Sie beendeten die Aufgabe schweigend, und dieses Schweigen hielt auch noch an, als sie ihre Pferde einsammelten und den Rückweg nach Thendara antraten.

Epilog

Tage und Wochen waren vergangen. Der Herbst war verblasst, und der Winter hatte Darkover in seinen eisigen Griff genommen. An einem kalten Morgen standen Marguerida und Mikhail zusammen mit ihrem Sohn Rhodri auf der Brustwehr von Burg Comyn, an einer Stelle, die man vom Schnee geräumt hatte. Die Kälte von den blank gefegten Steinen kroch in Margueridas Stiefel und unter die vielen Flanellunterröcke, die sie trug. Sie achtete jedoch kaum auf die Unannehmlichkeit und zog nur den schweren Umhang fester um ihren Körper. Thendara lag in eine weiße Decke gehüllt zu ihren Füßen und glitzerte im trüben Sonnenlicht, das durch die Wolken drang, aber sie hatte keine Augen für die Stadt.

Marguerida blickte angestrengt zu dem Gebäudekomplex, den sie gerade noch mit bloßem Auge erkennen konnte. Undeutlich machte sie die hässlichen, rechteckigen Bauten des Hauptquartiers aus, in dem die Föderation hundert Jahre lang ihre Präsenz auf Darkover aufrechterhalten hatte. Die ausgedehnten Flächen des Rollfelds neben den Gebäuden waren mit Schnee bedeckt, und falls sich dort Leute bewegten, waren sie zu weit entfernt, als dass man sie ohne Fernglas sehen konnte. Das eine, das sie besaßen, wurde rücksichtslos von Rhodri mit Beschlag belegt, der so aufgeregt war, als handelte es sich hier um eine wundervolle Veranstaltung und nicht um ein schwieriges und kompliziertes Ereignis. Der Junge war einfach unbezähmbar.

Noch tat sich nichts, und Marguerida ließ ihre Konzentration sinken. Sie dachte daran, was seit ihrer Rückkehr nach Thendara vor vierzig Tagen geschehen war. Damals war sie erleichtert gewesen, dass alles vorbei war, und voller Trauer über den Tribut an Menschenleben, sie war durch und durch erschöpft und niedergeschlagen gewesen. Essen und Schlaf hatten sie körperlich wiederhergestellt, aber wie Mikhail war sie in einer mutlosen Stimmung verharrt. Marguerida konnte nur hoffen, dass sie nach dem endgültigen Abzug der Föderation wieder anfingen, sie selbst zu werden. Tief in ihrem Herzen wusste sie, dass sie nie mehr zu denen werden konnten, die sie vorher gewesen waren. Was sie gemeinsam an der alten Nordstraße getan hatten, würde sie immer verfolgen, so unvermeidlich wie der Tod, den sie verursacht hatten.

Es hatte beiden alle im Lauf der Zeit erworbene Disziplin abverlangt, die Tage nach ihrer Rückkehr in die Stadt zu überstehen. Anstelle einer triumphalen Siegesfeier hatte sie eine Unzahl von Problemen erwartet, denen sie sich stellen mussten. *Dom* Francisco erholte sich langsam von seinen Verletzungen, und der Rat der Comyn hatte noch zu entscheiden, wie genau er für seinen Verrat an Mikhail büßen sollte. Allgemein unstrittig war, dass er seinen Sitz im Rat zu Gunsten seines Sohnes aufgeben musste, aber ob er hingerichtet wurde oder nicht, blieb ein Thema für turbulente künftige Auseinandersetzungen.

Mit den wenigen Überlebenden der Schlacht an der Straße – zehn Techniker und ein halbes Dutzend Soldaten – waren sie so freundlich wie möglich verfahren. Marguerida zitterte nicht nur vor Kälte, als sie daran dachte, denn es hatte ihre ethischen Maßstäbe nicht wenig verletzt. Sie und ihr Vater hatten die Alton-Gabe in einer abstoßenden Weise benutzt und sich am Gedächtnis der Techniker und Soldaten zu schaffen gemacht, sodass sie sich zwar an die Schlacht an der alten Nordstraße als solche erinnerten, aber nichts mehr von irgendwelchen außergewöhnlichen Vorfällen wussten. Als sie mit ihrer schändlichen Aufgabe fertig waren, blieb den Männern keine Erinnerung an die Lichtkugel, die ihre Kameraden so unbarmherzig dahingerafft hatte. »Was ich alles für Darkover getan habe«, hatte Lew kopfschüttelnd gemurmelt und sich zum ersten Mal seit Jahren wieder fürchterlich betrunken.

Emmet Grayson, der glücklose planetarische Verwalter, hatte die Lücke gefüllt, die durch die Gefangennahme von Lyle Belfontaine entstanden war. Er hatte seine Empörung über den Angriff auf Burg Comyn zum Ausdruck gebracht und sich bemüht, das Beste aus der üblen Lage zu machen. Von ihm hatten sie erfahren, dass Dirck Vancofs Fluchtversuch missglückt war. Als er den Flieger auf der Landebahn aufgesetzt hatte und ihn in seiner einheimischen Tracht verließ, wurde er versehentlich für einen Darkovaner gehalten und erschossen, bevor sich jemand die Mühe machte, Fragen zu stellen. Marguerida nahm an, dass diese wohlverdiente Exekution Grayson viele weitere Peinlichkeiten erspart hatte, und sie fragte sich insgeheim, ob die Erschießung Vancofs nicht doch eher Absicht als Unfall gewesen sein könnte.

Anschließend hatten sie drei Wochen lang nach ihrer Rückkehr nichts von der Föderation gehört. Das fortgesetzte Schweigen der regionalen Relaisstation trieb Grayson beinahe zum Wahnsinn. Als der Verwalter dann schließlich eine Nachricht erhalten hatte, schien die Last der Jahre von ihm abzufallen. Danach war es nur noch darum gegangen, ihm bei der Organisation der Abreise zu helfen. Und jetzt mussten sie lediglich warten.

Ein fernes Donnergeräusch schreckte Marguerida jäh aus ihren Erinnerungen, dann sah sie einen grellen Lichtstrahl. Ein Raumkreuzer setzte zur Landung an. Er wirbelte mächtige Dunstwolken auf, da die Hitze von den Landungsdüsen den Schnee auf dem Rollfeld verdampfen ließ. Es war ein grandioser Anblick – das Lodern der Düsen und der glatte, schwarze Rumpf des Schiffes, der sich schroff von der weißen Fläche dahinter abhob.

Als sich die Dampfwolken verzogen, sah Marguerida

schwere Fahrzeuge über das nunmehr schneefreie Rollfeld fahren, und sie glaubte zu erkennen, wie mehrere Rampen von dem Raumkreuzer herabgelassen wurden. Es war auf diese Entfernung kaum genau auszumachen. Der erste Transporter erreichte die Rampe und fuhr nach oben in den Bauch des Schiffes, die übrigen folgten ihm. Nach all der gespannten Erwartung war die ganze Angelegenheit eine ziemliche Enttäuschung. Grayson hatte alles gut organisiert, und nach einer halben Stunde war der letzte Transporter an Bord verfrachtet. Marguerida fragte sich unwillkürlich, was die Männer und Frauen wohl erwartete, die Darkover nun verließen. Grayson hatte ein paar Bemerkungen über den gegenwärtigen Zustand der Föderation fallen gelassen, die nahe legten, dass in Teilen dieses ausgedehnten Konglomerats von Planeten ein Bürgerkrieg tobte, dass einzelne Welten einen Aufstand gegen Premierministerin Nagy und die expansionistischen Streitkräfte angezettelt hatten. Vermutlich konnten die Leute dort unten von Glück reden, dass sie überhaupt abgeholt wurden, aber Marguerida war klar, dass ihre Informationen bestenfalls bruchstückhaft waren.

Die Rampen verschwanden wieder im schwarzen Schiffsrumpf, und minutenlang war keinerlei Aktivität erkennbar. Der Himmel verdüsterte sich, und ein paar Schneeflocken begannen zu fallen. Die kleine Gruppe wartete. Dann umgab ein blendender Lichtschein den Raumkreuzer, und er hob ebenso schnell ab, wie er gelandet war, als wäre er gewichtslos, obwohl er viele Tonnen wog. Wie ein Lichtschwert stieg er auf, bis er durch die Wolken stieß und ihren Blicken entschwand.

Eine Weile sprach niemand. »So, die sehen wir nicht wieder«, verkündete Rhodri dann fröhlich.

Marguerida sah ihren rothaarigen jüngeren Sohn an, froh, dass selbst die folgenschwersten Ereignisse seiner permanenten Begeisterung für alle möglichen Dinge nichts anhaben konnten. Wenigstens ihn durfte sie noch bemuttern, jetzt da Domenic bei Istvana Ridenow in Neskaya war.

»Das bezweifle ich, Rhodri«, erwiderte Mikhail, so ernst er konnte. Unwillkürlich hatte ihn die gute Laune seines zweiten Sohnes angesteckt.

»Aber haben wir sie denn nicht rausgeschmissen?«, ließ der Junge nicht locker.

»Eigentlich nicht – für ihre Abreise gab es vielerlei Gründe. Und es bedeutet nicht, dass sie nie mehr zurückkommen, mein Sohn.«

»Ich glaube, du siehst einfach schwarz, Vater. Du bist schon die ganze Zeit so trübsinnig, seit du wieder da bist. Sie sind bestimmt für immer fort.«

Mikhail sah Marguerida über Rhodris Kopf hinweg an und runzelte fragend die Stirn. Sie verstand, was er meinte, und wünschte, sie hätte eine Antwort. Sie hatte weder jetzt eine plötzliche Vision von der Zukunft, noch war sie seit ihrer Rückkehr von einer heimgesucht worden. Das hatte nichts zu bedeuten – die Föderation oder eine andere Macht konnte auch nach ihrem Tod wiederkommen. Es war kein tröstlicher Gedanke, dass sie und Mikhail das Problem möglicherweise ihren Kindern hinterlassen mussten.

Marguerida machte kehrt und ging auf die Tür zu, die zurück in die Wärme der Burg führte. »Ich hoffe, du hast Recht, Rhodri«, sagte sie.

»Natürlich hab ich Recht. Warum sollten sie wegfliegen, wenn sie nur umdrehen und wiederkommen wollen?«

»Das weiß ich nicht – aber vergiss nicht, dass die Föderation jederzeit in der Lage ist wiederzukommen, wenn sie es will, und wir dürfen nichts voraussetzen.«

»Na, ich hoffe jedenfalls, sie kommen nicht mehr, weil es schlechte Menschen sind, wie dieser Belfontaine.«

»Sie sind nicht alle schlecht«, beharrte Mikhail. Dann zuckte er nur die Achseln, weil es unmöglich war, einem Dreizehnjährigen die komplexen Zusammenhänge interstellarer Politik zu erklären.

»Und wenn sie kommen, dann kannst du sie einfach ...«

»Nein, Rhodri!«

»Aber warum denn nicht, Vater! Oder gehört das zu den Dingen, die ich erst verstehe, wenn ich älter bin? Ich hab es so satt, dass ...«

»Ja, mein Sohn«, mischte sich Marguerida ein. »Du hast es satt, gesagt zu bekommen, dass du etwas nicht verstehst. Und ich habe es satt, mir deine Beschwerden darüber anzuhören. Und jetzt lasst uns etwas essen.«

Sie spürte Mikhail hinter sich und drehte sich zu ihm um. Er nahm sie in die Arme, ihre kalten Wangen berührten sich. Dann sahen sie ohne ein Wort oder einen Gedanken durch die geöffnete Tür nach draußen zu den verlassenen Gebäuden am anderen Ende der Stadt. »Was glaubst du wirklich, *Caria?*«

»Dass die Geschichte noch nicht zu Ende ist.«

»Wieso?«

»Ich glaube, solange es die technischen Voraussetzungen für Sternenreisen gibt, besteht immer die Möglichkeit, dass Besucher kommen, Mik. Und auch wenn die paar Informationen von Grayson zutreffen und die Föderation zu Bruch geht – sie wird es nicht ewig bleiben.«

»Du hörst dich an wie dein Vater.«

»Ich weiß. Eines Tages wird wieder jemand von den Sternen nach Darkover kommen – das ist so unvermeidlich wie Schnee im Winter. Aber damit müssen wir uns vorerst nicht beschäftigen.« Marguerida schmiegte sich an ihn und legte den Kopf an seine Schulter. Sie fühlte den düsteren Grundton seiner Gedanken und wünschte, sie wüsste eine Möglichkeit, ihn aufzuheitern. Aber nur die Zeit konnte ihrer beider Schmerz lindern.

Mikhail schloss die Tür zum Dach. Dann drehten sie sich um und gingen Hand in Hand, Schulter an Schulter die Treppe hinab. Zuletzt sagte er. »Wenn dieser Tag kommt, werden wir uns ihm stellen – und keinen Augenblick früher.«

Darkover bei Knaur

Eine Liste aller Darkover-Romane
in chronologischer Reihenfolge

Die Entdeckung des Planeten: Ein vom Kurs abgekommenes und in einen noch unbekannten Sektor des Weltraums verschlagenes terranisches Siedlerschiff muss auf dem Planeten Cottman IV notlanden; die Besatzung nennt ihre neue Heimat Darkover.

Die Landung

Das Zeitalter des Chaos: 1000 Jahre sind seit der Landung auf dem Planeten vergangen. Die Nachfahren der Siedler haben jedes Wissen über ihre Herkunft verloren und leben in einer mittelalterlichen Welt.

Herrin der Stürme
Herrin der Falken

Die Zeit der hundert Königreiche: Das Land ist in unzählige kleine Königreiche geteilt, deren Herrscher sich erbittert bekämpfen. Furchtbare Waffen verwüsten den Planeten – und nur ein Mann kann Darkover den Frieden bringen ...

Die Zeit der hundert Königreiche
Die Erben von Hammerfell

Die Entsagenden: Frauen haben auf Darkover nur wenig Rechte – es sei denn, sie werden zu Entsagenden, zu Frauen, die bewusst auf den Schutz durch einen Mann verzichten und selbstbewusst ihr eigenes Leben führen.

Die zerbrochene Kette
Gildenhaus Thendara
Die schwarze Schwesternschaft

Die Wiederentdeckung: Das Terranische Imperium entdeckt den Planeten Darkover wieder und meldet Rechte auf ihn als ehemalige Kolonie an. Gleichzeitig wächst auf Darkover aber auch die Unzufriedenheit mit den althergebrachten Traditionen. Ein Bürgerkrieg scheint unausweichlich, als sich eine der Domänen mit den Terranern verbünden will ...

An den Feuern von Hastur
Das Zauberschwert
Der verbotene Turm

Die Kräfte der Comyn
Sturmwind

Nach den Comyn: Obwohl die Terraner mittlerweile einen festen Raumhafen auf dem Planeten eingerichtet haben, bleibt Darkover weitestgehend vom restlichen Universum abgeschnitten. Der Kampf zwischen Alt und Neu, zwischen Tradition und Aufbruch führt zu immer neuen Kämpfen und Auseinandersetzungen.

Die blutige Sonne
Hasturs Erbe
Retter des Planeten
Sharras Exil
Die Weltenzerstörer

Der Marguerida-Alton-Zyklus: Eigentlich denkt Margaret Alton, sie würde den Planet ihrer Eltern zum ersten Mal betreten, als sie nach Darkover kommt. Bald schon aber häufen sich die Beweise dafür, dass ihre Erinnerungen manipuliert wurden ...

Asharas Rückkehr
Die Schattenmatrix
Der Sohn des Verräters

Anthologien: Die Darkover-Anthologien wurden von Marion Zimmer Bradley gemeinsam mit dem amerikanischen Fanclub, den »Friends of Darkover«, herausgegeben. Die Kurzgeschichten beschäftigen sich mit neuen oder auch bekannten (Neben-)Figuren des Zyklus, schlagen Brücken zwischen den einzelnen Romanen oder vertiefen die große Geschichte des Planeten und seiner Bewohner weiter.

Der Preis des Bewahrers
Schwert des Chaos
Rote Sonne
Die vier Monde
Die Freien Amazonen
Die Schwesternschaft des Schwertes
Planet der blutigen Sonne
Die Domänen
Die andere Seite des Spiegels
Die Türme

Knaur

Ein Darkover-Roman